Crónicas de Ampiria

La forja de los titanes

IVAN INCERTI MORALES

ISBN-13 (edición impresa): **978-8461759262**
ISBN-13 de la Obra completa (edición impresa): **978-8469744475**
Maquetación del interior y diseño de portada: **Iván Incerti**
Safecreative copyright: **1610199506949**
Depósito Legal: **MA 967-2017**

DEDICATORIA

A quien me ilumina cada día con su sonrisa y su luz, la auténtica animista que es capaz de crear magia en este mundo. A ti, Inmaculada.
A mi paladín de luz, capaz de sanar cualquier herida que tuviera con tan solo mirarme y sonreírme. A ti, Leonardo.
A la más bella de las princesas que pueblan este cuento de hadas que describo. A ti, Lilian.

RECONOCIMIENTOS

Agradezco la cercanía de mi hermano Fausto, una mano amiga presente en mi vida que nunca duda a la hora de ayudarme. Gracias por estar siempre ahí.

Gracias a mis cuatro fantásticas sobrinas, que continuamente muestran el valor de la inocencia, el cariño y la felicidad con tan solo saludarlas. Sois ya parte de mi vida, Raquel, Mar, Natalia y Noelia.

Gracias a mis padres, Vittorio y Carmen, por el ánimo mostrado en esta creación, así como a Jose Carlos y Conchi por su continuo interés en mi obra. Sin vosotros, todo sería muy distinto.

CAPÍTULO 1: EL MAESTRO

—Estoy preparado, mi maestro. Solo decidme cuál es mi objetivo.

—Tu objetivo ya ha empezado, Kovar. Mi espíritu lleva ya tiempo conviviendo con tu alma y tu conocimiento de la magia se ha incrementado de forma soberbia. Debes seguir aprendiendo, seguir mejorando, pues necesitarás de todas tus fuerzas para cumplir mi mandato.

—Soy consciente de todo ello, mi maestro. ¿He de permanecer aquí, entonces?

—Deberías, mas el tiempo se nos agota. Ampiria ha encontrado el camafeo de Guerón, lo que nos lleva a una situación muy comprometida. El plan marcado ahora es distinto y tú, mi aprendiz de tinieblas, deberás abandonar este lugar para recuperar ese objeto.

—¿Lo necesitamos acaso, mi maestro? Vos sois un ente superior a todo lo visto y vuestra presencia demolerá castillos, ejércitos y objetos mágicos. Es solo cuestión de tiempo que suceda.

—El tiempo transita a su libre albedrío, Kovar, y no podemos acelerarlo para romper ese yugo que aún me ata. Ante mí, nada podrá hacer ese camafeo, mas me preocupa que haya sido encontrado tan temprano. Mi estrategia contemplaba que eso sucediera mucho más tarde. Deberás encontrarlo y traérmelo, mi aprendiz. Ya conoces los nombres de quienes lo portan y conoces sus fuerzas y debilidades.

—Así lo haré, mi maestro. ¿Estoy preparado para plantarles cara?

—Ellos no son rivales para ti, Kovar. Tu entrenamiento aún no está completo, mas eres superior a sus habilidades. No obstante, no es batalla lo que espero por tu parte, pues serán ellos mismos los que se maten mutuamente.

—¿Y el caballero del dragón? No estoy seguro si él…

—Si ellos tienen un caballero del dragón, yo te daré dos.

—¿Y la animista blanca? Sus magias de protección pueden neutralizar las mías, sin olvidar que también está la bruja oscura. No tenemos muchas referencias de ellos, más allá de los combates que llevaron a cabo en el puente de los gigantes y en el monasterio, mas fue suficiente como para atisbar sus capacidades.

—Tendrán su némesis bajo tu orden, Kovar. Dos Orígenes te acompañarán para frenar sus ánimos.

—Eso resulta más alentador… ¿Y del joven arquero ese, el tal Vaiel? Según recuerdo, disponía del tiempo a su voluntad y fue capaz de matar a un Origen, no deberíamos olvidarlo.

—Nada se ha dejado suelto, mi aprendiz. Ese Vaiel supo encauzar maná para despertar habilidades ocultas en él, mas no es el elegido de nada. Si él controla el tiempo, tú lo dominarás. Si el congela el tiempo, tú serás capaz de hacerlo retroceder.

—Sí, sí, lo sé, mi práctica en ese sentido ha mejorado mucho. ¿Y la ladrona? ¿Debemos temerla?

—Ella está contagiada ya por el camafeo. Cuando llegue el momento, estará de tu lado. No obstante, cuídate de ella, pues sus vías de escape me llegan a sorprender hasta a mí.

—Indicadme pues el destino y partiré de inmediato hacia ellos, mi maestro.

Kovar era un hombre de constitución delgada, bien parecido y con un rostro angelical. Tenía facciones de niño, con carencia de arrugas, un pelo liso y bien cortado, y un timbre de voz aún por desarrollar. Apenas tenía veinte años, pues su estancia en los dólmenes de Aupur durante todo ese periodo, le trastocó el crecimiento. Medía un metro y medio, y sus brazos eran tan raquíticos que daba la sensación de que fueran a partirse con tan solo empujarle.

Su maestro era una incógnita incluso para Kovar. Se presentaba como una humareda tupida, flotando en el aire de forma errática y emitiendo pequeños relámpagos en su seno. Era un ente sobrenatural, de origen demoníaco, y su presencia quedó reclusa bajo un portal de piedras rúnicas: los dólmenes de Aupur. Eran unas piedras de enormes dimensiones, formando entre ellas un círculo de más de treinta metros de diámetro. Las leyendas contaban que allí, los grandes magos de la historia, encerraron a los demonios que vinieron a Ampiria cuando estallaron las guerras de conquista. Entonces, Ampiria era una tierra de dolor y sangre, un terreno desconocido aún por descubrir y donde asentarse, no siendo los hombres los únicos interesados en su conquista. Destacaron muchos héroes en aquellas contiendas, nombres como Triveres de Karps, Ámbar Suyes, el gran Kalais y Mus-selen, de sobrenombre oráculo de la luz. Sin embargo, luego de la exterminación de los magos y lo que representaban, los escritos y habladurías que los mencionaban quedaron relegados al olvido para luego borrarse de la mente colectiva.

—Vuestro primer destino será salir fuera de las llanuras de Llaídra. Dirigíos hacia La última llamada, el glorioso pueblo que sobrevivió al último ataque de nuestras huestes. Sed uno de ellos, mezclaos entre la gente y usad vuestras habilidades para seguir el rastro de aquellos que son nuestro objetivo. Contactad con Gunj, un habitante de otra ciudad que os ayudará en todo lo que le pidáis.

—¿Es un aliado nuestro?

—Cree que lo es. Ostenta un alto cargo en el Alto de Vistok: lugarteniente de la corona. Le prometimos la gloria de la inmortalidad y el poder ver las eras del tiempo a su voluntad. A cambio, tenemos su lealtad ciega.

—Podre idiota.

—Usadlo a vuestro antojo, y si veis que no es necesario o que entorpece vuestro camino, eliminadlo.

—Entendido, maestro. Así lo haré —respondió Kovar, levantándose de su posición de sumisión para montar sobre su caballo—. Esos mortales sabrán quién sois y cuál es vuestro papel en este mundo, os lo aseguro.

—Usad la hechicería cuando sea estrictamente necesaria, Kovar. Ya tendréis tiempo para mostrar al mundo vuestro poder, mas no antes de tiempo. No busco una estampida de terror, sino que crean que están a salvo, luego de su última victoria.

—Podría arrasar esa maldita ciudad que tanto se vanagloria de habernos vencido, mi maestro. Es un insulto hacia vuestro poder.

—Han vencido una batalla, no la guerra. Y lo han hecho porque ese grupo ha cohesionado de forma extraña. Nadie apostaría por que un caballero del dragón, dos taumaturgas y una ladrona de barrio hicieran alianza. Y más aun que se hayan hecho con el camafeo de Guerón tan rápido. No obstante, todo sigue el camino marcado, aunque te parezca extraño.

—Oligarco no fue una buena opción. Si yo…

—¡No! —interrumpió la nube de humo, adoptando tintes rojizos y azules en toda su extensión—. No debéis usar el camafeo en ningún momento. Cuando lo encontréis debéis avisarme.

—No me afectará, Oligarco era un simple granjero, yo…

—¡Os he dicho que no! —volvió a gemir la nube, ahora haciéndose más grande y más oscura.

—Perdón mi maestro, no era mi intención negar vuestro mandato —dijo Kovar, bajando la cabeza en sumisión.

—Ese camafeo será nuestro aliado, pero no nuestro amigo. Si os ponéis ese camafeo o lo usáis, seréis mi enemigo. Tendré que destruiros, tenedlo presente.

—No lo olvidaré, mi maestro.

—Informadme de todo aquello que os preocupe. Mis ojos verán lo que vos veáis y mi voz permanecerá en vuestra mente.

—Os debo todo lo que soy, mi maestro. No os fallaré en este cometido.

—Lo sé, Kovar. Mas el camafeo querrá ser parte de ti, te prometerá suculentos premios y te seducirá con su canto. No puedes rendirte ante su ley, debes permanecer fiel a la mía.

—¿Dudas que pueda caer en la tentación?

—Dudo, pues tu entrenamiento no lo he podido completar.

—Lo completaré ahí fuera, mi maestro. He nacido aquí, a vuestra vera, y nunca he visto ni conocido nada fuera de esta región, excepto a Oligarco. Sabré aprender de esa gente de fuera y completaré mi falta de conocimientos.

—No aprendas de ellos, limítate a observarlos, como haría un granjero de hormigas. Mira cómo se organizan para trabajar, cómo unas hormigas vigilan mientras otras recolectan comida, y cómo excavan esos profundos túneles llamados sociedad. Verás cómo tienen cientos de puntos débiles. Te basarás en ellos para obtener información y avanzar así hacia tu objetivo principal. Úsalos, no los combatas, pues no son rivales para tu poder y no tienes nada que demostrar.

—Serán mis títeres, como bien decís. Me resulta extraño tener que convivir con mortales como esos, tan frágiles y estúpidos. ¿Solo manejan el plano físico?

—La magia fue erradicada de sus mentes por ellos mismos, así es. Sin embargo, desconfía, pues algunos siguieron las doctrinas arcanas, como puedes ver con Sirián y Zurah.

—Esas dos no me preocupan ya. Si dos Orígenes estarán a mi vera, esas dos no sabrán ni dónde meterse —respondió Kovar, con una leve risa de hiena.

—Goza de su muerte, mi aprendiz, o sírvete de ellas para alcanzar tus objetivos.

—A vuestro eterno servicio, mi maestro.

El hechicero se ajustó los cordajes de la silla de montar, revisó que llevaba las alforjas con su equipo de viaje y su báculo agarrado en la espalda, y salió veloz hacia el horizonte, camino a La última llamada. Cuando cogió velocidad, tanto jinete como montura desaparecían momentáneamente para reaparecer varias decenas de metros delante. Estaba saltando en el tiempo y en el espacio, y lo hacía sin fallos ni dudas.

Apenas avanzó unos minutos escasos antes de oír voces en su mente.

«*¿Me oyes, Kovar?*», le preguntó una voz.

«*Os oigo. ¿Quién sois?*», respondió Kovar sin dejar de cabalgar.

«*Mi nombre es Hagra vos Jun y os hablo en comunión a Refek, mi caballero vinculado. El maestro nos ha convocado y desearía veros para conoceros*».

«*¿Sois el dragón? Perfecto, venid aquí y nos conoceremos. Voy cabalgando por las llanuras de Llaídra. Dadme un punto de referencia y nos veremos allí*».

«*A esas llanuras no entraremos, Kovar. Nos veremos fuera de las mismas*».

«*No tenéis nada que temer aquí, estando yo, creedme. Decídselo a vuestro caballero y venid*».

«*No contradigas la palabra de un dragón, necio. Respeta mi palabra y obedece cuando te digo que nos veremos fuera*».

«Ya me dijo mi maestro que los dragones hablaban con este orgullo y soberbia, pero no me esperaba que fuera para tanto.

Aguanta, Kovar, no te alteres y cede», pensó el hechicero ante la impertinencia del dragón.

«*Está bien, Hagra vos Jun. Fuera de Llaídra hay un bosque centenario, camino a La última llamada. Hay una meseta cubierta de árboles bajos con raíces exteriores. Nos veremos allí, ¿os parece bien?*», le respondió al dragón.

«*Allí estará mi caballero*».

«*Una cosa. ¿Y el otro caballero del dragón y su dragón? El maestro me dijo que erais dos*».

«*Ni lo sé, ni me importa. Yo respondo por mí y por mi caballero*».

«*Ya veo. Pues nada, no imagináis cuántas ganas tengo de ver cara a cara a vuestro caballero*», respondió Kovar con seguridad y algo de altanería. Sonaba más como una amenaza que un acuerdo amistoso.

No se dijeron nada más, dándose por finalizada la conversación mental. Kovar siguió cabalgando mientras hacía uso de sus dotes mágicas para teleportarse en cuestión de segundos, haciendo muchísimo más corto el viaje.

«Estos caballeros del dragón van a ser un problema si empezamos con tanta tontería —pensó Kovar con media sonrisa dibujada en su rostro—. Os voy a necesitar para mandar a paseo a ese tal Drigán y a su lagartija amarilla, pero no penséis que luego vais a salir por la puerta grande. Los caballeros del dragón no merecen respeto ni gloria y muy equivocados están si creen que pueden salir indemnes de todo esto».

A lo lejos, en los dólmenes de Aupur, el maestro se desvanecía cual niebla matutina. Las runas de los dólmenes brillaban con palidez de forma errática, haciendo que saltaran chispas en el centro del cónclave de rocas. Súbitamente, una nueva runa se iluminó y una garra rojiza se asomó a través de un agujero temporal. Se fijó en el suelo con firmeza, clavando sus largas uñas oscuras varios centímetros en el suelo. Según la proporción de esa mano, el ser debía medir más de ocho metros. Todo el lugar tembló por unos instantes y aconteció fuego por doquier, prendiendo incluso en la tierra yerma. Un grito ronco de furia se dejó oír a kilómetros de distancia y otra garra más surgió de ese portal dimensional.

«Bienvenido, hijo de los fuegos. Las runas están respondiendo bien y poco a poco las iré despertando a todas, aunque no te esperaba tan pronto. Contigo, toda Ampiria ya está condenada», se dijo a sí mismo el maestro.

CAPÍTULO 2: SENTIMIENTOS EN TRES CRUCES

El pueblo de Tres Cruces se encontraba enclavado en una región fría y lluviosa, oculta para viajeros de fuera y evitada por comerciantes, dada su lejanía del resto de ciudades y la dificultad que tenía llegar hasta allí. Había que ascender varios cientos de metros por la falda del monte Tenea hasta ver las primeras viviendas, con unos caminos angostos y cubiertos de maleza. El caudaloso río Gamades daba sustento de agua a todos sus habitantes, aportando además varios tipos de suculentos peces, mientras que el bosque montañoso circundante proveía de caza y madera en abundancia. Sus habitantes eran gente sencilla y amable, contentos con su pacífica rutina, allí, alejados de todos los movimientos del imperio.

Zurah se levantó a primera hora de la mañana, con un cielo aún oscuro que empezaba a abrazar los primeros rayos de luz. Vio a Drigán a lo lejos, fuera del pueblo. Era una sombra en lo alto de una de las lomas cercanas, rompiendo el alba con su porte escultural mientras se ejercitaba con su espada en movimientos de combate y defensa. No se sabía cuánto podía llevar ahí, pero era incansable en el ejercicio de su cuerpo. Tenía una disciplina férrea que nunca se saltaba.

«¿Acaso no duerme este hombre? —pensó la bruja oscura mientras bostezaba desde la ventana de su habitación, en la posada del lugar—. Más le valdría descansar un poco y relajarse, a ver si así mejora su carácter un poco».

Se aseó y dispuso sus pertenencias cerca de la puerta, preparada para bajar a desayunar y volver luego a recogerlas. Estaba algo nerviosa e intranquila, pues la noche pasada sufrió de sueños premonitorios nada halagüeños. Vio a Dévora corriendo a toda velocidad por un bosque cubierto de hojas de fuego y suelo negro, siendo perseguida por una sombra deforme que flotaba en el aire. Corrió y corrió, pero no tardó mucho en acabar envuelta dentro del manto oscuro de ese ser, que la asfixió entre murmullos de dolor. En el cielo le pareció ver a Kragor til Mass, el fastuoso dragón de Drigán, exhalando enormes bolas ardientes contra otras dos fieras aladas semejantes a él. Normalmente, los vaticinios que Zurah tenía eran claros y concisos, aunque éste se le presentaba algo errático. No era la primera vez que una videncia se mostraba de forma críptica, mostrándole elementos cercanos con un significado desconocido. Así, Dévora podía significar algo oculto, porque ella tenía asociada a la ladrona en ese ámbito, y el dragón luchando en los cielos contra otros podía representar una gran batalla entre dos ejércitos poderosos. No lo tenía muy claro.

Hoy era el día que todos los del grupo señalaron para partir y no iba a ser un viaje de placer, indudablemente. El camafeo maldito debía ser destruido y la única forma de hacerlo era llevándolo al mismo sitio donde los titanes lo forjaron. Un camino prohibido para todo ser vivo, mas que debían recorrer. Muchos del grupo aún se preguntaban por qué ellos y por qué no olvidar todo y dejar enterrado el objeto en cualquier lugar bajo tierra, pero los recuerdos vividos y las batallas pasadas les convencían de lo contrario, de que era una obligación de ellos.

Zurah bajó a la planta baja de la posada y salió fuera, a la plaza del pueblo, decorada con una fuente de madera destartalada y con la estatua del fundador del pueblo, un tal "Fizz el pescador de plata", elaborada en piedra blanca imitación del mármol. Allí fuera vio a varios cazadores saliendo de partida y a tres viejos sentados bajo la techumbre de una vivienda, fumando y riéndose de sus cosas.

—Buenos días, Zurah —dijo Vaiel, que estaba sentado en una de las sillas de fuera de la posada, a punto de hincarle el diente a una suculenta tortilla de huevos con tocino—. ¿Qué tal la noche? ¿Nerviosa, como todos?

—Vaiel... buenos días —respondió la bruja oscura, sentándose en la silla de enfrente—. Han pasado rápidos estos días de descanso, la verdad. Me hubiera quedado aquí dos meses sin hacer nada, solo comer y dormir.

—Ja, ja, ja, te entiendo perfectamente.

—Veremos a ver cómo empezamos hoy el viaje, veremos a ver.

—¿Lo dices por algo en concreto?

—Ya viste la otra noche cómo se pusieron todos con el trogami. Hasta Sirián perdió los papeles.

—Ja, ja, ja. Bueno, para defensa de todos, diré que esa noche ingerimos mucha cerveza y vino, y no estábamos todo lo lúcidos que podíamos estar. El trogami, además, fue la gota que colmó el vaso, dejándonos fuera de combate. Dijimos cosas fuera de lugar y sin pensarlo realmente.

—Sí, lo sé, pero no olvidemos que el alcohol es el mejor suero de la verdad que existe. Un borracho rara vez miente y mucho de lo que se dijo esa noche fueron verdades que realmente pensábamos.

—No hay que darle tanta importancia, te lo digo con total franqueza.

—¡Oiga! —alzó la voz Zurah, al ver al posadero asomarse por la puerta— Un desayuno tal a éste, por favor.

El posadero asintió con apatía y entró con parsimonia al interior de la posada.

—Por cierto, quería preguntarte algo desde hace unos días. ¿Has visto algo raro últimamente en Dévora?

—¿Algo raro? —respondió Zurah poniéndose en alerta. Ella sabía que el camafeo de Guerón había elegido a la ladrona para ser su recipiente de poder y obviamente le estaba afectando—. ¿A qué te refieres con algo raro? Ella siempre ha sido rara.

—No… no sé… la veo más perdida en su mirada… y su conversación no es tan vivaz como antes. Es más una impresión que una obviedad, pero como la conozco desde hace tiempo, me ha resultado sospechoso. A ver si es que está decidiendo no venir…

—Por eso no te preocupes, vendrá seguro.

—Muy segura te veo.

—Ella tiene sus preocupaciones, Vaiel. Roig II y muchos de sus nobles vasallos han puesto precio a su cabeza, y varias hermandades la están buscando. Se le acusa de asesinar a nobles, alentar el uso de la magia y frecuentar magos. Además, los gremios afines a la del Búho están deseosos de vengarse de su muerte. Y por si fuera poco todo esto, ahora debe llevar el camafeo a los confines del mundo conocido.

—Todos hemos tenido momentos malos, Zurah. A ver si te piensas que para el resto está siendo un paseo. Pero creo que te entiendo, sí. Siempre ha dado la sensación de ser una mujer dura e impenetrable y, en el fondo, también tiene sus sentimientos.

—Todos los tenemos, sí.

Drigán se acercaba por la plaza, con el pecho descubierto y empapado en sudor. Se refrescó el cuello con agua de la fuente y se acercó a los dos amigos. Justo salió el posadero con el desayuno de Zurah, una hogaza de pan cortada por la mitad, manteca roja, tomates, una tortilla con tocino y un vaso de leche fermentada.

—Buen día a los dos —dijo el caballero del dragón, tomando asiento. Sin preguntar a nadie, empezó a untar manteca sobre el pan y le dio un sorbo al vaso de leche recién traídos.

—Buenos días, Drigán. Como siempre madrugador ¿eh? —respondió Vaiel.

—Buenos días —dijo Zurah, sonriendo al posadero y pidiéndole otro desayuno igual. El posadero la miró con cara de pocos amigos y masculló algo ininteligible.

—¿Me dice cuántos desayunos vais a querer? Tengo otras cosas que hacer, además de estar entrando a las cocinas para preparar platos cada cinco minutos, a cuentagotas. ¿Un desayuno más?

—Sí, uno más. Lamento molestaros tanto.

Sin decir nada más, se alejó de nuevo hacia el interior de la posada.

—¿Está bueno? ¿Calentito y a tu gusto? —preguntó Zurah a Drigán con ironía, mientras le señalaba la comida.

—Regular, la verdad. El pan muy duro y la manteca muy aceitosa, pero está pasable —respondió Drigán sin mirarla siquiera a los ojos.

—Ja, ja, ja. Por lo que veo, hay gente que no cambia, pase lo que pase —pensó en voz alta Vaiel. Drigán lo miró con seriedad durante unos segundos, intentando comprender a qué hacía referencia, para luego afanarse en seguir comiendo.

—¿Alguien ha visto a Sirián o a Dévora? —preguntó Zurah —. Ya están tardando…

—Que descansen, que descansen, que bien merecido se lo tienen. Bueno, todos nos los tenemos bien merecido, realmente —respondió un Vaiel muy vívido.

—Ya veréis que al final nos quedamos un día más por aquí.

—Pues mira, no me importaría. Se está muy tranquilo, la verdad.

—Claro, como no pagas nada…

—¿Y éste va a ser el emperador de toda Ampiria? ¡Si no tiene ni para pagarse un desayuno! Ja, ja, ja —dijo Drigán con la boca llena de pan con manteca, intentando mostrar una mueca.

—¿Ya estamos graciosos tan temprano? Pues sabed que no he aceptado átlidos que me quisieron dar en la capital, pues no consideré merecerlos. Si quisiera, ahora tendría de sobra para cien desayunos.

—Sí, sí, pero bien que aceptaste dormir en esas suntuosas salas del castillo, así como probar las viandas que te servían. Y alguna que otra vianda, más “humana”, habrás probado seguro… —añadió Drigán con media sonrisa dibujada en su rostro.

—¿Y qué esperabas que hiciera? No olvides que maté a un Origen ¿vale? Sí, yo, maté a un Origen.

—Suerte de novato. Tuviste una opción de un millón y te salió el número elegido, es solo eso. No vayas a pensar que eres un héroe por disparar una flecha ¿eh?

—No, no, ni mucho menos. Prefiero mirarte a ti, gran Drigán, y aprender de tu acogedora compañía. Tú serás mi ídolo y mi musa, mi Dios y mi guía —recitó Vaiel de forma sarcástica, gesticulando de forma exagerada con sus manos.

—Es un buen comienzo —respondió Drigán de forma tajante.

—Ja, ja, ja, desde luego hay cosas que nunca cambian, en efecto —dijo Zurah, mientras se levantaba de la silla—. Voy a ver si las veo por ahí dentro ¿vale?

—Ve tranquila, por aquí estaremos nosotros —dijo un Vaiel resignado a seguir charlando con el tozudo caballero del dragón.

Zurah subió rauda las escaleras y se dirigió primero a la habitación de Sirián. Dio tres golpes medidos y esperó a que la animista le respondiera, pero no se oía nada. Probó a abrir girando el pomo, mas la cerradura estaba echada.

«Como sigamos así, no salimos de este pueblo nunca. No deberías hacerlo, Zurah, no deberías hacerlo, pero o eso o me veo viajando por la noche», se dijo a sí misma la bruja oscura. Miró hacia los lados, para asegurarse que nadie la veía, y comenzó a recitar en voz baja un encantamiento de apertura básico. Agitó sus manos sobre la cerradura con unos movimientos concretos y desprendió un apagado brillo que se asentó latente sobre la misma. La cerradura se agitó bruscamente y se oyó un traqueteo dentro de su mecanismo, aunque la puerta seguía sin abrirse. Esta vez, la magia no fue de ayuda.

«Maldita sea esta puerta —se dijo a sí misma, apartándose un poco hacia atrás—. Si me viera Dévora intentando abrir esta puerta así, se tiraría al suelo de risa. Y no le quito razón... menudo ridículo».

Sin más dilación se dirigió a por Dévora, aunque tampoco la encontraría en su dormitorio. Tanto Sirián como Dévora salieron muy temprano, antes del alba, para definir las bases del transporte del camafeo. Sirián era animista del círculo blanco, orientada a la sanación del cuerpo y el alma, y si alguien podía socorrer a la ladrona de no caer en desgracia ante el camafeo, esa era ella. Quedaron antes del alba, fuera del pueblo, para ver, oír y sentir las voces que el camafeo exhalaba. Dévora pensó que la animista iba a conjurar algo sobre ella o algo parecido, pero Sirián solo estuvo charlando con ella, no usó magia en ningún momento. Le preguntaba acerca de cómo se sentía, qué sentimientos le despertaba Drigán, Zurah o Vaiel, si veía algún cambio en sus hábitos, o preguntas tan absurdas como si le seguía gustando el azúcar o la cerveza fría. Para Sirián, la magia era un recurso a emplear si se tenía certidumbre de cuál era la afección que torturaba a la víctima. Para saber qué mal era ese, ella empleaba la psicología, haciendo uso de los años de conocimiento que fue atesorando en ese campo.

Cuando acabaron la terapia, Sirián no emitió ningún juicio ni valoración. Se limitó a invitar a su compañera a ir de vuelta al pueblo, para ver al resto del grupo e ir pensando en la marcha. Se la veía vacilante y dubitativa, aunque ella era así, una amalgama de simpatía y preocupación. Tenía su rostro siempre límpido, sin arrugas, cortes, cicatrices ni suciedad alguna. La magia que la envolvía se ocupaba de mantenerla siempre inmaculada. No obstante, Dévora sabía ver más allá de la piel y los huesos, conocía a la gente lo suficiente como para ver dentro de ellos y sentir su sentir. Sirián estaba preocupada, algo asustada y dudaba en varios de sus pensamientos, aunque prefirió no preguntarle acerca de ello. Optó por seguir andando a su vera y en silencio a medida que iban entrando en la plaza del pueblo. En el mismo instante que se dejaron ver allí, Vaiel silbó para atraer su atención, indicándoles que estaban sentados ahí cerca mientras terminaban de desayunar.

—¿De paseo matutino? —preguntó Vaiel.

—Despidiéndonos de la tranquilidad del momento, ahora que se avecinan tormentas —respondió poéticamente Sirián, tomando asiento al lado de Drigán. Dévora se sentó al lado de Vaiel, justo cuando el posadero llegaba con un desayuno completo. El estómago de la ladrona gruñó al momento, y casi sin dejar que dispusiera los platos en la mesa, ya estaba probándolos.

—Supongo que querrán un desayuno más ¿verdad? —dijo el posadero con cara de hastío.

—No, gracias —respondió Sirián—. Yo ya tomé algo hace unas horas. Quedo muy agradecida por su ofrecimiento.

—¿Seguro? —replicó el posadero—. Voy a ponerme ahora con la limpieza, así que…

—Seguro —sentenció Sirián.

—Oye que rico está esto —exclamó Dévora, haciendo gala de un hambre apabullante—. Como se nota que son productos crecidos en alta montaña, ¿eh? Tienen ese sabor tan especial que los diferencia de los de mar.

—Es comida, solo eso. Te la comes y a otra cosa —dijo Drigán.

—Es uno de los placeres más gratificantes que existen, no lo simplifiques a solo eso, que me haces llorar —replicó la ladrona.

—Ja, ja, ja, pues ni te cuento qué puede pensar nuestro amigo Drigán del sexo —añadió Vaiel entre risas. El resto rieron en comunión, excepto Drigán, que simplemente escupió al suelo y se limitó a mirar cómo se acercaba Zurah.

—¡Aquí estabais! —exclamó la bruja oscura, sorprendida—. Me habéis tenido preocupada, casi a punto de coger una hachuela para romper las puertas de vuestras habitaciones. Que una no me abra me lo creo, pero ¿las dos?

—Estábamos fuera, Zurah. Nos despertamos hace ya bastantes horas —le aclaró Sirián.

—No, si ya… Por cierto, Dévora, eso que te estás comiendo no será mi desayuno ¿verdad?

Dévora se quedó totalmente paralizada con el último cachito de pan con tortilla que quedaba. La miró de soslayo con media sonrisa dibujada en sus labios y abrió los ojos con inocencia.

—No, si al final me quedo yo sin… ¡Oiga! ¡Posadero! —volvió a gritar Zurah al ver al hombre salir de la posada con una escoba y varios trapos encima—. Disculpe que le moleste, pero necesito que me prepare un desayuno completo.

—¡No! —respondió el posadero de forma tajante y claramente enfadado.

—¿No? ¿Cómo que no? —dijo Zurah, dándose la vuelta y mirando a sus colegas, que empezaron a soltar carcajadas a pleno pulmón—. Oiga, de verdad, tengo hambre y es que…

—¡No! ¡Fuera de aquí! ¡No hay comida! ¡No! ¡Fuera de mi vista!

—Pero, ¿se puede saber qué rayos le he hecho yo a ese? ¿Qué me he perdido, si puede saberse?

No tardaron mucho en acabar su primera comida del día y abandonar la ciudad. Estaban relajados y concentrados, unos valores que resultaban muy importantes para su cometido. Cabalgaban al trote, Drigán inclusive, que decidió no ir a lomos de Kragor til Mass durante unos días. La mayoría veían claro que lo hacía para tenerlos a todos más vigilados y para saber en todo momento de qué estaban hablando y planeando. Otros, como Dévora, les daban un voto de confianza, y concluían que lo hacía por altruismo. Drigán, por su parte, no daba pistas del porqué de sus actos. Era poco amigo de las palabras, cerrado en sus pensamientos y arisco con brotes de soberbia. Era un caballero del dragón.

—¿Siguiente punto de paso? —preguntó Vaiel a modo de recordatorio.

—Dicen que el camino más corto es el recto ¿no? —indicó Zurah con sarcasmo—. Seguiremos rectos hacia la cordillera de los Primeros nacidos y a ver qué vemos allí.

—¿Dijiste algo acerca de un castillo ahí arriba? —volvió a preguntar Vaiel.

—Sí, aunque son habladurías no documentadas.

—Pero ahí habitaban los titanes ¿no?

—Desde luego que sí, de hecho la espada que lleva Dévora, Linhauser, fue forjada allí con total seguridad.

—Entonces, si he de esperar ver un castillo, doy por sentado que será uno enorme ¿no? Porque para dar cabida a un pueblo de titanes…

—Ja, ja, ja —se rio Zurah casi al instante—. Un titán no es un ser que viva en ciudades, Vaiel. Estás propagando tus leyes sociales al resto de especies y eso no siempre es correcto. Piensa que un titán es un ser hecho y tocado por el Creador.

—¿Un ser tocado por el Creador? —espetó Drigán en la parte trasera del grupo—. ¿Por qué siempre recurrís al Creador cuando no entendéis algo? Es ver u oír algo desconocido y vais directos a pronunciar la palabra "Creador".

—Seguro que tú tienes una versión más útil para el grupo ¿no? —respondió Zurah algo molesta.

—Por supuesto que sí. Un titán es un ser envuelto en magia, creado con magia y que tiene unos conocimientos brutales de dicha magia. Aparte, es un gigante que alcanza a la estatura de mi dragón. Por lo tanto, es un adversario durísimo de vencer, pero no imposible.

—Cualquiera que nos oyera pensaría que vamos a dar muerte a titanes —respondió entre risas Sirián—. Será mejor pensar que no veremos titán alguno. Para la creencia popular, los titanes descendían para actuar por mano del Creador, forjando, sembrando, construyendo o realizando algún tipo de obra. En vuestra doctrina, Drigán, creo que se les veía como una civilización independiente que decidía vivir de forma aislada incluso con sus propios congéneres, algo así como los dragones, que apenas se relacionan entre ellos.

—Y es que esa es la única verdad —subrayó Drigán.

—Lo importante es que ambas doctrinas coinciden en un mismo punto, que es su extrema constitución y conocimiento de la magia más alta. Lo que no…

—¿Qué le pasa a Dévora? —interrumpió bruscamente Vaiel—. ¿Qué hace allí?

La ladrona se había quedado atrás, muy atrás, cerca de unos árboles que daban entrada a un recinto de verjas con varias lápidas. Había descabalgado y estaba arrodillada cerca de una de ellas, con los ojos cerrados y las manos unidas en su vientre.

—Es la tumba de Maiden —dijo Zurah—. La verdad es que deberíamos estar todos ahí, despidiéndonos de nuestro amigo.

—¿Os despedís de los muertos? Cada día me hacéis ver que podéis ser aún más raros —dijo Drigán deteniendo su caballo al ver al resto parados.

—Vamos con ella a darle el último adiós a Maiden —dijo Sirián al instante.

Y allí se dispusieron todos, alrededor de Dévora y en silencio, despidiendo al bravo guerrero que se batió con valor frente a los segadores pútridos en la batalla de La última llamada. Dévora tenía los labios en un continuo temblor y las manos no se quedaban quietas ni juntándolas en su regazo. Varias lágrimas resbalaban por sus mejillas, recordando la sinceridad y honestidad de quién fue un hombre importante en su vida. Nadie lo sabía, pero era el tercer hombre del que se enamoraba y que moría. Ella misma se repetía el sobrenombre de "viuda negra", como si fuera culpa suya.

Zurah, por su parte, dejó volar sus recuerdos muchos años atrás, cuando compartió con el guerrero aventuras y batallas variopintas. Recordó cómo fue aquel día en el que Maiden descubrió la condición de bruja de ella y qué fue lo primero que le dijo: "ya sabía yo que tenías algo raro… oye, ¿puedes crear átlidos con la magia?". No pudo evitar reírse en silencio, aun estando con los ojos tristes.

Vaiel se agachó al lado de Dévora, poniéndole la mano sobre el hombro y asentando la palma derecha sobre la lápida.

—Nunca olvidaremos tu valor, Maiden. Fuiste una inspiración para mí y un orgullo de hombre. Siempre fuiste sosegado y un brazo amigo, y en batalla despertabas con furia para temor de tus adversarios. Fuiste… para mí fuiste un amigo. Mi primer amigo de verdad.

Sirián apenas lo llegó a conocer, mas ella sentía el dolor como si lo arrastrara en sus entrañas, y alrededor había mucho. Le contagiaba ver tanto dolor, tantas lágrimas de tristeza derramadas en un mismo sitio. Cerró los ojos y empezó a cantar una oda de despedida. Todos abrazaron el réquiem que la animista interpretó con una voz dulce y melódica, otra de las tantas virtudes de las que hacía gala. El grupo se unió aún más, juntando sentimientos, lágrimas y dolor en un mismo punto. Solo Drigán permanecía ajeno a todo ello varios metros por detrás, mientras acariciaba al caballo. El canto de Sirián, no obstante, hasta a él le resultó apacible y dulce.

Adiós guerrero, adiós amigo,
descalzos de odio nos despedimos.
Has visto ya al Creador, ya lo conoces,
y con él empezará un nuevo día de gloria.

Adiós guerrero, adiós valiente,
derramamos nuestro dolor sobre tu tumba
esperando que crezca de nuevo tu nombre.
Visítanos, guerrero de la pasión,
danos el privilegio de conocer tu nombre,
muéstranos cómo se lucha ante la muerte.

Adiós guerrero, adiós rey de los hombres,
seguiremos el rumbo de tus combates,
con victorias vitoreadas,
con derrotas vergonzosas
y con tu sangre mojando tu cuerpo y el de tus enemigos.

Adiós guerrero, adiós amigo,
sin rencor te despedimos.
Saluda al Creador, dile que te cuide,
pues tu gloria debe extenderse más allá de esta vida.

Adiós guerrero, adiós mi amigo.

—¡Ehhh! —gritó Drigán casi al final del canto—. Se acerca alguien y parece que trae prisa. ¿Pero es que no vamos a tener ni un día de tranquilidad? Es empezar el trayecto y comenzar los problemas…

Todos miraron hacia el camino, y en efecto, en el horizonte se apreciaba la imagen de un jinete trotando a galope tendido hacia el pueblo. Emitía una luz tenue en forma de reflejos intermitentes, algo molesta si fijabas la vista.

—No debéis preocuparos, esperaba que llegara ya —dijo Sirián mirando por última vez la tumba de Maiden—. No es un enemigo, sino uno de nuestros mejores aliados.

CAPÍTULO 3: RAÍCES MUERTAS

—Lo cierto es que no estoy seguro de que vayan a venir, pero debo creer lo que me dijo el Abad —dijo Leonardo, mientras seguía vigilando el horizonte desde su posición elevada, en la ventana del segundo piso de la posada "Risas y lágrimas". Estaba nervioso, con el almuerzo aún sin tocar sobre la mesa.

—Cálmate, hermano —le respondió Lilian, posándole su mano tranquilizadora sobre el hombro—. El Abad no nos mentiría, de eso no me cabe la menor duda, mas igual se equivocó. Él lo oyó de un grupo de viajeros, no lo vio por sí mismo. Tenemos que tener en cuenta eso.

—Tú crees que está equivocado, ¿verdad? Crees que no vendrán esos segadores pútridos al poblado.

—No sé qué pensar, Leonardo. Nos dieron la noticia hace veinte días y desde entonces hemos estado aquí, incluso haciendo batidas por los alrededores a ver si veíamos algo. Los supuestos viandantes vieron a esa masa de orchis por el bosque de pinos, cerca del puente Sur del río. Y eso no está a más de diez días de viaje a pie. Las cuentas no salen.

—¿Igual se desviaron hacia otro destino?

—¿Los orchis? Lo dudo. Habiendo un poblado como éste, de reducidas dimensiones y fácil aniquilación, no se lo pensarían dos veces.

—Ya, pero no olvides que están siendo dirigidos, Lilian. Igual su titiritero cambió las órdenes en el último momento y se dirigieron hacia otro destino.

—Faltan quince días para ir al pueblo de Tres Cruces, a la reunión con Dévora y el resto de su compañía. Tenemos el tiempo justo para llegar allí si salimos mañana mismo. Creo que deberíamos olvidarnos de este rumor.

—Mañana iré a hablar con el Abad antes de salir —respondió Leonardo, resignándose.

—Perfecto. Descansa un poco, come algo y relájate, que te hace falta. Percibo tu tensión desde el piso de abajo —dijo Lilian, sacando una carcajada de su hermano.

El poblado donde estaban era uno más de la extensa región de Ampiria, compuesto por tres calles paralelas que chocaban con otra perpendicular. Las viviendas se mezclaban con arbustos y árboles autóctonos del lugar, conservando esa atmósfera de pureza que la naturaleza brindaba. Eran ciudadanos autosuficientes que incluso vivían del trueque como medio de pago y es que allí no pasó la caballería imperial nunca. El pueblo tampoco estaba en un cónclave estratégico para rutas de comercio, ni poseía fuentes ricas de minerales. Algunos lo llamaban Empertino, mientras que otros insistían en recordarlo como Gravertino, una diferencia que atestiguaba lo recóndito que era. Era un pueblo más del montón, hermoso de visitar y donde poder reposar al abrigo de la calma, un lugar de retiro.

Lo más destacado, y que dio origen a que se asentara allí gente, era la presencia de un monasterio entregado a la doctrina del Creador. Eran muchas las hermandades y variantes monacales que existían y, aunque todos confluían en el mismo precepto de la existencia del Creador y sus leyes santas, todas tenían sus matices que las diferenciaban. Ésta concretamente, regida por el Abad Mofo de Gul, abrazaba la idea de la reencarnación como ciclo continuo de la vida y la muerte. Eran pacíficos y entregados al trabajo de la tierra, con cosechas muy prolíferas de alimentos y con una habilidad única para la creación de quesos y vinos exquisitos con el sabor del lugar.

Leonardo no era una persona muy crédula ni fácil de engañar, mas cuando la palabra salía de una orden santa, era todo sumisión. Él basaba sus obligaciones en el combate y en la vida según los preceptos del Creador, pues despertaba sus habilidades especiales partiendo de la entrega que hacía de su alma a esa verdad única. Según su versión, era el Creador quien le daba fuerzas y capacidades únicas para vencer, y no su entreno o dedicación.

Cuando llegó al monasterio, se santiguó arrodillado en la entrada y caminó hacia el refectorio, donde presumiblemente estaría el Abad a estas horas de la mañana. En el patio había pocos hermanos de la orden, y es que muchos estaban terminando sus oraciones de las tercias. Se aseguró de entrar en silencio dentro del pasillo, para molestar lo mínimo, y se dirigió con paso firme hacia la sala de comedor. Estando ya cerca de la misma, se oían las voces de dos personas hablando, siendo una de ellas la voz del Abad. Leonardo no era de escuchar a escondidas, mas se quedó quieto ante la puerta entreabierta al oír que mencionaban su nombre.

—...sir Leonardo lo imagina, creedme, y es un hombre capaz de llegar a conclusiones insospechadas. Su halo de santidad le protege y le da fuerzas en los combates —dijo el Abad con voz claramente nerviosa.

—Sé perfectamente lo que es ese Leonardo. Y no le proclaméis como "sir", porque no ha sido ordenado caballero en ningún sitio. Son los conocidos como caballeros blancos, pero no son ellos los que me quitan el sueño. Es su hermana la que me preocupa y ahí es donde entras tú. ¿Cumplirás con tu cometido? —respondió una voz potente y ronca.

—No quiero problemas con ellos, yo soy una persona santa y no puedo mezclarme en esos asuntos —dijo el Abad casi al punto del llanto.

—Vamos, vamos... no me salgas ahora con eso, que no eres el primer abad que conozco. Ya sabes lo que tienes que hacer, o de lo contrario me tendrás aquí visitándote de nuevo, pero con menos ganas de charlar y más de partir huesos.

—No, os lo ruego, no me hagáis daño... ¿os habéis ocupado ya de ella? Yo con él, no sé qué hacer... es que estoy seguro que se dará cuenta.

—Sois un hombre de recursos, seguro que sabréis solucionarlo.

Leonardo no quiso escuchar más, pues se mencionó a su hermana de forma clara y concisa. Empujó la puerta con fuerza, para hacerse oír, y entró dentro del refectorio sin apartar la mirada de los dos tertuliantes. Uno era el Abad, que ya conocía, aunque ahora tenía la cara mucho más pálida y los ojos a punto de salirse de sus cuencas. Retrocedió nada más ver al caballero blanco dirigiéndose hacia él y juntó ambas manos temblorosas entre sus labios. El otro hombre que estaba a su vera vestía con un sombrero de ala ancha y una capa violeta que le llegaba hasta los tobillos. Tenía una barba recortada de forma muy delicada y unas cejas muy pobladas, dando paso a unos ojos oscuros que no mostraban asombro, sino más bien seguridad, como si supiera que esto iba a suceder. Un precioso látigo de cuero negro colgaba de su cinto, cerca de su mano derecha.

—¿Interrumpo algo, noble Abad? —dijo con voz firme Leonardo, sin apartar la vista del extraño visitante—. Me gustaría saber de qué estabais hablando, si no es mucha molestia.

—Sir Leonardo… yo, no… yo, no tengo… me debo al Creador, él me pide y yo obedezco… yo no hablaba de vos más de lo que cualquier otro hombre, nada que…

—¡Abad! Para vuestra desgracia os he oído lo suficiente como para saber que sois hombre turbio de fe. Así que no demoremos más esta conversación y hacedme partícipe de ese plan macabro del que hablabais. ¡Exijo saberlo ahora!

—Yo… yo no sé nada… —dijo el Abad arrodillándose y mirando entre lágrimas al hombre del sombrero que, lejos de amilanarse, dio un paso hacia el frente con una sonrisa pronunciada sobre sus labios.

—Buenos días, Leonardo. Nunca pensé que llegaría a conoceros, pero el azar es caprichoso a veces. Ahora veo que vuestra fama es meritoria, pues tenéis el porte de un caballero digno, aunque nunca rey alguno os haya nombrado.

—¿Se puede saber quién sois vos para referiros a mí en esos términos de confianza? —respondió Leonardo cerrando sus puños.

—¿Quién soy? ¿Tenéis tiempo para eso, Leonardo?

—¿A qué os referís?

—A vuestra hermana, Leonardo. No era nuestra intención que vos estuvierais aquí, ni que vos sufrierais castigo alguno, pero las cosas han sido así. Vuestra es la elección ahora.

—¿Elección? ¿De qué elección me habláis? Estáis amenazando a mi hermana y a mí mismo, y ¿aún me habláis de elección? O me contáis de qué se trata u os lo sacaré a tortas, no lo dudéis.

—No dudo de que seáis capaz de intentarlo, pero no vais a hacerlo, y os diré por qué. Primero porque estáis desarmado, y yo no, aunque posiblemente eso no impida que os arméis de coraje y saltéis hacia mí con los puños. Arriesgado, pero posible... seguro que ya lo estáis pensando. No obstante, si os enfrentáis a mí perderéis tiempo y no os queda mucho para salvarla a ella.

—¿Salvarla? ¿Qué...? —dijo Leonardo abriendo sus ojos de par en par y mirando hacia la puerta por la que entró.

—Era una chica guapa y resultona, pero chocaba con nuestros intereses de forma muy evidente. Rezad por ella, hombre del Creador —dijo el visitante, rompiendo a reír a carcajadas.

Leonardo salió corriendo a toda velocidad, deshaciendo el camino de entrada. Su rabia fue decreciendo mientras que el temor a perder a su hermana crecía. Recorrió los metros hasta el patio a velocidad inusitada, empujando a un par de monjes que se cruzaron en su camino y tomando el camino principal hacia la posada. A lo lejos ya veía su fachada, justo cuando dos jinetes se montaban en sus caballos. En la grupa de uno de ellos estaba Lilian, aparentemente sin vida.

«Está desmayada, no está muerta. Seguro que no está muerta, sino no se la llevarían. ¡Corre, Leonardo! ¡Corre!», se dijo a sí mismo, aumentando su velocidad al máximo que le permitían sus extremidades y su constitución. Sin embargo, no fue suficiente y los misteriosos jinetes se alejaron raudos del poblado. Cuando Leonardo llegó a la posada, en el horizonte solo se contemplaba una mancha verde de árboles, pero nada de los raptores. Fue a por su caballo, lo montó sin adecuarle la silla de montar y lo sacó fuera de los establos, y a punto estuvo de salir del pueblo en persecución, aunque en el último segundo optó por tensar las riendas y permanecer inmóvil. El bosque era muy frondoso y le llevaban mucha ventaja, aparte que rastrearlos no iba a ser sencillo sobre tierra tan tupida como la que allí había. Existía otra opción más segura y rápida: volver al monasterio.

Esta vez entró espada en mano al lugar santo, levantando gritos a su alrededor a medida que se cruzaba con los monjes del patio. Atravesó el patio principal y entró por las puertas, y al fondo del pasillo vio al Abad, que con este nuevo susto se tiró al suelo totalmente en súplica. Tenía su rostro pegado a las losas y no paraba de sollozar y pedir perdón en voz alta.

—Levántate, devoto del mal. Quiero ver cuál es el rostro de la mentira.

—Sir Leonardo, perdonadme, os lo ruego, perdonadme. Me amenazaron, me iban a matar. Yo no soy hombre de lucha, soy hombre dedicado a la santidad.

—Vergüenza deberia daros proclamar eso que decís. Un hombre volcado en la santidad daría su vida por la verdad. Vos sois una araña mentirosa que ha tejido una tela demasiado grande para sus pretensiones y que ahora os la han partido. Ya no sois nadie, no merecéis ser llamado Abad, porque el Creador ya no os protegerá, ni merecéis ser llamado traidor, pues no es hombría lo que ostentáis. Sois nada.

—Os ruego vuestro perdón, noble caballero blanco. Os lo ruego, compensaré mi error.

—¿Quién era ese hombre que estaba antes con vos y dónde está ahora?

—Salió del monasterio nada más iros vos, os lo juro.

—Vuestro juramento no es palabra de confianza, así que no me lo brindéis. Limitaos a responder a mis preguntas, solo eso. ¿Por qué se han llevado a Lilian? Y espero por tu bien que esté viva.

—¡Sí, está viva! Os lo ju… os lo aseguro, Leonardo. La necesitan viva.

—¿Quién? ¿Por qué la necesitan viva? ¿Para qué? ¡Responde! —insistió Leonardo, alzando con una sola mano el pesado mandoble de empuñadura blanca.

—Su nombre es Idílogas, un aventurero de las tierras del Norte, que a su vez obedece órdenes de alguien más importante. No sé por qué la querían, pero creo que es por algo de que sabe encauzar magia o algo así, me pareció entender.

—¿Saben que mi hermana es capaz de convocar magia?

—Lilian… ¿Lilian es una maga? —dijo sorprendido el Abad, olvidándose de su plegaria de arrepentimiento.

—Lo que esos vándalos crean no es motivo de diálogo aquí y ahora —sentenció Leonardo, bajando la espada y arrodillándose hasta la altura del Abad—. Ahora respondedme y no olvidéis nada. ¿Dónde está ese Idílogas ahora? ¿Hacia dónde iban?

—Creo que a La última llamada, o eso me dijo. Os lo aseguro, Leonardo.

—Ya veo... y ¿qué se supone que debíais hacer vos conmigo? Me pareció escuchar que debíais ocuparos de mí mientras ellos lo hacían con Lilian.

—No... yo nunca os haría daño. Debía entreteneros en este pueblo haciéndoos creer que los segadores pútridos atacarían en breve. Sabían que mientras creyerais eso os quedaríais aquí vigilando, tanto vos como vuestra hermana.

—Hay algo más que no me contáis, se os adivina en el rostro. Más os vale cooperar aquí y ahora, o no veréis un nuevo amanecer.

—Os lo juro, Leonardo, es toda la verdad.

—¡No juréis en vano! —volvió a decir Leonardo, levantando la voz con ira— Limitaos a contarme la verdad de los hechos, sin ocultar nada.

—Me... comentó algo de una tal Dévora, una hija de la noche amiga de Lilian y que era el auténtico objetivo.

—¿Y por qué raptar a Lilian y no a mí?

El Abad miró de arriba a abajo a Leonardo, como si no fuera evidente el porqué. Él era un hombre de complexión robusta, fuerte en el combate físico y ordenado en el códice de los caballeros santos, lo que le llevaba a preferir morir antes que cometer un acto impío, como delatar a una amiga. Lilian, sin embargo, era más débil, tanto física como mentalmente, y era más sencillo cogerla a ella. No le llevó mucho tiempo a Leonardo darse cuenta también de esta evidencia.

—¿Cuándo pensabais matarme, Abad? —preguntó de forma abierta Leonardo, mirándole fijamente a los ojos. El Abad respiraba con dificultad debido a sus continuas lágrimas y casi no le quedaban fuerzas para replicar. Miró el suelo y se tapó con ambas manos el rostro.

—Esa será vuestra penitencia —dijo Leonardo levantándose y tomando la salida—. Llorad por lo que habéis hecho y servid a vuestra alma lo que os queda de vida. Abandonad este monasterio, pues no sois digno de regirlo, y sed hombre de la calle para ganaros el favor del Creador.

—Por favor, Leonardo. Yo no sé cómo ganarme la vida, no sé trabajar. Fui destinado a ser Abad desde mi nacimiento y nunca he tenido que dedicarme a las labores de la tierra.

—Nunca es tarde para aprender. Conoceréis un nuevo mundo de tabernas, personas malvadas, sangre, sudor y lágrimas, más aun de las que estáis derramando. Y sabed que volveré a este monasterio, en el que espero no volver a veros. Ahora os he impartido penitencia, pero mañana os daré castigo, siendo la muerte el único que os merecéis. ¿Me habéis entendido bien?

—Sí, Leonardo, os he entendido. Abandonaré este lugar.

—Que el Creador se apiade de vuestra alma, aunque no merezcáis su compasión.

Todo el mundo de Leonardo había cambiado en un instante. Su hermana ya no estaba ahí, el hombre de confianza que representaba su fe en la casa del Creador estaba corrompido y por primera vez en mucho tiempo, estaba solo. Sintió cómo las fuerzas le fallaban. Aun rezando el credo de su orden santa, la imagen del Creador se desvanecía de su mente. Sentía ira descontrolada y su impulso primario era ir a dar muerte a los raptores. Le costaba centrarse y pensar, y mucho más intentar rezar algo. Ir a La última llamada era la opción que debía llevar a cabo, o al menos intentar alcanzarlos en mitad del camino, aunque estando solo le iba a costar. Además, él no se movía con soltura por las ciudades grandes, ni tenía ese carisma tan necesario para compaginar con los desconocidos. Necesitaba a alguien como Dévora, y afortunadamente, sabía dónde podía encontrarla.

«Solo espero que aún sigáis en Tres cruces, amigos —pensó algo apenado, antes de salir trotando veloz hacia el pueblo de encuentro—. Lilian, aguanta viva, te lo ruego. Iré a rescatarte con ayuda y sabremos impartir justicia ante esos servidores del mal».

CAPÍTULO 4: TRES HOMBRES Y UN DESTINO

Kovar llevaba esperando más de dos horas en la peculiar meseta del camino donde los árboles crecían de forma abigarrada con arrugadas raíces emergiendo a ras del suelo. El calor de las llanuras de Llaídra rompía con dureza incluso en esta zona, algo alejada de su interior. Las vistas eran algo divididas: por un lado se abrían las llanuras de Llaídra, tórridas y desiertas, y por otro se veía el principio de un bosque verde, el principio de la civilización. La última llamada no estaba lejos, pero debía esperar a la cita que tenía con Refek, el misterioso caballero del dragón que le había citado.

Si algo odiaba Kovar era tener que ver pasar los minutos sin hacer nada. Llevaba mucho tiempo recluso en los dólmenes de Aupur, creciendo y siendo parte del maestro, y todo lo que sabía del exterior eran imágenes y palabras descritas, pero nunca una vivencia como la que iba a experimentar ahora. Iba a pisar una ciudad por primera vez en su vida.

Al instante, sintió una presencia y vio a un hombre caminando hacia su posición, muy a lo lejos. Portaba dos espadas largas cruzadas en la espalda y una cota de mallas con el emblema de un dragón rojo delineado entre las telas. Sus guantes, botas y capa presentaban también claras menciones a la orden draconiana a la que, sin lugar a dudas, pertenecía.

«Extraños personajes, estos caballeros del dragón. Tienen a un dragón esclavizado y prefieren venir andando —pensó Kovar, mientras acariciaba a su caballo ardiente—. Aparte, hablan mucho de honor y luego están dispuestos a dar muerte a uno de los suyos a cambio de algún tipo de premio. Nefasta orden, la suya».

No tardó mucho en recorrer los metros que le faltaban, hasta plantarse frente a frente al hechicero. Tenía el semblante demacrado, con la parte derecha de la cara cubierta de cicatrices de alguna quemadura. Llevaba el pelo totalmente rasurado, dejando ver una calva límpida con un tatuaje que representaba los ojos de una fiera. Su porte era atemorizante, con unos ojos que transmitían odio continuamente.

—Kovar ¿no?

—Así es, Refek. Os habéis demorado un poco —respondió Kovar con ironía.

—No tenía prisa, la verdad —le replicó el caballero del dragón haciendo caso omiso.

—Deberíais ser más puntual, especialmente teniendo una montura alada como la que tenéis, que por cierto no veo. ¿Se ha ido de caza, acaso? —dijo el hechicero, siguiendo con la ironía.

—Lo que mi dragón haga no es de tu incumbencia. Y no vuelvas a decirme lo que tengo o no tengo que hacer. Bastante que estoy aquí, hablando contigo, así que no tientes tu suerte creyéndote algo que no eres.

«Malditos caballeros del dragón. Los mataría a todos, tan altaneros y con una soberbia que los engulle por completo. No ven más allá de su propio nombre, los muy estúpidos. Ten paciencia, Kovar, úsalos para tu objetivo y luego ya ajustaremos cuentas», se dijo a sí mismo Kovar, mientras calmaba sus ganas de callar al impertinente caballero del dragón.

—Bueno, está claro que no estamos aquí para hablar de nosotros —sentenció Kovar, intentando no perder más tiempo del necesario con una conversación que le resultaba desagradable—. Ya tenéis un trato con mi maestro, ¿cierto?

—Así es, tengo un trato con él, que por cierto, espero que cumpla. De lo contrario, lamentaréis haber pactado conmigo.

—Lo cierto es que ni sé de qué habéis hablado, ni me importa, Refek. Eso queda para vosotros. Lo que a mí me interesa saber es si estaréis a mi lado cuando llegue el momento de plantar cara al caballero del dragón milenario.

—¿A Drigán? Que no te quite el sueño ese pazguato. Yo me ocuparé de él.

—No dudo de vuestras palabras, mas él tiene vínculo con un dragón dorado, que creo que es el de mayor rango en vuestra orden ¿no?

—¿Me estás diciendo que Hagra vos Jun ha de temer a ese pepino amarillo?

—No quería dar esa sensación, pero entended que me preocupe ese hecho. Yo también me debo al maestro y mi misión es asegurarme que se cumplan los objetivos marcados. Uno de ellos es neutralizar a Drigán, y he de estar seguro que…

—Morirá, no tengas ninguna duda al respecto —interrumpió Refek, cruzando sus brazos sobre el pecho.

—Vaaaaale… Por cierto, imagino que sabréis que el maestro convocó también a otro como tú ¿no? Quiero decir, a otro caballero del dragón.

—Sí, a Saine.

—¿Sabes dónde está? Más que nada para poder sincronizarnos. A ti ya te tengo localizado aquí, pero al otro…

—Ni lo sé, ni me importa. Y cuando me hables, guárdame respeto. No te tomes las confianzas de hablarme como si fuera colega tuyo, porque no lo soy.

—Pero… vos me habláis tal que así.

—Tú eres una mierda ante mí, pobre desgraciado. Realmente no mereces ni que yo esté aquí escuchándote, y si lo hago es porque Hagra vos Jun así me lo ha ordenado, para beneficio de nuestros intereses.

«Calma Kovar, calma… trágate lo que este desgraciado te diga y cálmate… ya me las pagará todas cuando llegue el momento. Que cumpla su cometido y luego saldaremos cuentas», pensó Kovar, con cara de indignación.

—Perdonadme entonces, gran Refek. Creía que podía tomarme esa confianza, mas no debí hacerlo. No fue mi intención molestaros con ello.

—Quedas perdonado. Y ahora, ¿me vas a decir dónde está Drigán? Cuando antes acabe la misión, antes podré largarme de Ampiria.

—Pronto podréis volver a vuestro hogar, noble caballero del dragón —respondió Kovar, haciendo gala de una voz exageradamente melódica y pomposa, algo que Refek parecía no captar—. Drigán se encuentra camino hacia nosotros, pues tarde o temprano nos cruzaremos en el viaje.

—¿El destino está así escrito?

—Así es. Vos creéis en el destino como fuerza impulsora de la vida, así que estoy seguro de que me entenderéis.

—Sé que eres un hechicero y que puedes ver el futuro. Así que si has visto ese futuro, el destino está ya escrito. Solo falta aguardar a que suceda. Una cosa, ¿significa eso que tendré que viajar contigo?

—No sería una mala idea —respondió Kovar, con menos ganas de llevar a cabo esa idea que el propio caballero del dragón—. Si no, necesitaría saber al menos dónde os encontráis, por si tuviera que avisaros.

—Y hacia dónde vamos… —dijo Refek, callando de repente y levantando la mirada hacia los cielos, con semblante serio. Kovar se quedó extrañado, haciendo algún que otro gesto para ver si despertaba de su trance, pero nada surtía efecto. A continuación, siguió la trayectoria de sus ojos, hasta ponerse de espaldas a Refek. Las nubes negras de Llaídra estaban impregnadas de relámpagos grisáceos que palpitaban en una lluvia tan fuerte que agujereaba la tierra varios centímetros al impactar sobre ella. El cielo tronaba bajo ese extraño manto, hasta que en el siguiente relámpago se dibujó una figura de enormes dimensiones volando en su interior. Otro relámpago salió expelido de forma vivaz hasta impactar sobre el suelo, levantando la tierra varios metros, y dejando un cráter amorfo con llamas.

—¿Es vuestro dragón?

—No, no es Hagra vos Jun —respondió Refek, manteniendo la mirada fija en el nuevo visitante que se acercaba veloz. El dragón de escamas grisáceas se dejó ver al aterrizar a una treintena de metros de la meseta en la que se encontraban. Era un dragón colosal, con unos ojos perlados en blanco y continuamente brillantes que transmitían temor incluso en la distancia. De su grupa descendió un jinete de piel morena, pelo trenzado en una coleta rígida y ojos verdes brillantes. No tardó en acercarse a Kovar y Refek.

—Soy Saine y aquel de allí es Morg ges Kol. Os saludo, Refek, un placer encontraos por aquí.

—Igualmente, Saine. ¿Hagra vos Jun os comunicó que estábamos aquí?

—Así es, Morg ges Kol fue avisado por vuestro vínculo. ¿Ya sabemos dónde está el tal Drigán?

—Pues no, solo tenemos a este de aquí que nos debe llevar hacia él —respondió Refek, señalando a Kovar con desdén. El hechicero se sentía ya muy desplazado por parte de los dos caballeros del dragón, que le veían como un simple ciudadano de Ampiria, cuando él era la mano derecha del maestro, un hechicero con capacidad para evaporar a los dos mercachifles de palabras que tenía delante. Sin embargo, supo controlar una vez más sus ganas de mostrar su poder e intentó seguir con el plan trazado por su maestro.

—Mi nombre es Kovar, buen Saine. Un placer conoceros también a vos.

Saine lo miró de soslayo, y aunque estuvo a punto de decirle algo, prefirió guardar silencio. Se limitó a asentirle y hacerle un gesto con la diestra, para que siguiera hablando.

—Celebro que estéis aquí también vos, así podemos trazar un plan conjunto de forma más eficaz. El primer punto de parada de nuestro trayecto es La última llamada, donde nos encontraremos con un contacto afín a nuestros intereses. Nos tendrá mucho que decir y nos orientará para nuestros siguientes pasos.

—¿Quién es ese contacto? —inquirió Refek.

—¿Su nombre? Gunj, es un alto cargo en la Corte del Alto de Vistok, ahora a nuestras órdenes.

—¿Estás seguro de que no nos traicionará?

—Segurísimo, no se atrevería. Además, la recompensa por sus trabajos será muy suculenta.

—Su recompensa es la muerte, se te ven claramente las intenciones, Kovar —dijo Saine, hablando con él por primera vez—. Y a mí también me preocupa ese personaje, porque quién traiciona una vez a los suyos, lo hará más veces.

Kovar permaneció callado, pensando bien qué responderle, y es que ahora eran dos caballeros del dragón los que tenía enfrente, cada uno con su orgullo y palabra inquisidora. Finalmente, encontró las palabras adecuadas.

—Veréis, noble Saine y noble Refek. Por lo que veo en vos, sois personas de hablar claro y sin tapujos, dejando de lado las consideraciones personales y los decoros. Y así os hablaré a partir de ahora. Sí, mi maestro no espera hacer tratos con alguien tan inferior como ese, un hombre que solo se mueve por el sentido de la traición y la venganza, y es por ello que se le ha prometido un paraíso personal, cuando lo cierto es que se va a encontrar solo, en una caja de madera y enterrado varios metros bajo el suelo. Nosotros no somos un grupito de amigos que están reunidos para vengarse de alguien, sino que nuestro objetivo es algo mucho mayor. Buscamos unificar Ampiria bajo un nuevo orden, y en ese orden no tienen cabida gente como Gunj, ni gente como el resto de integrantes de esas ciudades. Tendremos tratos con los hidrantes de los mares, con vosotros, los altaneros caballeros del dragón, y con otras razas que esperan su turno para encontrar aquí un lugar de encuentro pacífico para sus intereses. Sin embargo, antes de lograr ese objetivo que perseguimos debemos demoler el pilar que está sujetando el techo de la esperanza de esta gente, y es un grupito de pelagatos que ni siquiera lo saben.

—Es de agradecer tu sinceridad, Kovar, aunque hay algo que quizás no dejas claro del todo —respondió Saine—. Mi colega y yo también nos movemos por el sentido de la traición, al ir a dar muerte a uno de los nuestros para vuestro beneficio. ¿Quiere decir eso que nos espera la amenaza de la muerte?

—No es igual, Saine. Esta gente se traicionan entre ellos, y entre insectos es igual de pernicioso tanto el que traiciona como el que es traicionado. Otra cosa sois vos, los caballeros del dragón, que nunca os traicionáis, sujetos bajo vuestro código de honor, aunque si uno de los vuestros se juntara con un hombre normal y corriente, salvándole incluso la vida y ayudándole en todo… ¿no sería él el que está traicionando vuestra orden cerrada y, por lo tanto, es vuestro deber ajusticiarle? Vosotros no sois traidores, sino vengadores.

—Una forma curiosa de verlo —respondió Saine, emitiendo una sonrisa algo forzada—. ¿Y tú? ¿No eres un traidor para los tuyos?

—¿Yo? No se te ocurra pensar que soy uno de ellos. Yo no soy un ciudadano de Ampiria. No soy un hombre criado a voluntad de los hombres, sino que fui acogido por el maestro en los dólmenes de Aupur, donde he vivido toda mi vida. Odio a esta gente y no dejaré a ni uno con vida.

—¿Por qué tanto odio? Puedes afirmar que no eres de ellos, pero te pareces cantidad. Aparte, debiste nacer de una mujer y un hombre ¿o acaso te engendró también el maestro?

Ambos caballeros del dragón comenzaron a reírse a carcajadas, algo que no gustó en absoluto a Kovar. Lo que más le irritó fue que se pronunciara el nombre de su maestro con tanta frivolidad.

—Que os quede claro, caballeros del dragón. Aquí no estamos para ser amigos, sino para llevar a cabo un objetivo común. Habéis tratado con mi maestro y él cumplirá con vosotros. Así que, dejemos las conversaciones inútiles de lado y vayamos a lo que realmente importa.

—Muy bien, hechicero. La última llamada dijisteis ¿no? Pues vayamos hacia allá. Eso sí, dejadme clara una cosa más: ¿qué beneficio obtendrá tu maestro convirtiendo esto en un estercolero de razas destructoras? ¿No se convertirá esto en un antro de guerras y destrucción por el poder?

—No, no, ni mucho menos —respondió Kovar, haciendo un gesto claro para comenzar a andar hacia los límites de Llaídra, hacia La última llamada—. Cada raza tendrá otorgada una región y todas estarán en comunicación merced a mi maestro, que dominará como emperador a todas.

—Si algo he aprendido de mi experiencia es que nadie con conciencia se contentará con tener unas migas si puede aspirar a tener el pan entero.

—Nadie se atreverá. Mi maestro destrozará a todo aquel que se atreva.

—¿Y por qué nos necesita para dar muerte a unos simples humanos?

—Preferiría no responder a esa pregunta.

—¡Responde cuando se te pregunta! —dijo de forma más intolerante Refek. Estaba claro que Saine era mucho más cuidado con sus modales e incluso amable en muchas de sus respuestas. Refek, sin embargo, estaba dominado continuamente por el grito y la ira, y cualquier cosa era motivo para perder los nervios.

—Calma, Refek, calma —respondió Saine guardando el temple—. Es evidente que su maestro no ostenta el poder que espera tener y ello se debe o bien porque no ha completado su liberación o bien porque alguien o algo lo mantiene recluso. ¿Es el grupo al que vamos a dar muerte el causante de su desdicha, Kovar?

—Veo que sois persona inteligente y no el típico caballero de vuestra orden, de palabra y acción más directa. Sí, estáis en lo cierto, mas preferiría no hablar sobre ello, como os dije antes. Creo que esos temas no son importantes para el buen funcionamiento de nuestra campaña.

—Pero importa, Kovar. Importa mucho saber en qué…

—Solo os diré una cosa —se atrevió a interrumpir Kovar, alzando su dedo índice a ambos caballeros del dragón—. Y espero que esto que os voy a decir dé por zanjada nuestra conversación. Mi maestro ha tratado con vuestro dragón Astral para que también tenga cabida en la nueva Ampiria. Sí, caballeros del dragón, vuestro rey, vuestro propio Dios, ha acordado una serie de términos para el reparto de las tierras que corresponderán a los vuestros. Estoy seguro que os extraña por qué vuestros dragones os incitaron a venir aquí a ayudarme, y he aquí la respuesta.

Ambos caballeros del dragón permanecieron en silencio, digiriendo lo dicho por el hechicero. Todas las dudas se habían disipado y ahora no era cuestión de poder o tratar acuerdos, sino de obedecer la voluntad del gran dragón Astral. Se oía a Saine balbucear algo a Morg ges Kol con los ojos medio entornados, mientras Refek hacía lo propio con su dragón. Ni ellos esperaban este giro en los acontecimientos, pero la verdad salía a flote, y no podían ir contra esta verdad.

—Aceleremos la marcha —dijo un Saine más serio—. La voluntad de nuestro guía es conquistar Ampiria y así debemos hacerlo.

—¿A cuánto está esa ciudad? —preguntó Refek.

—A pocos días andando. Nos vendrán bien para irnos conociendo un poco más y para enseñaros a cómo comportarse en el seno de la ciudadanía. No queremos que nos pongan en el punto de mira, sino pasar desapercibidos, al menos hasta dar con el grupo que buscamos.

—Una cosa, Kovar —dijo Saine, fijando la vista con firmeza en los ojos del hechicero—. No discutiré tu mandato, pues así lo ha convenido mi vínculo, mas tampoco me batiré al portador del camafeo maldito. Sé que uno del grupo lo lleva y…

—No os preocupéis por el camafeo de Guerón. Es portado por una ladrona, no por el caballero del dragón. Vuestro objetivo es él, solamente él. Una vez lo aniquiléis ya habréis cumplido vuestra parte.

—Sea pues.

Durante los seis días siguientes, el grupo continuó a paso firme y en mutismo, lo que Kovar agradeció. No le gustaba estar dando explicaciones de nada y tampoco buscaba hacer amigos de la ralea de los caballeros del dragón. Ellos pensaban de igual forma y su único motor era cumplir con las ordenanzas de su orden. Drigán era un traidor en su régimen y debían darle muerte, no había más. Sobre los tratos que el dragón Astral tuviera con el maestro de Kovar preferían no opinar. Ellos se debían a su credo y a él, pues el dragón Astral era su Dios.

Cuando finalmente atravesaron el frondoso bosque hasta llegar a La última llamada, ya habían roto todas las diferencias que los separaban. Saine concedió a Kovar la gracia de tutearlos y Refek se mostró más tolerante en sus diálogos. Lo habían apadrinado como a uno de ellos y es que, si su maestro tenía tratos con su dragón Astral, ellos tendrían tratos con el discípulo de aquel. Así de simple se podía entender la filosofía de los draconianos.

La última llamada presentaba un muro bordeando todo el perímetro de la ciudad, con varias torretas encajadas en las esquinas y lugares estratégicos, como las puertas de entrada. Era de noche, con varias lumbres encendidas por doquier, tanto en las murallas como en el interior de la ciudad. En la puerta Norte había colgadas varias raíces en una especie de fajo, en conmemoración de la victoria que se alcanzó al dar muerte a los segadores pútridos que intentaron invadir la ciudad. Te topabas con esa aberración arquitectónica sin quererlo, y aunque para los ciudadanos de allí era todo un símbolo de poder, para Kovar era un insulto. Miró con desagrado a cuatro guardias que observaban a los que entraban y salían, y siguió de frente hacia el interior de la ciudad. Estaba entrando a una ciudad por primera vez en su vida y lo que vio le dejó sin habla. Se quedó ahí, inmóvil, mirando agitado de un lado a otro el sinfín de nuevos objetos que solo imaginaba, pero que nunca llegó a palpar con sus ojos. Ver las viviendas ordenadas a lo largo de una calle, oler la fragancia a cochino asado que salía de una taberna cercana, escuchar una fuente de agua no muy lejana... todo eran sensaciones nuevas para sus sentidos.

—¿Estás bien, Kovar? —preguntó Refek, agitándolo por el hombro.

—Sí… solo… solo miraba eso de ahí —respondió el hechicero, sin señalar a ningún sitio en concreto.

—Se te cae la baba, hechicero. Menos mal que no estamos en Ausper la Mayor, porque si no te quedas seco aquí.

—Es interesante ver cómo se reúnen todos para vivir en comunión bajo un mismo techo, llamado ciudad. Entiendo que existan congregaciones y campamentos, mas no un lugar con tantísima gente cohabitando. ¿Cómo se mantiene el orden en un lugar así? ¿Y la comida y los recursos? ¿Cómo se comparten? ¿Cómo se definen las ocupaciones que deben realizar todos y cada uno de ellos?

—Es mucho más complejo de explicar que de entender, Kovar —dijo Saine—. En esta sociedad que veis, son los caballeros del noble los que mantienen el orden, al menos allí donde estén. La comida cada uno se la busca como puede, o si tiene suficientes átlidos, la compra. Y por las ocupaciones, si tienes necesidad de comer te ocupas de limpiar estercoleros con la boca, si no hay más remedio. Los más adinerados no necesitan más que mover su saco de monedas y les darán lo que necesiten.

—Increíble… así que hay señores y sirvientes ¿no?

—Pero ¿de dónde sale éste? —dijo Refek sorprendido.

—De un lugar perdido en el tiempo y en la vida, indudablemente —respondió Saine, viendo cómo Kovar seguía mirando a su alrededor, con la boca abierta de par en par maravillándose por todo, incluso por lo más nimio.

Decidieron ir a la taberna, a tomar algo, antes de buscar habitación en una posada del lugar. Con tal fin, entraron y tomaron asiento en un lugar alejado de la chimenea, uno de los lugares más apartados, y pidieron tres pintas de cerveza del lugar y carne mechada con puré de calabaza. Kovar seguía asimilando cada hecho que pasaba ante sus ojos con tremenda atención, mientras que sus dos acompañantes despejaban alguna que otra carcajada. Cuando llegó el momento de pagar, Kovar los miró con cara de extrañeza.

—¿No tienes átlidos? ¿Nada de nada? —exclamó Refek indignado—. Y qué se supone que debemos hacer, ¿pagar nosotros?

—Lamento mucho este hecho, pero no, no tengo monedas del lugar. No sabía que fueran necesarias para que nos sirvieran de comer, mi maestro me dijo que no tendría problemas para nada una vez que llegara a la ciudad.

—Y tú maestro no se equivocó —dijo Saine, abriendo un saco de cuero negro y sacando unos romanceros para pagar la comida—. Ya me ocupo yo, aunque no me gusta tener que pagar la comida de quien va conmigo. Este dinero es mío y de Morg ges Kol, y no es para compartir con nadie, excepto contigo, Refek, claro está.

—Si es que… mucha cara dura veo yo aquí —insistió Refek, mirando con rostro de pocos amigos a Kovar—. Y también querrá que le paguemos la noche en la posada, ya verás.

—No sé cuál es vuestro problema, pero si es tener monedas de esas, yo os conseguiré las que necesitéis. Me bastará con cogérselas a uno de estos incautos cuando esté solo.

—¿Esa es la forma que se te ocurre? ¿Robar? En el fondo eres uno de ellos, una cucaracha del montón.

—Cuidado, Refek, no estás con tu dragón a tu vera y créeme que empiezas a ponerme nervioso con esa lengua que tienes —respondió de forma amenazante Kovar, para sorpresa de sus dos acompañantes. Refek tardó en reaccionar, pero al final se levantó con el semblante serio y agarró con fuerza del cuello al hechicero.

—¿Con quién te crees que estás hablando, mequetrefe?

—¡Suéltalo! —dijo al momento Saine.

—Pero tú le has oído como yo… y míralo ahora… riéndose… ¿de qué te ríes, desgraciado?

—Suéltalo, Refek. Estás hablando con un borracho, ¿no te das cuenta?

En efecto, Kovar tenía un reguero de baba que le resbala de forma sinuosa por la comisura de los labios y sus pupilas eran de un tamaño enorme. Tenía una mueca perpetua sobre sus labios y estaba empezando a sudar, algo que no hacía en Llaídra, donde el calor era mucho más sofocante. Refek lo empujó de nuevo a la silla, a lo que el hechicero respondió con carcajadas. Sí… estaba ebrio del todo.

—¿Cuánto ha bebido?

—Dos cervezas, pero creo que han sido las primeras de su vida.

—Aun así… ¿con solo dos cervezas se pone en este estado?

—Vayamos a la posada y descansemos, será lo mejor para todos —dijo Saine para cerrar la noche.

Y la noche engulló del todo a La última llamada. La vida dentro de los muros seguía su curso habitual, con prostitutas frecuentado los lugares más escondidos, pescadores en el puerto preparándose para salir a alta mar y algún que otro carruaje de transporte de viajeros que pasaba veloz camino a su destino.

Los tres compañeros de viaje se encaminaron a una posada recomendada por uno de los camareros de la taberna. Ellos no se dieron cuenta, pero nada más darle la indicación, hizo una señal a un hombre de mala vida que se encontraba en una esquina de la posada. Al salir ellos por la puerta, aquel salió detrás, a paso firme. Los siguió mientras caminaban por la vía principal, hasta llegar a la fuente de las Tres glorias, donde se detuvieron para sumergir la cabeza de Kovar en sus frías aguas. Tras sumergírsela un par de veces, la sonrisa burlona desapareció de su boca y la razón volvió a apoderarse de sus actos. Casi por instinto, agitó su mano derecha y evaporó el agua que le mojaba el rostro. Su pelo ya no estaba mojado y el sudor desapareció de sus manos.

El extraño perseguidor aceleró su marcha hacia ellos, hasta ponerse a un par de metros de su retaguardia, cuando otro individuo los abordó de frente. Era una persona ataviada con ropajes de cuero sucio y arañado, de dos tallas más grandes que él. Tenía varios dientes oscuros como el carbón asomando por su rostro anaranjado, aquejado de alguna extraña enfermedad.

—¿Kovar? —preguntó el individuo sin apartar la vista de Refek, quién le despertaba mayor temor.

—¿Quién eres tú?, si puede saberse —preguntó Kovar extrañado.

Saine giró bruscamente y desenvainó una de las dagas que portaba en su cintura, haciendo gala de una intuición proverbial. Justo detrás, el hombre que los siguió desde la posada se quedó paralizado con la punta de la daga de Saine señalando su garganta.

—¿Y tú, desgraciado? ¿Acaso pensabas que ibas a robarme? ¿A mí?

—Perdonad, pero no… no venimos a robarles —dijo el hombre asustado—. Venimos buscando a Kovar, y creíamos que…

—¿Para qué queréis a Kovar? —volvió a preguntar Saine, viendo como Refek miraba al otro asaltante lo justo para hacerle entender que no se atreviera a moverse.

—Nos envía lord Gunj para que le avisáramos cuando el señor Kovar llegara a esta ciudad. Y no estábamos seguros de…

—¡Lord Gunj os envía! Extraños amigos se busca Gunj, mas no voy a ser yo quien lo juzgue. Amigos, bajad las armas y calmaos, lord Gunj es nuestro contacto, como recordaréis.

Saine se guardó la daga, no tanto por la orden del hechicero sino por estar seguro de poder partir en dos con sus manos desnudas a los dos individuos. Refek se limitó a mover su palma, asintiendo. Los dos mendigos empezaron a dirigir al grupo, llevándolos por callejuelas más angostas y menos iluminadas.

—Creía que Gunj estaría alojado en el castillo, con el Conde Casis del lugar. Se llama así ¿no? —preguntó Kovar a sus guías.

—No, el Conde Casis no sabe nada de que esté aquí. Ha venido de incógnito. Permanece oculto en la vivienda de uno de los nuestros.

—¿Uno de los vuestros? ¿Qué se supone que sois? ¿Un gremio o algo así? —interpuso Refek, con una pasmosa ironía.

—Somos mendigos, parias que todos evitan y escupen cuando nos ven, y que decidimos unirnos en un frente común, formando nuestra particular sociedad. Cuando uno de los nuestros necesita algo, todos le ayudamos, y si alguno es apaleado, todos vamos a socorrerle o a vengarle. En la pobreza es mejor vivir en piña que separado.

—O sea, que sois ladrones de pacotilla, vamos.

—No. Robamos si es necesario, pero no somos ladrones como tales. Nuestro oficio…

—No te estaba preguntando, solo lo decía en voz alta —interrumpió Refek—. Tú limítate a llevarnos al líder de los pordioseros, ese tal Gunj, y luego quítate de mí vista, que me resultas hiriente para los ojos.

No se dijo nada más durante los quince minutos que estuvieron deambulando por las calles de la ciudad. Una cosa estaba clara, y era que Gunj no estaba en una situación muy buena, ya que se estaba ocultando en viviendas de mendigos y ladrones en vez de ir al castillo. Se había debido buscar problemas de algún tipo con alguien importante y debía estar desesperado.

Finalmente llegaron a una hacienda de largas dimensiones. Sus paredes eran de piedras amorfas pegadas con adobo y su techo estaba compuesto por láminas de piedras semejantes a la pizarra, pero más porosas. Sobre dichas piedras había restos de un producto negro que volcaron en su día para impedir que la lluvia atravesara y llegara al interior de la vivienda. Se veía que era un lugar tosco y feo, con una fachada levemente inclinada y unas puertas astilladas del desgaste.

Uno de sus guías tocó la puerta con tres golpes secos y uno más prolongado, a lo que del techo se asomó un rostro. Kovar dio un pequeño salto hacia atrás, mientras que Saine se sorprendió de no haberse percatado antes. Refek, por su parte, miró hacia los lados, marcando a dos sombras más que permanecían paradas y en silencio en ambas esquinas de la casa.

—¿Quiénes son esos? —dijo el guardia de la casa que estaba en el tejado.

—Es Kovar y su compañía —dijo el que golpeó la puerta—. ¿Ha pasado algo?

—Sí, han traído ya a un rehén.

La puerta se abrió de repente y un viejo de rostro cansado miró a todos con detenimiento. Uno de sus ojos era de cristal y su pierna derecha la apoyaba sobre una muleta de madera recia. No dijo nada, solo se limitó a mirarlos, y al poco escupió al suelo e invitó a pasar a todos. El interior era lóbrego, con mucha oscuridad ocultando cada esquina y mueble del lugar. Olía a pescado en descomposición, un aroma nauseabundo que a olfatos delicados les hacía hasta llorar, como fue el caso de Refek.

—¡Qué mierda tenéis aquí! ¡Es repugnante! ¿Acaso coleccionáis muertos? —dijo con asco Refek.

El viejo se rio, pero no respondió nada. Emitía un ruido muy molesto cada vez que abría y cerraba su mandíbula, totalmente bañada en saliva. Lo siguieron por el pasillo, dejando atrás un salón y lo que parecía una cocina. Pasaron ahora frente a una habitación donde había dos hombres frente a un prisionero que estaba atado a una silla, con el rostro tapado y sangre corriéndole por el cuello. De la siguiente habitación se oían voces discutiendo, hasta que llegaron al dintel de la puerta y vieron a dos hombres alrededor de una mesa con comida sin tocar sobre ella. El viejo emitió una risa de hiena y los dejó ahí, frente a los dos anfitriones. Unos y otros se miraron las caras con extrañeza, hasta que Kovar decidió hablar primero.

—¿Y bien? ¿Sois Gunj?

—¿Quién sois vos? —preguntó uno de los que estaban sentados a la mesa.

—Mi nombre es Kovar y mi maestro me indicó que me reuniría con vos en esta ciudad.

—¡Kovar! ¡Sí, sí, pasad! Estos mendigos apenas hablan cuando tienen que hablar, pero luego están todo el día pidiendo —dijo Gunj, mientras se levantaba e iba a acogerles con más atención—. Perdonad el lugar y la falta de educación de quienes me sirven ahora, mas es el precio a pagar antes de reinar ¿no?

Los recién llegados se miraron con cara de no entender nada de lo que pasaba, aunque tampoco les preocupaba en demasía. Entraron y se sentaron. Refek lo hizo frente al otro individuo y le dedicó toda su atención, a lo que él le devolvió la mirada con total tranquilidad, sin sentirse amedrentado ni amenazado. Era extraño que alguien se atreviera a eso y más aún que además le sonriera, como si fuera un vulgar guerrero. Saine se dispuso frente a Gunj y Kovar presidiendo la mesa.

—Menudo lugar os habéis buscado —dijo Kovar con claro desprecio.

—Sí, ya os digo que es momentáneo, pero la situación lo requería.

—O sea, habéis pasado de ser el lugarteniente de la Corte del Alto de Vistok, a ser el rey de la podredumbre —tomó la palabra Refek, sin quitarle la mirada al otro individuo—. Y tú ¿quién mierda eres? Borra esa risa de tu rostro al mirarme o te la quito yo de por vida, desgraciado.

—Cálmate un poco, caballero del dragón. No estás acostumbrado a tratar con la gente, eso lo entiendo, pero te podrías llevar una sorpresa si me enfadaras —le respondió el individuo.

—¿Ah sí? ¿Por qué no me pones a prueba, cucaracha?

—Por favor, sentaos y nada de agresiones. Estamos aquí para luchar por un mismo fin y no para fragmentarnos. Yo soy Kovar, para quien no me conozca y ante todo, soy quien dirige este grupo. Si alguien tiene alguna duda al respecto, que hable ahora o calle para siempre.

Todos permanecieron callados y aunque Saine tuvo ademán de querer decir algo, al final hizo mutis.

—Este es Refek y él Saine, dos amigos y aguerridos caballeros del dragón, como veo que vos habéis adivinado. ¿Puedo saber…?

—Su nombre es Idílogas y yo soy Gunj —dijo el anfitrión, adivinando el resto de la pregunta—. Él es un aventurero que durante mucho tiempo ha estado a mi servicio y que continúa estándolo. Confío en él ciegamente.

—Pues ya podría haberos buscado un lugar mejor donde dormir —insistió Saine, mirando alrededor y poniendo cara de asco.

—Esto es momentáneo, pero no me queda otra. El Conde Casis no puede saber que estoy aquí. Hubo un chivatazo y todo se complicó. Yo cumplí las órdenes y me ocupé del maestro Thernok, pero uno de esos malditos ladrones se chivó. Fueron atando cabos y poco a poco fueron llegando hasta mi nombre, por lo que tuve que abandonar el Alto de Vistok. Ya se hacía peligroso seguir ahí.

—Ja, ja, ja, al final el gato se convirtió en rata. Curioso vuelco del destino —dijo con mofa Refek, mirando a continuación a Idílogas—. ¿Y tú qué pintas en todo esto? ¿También te persiguen a ti?

—Él va conmigo y no hay nada más que hablar —sentenció Gunj con firmeza, algo que no le gustó al grupo recién llegado.

—Dejad que eso lo decida yo. Para que alguien se gane mi confianza debe hacer algo por mí y no solo suscribirlo con su palabra.

—Ya lo ha hecho, ha hecho más que vos incluso. Ha cumplido con el objetivo que le puse y ahora nos ayudará en encontrar al resto del grupo —dijo Gunj.

—¿A qué os referís? —dijo Kovar.

—A que tiene a uno de los suyos siguiendo a uno del grupo. Apenas sepa algo nos enviará un mensaje para indicarnos dónde están y hacia dónde van.

—Eso me empieza a gustar. Si sabemos hacia dónde van, podemos adelantarnos y esperarles, ¿cómo lo veis? —preguntó Kovar a los dos caballeros del dragón. Éstos se encogieron de hombros, dando a entender que les daba igual cazarlos en un lugar u otro.

—Si me permitís, os puedo orientar un poco mejor para trazar la estrategia —dijo Idílogas—. Son varios y se mueven en piña, así que lo mejor será fragmentarlos. Divididos tendrán su fuerza muy mermada y podremos acabar con ellos más fácilmente.

—¿Estás dando a entender que temo a ese grupo de desgraciados, Idílogas? —preguntó Refek.

—¿Desgraciados? Si así de informado estáis, poco sabéis. En ese grupo van personas de muy alto rango en sus disciplinas y no solo deberíais juzgarles con cuidado, sino también ser cautos a la hora de enfrentaros a ellos.

—Adelante, aventurero —dijo Saine, casi a la vez que Kovar—. Cuéntanos un poco acerca de quiénes son, para ilustrarnos.

—En ese grupo va una bruja oscura con un conocimiento de la magia negra sin igual. Fue instruida según las antiguas enseñanzas de los oráculos y parece que aprendió bien la lección. Medirse a ella es someterse a una tortura de magia letal. Por si fuera poco, junto a ella va Sirián, animista del círculo blanco y guardiana del árbol de Calatros. Se dice que conoce el secreto de la resurrección incluso, así que con eso está todo dicho. Anda al lado de alguien así y te convertirás en inmortal. ¿Y qué decir de Drigán, el caballero del dragón? Vos también lo sois, mas a él le acompaña el sobrenombre de "milenario". Su dragón es dorado como el Sol más radiante y su poder en combate es una fantasía. Y no olvidemos al resto, que aunque parecen más asequibles, pueden resultar igual de letales. Están la ladrona, que parece que está en todas partes y que se entera de todo, el caballero blanco ese e incluso el joven arquero, que muchos lo llaman héroe por haber matado a un Origen. ¿Os parece suficiente esta descripción?

—Os olvidáis de la sacerdotisa ¿no? —preguntó Kovar, hincando los codos en la mesa para sostener su mentón.

—No, no la olvido. La he capturado y, de hecho, habéis tenido que cruzaros con ella en la habitación de al lado. Al hermano lo dejamos ir para poder perseguirle hasta el resto del grupo. A eso se refirió antes lord Gunj cuando…

—¿Tenéis a Lilian? ¿Esa que vimos en la silla de tortura era ella? —dijo Kovar, sin dejar que acabara la frase.

—La misma. Si queréis os puedo llevar hasta ella. La mantenemos con vida por si algo saliera mal —dijo Gunj.

—No hay nada de lo que preocuparse ya, Gunj. Me gustará conocerla y a ver si le podemos sacar algo, aunque sea poco, acerca de sus compañeros. Pero mantenerla con vida ya no vale la pena, es solo un lastre.

—¿Queréis matarla? —dijo Idílogas sorprendido— Si lo hubiera sabido antes lo habría hecho yo mismo en el pueblo donde estaban.

—Habéis hecho un servicio magnífico, no hay nada que lamentar. Nos dirá lo que necesito saber y luego será pasto para los gusanos. Dejadlo todo en mis manos así que, por favor, llevadme ante ella. Quiero acabar con este asunto lo antes posible. Me molesta saber que una sacerdotisa blanca está cerca de nosotros con vida.

—¿Cómo sabéis que es...? —dijo Idílogas antes de que Kovar le volviera a interrumpir de forma tajante.

—Yo lo sé todo, amigo Idílogas. Si miras a través de mis ojos, verás que el maestro todo lo contempla desde su trono. Los miedos afloran cuando él te ve y por poco que sea lo que quieras ocultar, él lo descubrirá. Hoy comenzará nuestro recital de poder y la proclama de una nueva Ampiria, y lo hará bañado con sangre blanca.

CAPÍTULO 5: EL RENACER DE UN DEVOTO

Leonardo trotaba como si su vida fuera en ello, forzando al caballo hasta tal punto que un par de veces estuvo próximo a caer desfallecido. Llevaba muchas horas cabalgando, pero no podía permitirse el lujo de descansar. Sin pensárselo dos veces, empleó sus habilidades innatas de caballero blanco, evocando un manto blanco a su alrededor que confería tanto a su caballo como a él mismo un resistencia innatural al cansancio. Las fuerzas brotaban de forma incesante, no sentían cansancio ni dolor, aunque todo tenía un límite.

Cuando llegó a las afueras del pueblo Tres cruces, no pudo ocultar su entusiasmo al ver que el grupo de amigos aún seguía ahí. Estaban a las afueras del pueblo, preparados para irse, por lo que había llegado justo a tiempo. Drigán se adelantó un par de metros al ver venir a Leonardo como una centella y envuelto en una nube blanquecina, algo extrañado.

«*¿Es Leonardo, ese que viene por ahí a tope? ¿Por qué ese aura?*», balbuceó el caballero del dragón a su vínculo, Kragor til Mass.

«*La fe en su Creador le confiere capacidades para soportar el daño y el dolor. Mas no mostréis asombro ante su poder, pues él solo se basa en la legalidad de sus acciones, resultando en una fe coja*», le respondió Kragor til Mass mentalmente.

«*Soy consciente de ello, Kragor til Mass. Estos borregos no entienden que el equilibrio debe persistir en todas las acciones, incluso en aquellas que consideran divinas. Más bien os lo preguntaba por curiosidad, ya que no tenía constancia que dominaran estas habilidades. Domina habilidades de restauración ¿cierto?*».

«Sí, mas al ser su pilar de fe una creencia errónea, todas sus habilidades resultan en un engaño. Tarde o temprano se encontrará con la verdad y es que el mal debe coexistir con el bien. Su continua búsqueda del bien le lleva a transitar un sendero perpetuo, sin principio ni final. Nunca encontrará esa verdad».

«Lógico... A veces me asusta ver lo ciegos que son».

«No obstante, escucha bien la noticia que trae y cumple en ir con él. Tu destino está marcado en acompañarlo».

«Pero... ¿debo ayudarlo? ¿Por qué? Quiero decir, ¿no es prioritario el camafeo?».

«Los caprichos del tiempo se abren paso a través de nuestros intereses. Tú irás con él a ayudarle en su preocupación, mas no lo harás por él, sino por ti».

«¿Entiendo que debo encontrar algo, yendo con él?».

«Algo no, alguien. Sabrás quién es cuando lo conozcas, y sabrás qué hacer cuando le hables. Y no pienses que es una persona, pues podrías equivocarte».

«Tu palabra es mi orden, Kragor til Mass. Así lo haré».

Nada más acabó la conversación mental con su dragón, se percató que Dévora, Sirián y Zurah estaban ya a su lado. Vaiel estaba terminando de ajustar la silla de montar de su caballo unos metros más atrás. Leonardo comenzó a frenar paulatinamente hasta llegar a la vera de sus compañeros, momento en el que extinguió el aura blanca que lo rodeaba. Respiraba con fuerza y el sudor perlaba toda su piel. Sus ojos estaban teñidos de rojo por el agotamiento.

—¡Cuánto me alegro de veros, amigos! Afortunadamente he llegado a tiempo.

—Más bien llegas tarde —respondió Dévora tácitamente—. Habíamos quedado antes, si recuerdas lo que acordamos, y te has perdido la reunión, aunque te podemos poner al día durante el trayecto.

—Con gusto oiré lo que tengáis que informarme, mas hay algo más urgente que tratar. Es a ello a lo que debo mi tardanza.

—Tomad un poco de agua, que se os ve sediento y cansado —dijo Sirián, arrimándole un odre de agua llena—. Calmaos y contadnos qué os preocupa de forma tan urgente.

Leonardo tomó un trago largo del odre, llegando al punto de quedarse casi sin aire en los pulmones. Luego insufló una bocanada de oxígeno e intentando guardar la compostura, intentó resumir sus desavenencias.

—Oímos un chivatazo hace unos días acerca de un ataque de orchis, en un poblado a quince días de aquí. Era una fuente fiable, el Abad Mofo de Gul que allí regenta a los fieles. Lilian y yo decidimos quedarnos allí para salvaguardar a los ciudadanos indefensos, viendo pasar un día tras otro. Sin embargo, nadie venía, ningún enemigo. Al final todo resultó en una trampa en la que el mismo Abad estaba metido. Cuando lo descubrí ya era tarde para salvar a mi hermana.

Sobre sus ojos rojizos aparecieron una par de lágrimas que rápidamente trazaron un surco sobre sus mejillas. No podía olvidar la imagen de su hermana inconsciente montada sobre la grupa de ese caballo. Se convencía de que aún vivía, aunque la mente le decía lo contrario.

—¿Lilian? ¿Qué le ha pasado? No me digas que... —dijo Dévora antes de ser interrumpida bruscamente por Leonardo.

—¡No! Está viva, lo sé. La han capturado. De hecho, luego volví a por el Abad para obtener respuestas y me relató que la tienen como rehén para tu captura. Dévora.

—¿A mí? ¿Qué me buscaban a mí? ¿De qué reino eran?

—De reino alguno, Dévora. Son una agrupación controlada por un tal Idílogas, aunque éste tiene a su vez a otro por encima. No sé bien quiénes son y por qué te buscan, aunque supongo que será por el tema del camafeo.

—No puede ser, hemos sido muy discretos con ese tema. No pueden saber que lo tenemos —dijo Zurah, intentando pensar en alguna situación que diera pie a pensar lo contrario.

—Vamos a ayudarte, no se hable más —dijo Drigán con voz firme, para sorpresa del resto. Nadie hubiera apostado que Drigán dijera lo que dijo.

—Os lo agradezco, noble caballero del dragón. Os debo mi vida si cumplís con el cometido de salvar a mi hermana —respondió un Leonardo compungido por la situación.

—Quizás no os guste lo que voy a deciros, pero habéis dicho que fue raptada hace quince días, y eso es mucho tiempo. Aparte, lo principal es mover el camafeo de aquí y llevarlo lo antes posible a su desintegración. Leonardo, muchos han caído en nuestro viaje y debemos ser conscientes que muchos más pueden caer. Creo que debemos seguir adelante hacia la cordillera de los Primeros nacidos —dijo Zurah.

—Muy a mi pesar, he de dar la razón a Zurah —dijo Sirián, mirando hacia el suelo apenada.

—Yo iré con vosotros, Leonardo. No pienso dejar a Lilian en manos de esos salvajes. Y si la han tocado o le han hecho algo, se lo haré pagar con creces. No obstante, debemos antes afrontar un nuevo percance —dijo Vaiel, uniéndose al grupo.

—¿Algo más? A ver, ¿qué pasa ahora? —exclamó Drigán.

—Leonardo… parece que te han seguido. No miréis hacia el camino, mas he visto dos caballos que venían tras de ti y que se han quedado quietos y medio ocultos tras unos arbustos. Están mirando hacia aquí.

Al momento todos miraron hacia atrás, para pesar de Vaiel, que volvió a insistir en no dar indicios de que se habían dado cuenta.

—¿Estáis seguro que me seguían? Igual eran viajeros que de casualidad…

—Aquí no vienen viajeros y mucho menos se quedarían en aquel recodo del camino camuflados —dijo Dévora—. El caso es que yo no los veo…

—Yo sí, confía en mí —insistió Vaiel, mirando de reojo al horizonte.

—¿Los ves sin usar el catalejo? —dijo Drigán.

—Así es, caballero del dragón. ¿Te sorprende?

—Me sorprendería que aprendieras a luchar como es debido y no que te conviertas en un mirón, la verdad.

—Pues has de saber que yo… ¡esperad! ¡Se mueven!

—¿Cómo que se mueven? ¿Hacia dónde? —preguntó Leonardo, totalmente llevado por los nervios.

—Están volviendo, parece que se largan.

—Suficiente —sentenció Drigán—. Vamos a por ellos. Ya estoy harto de tener moscas espiando todos mis movimientos.

—Nuestros caballos están frescos, los pillaremos antes de que puedan huir —dijo Sirián azotando las riendas, al igual que el resto del grupo.

—No te preocupes por eso. Antes de que lleguemos ya estarán esperándonos bien quietecitos. Kragor til Mass va de camino para saludarles.

Nadie puedo evitar dibujar una sonrisa en su rostro. A Dévora, no obstante le resultaba ilógico el comportamiento tan altruista del caballero del dragón, especialmente luego de conocerle y saber cómo era realmente. Estaba claro que actuaba así por algo que ella no sabía.

Agarraron con fuerza las riendas y comenzaron su persecución al punto de encuentro lejano, donde los espías habían sido vistos por Vaiel. Éste dirigía al grupo, aunque a mitad de camino ya no hacía falta su guía: el bosque crepitó en una luz brillante y se oyeron unos rugidos tan profundos que hasta los caballos se pusieron rebeldes por el susto. De frente, en una parte del bosque concreta, una llamarada de fuego vívido salía expelida verticalmente.

—Tu dragón sabe que los queremos vivos ¿no? —gritó Vaiel en mitad de la galopada.

—Preocúpate de tus cosas, pequeño insecto. No insistas en darme clases de estrategia —respondió Drigán, sin ni siquiera mirarle.

No tardaron mucho tiempo en recorrer la distancia que los separaba de la ubicación de Kragor til Mass y los malhechores. Y allí estaban los dos espías, dos hombres de complexión fina y rostros demacrados por el hambre, las enfermedades y la falta de higiene. Frente a ellos, Kragor til Mass los miraba con rabia contenida, expeliendo llamaradas hacia los lados para hacerles entender que permanecieran quietos.

Drigán desmontó al vuelo y se puso frente a los dos rehenes, mientras que el resto permaneció algo más retrasado ante la presencia del dragón dorado. Solo Leonardo se atrevió a ir más allá, a la vera de Drigán.

—Así que os dedicáis a perseguir a la gente ¿eh? —dijo con tono irónico el caballero del dragón—. Pues ahora me vais a contar un poco quién os envía y para qué. Estoy seguro de que querréis cooperar conmigo, ¿verdad?

Ambos asintieron, bajando la cabeza hasta tocar el suelo y levantando las manos desnudas en símbolo de sumisión. Sus ojos estaban totalmente empañados de miedo.

—¡Tú! —dijo Drigán, señalando al de su izquierda—. Ya puedes empezar a hablar.

—Mi señor… nos enviaron a… a… a seguir a ese hombre de ahí, pa… para… para saber dónde se… se… se reuniría con un grupo —dijo el hombre, tartamudeando y haciendo referencia a Leonardo.

—¿Y quién os dio esa orden?

—Idílogas, eso te lo respondo yo —dijo Leonardo con un puñal en mano y acercándose al rehén de la derecha.

—Deja que yo me ocupe, Leonardo. Y tú, responde, ¿quién te envía?

—El... el… el señor Idílogas, como ha… ha… ha dicho su amigo —respondió totalmente asustado.

—¿A quién debíais dar parte? ¿Y dónde?

—De… de… debíamos ir a La última llamada y allí… allí contactar con él…

—¿La última llamada? —se preguntó a sí mismo Drigán.

—Sí, eso también lo oí yo, Drigán. Allí es donde tienen a Lilian reclusa. Tú, malhechor, dime ahora mismo donde está mi hermana o te juro que te rebano el pescuezo —dijo Leonardo, tensando su puñal en la nuez de uno de ellos.

—¡Os juro que no sé nada! —gimió el rehén con los ojos cerrados— Solo nos dijeron de ir a La última llamada a dar parte, solo eso.

—¡No os creo! —insistió Leonardo, dibujando una marca de sangre en la garganta de la víctima.

—¡Creedme! La llevaron allí hasta que viniera el hechicero.

—¿Qué ha dicho? ¿Hechicero? —exclamaron Sirián y Zurah simultáneamente.

Kragor til Mass abandonó el lugar con un rugido atronador, mientras que el resto del grupo descabalgó del todo y ató a los dos espías. Debían someterlos a un interrogatorio profundo y nadie mejor que Dévora para tal labor, como ella dejó claro. El resto se tuvo que contener de no torturarlos, mas dieron un voto de confianza a la ladrona.

—En menudo problema os habéis metido ¿eh? —dijo Dévora, acercándose con movimientos lentos y medidos—. Vamos a ver, ¿tenéis nombre?

—Sí… sí… yo soy Aluardo.

—Yo Meltaides, aunque me llaman Mel, mi señora.

—Mel ¿eh? Bien, bien, un gusto conoceros. Yo soy Dévora y creo que era yo el objetivo de vuestro amigo Idílogas ¿cierto?

—Bueno… nos dijo que el caballero blanco iba a veros a usted, y que debíamos seguirle hasta saber dónde estaba usted —respondió Mel algo más calmado al empaparle la tranquilidad que transmitía Dévora.

—¿Y sabes por qué me busca a mí?

—Os quiere matar, tenemos entendido.

—¿Le he hecho algo malo? ¿O acaso lo hace por encargo?

Ambos se miraron, dando entender a la ladrona que sabían la respuesta, pero que dudaban en si decirla o no ante posibles represalias futuras.

—Veréis, os diré qué va a suceder aquí, para dejar las cosas claras y que no hayan confusiones. Habéis atentado contra una amiga del grupo, que igual está muerta, y habéis actuado en contra de mi grupo. Eso solo tiene un castigo posible y es la muerte. No obstante, si cooperáis, uno de vosotros se salvará. Podéis seguir así, o responderme. ¿Quién es ese hechicero, y por qué quiere verme muerta?

—No lo sabemos, señora. Lo hemos oído dentro del cubil, pero no sabemos quién es. Hemos oído que viene de Llaídra pero nada más, os lo juro —respondió ahora Aluardo.

Dévora miró hacia sus compañeros, marcando que ese dato podía ser relevante. De Llaídra nunca venía nada bueno. Súbitamente, escuchó una voz que le hablaba mentalmente.

«*El hechicero no te busca a ti, Dévora, sino a tu camafeo. Busca hacerse con él. Lilian vive aún, aunque cuando el hechicero la conozca, su sangre será derramada. Llórala, pues está ocurriendo, él está entrando por las puertas de la ciudad y la reunión con los devotos del mal está sucediendo*».

Dévora miró hacia ambos lados de forma disimulada, para luego centrarse en Aluardo nuevamente. Lo miró fijamente y volvió a su interrogatorio.

—Ella fue llevada a La última llamada, para que el hechicero la conociera ¿verdad?

—Sí, eso creo…

—¿Quiénes lo recibirán? Idílogas solo, seguro que no. ¿Quiénes más controlan vuestros destinos?

Los dos rehenes se miraron de forma nerviosa, comenzando de nuevo a llorar por la imposibilidad de encontrar alguna respuesta. Sin embargo, la respuesta llegó nuevamente a través de una voz mental.

«*Un antiguo enemigo surge de nuevo para visitar tu destino, Dévora. El hechicero busca tu camafeo, Idílogas será de apoyo y el noble busca su promoción, aunque solo encontrará muerte*».

—¿Cómo se llama? ¿Quién es ese noble? —preguntó en voz alta Dévora, haciendo que de nuevo la voz le respondiera.

«*Su nombre es sinónimo de gratitud, unión, negación y júbilo. Él es todo eso y más*».

—¡Su nombre! ¡Quiero su nombre! —volvió a gritar, esta vez haciendo que tanto los prisioneros atados como el grupo la miraran con ojos de extrañeza.

—No lo sabemos, mi señora —insistía en decir Mel.

—Dévora ¿estás bien? —preguntó Sirián, acercándose a ella lentamente.

«*Lo encontrarás cuando goces, unifiques, neutralices y juntes de nuevo la victoria final bajo un mismo nombre*».

Tras oír esto último, Dévora se quedó inmóvil y pensativa. Muchos años de experiencia había tenido como para darse cuenta, de forma inconsciente, de que algo se le escapaba. No estaba preocupada por quién le estaba hablando ni el porqué, sino por saber el maldito nombre.

—¿Dévora? ¿Estás…? —preguntó nuevamente Sirián, hasta percatarse de que estaba con las pupilas totalmente dilatadas y con su mente en otro lugar. Al momento, la animista bajó su mirada y sintió al camafeo que estaba despierto. Mel y Aluardo permanecían encogidos sin saber bien qué decir ni hacer, eran todo miedo.

—¿Pasa algo, Sirián? —inquirió Drigán.

—Sí… según parece el camafeo de Guerón ha despertado, y está intentando entrar en ella.

—¿Cómo? —dijo Zurah agitada— ¿Ya ha despertado?

—¿Podemos ayudarla? —preguntó Vaiel.

—Tranquilos, no os alteréis. Ahora mismo la rescato de ahí, de momento puedo. El problema será más adelante —respondió Sirián, poniendo un poco de calma. Alzó su báculo sobre la cabeza de Dévora y comenzó a recitar un cántico que, poco a poco, iba iluminando con tonos amarillentos sus manos. El cabezal del báculo también adquirió ese color, haciendo que los ojos de la ladrona recobraran su color natural. Tras escasos segundos, despertó de un salto con un grito.

—¡Gratitud, Unión, Negación y Júbilo! ¡Gozar, unificar, Neutralizar y Juntar! ¡Es él! ¡Gunj! ¡Es Gunj el noble maldito! Las letras capitales forman su nombre de forma inequívoca.

Todos se quedaron perplejos mirándola, sin estar seguros qué decir o hacer. Todos, menos uno: Drigán.

—Así que esa cucaracha está detrás de todo esto. Si ya sabía yo que teníamos que acabar con su miserable vida. Una cosa está clara, de esta no se salva.

—Esperad, hay algo más: Lilian aún vive —añadió Dévora.

—¡Lo sabía! ¡Aguanta hermana, vamos a salvarte! —exclamó Leonardo, cerrando sus puños y declarando victoria.

—No debemos celebrarlo tan rápido, pues el hechicero está llegando a La última llamada y en breve se reunirá con Gunj e Idílogas. Cuando se celebre esa reunión, Lilian morirá.

—¿Cómo me dices eso, Dévora? —dijo Leonardo bajando los hombros y arrodillándose en el suelo—. No nos da tiempo a llegar a la ciudad. Ni el dragón de Drigán llegaría a tiempo.

—Podemos llegar, pero será arriesgado. Sirián, Zurah, debéis teleportar a uno de nosotros para allá —replicó Dévora. Sirián y Zurah tenían los ojos entrecerrados, como pensando en otras cosas. Oyeron lo que la ladrona les preguntaba, pero había algo que les preocupaba más, como reflejó la bruja oscura.

—Una cosa no acabo de entender, Dévora. ¿Cómo has adivinado todo eso? Porque o yo he perdido audición o el interrogatorio no daba pie a deducir eso. O igual es que sabes más de lo que dices, no lo sé…

—Oí una voz… no sé si era Kragor til Mass o…

—No, no era Kragor til Mass —concluyó Sirián—. Sabes bien quién fue: el camafeo de Guerón que portas. Te está ayudando pero no debes apoyarte en él. No le preguntes nada, intenta no usarlo, porque toda ayuda que te preste se la cobrará, tenlo por seguro.

—¿El camafeo? ¿Estás usando el camafeo, Dévora? —preguntó alterado Vaiel— ¿Estás loca o qué te pasa?

—No, no lo estoy usando, pero de alguna forma me dice cosas. No debéis temer nada, porque lo controlo, no necesito apoyarme en él más de lo necesario. Ahora nos ha venido muy bien. De cualquier otra forma no habríamos podido averiguar lo dicho.

«*Zurah ¿me oyes?*», preguntó mentalmente Sirián a la bruja oscura.

«*Sí, dime. ¿Has visto algo anómalo?*».

«*No, pero me he dado cuenta de que el camafeo está acelerando su despertar y posesión en Dévora, por culpa nuestra. Cuando le advertimos a ella que el camafeo intentaría poseerla, indirectamente el camafeo estaba escuchándolo todo. Hemos cometido un error fatal. A partir de ahora, nada de comentarios sobre el camafeo cuando ella esté presente*».

«*Sin embargo, esa acción del camafeo puede ser un riesgo que esté corriendo ¿no? Tejer los hilos del tiempo de una persona a mucha velocidad puede provocar que tenga errores o puntos débiles sobre los que enfrentarlo*».

«*¿Quieres enfrentarte al camafeo, Zurah? Aun teniendo la ventaja que me cuentas, el camafeo lleva muchas almas arrastradas en su interior, las suficientes como para repeler nuestros intentos con soltura y acelerar más aún la posesión*».

«*Entonces, ¿qué propones? Tú sabes que al final la consumirá ¿verdad? No hay posibilidad de salvación. O la liberamos ahora o le decimos adiós*».

«*Lo sé, pero ni es el momento ni tenemos la suficiente sabiduría para intentarlo. Debemos saber más acerca de cómo actúa, cómo trenza los hilos*».

«*Ya hablaremos de esto, pero ni pienses por un segundo que voy a fiarme de ella mucho más tiempo. Antes entró en trance y de eso a convertirse en la nueva emperatriz del camafeo no falta mucho tiempo*».

—Entonces, ¿qué? —preguntó Leonardo— ¿Alguien puede hacer algo por Lilian?

—Yo iré a La última llamada, al cubil dónde estos trúhanes la retienen. La teleportación será segura, pero eso sí, solo podré llevar a uno —dijo Zurah.

—¿Segura? —preguntó algo asombrado Vaiel— ¿Y eso? Recuerdo cómo en el puente de los gigantes había un porcentaje tan bajo que…

—Porque ahora contamos con estos dos que nos ayudarán a tejer los hilos del espacio con seguridad —dijo Zurah señalando a los dos rehenes—. Ellos han estado ahí, conocen el lugar perfectamente, y puedo usarlos como escudos de teleportación.

—Zurah… —interrumpió Sirián con el rostro serio— Si los usas de escudo…

—Sí, lo sé, Sirián. Pero como tú entenderás no pienso arriesgar mi vida más de lo que ya llevo hecho. Esas son mis condiciones. Si no os gustan, no pienso teleportarme.

—¿Qué pasará con esos dos? ¿Qué morirán? —preguntó Drigán de forma irónica, como si realmente le importara lo que les pasara.

—Algo peor, Drigán. El tiempo se curvará en el espacio, haciendo que abarquen un espacio distinto. Supongo que muchas veces habéis oído hablar de las reencarnaciones y cosas similares ¿no? Pues tales ideologías proceden de la magia, concretamente de la que estudia el hilvanado del tiempo y el espacio, con la teleportación como su uso práctico. Pueden aparecer reencarnados en una mosca, un caballo o un gusano. Sus cuerpos dejarían de existir y se formarían unos nuevos.

—Ja, ja, ja, mira tú por dónde, unos gusanos. Me parece perfecto ese cambio. Salen ganando y todo —dijo a carcajada limpia Drigán.

Los dos prisioneros no solo temblaban de miedo, sino que empezaron a suplicar que los mataran, incluso. Sirián prefirió no opinar nada y se limitó a mirar a Leonardo, que era quien debía tener la última palabra.

—No puedo permitir que muera alguien por salvar a otra persona, va en contra de mi credo —dijo apenado el caballero blanco.

—¡Estás hablando de tu hermana! —gritó con nerviosismo Vaiel— ¿Es que vas a dejar que muera sin hacer nada?

—¡No puedo! ¡Mi credo me presenta que todas las vidas son de igual valor! No puedo salvar a alguien matando a otro, no puedo. Zurah, ¿no podemos teleportarnos sin necesidad de…?

—No, ya lo he dicho y lo repetiré: no. Yo al menos no pienso hacerlo. O afronto el viaje de forma segura o vas a caballo.

—¿Es mucho el riesgo sin usarlos a ellos?

—Más del que te imaginas —dijo Vaiel, recordando su teleportación hacia la Torre de Erún—. Y créeme, no es un trago apetecible saber que puedas aparecer en mitad de un muro.

—Demasiadas contemplaciones tenéis —opinó Drigán, aportando su palabra para la decisión final—. Yo lo veo así: esta gente merece la muerte, tú misma lo dijiste, Dévora. Así que tiren como escudos y que recen por su salvación, y si no, pues que cumplan castigo como alimañas.

—¡Apoyo la moción! —dijo Vaiel, imponiéndose entre los gritos de perdón de Mel y Aluardo.

—¿Sirián? —preguntó Zurah, buscando su apoyo.

—Me apena tener que llevar a cabo ese sacrificio, mas me apenaría más perder a uno de vosotros. Apoyo la moción —respondió la animista.

—Yo, por mi parte, aunque es lo que más deseo, no puedo apoyar tal hecho —dijo Leonardo.

—¿Se supone que tengo que ir allá para salvar a tu hermana y tú ni siquiera te vas a mover? Va siendo hora de que te plantees tus principios, caballero blanco, porque si tú no mueves un dedo para salvarla, yo tampoco —dijo Zurah indignada ante la cabezonería del caballero blanco.

—No entendéis que mi fe se basa en…

—¡Me importa poco vuestra fe, aquí y ahora! Cualquier fe que anteponga la vida de un desgraciado ante la de una hermana no merece ser seguida.

—Dejad de chillar ya, que me cansáis —dijo Drigán, mostrando la solución final al dilema—. Zurah, tú cogerás a esos dos y los usarás de escudo para teleportarte tú y llevarme a mí. Leonardo también vendrá, pero él a su propio riesgo. Tú y yo no sufriremos riesgo alguno y él podrá ir a salvar a su hermana sin tener que sacrificar a nadie. ¿Todos contentos?

Leonardo se quedó pensando la propuesta, asintiendo lentamente al ver que era una solución más que viable. Sirián se maravilló de la sencillez con que Drigán resolvió el problema y Dévora de que fuera precisamente el caballero del dragón el que la encontrara. Zurah chasqueó sus dedos e irradió una humareda a su alrededor, enfocando a los dos prisioneros.

—Id sentándoos aquí cerca. Primero entraré en estos dos, los adecuaré para la teleportación y comenzaré el ritual. Os avisaré cuando necesite de vuestra cercanía para teleportarnos. Intentad estar en silencio y moveos lo mínimo, os lo ruego.

—Así lo haré —dijo Leonardo, sentándose en el suelo, cerca de la bruja oscura.

—Entiendo que vosotros tres seguiréis el trayecto hacia la cordillera de los Primeros nacidos ¿no? —dijo Drigán al grupo compuesto por Dévora, Sirián y Vaiel.

—Así es, Drigán. Iremos avanzando. Intentaremos frecuentar el mínimo de ciudades e ir lo más directos posibles —respondió Dévora.

—Nos volveremos a ver, o eso espero. Quien llegue antes, que espere al otro grupo.

—¿Crees que llegarás antes que nosotros?

—Por supuesto que sí. Un caballero del dragón llega antes que nadie, eso tenlo por seguro.

—Ja, ja, ja. Te vamos a echar de menos, Drigán —respondió la ladrona con voz sensual. Le salía de forma inconsciente.

—¡Suerte en todo! ¡Liberadla! —gritó Vaiel.

Leonardo no pudo evitar sentirse nervioso por lo que iba a experimentar, aunque por otro lado no veía el momento de poder abrazar de nuevo a su hermana. Le picaba todo el cuerpo y sentía cómo una fuerza sobrenatural le recorría la columna vertebral. La adrenalina no paraba de alentarle. Vaiel, Sirián y Dévora se habían alejado ya varios metros, tomando el camino hacia su destino.

—Eh... estate atento ¿vale? —dijo Drigán al caballero blanco—. Cuando nos teleportemos allí dentro ponte en guardia rápido, porque seguro que habrá camorra.

—Estaré preparado, mandoble en mano. Por cierto, Drigán, agradezco mucho la voluntad que has mostrado para venir a socorrerme. Eres un gran hombre, de corazón puro.

—Me vais a necesitar ahí, eso sin dudarlo, aunque no lo hago por ti. Si voy allí es porque alguien me espera y vosotros no podéis ocuparos de él.

—No te entiendo del todo, pero te agradezco la ayuda igualmente.

Zurah había comenzado ya su ritual oscuro para entrar en la mente de Mel y Aluardo, dejándolos en un trance a merced de su báculo, que expelía un humo oscuro continuado. Los ojos de la bruja exudaban también esa humareda opaca de forma descendente, recorriéndole todo el cuerpo hasta extinguirse al tocar el suelo. Estaba viendo los recuerdos de los dos prisioneros como si ella hubiera estado ahí presente, constatando las habitaciones y lugares más seguros donde realizar la teleportación. Además, estaba integrando sus almas en el ovillo de hilos que tenía que hilvanar para llevarlos a todos allí. Trenzó los hilos que definían sus destinos con los de ella y el de Drigán, recubriéndolos como coraza de seguridad. Si algo malo pasara, los hilos de ellos estarían a salvo, y serían Mel y Aluardo los que sufrirían el infausto destino. Ya veía a Lilian, cómo la estaban arrastrando a una habitación tras haberle dado una paliza.

Leonardo estaba más relajado, con los ojos cerrados y rezando una oración al Creador, entregándose a él en cuerpo y alma. Iba a dar un paso muy importante, arriesgando su propia vida, y tenía sus dudas si eso era aceptado en el credo que profesaba, pues el suicidio era un pecado horrible que no podía abrazar un creyente de su orden. Intentaba convencerse que era un riesgo necesario, como quien entraba en combate sabiendo que podía morir. Había riesgo, sí, pero debía hacerlo para salvar a una dama en peligro, a su propia hermana. Arriesgar su vida para salvar otra no era algo punible, sino algo digno de alabarse.

Drigán, por su parte, permanecía con los ojos abiertos de par en par mientras comía unas lonchas de carne de oveja curada en sal. Para él no existía el miedo ni el temor de que su vida peligrara, estaba inmunizado ante ese sentimiento. Su mente estaba encauzada en saber quién era esa persona a la que debía conocer, según le dijo Kragor til Mass, y lo más importante: qué debía hacer con él. Normalmente no eran encuentros agradables los que tenía que llevar a cabo, aunque tampoco podía estar seguro de las palabras de su dragón, que siempre le hablaba de forma algo críptica. De hecho, no dejaba de repetirse lo último que le dijo "*Y no pienses que es una persona, pues podrías equivocarte*".

Al instante, Mel cayó inconsciente al suelo y Aluardo se quedó inmóvil de rodillas mirando a Zurah con los ojos como dos platos. La bruja se sentó en el suelo y dibujó un círculo oscuro en el suelo, comprendiendo a los cinco. Drigán tomó asiento cerca de ella e intentó calmar su respiración, tal y como dijo ella. Miró hacia el cielo y emitió una leve sonrisa.

«En breve saldremos de dudas. Sea quien sea ese al que tengo que conocer, que se prepare para conocer a la leyenda de Drigán. Kragor til Mass, cumpliré tu orden con diligencia, te lo juro», pensó el caballero del dragón.

Poco a poco, las nubes fueron desapareciendo de su vista y la luz quedaba envuelta por una humareda que manaba continuamente del círculo circunscrito en el suelo firme. La oscuridad y el silencio se iban apoderando de todos los sentidos alrededor. La temperatura descendió radicalmente y un cántico fúnebre se dejó oír entre la cortina oscura. Súbitamente, la luz aconteció de nuevo en forma de ráfaga, impactando sobre las retinas de todos con ardor. Se oían ruidos de mesas y sillas arrastrándose, y varias sombras amorfas se agitaron frente a ellos.

Drigán sintió un dolor agudo en su costal, un aguijón que se asentó de forma implacable en su cuerpo. Su garganta se atoró con una pelota de sangre fresca que vomitó con trozos de carne de oveja y jugos estomacales, dejándolo casi sin respiración. La luz volvió a parpadear a su alrededor y de las sombras se definió una espada que se desclavaba de su torso, dejando tras de sí un testigo de sangre. Levantó la mirada y vio a un hombre con una barba canosa mal cortada y unos ojos extremadamente pequeños alzando por segunda vez la espada para asestarle un nuevo golpe, esta vez en la cabeza. Drigán hizo ademán de saltar hacia la diestra, mas un nuevo brote de sangre surgió de sus fosas nasales y boca, acurrucándolo en el suelo sin defensa alguna. Lanzó un último pensamiento hacia Kragor til Mass y cerró los ojos, esperando el momento fatídico. Súbitamente, escuchó el ruido del metal golpeando el metal, y ahí estaba él, Leonardo, cruzando su mandoble en la trayectoria de la espada asesina y bloqueándola de forma perpendicular. El enemigo empujó con su cuerpo al caballero blanco y éste, lejos de amilanarse, interpuso su hombro también para repeler el ataque. Hombro con hombro y con las espadas cruzadas sobre las empuñaduras, se miraron cara a cara mientras cerraban sus dientes por el esfuerzo. Casi sin tiempo a respirar, se dieron un empujón para repelerse unos centímetros, momento que el enemigo aprovechó para trazar un golpe preciso a la cabeza de Leonardo. Éste se retiró lo suficiente como para verla pasar a escasa distancia de su frente, adoptando la postura que requería para su golpe maestro: la clavada. Consistía en centrar el mandoble paralelamente al suelo para usar todo el peso del cuerpo en un golpe recto y centrado al abdomen del enemigo. Debía ser un golpe rápido a usar en determinadas ocasiones de contraataque, pues dejaba al descubierto la defensa. El golpe fue magistral e impactó sobre su víctima sin compasión, atravesándolo de lado a lado a la altura del esternón. El cuerpo sin vida cayó al suelo pesadamente, formando un charco de sangre espesa de forma instantánea.

—¿Estás bien, Drigán? —preguntó Zurah, acercándose al caballero del dragón y examinando su herida abierta.

Drigán se limitó a responder negativamente con la cabeza, que empezaba a dolerle con fuerza. Las voces le bailaban alrededor y sentía un mareo continuo que amenazaba con tumbarle al suelo definitivamente.

—Dejadme a mí —dijo Leonardo, dejando su mandoble en el suelo y mirando a los ojos de Drigán.

—¡Por el Creador! Es una herida muy grande, le ha perforado un pulmón seguro —dijo Zurah tras su rápido reconocimiento—. ¡Maldita sea, maldita sea!

—Permanece tranquila, te lo ruego. No hagas ruido por si hay más. Intentaré sanarle.

—¿Cómo sanarle? ¿Acaso crees que una venda…? —dijo Zurah, antes de quedarse en silencio al ver como las manos del caballero blanco se iluminaban con una luz descendente que se iba asentando en la herida de Drigán. De forma sincronizada, iba recitando entre murmullos una oración santa.

—¿Dominas la magia de curación? Pero ¿qué…? —exclamó de nuevo Zurah.

Leonardo siguió con su recital santo de curación y al poco la herida dejó de sangrar. Drigán había perdido el conocimiento, pero su respiración parecía pausada, al igual que sus latidos, que eran constantes. Leonardo sonrió y acarició el rostro del caballero del dragón.

—Yo no domino nada, Zurah. Clamo al Creador para que me use para sanar a quién lo merece. El Creador es todopoderoso, Él no entiende de magias ni de habilidades especiales, pues Él es todo eso y más. Yo soy su intermediario aquí abajo y me presto para ser usado por Él en su voluntad. Yo solo puedo opinar lo que veo, oigo y siento, pero es Él quien decide quien vive y quien muere. Por ello doy gracias al Creador, por darme esta victoria y permitir que sane a este buen hombre.

—Eso es magia blanca, Leonardo. Creo saber lo suficiente de magia como para reconocerla cuando la veo, más aun habiendo estado cerca de Sirián.

—¿De verdad me has visto encauzar magia? ¿Estás seguro? —preguntó Leonardo con ironía.

—Vale, no era una forma común de evocarla, eso es cierto. Pero veo que la controlas como hace el caballero del dragón, mediante habilidades especiales ¿no?

—Eso es correcto, amiga Zurah. Yo no evoco magia, pues no conozco su uso. Yo soy el mensajero del Creador y mis habilidades a él se las debo. De hecho, si Drigán se ha sanado es porque el Creador así lo ha querido. No es la primera vez que intento sanar a alguien y la herida no se cierra. Si el Creador lo ha sanado es porque Drigán es de corazón noble y puro, como ha demostrado viniendo aquí.

—Yo no estaría tan segura... estos caballeros solo se mueven por su beneficio. Dile a tu Creador que se verifique la vista, porque creo que últimamente le falla.

—Ja, ja, ja, nos viene bien tu sentido del humor —exclamó Leonardo, levantándose y recorriendo con la mirada toda la habitación. Era un lugar abandonado, con una mesa sucia y unas sillas destartaladas, reparadas una y otra vez con maderas desiguales. No había ventanas en las paredes y solo una puerta era la que daba acceso a su interior. En el centro de la estancia, cerca de donde estaban ellos, Lilian se presentaba atada de manos y pies a una silla con la cara envuelta en una sábana. Las manchas de sangre le recorrían las muñecas y los tobillos, así como varias partes de su sudario. Tenía el cuello totalmente paralelo al suelo. Se la veía sin vida.

—¡Lilian! ¡Lilian, no! —dijo Leonardo, rompiendo las ataduras con su puñal mientras la disponía en el suelo. Con delicadeza y algo tembloroso empezó a desliarle la sábana que le envolvía la cabeza, viendo como a cada vuelta que daba la sangre seca era más abundante—. Malditos bastardos, ¿qué le habéis hecho?

Zurah se mantenía cerca de Drigán, viendo como poco a poco recobraba el conocimiento, aunque el desalentador escenario que Lilian representaba empañó toda alegría.

—Leonardo… lo siento mucho —dijo la bruja oscura en un tono casi inaudible—. Lo siento de verdad.

El último fleco de la sábana quedó desliado, dejando el rostro de Lilian al descubierto. Tenía la mandíbula partida en dos y sus ojos eran del doble del tamaño normal, con un color violáceo patente. Su frente tenía varios cortes mal cicatrizados y parte de su pelo había sido arrancado. Leonardo rompió a llorar merced a su impotencia, reposando su cabeza sobre el pecho de ella.

—¿Qué…? ¿Qué pasa? —dijo Drigán, tocándose la cabeza y mirando a Zurah— ¿Dónde…?

Zurah lo miró con los ojos llorosos y le indicó hacia Lilian. No le salían las palabras.

—¿Qué animal ha sido capaz de hacer esto? —gritó Drigán, con rabia descontrolada—. ¿Qué animal es capaz de torturar así a una mujer? La muerte ha de ser algo digno y no esto. ¡Maldita sean todos! ¡Los voy a matar a todos!

—Cálmate Drigán. Debemos ser fuertes y seguir adelante. Ya de nada sirve dejarnos llevar por el odio —replicó Zurah.

—No… no te la vas a llevar —dijo Leonardo mirando hacia el techo—. Ella no merece este sufrimiento, no… ella no puede despedirse así de la vida, aún tiene mucho que ofrecerte.

—¿Qué es ese aura? —preguntó Drigán, al ver como el caballero blanco quedaba recluso en un círculo blanquecino que a cada segundo brillaba más y más.

—Un círculo de sanación, creo. Pero es tarde ya para eso, me temo. Su alma ya no está aquí y créeme que de almas entiendo bastante. Un cuerpo herido puede sanarse con magia, mas un cuerpo matado ya ha sido traumatizado, despegando su alma por siempre.

—Siempre he sido fiel devoto de tus ordenanzas, mi Creador. Tu palabra ha sido mi guía y tu nombre ha sido mi Ley en todos mis actos. Yo soy tu siervo en la pobreza y en el dolor, en el combate y en el rezo. No puedes llevártela... ¡No puedes llevártela! —exclamó Leonardo, haciendo que el círculo a su alrededor se transformara en una esfera traslúcida de virutas de luz ascendentes. Permanecía arrodillado al lado de Lilian, sujetando con ambas manos su cabeza mientras miraba al techo.

—Leonardo... debemos seguir... nos tomaremos la venganza como alimento contra esos malnacidos, te lo aseguro. Pero ahora levanta y... —dijo Drigán, acercándose al caballero blanco, que haciendo caso omiso a lo que se le decía, depositó su mano diestra sobre el rostro de la sacerdotisa hasta cubrirlo al completo. Del techo se abrió una luz cónica descendente, dejando el resto de la habitación en una oscuridad más espesa aún.

—No puede ser... —dijo Zurah dejando caer el báculo al suelo mientras sentía como las rodillas le fallaban—. Es... es imposible...

Drigán permaneció quieto y se limitó a mirar la escena. No entendía bien qué estaba pasando, pero no veía forma de interrumpirlo o hacerse oír.

«¿Pero es que no se da cuenta que no puede curarla?», se dijo a sí mismo, dando un poco más de tiempo al caballero blanco antes de hacerle entrar en razón usando la fuerza.

Súbitamente, Leonardo abrió los ojos y la esfera que lo cubría deslumbró con una potencia que rivalizaba con el Sol más radiante. La imagen de una mujer se delineó en el cono de luz cálido que descendía del techo y se dejó oír un murmullo de voz ronca pero agradable al oído.

—Que mi vida sea la suya. Toma mi sacrificio como agua para sus venas y mi oxígeno para sus pulmones. Permite que su vida sea la mía. Yo me entrego nuevamente a ti, mi Creador, para que dispongas de tu voluntad con mi vida o mi muerte. Ella es mi hermana, es una fiel devota de tu orden. Ella es el latido de mi corazón y la sangre que mi madre compartió conmigo. ¡Devuélmela!

El estallido de luz fue inconmensurable y tuvo que pasar un minuto largo antes de que las pupilas se adaptaran de nuevo a la luz ambiente.

—No... no puede ser... —se repitió a sí misma Zurah, incrédula de lo que estaba viendo.

—Pero… ¿cómo…? ¿Qué…? —dijo Drigán sin encontrar tampoco palabras a lo que veía.

Lilian estaba alzada frente a Leonardo, que se mantenía arrodillado con la cabeza en el vientre de ella. La sacerdotisa estaba impoluta, con el rostro límpido y sus heridas disipadas en la nada. Tenía su mano reposando sobre la cabeza de su hermano, con una sonrisa amigable dibujada en su rostro. Alrededor de ambos se podía ver un halo de luz que ascendía y descendía de forma periódica, hasta bajar y asentarse sobre él en forma de corona.

—Hermano… ¿Le has visto? —dijo Lilian con voz suave.

Leonardo se levantó paulatinamente hasta mirar de frente a su hermana para asentirle con la cabeza. Emitió una pequeña risa de felicidad y luego miró a sus compañeros, que seguían dudando si estaban soñando.

—Amigos… Tenemos que salir de aquí cuanto antes. Lilian, mi querida hermana, ya ha sido rescatada. Volvamos con Dévora, Sirián y Vaiel, y vayamos a la forja de los titanes para destruir ese camafeo.

Drigán y Zurah se miraron incrédulos de ver cómo Leonardo trazaba un plan de huida de forma tan natural luego de lo que había llevado a cabo. Ninguno de los dos se atrevía a pensarlo siquiera, pero la palabra les invadía una y otra vez la mente: resurrección.

—¿Vamos? —insistió Leonardo, que ahora tenía un extraña aura blanca que poco a poco fue asentando hacia su interior, aunque cada vez que realizaba un movimiento expelía un extraño brillo.

—¿Cómo esperas que…? —se atrevió a decir Drigán— Tú, caballero blanco, no sé cómo has hecho eso, pero debo felicitarte.

—Te lo agradezco, noble Drigán.

—Es más, he de agradecerte que me sanaras también a mí.

—Tu corazón puro fue quien te salvó, noble caballero del dragón, no fui yo. Aunque os agradezco las palabras de ánimo.

—Vale, bien. Sea como sea y tras esta enorme alegría, es el momento de pegarles duro a estos desgraciados. Les vamos a hacer pagar lo que te hicieron, Lilian.

—No, no debemos. No somos justicieros, sino devotos que han de afrontar la vida con humildad y dedicación. Combatiremos cuando el combate sea la única solución —respondió Leonardo.

—Pero ¿qué? Caballero blanco tenías que ser…

—No soy caballero blanco, mi buen Drigán, ya no. He visto el rostro del Creador y he oído su voz, y con su palabra en mi corazón me ha bautizado como su nuevo paladín.

—¿Paladín? ¿Qué es eso? —dijo Drigán echando la mirada hacia atrás para ver a Zurah. Lamentablemente, la bruja oscura estaba en el suelo, consecuencia de un desmayo.

—Pronto lo sabréis, mi buen Drigán. A partir de ahora será la santidad la que luche por mí y no la rabia.

—Pues vamos a tener un problema —respondió Drigán.

CAPÍTULO 6: UN ALMA INCOCENTE

El camino que emprendieron el grupo de tres transitaba en primera estancia por un bosque abierto y agradecido en animales de caza y arbustos frutales. Dévora era muy hábil adivinando dónde se ocultaban los arroyos de agua dulce, así como de localizar puntos idóneos donde establecer un campamento por las noches. Vaiel se fiaba ciegamente de ella, la conocía demasiado como para dudar de su palabra. Sirián, por otro lado, la tenía más vigilada y sabía que no podía confiar en su criterio en los momentos decisivos. Lamentaba estar sola, sin Zurah, y es que debía tomar una decisión complicada: arrebatarle el camafeo de Guerón.

Los primeros días fueron sosegados y apacibles, y los tres comulgaron en una camaradería muy agradable. Vaiel era el más dicharachero de los tres, contando chistes sin parar y despertando la risa en todos. Dévora suministraba un punto de seguridad, de saber que estaban transitando el camino correcto y que no habría problema sin solución. Ella tenía siempre respuesta para todo y sabía en todo momento qué hacer y cómo afrontar la situación, y eso lo propagaba sobre sus cercanos. Sirián también intentaba ser parte de ese grupo social de la calle, pero le costaba mucho adentrarse en sus modismos y pronunciar ese lenguaje tan vulgar. Había sido instruida en un sistema cultural y en unas formas que estaban fuera de lugar en un ambiente normal.

Al tercer día, al mediodía, transitaban por un páramo de violetas en una extensión que abarcaba hasta donde la vista alcanzaba. La noche anterior habían descansado bien y tanto ellos como los caballos estaban pletóricos. En la distancia, al Norte del páramo, se veía un fino hilo negruzco que ascendía muy alto desde el suelo. Vaiel, quien hacía gala de tener la mejor vista, cerró ligeramente sus ojos para enfocar mejor y se levantó sobre la silla de montar del caballo, abarcando así más distancia.

—Uhmmm… parece una humareda de fuego extinto.

—¿Una fogata? Pues menuda fogata para verse desde esta distancia… —aseveró Sirián.

—No, no —respondió al instante Vaiel acompañando con una sonrisa—. Es un fuego mucho mayor. Como el de un incendio. ¿Será Kragor til Mass?

—No, no lo creo. No recuerdo bien este territorio, mas creo que por esta zona estaba el pueblo de Hinojas —respondió Dévora.

—¿Hinojas? Sí, me suena. ¿No fue allí donde Roig I fue asesinado? —dijo Sirián mientras intentaba recordar la historia de Ampiria y de sus emperadores pasados.

—Correcto. Iba de caza por estos páramos junto a varios condes y marqueses, y cuando aconteció la tarde fueron a Hinojas para tomar algo típico de la zona y descansar. Iban con la guardia real y bien protegidos, y nada tenían que temer de un poblado como ese. Sin embargo, fueron sorprendidos por la Marca de la estrella, un gremio contrario a la orden imperial. Estaban allí asentados, esperándolos en una emboscada de libro —dijo Dévora.

—¿Y cómo lo supieron? —preguntó Vaiel—. Quiero decir, ¿hubo un chivatazo?

—¿Qué cómo se entera un ladrón o, en este caso, un gremio de ladrones de las cosas que le interesa? Pues con dinero y favores, esencialmente. A veces se recurre a otras cosas, como torturas o amenazas, pero funciona mejor de la primera forma. Y ni te imaginas cuánta gente está dispuesta a traicionar a sus superiores. Vizcondes, marqueses, reyes… están todos cortados por el mismo patrón: el deseo de poder y la envidia.

—Al menos tu gremio era favorable a la corona ¿no? —preguntó de nuevo Vaiel, arrepintiéndose casi al instante de haberlo hecho. Seguramente evocaría recuerdos sobre Dévora acerca de su gremio, antes de ser disgregado.

—Estábamos arropados por el vizconde, sí, aunque al final resultara todo en una mentira. Así es este juego, te dan poder mientras les sirvas, pero luego, cuando ya no les interesas, te lo arrebatan todo e intentan hundirte.

—Fue ese Gunj el que te implicó por la muerte de Thernok y que desencadenó tu búsqueda y captura ¿no? A ver cuando lo pillamos y dejamos las cosas claras.

—No será tan fácil, créeme. Aun capturándolo y que él confiese la verdad, muchos creerán que está hablando coaccionado o drogado. En la vida de ahí fuera, si haces un millón de cosas buenas y una mala, te recordarán por la mala. Hagas lo que hagas, eso saldrá a flote y será lo que prevalecerá.

—¿Crees que ese humo es del pueblo, entonces? —preguntó Sirián, retomando el tema principal.

—No podría jurarlo, pues no veo desde esta distancia nada que indique que ahí hay un pueblo —dijo Vaiel.

«*Está llorando... la pequeña está llorando frente a los cadáveres de sus progenitores. ¿Rezarás por ellos como hiciste con Rociada o buscarás su salvación?*», le dijo una voz a Dévora. Al instante miró al camafeo, que emitía un pequeño brillo. Al levantar la mirada, se encontró con los ojos inquisidores de Sirián observándola.

—¿Qué te ha dicho? —le preguntó la animista abiertamente.

—Es Hinojas. Ha habido muerte en sus calles —respondió Dévora intentando ser parca en palabras.

—¿Te ha dicho algo más?

—Una niña… una niña aún vive entre sus ruinas. Me habló de Rociada, una pequeña que fue raptada en la capital por dos hombres que yo tenía como misión investigar. Mi intención inmediata fue salvarla, pero todo se complicó. Apareció el Búho, luego Thernok y su historia del camafeo… al final me vi envuelta en una huida inevitable. Aún la recuerdo.

—Los rostros de los que murieron a nuestra vera siempre nos visitarán, Dévora. Debemos aprender a convivir con ellos sin sentirnos culpables, pues tu voluntad fue ayudar.

—Pero no lo hice, no fui a ayudarla. Ponderé que el asunto del camafeo era más importante que la pequeña niña.

—No. Consideraste una opción para salvar a mucha gente en vez de a una. Eso es digno de un aplauso y no de una lágrima.

—Nunca entenderás lo que se siente, Sirián. Es un sentimiento que te corroe por dentro.

—No hace tanto tiempo que estuve en un pueblo de comida agradecida y gente amable. La cosecha había ido bastante bien, aunque el ganado se estaba muriendo a causa del agua de los pozos, que se había vuelto turbia. Por las calles los niños corrían de forma ingenua, sin miedo a hacerse daño, todos menos uno. Un chico de unos nueve años se limitaba a asomarse por la ventana de su casa, tapándose el rostro con la cortina para no ser visto. Cuando le conocí, vi que era un alma deseosa de ser niño y que estaba encerrada en un cuerpo consumido por la peste. Su madre era el crucifijo donde el pequeño Néstor había sido clavado de por vida. No tuve ninguna duda y usé mi magia para sanarlo. Le extirpé la enfermedad y le devolví la sonrisa que un niño de su edad debía tener.

—¿Y qué pasó? —preguntó Vaiel, a medida que cambiaban su rumbo hacia el posible pueblo de Hinojas.

—Que el pueblo se asustó al veme usar magia, todos menos ellos dos, que me acogieron en su vivienda. A la mañana siguiente, aconteció en el pueblo un regimiento de caballeros de Ausper la Mayor. No tardaron mucho en enterarse que una animista estaba alojada en una casa y sin pensárselo dos veces fueron allí —dijo Sirián mostrando una pena latente en su voz—. Yo hui antes de que me cogieran, pero ellos no lo sabían. Creían que yo seguía allí dentro, y cuando entraron en la vivienda... los vieron apenas unos segundos, los suficientes como para enfocar sus armas y matarlos sin compasión. No se pararon a hablar ni a preguntar. Buscaban muerte y la encontraron. Se llamaban Néstor y Aisha.

—Vaya... una historia terrible. Lamento mucho lo que pasó —dijo Dévora, viendo claramente el nexo que lo unía al sentimiento de pérdida que ella tenía con la pequeña Rociada.

—Me puedo cuestionar qué habría sido de ellos si yo no hubiera curado a Néstor, o si tras haberlo curado no hubiera aceptado alojarme con ellos. Igual seguirían vivos, sí, pero ¿sabes qué? Los hilos que tejen nuestros destinos son tremendamente caprichosos y si te desvías para salvar a alguien, puedes provocar la muerte de otro. Las acciones son las correctas si las hacemos con el corazón, esa es la conclusión a tener en cuenta.

—Gracias, Sirián. A veces cuesta superar esos momentos duros de la vida, más aún si procedes de la misma calle. Gracias por las palabras.

Sirián la miró sonriendo y le asintió. Vaiel miró hacia otro lado, secándose con disimulo unas lágrimas que habían empezado a asomarse por sus lacrimales. Sin darse cuenta, habían recorrido ya la mitad de camino hacia su nueva meta y ahora sí se veía con más claridad el lugar. Un poblado, que por sus dimensiones abarcaría a unas cuatrocientas personas, se presentaba decrépito con varios focos de llamas activos. Las viviendas estaban consumidas por el fuego, y las calles eran laberintos de cascotes y pequeñas hogueras, un ambiente del todo desolador.

El grupo forzó la marcha hasta llegar a lo que serían las puertas de la ciudad, antaño cubiertas de enredaderas decorativas y ahora presentando una verja desvencijada con unos maderos colgando torpemente de una esquina. Los tres jinetes se bajaron de los caballos y comenzaron a recorrer la calle principal mirando con horror el ambiente. Las cenizas se habían apoderado del lugar, dejando en el aire un olor a rancio que te dañaba en la nariz al respirar. Empezaron a aparecer cuerpos inertes en el suelo, todos con sangre reseca pegándolos al suelo merced al calor que hacía. Las moscas se juntaban en grandes oleadas alrededor de los restos en descomposición, despidiendo un zumbido persistente en todo el pueblo.

Sirián alzó levemente sus dedos y una brisa suave comenzó a recorrer continuamente su rostro, liberándola de los olores agresivos. Vaiel la miró con algo de envidia, tapándose la nariz y la boca con la capa. Dévora se dispuso una máscara de cuero con doble forro que le tapaba todo el rostro excepto los ojos.

Era desalentador ver tanta muerte y destrucción.

—Ha debido suceder ayer noche, hace unas doce o veinticuatro horas como mucho —dijo Dévora, examinando de cerca uno de los cuerpos empotrados contra los restos de una puerta.

—¿Y quién…? —preguntó Sirián antes de ser respondida por la ladrona al instante.

—Segadores pútridos.

—¿Segadores pútridos por aquí? ¿Otra vez? Pero ¿no dependían del camafeo de Guerón, ahora en nuestra posesión? ¿No era ese Oligarco el que los manejaba? —inquirió Vaiel.

—Oligarco era un títere más, un lugarteniente captado por alguien que le indicaba la estrategia y los ataques a llevar a cabo.

En esta guerra ellos han perdido un comandante, pero no a su señor.

Vaiel no pudo evitar pensar que Dévora se podía estar convirtiendo en esa nueva comandante, al portar el camafeo e ir acostumbrándose a él. Lo poco que sabía de la reliquia le llevaba a concluir que te iba poseyendo lentamente, hasta hacerse con tu entera voluntad. Su mirada de lástima fue tan evidente que la ladrona se percató al instante.

—No debes temer nada, yo no seré uno de ellos. El camafeo solo me habla, pero no me obliga a actuar en ningún momento.

—No, si ya… pero temo que lo haga poco a poco, sin que te des cuenta, ya sabes —dijo Vaiel, intentando excusarse por la duda.

—Si sucediera eso, yo actuaría de inmediato —irrumpió Sirián con voz firme—. No dejaría que tal hecho acaeciera.

—Confío en ambas, eso ni lo dudéis —siguió Vaiel—, pero la duda me surge por el hecho de…

Súbitamente se oyó el crujir de un madero cuando se parte en dos al ser pisado. Los tres se quedaron en silencio, clavando la mirada hacia una vivienda que mantenía intactos sus cuatro muros, aunque el techo y los accesos estaban destrozados. Dévora se llevó el dedo índice hacia los labios, indicando que guardaran silencio, y empezó a moverse sigilosa hacia el lugar. Señaló a Vaiel para que se resguardara tras un pedrusco grande, arco en mano, y a Sirián para que le siguiera unos metros por detrás, intentando hacer el mínimo ruido posible. Dévora se deslizaba con zancadas largas y usando coberturas naturales, como matojos, restos de las viviendas o incluso sombras, exponiéndose lo mínimo. Era inaudito que apenas emitiera ruido en su andar, se movía como un gato, silenciosa y precisa.

No tardaron mucho en llegar a la puerta de la vivienda, con Vaiel tensando el arco desde la distancia. Si algo se movía no le daría ni un segundo para pensar. Sirián dudaba si acercarse más a la ladrona, aunque al final prefirió confiar en ella y dejarla entrar sola. Estaba claro que sabía lo que hacía, sus años de experiencia eran aval suficiente. Y Dévora entró.

El interior era una amalgama de maderas, piedras y otros enseres dispuestos de forma errática. Olía a madera quemada.

Dévora permaneció quieta en el dintel de la puerta, haciéndose un esquema mental de la disposición de todos los muros y habitaciones, y recorriendo con la vista todos los detalles que decoraban la estancia. Afinó el oído aguantando la respiración y oyó un balbuceo inconstante procedente de detrás de una mesa de comedor que estaba volcada. Sacó una de sus dagas y miró hacia atrás, a Sirián, para indicarle que permaneciera quieta ahí. La animista apenas tuvo tiempo para rebatirle, cuando Dévora desapareció de su vista, entrando en la vivienda. Fue bordeando la mesa, pegándose a uno de los muros, hasta ir teniendo visión de lo que se ocultaba detrás. Puso firme su mano diestra, preparada para descargar la daga, y con movimientos acompasados fue restando metros hasta su objetivo, hasta verlo claramente. A punto estuvo de lanzar su daga, aunque pudo retenerla a tiempo.

Frente a ella una niña de no más de cinco años estaba encogida en el suelo con las rodillas agarradas entre sus brazos. Sus mejillas estaban impregnadas de lágrimas resecas procedentes de unos ojos tristes. Se veía en ellos imágenes de muerte y desolación, un castigo demasiado grande para alguien tan pequeño. Dévora rompió su guardia y se acercó a la niña con paso más tranquilo, cuando la niña dio un grito de pánico y empezó a arrastrarse por el suelo. Ver a una mujer ataviada con ropajes negros y con el rostro tapado por una capucha de cuero no alentaba a pensar que fuera una amiga, menos aún si iba además armada con una daga amenazante en la mano. Fuera, al oír el grito, Vaiel salió corriendo hacia la vivienda, al igual que Sirián. Llegaron casi a la par a la puerta, cuando vieron a Dévora abrazando a la niña pequeña y calmándola. No llevaba puesta su máscara protectora de gases y su daga estaba en el suelo. La niña lloraba desconsoladamente en el regazo de la ladrona, agarrándola como si le fuera la vida en ello. Dévora miró a sus compañeros transmitiéndoles dolor y rabia. Se sentía en ella cómo le afectaba haber encontrado a la pequeña superviviente en este lugar de muerte, sola y abandonada. Sus ojos transmitían deseos de venganza.

El suelo zozobró ligeramente y un fogonazo de luz se dejó ver del exterior. Vaiel y Sirián fueron los primeros en salir, para ver a lo lejos, entrando al pueblo, un ser de complexión delgada y con una luz recorriéndole todo el cuerpo en un vórtice continuo. Se le adivinaba unos ojos violetas a través de esa cortina luminosa, irradiando deseos de muerte. A su alrededor, la vegetación se convertía en cenizas llevadas por el viento, como si un fuego invisible la consumiera al instante.

—¡Un Origen! —gritó Sirián— ¿Qué hace aquí? ¿Cómo es que está solo?

—No lo sé, pero ha venido al lugar equivocado —exclamó Vaiel, tensando su arco élfico y apuntando con calma hacia el objetivo distante.

Dévora cogió a la niña sobre sus brazos, tapándola con la capa, y se unió al grupo en la calle principal. Vaiel ya tenía medido su disparo con una precisión milimétrica, entrando en ese trance que le hacía ver cada poro de su enemigo. Envolvió la punta de su flecha con un resplandor rojizo y soltó la cuerda del arco, haciendo que el proyectil saliera despedido a una velocidad inusitada. El Origen no se movió, parecía como si estuviera paralizado ante la voluntad del arquero, aunque justo antes de impactarle, desapareció y apareció unos metros a la izquierda.

—¿Qué...? —dijo Vaiel— Te mueves rápido ¿eh? Vamos a ver si eres capaz de esquivar esta otra, desgraciado.

A continuación cargó dos flechas sobre el arco, una técnica nueva que ninguna de sus dos compañeras creía que fuera posible. Ambas flechas emitieron un ligero zumbido al ser tensadas y sus puntas comenzaron a sudar gotas de sangre. Vaiel permaneció quieto durante varios segundos, acercando su objetivo en su mirada hasta el punto de casi sentir su calor. Veía su continuo cambio de plano, cómo se teleportaba en cuestión de segundos entre el pasado, el presente y el futuro, pero esta vez no le daría tiempo a repetir su hazaña. Ya mató a un Origen y éste no iba a tener mejor suerte. Sin más demora, dejó libre a las flechas. Éstas recorrieron la distancia, apareciendo y desapareciendo, volviéndose invisibles de forma periódica. El Origen, al igual que antes, no se movió ni un centímetro, hasta que las flechas llegaron a su destino, momento en el que se desintegró para reaparecer a la izquierda. Había vuelto a errar el tiro.

—¿Cómo es posible? ¡Está adivinando mi trayectoria!

—Los Orígenes han aprendido de tu ataque en La última llamada y ahora saben cómo actúas. Conocen tu técnica y han sabido neutralizarla. Son una mente en colmena y cada vez que les pasa algo, todos los sabrán —respondió Sirián.

—¿Y cómo se defienden? Mi disparo consiste en alcanzar una velocidad mayor a la que tienen ellos para trasladarse por los planos. No pueden ser más rápidos.

—No son más rápidos, Vaiel. Ya no intentan esquivar tus ataques, como hacían antes. Han aprendido, o les han enseñado, que ahora deben prever en el futuro inmediato cual será tu ataque. Ahora se agarran a su precognición de la trayectoria y no a su velocidad.

—Eso es un problema —respondió Vaiel retrocediendo a la par que Dévora.

—Marchaos, salvad a la pequeña. Yo me ocuparé de este ser —replicó la animista blanca, alzando su báculo y envolviéndose en una cúpula transparente de protección.

—Ni lo sueñes, Sirián. Nos largamos todos de aquí —dijo Dévora.

—Nuestros caballos están más cerca del Origen que de nosotros, así que tendremos que huir a pie. Y el Origen nos pillará, tarde o temprano. Es más veloz que nosotros, no os quepa la menor duda. Debéis salvar a esa niña y nadie mejor que tú, Dévora, que sabes camuflarte y desenvolverte con suma facilidad. Vaiel, ve con ella y ayúdala en todo. Salvad a la niña y seguid vuestro camino hacia la cordillera de los Primeros nacidos.

—Volveremos a vernos, Sirián —dijo Dévora, aceptando el argumento—. No te expongas más de lo necesario, ¿vale?

—¿Puedes matarlo? —preguntó Vaiel, que era increpado por Dévora a seguirla.

—Es inmortal, al menos ante mi magia. Lo único que puedo intentar hacer es recluirle en un tiempo pasado o futuro, pero no hay antecedentes de que alguien lo haya hecho antes.

—Pero…

—¡Vamos, Vaiel! ¡Tenemos que irnos ya! Confía en ella —gritó Dévora, cogiendo ya varios metros de ventaja con la niña a cuestas.

A Vaiel le costó tomar la decisión, pero finalmente se dio la vuelta y comenzó a correr al lado de la ladrona. No debía mirar hacia atrás, debía confiar en que Sirián lograría salir indemne de esa situación.

Corrieron al máximo de sus fuerzas, saliendo del poblado por la otra puerta y refugiándose en el bosque colindante. Detrás oyeron ruidos, mas no se giraron ni una sola vez, pues una nueva complicación se les presentó entre las ruinas: el Origen no venía solo. Varios segadores pútridos se mostraron amenazantes, corriendo paralelamente a ellos, pegando saltos entre los techos y restos de piedras que conforman el poblado. A cada zancada que daban iban estrechando la distancia que los separaba de Dévora, Vaiel y la pequeña superviviente. Sin embargo, no había otra opción, debían persistir en su escapada lo más lejos posible del Origen. Luego ya verían qué hacer contra los segadores pútridos.

Fuera del poblado, decidieron tomar el sendero que descendía hacia el valle, donde se adivinaba un río. En bajada eran más rápidos y podían ganarles metros a sus perseguidores, aunque la realidad fue bien distinta. Los segadores pútridos se impulsaban con sus extremidades, compuestas de ramas y raíces, moviéndose a base de saltos de más de cuatro metros. Las dos hileras de enemigos se fueron juntado hasta formar un único abanico a pocos metros ya de su objetivo. En el descenso, muchos de ellos se dejaban caer por la pendiente, destrozando parte de su torso de carne putrefacta y alguna que otra rama de su cuerpo, nada que les impidiera volver a levantarse para seguir su persecución.

Finalmente llegaron a un vado del río, donde se detuvieron para tomar aire. Estaban exhaustos luego de la carrera, y muy a su pesar, el río era extremadamente caudaloso y ancho como para intentar pasarlo a nado, menos aun portando a la pequeña niña encima. No había otra solución: debían luchar. Vaiel clavó varias flechas en el suelo, justo frente a él, y dispuso a la niña detrás de él. Dévora desenvainó sus dos espadas cortas y se agazapó ligeramente a media distancia, para afrontar el primer choque.

—Vaiel... sabes que de ésta no salimos ¿verdad? —gritó Dévora, moviendo nerviosamente los ojos de un lado a otro, esperando el inminente ataque.

—No te atrevas a decir eso. Tú aguanta, que yo te los iré quitando de encima. No podemos permitir que...

—Eran muchos, Vaiel. No tienes tantas flechas, sé realista.

—Si no hay más remedio nos tiramos al río o les machaco a base de pedradas. ¡O a mordiscos, si es preciso! Pero no nos rendiremos.

—No se trata de rendirse, se trata de…

Poco más pudo decir la ladrona cuando vio venir varias púas hacia su torso. Haciendo gala de su entrenada agilidad, las esquivó ladeándose hacia la derecha, para hacer una cabriola en el suelo y levantarse de nuevo. Frente a ella había cuatro segadores pútridos con sus ramas amenazantes marcándola como objetivo. Emitían un sonido cimbreante muy molesto e irritante, aunque lo peor era el veneno que te impregnaban si eras herido por sus ramajes necrarios. Al instante, una flecha se clavó en la cabeza de uno de ellos, quedando tres. Dévora estaba acostumbrada a huir cuando los enemigos le superaban, para vencerles en emboscadas improvisadas, mas en este caso no podía aplicar esa técnica. Debía mantener la posición, aunque ello le supusiera la vida. Fintó hacia la derecha, viendo pasar a uno de los segadores pútridos que erró su clavada, para luego moverse hacia la izquierda con las dos espadas en paralelo al suelo. Troceó el vientre de uno de ellos, mientras que el otro dio un salto hacia atrás, esquivando el tajo. Al instante, el herido juntó las ramas que hacían las veces de brazos para ejercer un golpe vertical sobre la ladrona, que intuyó a tiempo para evitarlo. Para su desgracia, el otro segador pútrido estaba agachado a su vera, con sus punzantes armas preparadas para mancharse en sangre. Afortunadamente, una nueva flecha rozó la oreja de Dévora para abrirle la cabeza a su enemigo.

El tercer segador pútrido volvió a arremeter frontalmente, conjuntamente al herido en el torso, con varios golpes a la altura del cuello y las rodillas. Dévora se retiró un par de metros hacia atrás, anteponiendo las espadas para evitar posibles rozaduras de su enemigo. En uno de sus movimientos defensivos, se enfundó una de las espadas en la cintura a la vez que tomaba una de sus dagas oscuras entre los dedos y la arrojaba vorazmente. El enemigo con el torso abierto intentó poner uno de sus brazos como escudo, pero llegó tarde y agonizó entre chillidos agudos. La daga se clavó con precisión en la garganta, manando un líquido viscoso de color verduzco. Solo quedaba uno.

Sin embargo, entre los arbustos emergieron cuatro enemigos más, para luego sumarse cuatro más que saltaban de entre los árboles. Dos de ellos arrojaron en la distancia sus temibles púas venenosas hacia el distante Vaiel, aunque con poca precisión. La niña comenzó a chillar de miedo, encogiéndose y aferrándose a la pierna de Vaiel como si fuera su única salvación. No dejaba de titiritar y las lágrimas volvieron a acontecer en sus ojos, ya bastante castigados. Vaiel hizo lo que pudo por mantener la posición y clavó dos flechas más de forma certera en sus enemigos. Dévora no pudo hacer otra cosa que retirarse hacia atrás, justo lo que se prometió no hacer. Cedió terreno, mas no tenía otra opción. Los segadores pútridos la rodearon casi de inmediato, agitando sus ramas en latigazos continuos a todas partes del cuerpo, a lo que Dévora respondió con movimientos ágiles y precisos. Dos de esas ramas le llegaron a rozar el pantalón y era cuestión de tiempo que lograran impactarle.

Vaiel se levantó para ir entrando en el agua del río, siempre con la niña pegada a su pierna. Le quedaban ya seis flechas, que no dudó en disparar una tras otra para derribar al máximo número de enemigos posibles. La ladrona, por su parte, logró zafarse de la multitud de enemigos que la tenían prisionera, y con un movimiento arriesgado se deslizó por el suelo hacia ellos, tensando las dos espadas perpendiculares al suelo. Derribó a dos enemigos de forma limpia y precisa, mientras que los otros gritaban de dolor al clavarse las flechas de Vaiel. Sin embargo, lo peor estaba por llegar. Empezó a oírse ruidos chirriantes por todas partes y las copas de los árboles se agitaron con nerviosismo. Dévora miró hacia atrás, donde Vaiel estaba cara a cara contra un segador pútrido usando su arco a modo de maza. Ella tenía aún dos a su lado, pero no dudó en arrojar una de sus dagas para ayudar al arquero. Éste abrió los ojos de par en par, como si hubiera visto un diablo del averno y le hizo gestos para que retrocediera hacia él. Agarró a la niña entre sus brazos y empezó a meterse dentro del río, hasta cubrirse las rodillas de agua. Se oyó un estruendo brutal frente a Dévora, que vio como más de treinta segadores pútridos se abalanzaban hacia ella. Detrás, aún se oían a más enemigos agitarse… era una batalla perdida.

Pensó en Sirián, en la probabilidad de que se hubiera salvado ante el Origen. Luego miró a Vaiel, que estaba agitándole los brazos en la distancia y gritándole algo que no oía a causa del escándalo de los ramajes en movimiento. Sintió pena por él. No merecía sufrir el destino que llovía sobre Ampiria.

Y sin más, cerró los ojos y emitió el mayor chillido de su vida. La manada de segadores pútridos la rodeó al completo.

CAPÍTULO 7: PACTO DE DRAGONES

—¿Cómo desparecida? ¿A qué te refieres con desaparecida? —volvió a preguntar un Gunj iracundo, azotando de nuevo a Jokler, que ya había perdido tres dientes en la paliza.

—Señor… no lo sé… yo estaba orinando y cuando volví estaba Gascón muerto en el suelo y la prisionera había escapado.

—¿Me tomas por necio? ¿Tengo cara de asno o algo así? Porque me gustaría entender cómo una mujer atada a una silla, con la cara tapada y torturada hasta la extenuación ha podido escapar de ahí.

Jokler lo miró con los ojos asustados y llorosos, sin saber qué más podía decir. La sangre le salía sin control por la boca, la herida de la frente y los pómulos, donde se centraron en su castigo. Solo pudo clamar perdón y seguir llorando.

—Maldita escoria. ¡Sois escoria! ¡Responde a lo que te pregunto! —dijo de nuevo Gunj, armándose ahora con un garrote decorado con púas de acero.

—No hace falta que insistáis, Gunj, la respuesta es evidente si os paráis a pensar, en vez de gritar —dijo con voz calmada Kovar.

—¿A qué os referís? La única explicación posible es que este desgraciado la ayudó. Es un traidor y merece la muerte —respondió Gunj, liberando toda su ira en el garrote. Un trozo de la cara de Jokler salió despedido hacia la pared, resbalando lentamente hasta el suelo. Jokler aún vivía, cubierto de dolor y con su rostro totalmente deformado.

—No usáis la cabeza, Gunj, y eso va a hacer que algún día perdáis la vuestra. Debéis aprender a pensar y no a ser un bruto —replicó de nuevo Kovar, levantándose de la silla para servirse una copa de vino de la mesa principal del salón.

—¿Qué problema hay con esa mujer? Estaba medio muerta ya, según se ha dicho ¿no? Además, Refek y yo estamos aquí, así que no hay por qué mostrar tanto temor. Una mujer sacerdotisa no va a cambiar el rumbo de nada —dijo Saine sin dejar de mirar al pobre Jokler, que ya se había callado, aunque aún seguía moviendo sus brazos. Se estaba ahogando en su propia sangre que no encontraba salida por sus pulmones ni por su garganta ocluida.

—Saine, pido su perdón si le llevo la contraria, pero una mujer puede hacer mucho daño. Sacerdotisa, maga, ladrona, una simple repostera... todas son personas que piensan, a diferencia de lo que aquí hacen muchos, y son capaces de llegar a conclusiones trascendentes para nuestro objetivo. Pensar lo contrario es ser un ingenuo —respondió Kovar seguro de sí mismo al enfrentarse a la palabra de un caballero del dragón. Saine lo miró con cara de pocos amigos y escupió en el suelo con desaprobación. Kovar soltó una pequeña carcajada, alentando su ego.

—Pues podéis llamarme ignorante, pero sigo sin entenderlo, maese Kovar. ¿Qué otra explicación veis? —preguntó Gunj.

—Alguien la ha rescatado —sentenció Kovar, acercándose al cadáver de Gascón, el guardia prisionero de Lilian—. Fijaos en este corte que tiene y que le provocó la muerte. Está claro que se ha hecho con un arma de filo ancho, un arma pesada que ni veo aquí, en esta habitación, ni creo que la sacerdotisa pudiera levantar. Además, Gascón fue atacado frontalmente y es difícil de creer que una mujer moribunda pudiera vencerle así.

—Pero... ¿quién se va a colar aquí? Es imposible, ha tenido que ser uno de los nuestros, un traidor que... —insistió Gunj, antes de ser interrumpido por Kovar.

—No me estáis escuchando, Gunj. Además de la cabeza, habéis perdido las orejas, por lo que veo. No hay arma aquí presente que cause un tajo similar a ese. Lo peor que podemos hacer es pensar que somos invulnerables, pues entonces sangraremos. Ella ha sido rescatada y por lo que parece, no ha sido hace mucho. Ese miserable de Gascón aún no tiene su cuerpo rígido, así que lo mejor que podéis hacer es empezar a rastrear el cubil y los alrededores.

—Pero... ¿cómo ha podido burlar nuestra seguridad? Es imposible —dijo un tal Frizz, un ladrón de poca monta que formaba parte del clan y que vigilaba la seguridad de Gunj. Todas las miradas se dirigieron hacia él con voracidad, haciendo que se arrepintiera de haber preguntado.

—¿Burlar vuestra seguridad? ¿De verdad me hacéis esa pregunta? —dijo con ironía Kovar, dejando el vaso en la mesa y andando hacia él.

—No… yo… bueno, lo que quería decir es que resulta raro colarse sin que nadie lo vea. Somos dos fuera del acceso principal y otros dos dentro. Luego, en cada pasillo vamos siempre en parejas, montando guardias por todo el recinto y rotando cada cuatro horas.

—Entonces ¿tenéis todo cubierto? ¿Nada se os escapa?

—Eso creo, señor…

—¿Absolutamente nada? —terminó por decir Kovar, llegando a la altura de Frizz. Le miró fijamente a los ojos mientras se remangaba ambos brazos.

—Señor… si os he ofendido os pido perdón… pero vamos, estáis poniendo en tela de juicio nuestra capacidad de defender esta guarida y os aseguro que…

Súbitamente Kovar alzó ambos puños, manando un reguero de oscuridad hasta el cuello de Frizz. Éste abrió los ojos hasta el punto de salirse de sus cuencas y apretó sus manos temblorosas sobre su cuello. El hechicero se giró de nuevo hacia su vaso y abrió ambos puños, haciendo que su víctima se abriera por el torso y por la cabeza, mostrando todos sus órganos y cerebro. Sucedió sin estallido alguno, como si fuera algo natural. Todos en la sala pusieron cara de asco y más de uno tuvo arcadas molestas. Solo Refek y Saine permanecieron quietos en sus asientos, mirando el espectáculo de forma inopinada.

—Una hábil ladrona, una bruja oscura, una animista blanca… todos ellos pueden encontrar fallas en esta guarida de mierda. Solo les bastaba saber la localización para venir y llevarse lo que se les antojó. Gunj, moved a esta panda de inútiles para que busquen por la ciudad cualquier indicio de alguien nuevo por estos lares. No es un grupo corriente, así que deben destacar.

—Sí, maese Kovar, así lo harán —dijo Gunj, saliendo de la habitación lo más rápido que pudo.

—Y vosotros dos... imagino que tendréis algún método para dar con el paradero de ese caballero del dragón ¿no? ¿O acaso vais a seguirme de por vida?

—¿Me dices a mí, hechicero de tres al cuarto? —dijo Refek, levantándose de su asiento y pisando las tripas de Frizz de camino hacia Kovar—. No creas que me asustas con tus juegos de artificio. ¿Quieres que me asombre porque eres capaz de dar muerte a un pelele tal a éste que estoy pisoteando? Guárdate tus consejos y deja que yo actúe como quiera. Estaré donde tenga que estar, así que cierra la boca.

—Calmaos, os lo ruego —dijo Saine, intentando poner paz entre todos—. Está claro que han movido ficha, pero eso no cambia nada, ahora que lo sabemos. A Drigán lo encontraremos y lo eliminaremos, por eso no te preocupes. De hecho, sigo sin entender por qué tu maestro ha requerido de contratarnos a Refek y a mí, cuando yo solo me bastaría para ese objetivo. Pero confío en el destino y lo acepto.

—¿Y puedo saber cuál será vuestro próximo movimiento? —preguntó Kovar, algo más calmado, aunque realmente nunca daba pie a pensar que estuviera enfadado. Tenía un rostro tan inexpresivo que uno dudaba al hablar con él de qué sentimiento proclamaba.

—¿Mi próximo movimiento? No tengo ninguno definido. Yo estoy aquí para dar muerte a Drigán y no para luchar en una batalla, buscar algo o formar parte de una cuadrilla. Si estoy aquí, contigo, es porque pienso que será la mejor forma de encontrarme con ese destino, además de que me resultas simpático.

—¿Te parezco simpático, Saine?

—Sí, mucho. Vas de glorioso hechicero, cuando no eres más que un mequetrefe con aspiraciones demasiado altas. Te recomiendo que te ganes nuestro respeto, empezando con tu palabra y tus actos. No te conviene tenernos como enemigos.

—¿Acaso me vais a amenazar? ¿Osáis enfrentaros a mi maestro?

—No, yo me enfrento a ti, cucaracha. Tu maestro es más listo que tú y sabe hablarnos como debe. De hecho, si estamos aquí es porque llegamos a un acuerdo con él, pero no contigo —respondió Refek, casi a punto de dejarse llevar por su ira. Le faltaba una réplica más para lanzarse al ataque, cuando un muchacho joven irrumpió en la sala junto a dos de los hombres de Gunj. Al ver la carnicería del suelo y a los tres hombres discutiendo, el pequeño dudó por un momento si decir algo o permanecer callado.

—¿Qué queréis vosotros ahora? —preguntó Kovar.

—Me envían para decirle a usted, buen señor, que le esperan en la taberna "Seis venados" —dijo el niño balbuceando.

—¿Cómo? ¿Qué me esperan? ¿Quién me espera? ¿Te dijeron que preguntaras por mí?

—Me dieron un romancero para que llamara en esta casa y dijera al mandamás de aquí el mensaje, buen señor. Estos hombres que estaban en la puerta me trajeron hasta aquí para dárselo.

—Creímos que era mejor que lo oyera usted en boca del mismo chico, maese Kovar —dijo uno de los guardias.

—Sí, sí, habéis hecho bien. Pero decidme, niño... ¿quién os ha dado este mensaje?

—Un señor alto y fuerte, señor, como esos dos de ahí —dijo el chico señalando a Refek y Saine—. También había otro hombre rubio y dos mujeres con él.

—No sabréis por casualidad sus nombres, ¿verdad, muchacho?

—No señor, no me lo dijo. Pero sí me dijo que os dijera que no teníais el valor para ir a la taberna para reuniros con él.

—Ahhh... así que valor ¿eh? Ja, ja, ja —dijo Kovar, dándose la vuelta y dirigiéndose hacia la pared más lejana, mientras comenzaba a cavilar acerca de la noticia. Algo no le terminaba por gustar, aunque no sabía bien el qué.

—¿Y bien? ¿A qué estamos esperando? —dijo Refek.

—Niño, puedes irte —se limitó a decir Kovar. El chico fue llevado hacia fuera, justo cuando Gunj volvía a la sala con una sonrisa de oreja a oreja.

—¿Os dais cuenta? Ja, ja, ja... y nosotros preocupados por buscarlos, cuando ellos mismos, los muy torpes, nos citan. Ja, ja, ja.

—Eso es lo que me preocupa, Gunj, que ellos mismos nos citen —dijo Kovar.

—¿A qué os referís? Está claro que se lo tienen muy creído y piensan que van a completar la guinda, pero no cuentan con que estéis vos aquí. Bueno, vos y vuestros dos guerreros.

Saine lo miró con tanto asco que ni siquiera se dignó a rectificarle que le debía llamar caballero del dragón y no guerrero. Refek simplemente escupió al suelo.

—Esa gente ha sabido adivinar que la sacerdotisa estaba aquí. Han sido capaces de entrar, salvarla y salir sin que nadie se entere. ¿Y ahora nos citan en una taberna de la ciudad, dónde estamos asentados nosotros? ¿No os resulta extraño? ¿Tú lo harías, Gunj? ¿Te citarías con tu enemigo en la taberna de su pueblo? Y no me volváis a responder que es cosa de su ego, porque resulta hiriente que lleguéis a esa torpe conclusión.

—Yo... bueno... podría ser que tienen en mente emboscarnos allí. Igual la ladrona que tiene el camafeo conoce ahí a gente y está preparando sorprendernos. Lo que ella no sabrá es que tenemos refuerzos, mi señor, vosotros en este caso, como os dije antes.

—¿Ladrona? ¿Dévora, decís? No, ella no está aquí, lo que no sé si es algo por lo que alegrarse o por lo que llorar. Sin ella y fijaos en lo que nos han hecho... si hubiera venido ella ya estaríamos todos amenazados de muerte —dijo sarcásticamente Kovar.

—¿Y cómo sabéis que...? —dijo Gunj, que calló al instante al ver al hechicero darse la vuelta bruscamente con cara de odio.

—¿...que no ha venido ella? ¿Que cómo lo sé? Porque entonces sería ella la que me hubiera citado y no otro en su lugar. Además, el camafeo se habría hecho notar. Lo cierto es que me preocupa esta acción para la que no estaba preparado. No es miedo a enfrentarme a ellos lo que tengo, sino que no quiero que me cambien el plan que tenía en mente.

—¿Acaso no era encontrarte con el grupo? —preguntó Saine, entrando de nuevo en la conversación.

—Sí, sí, pero con todos, especialmente con Dévora. Que ella no esté me supone un problema. No obstante, iré a esa taberna. La curiosidad que tengo por esta jugada es sublime.

—Sea pues, voy también yo —dijo Saine.

—Ya estáis tardando —dijo Refek camino hacia la puerta de salida, cerca de Gunj—. ¿Éste también viene?

—Sí, desde luego que sí —dijo Kovar sin dar pie a dudas—. Vamos todos. Por cierto, ¿dónde está Idílogas? ¿Gunj?

—Está en la ciudad, le di el día libre mientras hablábamos aquí de las estrategias. Me pareció que no os cayó en simpatía y por eso preferí mantenerle al margen cuando vos estuvierais aquí.

—Mejor así, no lo llaméis.

Kovar insistió en ir sin más escolta que los dos caballeros del dragón y Gunj, aunque realmente ni siquiera los necesitaba a ellos. Estaba muy seguro de sus capacidades como para medirse ante cualquier rival que tuviera delante. Había sido aleccionado para este momento.

«*Alto, Kovar, detén tu paso firme y emprende tu viaje hacia las Torres trillizas. La última llamada ya deja de ser nuestro punto de reunión*», dijo una voz de sobra conocida por el hechicero en su mente.

«*¿Pero...? Mi maestro, no dudo de vuestra sabiduría y acierto en las estrategias, mas podría ser beneficioso que yo estuviera ahí presente para...*».

«*Si vas, morirás*», dijo de forma tajante la voz, no dejando que Kovar explicara sus posibles argumentos. Lo cierto es que oír eso le dolió más que cualquier herida que pudieran haberle hecho.

«*¿Morir, mi maestro? ¿Quién se supone que es capaz de medirse a mi magia para salir con vida?*».

«*No preguntes lo que ya sabes, Kovar. Hasta una gallina puede ser nuestro verdugo si no la vemos venir como enemigo. Piensas que tus enemigos no son tan fuertes, poderosos y de conocimientos legendarios como tú, mas no es así. Abandona ese paso que llevas, que se ocupen los caballeros del dragón*».

«*¿Y querrán ir?*».

«*Estoy seguro de que sí. Diles que Drigán es el hombre que los está citando*».

«*Vale maestro. Solo espero que puedan salir airosos de todo esto. Si con ellos está la bruja o la animista, pueden tener problemas*».

«*La animista blanca ya no es problema, está neutralizada*».

«*Fantástico entonces, mi maestro. Cumpliré vuestra orden. ¿Me aguarda alguien en las Torres trillizas?*».

«*Quizás sí o quizás no, el tiempo lo dirá*».

«*Entendido, maestro*».

Kovar se detuvo en seco. Miró a sus compañeros y sin ganas de dar muchas explicaciones intentó ser parco en palabras.

—Refek, Saine… el que está en la taberna es Drigán, vuestro objetivo. Ahí poco tengo yo que hacer, pues voy a ser más necesario en otro lado. Tú, Gunj, irás en representación mía para ver qué te cuentan. Os agradecería si podéis compartir algunas palabras antes de partiros la crisma, sino es molestia. La información es poder para nuestros intereses.

—¿Qué necesitas saber? —preguntó Refek.

—Dónde está el camafeo de Guerón o dónde está Dévora, la ladrona que lo porta —respondió Kovar.

—Hecho.

Gunj miró a los dos caballeros del dragón con cara de preocupación y en última instancia a Kovar. Tragó saliva de forma disimulada y asintió para denotar que estaba conforme al plan, aunque por dentro no dejaba de cuestionarse si las cosas iban como deberían. Se estaba exponiendo demasiado y ya lo habían fichado en el Alto de Vistok. Se estaba ganando más enemigos que amigos y eso no le gustaba nada. Solo esperaba que todo fuera bien en la taberna, o al menos que él no estuviera ahí para verlo si estallaba alguna contienda.

Transitaron por las calles de La última llamada con determinación y paso rápido. Tenían caras poco amigables, con los rostros enjutos y facciones de enfado. Estaban concentrados para lo que se les avecinaba y no era tarea fácil. Una cohorte de tres caballeros de la región se cruzó con ellos cerca de la estatua que se estaba construyendo en conmemoración de la reciente victoria de la ciudad ante los segadores pútridos, representando al Conde Casis alzando su espada con dos segadores pútridos arrodillados y moribundos bajo sus pies. Se notaba que ninguno de los tres hombres iba a hacer nada bueno, pues llevaban armas largas preparadas sobre sus espaldas y una convicción que no dejaba lugar a dudas.

—Disculpen… ¿son de aquí? —preguntó uno de los caballeros, acercándose a Saine.

—¿Te importa mucho eso? —le respondió de forma irrespetuosa el caballero del dragón.

—¡Eh! Guarda respeto, te han hecho una pregunta, así que responde educadamente —dijo otro de los caballeros, asentando la mano sobre la empuñadura de su espada larga.

—Tranquilos, no hay problema —interrumpió Gunj, adelantándose unos metros—. Soy Gunj de Vistok, lugarteniente de lord Lalies, que está aquí en misión oficial. Estos dos son mis acompañantes. Pido que disculpen sus modales, mas son de regiones ignotas y no están habituados a nuestra sociedad.

Los tres guardias miraron con incredulidad a Gunj, evaluando si era cierto o no su justificación. Luego volvieron a centrarse en Saine, rodeándolo con sus caballos en un semicírculo.

—Del Alto de Vistok ¿eh? ¿Sabe nuestro Conde de vuestra presencia aquí?

—No, aún no he ido a presentar mis respetos. Llegamos ayer tarde y hoy tenía en mente ir a visitarlo. Antes he de cerrar los tratos para los que he venido, lamentablemente.

—Entiendo… —dijo el caballero, mirando hacia atrás a sus dos compañeros de armas. Éstos le hicieron señas de seguir su marcha—. Id con cuidado y no os metáis en follones, no quiero tener que arrestaros. Y vos, lord Gunj, decidle a vuestros perros guardianes que guarden la compostura cuando un caballero de aquí les pregunten algo.

—¿A quién llamas perro, malnacido hijo de una hiena? —dijo Refek, escupiendo al suelo con desaprobación.

—Tranquilos, os lo ruego, tranquilos —dijo Gunj nervioso al ver que se estaban metiendo en un problema inútilmente—. Procuraré que así sea, nobles guardianes de la paz. Y perdonad a mis colegas, mas son de modales bruscos. En su tierra son poderosos guerreros y no admiten que se les de órdenes, ya sabéis.

El caballero insultado lo miró con odio, pero no pudo mantenerle la mirada mucho tiempo. El caballero del dragón era imponente, con una constitución corporal perfecta y una determinación que haría recular hasta a un león salvaje. Transmitía fortaleza y victoria con tanta intensidad que se hacía difícil amenazarle con la mirada.

—Muy bien… lo dicho, id con cuidado —dijo el caballero despidiéndose junto a sus dos compañeros. Se fueron alejando lentamente, sin quitar sus ojos del extraño grupo.

—Pero bueno, ¿es que me queréis enviar a la horca o qué? Esos son caballeros nombrados por Casis y su palabra es la Ley aquí ¿lo entendéis? —dijo Gunj con claros síntomas de preocupación. La cosa se le iba de las manos.

—Cállate y cabalga, borrego. Yo no tengo por qué responder a las preguntas de caballero alguno ni justificarme ante ti. Yo soy un caballero del dragón, mequetrefe, así que siéntete orgulloso de ir a mi vera.

—Así no vamos a llegar muy lejos. ¿No os dais cuenta? No tengáis ninguna duda de que esos caballeros notificarán mi presencia en la ciudad a su conde y será cuestión de tiempo que vengan a buscarnos. Os recuerdo que en el Alto de Vistok soy un proscrito y no me extrañaría que aquí lo supieran ya. Debemos reunirnos con esos en la taberna y luego largarnos de aquí, será lo mejor. De hecho, Kovar nos dijo que obtuviéramos la información que necesitábamos y que nos largáramos.

—Mira Gunj, te lo voy a dejar claro, para que lo entiendas de una vez —dijo Saine, deteniendo el caballo y acercándose a Gunj hasta el punto de chocar su nariz con la de él—. Tú aquí eres un desecho, no eres nada. Por no ser, no eres ni siquiera digno de que te ejecute con mi espada, porque sería deshonroso para mí mancharla con tu sangre cobarde. Apestas a miedo y para ti todo son complicaciones y temores. Tú solo buscas estar en un trono rodeado de sirvientes y no convertirte en un señor aguerrido que se gane sus galones en batallas y combates heroicos. Lo que tengas tú con ese hechicero me da totalmente igual. De hecho, si te quieres largar ahora, vete, nos harías un favor.

Gunj se retiró unos centímetros hacia atrás. Tenía el rostro pálido y por un momento creyó que le iban a dar una paliza en mitad de la plaza. Estaba claro que a los caballeros del dragón no podía entrarles con argumentos basados en las leyes de los hombres, así que optó por unirse a su dogma, o al menos a intentarlo.

—No era mi intención ser… o parecer lo que decís que soy. Yo también quiero cumplir las órdenes que se me dieron y si he de luchar, lucharé. Es un honor para mí ir a vuestro lado, caballero Saine y caballero Refek, vuestros nombres son leyenda en mis oídos. Perdonad si os he ofendido con mi falta de valentía, que intentaré enmendar.

Refek emitió una carcajada ruda a la vez que incitaba a su caballo a seguir adelante, mientras que Saine asintió con aprobación.

«Me habéis humillado, malditos caballeros del dragón, pero obtendré mi venganza tarde o temprano, y tendréis que comeros vuestras palabras. Os creéis dioses inmortales capaces de venir aquí a insultar a todos y despreciar a quien está a vuestro lado, pero tiempo al tiempo… al final vuestra impertinencia tendrá un castigo ejemplar», pensó Gunj a medida que recorrían los últimos metros antes de llegar al punto de destino.

La taberna "Seis venados" era conocida en la región por servir una carne de jabalí tan tierna que parecía de venado. El método empleado consistía en una complicada elaboración que requería de varios días, sumergiendo la carne en leche de cabra durante varias noches para luego secarla en un sótano seco y oscuro. Luego se impregnaba con unas especias concretas que eran asimiladas por la carne cruda, dándole un sabor picante muy característico y enterneciéndola aún más. Era un lugar enclavado en una de las plazas menores de La última llamada, abriendo sus puertas a todo tipo de ciudadanos, desde la clase baja hasta la clase noble que buscaba intimidad en sus escarceos amorosos con prostitutas del lugar. Y es que, por las noches se convertía en una especia de burdel, con mujeres dispuestas a darte calor a cambio de unos romanceros.

Los enviados de Kovar llegaron al atardecer, atrayendo la mirada de los que estaban en la entrada. No era muy típico ver a tres personajes como ellos, dos caballeros del dragón fornidos y ataviados con armas gruesas y un hombre de ropajes nobiliarios y corte de pelo perfecto. Descabalgaron y ataron las monturas en los abrevaderos dispuestos a lo largo de la fachada, para luego plantarse en la entrada. Allí, un hombre de pinta desaliñada con varias cadenas colgándole del cuello se les acercó de forma descarada. Tenía los ojos vidriosos y la tez rojiza, síntomas inequívocos de que estaba bajo los efectos de alguna planta narcótica.

—Hooola, viajeros. ¿Necesitáis un guía? Os puedo indicar dónde están los mejores lugares de esta gran ciudad, visitar el mercado de Zarzas, degustar los exquisitos platos de Gronard de Chumb en su glorioso restaurante, y si luego buscáis compañía femenina, os puedo mostrar a las mujeres más hermosas del lugar.

—Quítate de en medio, piltrafa —dijo Refek, tapándole la cara con su mano para luego empujarle de un manotazo hasta tirarlo al suelo. Varios de los que estaban fuera se alertaron de un salto y uno de ellos asomó un puñal en su mano zurda. Saine le clavó la mirada y movió su cabeza en negación con gestos escuetos, a lo que el hombre la volvió a esconder entre sus ropajes. Gunj intentó taparse el rostro para pasar lo más desapercibido posible y entró el último.

Dentro del local había bastante vida, con muchos hombres canturreando en coro el "Cazador de oriente" que estaba interpretando Bay de Corllales, una actriz y cantante que representaba conocidas epopeyas y canciones. Las jarras de cerveza y de trogami recorrían todas las mesas continuamente, alegrando aún más los ánimos del pueblo. El aire estaba viciado de sudor, humo de tabal y fragancias de alimentos, y la multitud no cesaba de gritar en júbilo mientras se gastaban sus romanceros.

Saine y Refek desviaron su mirada al unísono hacia una de las cortinas que daba acceso a un cuarto privado. La presencia de su objetivo estaba ahí, no tenían ninguna duda. Se asintieron entre ellos y comenzaron a abrirse paso hacia allá con paso firme. Gunj, ajeno a lo que pasaba, se limitó a perseguirlos. Nada más llegar a la altura de la cortina, la voz de Drigán se dejó oír de forma inequívoca.

—¡Adelante! ¡Entrad! Llegáis tarde a vuestra cita.

Saine fue el encargado de correr la cortina. Drigán estaba de pie, presidiendo una mesa redonda, con un hombre de complexión caballeresca a su derecha y una mujer de pelo negro y ojos penetrantes a su izquierda. Saine entró a paso ligero y se sentó con familiaridad en la silla frente a Drigán, mientras que Refek se apoyó en la pared de la derecha. Gunj prefirió sentarse a la derecha de Saine, dejando una silla libre entre ellos. Todos comenzaron a inspeccionarse y analizarse con detenimiento, viendo qué armas portaba cada uno, si había alguna herida visible, las facciones de su rostro por si había debilidad o falta de convicción... era un estudio concienzudo que se llevaba a cabo en cuestión de segundos.

—¿Tú eres Drigán, el hijo de Kragor til Mass?

—Yo soy. No esperaba encontrarme por aquí con Saine, hijo de Morg ges Kol.

—Estoy seguro de que ya sabías de mi presencia en este pueblo, así como sabrás a qué vengo.

—No voy a perder el tiempo preguntándote cómo es que te has convertido en el esbirro de esta gente, aunque sí por qué te atreves a amenazarme.

—¿Y acaso no eres tú el esbirro de esa gente que te rodea? Vamos, Drigán, seamos serios. El destino nos ha juntado aquí y ahora, y no para dilucidar por qué hacemos las cosas. Uno hace lo correcto y otro lo incorrecto, como debe ser.

—En efecto, el equilibrio debe cumplirse. Veo que traes a un perro guardián a tu lado —dijo Drigán, dirigiendo su mirada a Refek, que al instante se puso en guardia y escupió al suelo.

—¿Cómo te atreves, desgraciado? Mi nombre es Refek, hijo de Hagra vos Jun, y el fuego de mi dragón consumirá al tuyo entre gritos de dolor.

—Estoy seguro que tu dragón rojo saldría con el rabo entre las piernas con tan solo verme a mí, sin necesidad de convocar a Kragor til Mass. Se te ve muy embravecido al saber que el dragón plateado de Saine luchará a tu lado, ¿me equivoco?

Saine no pudo evitar reírse, un acto que sentó fatal a Refek.

—¡Maldito bastardo! No necesito ayuda de nadie para darte tu merecido, piltrafa dorada. Adelante, te estoy esperando.

—Lo cierto es que yo también estoy esperando cumplir mi objetivo, Drigán —añadió Saine—. Dejemos a los niños aquí charlando de sus cosas y vayamos a lo que tenemos que hacer.

—Un dragón plateado no debería decantarse en favor de ese hechicero loco, Saine. ¿Acaso solo te alimentas de estupidez? ¿Te da igual ser un títere? No es Morg ges Kol quien te da las órdenes, sino ese maldito bastardo que se oculta entre las sombras, y que veo que no se ha presentado hoy aquí —dijo Drigán.

—Ya te digo que me da igual lo que haga Kovar —replicó Saine—. Yo he venido por ti. Todos somos títeres de nuestro destino, así que menos cháchara y cumplamos con él.

—Sea pues —dijo Drigán—. Os espero mañana por la mañana en la meseta occidental de la ciudad.

—¿Y por qué no ahora? —dijo Refek, aún acalorado y deseoso de acción.

—No, ahora no —dijo Saine—. Ahora te toca a ti, Gunj.

Gunj carraspeó antes de decir algo, aunque Zurah fue mucho más rápida que él en su intervención.

—El bueno de Gunj al servicio del mal, ¿quién lo diría? Veo que tenéis la habilidad de meteros cada vez en un pozo más y más profundo, ¿eh? Se os ve solo, asustado de vuestra propia sombra.

—¿Solo? Yo no estoy solo, como podéis ver. Tengo de mi lado al señor que regirá estas tierras sobre vuestros cadáveres.

—¿El valiente hechicero que no se ha atrevido a presentarse aquí, decís? Ese tal ¿Kovar? ¿Es ese el nombre que mencionasteis antes?

—Puedes reír todo lo que quieras, pero no saldrás victoriosa de esta, te lo aseguro. Al final, todo aquello…

Súbitamente la cortina se descorrió y Lilian accedió a la habitación. Su mirada era tranquilizadora, aunque sus gestos no daban pie a fiarse. Se la veía en guardia, cual serpiente esperando el momento para morder a su presa. Pasó cerca de Gunj, saludándole con una mueca abrupta y se sentó al lado de su hermano, sin perder la compostura.

—Supongo que conocéis a Lilian ¿verdad? ¡Oh, claro que sí! Estuvisteis torturándola hasta darle muerte, ¿no es así? —siguió diciendo Zurah, acelerando sus palabras e increpándole con dureza.

—Yo solo tenía que…

—¡Paparruchas, Gunj! —interrumpió Zurah dando un tortazo sobre la mesa—. No queráis convenceros de lo que pudo ser. Está claro que habéis hecho mucho daño, pero no estamos aquí para hablar de eso ¿verdad?

—Verdad —se limitó a decir Gunj, viéndose en una encerrona de acusaciones y palabras. Había perdido el control del diálogo y tenía que ordenar un poco su plan de ataque.

—Os lo voy a dejar claro, Gunj. Os voy a matar. Voy a desgarrar vuestra alma de vuestro cuerpo centímetro a centímetro, para que sintáis el enorme dolor que ello provoca. Luego la recluiré en un limbo impertérrito del que nadie os sacará nunca, siendo consciente por la eternidad de que esa será vuestra celda. Os volveréis loco, os querréis lesionar o incluso matar, pero no podréis. Allí estaréis solo con vuestra mente y con vuestra alma castigada. Temblad, Gunj, temblad, porque os quedan minutos de vida.

Gunj tembló desde los pies hasta la cabeza. Los dos caballeros del dragón se habían apartado de la conversación y de él, dejándolo en una situación bastante precaria.

«¿Para qué me has hecho venir aquí, maldito Kovar? ¿Para que me sacrifiquen como a un cerdo? Maldito bastardo de la oscuridad, ojalá te den caza como a la hiena que eres», pensó con los ojos continuamente parpadeando del nerviosismo.

—Supongo que me toca hablar a mí ahora —dijo Leonardo, levantándose y haciendo una leve reverencia—. Mi nombre es Leonardo, y lo que tengo que decir es concreto y fácil de entender. Lo que busco es saber dónde se encuentra ese tal Kovar, y garantizo la seguridad de quién me lo diga. Yo no voy a castigar a ninguno de vosotros, pues creo en el perdón de los pecados que se cometen, y es lo que os estoy brindando. Arrepentíos de vuestros pecados y rezad con la verdad que os pido, y tendréis así una segunda oportunidad en esta vida.

—Aunque me cueste aceptarlo, me he comprometido a aceptar lo que este hombre os está diciendo —dijo Drigán, mirando al suelo—. Quien confiese y nos ayude en lo que estamos preguntando, salvará su vida.

Saine se echó a reír a carcajada limpia, golpeando incluso la mesa con su palma abierta. Refek, por su parte, apoyó sus dos puños sobre la mesa intentando aguantar la respiración contra la risa loca que le había entrado. Gunj era el único que permanecía serio y era a él a quien iban dirigidas todas las miradas del grupo de héroes.

—No sé quién rayos eres, Leonardo, pero o estás loco de atar o has bebido más de lo que deberías. ¿Acaso puedes ver el destino de las personas para decir que me vas a salvar, desgraciado? —dijo Refek con la risa aún en sus labios.

—Él no, pero yo sí —intervino Lilian—. He visto en mis sueños la muerte de vosotros dos, caballeros del dragón. La bandera plateada se partía en dos cachos merced a un rayo de luz que la atravesaba desde el centro. Luego la bandera roja lo envolvía todo y prendía en llamas, pero éstas se volvían doradas. Drigán ha ganado ya, aunque vosotros no lo sabéis.

Ambos caballeros del dragón se quedaron mudos, conscientes de la habilidad innata que los magos tenían para ver retazos futuros, aunque también sabían que había probabilidades de error. No obstante, el orgullo de esta disciplina de caballería no permitía arrodillarse ante amenazas de ese tipo. Debían seguir adelante con la palabra de su dragón y de su destino, aun sabiendo que podía llevarles a su propia muerte. Eso sí, la risa desapareció de sus rostros como llevada por un viento invisible.

—Supongo que me estáis ofreciendo a mí ese trato, Leonardo —dijo Gunj, intentando evaluar su situación—. No obstante, ahora me encuentro entre dos fuegos. Si os ayudo me ganaré un enemigo muy poderoso, que es Kovar, y si no, os tengo a vosotros como enemigos, aquí y ahora. No es una decisión fácil, así que necesitaría alguna garantía de que vuestro trato se cumplirá.

—Tendréis la garantía más preciada que os puedo dar: mi palabra —le respondió al momento Leonardo.

—¿Vuestra palabra? No os lo toméis a mal, mas eso y nada es lo mismo.

—Para vos quizás sí, mas para mí, mi palabra representa mi honor, mi valía y mi vida. Si os la entrego como fianza es porque cumpliré con lo pactado.

De nuevo se abrieron las cortinas, esta vez en manos de seis caballeros armados con corazas y espadas en mano representando al Conde Casis de la ciudad. Uno de ellos, el de mayor rango, miró a todos con cara seria y sin mostrar ningún tipo de dudas.

—Esta reunión queda disuelta por orden condal. El nombrado como Gunj debe entregarse voluntariamente o será ejecutado aquí y ahora por sedición a la corona del emperador. El resto seréis interrogados para saber vuestra conexión con el reo.

Refek fue el primero en dar un paso hacia la salida, poniéndose frente a frente a uno de los caballeros armados.

—Quítate de mi camino, gusano. No tengo ganas de aplastarte la cara contra el suelo.

—¡Cómo os atrevéis, desgraciado! —gritó el capitán— ¡Arrestadle!

Dos de los caballeros se lanzaron hacia Refek, cogiéndole por ambos brazos, a lo que el caballero del dragón intentó resistirse forcejeando. Lo empujaron contra la pared, haciendo fuerza con sus propios cuerpos e inutilizando sus esfuerzos por liberarse. Aunque Refek era un portento físico, los dos caballeros de la guardia estaban entrenados de forma concienzuda, mostrando unos músculos recios y resistentes. El resto de caballeros desenvainaron las espadas y accedieron al interior, mirando a los demás integrantes del grupo por si alguien se mostraba también en contra de las órdenes dadas. Saine se levantó lentamente, haciendo crujir los huesos de sus manos, mientras que Drigán lo miraba negando con la cabeza. Zurah agarró su báculo y miró a Lilian, dándole una indicación de huida que Leonardo captó al vuelo.

Súbitamente, Refek comenzó a manar virutas rojizas de todo su cuerpo, unas pequeñas llamas que salían de su cuerpo para ascender unos centímetros. A continuación, dio un rugido atronador, poniendo en alerta a toda la taberna, y agarró con fuerza a quienes le tenían agarrado. Su cuerpo empezó a arder en llamas de tonos rojos vívidos, consumiendo la carne y los ropajes de sus dos captores, ahora convertidos en prisioneros, que gritaban de forma desesperada al ver arder su carne y no poder soltarse de su presa. Todos los caballeros se echaron hacia atrás asustados al ver a un hombre arder en llamas para consumir a los dos que le tenían agarrado. Era una escena irreal en sus mentes.

—¡Matadle! ¡Todos a él! —gritó el superior de la orden a sus caballeros.

Los cuatro restantes tensaron sus espadas hacia el objetivo y fueron hacia él, arrinconándole en la estrechez del lugar. Uno de ellos fue interceptado casi al instante por Saine, que le propinó una patada a la altura de las rodillas, haciéndole caer al suelo, mientras que con la otra mano le clavaba de forma implacable su espada en el cuello. La sangre barrió el techo expelida por la presión de las venas cercenadas, sumiendo a todo el cuarto en una lluvia roja. El líder de los atacantes rebatió con su arma hacia Saine, aunque éste se zafó del golpe echándose hacia atrás, por encima de la mesa, que acabó partida en dos. Los otros caballeros terciaron sus espadas largas sobre Refek, una rozando su pierna derecha, otra impactando en la pared al ser esquivada y la última entrando en su carne, a la altura del estómago. El fuego que impregnaba su cuerpo no pudo evitar ser alcanzado y su agilidad se vio mermada en tan reducido espacio. Tuvo que arrodillarse en el suelo, presa del dolor que le mordía en las entrañas.

Un nuevo tajo surgió de la espada del capitán, cogiendo fuerza en el golpe al agitarla en círculo sobre su cabeza. Justo por debajo de él se coló Gunj hábilmente, huyendo de la escena lo más veloz que pudo. Lilian y Zurah estaban juntas en una esquina, con Leonardo delante de ellas mandoble en mano. A su alrededor se formó un aura blanquecina evocada por la sacerdotisa, un aura de paz y sosiego donde la única voluntad imponible era la calma. Aunque se daba prisa en incrementar su radio de alcance, los segundos caían rápidos y la acción seguía su inevitable curso.

Los tres caballeros se prepararon para ejecutar a Refek, que seguía encogido en el suelo soportando el dolor de haber sido rajado en el vientre. Las llamas desaparecieron de su piel, aunque sus ojos seguían inyectados en rabia. Estaba reuniendo fuerzas para despertar, cual fiera herida, pero le resultaba muy difícil a causa del lugar donde le alcanzaron. El primero de los caballeros gritó con rabia y bajó su espada a la altura del corazón, cuando otra espada se interpuso en su trayectoria. Era una espada forrada de runas brillantes que Drigán sostenía con solo un brazo, manteniéndola recta y sin ceder ni un centímetro tras el choque. Otro de los caballeros arremetió contra él, filo en mano, y Drigán no intentó ni esquivarlo; simplemente puso el brazo zurdo para desviar el ataque y agarrar con su mano la empuñadura del atacante. Tenía los dos brazos brillando en un intenso dorado, con unas escamas dibujadas en toda su superficie. Súbitamente, dio un grito de ánimos y dobló la muñeca del caballero, enfocando la espada hacia atrás, justo donde el tercer caballero estaba con su mandoble en lo alto. Vio como el filo de su compañero entraba sobre su entrepierna con un dolor de una intensidad difícil de describir, tirándolo al suelo entre gemidos y chillidos.

El resto de la taberna se había convertido en un caótico hormiguero de gente abandonando el lugar por ventanas y puertas, saltando incluso encima de otra gente. La presencia de la caballería espantó a más de uno, pero al estallar la batalla todos se volvieron locos de miedo.

—¡Magos! —chillaban algunos.

—¡Magia! ¡Están usando magia! —gritaban otros.

El miedo era atroz al ver a personas que se incendiaban en llamas y que se rodeaban de auras traslúcidas. Las historias sobre ese tipo de conocimiento prohibido eran atroces y ver que se hacían realidad en manos de un grupo de viajeros extraños, las revivía en la conciencia común, provocando un terror inusitado.

Acto seguido, Drigán empujó al caballero con la muñeca partida en dos, que retrocedió sin oponer mucha resistencia, mientras que el otro a su lado intentó ejecutar un golpe de lado, barriendo frontalmente. Sin embargo, Drigán fue más rápido, y antes de que armara el brazo hacia el lado, le impactó en la nariz con su puño. El golpe fue como un adoquín de piedra sólida cayendo sobre un bloque de manteca, partiéndolo todo y abriéndose hueco varios centímetros. La nariz quedó amorfa tras el golpe, cubierta de sangre y trozos de piel colgando. Refek se tiró hacia atrás, agarrándose con la zurda el vientre y tomando la espada de uno de los muertos con la diestra. Si él iba a morir, se llevaría a uno de los enemigos consigo, eso lo tenía claro.

Saine saltó hacia el capitán, pero éste lo esquivó agachándose a tiempo. Cuando ambos se giraron, el caballero del dragón tenía la punta de una espada rozándole las costillas. Saine miró la espada y levantó la mirada hacia su ejecutor, sorprendido de haber sido vencido. No iba a gritar perdón, no era su estilo. Abrazaría a la muerte sin problemas, aunque le daba rabia haberse expuesto con tanta facilidad, bajando sus defensas. El capitán tenía los dientes chocando entre ellos y todo su cuerpo temblaba. Parecía como si estuviera haciendo un tremendo esfuerzo por estar simplemente de pie, aunque no tenía ninguna herida. Agarró ahora la empuñadura con ambas manos y casi se diría que estaba intentando empujar la espada hacia el pecho de Saine, pero no llegaba más allá de palparle. Solo temblaba… las fuerzas le habían abandonado. Saine no daba segundas oportunidades, por lo que, dio un manotazo de revés a la espada amenazante, desarmando al capitán, y lo agarró por el cuello. Quería partirle el cuello, palpar cómo crujían los huesos al doblarle el rostro, pero por alguna extraña razón, no pudo más que acariciarle con la mano. Le tenía agarrado, pero no podía apretar, no podía hacer fuerza. El capitán se zafó al momento, mirándose con asombro las manos y a su alrededor.

Una capa blanca recorría ya toda la habitación, palpando a todos y a cada uno de los integrantes de la misma. Era conocido como el Rezo de los devotos, el encantamiento que Lilian terminó por evocar.

—Marchaos ahora que estáis a tiempo —dijo Leonardo a los dos caballeros que quedaban con vida. Éstos echaron a correr sin pensárselo dos veces, camino hacia la puerta.

—¿Puedes curarlo, Leonardo? —dijo Drigán, señalando a Refek que ya estaba inconsciente en el suelo, temblando y con goterones de sudor poblando su frente.

—No, Drigán, no es objetivo de mi sanación. Profesaba maldad y con ella se ha marchado de este mundo. Su alma está condenada y ni yo sabría salvarle.

—¿Qué es este manto? ¿Es cosa tuya, maga? —exclamó Saine señalando a Lilian—. Quítalo antes de que huyan.

—No pienso quitarlo, caballero del dragón. Calmaos y oíd lo que mi hermano tenga que deciros —respondió Lilian.

—Saine, será mejor que calméis vuestros ánimos y salgáis de aquí, al igual que vamos a hacer nosotros. No tardarán en venir a buscarnos, pero esta vez un número mucho más grande de efectivos —dijo Leonardo.

—No me digas lo que tengo o no tengo que hacer. ¿Crees que voy a sentir compasión o asombro por ver que intentáis salvar a Refek? Ese me da igual, no es hebra de mi destino lo que a él le pase. Lo único que me ataba a él es tu muerte, Drigán —respondió Saine, señalando a su objetivo con firmeza.

—No es honroso ver cómo cae un compañero —dijo Drigán con rostro serio—. Pero no te preocupes, que saldaremos cuentas en breve. Adelanto la cita que teníamos, ya puedes reunirte con tu dragón en la meseta que antes acordamos. Yo haré lo propio.

—¡Sea pues! —exclamó Saine, saliendo fuera de la habitación y de la taberna.

Zurah estaba con Lilian y Leonardo en la puerta, luchando para abrirse paso entre la multitud de personas que se había congregado. Se juntó el grupo que salió despavorido de la taberna con los otros ciudadanos que se acercaban para mirar qué había pasado ahí dentro, algo que sirvió bien a los intereses del grupo para salir sin ser visto. El último en salir fue Drigán, justo cuando un grupo de ocho caballeros se abrían paso a un ritmo agitado para entrar dentro. Afortunadamente, nadie prestó atención al grupo. Entre la confusión lograron zafarse hasta una callejuela colindante, todos menos Drigán que tomó otro camino distinto, hacia las afueras de la ciudad. Estaban nerviosos y alterados, pues la estrategia que habían planeado les salió mal. Tenían en mente tener frente a frente al hechicero que controlaba a todos los peones del tablero, mas al final no se presentó. Además, no contaban con la presencia de Saine y Refek, aunque éste último ya no fuera determinante.

—¿Y ahora qué? —gimió Lilian sin dejar de montar guardia en la esquina. Desde allí veía perfectamente a la muchedumbre alrededor de la taberna.

—Deberíamos reunirnos con Drigán, nos estamos separando y eso es la peor estrategia —dijo Leonardo, desviando sus ojos hacia el cielo.

—¿Y sabemos dónde está ese desgraciado? —dijo Zurah, la más nerviosa de todos—. Ese maldito Gunj, rata piojosa del demonio… se escapó el muy cobarde, pero os aseguro que lo pienso cazar, tarde o temprano.

—Dijo algo de una meseta a las afueras de la ciudad. No debe ser muy complicado encontrarla ¿no?

—Es que lo pienso coger y retorcerle el pescuezo lentamente, tal y como hizo con Lilian. Y sabré buscar nuevos métodos de tortura para su alma, ¡oh, sí!... desde luego que sí —seguía diciendo la bruja oscura, totalmente alejada de la conversación.

—Podemos preguntar lo que quieras, hermano, mas mejor que sea lejos de este barrio. Vayamos hacia la zona este de la ciudad y preguntemos por ahí, a ver.

—¿Y Dévora y el resto? ¿Sabes cómo avisarles, Lilian?

—¿Mentalmente? No, es mucha distancia a la que se encuentran. Mi dominio sobre la conversación telepática no llega a más de unos metros, me temo.

—¿Hay niveles en esas conversaciones mentales? Qué cosas… —dijo Leonardo con media sonrisa en sus labios.

—Pues lo hay, sí, como en todo en esta vida. Hay niveles de hambre, niveles de sueño, de cansancio…

—¿Me estás comparando el hambre con la comunicación mental, Lilian? Ja, ja, ja.

—Te la podría comparar con el tono de voz, Leonardo. Tú puedes chillar más que yo y alguien lejano te oirá a ti antes que a mí. ¿Me entiendes así, paladín? —dijo con una entonación más elevada la sacerdotisa, ligeramente ofendida luego del último comentario de su hermano.

—Vale, tranquila, no hay necesidad de gritar… pensaba que al ser conocedora de la magia dominarías esa habilidad, es todo.

—¡Hasta los muertos escupirán sobre ese maldito Gunj! Haré que los gusanos le coman y sean su alimento, para que no muera y sufra de su dolor eternamente —seguía Zurah, totalmente ida—. Tenías que ser tú ¿verdad, Gunj? Alimaña hijo de una hiena, tenías que ser tú la infecta araña que planeaba todo…

—Pues no, no domino esa habilidad, Leonardo. Siento decírtelo. Yo solo aprendí a comunicarme en el tercer nivel, a menos de una legua de distancia.

—Lástima, nos hubiera venido bien saber dónde están y qué están haciendo.

—Para saber cómo les va necesitaríamos a alguien capaz de hablar con los muertos, aparte que debe ser alguien que sea muy afín a uno de ellos. La comunicación que pides de grado uno requiere de mucha habilidad por parte del artífice y eso no es fácil.

—¡Hablaré con los muertos y les daré tu nombre, maldito Gunj, hijo de una cucaracha! Te encontrarán en el infierno y te harán la vida imposible, castigándote una y otra vez, día tras día hasta la eternidad, eso te lo aseguro... —dijo Zurah, quedándose quieta al ver a Lilian y a Leonardo mirándola con perplejidad —¿Qué…? ¿Qué pasa?

—¿Hablas con los muertos? —preguntó Leonardo.

—No como lo estás pensando… solo con aquellos con los que mantuve un nexo fuerte y de los que guardo una relación fuerte e íntima. Deben ser buenos conocedores de mi vida y yo de la de ellos. ¿Por qué?

—Pensaba que podrías comunicarte con Dévora, que eras capaz de dominar la comunicación en nivel alto, ya sabes.

—Telepatía en grado uno —apostilló Lilian.

—Ah, sin problemas. Pero con Dévora va a ser que no, apenas he tratado con ella para conocer sus cauces. Podría intentarlo con Sirián.

—Adelante pues. ¡Ya lo podríamos haber hecho antes! Si es que no… —dijo enfurruñado Leonardo.

—Sí, claro, que lo haga. ¿Y qué más? ¿Que aguante la respiración un día bajo el agua? ¿Os gusta ver cómo me juego la vida o qué? —dijo Zurah negándose claramente.

—¿Jugándote la vida? ¿Cómo…? —preguntó el paladín, desviando la mirada hacia su hermana, Lilian.

—Verás, hermano. La comunicación telepática consiste en anudar los dos hilos que definen a los vocales, tu hilo y el mío. Como tengo afinidad contigo, te conozco bien y sé perfectamente cuál es tu actuación, puedo ver tu hilo temporal y seguirlo en el tiempo, o al menos aproximar hacia dónde transitará. Luego, conecto el mío en un nudo transitorio donde se vea que no afectará, formando así la comunicación. Si lo haces en un mal momento, puedes causar graves problemas para esa persona y a ti misma. La comunicación mental presencial, como la que yo domino no tiene ese problema, pues veo lo que estás haciendo y sé que no voy a enturbiarte. Pero imagínate que tú estás ahora luchando o corriendo… al recibir la comunicación entrarás en un trance que te dejará totalmente expuesto.

—No había pensado en eso —dijo Leonardo.

—Imagino… y tampoco habrás pensado que tocar los hilos del tiempo no es algo arbitrario ¿verdad? Un simple nudo mal puesto puede provocar que me evapore ¿a que tampoco has caído en eso? —añadió Zurah—. Sí, a ella la conozco lo suficientemente bien como para saber dónde conectarla, pero aun así siempre hay riesgos. ¡Siempre! ¿Me oís?

—¡Te oímos! —dijo una voz ronca y firme. Una armadura de color mate se presentaba ante ellos junto a más de ocho caballeros armados con alabardas. Debía ser una facción especial, pues todos sus yelmos gozaban de una floritura en forma de trébol en su parte álgida—. Ahora cierra la boca y deponed vuestras armas.

—¿Puedo saber vuestro nombre? —replicó Leonardo.

—Tuvimos que habernos largado de aquí cuando pudimos… si es que… —se repitió en voz baja Lilian.

—Mi nombre es sir Gakor de Arija. Seréis llevados ante mi regente por encubrimiento de un traidor y la muerte de varios caballeros de la región.

—Ya empezamos… —exclamó Zurah, resoplando con pesar.

—A ver, tranquilos. El Conde Casis nos conoce ya. Sin problemas iremos a hablar con él —dijo Leonardo.

—Pues sí... luego de todo lo pasado espero que aún se acuerde de nosotros —dijo Lilian, dejando caer su báculo.

—Perfecto que os mostréis tan participativos. ¡Cogedle las armas, y apresadlos! —dijo Gakor, ordenando a los suyos que actuaran.

—Tranquilos, no es necesario ser tan bruscos —dijo Zurah al ser atada con fuerza por sus muñecas—. No querréis que le diga al Conde Casis lo bruto que sois ¿verdad?

—No vamos a ver al Conde Casis, señorita. Mi regente es Auburco de Partizán y yo soy su general. Acabamos de llegar hoy y hemos sido partícipes de vuestra fechoría. En el código de caballería está escrito que cualquier mala obra deberá ser ajusticiada, fuera cual fuera la bandera que ondee en la región. Mi señor decidirá vuestro futuro.

Los tres reclusos se miraron con cara de preocupación, sin armas, maniatados y siendo inculpados por el uso de magia para dar muerte a caballeros de la zona. La cosa no estaba muy a su favor.

—Creo que hay un malentendido, buen Gakor. Nosotros no somos el enemigo al que queréis dañar, sino un grupo amigo que os brindará toda su ayuda para...

Un golpe seco aterrizó sobre el cráneo del paladín, tirándolo al suelo inconsciente. Entre dos caballeros lo cogieron y lo montaron sobre un caballo.

—No tendré reparos en hacer lo mismo con una mujer —dijo Gakor mirando a Zurah y Lilian—. Quiero silencio. Ya tendréis tiempo para hablar ante mi regente.

Ambas asintieron indefensas. Se miraron entre ellas con los ojos abiertos de par en par y los labios temblando. Esta vez se habían metido en un problema mucho mayor al que podían imaginar. Si alguien de fuera de estas tierras se tomaba la justicia por su cuenta, no dudaría en cortarles la cabeza. El Conde Casis las conocía y abogaría a favor de ellas, mas no era éste el tablero donde jugaban. Todos conocían a Auburco de Partizán, un aguerrido luchador que contaba sobre sus espaldas con muchas victorias en el campo de batalla y en campeonatos de exhibición. Accedió al trono usando la fuerza, al percatarse que tenía más voluntad y más palabra ante todo el ejército que su propio rey. Sangró y lloró con sus hombres en el campo de batalla y no dudó ni un solo momento en dar muerte a su rey para plantar su nueva política. Sus caballeros lo adoraban al ser él uno más de su ejército, y sus ciudadanos se sentían reconfortados de tener como regente a alguien tan poderoso y seguro de sí mismo. Incluso el emperador lo aceptó bajo su bandera, al reconocer que era digno merecedor de ser soberano.

Zurah también sabía algo por lo que este autoproclamado soberano era conocido: tenía sus prisiones vacías. La única sentencia que aceptaba para castigar a los culpables era la muerte.

Estaban en un gran problema.

CAPÍTULO 8: TEJEDORA DEL TIEMPO

Hinojas era un pueblo relegado al olvido, al igual que otros tantos que acaban sepultados por catástrofes naturales, emigraciones masivas, o ataques fortuitos de segadores pútridos, cada vez más activos en la última década. Ahora era un cementerio de cascotes, cenizas, fuego y muerte. Vaiel y Dévora huyeron raudos con la niña sobre su regazo, seguidos de cerca por varios segadores pútridos, aunque Sirián ya nada más podía hacer para ayudarles, excepto rezar para que encontraran una huida. Ella decidió quedarse para enfrentarse al Origen, un ser capaz de moverse entre los distintos planos del tiempo con una destreza sin igual, haciendo que fuera inalcanzable por arma alguna. Además, tenía una precognición proverbial, pudiendo ver comportamientos y actuaciones antes de que sucedieran, anteponiéndose a los mismos.

Sirián alzó su báculo medio metro sobre su tez y una cúpula traslúcida la cubrió al completo. Simultáneamente, iluminó sus ojos con una tonalidad blanquecina y cegadora. Sabía que el Origen no era rival para ella, nada podría hacerle usando su magia, por lo que, debía encontrar otra forma menos habitual y arriesgada: tocar los hilos del tiempo. No obstante, el Origen no permanecería quieto y el ver a la animista subiendo sus defensas constituía un duelo para él. La vorágine de polvo y llamas grises que lo rodeaba cogió fuerza, formando un huracán en pequeña escala a su alrededor, alejando varios metros todo lo que encontraba por el camino, arrancando matorrales y levantando pesadas piedras. Su cercanía lo destrozaba todo, convirtiendo en cenizas toda materia viva. Su siguiente acción fue avanzar a gran velocidad, alternando su condición de etéreo y corpóreo a cada segundo que pasaba. Pasaba de un plano a otro con una velocidad imposible de imaginar y a cada paso, avanzaba varios metros mediante el uso de cortas teleportaciones. Sirián enfocó su báculo al frente y emitió un rayo de luz cónico que abarcó varios metros, incluyendo al Origen. Éste cruzó los brazos sobre su rostro y engulló toda la luz que le impactaba como si fuera un sumidero oscuro donde toda luz moría. Súbitamente, la animista agitó sus brazos hacia atrás, quedando en posición de crucifixión, y del cielo empezaron a caer copos de luz del tamaño de un puño. Al tocar al Origen, lo hacía gemir y moverse nervioso para evitar la molestia que le producía su tacto, aunque algo así no iba a detener su ira. Exhaló un grito agudo de rabia y sobre él acontecieron dos aureolas granate con calaveras negras en su interior. Además, un látigo de luz manó de su brazo, volviéndose rígido y extensible a su propia voluntad. Le tocaba atacar a él.

Sirián apenas pudo ponerse en guardia cuando el látigo desapareció de su vista para reaparecer sobre ella, impactándole con una fuerza abismal. La cúpula protectora que mantenía latente sobre su cuerpo pudo frenar el tremendo frenesí ardiente, tiñéndose en llamas y crepitando con estruendo. Sin tiempo para descansar, atisbó cómo las calaveras negras flotantes estaban asentadas sobre ella, convirtiéndose en ceniza ardiente y precipitándose sobre su rostro. Sin embargo, la animista blanca no iba a dejarse vencer tan fácilmente por un hechizo de esa índole y, sin apartar la vista de su objetivo, despertó unas llamas transparentes que consumieron el polvo mortal antes de que la tocara. El Origen volvió a gemir y manó de su cuerpo varias flechas incandescentes, además de crear un látigo gemelo al anterior sobre su otro brazo. Casi sin tiempo para reaccionar, atizó con ambos látigos a Sirián a la vez que las flechas intentaban clavarse en su torso. Sirián apenas tuvo tiempo para mover su báculo de forma vertical y levantar así una barrera de tierra compacta frente a ella, consiguiendo que las flechas se quedaran clavadas, aunque casi llegaron a atravesarla. Los ataques del Origen eran feroces y raudos, como se dejó ver en los dos latigazos que impactaron nuevamente sobre la cúpula protectora, partiéndola en dos. La animista logró frenar el atronador ataque, pero la hizo tambalearse hasta perder el equilibrio. Notaba sobre su rostro el ardiente efecto de la cercanía del aura de su enemigo, capaz de abrasarlo todo. Debía mantener sus protecciones activas si quería tener una oportunidad, aunque cada vez le costaba más.

El Origen cambió de estrategia y preparó un encantamiento mucho más dañino, abriendo sus brazos y provocando que todo el suelo temblara al grabarse un surco alrededor de ambos combatientes. Los copos blancos del sortilegio de la animista seguían interfiriendo en la evocación del Origen, ralentizándole en sus procesos, aunque apenas eran unos segundos los que ganaba de ventaja la animista. Los usó para rodearse de unas cadenas fantasmagóricas a la vez que evocó con el báculo el despertar blanco. Las cadenas era un sortilegio que la protegía de todo tipo de daños elementales, tales al fuego o el frío intenso, mientras que el despertar blanco consistía en ayudarse del poder del báculo para que le protegiera de todo daño físico que pudiera ir hacia ella. Los báculos mágicos se forjaban en torres de magia concretas, aunque el poder que llegaban a alcanzar iba formándose a medida que su posesor entraba en consonancia con el mismo. Tras años y años de uso, el báculo iba absorbiendo parte de la esencia de su dueño, aprendiendo de sus habilidades y despertando nuevas capacidades que lo hacían único. El de Sirián gozaba de múltiples habilidades curativas y de protección, siendo el despertar blanco su mejor baza. No obstante, al igual que las personas tenían un desgaste de energías místicas al usar magia, los báculos también se agotaban y requerían de descanso para volver a ser útiles. El despertar blanco lo agotaba mucho, algo que Sirián sabía de sobra.

Cuando el encantamiento del Origen terminó, todo el círculo circunscrito en el suelo estalló en un cilindro de lava incandescente que ascendió varios metros hasta precipitarse de nuevo al suelo. Lo engulló todo en su recorrido, como una garganta gigante de lava. El Origen desapareció y reapareció varios metros atrás, permaneciendo quieto con sus ojos violáceos fijos en su obra. A medida que la lava se enfriaba y caía al suelo, una luz blanca se abrió paso entre la misma, alzando el vuelo paulatinamente. Allí estaba ella, Sirián, envuelta en su manto de inmortalidad hasta que el báculo aguantara.

«Has sido listo, maldito Origen. Ya has agotado mi despertar blanco, algo que sabías que usaría. Cuando se extinga su efecto, estaré vendida ante tus ataques, aunque no te lo voy a poner fácil, créeme», pensó la animista, mientras abría sus ojos de par en par y despertaba un aura de choque a su alrededor para expeler toda la lava circundante. El Origen no se movía, se limitaba a saltar de un plano a otro mientras emitía gemidos. Tenía todo el tiempo en sus manos y sabía que la barrera protectora que la animista había alzado se extinguiría en breve. Solo tenía que esperar esos segundos antes de arremeter con un nuevo ataque demoledor.

Pero Sirián no iba a quedarse de manos cruzadas, ni mucho menos. Enfocó nuevamente el báculo hacia el Origen y lo agitó formando pequeños círculos que evocaban bolas blancas levitando en su cercanía. Cuando tuvo seis de ellas, abrió sus ojos de par en par y dirigió el sortilegio hacia su objetivo. Cada una de las bolas atravesó al Origen, explosionando al impactar el suelo en una nube de llamas blancas y celestes. El Origen adivinaba la trayectoria de cada proyectil casi sin inmutarse y le bastaba con cambiar de plano segundos antes de ser alcanzado. Sirián no se rindió y evocó otras ocho bolas que lanzó al instante, esta vez intentando cercar al Origen con trayectorias en círculo. Lamentablemente, no había nada que hacer; el Origen era increíblemente rápido, tremendamente eficaz adivinando la dirección de las bolas al verlas en el futuro. Era imposible acertarle, aunque había algo que el Origen no sabía: estos sortilegios eran una simple distracción.

Sirián tuvo que esmerarse mucho para realizar dos actos simultáneos. Mientras evocaba los sortilegios distractores, se aseguraba que el Origen planeara por el futuro cercano para adivinar sus impactos, pero no haría caso a lo que estaba preparando por otro lado, en su mente. Había abierto sus ojos con la visión verdadera, aquella que muestra los hilos del tiempo agitándose a cada segundo que muere. Allí veía sus hilos temporales, los de las plantas, las piedras, el aire y todo aquello que interactuaba con ella, incluido los del Origen. Trenzar los hilos temporales del Origen no iba a ser algo sencillo, pues él sabría también tejer, presumiblemente con mayor celeridad que ella, aunque al menos lo pillaría con la guardia baja.

«Está bien, maldito Origen. Veamos ahora cómo te las apañas en una lucha mental. No podré matarte, pero te aseguro que sabré cómo hacer que pierdas la noción del tiempo», se dijo a sí misma la animista.

El Origen, lejos de quedarse quieto, alzó el vuelo al ser impulsado por la vorágine que le rodeaba, y sobre su cuerpo destellaron varios relámpagos amenazantes. El despertar blanco llegaba a su fin, ya nada protegería de forma eficaz a la animista, y el Origen lo sabía. Había contado el tiempo, segundo a segundo, y ya estaba armando su ataque final. Sirián siguió separando los hilos del tiempo, para aislar los de su enemigo y poder trenzar su ofensiva, mas el tiempo se le acababa.

Un relámpago salió expelido hacia la animista, impactándole de lleno y haciendo que las cadenas protectoras que la cubrían se partieran en varios cachos hasta desaparecer. Ya nada lo separaba de su victoria. Los relámpagos comenzaron a despertar desde varios puntos de su cuerpo, cuando cinco puntos luminosos se asentaron alrededor de él. Unas aristas comenzaron a dibujarse de un punto a otro, conformando un triángulo de enormes dimensiones con las caras traslúcidas. El Origen clavó su vista en Sirián y rugió de odio, dejando salir todo su arsenal de relámpagos hacia ella, aunque éstos rebotaron sobre la pirámide formada. El sortilegio triangular era bien conocido por su extrema resistencia al encerrar a alguien en su interior. Sirián era una experimentada conocedora de su manejo y apenas necesitaba concentrarse para trenzarlo sobre alguien. Normalmente, nadie podía romper sus paredes, más sólidas que el diamante, y tampoco servían trucos como la teleportación. El que acababa encerrado en un triangular, lo hacía de por vida, aunque el Origen tenía recursos más allá de la teleportación, bastándole con cambiar su posición en el tiempo. Su imagen fue cambiando paulatinamente, volviéndose borroso a medida que se iba delineando unos metros más allá de su posición. No iba a lograr encerrarlo ahí, dentro, pero al menos ganaría más tiempo para su plan paralelo.

Cuando el Origen terminó por salir del sortilegio, alzó el vuelo empujado por la vorágine que lo envolvía, hasta situarse a la misma altura que Sirián. Allí arriba, centró las manos al frente y despidió un rayo oscuro con esquirlas brillantes hacia Sirián, que tensó su palma derecha e intentó repelerlo con un manto sólido de luz. No obstante, el rayo atravesó sus defensas e impactó sobre la animista, aferrando su alma hasta el punto de arrancársela del cuerpo. No oía nada, y sentía como la nariz y los oídos le sangraban. Su mirada se volvió algo opaca, aunque aún mantenía el vuelo y las energías. El Origen, sin dar tiempo para respirar, volvió a juntar sus manos para evocar un nuevo rayo, aunque esta vez ella sería más rápida. Cerró sus ojos y detuvo el tiempo. Las llamas se movían a una velocidad tan ínfima que parecían inmóviles y las piedras que estaban volando por los aires parecían que volaban. Todo estaba quieto. El rayo oscuro del Origen seguía su formación, preparado para salir hacia su víctima, aunque tardaría muchísimo a esa velocidad. Lo importante de este trance en el que se encontraba ahora, era que podía tejer el tiempo sobre el espacio que ocupaban. Tomó pues el hilo temporal del Origen, lo trenzó alrededor de otro pasado y comenzó a agitar la entramada red que definía el tiempo. El telar eran sus ojos y el tejedor su mente, y debía ser rápida en sus acciones antes de que el Origen reaccionase. Lamentablemente, reaccionó a tiempo. Sus hilos se desliaron para volver a su posición original, pero además comenzaron a desliarse los hilos que definían a la animista. No solo iba a protegerse de lo que Sirián estaba intentando hacerle, sino que además la estaba atacando con su misma moneda.

Sirián tenía claro que no podría ser más rápida que el Origen, por lo que se centró únicamente en el tejido de su enemigo, intentando asentar su malla en un tiempo pasado. El Origen, por el contrario, abarcaba tanto su defensa como el ataque, moviendo los hilos de ambos.

«Sé que me vas a hundir, maldito engendro, mas al menos tú acabarás tus días en un tiempo tan remoto que no encontrarás salida del mismo. Te perderás eternamente en las eras pasadas y en unas tierras desconocidas, eso te lo aseguro», se dijo a sí misma.

El tejer la malla era como una partida de ajedrez, jugando sobre un tablero en el que se disponían distintas fichas o hilos que poder mantener, mover, romper o juntar, aunque aquí había una variante: el más rápido movía más fichas.

Sirián rompió los hilos del presente que bordeaban al Origen y anudó su destino sobre el de un hilo impertérrito que no tenía ni principio ni final, el hilo del devenir. El Origen, ni corto ni perezoso, aflojó dicho nudo y contraatacó soltando los filamentos que definían a la animista. La cosa pintaba muy mal, era demasiado rápido para una mente humana como la de ella. Volvió a intentar la jugada, cambiando el cruce y la posición de los hilos que definían al Origen, mas éste los dispuso en su sitio correcto de nuevo. Además, terció la malla de la animista en caminos dispares, puntos y nudos que la llevarían a un tiempo y un lugar imposible de adivinar.

«Espera, ¿y si...? —pensó Sirián, al ver la técnica que usaba el Origen— ¿Crees que me has vencido, engendro? A mí me desterrarás, pero yo me aseguraré que tú dejes de habitar esta zona, eso te lo aseguro».

Súbitamente, la animista blanca rasgó la malla. Empezó a cortar hilos como si se fuera una costurera achicando una prenda de vestir. Cortar hilos era algo tan sumamente peligroso que nunca debía hacerse, bajo ningún concepto. Había que partir de la ley máxima que rezaba que "los hilos no se pueden crear ni destruir, sino que sufren transformaciones unos hacia otros", lo que llevaba a concluir que al cortar hilos, otros nuevos se unían en el mismo tablero, en la misma malla. El Origen vería cambiar su existencia, sin lugar a dudas, pero la malla dónde ahora estaba sufriría unos cambios radicales y ella también estaba ahí, por lo que sería arrastrada en dichas variaciones. No obstante, dada su situación desesperada, era la única opción que le quedaba.

El Origen se sobresaltó al ver los hilos partirse. Podría haber seguido en su ataque habitual, pero decidió olvidarlo para centrarse en la defensa. Intentó crear nuevos hilos que sustituyeran los seccionados, mas una hebra no podía sustituir otra, entre otras cosas porque ya se habían producido consecuencias.

El cielo se volvió oscuro, con miles de estrellas recorriéndolo a una velocidad abismal. Parecía como si todo el Universo estuviera pasando sobre los ojos de Sirián, que permanecía inmóvil sin poder ni siquiera pestañear. Sintió un frío atroz y notaba cómo le faltaba el oxígeno. Ahora se puso todo negro y oyó voces conocidas que la llamaban. Reconoció la voz ronca de su padre, llamándola, así como la de Silveida de Altarín, su mentora en las artes mágicas. Oyó a niños jugando al combarín, un juego que requería de dos cuerdas consistente en saltar sobre una y coger piedras del suelo antes de ser alcanzado por la segunda cuerda. No estaba segura si uno de los niños que reían era ella, aunque sí veía claro lo que pasaba: los hilos que la definían estaban cambiando, se estaban reestructurando para formar un nuevo inicio y un nuevo final. Igual ya dejaba de ser animista o dejaba de ser una mujer. Todos los recuerdos podían abandonarla para ser tomada por otros. Su legalidad y altruismo podrían convertirse ahora en maldad y avaricia, justo contra lo que siempre juró luchar. Pero no podía batirse ante los designios del tiempo. Las energías que lo componían debían recolocarse para dejar balanceada la ecuación que ella había desbalanceado. Solo podía permanecer ahí quieta y esperar su nueva existencia. No pudo evitar derramar lágrimas por todo y exhaló su último pensamiento hacia el grupo que hace poco conoció.

«Dévora… Zurah… joven Vaiel… poderoso Drigán… Lilian y Leonardo… espero que lo logréis. No he podido contra este Origen, pero al menos no os volverá a atacar más», se dijo como último pensamiento, antes de dejarse llevar por el ciclo de la inexistencia. Sentía como su cuerpo se desvanecía, cómo las fuerzas abandonaban su cuerpo para dejarle solo con una mente. Al poco, los recuerdos se fueron borrando: su infancia, la voz cálida de sus padres al acostarla cada noche, el árbol de Calatros, el grupo conformado para destruir el camafeo de Guerón… todo se desvaneció de su mente, dejándola como un punto frío y vacío en el infinito Universo.

Lo siguiente era perder el conocimiento de las cosas comunes, como una silla, una mesa, un caballo o una herradura. Luego de eso ya no quedaría nada de ella y la reordenación de la malla de los tiempos procedería a tocar a cada hilo que hubiera entrado en contacto con ella, dañando aún más su ser. Si alguien la había conocido, dejaría de hacerlo al extinguirse ella. Era inevitable. No obstante, no llegó a término su evaporación. Una voz reverberante la saludó entre la oscuridad.

«*Y es aquí, en el culto de las tinieblas, donde te encuentro, ¿no resulta curioso?*»

«*¿Quién…? ¿Quién eres?*», llegó a decir mentalmente Sirián.

«*¿Y tú? ¿Sabes quién eres, amiga? ¿Conoces tu nombre?*», le respondió la voz misteriosa.

«*Yo… yo tenía un nombre y me dedicaba a…*».

«*Has caído en el olvido más profundo al que una persona puede caer y has sido víctima de un engaño que te ha llevado a este olvido*».

«*¿Quién soy? ¿Y quién eres tú?*».

«*A mí me llamabas maestro, noble Nairis, pues fui yo quién te aleccionó en las artes mágicas. Tú eras mi discípula y aunque fuiste cazada, yo te salvaré*».

«No recuerdo nada de lo que me dices, ma... ¿maestro? Ni recuerdo haber sido cazada por nadie».

«Lo recordarás todo, mi bella Nairis y vengaremos lo que intentaron hacerte. Volveremos a ser la pesadilla de Ampiria y seguiremos luchando por lograr el sueño que habíamos sembrado en sus tierras. He venido a rescatarte, mi hermosa Nairis, no dejaré que se salgan con la suya».

«Yo... me da vergüenza decirlo, pero no os recuerdo, maestro. Nairis... sí, ese nombre me es familiar».

«Poco a poco volverás a la vida, yo te traeré aquí, a mi vera, a nuestro hogar. Entraré en tu mente dañada y te devolveré los recuerdos que te han robado esos portadores de la luz. Te robaron, te hicieron daño y te relegaron a ser olvidada en la malla de los tiempos infinitos, mas nos vengaremos de ellos».

«¿Por qué alguien me haría eso? ¿Por qué tanta maldad hacia mi persona?».

«Porque tú mataste a todos sus allegados, Nairis. Tú eras el arma ejecutora de mi mandato, el castigo de los hombres de Ampiria, la muerte de aquellos que osaban mirarte. Tú eras la reina negra que gobernará en mi nombre y volverás a serlo».

«¿Yo hice eso? ¿Pero cómo? No siento ese deseo de dañar a nadie...».

«¿Sientes acaso que tienes capacidad para hacer el bien?».

«Lo cierto... lo cierto es que no siento nada. Me noto vacía, maestro. Os lo ruego, devolvedme mi esencia, mostradme qué fui y qué pasó. Devolvedme a la vida que casi me arrebatan».

«No te preocupes, bella Nairis, ya he empezado. Será como despertar de un mal sueño, no te preocupes. Cuando estemos de nuevo aquí, en los dólmenes de Aupur, podremos planear la mejor estrategia para llegar a nuestros objetivos. Volverás a ser mi pupila preferida, mi bella Nairis».

«Gracias, maestro. Estaré en deuda con vos de por vida».

«No me debes nada, mi princesa Nairis, me basta con ver que aún vives, que te has resistido al tremendo castigo al que te sometieron. Yo te traeré de vuelta a mi lado, mas es gracias a ti que podré hacerlo».

«Maestro, siento deseos de venganza, es una sensación que nace de forma errática por mi mente y que me azota. Quiero vengarme de alguien, de esa gente que me encerró, de aquellos

que no me ayudaron, de quienes desearon mi muerte... quiero vengarme incluso de quienes nada tuvieron que ver con esto. Quiero recobrar el olfato de la muerte, mi maestro».

«*Ya lo estás recobrando, mi pupila. Calma tu mente y deja que yo me ocupe de todo a partir de ahora. Volverás a ver la luz del día y la oscuridad de la noche, y podrás satisfacer esos deseos que tienes de muerte. Despertarás mucho más poderosa que antes, Nairis, pues este trance al que te han sometido abrirá un nuevo horizonte de conocimiento sobre tu magia. Serás la diva de la resurrección oscura, la comandante de los ejércitos imbatibles, la referencia de la victoria*».

«*¿Ampiria es la región a conquistar?*».

«*Ahora no te preocupes por eso, Nairis. Tendrás respuestas para todo en breve. Pronto renacerás a mi lado y tendrás en tu mente los nombres y los lugares que tanto ansias saber*».

«*Gracias, maestro*».

CAPÍTULO 9: NOFRET

Todos los segadores pútridos se habían convertido en polvo llevado por el viento. Bajo los pies de Dévora se formó un pequeño cráter con claros surcos hacia todas las direcciones, fiel testigo de la onda expansiva que estalló de ella misma. Vaiel permanecía quieto y con la boca abierta, con las piernas dentro del río e incrédulo de lo que había visto. Ni el mago más experimentado podría haber repelido ese ataque de forma tan mortífera. Era imposible de creer. Recordaba a Dévora rodeada de segadores pútridos y totalmente vendida, sin posibilidad alguna de sobrevivir. Se tiró al suelo y se encogió como un gato asustado, justo cuando los enemigos saltaron hacia ella, presumiblemente para cortarla en cachitos, y sin embargo… no fue así. Se oyó un grito espeluznante que salió de su garganta, a la vez que una onda de choque cubierta en llamas emergió de sus entrañas. Todos los segadores pútridos se consumieron en cuestión de segundos, quedando el lugar en un silencio sepulcral. Afortunadamente, Vaiel y la niña pequeña estaban los suficientemente lejos como para no ser alcanzados por la extraña magia, aunque incluso así, tenía los párpados ligeramente quemados y el rostro seco del calor.

Dévora tensó sus rodillas, levantándose paulatinamente. Tenía la mirada perdida y no temblaba ni un milímetro. Se la veía segura de sí misma, temible incluso, aunque su corpulencia no diera pie a ello. Cuando se giró para mirar a Vaiel, éste no pudo evitar dar dos pasos hacia atrás, con la niña pegada a su pierna derecha. La ladrona tenía el semblante serio y parecía que quisiera arremeter también contra ellos. Súbitamente, como saliendo de un trance, se agitó la cabeza de un lado a otro y pestañeó repetidas veces hasta volver a adoptar su color de ojos habitual. Emitió una leve sonrisa, aunque la borró al momento de su rostro al ver lo que había pasado a su alrededor. Tembló y entristeció su faz con lágrimas, arrodillándose y llevándose las manos a la boca. Esa sí era Dévora, ya había vuelto.

—¿Estás…? ¿Estás bien? —preguntó Vaiel con voz trémula.

Dévora le miró asustada y lo único que respondió fueron balbuceos de llantos y lágrimas. Vaiel, al instante, fue hacia ella.

—Tranquila Dévora… no… no debes asustarte. Ya verás cómo Sirián nos ayuda a saber qué ha pasado. Ella sabe de curaciones y sabrá curarte de tu dolencia.

—Es el camafeo, Vaiel. Sentí como se apoderaba de mí. No quería morir, Vaiel, quería seguir viviendo y dejé que el camafeo me protegiera.

—Bueno… eso no es nada malo. Quiero decir, querer vivir no es nada malo ¿no?

—Pero ahora lo siento dominando mis acciones, Vaiel. Ya le he enseñado el camino para estar en mi mente, le he abierto las puertas y ha dejado ahí su esencia. No sé si sabré controlarlo.

Vaiel se mordió los labios con preocupación, sin saber bien qué podía decir o hacer, aunque tenía claro que el camafeo debía alejarse de Dévora. La estaba torturando y sería cuestión de tiempo que la convirtiera en una pesadilla, como le pasó a Oligarco, su último posesor. Acabó demacrado y convertido en cenizas al viento, una imagen que no le agradaba imaginar en su amiga. Dudó si coger él el camafeo maldito, aunque ni tenía el valor suficiente como para enfrentarse a esa prueba ni quería ser él la víctima de su maleficio.

—Está bien, Dévora, suelta el camafeo. Tíralo ahora mismo al suelo.

—Pero… ¿lo vamos a dejar aquí?

—Sí. Iremos a por Sirián, a ayudarla contra ese Origen, y volveremos con ella a ver qué se le ocurre. Seguro que tiene algún método que nosotros desconocemos para portarlo.

—Ya lo hubiera dicho antes ¿no?

—Suéltalo, Dévora —insistió Vaiel alzando un poco su entonación. Dévora lo extrajo con movimiento pausados de su saco de cuero y se quedó mirándolo maravillada, como si viera la joya más preciosa de toda Ampiria. Estaba como hipnotizada ante su brillo latente— ¡Suéltalo ya!

—Sí, sí… —respondió Dévora, extendiendo su brazo con el camafeo colgando de la mano—. Es que… es que… Vaiel, ¿y si al dejarlo aquí lo exponemos a que lo coja alguien? Igual aún queda algún segador pútrido por los alrededores. Deberíamos antes asegurarnos de…

—Dévora, debes desprenderte de él ahora mismo. Hazlo por mí, hazlo por Sirián y por Zurah. Incluso por Drigán y por aquellos que dieron la vida por destruirlo. Recuerda a Maiden.

El oír el nombre del matadragones le produjo claros síntomas de amargura. Lo echaba de menos. Le hubiera gustado estar hablando con él, luchar a su lado, ser parte de su vida… pero ya no estaba aquí, murió creyendo en la idea de una Ampiria mejor, incluso sin ser él parte de ella. Le castigaba la idea de que falleció por ella, por salvarla, por intentar que ella sufriera el mínimo de riesgos.

—¿Dévora? —preguntó Vaiel, palpando con su mano zurda una daga que cogió del suelo. La ladrona estaba totalmente quieta y pensativa, con el camafeo colgando de su mano, y el arquero no veía claro cómo reaccionaría.

Finalmente, el camafeo cayó al suelo, dejando de brillar al instante. Dévora se puso a llorar desconsoladamente, tomada por una tristeza demoledora. Vaiel bajó sus defensas y la abrazó, intentando cederle algo de ánimos en su sendero de dolor. Se levantaron poco a poco y se cogieron de la mano para alejarse de la zona, aunque apenas dieron dos pasos cortos cuando Dévora se detuvo. Seguía mirando hacia la joya con temor, dudas y dolor. Era un alma azotada y partida en mil cachitos, e iba a ser muy difícil recomponerla.

—No puedo, Vaiel. No puedo dejarlo ahí… —dijo con voz temblorosa, intentando desprenderse de la mano de su amigo para ir a coger el camafeo de nuevo.

—Ni lo sueñes —respondió Vaiel, sujetándola con fuerza.

—¡Vaiel! ¡Tengo que cogerlo! No es… no es tan fácil como crees ¿vale? Necesito tenerlo encima, ahora no puedo desprenderme de él.

—Lo siento, pero no voy a dejar que te consumas por esa joya.

—¡No lo hago por codicia! ¡Si no lo cojo, toda Ampiria estará en peligro!

—¡Déjate de tonterías, Dévora! Que arda Ampiria entera si es preciso, pero tú no vas a coger ese camafeo de nuevo.

—Sé lo que puedo hacer con ese camafeo en favor de Ampiria. Puedo enfrentarme a los enemigos que nos acechan y puedo vencerles. Te repito que no es codicia lo que siento, pero sería estúpido por nuestra parte dejar aquí este objeto. ¡Intenta prohibir que lo coja, si crees que eres capaz! —respondió la ladrona, zafándose de la mano de Vaiel y desenfundando su espada corta. Vaiel la miró con tristeza.

—Dévora… ¿acaso vas a matarme para cogerlo?

—Si fuera necesario… no, Vaiel, no quiero hacerte daño ¿vale? Simplemente no te interpongas en mi camino. Solo quiero coger el camafeo y te dejaré tranquilo. Nadie tiene por qué resultar herido —respondió Dévora con claras dudas en sus palabras.

—No puedo dejar que hagas eso. Probablemente pases por encima de mi cadáver, pero es mi obligación interponerme —dijo Vaiel, volviendo a agarrar la daga y poniéndose en guardia.

—No hagas eso, Vaiel, no lo hagas, te lo ruego. No quiero matarte ¿me entiendes? No me obligues a hacerlo —insistió Dévora, tensando la espada en el aire y preparando su ataque. No se la veía convencida del todo, mas cada vez era más inminente que sucediera.

—No os peleéis más por esto —dijo de repente la pequeña niña de la que se habían olvidado. Tenía entre sus manos el camafeo de Guerón, con su característico brillo violáceo latente sobre su superficie—. Si tú no quieres que se quede aquí y tú no quieres que ella lo lleve, yo lo puedo llevar. No pesa tanto y no me importa.

Dévora y Vaiel se miraron con horror, y ambos fueron directos hacia la pequeña como si estuviera amenazada de muerte por una soga basculante. Nada más dar el primer paso, Dévora cayó al suelo y empezó a chillar de dolor. Estaba en posición fetal, con las manos estrujándose el vientre a causa del extremo dolor sentía, con continuos espasmos. Por sus labios asomó un reguero de sangre fresca.

—¿Pero qué…? ¡Dévora! ¡Dévora! No, no, no… venga, no me hagas esto ahora. ¿Qué te pasa? ¿Me oyes? —dijo Vaiel, intentando socorrerla.

El dolor se extendió durante cinco minutos largos. La temperatura de Dévora se elevó varios grados, tiñendo su piel de un color rojizo. Estaba ardiendo en fiebre y la sangre salía de su boca casi hirviendo. Estaba claro que el camafeo quería cobrarse todos los favores que le hizo mientras lo tuvo y no iba a ser muy indulgente. Vaiel se afanó en arrastrarla hasta llevarla a la orilla del río, para ir mojándola con agua fría. Solo podía hacer eso y permanecer ahí, a su lado, rezando porque todo acabara.

Al final, la temperatura fue estabilizándose y la sangre dejó de manar. Los dolores se fueron calmando y Dévora fue recobrando los sentidos, aunque tenía la cara descompuesta por la dura prueba que había sufrido.

—Sentía... sentía cómo me ardían las entrañas —dijo con voz lastimera—. Creía que iba a convertirme en una bola de fuego.

—Ya estás a salvo, Dévora. Ahora cálmate unos minutos más antes de levantarte ¿vale?

—Gracias Vaiel. Gracias por estar a mi lado —le respondió con una sonrisa de gratitud, tierna y sincera. Vaiel no pudo evitar emocionarse, aunque pudo disimular las lágrimas que se asomaban por las cuencas de los ojos. En pocos minutos habían pasado por una pelea contra segadores pútridos, un duelo entre ellos que casi los enfrenta a muerte y el castigo del camafeo hacia su posesora, intentando consumirla en llamas.

Dévora estaba ya sentada en la orilla, intentando estabilizar la respiración y el pulso, cuando fijó su vista en la pequeña que los acompañaba. Verla con el camafeo sobre sus manos la colmó de pena.

—Hola... —le dijo, intentando dibujar una sonrisa.

—Hola tita Dévora —respondió la pequeña.

—No hemos tenido tiempo de charlar mucho desde que te encontramos entre las ruinas del pueblo, pero parece que ahora estamos más tranquilos. ¿Cómo te llamas, pequeña?

—Nofret, tita Dévora.

El oír cómo le llamaba "tita" despertó en Dévora una sensación de ternura como hacía tiempo que no sentía. Estaba muy sensible y casi todo le provocaba ganas de llorar.

—Muy bien, Nofret, has sido una niña muy valiente. Te escondiste muy bien en el pueblo y sobreviviste a esos orchis. Y ahora has sido muy valiente también. Ya sabes que puedes confiar en mí y en el tito Vaiel para lo que sea, ¿vale?

—Claro, tita Dévora.

—Muy bien, pequeña Nofret. Ahora escúchame bien. Debes dejar ese camafeo, debes tirarlo al suelo. Es un objeto malo que te hará daño y tú no quieres sufrir daño ¿verdad?

Nofret la miró con los ojos tristes y luego bajó la cabeza, para moverla de un lado a otro en negación.

—Adelante, Nofret —dijo Vaiel, entrando en la conversación— Déjalo caer al suelo.

—No quiero tirarlo, tito Vaiel —respondió Nofret, con voz lastimera. Dévora le hizo un gesto con la mirada a Vaiel para que no se entrometiera, para que la dejara a ella actuar.

—Tranquila pequeña Nofret. Nadie te lo va a quitar. Solo lo vamos a dejar ahí un ratito y vamos a ver a una amiga, la mujer esa que venía con nosotros en el pueblo ¿te acuerdas? Ella sabe mucho de ese objeto y podrá aconsejarnos de cuándo podemos cogerlo de nuevo.

—Pero es que no quiero tirarlo, tita Dévora.

—Ese objeto me hizo mucho daño, Nofret. Si lo llevas contigo te va a lastimar a ti y no quiero eso. Tú tampoco ¿verdad?

—No… pero me ha dicho que si lo suelto, tú te quemarás, tita Dévora, y no quiero que te quemes.

Vaiel se giró hacia atrás para maldecir al destino con el mayor disimulo, mientras que Dévora se quedó muda, asimilando lo que le había dicho Nofret. El camafeo intentaba abrirse paso a través de la pequeña y se aseguró la supervivencia amenazando de muerte a Dévora. Si la obligaba a soltar el camafeo, ella moriría, y si no, exponía a una niña de no más de cinco años a una muerte segura. Por mucho que le pesara, debía aceptar su destino y salvar a la niña.

—Yo… no debes preocuparte, Nofret. Ese camafeo solo dice mentiras y no me pasará nada, créeme.

—¡No, Dévora! —exclamó Vaiel— Eso no. Yo tampoco estoy conforme con la situación que tenemos ahora, pero sacrificarte no va a ayudar en nada.

—Vaiel, no puedo dejar que esta niña cargue con mi destino sobre su propia seguridad. Sabes mejor que yo que al final el camafeo hará lo mismo con ella.

—Deja de pensar en el futuro y piensa en el presente ¿vale? Te estás volviendo como esas magas, que no cesan de ojear en el futuro para ver qué será de nosotros. Céntrate en el presente, en que estamos los tres vivos y a salvo, que es lo que importa. Lo que sucederá mañana ya lo solucionaremos mañana.

Dévora asintió con esfuerzo, dando la razón al argumento de su amigo, aunque le pesaba la carga que la pequeña Nofret había asumido. Cogió fuerzas y se puso vertical del todo, para emitir una sonrisa tranquilizadora y hacer lo que ella estaba acostumbrada a hacer: tomar las riendas de la situación. Recogió sus pertrechos y señaló a Vaiel para que hiciera lo mismo, mientras echó un ojo al sitio dónde se encontraban. El río bajaba bravo entre rocas lisas, algo peligroso de atravesar si además se hacía con la pequeña Nofret, así que ese camino quedaba descartado. Volver sobre sus pasos hacia Sirián parecía la mejor opción, aunque la presencia del Origen echaba por tierra intentarlo, pues los aniquilaría con total seguridad. También podían continuar bordeando el río, buscando un posible camino que les llevara de nuevo a su rumbo, aunque al ser ésta una región desconocida por ella, había posibilidad de perderse durante días.

—Vamos hacia el pueblo, a Hinojas —dijo segura de sí misma.

—¿Crees que Sirián habrá acabado ya con el Origen? —preguntó un Vaiel dubitativo.

—¿Ves al Origen por aquí? No, ¿verdad? Eso significa que no debe estar vivo. Sirián igual está herida y nos necesita, o simplemente se teleportó a otro lugar. Lo que verdaderamente importa es que Hinojas es un buen punto de reunión para volver a nuestro camino original.

—¿Quieres decir que seguimos hacia el monte de los titanes? Estarás de broma ¿no? Sirián ya no está aquí y ahora contamos con Nofret, a la que no estoy dispuesto a llevar a un lugar tan peligroso.

—¿Cómo sabes que es peligroso? ¿Acaso has estado allí alguna vez? Igual son unas ruinas, simplemente eso. Y yo tampoco quiero que Nofret emprenda este viaje, mas el destino ha sido caprichoso con ella y es quien ahora porta el camafeo. ¿Acaso quieres dejarla aquí sola?

—No, desde luego que no, pero…

—Dame una idea mejor —interrumpió Dévora de forma seca y contundente. Vaiel dudó si responder o no, aunque al final dio su opinión.

—Verás… opino que deberíamos acercarnos a la ciudad poblada más cercana para poder dejar a Nofret allí, presentándola en la Corte o en algún lugar de acogida. Luego seguiremos nuestro camino.

—Yo quiero estar con vosotros —dijo Nofret con rostro inocente—. Por favor, no me abandonéis.

—No te abandonaremos, pequeña —dijo Dévora, endulzando su entonación—. Y tú, Vaiel, a ver si te das cuenta que ella tiene el camafeo y es la única que puede llevarlo. Ya has oído la amenaza que le ha dado, si lo suelta, yo ardo, y no me hace gracia eso. Debemos saber cómo anular esa maldición y destruirlo de una vez por todas.

—Está bien… pero sigo pensando que debe existir otra opción mejor que esa —dijo Vaiel, dándose la satisfacción de quedarse con la última palabra.

Cuando volvieron sobre sus pasos al pueblo de Hinojas, allí solo había ruinas y silencio. Del Origen y Sirián no había rastro alguno, como si se hubieran evaporado. La pequeña Nofret se acercó con timidez a lo que fue su vivienda y fijó sus ojos pardos en el interior. Tenía los labios caídos en tristeza, aunque no soltó lágrima alguna. Dévora se acercó y la arropó con su capa, quedándose a su lado para conferirle cercanía tras la pérdida de sus padres y de su hogar.

—Tus padres fueron muy valientes, te ocultaron para que no te hicieran daño. Debes recordar todo lo bueno que hicieron por ti —dijo Dévora.

—No me ocultaron, tita Dévora, y mis padres eran malos. No me daban de comer y querían que me sentara todas las mañanas en la plaza para pedir romanceros a la gente.

—¿Teníais escasez?

—Teníamos dos vacas, una cabra, doce gallinas, y a Sultán, un perro pastor. También teníamos un huerto ahí atrás con tomates, lechugas y alcachofas, de donde robaba de vez en cuando para comer algo. Ellos me decían que si no recolectaba diez romanceros al día, no comía.

Dévora y Vaiel se miraron disimuladamente con los labios torcidos. La tranquilidad con la que Nofret relataba su triste vida asustaba al más valiente. Denotaba que había sido educada en un ambiente de explotación y olvido, sin recibir el cariño y cercanía que una niña de su edad requería. A Dévora se le revolvían las tripas solo de pensarlo.

—Yo también lo pasé muy mal ¿sabes? —dijo Vaiel, acercándose a sus dos compañeras de viaje—. Mi madre murió hace mucho, yo ni la llegué a conocer, y mi padre empezó a enfermar siendo yo aún joven. He estado toda mi vida trabajando desde el amanecer hasta el anochecer, y solo para poder llevarnos algo a la boca. La gente te repudia cuando estás en ese estatus, te consideran un desecho, y si te dan limosna o un pago por trabajar lo hacen para denotar su superioridad. Te exigen un "gracias", cuando has estado deslomándote cardando ganado o herrando caballos todo el día por dos míseros romanceros. Pero ¿sabes qué, Nofret? Tú no vas a pasar más por eso.

—Me alegro que ya no estén vivos —dijo Nofret de forma tajante.

—No digas eso, Nofret. Igual la necesidad hizo que tuvieran que recurrir a determinados actos, pero estoy segura de que te querían. Este era tu hogar y nunca debes olvidarlo —dijo Dévora, recordando análogamente cómo su pueblo fue engullido por los segadores pútridos también.

—Ellos eran malos conmigo y me da igual la casa. Yo quiero estar con vosotros. Quién me da pena es Sultán. Era mi perrito guardián.

—A veces la vida nos muestra su rostro más horrible a muy temprana edad —resumió Dévora—. Pero los momentos buenos también llegan, aunque sean tarde. Ahora debes ser fuerte y no mirar hacia atrás, pues tenemos un largo camino que recorrer aún para llegar a un monte muy alto. Luego, bajaremos e iremos a una ciudad muy grande, donde te aseguro que no te faltará de nada. Serás una dama.

—¿Una princesa? ¿Puedo ser una princesa? Una vez escuché que la vieja Maris decía que las princesas eran las mujeres más guapas de toda Ampiria. Me dijo que tenían los pelos bordados con oro y una piel más suave que la seda sámpica.

—Serás una princesa, Nofret, mi princesa —respondió Dévora mientras la abrazaba contra su pecho.

Durante más de una hora estuvieron buscando algún indicio de la animista blanca, mas no encontraron nada. Era como si nunca hubiera estado ahí, como si ningún Origen hubiera aparecido ni hubiera habido encuentro alguno. Formularon muchas hipótesis de lo que podría haber pasado, aunque tenían claro que no podían quedarse ahí mucho tiempo más. Si Sirián se había ido, fuera por la razón que fuera, no había dado pie para pensar que volvería, por lo que, aclararon dirigirse hacia la cordillera de los Primeros nacidos y allí, encontrar la forja de los titanes, presumiblemente en un castillo. Afortunadamente, los caballos que trajeron cuando llegaron por primera vez al pueblo seguían amarrados dónde los dejaron, con las alforjas llenas de provisiones.

La pequeña Nofret se ganó rápidamente el corazón de sus dos "titos", acurrucándose con ternura a uno de los dos cuando tocaba dormir por las noches, y riendo y jugando de forma risueña durante los días. Por un momento, les hacía olvidar todas las preocupaciones que arrastraban, dejándose llevar por el juego inocente nacido de la joven imaginación de una niña. Ella era jovial y alegre, una mente que descubría por primera vez en sus cinco años lo que era la libertad de correr por un páramo, dibujar animales en la arena con un palito o encender fuego y dormir a la intemperie, junto a sus dos compañeros de viaje. Para ella, todo era algo digno de ser vitoreado y mostraba su asombro ante las cosas más mundanas.

Los días de travesía fueron dando paso a semanas, siempre secundando por caminos principales para poder contactar con posibles viajeros con indicaciones del lugar. Siguieron el rumbo hacia un pueblo cercano que les señalaron, mas nunca llegaron a encontrarlo. La comida no era problema, más o menos salían del paso cosechando raíces y frutos silvestres o cazando alguna pieza, tales a pájaros, conejos o incluso depredadores nocturnos. El problema era el agua potable. Sirián la proveía de forma continua, evocándola de la nada, o mejor dicho transmigrando el elemento tierra al elemento agua, pero ahora ella no estaba con ellos.

Durante doce días estuvieron errando entre la naturaleza, teniendo siempre la referencia de la enorme cordillera de los Primeros nacidos que se abría paso en el horizonte. No vieron a nadie más por los caminos y la vegetación parecía haberse adueñado de los senderos marcados, tiñendo todo con tonos pardos y grises. Los árboles eran de tronco fino y con ramajes en punta, poblando sus ocho metros de altura. La temperatura había descendido un par de grados, más aún por las noches. Sin embargo, el frío era la menor de sus preocupaciones ahora.

—¿Está dormida ya? —preguntó Dévora, terminando de comer unos muslitos de torcaz. Hoy habían tenido suerte y Vaiel dio caza a tres aves torcaces, una carne exquisita.

—Sí, está del todo dormida. Me sorprende que nunca se queje de todo lo que vamos recorriendo, que no es poco —respondió Vaiel, mientras la tapaba con la capa que Dévora le cedió el primer día y que ella ya se apropió como suya.

—Bien, Vaiel, pues acércate un momento al fuego, que hay malas noticias. Verás, la descripción de este lugar yo ya la había visto u oído por algún lado, árboles con estos tonos y formas, la carencia de viajeros por los caminos, lo salvaje del ambiente... y ya he caído dónde estamos. Esta región se llama Trasu al Gradar y es el hogar de los trifones. No son bélicos, pero tampoco les gusta que invadan su territorio gente de fuera.

—¿Trifones? Nunca he oído nada de ellos.

—Son una civilización pequeña. Las familias son monoparentales, pero solo uno de cada diez parejas logra tener descendencia, algo que empobrece mucho sus probabilidades de supervivencia.

—¿Se debe a algún mal?

—No, creo que es algo genético, algo que va con su raza. Afortunadamente son muy longevos, pudiendo llegar a vivir más de doscientos años. Digamos que cubren la deficiencia de no poder tener muchos hijos con el beneficio de vivir el doble de lo normal. Sea como sea...

—Shhh... espera, espera —dijo Vaiel, echándose el dedo índice hacia los labios y señalando con la otra mano a Nofret—. Se está levantando...

En efecto, Nofret se restregó los ojos con los puños cerrados y con un soberbio bostezo se puso sentada. Miró a sus dos “titos” y les sonrió con una mirada franca.

—¿No duermes? Mañana nos toca un día largo también. Cierra los ojitos e intenta descansar, Nofret —dijo Vaiel.

—Igual es que tienes hambre. ¿Quieres un poco de muslito de torcaz? —sugirió Dévora.

Nofret no respondió nada, se limitó a cerrar de nuevo los ojos y caer en el sueño.

—Le gusta comprobar que seguimos aquí, no es la primera vez que la veo hacer eso —susurró Vaiel, sin dejar de mirar a la pequeña.

—Es entrañable —respondió Dévora.

—¿Crees que algún día seremos padres? ¿Que conoceremos a alguien y tendremos un hijo?

—Sí, ¿por qué no? Tener un hijo es fácil, amigo Vaiel, lo complicado viene luego jaja.

—Ja, ja, ja, sobre todo si te sale como Drigán.

—Ja, ja, ja.

Dévora se ubicó cerca de Vaiel, golpeándole de forma inocente en el hombro por el chiste fácil. Su mirada reflejaba que estaba preocupada, que necesitaba reposo, aunque sus labios sonriendo se volvieron lo más hermoso que Vaiel había visto hacía mucho tiempo. Dévora era así, capaz de sacar su lado más seductor de forma inconsciente cuando surgía un momento de risas o chanza, o incluso en penurias. Era algo innato en ella, ser atrayente. Vaiel también estaba cansado por todo lo pasado, por tanto camino sin saber nada de nadie, por el destino tan incierto que tenían que afrontar... La ladrona miró al arquero a los ojos, bajando su carcajada y afinando el rostro con mayor seriedad, la que el momento requería. Él le mantuvo la mirada sin miedo ni vergüenza, ahora sí pudo, y lentamente se acercó a ella. Dévora se mantuvo quieta, e incluso cuando los labios de Vaiel palparon los de ella, ésta no se movió. Se mantuvo con los ojos abiertos de par en par, mirándolo fijamente sin mover ni un músculo. El beso duró unos segundos, los suficientes como para que Vaiel despertara una sonrisa de felicidad que le nacía desde el corazón. Necesitaba ese beso desde hacía mucho tiempo y no le decepcionó en lo más mínimo.

—No vuelvas a hacer eso nunca más, Vaiel —dijo Dévora, acostándose cerca de la hoguera mientras miraba las llamas crepitar.

—Yo... perdona... creía que...

—No le des más vueltas, pero no vuelvas a hacerlo.

—Vale… perdona si te ha molestado.

—No pasa nada, pero quiero que… —dijo Dévora antes de sentir cómo si una fuerza invisible la estuviera estrangulando. Abrió los ojos de par en par y se echó las manos a la garganta, aunque apenas pudo hacer nada más antes de perder el conocimiento. Los ojos le temblaban sin cesar y sus labios balbuceaban de forma ininteligible murmullos apagados.

—¡Dévora! Dévora ¿me oyes? —dijo al momento Vaiel, tirándose a su lado y examinándola de forma rápida—. ¡Dévora! ¡Oye!

La ladrona seguía titiritando en el suelo, convulsionando incluso, para desesperación de Vaiel. Su piel adquirió una tonalidad carmesí y al tacto se notaba el aumento de temperatura del que era víctima.

—Mierda… ¿qué rayos te pasa, Dévora? Estás ardiendo… maldita sea mi suerte… —se dijo en voz alta Vaiel. Miró hacia Nofret, que afortunadamente seguía durmiendo, e intentó pensar en algo rápido— ¡Agua! Eso es, agua a ver si le baja la temperatura y puedo calmarla de esos temblores.

Ajustó la cabeza de la ladrona con la manta, inmovilizándola en la medida de lo posible, y salió disparado hacia los caballos, para tomar el gran odre de agua que colgaba de las alforjas. Mientras, Dévora seguía susurrando hacia sus adentros.

«*¿Me oyes? ¿Estás ahí?*», le decía una voz, ahora de forma más nítida y audible.

«*¡Déjame en paz! ¡Vete de mi mente!*», respondió Dévora asustada.

«*¿Dévora? Me oyes, ¿verdad?*», insistió la voz mental.

«*Por favor, vete de mi cabeza. Vamos a destruirte y no voy a hacer nada para impedirlo. ¡Lárgate de mi cabeza!*».

«*¡Dévora! ¿Dévora? ¿Qué dices? Debes tranquilizarte y hablar con claridad y despacio, sino apenas logro entenderte bien. Habla despacito*».

«*¿Qué quieres?* [1] *¿Por qué no me dejas tranquila? Si vas a matarme hazlo ya, pero deja de torturarme con tu voz*».

«*¿Pero qué…? ¿Con quién crees que estás hablando, amiga mía?*».

1

«Reconocería tus métodos en cualquier lado, camafeo maldito. Pero esta vez no lograrás engañarme. No pienso ayudarte en nada y si me vas a convertir en cenizas, hazlo ya, no te tengo miedo».

«Ja, ja, ja, esta es buena. No, Dévora, no, cálmate te lo ruego, no soy el camafeo ni nada parecido, ja, ja, ja. Soy...».

Súbitamente, Dévora sintió lo mismo que sucede cuando te sumerges dentro de las gélidas aguas de una lago helado. Levantó medio cuerpo hasta toparse con el de Vaiel, odre en mano, que la miraba con la cara descompuesta.

—¡Por el Creador, menudo susto! ¿Estás bien? ¿Qué te ha pasado?

—No... no lo sé... de repente... esa voz...

—Desde luego, no pienso besar a nadie más en mi vida si luego sucede esto —dijo Vaiel, intentando suavizar el momento con un chiste fácil. Dévora sonrió, mientras se levantaba y se secaba del agua que le empapaba todo el rostro y medio torso.

—Ese es el odre de agua que nos queda ¿no? —dijo Dévora—. No deberías habérmela tirado por encima.

—Aún queda, tranquila, y encontraremos agua potable tarde o temprano. Nos acercamos a la cordillera y por ahí debe haber agua, ¿no?

—El problema es encontrarla.

—¿Y qué querías que hiciera? Estabas temblando en el suelo, tiritando, estabas ardiendo...

—Lo sé, lo sé, y te lo agradezco Vaiel, pero esa agua es muy necesaria como para tirarla así.

—Entonces si te vuelve a pasar ¿qué hago? ¿Me orino encima de tu cuerpo? —dijo Vaiel, manteniendo el tono sarcástico del momento. Sin embargo, deseó no haber dicho nada, pues de nuevo Dévora cayó al suelo en el mismo estado que antes. Su calor corporal se elevó al instante, aflorando goterones de sudor por todos sus poros, y sus ojos y extremidades convulsionaban en un traqueteo sin fin.

—Nunca aprenderé a cerrar la boca. ¿Dévora? Dévora, ¿me oyes? ¿Me oyes?

«*¿Me oyes? ¿Dévora?*», insistió la voz, de nuevo.

«*Sí, te oigo nítidamente. ¿Se puede saber quién eres?*».

«*Vaya forma de saludar a una amiga. Soy Zurah, ¿acaso ya me habías olvidado?*».

«*¿Zurah? Pero ¿cómo…?*».

«*Es comunicación mental. He procurado hacerla por la noche, que imaginaba que estarías quietecita y dormida, para evitar así romperte alguna acción*».

«*Estoy acampada, no molestas. De hecho antes me despertó Vaiel, pues me echó agua al verme en trance*».

«*Entonces no preguntes más, solo escucha, que si fue él quien te despertó antes, seguramente lo vuelva a hacer, y no sé si podré volver a comunicarme contigo. Necesitamos que vengas cuanto antes a La última llamada. La vida de Leonardo corre peligro*».

«*¿Y Lilian? ¿La salvasteis?*».

«*Sí, la encontramos*».

«*¿La salváis a ella y ahora es Leonardo el que está en peligro? Como para dejaros solos, vamos…*».

«*Es más complicado de explicar que de entender, Dévora. Ven apenas puedas aquí…*».

«*Espera, Zurah* —interrumpió Dévora— *Nosotros estamos en un lugar que no ubico bien, creo que es la región de Trasu al Gradar, y eso no está precisamente cerca de La última llamada. Además, llevamos a una superviviente del pueblo de Hinojas, una niña de cinco años*».

«*Dévora, no tengo tiempo para seguir hablando mucho más, me quedo sin fuerzas. Dile a Sirián cuando se levante que intente comunicarse ella conmigo por la noche, que yo estaré esperándola. Intenta que sea hoy, esta noche*».

«*Sirián no está con nosotros, Zurah. Tuvimos un encuentro con un Origen y ella nos cubrió la huida*».

Hubo unos segundos de silencio, en los que ni la bruja oscura ni la ladrona dijeron nada. Súbitamente, Dévora retomó la palabra de nuevo.

«*No sé si está viva, Zurah. No hemos encontrado nada de ella, ha desaparecido, tanto ella como el Origen. Es complicado de describir la situación sin verlo por una misma*».

«*Eso explica por qué no podía comunicarme con ella, aunque no acabo de entender dónde diablos puede estar. Bueno, pues no tengo otra opción, Dévora, te necesitamos. Leonardo depende de que tú estés aquí y Lilian y yo igual también. La situación es crítica*».

«*¿Y Drigán? ¿No os puede ayudar el afanado héroe de los dragones?*».

«*Drigán se largó por otro lado, no cuentes con él*».

«*Hijo de una hiena... en mal momento decidimos confiar en alguien como él*».

«*Dévora, tienes que venir aquí ya*».

«*Pero... te repito que estamos en...*».

«*Calla y escucha. La región en la que estás vive la raza de los trifones, una civilización hermética y versada en la custodia de los conocimientos ancestrales. Creo recordar que ellos disponían de un conflujo de tierra en su ciudad oculta. Con él, podrás teleportarte aquí*».

«*Estarás de broma ¿no? Yo no tengo ni idea de...*».

«*No hay tiempo, Dévora* —volvió a interrumpir Zurah, más apresurada aún—. *Sabrás usar el conflujo cuando lo veas. Es un panel de runas que deberás disponer en un orden específico para cotejarla en el tiempo y el espacio*».

«*¿Y qué orden es ese?*».

«*La última llamada es tu objetivo. Debes encontrar qué runas lo definen y plantarlo en el conflujo. Para eso, debes recordar la epopeya a Lampard, esa obra teatral que recordaba al famoso Rey Eterno. Haz memoria de la parte en la que se canta la oda a los renacidos, justo cuando los primeros habitantes poblaban La última llamada. Se creaban sus cimientos, se formaban las primeras casas, las primeras familias se asentaban allí... y el conflujo creaba su nuevo punto de destino*».

«*¿La oda de los renacidos? ¿Y cómo rayos me va a ayudar eso?*».

—¡Al fin! —exclamó Vaiel alterado. Nofret estaba a su lado, con los ojos tristes y las manos nerviosas—. Esta vez no te he echado agua, para que no te quejes… y no, tampoco me he orinado encima.

Dévora se notaba empapada en sudor y la cabeza le ardía. Apenas giró el cuello para mirar alrededor, cuando le dio una punzada en la frente. Sus órganos internos los notaba hinchados y los huesos los tenía atravesados por mil agujas invisibles. La comunicación mental era lo más doloroso que había sentido en mucho tiempo, dejándola con los dientes rechinando y los puños cerrados.

—Ve recogiendo todo el campamento, Vaiel, no vamos —dijo Dévora, emitiendo pequeños gemidos al intentar levantarse.

—¿Qué nos vamos? ¿Cómo que nos vamos? ¿No es mejor esperar a mañana, a que estés mejor? Además, me da muy malas vibraciones lo que te ha pasado. Creo que deberíamos antes descansar y mañana por la mañana ver cómo te encuentras.

—He estado hablando con Zurah. Están en problemas y debemos ir a ayudarles —respondió de forma escueta Dévora. El dolor de cabeza la tenía mareada.

—¿Qué ha pasado?

—Ahora te cuento, pero dame unos minutos. La cabeza me arde, maldita sea.

—Bueno, tranquila. Yo me ocupo de todo —dijo Vaiel empezando a recoger el campamento—. Nofret, ayuda a tita Dévora a subirse al caballo y quédate al lado de ella.

—Sí, tito Vaiel.

—¿Están cerca de aquí, entonces? —preguntó Vaiel.

—En la última llamada —respondió Dévora.

—¿La última llamada? ¿Y cómo se supone que vamos a llegar hasta allí? Supongo que tendrás un plan alternativo a ir a caballo ¿verdad?

—Sí, lo tengo, Vaiel.

—Vale… ya me pondrás al día. ¿Cómo te encuentras? ¿Te duele mucho?

—Cada vez que me hablas y me haces hablar, me duele más.

—Entendido —dijo Vaiel, mordiéndose los labios y captando la indirecta.

Dévora estaba ya subida en su caballo, con un paño mojado en agua que se dispuso en su frente a modo de turbante improvisado. Estaba recostada sobre las alforjas, con la cabeza apoyada sobre las crines del caballo y con los ojos cerrados. Vaiel estaba ya recogiendo los últimos enseres de su equipaje y apagando la hoguera, cuando Nofret rompió el silencio con su timbre de voz tan característico.

—Tito Vaiel…

—Dime, Nofret, ¿qué pasa? —respondió el arquero sin mirarla. Estaba echando tierra sobre la hoguera, pero ésta persistía en seguir ardiendo.

—Tito Vaiel…

—¿Qué te pasa, Nofret? ¿No ves que estoy ocupado?

—Hay gente aquí mirándonos, tito Vaiel.

Dévora fue la primera en sobresaltarse al oír a Nofret, levantando su cabeza con rapidez y contemplando a su alrededor. Vaiel se quedó inmóvil, como si de esa forma fuera invisible a cualquier mirada que estuviera fijándose en él.

A unos metros de su posición, tres mujeres permanecían con rostro enjuto y labios encorvados. Vestían con unas armaduras ligeras de color plateado, dejando los antebrazos y las piernas libres. Las tres tenían el pelo recogido en una coleta enorme y frondosa, y entre sus manos se adivinaban unas armas extrañas. Eran como un bumerán cerrado y elaborado en metal, con los términos afilados. Estaba claro que era un arma arrojadiza de gran calibre que, según su tamaño, podría fácilmente cercenar la cabeza de un adulto. Vaiel dudó si asir su arco élfico, pero abandonó la idea al ver cómo una de las extrañas visitantes movía su arma al verle acercarse al arco.

—Tranquilo, Vaiel. No hagas nada, no son enemigas —dijo Dévora con voz ronca a causa del dolor. Le dolía tanto que casi tenía ganas de que le cortaran la cabeza de un tajo.

—Gress brijen yum. Aka kun yum —dijo una de ellas.

—¿Cómo? —dijo Vaiel.

—Tam Dévora, ut Vaiel, ut Nofret —respondió Dévora, para sorpresa del arquero—. Prefemo aloka flux.

—Tiriem aka kun yum, flux antrena par nai.

—Guigiem cumesdes Guerón ambis corel.

Las tres guerreras enmudecieron como una unidad, todas simultáneamente.

—¿Se puede saber de qué estáis hablando? —preguntó Vaiel, aprovechando el momento—. Y ¿desde cuándo sabes tú el idioma de esta gente?

—Este idioma es el parlino, una variante del tántaro antiguo. Lo aprendí hace tiempo en… bueno, eso ahora no es relevante. Les he dicho que necesitamos usar su conflujo y aunque al principio se han mostrado en contra, les he dicho lo único que nos dará entrada a su pueblo.

—¿El qué? —dijo Vaiel, temiéndose la respuesta.

—Que tenemos el camafeo de Guerón, capaz de destruirlo todo y a todos.

Al instante las tres guerreras dieron un grito y alzaron sus armas de forma amenazante. Con sus señas dejaban claro que querían que se tumbaran en el suelo y que se despojaran de todas sus armas. Eran sus rehenes, sus prisioneras.

—Espero que todo esto forme parte de algún plan maestro, Dévora, porque si no diría que vamos camino a nuestra muerte —dijo Vaiel en el suelo, mientras una trifón lo ataba por las muñecas y los tobillos.

—Era la única forma de entrar en su pueblo.

—¿Cómo prisioneros? Igual yo tenía algo en contra de esa idea, ¿sabes? Además… ¿Y qué es el conflujo, si puede saberse?

—Un medio para llegar a Zurah lo antes posible. Es un portal dimensional elaborado en piedra y runas. Me ha dicho más o menos cómo activarlo.

—¿Más o menos? ¿Cómo que más o menos? ¿De verdad tengo que confiar en un "más o menos"? Menos mal que al menos sabes hablar el parlino este… ahora espero que te desenvuelvas igual de bien en su pueblo, hablando con su jefe.

—No te preocupes, haré lo correcto. Salvaremos a Leonardo, no permitiremos que haya más muertes. Además, tú no te preocupes, que eres el que menos va a perder en esta redada.

—¿A qué te refieres?

—Por ahora cierra la boca y confía en mí.

—Confío en ti. Es la situación la que me desborda. Pero vale… si puedo hacer algo, dímelo.

—Sí, sí que puedes, Vaiel.

—Pues dime.

—¿Recuerdas cómo era la letra de la oda de los renacidos?

CAPÍTULO 10: VERDADES Y MENTIRAS

Auburco de Partizán estaba asentado en la parte exterior de La última llamada, como otros tantos señores que iban llegando a la ciudad. El castillo del Conde Casis estaba siendo reparado en varias de sus salas y reservaba las estancias hábiles para cobijar a los señores de más reputación, entre ellos la inminente venida del mismísimo Roig II, el emperador. La ciudad crecía en júbilo y en población, viniendo gente de todas partes al ser congregadas bajo una misma bandera: la celebración de la victoria que expulsó a los segadores pútridos de estas tierras. El Conde Casis era el pilar principal al que se iba a vanagloriar y muchos rumores filtraban que iba a ser ascendido casi con total seguridad.

Todas las calles estaban ornamentadas con banderolas de las distintas casas heráldicas que iban llegando a la ciudad. Los banquetes eran algo habitual cada noche que acontecía, llenando de opulencia las enormes salas comunes del castillo señorial, las tabernas e incluso las plazas. En la parte Oeste, fuera del amurallado, carpinteros y herreros estaban afanados en la edificación de una especie de torreón de madera con un palco extendido a ambos lados. Frente al mismo, un campo de liza iba tomando forma. Era el conocido como "I Torneo de los unidos", haciendo referencia a cómo se unieron los caballeros, procedentes de distintos puntos de Ampiria, para hacer frente al mal y derrotarlo.

La zona exterior de La última llamada tenía plantadas tiendas de caballería en toda su extensión, formando una pequeña ciudad anexa con calles y zonas de encuentro. Zurah, Lilian y Leonardo, éste último inconsciente, fueron llevados a una tienda de tela rígida protegida por cinco caballeros en su perímetro. Abrieron la portezuela abatible y fueron empujados dentro. Lo primero que inundó a los prisioneros fue la peste a heces que flotaba en el ambiente, procedente de un cubo que reposaba en el centro. Un hombre se rascaba de forma impetuosa la barba de varios días a un lado, mientras mascaba algo entre sus dientes. Cuando vio entrar a los nuevos compañeros de celdas, los ojos se le abrieron de par en par y despejó una sonrisa macabra.

—¡La buena ventura se ha apiadado de mí! He aquí que mi hacinamiento en esta podredumbre se va a ver recompensada antes de mi ejecución. Dos chicas preciosas…

Poco a poco se fue acercando a Lilian y a Zurah, que comenzaron a retroceder pegando saltitos como podían, al estar atadas en las muñecas y los tobillos. Las risas del macabro personaje no daban lugar a dudas de qué quería y los caballeros de fuera o no escuchaban lo que pasaba dentro o no les importaba.

—Cálmate ¿vale? Tú no quieres hacernos daño, estoy segura que podremos hablar por ti para salvarte. Dinos quién eres y… —dijo Zurah, intentando ganar tiempo a la vez que le daba patadas disimuladas a Leonardo para despertarlo.

—¿Salvarme? Ja, ja, ja, yo ya no tengo salvación, mi hermosa concubina. Me cazaron robando con la mercancía en mano y nada podrá salvarme de la horca. Pero al menos me iré con una sonrisa de este mundo ja, ja, ja.

—No te gustará saber que padezco de sífilis… además de tener una dolencia congénita en toda mi piel. Si crees que son picores lo que tienes ahora, no te imaginas lo que es esto.

—¿Crees que me importa eso, concubina? Voy a morir en estos días, por si no te has enterado.

El hombre las tenía ya arrinconadas en una de las esquinas de la tienda, con los brazos extendidos y los labios precipitando un reguero de saliva. De un salto, atenazó a Zurah entre sus brazos, quien intentó resistirse inútilmente, dando cabezazos y contoneándose como podía. Lilian empezó a gritar ayuda, pero nadie parecía querer venir a rescatarlas.

—No te preocupes, concubina número dos —dijo el hombre a Lilian—, tú serás la siguiente que podré saborear. Guarda tus gritos para luego.

Tiró a Zurah al suelo y se postró sobre ella. Inhaló con fuerza el suave aroma que acompañaba a la bruja oscura y palpó con su lengua el cuello de la misma. Zurah se revolvió como una serpiente y logró impactarle con sus pies en el vientre, aunque su acosador volvió a saltar sobre ella, esta vez agarrándola por el mentón y poniéndole los mugrientos dedos en los ojos. La otra mano la deslizó bajo la túnica, palpando el objeto de su deseo, aunque al instante sufrió una mordedura voraz en sus dedos. Los dientes eran la única arma disponible que le quedaba a la bruja, y no dudó en usarlos. El prisionero chilló con dolor al ver su sangre derramarse y con una sonrisa macabra, escupió al suelo y fue de nuevo directa hacia ella. Su libido estaba en ebullición y no dejó pasar más tiempo para satisfacerla. Empezó a desnudarla, golpeándola varias veces al resistirse ésta, evitando sus dientes y dejándola totalmente a su merced. Justo cuando ya tenía la ansiada recompensa a su merced, una fuerza descomunal la apartó de ella más de un metro. Leonardo se había despertado.

—No volváis a acercaros a estas damas, sucio malhechor —gritó Leonardo, mientras se palpaba la herida que tenía en la cabeza—. No tendré reparos en adelantar vuestra ejecución, os lo advierto.

Lilian se acercó botando a su compañera, mientras ésta se daba la vuelta en el suelo con la mirada perdida en odio.

—Suéltame, Leonardo. Rompe estas ataduras que voy a enseñarle a este desgraciado rufián lo que es el sufrimiento. Va a saber lo que es un alma condenada por los tiempos de los tiempos. ¡Desearás que te maten! ¿Me oyes? Cuando acabe contigo, maldecirás haber vivido, te lo aseguro.

—Cálmate, Zurah. Eso no ayudará. Tenéis que intentar contener vuestras habilidades, no es el momento ni el lugar —dijo Leonardo, soltando primero a su hermana.

—No, a éste no lo pienso perdonar, Leonardo. A éste no, no me pidas eso. A este no pienso dejar que lo maten. ¡Éste es mío! —gritó con furia desatada Zurah. Su acosador pasó a ser el acosado y se hizo una pelota en una esquina, asustado por las palabras que decían.

—No pienso soltarte aún, Zurah. No hasta que te relajes.

—¿Qué? Leonardo, no se te ocurrirá... ¡Yo salvé a tu hermana! ¿Recuerdas? Te llevé a ti y a Drigán para salvarla. Me lo debes.

—Te debo eso y mucho más, mi amiga. Pero no pienso soltarte ahora. No debes dejarte llevar por tu ira para satisfacer tus deseos de venganza. Debes aprender que existe el perdón, incluso para almas descarriadas como la de éste hombre.

—¿Alma descarriada? ¿Ese?... vale, Leonardo, vale… me contendré, ¿conforme? No le haré nada, sabré contenerme. Perdonaré sus actos y seré una chica buena, pero ahora suéltame, te lo ruego.

Leonardo la miró con una sonrisa de picardía, negando con la cabeza.

—No te creo, Zurah, aunque buen intento. Lilian quédate aquí vigilando a estos dos y no la sueltes hasta que se calme un poco. Podrás apañártelas con él, ¿no?

—Sí, no te preocupes —respondió Lilian sin dudarlo. Ella tenía buena instrucción en combate, no tanta como una caballero aleccionado pero sí lo suficiente como para hacer frente a un pobre hombre que no tenía ni valor para abrir la boca—. ¿Vas a salir o qué? Sabes que estamos prisioneros ¿no?

—Sí, sí, recuerdo lo que pasó. Voy a intentar hablar con sir Auburco y explicarle un poco la situación.

—¿Y crees que se arrepentirá? ¿Crees que te dirá "Oh, eres el gran Leonardo, pido disculpas por haberte tratado así"? —dijo socarronamente Zurah.

—Debo creer que sí, Zurah. La buena voluntad existe en las personas, solo hay que saber despertarlas.

—Tú sigue por ese camino, perdonando a los desechos como éste que tengo en frente e intentando que los señores se arrodillen bajo tu palabra. Te vas a encontrar solo, como siempre has estado, según veo.

—Mejor solo que mal acompañado, Zurah. Ahora cálmate y Lilian te soltará en un ratito.

Zurah miró hacia otro lado, en desacuerdo.

—Suerte, Leonardo —dijo Lilian, viendo cómo el paladín llegaba a la puerta de la tienda—. Ten fe, ahora más que nunca.

Las puertas de tela rígida que conformaban la tienda de prisioneros se abría solo por fuera y, al no ser de material rígido, los intentos de golpearla quedaban en intentos vacíos. Así pues, optó por el grito, llamando a alguno de los guardias de fuera, que apareció tras el cuatro gemido.

—¿Y bien? ¿Qué se te ofrece? —dijo el caballero con mirada inopinada y modales rudos.

—Saludos, camarada de armas. Mi nombre es Leonardo de Carpatia y, tanto yo como mis acompañantes, hemos sido víctimas de un malentendido. Desearía poder explicárselo a vuestro señor, el noble Auburco de Partizán, y así presentarle mis respetos.

—Víctimas ¿eh? Túmbate ahí dentro un rato, muchacho, y deja de molestar —respondió el caballero, haciendo caso omiso a la súplica.

—Represento a la orden de la luz, mi emblema debería ser respetado por vuestro señor. Cometéis un gran error.

El caballero se quedó quieto a medio cerrar la portezuela de tela, cuando lentamente comenzó a abrirla de nuevo. Recorrió con la mirada a Leonardo, fijándose en su estructura ósea, sus fuertes músculos y el porte distinguido que presentaba. Sus brazos y sus manos se veían dados a prender armas, no había dudas al respecto. Lo que le dijo de su emblema de luz y que su señor le debía respeto, le hizo dudar acerca de si podía ser algún caballero noble o algo semejante.

—¿De Carpatia dijisteis que erais?

—Así es, noble caballero.

—Bien, aguardad aquí, voy a dar parte y ahora vuelvo.

—Con gusto aguardaré —respondió Leonardo.

No pasó mucho tiempo hasta que el mismo caballero regresó, esta vez acompañado de otro de mayor rango ya conocido por el paladín: Garko. Éste miró a Lilian y a Zurah con desdén, así como al otro prisionero, y luego asentó su mirada en Leonardo, que no dudó en levantarse y saludarle como si fuera un compañero de armas, aunque fuera él quien lo arrestó.

—Seguidme, sir Leonardo —se limitó a decir Garko, abriendo el camino hacia la tienda principal de su señor. Estaba engalanada con varias florituras en forma de leones tapizando los techos y alfombras doradas decorando los suelos.

Leonardo andaba con la seguridad innata que le daba su fe. Tenía una seguridad ciega de que su dogma y fe en el Creador le salvaría de esta situación. Gorka lo miraba de soslayo, extrañado de no ver indicios de miedo ni nerviosismo. Estaba muy tranquilo, demasiado para su gusto.

Cuando llegaron a la altura de Auburco, éste se encontraba sentado en una silla de metal muy ostentosa mientras recibía a algunas de sus doncellas y caballeros de confianza. Charlaban de temas variopintos sin profundizar en ninguno de ellos lo suficiente como para ser un tema de conversación concreto. Detrás de él, decorando toda la tienda, había varios trofeos de caza, de victorias en justas y de menciones especiales en unas vitrinas de cristal. Era notorio que el ego de este singular soberano era muy alto.

Tanto Gorka como Leonardo presentaron sus respetos agachando levemente la tez ante su presencia.

—¿Y este quién es, Gorka? ¿Acaso ahora recibimos a los monjes o lo que sea éste? —dijo Auburco, despertando las risas de todos a su alrededor.

—Señor... Se hace llamar Leonardo de Carpatia. Ha sido arrestado hace unas horas en la ciudad, en una taberna, al ser acusado del uso de magia. Era nuestro deber actuar y así lo hicimos, señor.

—¿Eres mago, Leonardo? —preguntó abiertamente Auburco.

—No, mi señor, no lo soy —respondió Leonardo.

—Os han visto usar magia, ¿acaso los demás mienten y vos decís la verdad? —dijo el señor, alentando de nuevo risas entre los suyos.

—Yo nunca miento, señor Auburco, va en contra de mi códice de paladín. Estoy seguro que compartís esa fe conmigo, pues todo caballero, sea del dogma que sea, debe respetar la verdad como guía en su vida, incluso vos y vuestros fieles caballeros.

La tienda se silenció. Nadie estaba seguro si Leonardo había incurrido en una falta de respeto en su respuesta o si había sido cortés. Se limitaron a rumiar las palabras dichas y en mirar a Auburco, quien apartó el plato de comida de su lado para centrarse con más ahínco en el peculiar paladín. Había despertado su curiosidad.

—¿Caballero paladín? He oído de caballeros negros, caballeros andantes y caballeros monacales, pero paladines solo en las leyendas de los antiguos. Caballeros santos tocados por el Creador... ¿eso sois?

—Celebro que hayáis oído hablar de mí, noble Auburco, y os responderé que sí, he sido palpado por la gracia de nuestro Creador. Soy su palabra y su mandato entre los hombres.

—¿Le disteis muy fuerte en la cabeza, Gorka? —respondió el soberano, jactándose nuevamente de la situación a la vez que pedía vino a uno de sus súbditos.

—¿Me lo llevo de nuevo a las prisiones, mi señor? —preguntó Gorka, obteniendo un asentimiento con la cabeza por parte de Auburco, que retomó de nuevo sus charlas picaronas con las doncellas del lugar.

—¿Puedo deciros a lo que he venido, noble Auburco? Me habéis hecho venir hasta aquí pero ni siquiera habéis oído mi requerimiento —dijo Leonardo con arrojo y decisión. Todos enmudecieron, conocedores de la cólera de la que hacía gala Auburco cuando se le trataba de esa forma. Gorka, al tanto de ello, agarró a Leonardo por la garganta, mientras que con la otra le apresó el brazo zurdo. Sin embargo, Leonardo tenía más de un as en la manga, y casi sin dar tiempo a ninguna acción, agarró a Gorka por el brazo dispuesto en su cuello y tiró de él hacia el frente, arrojándolo por encima de ella. Cuando se levantó de la caída, una espada estaba posada sobre su corazón, amenazándole. La espada la agarraba Leonardo y, lo peor de todo, es que era la del guardia; se la había quitado mientras lo lanzaba por los aires.

Auburco empezó a aplaudir, haciendo que el resto hiciera lo propio, primero tímidamente y luego con algo más de entusiasmo. Se dirigió hacia Gorka y lo ayudó a levantarse, y sin perder su pícara sonrisa se puso frente a frente a Leonardo, que bajó la espada al instante.

—Un gran movimiento, sí señor. Y Gorka no es un caballero fácil de sorprender, además de ser un combatiente en el que confiaría mi propia vida. Igual ahora tengo que ir buscándome otro… —dijo Auburco con claros tonos irónicos en su entonación. Su coro de doncellas y caballeros le seguían las risas al unísono.

—No era mi intención hacerle daño. Pero tanto yo como mis compañeras estamos siendo tratados de forma muy despectiva, cuando ningún mal hemos provocado ni a su persona ni a esta ciudad. Es por ello, que deseaba que oyerais mi requerimiento.

—Adelante, paladín, contadme vuestro requerimiento —dijo Auburco parándose en cada palabra, como si estuviera hablando con un niño.

—Deseo que liberéis a mis dos compañeras de inmediato y que siendo el señor que sois, sepáis disculparos ante ellas en nombre de vuestra guardia. Por otro lado, que me liberéis a mí de vuestra prisión, aunque sin necesidad de afrontar perdón alguno. Por mi parte, ya habéis sido perdonado.

—¿Cómo te atreves, malnacido? —dijo Gorka, cerrando sus puños y ordenando a los caballeros de la zona que lo apresaran.

—¡Alto todo el mundo! Tranquilidad... —interrumpió Auburco sin perder su sonrisa—. Sois una persona curiosa, Leonardo. No sé si es que estáis loco de atar o es que realmente os creéis que sois un paladín santo, pero desde luego tenéis valor para venir aquí, ante mí y siendo mi prisionero exigirme vuestra liberación sin condiciones. Y además sabéis luchar... ¿Igual algún golpe os aturdió de forma perenne y os provocó la locura que os refiero?

—Si eso sucediera no lo sabría, pues en locura no se puede apreciar la misma. No obstante, alegraos de tener frente a frente a un loco, si sucediera, pues de él nunca veréis resentimiento, odio, venganza ni sentimientos de rabia. Son puros de alma y sinceros en su palabra.

Auburco no dilató más la espera de su creciente curiosidad y dio orden de traer a sus dos compañeras. Estaba falto de historias y sucesos como éste, aunque no podía ocultar que también estaba algo preocupado. Era una historia tan hilarante e irreal que no podía ser inventada y eso no era bueno, no al menos si partía de la idea de que los paladines aún existían.

Zurah y Lilian llegaron a la sala, mirando todo a su alrededor con cara de sorpresa. No se esperaban que Leonardo fuera capaz de conseguir ser recibido por el señor Auburco, especialmente Zurah, que le sonrió con satisfacción. Lilian saludó al regente con una reverencia perfecta en disposición y ángulos.

—¿Teníamos a estas dos preciosas damas en las prisiones? —dijo Auburco, levantándose y rompiendo el protocolo al dirigirse al lado de ellas hasta posar sus manos sobre las de Lilian—. Esto es algo infame, imperdonable del todo. ¡Gorka! Esto no puede volver a suceder ¿entendido? Unas señoritas como éstas no pueden ser encerradas en un cubil.

—Un cubil que además está hacinado de olores fecales —añadió Zurah, medio indecisa si debía expresar su opinión o no.

—Me ocuparé personalmente de castigar a los que os hicieron esto —respondió Auburco, poniendo ahora sus manos sobre las de la bruja oscura.

—Y sabed que al meternos atadas, un prisionero que había ahí dentro se tiró sobre mí para tomarme. Tuve que morderle sus infectos dedos con mis dientes para poder aguantar lo suficiente antes de que mi compañero me salvara.

—¡Matadle ahora mismo! Id a buscar a ese prisionero, sea quien sea, y colgadlo —dijo Auburco con voz rígida y terminante. Gorka salió de inmediato de la sala para cumplir sus órdenes.

Tanto Lilian como Zurah y Leonardo fueron acompañados a sentarse alrededor de una mesa tamizada en rojo, con frutas frescas sobre su superficie. Todo había cambiado de repente. Hacía unos minutos eran prisioneros sentenciados a muerte y ahora eran agasajados por el señor que los encerró. «Leonardo lo ha hecho de maravilla», pensaron a la vez ambas taumaturgas.

—¿Puedo saber la gracia de vuestros nombres, damiselas? —preguntó un Auburco de modales exageradamente melosos.

—Mi nombre es Lilian.

—Yo soy Zurah, señor.

—Nombres más hermosos... algo lógico al ver la belleza que tenéis en vuestros ojos y vuestros cuerpos. Sois tan hermosas que es insultante tener a más doncellas aquí, en esta sala. ¡Vosotras, todas! ¡Largo de aquí! —dijo Auburco, ordenando que todas las mujeres que le estaban dando compañía abandonaran la tienda.

—No hace falta, buen señor. Realmente agradecemos sus palabras de halago. Sois muy generoso en todo, aunque ya nos damos por pagadas al ser liberadas, sin lugar a dudas.

—No, no, de eso nada. Os debo mucho por prestarme el beneplácito de vuestra presencia. Tanto derroche de belleza debe ser recompensado de alguna forma por mi parte, os lo ruego, permitidme que os invite en la celebración del Torneo de los unidos a mi palco de honor.

«Por el Creador, este se está volviendo peligroso ya. ¿Derroche de belleza? Sí y ¿qué más? ¿Qué somos las mujeres más hermosas que has visto en tu vida?», pensó Lilian, poniéndose en guardia con la palabra. Miró a Leonardo y vio que él compartía su preocupación. Entre hermanos tenían esa simbiosis sobrehumana que transmitía todo tipo de frases con tan solo un pestañeo.

—Pues será un honor asistir a dicho torneo, noble señor. Estoy segura de que podremos encontrar hueco para al menos estar ahí, junto a vos, para animar a los combatientes.

—¡Eso es maravilloso, Zurah! —dijo Auburco, mientras posaba su mano diestra sobre la pierna de la bruja oscura, que tembló bruscamente, echándose hacia atrás—. No, no temáis... sois las mujeres más hermosas que he visto en toda mi vida y no deseo provocaros temor, ni sobresaltos, sino calor y decoro.

Zurah miró nerviosa hacia Lilian, que con los ojos firmes y los labios cerrados le intentó transmitir que se calmara. Estaba claro que Auburco buscaba algo más que simple compañía.

—Nos va a tener que disculpar, buen señor Auburco, mas estamos en esta región para llevar a cabo un cometido y ya vamos con retraso —dijo Leonardo, intentando salvar la situación.

—Os disculpo, Leonardo. Marchad sin problemas, que yo cuidaré de vuestras amigas.

—Pero, mi señor, las necesito a mi lado.

—¿Para qué, Leonardo? ¿Necesitáis ayuda para ir por la ciudad? Yo os daré lo que necesitéis, pero no me privéis de gozar de tan hermosas doncellas.

—Estooo... Auburco, lamento tener que pediros que me dejéis ir con Leonardo... me debo a él ¿sabéis? Soy... soy su esposa —dijo Zurah, recordando la mentira que una vez salvó a Vaiel en el Alto de Vistok. Sin embargo, al momento se dio cuenta de que había sido una pésima idea decir eso. Los paladines tenían voto de castidad y para colmo no podía mentir si le preguntaban. Una mala idea.

—¡Oh, entiendo! Vos y vos... —dijo Auburco mirando a Leonardo con otros ojos, como de admiración—. No hay problema, no era mi intención guardar a una mujer que ya tiene quien lo haga. No sabía que erais cónyuges, sir Leonardo, os ruego me perdonéis.

—No tenéis por qué pero... —dijo Leonardo, cuando Zurah se levantó con velocidad para sentarse sobre su regazo y agarrarle el cuello con ambos brazos.

—No tenéis por qué disculparos de nada, su majestad Auburco. Mi esposo y yo le agradecemos su ayuda en el malentendido que sufrimos y que nos haya ayudado.

Leonardo miró a Zurah algo incrédulo. Tener a una mujer sobre su regazo era algo nuevo para él, más aún si ésta le tomaba entre sus brazos mientras le acariciaba el pelo. Se limitó a mirar a Auburco con una mirada de sorpresa, a lo que éste respondió con una risa de amistad.

—Perfecto pues… pues si tenéis que ir marchad entonces. Celebro que estéis a salvo y me aseguraré de que nada malo os pase. Yo estaré allí, en la liza, con esta grácil dama de nombre Lilian guardando mi asiento.

Lilian se reclinó hacia atrás al sentir cómo Auburco se le acercaba de forma abierta. Parece que no quería esperar más para abrir el regalo que tenía en frente y la negativa le sentó bastante mal.

—¿Sucede algo? ¿Acaso no estoy siendo amable, con vos y con vosotros dos? ¿Acaso no sabéis que soy el rey de una región de Ampiria? —preguntó al aire Auburco, levantándose con enfado de la vera de Lilian—. Supongo que sabéis todo eso, pero aun así me rechazáis… ¡a mí! Me rechazáis como a un vulgar mequetrefe de las calles, como a un granjero sin modales. ¿Acaso vais a decirme que también sois la esposa de Leonardo?

—No, no lo soy… la verdad es que no lo soy… yo… —dijo Lilian indecisa, intentando encontrar un argumento que calmara la sed del rey.

—¡Ella es su doncella de cama! —exclamó Zurah, casi sin pensarlo, intentando hilar un nuevo argumento a la vez que iba hablando—. Ella… bueno cuando yo estoy encinta, pues tenemos ya cuatro vástagos muy sanos y fuertes… pues eso, que ella se ocupa de que a mi esposo no le falte el calor en la cama durante esos embarazos, así como cuando estoy sangrando. Sabed que Leonardo es insaciable en la cama y a veces incluso requiere que estemos las dos con él simultáneamente.

Auburco cayó sentado en su trono, totalmente perplejo de lo que estaba oyendo. Por un momento, ese tal Leonardo que tenía delante de él, se le antojó como la persona más afortunada del mundo. Miró el suelo e hizo un gesto para que abandonaran la tienda.

—¿Desea su excelencia que le dejemos solo? —dijo Zurah, poniendo un pie ya en el suelo, camino hacia la salida.

Auburco los miró con el rostro serio durante varios segundos antes de responder con una sonrisa forzada y asentir con la cabeza. Zurah se levantó al instante, cogió de la mano a Leonardo y empezaron a andar hacia el exterior de la tienda, uniéndose Lilian en la otra mano libre del paladín. Pero justo ahí se detuvieron. Leonardo las soltó y se dio la vuelta, dirigiéndose a Auburco.

—La mentira no solo se presenta ante una persona por sus labios, sino también en su pensamiento y en el consentimiento. Y estaría cometiendo pecado si aceptara este teatro vivido, pues sabed que mi vida está versada hacia el Creador. Soy la mano que Él agita y la voz que Él alienta, y me debo solo a su nombre. Mujer alguna será cónyuge de mi destino, juré esa orden en mis inicios de la caballería y desde entonces lo vengo cumpliendo. Ella es mi hermana y ella una gran amiga por la que daría mi vida. Esa es la verdad.

Auburco apretó los puños hasta tal punto que la manzana que había tomado en consuelo se partió en varios cachos en su diestra. Tenía sus músculos en tensión y se sentía ofendido por todas partes. Le habían mentido, habían bailado con su ingenuidad, y lo peor de todo, dos mujeres la habían rechazado por un caballero-monje que no podía corresponderlas en el amor carnal. No había nada más humillante que eso, excepto que en la tienda había algunos guardias y caballeros que lo habían visto y oído todo.

—Dadme un razón por la que no os coja y os ahorque —dijo Auburco, intentando mantener su ira quieta.

—Porque realmente no deseáis hacer eso, mi señor Auburco. Además, os he sido sincero, cuando podía haber optado por esconderme con la mentira que se os mostró.

—Sí, abrazaré con fuerza ese acto tan noble, pero tú, Lilian, te quedarás aquí conmigo a mi derecha, y tú Zurah, a mi izquierda. Os traté como a reinas, pero negasteis mi cercanía, así que ahora os la exigiré. Luego podréis iros, a fin de cuentas no espero nada más de unas putas de pueblo con pretensiones de ser algo más.

—Yo… no... Esperad, lo que os dije antes fue por… —dijo Zurah antes de ser empujada por un guardia, paralelamente a lo que le pasaba a Lilian.

—Y vos, os las devolveré cuando acabe con ellas. Vuestra sinceridad os salva, pero la mentira que ellas me mostraron las condena.

—Según vuestras órdenes, mi señor Auburco, mi verdad las condena y la mentira que ellas mostraron nos hubiera dado la salvación. ¿Es eso lo que deseáis mostrar?

—¡Callad de una vez con vuestras santurronerías! Marchad y volved mañana, que ya habré gozado con ellas. No tentéis vuestra suerte mucho más.

Leonardo se sintió decepcionado al ver que era el egoísmo y la soberbia la que empujaba a las personas y a los reinos. Auburco no tenía argumentos para defender su razonamiento, pero no le faltaba ninguno, pues anteponía su corona para cualquier toma de decisión. Lilian intentó zafarse de su captor, pero de nada le sirvió. Fue atada con firmeza al lado de Auburco, que la despedía con ojos libidinosos mientras se despojaba de su cinturón y su corona. Hizo gestos para que le hicieran pasar a sus aposentos, tanto a ella como a Zurah, que no paraba de chillar y maldecirlo. Lamentablemente tenía también las manos atadas y no podía evocar la magia destructora que estaba deseando exhalar.

—Os ruego que detengáis la atrocidad que vais a cometer —dijo Leonardo, rodeado de cuatro caballeros armados que lo miraban con atención, luego de ver lo que hizo con Gorka, su comandante.

—Eres más tozudo que una mula en descanso ¿eh? —respondió Auburco con claros síntomas de enfado—. ¿Acaso quieres que ordene tu ejecución? Solo voy a estar con ellas un rato, ¿entiendes? Te las devolveré sanas y salvas. Si en algo aprecias tu vida y la de ellas, lárgate ahora mismo de aquí o lo lamentaréis.

—Sois vos quien lo va a lamentar —respondió el paladín, con cuatro espadas aprisionándole el cuello casi al instante—. Si no las soltáis no podréis mediros ante mí en la liza y seguiréis siendo un vencedor cojo, pues no habréis luchado contra el mejor.

—¿Qué…? ¿Pero tú sabes quién soy yo, desgraciado? Durante cinco años he estado combatiendo en torneos de liza, pobre merluzo, y en todos he vencido. Tú nombre, sin embargo, no aparece ni en los listados de los heraldos. ¿Leonardo de Carpatia? Pero ¿tú sabes lo que es una liza?

—Os conozco, Auburco —dijo Leonardo seguro de sí mismo—, y es por ello que os estoy retando a vencerme en el campo de liza.

—No eres digno para retarme, yo soy un rey y tú un simple capullo con pretensiones de caballero.

—Mas no os reto solo a vos, sino al torneo. Si tan seguro estáis de que venceréis en el torneo, tened la seguridad que yo también lo haré, desembocando esos pensamientos a encontrarnos en el cruce final. ¿Acaso vais a negar al público esta pelea? Si es miedo lo que sentís ante la posibilidad de ser vencido por este simple capullo lo entiendo, mas si es por orgullo, aparcadlo, pues ya lo habéis perdido. Por mi parte, todos esos torneos que habéis vencido son puras mentiras, pues no competía yo para relegaros al suelo.

—¡Maldito mequetrefe! ¡Adelante, a la liza! ¡Allí nos veremos! Estaré atento a veros luchar para reírme cuando os atraviesen la cabeza de parte a parte.

—¡No! —dijo Leonardo—. No lucharé a menos que soltéis aquí y ahora a mi hermana y a Zurah.

—¿Me amenazáis con no luchar? —dijo Aubuco riéndose con sarcasmo, cambiando su rabia por sorpresa—. ¿Tengo que aceptar dejarlas ir para veros luchar? ¿De verdad me estáis pidiendo eso?

—Os estoy pidiendo que las soltéis sino queréis que diga al Conde Casis y resto de la población que su majestad Auburco de Partizán no quiso enfrentarse a Leonardo de Carpatia en el campo de liza e intentó evitar dicha confrontación negándose a soltar a su hermana y a su amiga, reclusas para abusar de ellas. No sé qué pensáis, pero la gente no dudará en tacharos de cobarde, pues alguien como vos posee doncellas de sobra para su alcoba.

—Si os atrevéis a decir esas cosas, tened por seguro que no cesaré hasta dar con toda vuestra familia y hacerles sufrir hasta la muerte más dolorosa —dijo Auburco con los ojos inyectados en sangre, a punto de dar la orden de clavarle a Leonardo las espadas que lo tenían enfocado.

—¡Por supuesto que me atreveré! Esa es la verdad. Yo nunca esgrimo la mentira como arma. ¿Acaso vos sí? ¿Preferís que calle vuestro temor a encontraros ante mí en el campo de liza? Porque si es así, no entiendo que su majestad desee forzar a estas dos mujeres teniendo a tantísimas dispuestas con su propia voluntad.

—Sea pues, ingenuo desgraciado, pero no te creas que te vas a salir con la tuya así como así. De nuevo dudo entre que seas el caballero que rezas que eres o un loco con una imaginación y unas historias creíbles, pero sea como sea te esperaré en la liza. ¿Y quieres la verdad? Yo te daré la verdad, Leonardo de Carpatia, y escúchala bien porque es lo que podrás decir por ahí. Yo, Auburco de Partizán acepto proteger a Zurah y a Lilian si su protector, Leonardo de Carpatia, cae ante mí en el I Torneo de los unidos. Si, por el contrario, fuera Leonardo el que saliera victorioso, las dos doncellas volverán con él. Así mismo, acuerdo mantenerlas en mi propiedad hasta que la liza se lleve a cabo, pues se ha formulado un reto abiertamente que debe ser cumplido, el de vernos las caras en la arena.

Leonardo, lejos de oponerse o matizar nada, aceptó el juramento. Los tres dispusieron de una tienda vigilada en la que podrían descansar en su intimidad, aunque a Zurah y a Lilian no las dejaban salir.

—Esperamos la noche y nos abrimos paso ¿vale? Ya estoy harta de estos caballeros de pacotilla —dijo Zurah.

—Debemos ser cautos —dijo Lilian—. Son muchos caballeros y aunque podamos abatir a muchos de ellos, una flecha esquiva o una espada traidora pueden acabar con nuestras vidas. Debemos intentar ser sigilosas, tienen buena vigilancia.

—No debéis planear nada. Le venceré en el campo de liza y os dejarán en libertad —dijo Leonardo, convencido de sus palabras como si fuera una ley divina.

—¿En qué estabas pensando cuando le dijiste eso, hermano? Estábamos ya fuera, ¿no te bastaba lograr nuestra salvación con mentiras? Ahora, gracias a tu verdad, nos jugamos la vida, ni más ni menos.

—Si salimos de ésta, Leonardo, recuérdame que te pegue la torta que te mereces. Eres lo más cansino que he conocido en mi vida —añadió Zurah.

—Lamento transmitirte esa sensación, Zurah. Tú para mí eres alguien a quien estimo muchísimo, créeme.

—Calla ya... si es que, encima no me puedo ni enfadar contigo, porque eres sincero en todo. Maldita sea...

—¿Crees que podrás vencerle, hermano? —preguntó Lilian, intentando cambiar de tema y calmar así un poco los ánimos. Se sirvió algo de pan y queso que les habían dejado en la tienda y lo probó con voracidad. Todo lo pasado le había abierto el apetito.

—Espero que sí. Es el Creador el que guiará mi lanza para hacer diana en su cuerpo y es el Creador el que moverá mi cuerpo para evitar ser alcanzado por la suya.

—Valiente respuesta... —dijo Zurah, uniéndose al festín de pan con queso.

—Es todo lo que puedo decir, es mi verdad. Venceré, Zurah, tengo la fe suficiente como para vencer a ese cantamañanas y a otros tantos más.

—¿Guáncas veges gas bustado? ¿Bienes buchos grofeos? —preguntó Zurah con la boca llena.

—¿Cómo dices? ¿Qué cuántas veces he justado?

Zurah asintió con una sonrisa de oreja a oreja, feliz por la comida. El queso curado estaba exquisito y aflojó un poco la tensión de los momentos vividos, al menos hasta que Leonardo respondió.

—Nunca he justado. Fui instruido en el combate con espada, aunque también en el uso de armas aporreadoras, tales a mazas y martillos, y por supuesto en armas de poste. Sé que hay que mantener un equilibrio especial y balancear su peso hasta trazar el golpe. Vamos... no creo que me cueste mucho aplicar esa teoría a la práctica. Sabré hacerlo.

Los trozos de queso y de pan salieron expelidos de las bocas de Zurah y de Lilian a presión, asentándose en las paredes de la tienda. Estaban tan atónitas que no supieron ni lo que decir, apenas lograron articular algún monosílabo de sorpresa o perplejidad.

—Está bien, Zurah, ¿preparada para comunicarte con Sirián? —dijo Lilian, dándole un pañuelo violeta con el símbolo de un oso bordado en una esquina.

—¿Comunicación mental? —dijo Zurah, dándose cuenta de que la cosa lo requería.

—O eso o probamos a teleportarnos, aunque siendo tres la cosa va a ser peligrosa, como sabrás.

—No, teleportarnos no. Intentaré la comunicación, aunque solo si veo que no hay riesgo. Me va a dejar sin energías, ya verás... Intentaré primero con Sirián, que es la más fácil.

—Yo te salvaguardo, Zurah. Intentaré que tus energías fluyan de forma conservadora y que no te abandonen. Otra opción es salir por la fuerza de aquí, aunque ahí fuera había cantidad de caballeros de todo tipo de órdenes y rangos.

—Perdonadme, pero ¿me habéis oído? —interpuso Leonardo— No tenéis por qué preocuparos de nada, debéis tener fe. Venceré a ese ególatra de Auburco y estaremos libres. En menos de lo que imagináis estaremos de camino hacia nuestro destino.

—No te ofendas, hermano, pero si tuviera que jugarme la vida apostando entre un veterano justador y uno que solo se sabe la teoría, lo tendría bastante claro.

—Déjalo, Lilian. Es un caso perdido —dijo Zurah, refiriéndose a Leonardo como si no estuviera allí.

—¿Pero...? Yo puedo vencerle, creedme cuando…

—¡Shhhh! —exclamó Zurah— Ahora cierra la boca un rato, que tengo que concentrarme a ver si puedo contactar con Sirián, Dévora y Vaiel. Deja que ahora las mujeres hagamos el trabajo, que tú ya has hecho bastante.

Lilian se sentó cerca de su amiga y la envolvió en una nube cálida de rejuvenecimiento de energías. La ayudaría a canalizar con más facilidad y a sentir sus energías más renovadas.

Leonardo, por otro lado, se tumbó a un lado de la tienda con los ojos fijos en el techo.

«De verdad que no entiendo a estas mujeres. Cualquiera que estuviera aquí, diría que no confían en mi victoria», pensó el paladín.

CAPÍTULO 11: EL RUGIDO DE LOS DRAGONES

Ya había anochecido, pero Drigán prosiguió con su andadura por el interior del bosque, camino hacia la meseta que colindaba con La última llamada en su vertiente occidental. Iba tranquilo y concentrado, aunque no podía evitar sentir un resquemor intenso al tener que combatir contra congéneres suyos. Los caballeros del dragón no podían permitir que su honor se pusiera en tela de juicio, en boca de nadie, ni de un simple humano ni de otro caballero del dragón, fuera quien fuera éste.

Empezó a chispear finas gotas que impactaban sobre la piel como pequeñas agujas frías. El cielo iba oscureciéndose a cada minuto y relámpagos sin truenos se dejaban ver entre las tumultuosas nubes. El bosque entró en sintonía con ese ambiente tétrico, haciendo que las copas de los árboles encogieran y volviendo más opacos los colores vívidos de la naturaleza. Todo se veía tras un filtro grisáceo, apagado de color.

«*Debes darle muerte, mi caballero. Saine debe morir*».

«*Lo sé, Kragor til Mass, pero me apena. Es un buen hombre que no ha sabido interpretar su camino. Se ha dejado influir erróneamente por quien no debería*».

«*No tropieces con la condición humana de creer que puedes juzgar y sentenciar los comportamientos del destino, mi caballero. Saine hace lo que tiene que hacer, es parte de nuestro equilibrio. Él hace lo correcto, apoyando a quien tiene que apoyar, y tú lo mismo, apoyando a otra gente. Lo correcto y lo incorrecto deben entenderse como la simbiosis que son, ambas necesarias para el correcto funcionamiento de la existencia*».

«*¿Tú sabías que el destino me traería hacia este camino, Kragor til Mass?*».

«No es mi intención indagar en el sendero futuro, mi caballero, y tú deberías pensar de igual forma».

«Y lo hago, y lo hago... lo que pasa es que me preocupa la situación. Refek falleció y el destino quiso darme la opción de batirme ante Saine, mas tú... Hagra vos Jun y Morg ges Kol harán alianza para batirnos con total seguridad».

«No debe preocuparte eso, Drigán. Yo me ocuparé de esos dos dragones y tú harás lo propio ante Saine».

«¿No lucharemos juntos? Pensaba que podríamos tener más opciones si permanecemos juntos...».

«En ningún momento te perderé de vista, mi caballero, mas es preferible crear dos batallas en lugar de una. Los dos dragones lucharán con fiereza para abatirnos y si te tengo sobre mi torso, tendré que preocuparme en demasía por defenderte a ti. Si estoy solo contra ellos podré dar lo mejor de mí mismo. Tú deberás hacer lo propio contra Saine, pero abajo».

«Saine no me vencerá. Y quiero darte una orden que espero obedezcas, Kragor til Mass: el que termine antes su batalla deberá ir a socorrer al otro. Nuestro vínculo debe brillar, debemos empezar separados la batalla pero acabarla juntos».

«Sin lugar a dudas, así se hará, mi caballero».

«Por cierto, siento como aún te resientes del ala derecha. ¿Aún no estás recuperado de lo que sucedió en la Torre de Erún?».

«Mis heridas sanan lentamente, ya lo sabes, y éstas fueron muy profundas y dañinas. No obstante, estoy preparado para enfrentarme a ellos. No huiré de mi destino».

«Ni yo del mío».

Rompiendo el horizonte, la figura de Saine se dibujaba como una sombra impávida. Estaba apoyado sobre un árbol anciano desprovisto de hojas, silbando una melodía de notas prolongadas. Cuando Drigán aconteció, ambos combatientes se quedaron mirándose en la lejanía sin decirse nada. Ya estaba todo dicho entre ellos, el destino había querido que se enfrentaran en este momento y en este lugar, y lo único que podían hacer era cumplir con ello. El cielo volvió a iluminarse en un relámpago azulado y rojizo acompañado de un rugido estremecedor que se dejó oír en la lejanía. En la distancia aconteció Kragor til Mass rodeado de un aura pálida, abriendo sus fauces en amenaza y respondiendo con otro rugido de igual intensidad. Los pájaros que estaban en la meseta salieron huyendo raudos del lugar, escondiéndose en sus refugios o alejándose lo más posible. El viento arreció para convertirse en vendaval, arrastrando ramas, hojas sueltas y la lluvia en una vorágine apocalíptica. Nadie recordaba una batalla entre caballeros del dragón y mucho menos en tierras de Ampiria.

Saine se cubrió de una nube grisácea que le emergía del pecho, dejando una estela brillante a cada paso que daba al frente. Era como una capa traslúcida que lo arropaba para darle fuerzas y resistencia extra cara a la batalla, una de las místicas habilidades especiales que la disciplina de los caballeros del dragón de plata sustentaba. Desenfundó con una sola mano un martillo de batalla de varios kilos de peso e hizo que varias de sus runas se iluminaran a una orden suya. El martillo emitió un brillo intenso para cubrirse en unas llamas amarillentas. Drigán cerró sus puños con fuerza y respondió a la amenaza cubriendo toda su piel con escamas doradas. Análogamente a su rival, aferró su mandoble mágica, Linhauser, y despertó las runas que la potenciaban, haciendo que tanto él como su arma se envolvieran en un aura dorada. Los preparativos ya estaban hechos y con decisión firme corrieron el uno hacia el otro para el inevitable choque.

Arriba, Kragor til Mass rompió la cortina de nubes y lluvia con dos bolas ardientes cubiertas de unas llamas azules intensas. Los dragones eran hábiles conocedores de los elementos y los controlaban en sus ataques con una soltura inigualable. Hagra vos Jun, el dragón rojo que quedó huérfano de su caballero Refek, esquivó la primera de las bolas con un aleteo rápido hacia la diestra, para luego descender en picado y evitar la segunda. Esa era la estrategia que Kragor til Mass había trazado, la de hacerle descender para poder atacarle desde arriba, en una posición privilegiada. Sin embargo, apenas pudo lanzarse en picado unos metros cuando Morg ges Kol hizo aparición entre varios relámpagos que dividieron el cielo en dos, prologándose hasta golpear el suelo abajo del todo y formar dos cráteres. El dragón plateado abrió sus fauces y atacó con su arma de aliento de frente, formando un cono de varias decenas de metros en el que el fuego y el rayo confluían en un ataque voraz que todo lo consumía. El arma de aliento era el ataque más agresivo que un dragón era capaz de efectuar, garantizándole éxito seguro si impactaba, aunque le consumía muchas energías su realización. Kragor til Mass extendió sus alas para frenar en seco y canalizó a su alrededor una cúpula mágica a tiempo para protegerle del daño directo, aunque la intensa carga eléctrica del ataque penetró más allá de su protección y le provocó una merma de fuerzas hiriente. Kragor til Mass rugió molesto, aunque aún le quedaban fuerzas de sobra para plantear batalla: esto solo era una herida ínfima.

Morg ges Kol chilló en rabia, lanzándose hacia su objetivo con las fauces abiertas de par en par y Hagra vos Jun hizo lo propio mientras ascendía cubierto en llamas de ira. Kragor til Mass solo pudo optar por salir volando lo más rápido posible y huir así de la adversa situación, aunque ponía en su cola a sus dos enemigos. Una lluvia de bolas de fuego salió expelida desde su retaguardia, impactándole varias en las alas y el torso, haciendo que su dolor se acentuara. Le estaban ganando la batalla, pero Kragor til Mass aún no había dicho todo. Estaba esperando el momento propicio para desatar la tempestad de su arma de aliento, y ese momento ya había llegado.

Apenas quedaban unos metros de separación entre Saine y Drigán, cuando dos relámpagos impactaron con fuerza cerca de ellos. Todo el escenario se iluminó con intensidad, momento en el que ambos rivales tensaron sus armas y dieron un salto impensable que los alzó varios metros sobre el suelo. Las energías místicas que estaban usando les consagraban con unas fuerzas inusuales, aunque les iba mermando sus energías de forma rauda. Ambos se encontraron en mitad del salto y allí desataron toda su ira, chocando sus armas en un estertor de destrucción. El pesado martillo de Saine y el gruesa mandoble de Drigán se fusionaron en un golpe seco en el que ninguno de los dos cedió ni un centímetro de flaqueza. El martillo poseía una pantalla cóncava centrada en su centro y el mandoble la conocida llama azul que surgía de su hoja gélida. Dos armas mágicas tenaces y poderosas en manos de dos caballeros del dragón decididos a darlo todo por la victoria.

Súbitamente cayeron al suelo, Drigán hincando la rodilla derecha mientras que Saine aprovechaba el ímpetu de la caída para voltearse en el suelo y levantarse con una ágil maniobra. Casi sin dar respiro, embistió a Drigán nuevamente, haciendo tronar su martillo mágico frontalmente, expeliendo la pantalla un par de metros. El caballero del dragón dorado se tapó con ambos brazos, intentando retener el golpe, aunque la onda de choque provocó un estallido sonoro que lo alzó por los aires para arrojarlo cinco o seis metros hacia atrás. Las habilidades de protección que tenía activadas le mantuvieron a salvo, aunque la sangre comenzaba a salpicar la escena. No sabía bien por dónde le atacaría a continuación, mas no había tiempo para pensar, pues Saine no le iba a dar respiro. Drigán se alzó, centró su palma derecha al frente y evocó una luz tenue que hizo manar una nube de gas líquido. El caballero del dragón plateado frenó en seco y se tiró hacia un lado, aunque no pudo evitar acabar impregnado de ese líquido que comenzó a corroer su ropa y su piel como si de un ácido se tratara. Las quemaduras sobre su brazo y parte del cuello eran profundas, sangrantes y muy dolorosas, según se veía en la cara de angustia que ponía, cerrando los dientes con fuerza para aguantar el grito.

Drigán centró su mandoble y la hizo girar repetidas veces sobre la cabeza, generando una especie de látigo fantasmal que desató con fiereza sobre su adversario, aunque éste estaba preparado para repelerlo atenazando su martillo de batalla sobre el mismo. Casi al instante, salió corriendo hacia Drigán, mostrándole que las heridas causadas no iban a pararle en su cometido de darle muerte.

El cielo de nuevo tronó, y la lluvia aumentó en grosor y en cantidad. Podía oírse el intenso choque del agua sobre el suelo, donde ya se formaban charcos de barro. Kragor til Mass volaba en círculos, intentando quitarse a sus dos enemigos de la cola, o al menos eso creían Hagra vos Jun y Morg ges Kol, que le iban ganando terreno. Súbitamente, el dragón dorado se detuvo y echó sus alas hacia atrás. Su cuello se volvió luminoso y sus fauces comenzaron a emanar dos columnas de humo oscuro, como si un río de lava hirviendo estuviera recorriendo sus entrañas. El dragón plateado abrió sus ojos de par en par y se envolvió en un manto grisáceo de protección a la vez que empezó a aletear en sentido contrario. Hagra vos Jun, sin embargo, optó por la velocidad de interceptación y se lanzó en picado hacia el dragón dorado con sus fauces abiertas de par en par. Debía llegar antes de que éste lanzara su arma de aliento y tenía tiempo para ello, podía hacerlo si era lo suficientemente rápido y ágil en el aire. Lamentablemente no fue así; Kragor til Mass iluminó sus ojos perlados en blanco y vio salir de su garganta un atronador cono de energía que se abrió en más de noventa grados. Fuego ardiente con llamas azules gélidas, esquirlas de tierra, duras como el metal y afiladas como mandobles, y rayos electrocutando toda la mezcla, salieron expelidos a una velocidad inaudita, consumiéndolo todo a su paso. Hagra vos Jun fue engullido por el tremendo cono de destrucción, sufriendo cómo su coraza natural de piel escamosa se agrietaba hasta convertirse en cenizas llevadas por el viento. Sus alas se rasgaron en varios puntos, el lado derecho de su rostro acabó en carne viva y su torso mostraba heridas burbujeantes, como si un ácido estuviera comiéndose las entrañas. El fuego que lo envolvía con supremacía se extinguió entre gemidos de dolor mientras aleteaba torpemente hacia el lado de Morg ges Kol. Era un dragón gravemente herido que apenas podía volar, con la piel humeante y el orgullo derrotado. El dragón de plata se limitó a observar cómo se le acercaba con lástima, alejándose torpemente del poderoso Kragor til Mass. Lo miró con dolor y dio un gruñido tan agudo que se extendió por toda la meseta y varios kilómetros más allá. Sin embargo, Morg ges Kol no le respondió con la mirada que el dragón rojo esperaba. Le rugió con odio incontrolado, como si sintiera vergüenza de estar cerca de él. Los dragones eran seres muy orgullosos, tanto en la victoria como en la derrota, y el ver cómo se arrastraba para solicitar amparo le resultaba indignante y digno de ser repudiado.

Kragor til Mass no dio más tiempo para que se barajaran nuevas opciones y se lanzó hacia Hagra vos Jun con todo su cuerpo, hincándole las afiladas garras en su torso magullado y apretando las fauces sobre su cuello ya herido. Los dos colosos se agitaron en al aire, Kragor til Mass consumando su victoria sobre su enemigo y Hagra vos Jun dejando escapar su vida. El fuego dorado absorbió la llama roja, que pecó de confianza y orgullo, subestimando a la fortaleza que un dragón dorado era capaz de encauzar. Él era el rey de los dragones, todos debían temerle, y así lo hizo saber alzando el vuelo con fortaleza y gritando al cielo un aullido de victoria.

—¡Muere, maldito bastardo! —exclamó Saine, mientras arrojaba su martillo de batalla al torso de Drigán. El arma iba envuelta en su conocida pantalla de energía, con varios rayos cubriéndola para conferirle mayor daño en el impacto. Drigán hizo acopio de templanza y soberanía, y haciendo un ágil movimiento de media vuelta se impulsó hacia un lado, tirándose al suelo y esquivando el ataque. Sin embargo, antes de darse cuenta Saine estaba ya ahí, frente a él, y aunque Drigán logró arrodillarse y levantar su mandoble, el caballero del dragón plateado le impactó con una patada en su mano diestra, desarmándole, para luego patearle con la otra pierna en el torso en un derribo hacia atrás. Drigán recorrió una parábola de sangre en su caída, dolido en su cuerpo y en su alma, aunque tan pronto aterrizó, inclinó su hombro como apoyo y giró sobre sí mismo en una voltereta soberbia y eficaz. Ya estaba de nuevo en pie, dejando como testigo del daño recibido un pequeño reguero de sangre que le bailaba en los labios. Escupió al suelo con asco y señaló de forma amenazante a su rival.

—Pronto conocerás al dragón Astral, Saine. Ya te has quedado con uno menos.

Justo en ese momento, todo el área se vio envuelta en un grito ensordecedor, un rugido de ultratumba que ahuyentaba todo indicio de vida. Hagra vos Jun, el temible dragón rojo del difundo caballero Refek, caía desde los cielos envuelto en jirones de sangre. Tenía innumerables heridas por todo el cuerpo, destacando una hendidura atroz en el cuello que le había abierto de canal las entrañas. Su cuerpo sin vida se precipitó a la izquierda de los dos caballeros, haciendo temblar al suelo como si de un terremoto se tratara. La lluvia arreció aún más, empezaba a desatarse la tormenta.

—Tú serás el siguiente, Drigán —respondió Saine, mientras se colocaba en posición de combate levantando sus puños a la altura de la cabeza.

Drigán hizo una mueca y se secó de la frente el tremendo reguero de agua que se precipitaba desde los cielos, aunque era en vano, pues al instante se volvió a empapar. Saine no iba a ser un rival sencillo, pero eso lo animaba aún más. Los caballeros del dragón veían en los retos difíciles una oportunidad para demostrar su valía y superioridad sobre el resto, era algo innato en ellos.

Ambos dieron dos pasos al frente y comenzaron de nuevo su recital de golpes. Abrió la contienda Saine, girando toda su cadera para arremeter con su puño derecho hacia la testa de Drigán, que interpuso el antebrazo zurdo para detenerlo a tiempo. Al mismo instante, lanzó el puño diestro con una trazada recta, impactando en la nariz del caballero del dragón plateado. La sangre brotó en un amplio abanico de gotas que rápidamente se mezclaron con el torrente de agua. Sin darle tiempo para respirar, se abalanzó hacia él nuevamente, impactando con dos puñetazos a la zona del vientre y uno de remate a la mandíbula. Los dos primeros fueron evitados con agilidad por Saine, aunque el último y más dañino lo recibió de lleno, levantándolo del suelo unos centímetros y tirándolo hacia atrás. No llegó a perder el equilibrio y se repuso al instante, aunque su orgullo sí estaba gravemente herido.

Los golpes que daban los caballeros del dragón cuando estaban arropados por su aura mística eran capaces incluso de degollar a una persona por la tremenda potencia que expelían. Sin embargo, Saine era un caballero del dragón también, de la orden plateada, y su capacidad de resistencia era casi tan proverbial como la de los caballeros del dragón dorados.

Un nuevo puñetazo de Drigán trazó un surco en la lluvia, impactando sobre el vientre de Saine, que intentó interponer sus brazos para evitarlo, aunque fue demasiado lento. Drigán estaba en racha, era imparable, y sin demorarlo más despertó su aura dorada cual faro en la noche. Retazos de luz amarillenta ascendían por su cuerpo como si miles de luciérnagas estuvieran recorriéndolo, y con un grito amenazante, se lanzó hacia Saine con brazos y piernas. Eran golpes rectos y rápidos, una consecución de puñetazos y patadas dirigidas a derribarlo lo antes posible. Saine, lejos de amedrentarse, cruzó los brazos sobre su cabeza para potenciar su aura grisácea y empezó a desviar cada golpe que venía a por él. Primer puñetazo, desviado con la mano, el segundo, detenido con el antebrazo, el tercero, esquivado a tiempo con un rápido movimiento de cabeza… la siguiente patada se hizo imposible de evitar y lo alzó por los aires encogido de dolor. Antes de que tocara el suelo, un nuevo puñetazo estaba ya impactándole en la cabeza, un impacto de tal potencia que a una persona normal le hubiera separado las vértebras y rasgado el cuello. Era como un bloque de piedra chocando a una velocidad imposible de imaginar.

Saine cayó al suelo, tosiendo sangre y mirando hacia atrás mientras nuevamente se levantaba, esta vez ligeramente titubeante en sus andares. Drigán sonrió e hizo crujir los huesos de sus manos, y sin decir nada, recorrió los tres pasos que le separaban de su rival para seguir con su exhibición de poder. Sorprendentemente, Saine bajó la mirada y dispuso los brazos abiertos, bajando sus defensas de forma irracional. Parecía como si estuviera esperando el golpe, algo que que no iba a afectar a Drigán en lo más mínimo. Éste se impulsó hacia su enemigo y tensó la diestra paralela al suelo para arremeter contra la torturada cabeza del caballero del dragón plateado, aunque esta vez no la encontró. Misteriosamente, Saine se apartó con mucha antelación, haciendo gala de una agilidad que antes no mostró. Drigán arremetió con un codazo a la altura del cuello para luego girar sobre sí mismo con la zurda en un golpe frontal, mas solo golpeó al aire, pues Saine no estaba ahí.

—Pero ¿qué…? —dijo el caballero del dragón dorado antes de girar la cabeza y ver el puño de Saine directo hacia su rostro. El golpe no fue tan duro y fuerte como los que Drigán era capaz de dar, merced a su aura, mas casi logró tumbarlo al suelo. Le costaba mantenerse en pie y las rodillas le flaquearon por un instante.

—¿Te quedas sin fuerzas, Drigán? —dijo con voz sarcástica Saine—. Eres una roca dura de roer, mas hasta las más sólidas caen merced a la erosión del aire.

—Ya te dije antes que ibas a morir, Saine, y no fallaré en mi juramento —respondió un Drigán algo atónito.

—Quizás en otra vida, Drigán. En ésta vida yo ya te he vencido.

Sin decir nada más, se lanzó hacia él con los puños en alto. Drigán hizo lo propio, levantando sus defensas y buscando el momento de atacarle, aunque apenas tuvo tiempo. Saine dio dos puñetazos arqueados hacia la cabeza, empujándose con la cadera y cerrando los dientes para darle el máximo de fuerza. Drigán pudo poner un brazo y luego otro para retenerlos, aunque su cuerpo no aguantaba la dureza de los impactos como hacía antes y acabó repelido dos pasos hacia atrás. A continuación, Saine se alzó en el aire y le propinó una patada dirigida a su caja torácica. Era muy rápido, más que él, y apenas pudo poner los brazos como escudo, aunque se los acabó clavando él mismo sobre su pecho por la extrema fuerza del impacto. Ahora sí cayó al suelo, respirando con dificultad y con un dolor intenso en las costillas. Un bolo de sangre se le atoró en la garganta, dejándolo sin oxígeno varios segundos, hasta que dio un tosido ronco y lo vomitó.

«¿Qué está pasando aquí? Es una maldita montaña, es imposible que aún esté en pie y que dé esos puñetazos tan fuertes. ¡Levanta Drigán! ¡Levanta! No puedes perder ante alguien como éste, ¡venga!», se dijo a sí mismo el caballero del dragón dorado, haciendo acopio de una resistencia innatural y levantándose del suelo. Saine estaba de lado, mirándolo con la cabeza ligeramente arqueada. Mientras Drigán estuvo en el suelo, Saine había tenido tiempo para asir de nuevo su martillo de batalla, que sostenía lánguidamente con su brazo diestro. La cosa no pintaba nada bien.

Los cielos volvieron a tronar con tal estruendo que parecía como si toda una montaña estuviera derrumbándose por la detonación de explosivos. Relámpagos grises cubrían todas las nubes, mientras un brillo dorado se abría paso entre la tumultuosa oscuridad, una lucha de poder que no había hecho más que empezar. Morg ges Kol abatió sus alas y fijó un vuelo rápido hacia Kragor til Mass, que no evitó el duelo y se lanzó de igual forma hacia su rival. El dragón plateado contaba con el beneficio de estar en descenso, mientras que el dorado tenía que luchar contra la gravedad en su ascensión, algo que se notó en el choque de los dos colosos, favorable al primero.

Morg ges Kol arremetió con un chorro grisáceo exhalado desde su fauces, a lo que Kragor til Mass respondió envolviéndose en su cúpula protectora para atravesarlo con velocidad. Quería ir directo a por su enemigo, incluso aunque sufriera daños en el proceso. Acto seguido, el dragón de plata dispuso sus afiladas garras al frente y plegó sus alas, para ganar velocidad en la caída, mientras que Kragor til Mass mostró sus letales dientes salivando en deseos de volver a probar la sangre. Cuando se encontraron en el aire, Morg ges Kol atravesó las defensas de su rival e hincó sus dañinas garras en el grueso manto de escamas que cubría a Kragor til Mass, haciéndole gemir de dolor y angustia. Lo tenía cogido por la espalda con fuerza y no tardó en zarandearle de un lado a otro para afianzar aún más sus garras. Estando herido y cogido por las garras de su adversario, solo le quedaba una cosa por hacer a Kragor til Mass: contraatacar con toda su furia. Y así lo hizo. Arqueó su cuello todo lo que pudo y arremetió con la dentadura sobre la garganta de su enemigo, que gritó en dolor ante el sorpresivo ataque. Los colmillos de Kragor til Mass se afianzaron en la carne de Morg ges Kol con profundidad, desgarrándole la piel y atosigándole por la falta de oxígeno. Lo tenía bien cogido, aunque las heridas sufridas por el aliento plateado y la cogida por la espalda lo tenían también muy debilitado.

Los rugidos de ambos dragones se cruzaron en el atormentando cielo, haciendo que las nubes cristalizaran el agua de la lluvia para precipitar pedruscos de granizo del tamaño de un pulgar. Ambos dragones volaban uno frente al otro con la mirada irradiada en dolor y en deseos de sangre, presentando sus cuerpos magullados en un vuelo torpe circular. La sangre brotaba de sus heridas en un reguero sin fin, y mantenerse en vuelo cada vez se hacía más y más difícil. A Morg ges Kol le costaba respirar con normalidad debido a los daños en su garganta, aparte que su arma de aliento había quedado neutralizada al completo. Por otro lado, Kragor til Mass sentía punzadas continuas a lo largo de su escamado torso, unos dolores que le causaban una parálisis de escasos segundos en las alas. Ya no quedaba tiempo para andarse con más estrategias, había que dar el resto y confiar en el triunfo. El dragón dorado fue el primero en tomar la iniciativa y se lanzó con las pocas fuerzas que le quedaban en un ataque en abierto, mostrando todo su cuerpo sin defensa alguna. Se concentró en llegar a su objetivo y propinarle así un golpe fatal, por lo que sacó sus garras al frente y preparó su cuerpo para exhalar su temida arma de aliento dorada. Mor ges Kol, de igual forma, forzó sus alas para enfilarse hacia el dragón dorado con toda la fuerza del vuelo que lograra alcanzar. Su estrategia era entrar de igual forma que lo haría un alfiler en una tela, haciendo un agujero de lado a lado con sus afiladas garras y colmillos. Y estalló el relámpago final, un brote de luz que iluminó todo el cielo a kilómetros de distancia, aunque esta vez no se oyó trueno alguno, sino los rugidos de dos dragones matándose mutuamente.

—Levántate, caballero dorado. Afronta tu destino con honor. No deseo matarte cual víbora, arrastrándose por el suelo —dijo Saine, disponiendo de forma paralela su mazo mágico.

Drigán aceptó su destino y se levantó hasta ponerse totalmente erguido. Miró con detenimiento a su adversario, aún sin entender bien cómo podía tener esa velocidad tan sublime, hasta que se percató de la verdad. A punto estuvo Saine de agitar su mazo de combate para ejecutar el golpe final, cuando Drigán lo señaló con el dedo índice mientras sonreía entre carcajadas cubiertas de sangre.

—¿De qué te ríes, mamarracho? ¿Tanta gracia te hace despedirte de la vida? —preguntó un Saine ligeramente sorprendido.

—¡Tu aura! ¡Es tu aura plateada la que me está corroyendo y debilitando! Ja, ja, ja ¿No te das cuenta? Yo pensaba que eras más rápido, más fuerte y el elegido por el destino para vencer, pero ahora me he dado cuenta que no eres más que una cucaracha que ha jugado bien sus cartas, solo eso —respondió Drigán, intentando respirar con fuerza mientras cerraba sus puños.

—Me alegro que te hayas dado cuenta, mequetrefe, aunque ya de poco te va a servir. Sí, enfoqué mi aura en drenarte vida, mientras que tú te versaste en destruirme y me lo hiciste pasar mal durante un rato, pero ya ves cómo estás ahora... no puedes ni mantenerte en pie.

—No lo entiendes, pobre ignorante. He dicho que has jugado bien tus cartas, pero no que vayas a vencerme.

Saine tembló por un momento y sin pensárselo dos veces trazó un golpe semicircular con el mazo mágico, que si bien llegó a su objetivo, no logró derribarle, como era la intención. Drigán puso su brazo izquierdo en mitad de la trayectoria y acompañó el golpe con todo su cuerpo, poniéndose de espaldas a Saine, a quien le respondió con su codo derecho sobre el rostro. De un movimiento rápido y preciso desarmó a su enemigo y le atacó frontalmente en el rostro, algo impensable para un Saine que se veía ya victorioso. El agua de la lluvia comenzó a cristalizar en granizo duro, impactando sobre los cuerpos de los dos combatientes con fuerza.

—Buen movimiento, pero no te creas que...

—¡Calla, perro! —interrumpió Drigán, arrojando el mazo al suelo y acercándose a Saine con los puños desnudos.

—¿Crees que podrás hacerme algo, pobre iluso? Yo ya...

—¡He dicho silencio! Ya no dispondrás de mi aura en ataque, sino en defensa, y por mucho que erosione tu putrefacta presencia, no entrarás más en mi cuerpo ni en mi alma. Ya no transmites efecto marchito para mí, desgraciado. Ahora te toca sufrir de verdad.

—¿Y crees que eres más fuerte que yo, Drigán? Pues bienvenido a tu pesadilla.

Saine se lanzó con ambos puños, golpeando varias veces de frente y alcanzando dos de ellas a un Drigán mermado. Éste respondió con una patada frontal, esquivada, y un puñetazo soberbio de media vuelta, bloqueado con ambos brazos. Insistió Drigán con más intentos de llegarle, mas Saine más era rápido y seguro en su defensa, tanto que en uno de los ataques recibidos, contraatacó con una patada sobre el abdomen de Drigán, haciendo que se arqueará lo suficiente como para luego propinarle un puñetazo descendente en la cabeza que lo fijó de nuevo al suelo. Drigán se levantó casi al instante dirigiendo su puño derecho sobre la mandíbula de Saine, mas éste le enganchó el brazo con el suyo en una llave inmovilizadora, y le respondió con dos cabezazos a la altura de sus cejas. Drigán sintió como el horizonte dio varios giros y se tiñó de lluvia roja que ascendía en vez de descender. Intentaba levantarse, pero perdía el equilibrio al instante, sin saber bien si estaba sobre terreno firme o cayendo. Todo le daba vueltas. Saine no dio tiempo a que se recuperara y le soltó una patada con todas sus fuerzas, levantándolo más de medio metro del suelo tras un reguero de sangre. Cayó al suelo torpemente, como un saco lleno de tierra. Tenía el cuerpo dolido y los ojos cubiertos de una cortina de su líquido vital. Apenas pudo suspirar algo incomprensible al intentar alzarse, cuando sus brazos le fallaron y le dejaron quieto allí, esperando su momento final. Saine se limpió la sangre de la nariz con el antebrazo y escupió al suelo una mezcla rojiza y verduzca, antes de coger a Drigán por la cabeza como si fuera un títere.

—Reposa con el gran Astral, Drigán. Que tu sangre bañe y tus energías acompañen a mí…

Y el suelo tembló cual terremoto repentino. El suelo crujió entre grietas abigarradas y zarandeó a ambos caballeros del dragón hasta clavarlos en el suelo. Un gran estruendo se oyó en la cercanía, cuando vieron una enorme bola ardiente con varias alas precipitándose al suelo. Kragor til Mass y Morg ges Kol estaban en caída libre, ambos con unas heridas críticas. El dragón plateado tenía el cuello totalmente desgarrado, casi cercenado, siendo todo su cuerpo un peso sin vida. Por otro lado, Kragor til Mass tenía su torso metido hacia dentro, víctima de unas fauces que habían entrado cual proyectil hasta perforarle muy profundo, hasta los órganos vitales. Al igual que Morg ges Kol, era un cuerpo sin vida rodeado de sangre, fuego y lluvia.

—¡Noooooooo! —gritaron ambos caballeros del dragón, poniéndose de rodillas ante la agónica escena.

—Morg ges Kol… ¡responde a mi llamada! ¡Responde! —chilló con todas sus fuerzas Saine.

—Está muerto, Saine —respondió con voz triste Drigán—. Ambos han muerto.

Saine lo miró con odio incontrolado, aunque el brote de tristeza por la pérdida de su vínculo le volvió a asaltar con dolor.

—No es justo… era… eran dos… contaba con la ayuda de Hagra vos Jun y le dije que no se arriesgara ante tu dragón…

—Si Kragor til Mass planteaba un combate, era porque veía el triunfo. Ya podían ser dos o más los dragones que tuviera delante, que él vencería.

—¡Pagarás por esto, Drigán! Tu muerte será lenta y dolorosa, te lo prometo.

—Buscas venganza sobre quien no deberías, Saine. Todo esto se debe a quien te convenció para luchar contra mí y no a quien se defendió de tus ataques.

—¡Cierra la boca! Moriréis ambos, tú, el maldito hechicero ese y quien se cruce por mi camino. ¡Moriréis todos!

—Si ya has tomado tu decisión, no seré yo quien te convenza de hacer otra cosa. Eso sí, no esperes clemencia de mi parte si me atacas de nuevo.

Pero Saine estaba ya demasiado enloquecido como para detener su ímpetu de combatir. La pérdida del dragón que alimentaba el vínculo suponía para un caballero del dragón un trauma horrible. Muchos de ellos acababan sus días en soledad, perdiendo el buen juicio y la razón. Drigán, aunque no lo aparentaba, estaba igual de dolido, aunque aprendió a aceptar su ley máxima: el destino quiso que así sucediera.

Saine levantó su guardia, tapando con los puños su rostro, a lo que Drigán respondió de igual forma. Ambos tenían las fuerzas muy limitadas ya, lo que adelantaba que el combate no se prolongaría por mucho tiempo. Saine fue el primero en iniciar la contienda golpeando con los brazos de forma recta y rápida, y Drigán optó por golpear un par de veces al abdomen para luego soltar un directo a la cabeza. Ambos sufrieron golpes y sintieron cómo la sangre se abría paso entre sus heridas.

El caballero del dragón dorado soltó un nuevo puñetazo e impactó a la cabeza de Saine, torciéndole el cuello y el torso más de noventa grados. A punto estuvo de tirarlo al suelo, aunque para su sorpresa, éste aprovechó el giro causado por el golpe y dio una vuelta completa sobre sí mismo para responder con un puñetazo de fuerza colosal a la mandíbula de Drigán. Cuando le entró el golpe, retrocedió varios pasos hacia atrás con la mirada perdida. Todo le daba vueltas ante sus ojos y notaba el sabor de la sangre dulce borboteando por varios puntos de la boca. Su corazón palpitaba cual tambor en pleno concierto, con un "bum-bum" que incluso le hacía daño en las costillas. La respiración se le volvió pesada y difícil, abriendo la boca todo lo que podía para intentar tragar algo de oxígeno extra. Se sentía desfallecer a cada acción que realizaba.

Saine volvió a la carga con una patada al costal derecho, que hizo gemir a Drigán, para luego volver a dirigir sus puños hacia su cabeza, encontrando esta vez el escudo de sus antebrazos. Drigán sabía que tenía las fuerzas al límite, pero también sabía que su rival estaría más o menos en el mismo nivel, así que, tras soportar su último embiste, centró todas sus energías en los hombros y soltó dos puñetazos laterales en arco. Ambos impactaron en el rostro del desdichado Saine, que sintió como un terremoto se asentaba en su maltrecha cabeza. Fueron dos mazazos, uno a cada lado, que le partieron dientes, le abrieron dos brechas enormes de sangre en las cejas, y lo derribaron al suelo totalmente vencido. Tenía la sensación de haber sido atropellado por un tropel de caballos al galope, todos los huesos le dolían.

Drigán aprovechó el momento para escupir la sangre que se le acumulaba en la garganta y despejarse con el agua de la lluvia el rostro empapado de sangre. Tomó aire para ganar algo de energías mientras veía como Saine se levantaba de nuevo, aunque con la mirada terciada y los brazos medio levantados. Estaba exhausto, molido en cuerpo y alma. No obstante, Drigán estaba igual, con poca capacidad de aguante ya ante posibles golpes.

La lluvia parecía un diluvio en alza, inundando cada pequeño boquete o trazo del suelo y salpimentando todo con sus pedruscos de gélido granizo. Ambos se miraron con desasosiego para luego despejar una mueca. Sabían que la muerte estaba llamando en sus puertas, era el destino que reclamaba sus nombres para cobrarse sus vidas. Y así lo aceptaron, sonriendo. Se saludaron con una leve reverencia de cabeza y se lanzaron uno contra el otro en un choque épico. Ya no había defensas, solo ataque, solo muerte.

Saine llegó el primero con su puño al rostro de Drigán, que de forma instantánea respondió con un zurdazo al vientre de aquel. Como si fuera un títere movido por hilos, el caballero del dragón plateado dio otro puñetazo a Drigán, rompiéndole el tabique nasal en un festival de sangre. El caballero del dragón dorado zozobró con torpeza, aunque pudo mantener el equilibrio milagrosamente. Se acercó tembloroso hacia Saine, quien movió de nuevo su brazo hacia atrás y ejecutó un nuevo golpe, esta vez impactando en el cuello de Drigán. Éste recibió el golpe estoicamente y dio todo lo que le quedaba con un gancho ejecutado a la perfección. Se impulsó con sus piernas y con su torso para hacer el máximo daño posible, levantando a Saine del suelo varios centímetros para luego verlo caer cual peso muerto. Estaba seguro de que le había desencajado o partido la mandíbula y ver el charco de sangre que se formaba alrededor de su cabeza era un testigo inequívoco de que ese último golpe había sido terminal.

Drigán sonrió entre lágrimas, alzando su cabeza hacia el cielo. Cerró los ojos y pensó en Kragor til Mass.

«Hasta siempre, amigo mío. El destino llamó a tu puerta y te llevó, aunque firmaste tu victoria. Gracias por todos estos años, amigo mío. Gracias por estar siempre ahí», pensó antes de bajar sus brazos y dejarse caer al suelo, totalmente exhausto. Ya no sentía dolores por sus magulladuras, ni sentía cómo la preciada sangre abandonaba su cuerpo por las heridas abiertas. Estaba totalmente entregado a la muerte y la recibió con una sonrisa.

«Bienvenida… Has tardado en llegar», pensó antes de perder el conocimiento.

CAPÍTULO 12: RESCATE ENTRE TRIFONES

Los trifones eran una raza muy especial tanto en su sociedad como en sus tradiciones. Vivían el doble de años que cualquier persona, poseían una complexión atlética fantástica sin necesidad de entrenar su físico y poseían un aire exótico que transmitía una belleza fuera de discusión. Sin embargo, no todo eran beneficios, pues genéticamente era casi un milagro tener descendencia, y si lo lograban lo más probable es que fuera una niña. Los varones eran algo tan remoto que incluso buscaban fuera de su pueblo, en esclavos o viajeros, para poder aparearse y tener hijos que adoptaban como suyos, deshaciéndose del padre. Era una práctica que se hacía a espaldas del consejo principal de oradores que regía la ciudad, pues el castigo era la muerte, tanto para el bastardo de sangre como para la madre. Consideraban que la sangre debía permanecer pura entre los suyos y aparearse con una raza de fuera era justamente lo contrario a esa norma.

Las tres trifones llevaban a Dévora y a Vaiel maniatados y andando tras los caballos, con una cuerda fijada en sus cinturas. Nofret iba montada sobre uno de los caballos, mirando continuamente a sus dos compañeros con los labios temblorosos y los ojos llorosos. Reflejaba un miedo atroz luego de todo lo pasado en tan poco tiempo. Su pueblo ardió en llamas atacado por segadores pútridos, vio la presencia de un Origen y cogió con sus manitas inocentes el maldito camafeo de Guerón. Vaiel intentó que la dejaran libre, vociferando y gesticulando con la cabeza como podía, pero lo único que obtuvo fue un golpe seco en su entrepierna por parte de una de las trifones. Lejos de parar, siguieron el camino, arrastrando al arquero durante varios metros hasta que pudo rehabilitarse y volver a andar. Estaba claro que estas guerreras no se andaban con sutilezas ni órdenes de ningún tipo. Solo obedecían a los suyos.

Dévora avanzaba con los ojos totalmente cubiertos de una capa rojiza y la frente bañada en goterones de sudor. La cabeza le seguía doliendo más y más, y no parecía que fuera a curarse en breve. La última conversación mental mantenida con Zurah la había dejado muy trastocada y debilitada, aunque aun así tenía que seguir activa y pensar qué iba a decir y hacer en el pueblo de las trifones. De ello dependía salir con vida de aquí.

Avanzaron entre caminos angostos de tierra y grava, bordeando grandes formaciones rocosas de altura considerable. Los árboles eran muy frondosos, con hojas color pardas engullendo todo a su alrededor. Se oían animales de caza moverse entre los arbustos y los ramajes altos, describiendo un hábitat natural idóneo para los amantes de la naturaleza. El ambiente olía a una fragancia suave de madera resinosa y el suelo crujía con el agradable sonido a hojas secas que alfombraba todo. El color pardo dominaba el lugar, mezclando ramas, hojas y tierra en un cuadro monocromo con pinceladas de verdes, blancos y azules.

Más de una hora estuvieron andando campo a través, hasta que llegaron a una muralla hábilmente construida en comunión al entorno. Su base eran grandes bloques de piedra que se habían trenzado con enredaderas y ramajes de los árboles. Otras trifones se asomaban entre la maleza, mostrando sus armas afiladas al ver llegar a los extraños. Se dirigieron unas palabras con las captoras, miraron con detenimiento y semblante de asco a los prisioneros, y abrieron las portezuelas. Dévora estaba al borde del desmayo, con los ojos entrecerrados y la frente tomada por una fiebre voraz. Andaba más por inercia que por decisión propia y apenas captaba lo que pasaba a su alrededor. Oía todos los sonidos con ecos metalizados y la visión se le turbaba continuamente. Vaiel no cesaba de llamarla entre susurros, mas no obtenía respuesta alguna. Al menos la pequeña Nofret sí respondía a sus estímulos.

Más allá de los muros de entrada, la ciudad de los trifones se abría espectacular en su concepción y trazado. Varias calles confluían hacia el centro para encontrarse en una plaza central, mientras que otras calles menores trazaban círculos concéntricos a lo largo de todo el área para cruzarse con las arterias principales anteriores. Los edificios gozaban de una arquitectura que rozaba lo ilógico, con formas imposibles que desafiaban la razón y la física elemental. Las paredes emitían un brillo inusual que dotaba de luz a las calles circundantes, como dotadas de magia, y las ventanas eran piedras gruesas transparentes perfectamente disimuladas en la estructura de las paredes, como si fuera una extensión de las mismas. Los árboles seguían poblando el lugar, al igual que los arbustos y las flores, coloreando todo el panorama con tonos vivaces y artísticos. Era como entrar en un sueño extraordinario de fantasía. Nofret dejó de sollozar y Vaiel dejó de intentar hablar con Dévora, para quedarse ambos con los ojos y la boca abiertos de par en par. Estaban como hipnotizados ante tamaña belleza de creación, aunque Vaiel ya estaba pensando en las posibles repercusiones de entrar aquí: si nadie conocía este sitio era porque nadie salía de este sitio, sin lugar a dudas. Y ellos no venían como invitados precisamente, sino más bien como prisioneros, atados y sin permiso alguno para abrir la boca.

Su paseo por las calles despertó la curiosidad de toda suerte de trifones, que se paraban con rostro serio para mirarlos e incluso seguirlos, montando una procesión de varios metros que los llevó hasta la plaza central, donde se alzaba un monumental edificio en forma semicircular. Dévora no aguantó más y cayó al suelo inconsciente.

—¡Dévora! Dévora, ¿me oyes? —gritó Vaiel en un intento vano de despertarla. Luego miró a las trifones que allí estaban y se dirigió a ellas—. ¿Es que acaso no vais a hacer nada? Está enferma, ¿no lo veis? ¡Ayudadla!

—Shhhhh —dijo una de las trifones que lo trajo aquí, precisamente la que le calló con una patada precisa horas antes. Se puso el dedo índice en los labios y tensó el rostro con nerviosismo. Vaiel se protegió de forma inconsciente su entrepierna, aunque seguía sin entender nada.

—Ayuda… necesita ayuda —insistió el arquero, moviéndose hacia su amiga para intentar diagnosticar su mal con más precisión. Sin embargo, la cuerda que lo mantenía atado le dejó a apenas un metro de distancia.

—Shhhhh —volvió a decirle la trifón.

—Agua… agua, necesita agua. Glu-glu-glu —dijo Vaiel, haciendo gestos de beber y señalándola luego a ella.

—¿Tirea bleis? ¿Argea bleis? —respondió la nativa.

—¿Tirea...? ¡No sé qué es eso! ¡Agua! ¿Entiendes? ¡Agua! ¡Necesita agua!

—Bambeira klamertes vois jaka gross —le respondió, haciendo que varias trifones se rieran al unísono.

—¿Lo encontráis gracioso? Pues no tiene gracia ¿sabéis? Si le pasara algo, os juro que… ¡Eh! ¡Qué haces, tú! ¡Quita esa mano! —dijo Vaiel, al ver que una de las guerreras le tocaba las posaderas.

El resto de guerreras se aglutinaron a su alrededor, riéndose con picardía mientras le pellizcaban y tocaban en sitios comprometidos. Vaiel no tardó mucho en darse cuenta qué estaba pasando ahí, o más bien, que iba a pasar. Se revolvió como pudo estando atado de manos y pies, saltando y poniéndose de cuclillas para impedir ser avasallado de esa forma. Las trifones, lejos de amilanarse, se envalentonaron y empezaron a rasgarle las vestimentas mientras lo cogían de brazos y piernas. Era un esclavo sexual y las guerreras allí presenten querían cobrarse ya su trofeo, algo que Vaiel poco podía hacer para evitar, solo chillar y negarse con la cabeza. Ya había una candidata para ser la primera en gozar con él, cuando otra mujer avanzó hacia ellos y detuvo todo de inmediato. Ésta iba ataviada con ropajes de cuero de colores más oscuros que el resto y con el pelo decorado con una especie de corona de ramas con joyas engastadas. Su voz era ruda como la de un varón y era notorio que debía ser alguien de alto rango en su sociedad. Vaiel suspiró aliviado y se tapó sus vergüenzas como pudo.

La mujer se dirigió a las suyas, calmando la frenesí casi al instante. Ordenó que se llevaran a Dévora a una de sus extrañas viviendas y a Nofret a otro lado. Antes de que Vaiel pudiera decir algo en contra de esta separación, la guerrera le habló a él.

—¿Me entiendes? ¿Tú me entiendes?

—Sí… ¡Sí, sí os entiendo! Por el Creador, ¿habláis mi idioma? Gracias, gracias, debéis soltarme de inmediato, mi compañera está…

—Shhhh —dijo la mujer moviendo ambas manos en negación. A continuación, las movió pausadamente en vertical, indicando que hablara más despacito y que se calmara. Vaiel suspiró e hizo lo que pudo, teniendo en cuenta la estresante situación en la que se encontraba.

—Vale... sí... lamento mucho mi nerviosismo. Necesito que mi compañera reciba agua y sea asistida, está enferma.

—Tu amiga es atendida, hombre. No hay problema. Van a... ¿yabmakes? —dijo la guerrera, mientras movía las manos alrededor de su cuello en movimientos circulares.

—¿Sanarla, queréis decir? —añadió Vaiel.

—Sann... sanarla, sí. Tu amiga es sanada.

—Os lo agradezco, dama. Y os agradezco también que me hayáis salvado de vuestras compañeras.

—Tú hombre, tu es nuestro hombre. Tú debes ser hombre.

—¿A qué os referís? No os entiendo muy bien.

—Yo os lo diré, Vaiel —dijo una voz nueva para el arquero. Miró a través de la multitud de las mujeres guerreras que iban apartándose y vio a un hombre delgado con un rostro cercano y apacible. Destacaba su baja estatura, haciendo dudar a Vaiel si era un niño y no un hombre. Sus atuendos eran ropajes caros y ostentosos, cuero curtido con delicadeza que se veía coronado por una capa envolvente de un tono negro brillante que llevaba abierta. Vaiel apenas sabía qué responder. Se quedó mirándolo unos segundos en silencio hasta que empezó a tartamudear.

—Yo... os agradezco a vos... hablar mi... eh... os... os agradezco que estéis aquí, supongo, buen hombre. Yo...

—Vos sois Vaiel, un trabajador procedente del Manantial de Munros y que ha conocido a determinadas personas durante un viaje que cada día se vuelve más y más épico. Has tenido una vida dedicada al trabajo y marcada por la muerte, primero de tu madre y hace poco la de tu padre, y te agarras a la amistad como si en ello fuera tu fortaleza. Crees ser un héroe, uno como aquellos descritos en las crónicas perdidas de monjes y mesías de la historia, aunque la verdad es que solo eres un pobre hombre con suerte que estuvo en el lugar idóneo en el momento señalado.

—¿Quién...? ¿Quién rayos...?

—¿Yo? Mi nombre de poco os servirá ya, aunque si en algo destacáis los deleznables humanos es en la curiosidad, que con gusto satisfaré. Soy Kovar, hechicero entrenado y dirigido por el maestro, y si seguís aquí y ahora con vida es porque no quiero enemistarme con las damas aquí presentes. Los trifones son un pueblo agradecido si sabes dirigirte a ellos con educación y formalidad, algo que veo que vos no sabéis hacer. No obstante, os desean como su objeto sexual y harán uso una y otra vez de vuestro cuerpo hasta que caigáis rendido de cansancio y dolorido en vuestras partes íntimas. En ese momento, cuando ya no seáis útil para sus intereses, seréis ejecutado.

La alegría de Vaiel duró bien poco. No conocía de nada a Kovar pero ya había intuido que debía tratarse del famoso hechicero que les estaba dando caza. No obstante, se atrevió a desafiarle sin miedo alguno. Ya no tenía nada que temer, estando en la situación que estaba.

—Habláis con mucha soltura, como si tuvierais la seguridad absoluta de que vuestras palabras se cumplirán, cuando no sois más que una urraca que se oculta y huye para luego dárselas de valiente hechicero. Sois un fraude, se os ve en las formas y en el habla. ¿Por qué no me matáis vos, aquí y ahora? ¿Éstas guerreras no os dejan hacerlo? ¿Acaso no sois el más poderoso hechicero que Ampiria ha visto nacer, imposible de doblegar en manos de nadie?

Kovar apretó los dientes para retenerse. Intentó calmarse un poco y midió sus palabras, una a una, a medida que salían de sus labios.

—Son muchos los intereses que me unen a este pueblo, al igual que a otros. Y no veo necesario daros más explicaciones, además de las que hemos compartido. La muerte ya os ha marcado y moriréis hoy, os lo aseguro. Intentad disfrutad del momento, al menos, aunque sepáis que no volveréis a respirar nunca más.

—¡Te mataremos, canalla! ¡No creas que te salvarás de esta! —gritó Vaiel, mientras Kovar se giraba y asentía a la guerrera jefa del lugar. Ésta ordenó a las otras guerreras que llevaran a Vaiel hacia su vivienda principal, donde sería usado para lo que servía. Vaiel gritó y suplicó, intentando convencer a la trifona de lo contrario, mas ésta hizo caso omiso. Ya nada lo podría salvar de su adverso destino.

La mañana siguiente despertó con un dulce aroma a canela por todo el lugar. Se oían las risas de una niña cerca acompañadas de pisadas rápidas, como si estuviera jugando a perseguir a alguien. Dévora abrió los ojos con lentitud, acomodándose a la luz paulatinamente, y fue despertando cada parte de su cuerpo por partes. Movió los dedos de los pies, luego levantó los antebrazos y por último giró la cabeza. Se sentía agotada, con un gran desgaste físico, aunque ya no le dolía la cabeza.

—¿Hola? ¿Ya estáis recuperada? —le preguntó una mujer que estaba cerca, en parlino.

—Sí, creo que sí —respondió Dévora, levantándose con la ayuda de su tertuliante.

—Os hemos tratado con baños de lúcubra sobre la frente y tisanas de ambelio para paliar el dolor. No sabíamos bien qué os podía estar pasando.

—¿Flor de ambelio? Pues ha ido bien el remedio, la verdad. No esperaba que…

—¡Dévoraaaaaa! ¡Tita Dévora! —exclamó Nofret, que llegaba rauda del balcón para fundirse en un abrazo a la ladrona. Dévora sonrió de forma sincera al apretarla entre sus brazos. No era su hija, pero cada día que pasaba iba sintiendo un vínculo con ella que la iba acercando más y más a esa verdad. Era su niña pequeña, su pequeña Nofret.

—Hola princesa. Siento mucho haberme desmayado, pero estaba enferma.

—No pasa nada, tita Dévora. Estoy bien.

—Me alegra saberlo —respondió Dévora, dirigiéndose ahora a la mujer que le estaba asistiendo—. Supongo que somos libres de actuación, pues nos trajeron como prisioneras, una vergüenza se mire como se mire.

—Sois libres, Dévora de Vohm. Erais prisionera hasta llegar aquí y ser sometida a nuestra líder. Decidió dejaros en libertad y así ha sido.

—Entiendo… solo espero que… ¿qué…? ¿Quién…? —se preguntó a sí misma Dévora, al ver como accedía desde el balcón a la habitación un hombre estrambótico. Seguramente era con quién estaba jugando Nofret, aunque era extraño ver un hombre por aquí. Rápidamente, Dévora apreció los nudos de las botas, terminados en sedas verdes, el corte de la capa, desigual en ambos lados, y los anillos que coronaban sus manos, con símbolos de llamas. Agarró más aún a Nofret, que la miró con algo de desasosiego.

—Me haces daño, tita Dévora.

—Uy, perdona pequeña. Ven, sube aquí conmigo y no te separes de mi lado.

El hombre en cuestión se sentó en un sofá de piel de animal, cruzó sus piernas sobre las rodillas y apoyó su mentón sobre la mano derecha. Tenía sus ojos revoloteando a Dévora, que seguía analizando a su invitado sentada en la cama y en silencio.

—Así que vos sois el hechicero de Llaídra.

—Me descubro ante vuestra capacidad de deducción —dijo Kovar, dando tres aplausos y asintiendo con la cabeza—. No llevo báculo ni nada que rece tal verdad, pero veo que habéis sido capaz de verlo. Si no supiera de vos, diría que sois maga, ja, ja, ja.

—Este hombre desea hacer un mal muy grande —dijo Dévora a la guerrera, hablando esta vez en parlino—. Nos quiere hacer daño, tanto a mí como a todas vosotras.

La guerrera emitió varias carcajadas, como si estuviera riéndose de un chiste, y empezó a recoger una palangana y algunas plantas del suelo para ponerlas en una mesa cercana.

—¡Qué grata sorpresa que sepáis hablar parlino! —dijo Kovar, negando con la cabeza.

—¿Has visto a mi nuevo amigo, tita Dévora? —interrumpió Nofret, señalando al hechicero—. Se llama Kovar, y saber hacer trucos increíbles.

—No es tu amigo, Nofret. Ese hombre es malo, muy muy malo.

Nofret entristeció su rostro sin comprender bien por qué le decía eso Dévora, aunque decidió acatar su orden sin rechistar. Confiaba mucho más en la ladrona que en cualquier otra persona.

—Vamos, Dévora, vamos… ¿acabas de conocerme y ya me tachas de mala persona? Mírate… estás viva y eso es más de lo que podrías desear. ¿No te preguntas por qué sigas viva?

—¿Dónde está Vaiel? ¿Qué le has hecho?

—Está en buenas manos, créeme. Un hombre aquí, de su talla y formas, es algo muy cotizado y estoy seguro que estará dando la talla ja, ja, ja.

—Eres un malnacido, Kovar —dijo Dévora, buscando con disimulo algún arma arrojadiza cercana. Lamentablemente, no veía ninguna— Nofret, será mejor que te vayas a jugar a otro lado, allí fuera, al balcón. Este hombre y yo tenemos que hablar de unas cosas.

Nofret asintió y obedeció sin discutir. Pasó al lado de Kovar sin mirarle, fijando la vista en el suelo. El hechicero la miró con una sonrisa dibujada en sus labios.

—Escúchame bien, Kovar. No sé qué tipo de tratos tienes con los trifones, pero no te valdrá para hacerme daño ni a mí ni a los míos.

—Vamos, Dévora, vamos… sabes perfectamente que no puedes hacer nada contra mí. Simplemente calla y escucha, porque si te he dejado vivir no es porque me parezcas hermosa o porque me guste tu conversación, sino porque te necesito para algo.

—Debes de ser más tonto de lo que pensaba si piensas que voy a ayudarte en algo. Ya puedes ir afilando tu báculo y escupiendo tu mejor hechizo, porque no pienso hacer nada por alguien como tú.

—Eso mismo pensé yo. La Dévora de antaño que hacía tratos a cambio de monedas ya desapareció y se volvió legítima en bondad. Un desastre para mis intereses, pero mira tú por dónde que veo un rayo de esperanza llamado… Nofret.

—No serás capaz…

—Sí que lo soy, sí. Que la pequeña niña lleve el camafeo de Guerón puesto es una jugada que no me esperaba, la verdad. ¿Te parece bonito hacerle eso a una niña tan pequeña?

—No es lo que piensas. No era mi intención que así sucedieran las cosas, pero sucedieron. De hecho, es cuestión de tiempo que se lo despoje para que quede libre de su posible maleficio.

—No, las cosas ya no funcionan así. Esa niña se viene conmigo a partir de ahora, será mi seguro para que tú hagas lo que yo te diga que hagas.

—No esperes que sea tu títere, Kovar. Prefiero morir aquí y ahora…

—Sí, sí, lo sé, prefieres morir aquí y ahora antes que servirme, pero vuelves a olvidarte de Nofret, la pequeña Nofret. Si no me haces caso, ella visitará el mundo de los muertos contigo, te lo aseguro.

—Ella no tiene culpa de nada, su pueblo fue arrasado y…

—No necesito que me cuentes su historia, ni que trates de convencerme de nada. Tú, a partir de ahora, cumplirás mi voluntad, mientras que ella se vendrá conmigo. ¿Entendido?

Dévora dudó por unos instantes antes de dar la respuesta. Intentó incluso calcular la probabilidad de éxito si saltaba hacia él y lo embestía contra el suelo para reventarle la cara a puñetazos y patadas, aunque ni estaba muy segura de las fuerzas que ella tenía ni podía fiarse de la habilidad del hechicero. Además, una de las trifones estaba ahí presente y seguramente actuaría en favor de él.

—Muy bien, Kovar, tú ganas.

—Siempre lo hago —añadió Kovar con una sonrisa macabra—. Ahora cuéntame un poco por qué os habéis dividido, si puede saberse. ¿Dónde está la bruja oscura?

—En La última llamada.

Kovar empalideció y la miró con una seriedad inusitada desde que estaba en la habitación. Dévora se dio cuenta de ese detalle y decidió explotarlo aún más.

—De hecho está junto a más compañeros míos cumpliendo el plan que trazamos. Pero si quieres saber más, debes traer aquí a Vaiel.

—No estás en condiciones de pedir nada ¿recuerdas?

—No te trataré de tonto, como me hiciste saber antes, mas te pediría que no caigas tú en el mismo error conmigo. Tu primera pregunta ha sido acerca de Zurah y quienes van con ella, y en cómo mi respuesta ha cambiado tus facciones me lleva a concluir que es algo muy importante para ti. Libéralo ahora, o no sabrás nada más de ese tema.

—No puedo liberarlo, Dévora. Están usándolo para su divertimento. Ya sabes que los trifones son una sociedad matriarcal que ven en los hombres de fuera de su pueblo un método para cumplir sus deseos de ser madres. Aquí hay pocos varones y están muy cotizados.

—¿Y por qué no te han hecho a ti lo mismo, si puede saberse?

—Bueno… digamos que la magia las ha convencido de que soy una especie de mesías o ángel del cielo. Si supieras canalizar algún tipo de vial de magia serías capaz de convencerles de que tú también lo eres, ja, ja, ja.

—Dime dónde está recluso, yo lo liberaré.

—Como te cacen haciendo eso, date por muerta, Dévora. Ni yo podré…

—¡Tú solo responde!

Kovar se sentó con el rostro enjuto, analizando de nuevo el comportamiento humano, que no dejaba de sorprenderle. Él era poderoso y con quien hablaba lo solía saber, pero aun así, se atrevían a responderle mal e incluso a exigirle cosas, como era el caso de ahora. Sentimientos de lealtad, honor y valor no eran muy conocidos entre sus enseñanzas y no esperaba que fueran lo suficientemente sólidos como para plantarle cara.

—Es la vivienda de techumbre verduzca, la que está colindante a la casona de Griselda Antralia, la reina madre de estos trifones. Su casa es la que domina toda la plaza central del pueblo.

—Muy bien, pues me voy preparando —dijo Dévora, levantándose de la cama y buscando sus pertrechos debajo de la cama y en las cajoneras de la mesilla cercana.

—Aunque sea estúpido recordártelo, Nofret se queda aquí conmigo, ya sabes. Espero verte de vuelta.

—Sí, tranquilo, volveré. Y permite que te recuerde lo que te haré si le haces algún daño a la niña. Te haré tragar y masticar lo que con tanto orgullo te convierte en un hombre.

Kovar se limitó a sonreír desafiante y le señaló un baúl que reposaba a los pies de la cama. Ahí estaban los enseres y armas que la ladrona portaba, que no tardó en equiparse en su cintura, botas y antebrazos. Lo último en ponerse fue su capa envolvente con la capucha amplia. Acto seguido se dirigió con paso firma a la altura de Kovar, que se puso en guardia asustado ante la idea de que fuera capaz de agredirle, aunque la ladrona pasó de largo. Salió al balcón y agarró a Nofret entre sus brazos.

—Nofret, voy a buscar a Vaiel, ¿vale? Nada más lo tenga volveremos aquí y luego nos iremos.

—Quiero ir contigo, tita Dévora.

—No puede ser, debes quedarte con este imbécil de aquí. Es un hechicero muy poderoso y me temo que no puedo hacerle nada sin ponernos en riesgo.

—Pero si tú eres muy fuerte y muy rápida —dijo Nofret, abriendo sus brazos todo lo que su escasa edad le permitía.

—Siempre hay alguien más rápido y no puedo jugármela estando tú en el tablero —respondió Dévora, viendo como Kovar se levantaba de su asiento y se dirigía hacia ellos—. Ahora escúchame bien, Nofret. No te desprendas del camafeo ese por nada del mundo ¿vale? Si ese hechicero intenta quitártelo o quiere quitártelo, dile que lo usarás para calcinarlo o incluso intenta usarlo para tal fin.

—Vale, tita Dévora.

—Una despedida larga, ¿no? —dijo Kovar, apoyándose en el arco de acceso al balcón.

—Ya hemos acabado —respondió Dévora, soltando las manos de Nofret y despidiéndose de ella con una sonrisa cercana y cálida, como la que una madre transmitiría sobre su hija—. Nada más rescate a Vaiel volveremos por aquí.

—Sabes que las trifones no te perdonarán esta ofensa, ¿verdad? Además, es de día y dudo mucho que pases desapercibida en un rescate de tamaña proporción. Te digo todo esto no porque me apene que te pueda pasar algo, sino porque no vuelvas y me quede sin el peón que tanto ansío, hecho que me cobraré con la pequeña, aquí presente.

—Volveré te he dicho. Esta noche estaré por aquí.

—Eso espero.

Dévora tenía que dar lo mejor de sí misma en esta misión. Tenía sus objetivos claros y bien dirigidos, aunque antes debía dar una vuelta por el pueblo para recolectar la información que aún le faltaba para trazar su plan perfecto. Anduvo hacia la plaza central donde todos los caminos concurrían, un lugar de mucha afluencia de ciudadanos que le miraban algo reacios y raramente le dirigían la palabra. Los edificios eran estrambóticos, de materiales extraños y formas abigarradas, aunque se regían por los mismos elementos que cualquier otro: ventanas y puertas por las que entrar y salir.

Analizó concienzudamente el edificio de techo verde que le refirió Kovar, un edificio rodeado de varias trifones que montaban guardia por sus alrededores. Por las ventanas se veían más de ellas, bien armadas, ocupando sillas y entrenando. Asemejaba ser una prisión o algo parecido, un lugar bien protegido ante posibles incursiones.

«Aguanta, Vaiel. No puedo rescatarte ahora, pero volveré. Tengo antes que encontrar un medio de huida de este lugar», pensó hacia sí misma, mientras deambulaba por el resto de arterias de la ciudad. Finalmente, llegó a un claro de hierba en mitad de tanta construcción, compuesto por árboles centenarios, un riachuelo de agua briosa con peces saltando entre sus piedras redondeadas y un gran templo con la estatua de una mujer con un yelmo en su testa, un espada alzada en la mano diestra y un libro con cadenas colgando en la zurda. Algunas trifones estaban a su alrededor, limpiando, cultivando las coloridas flores y manteniendo el lugar. No parecían guerreras, sino más bien una especie de sacerdotisas entregadas al culto de sus dioses, más aptas para el diálogo y la tolerancia que sus hermanas luchadoras, un hecho que favoreció a la ladrona, que tras charlar con alguna de ellas, obtuvo la información necesaria que tan afanosamente estaba buscando. Ese templo tenía en su interior la famosa puerta dimensional de runas que Zurah le refirió. Estaba enclavado en una de las alas del edificio, postrado como un monumento más.

Dévora accedió al interior de la construcción y se sentó justo enfrente de la puerta dimensional de piedras. Era de tres metros de alto por dos de ancho y estaba compuesto por gruesas piedras del tamaño de dos personas adultas. Sobre su superficie tenían grabada una marca rúnica que las distinguía del resto, siendo la piedra central del arco, también conocida como clave, un activador del portal. El problema de estos portales dimensionales era que si disponías una combinación errónea o no contemplada por sus esquemas, desatabas una tempestad de magias letales contra el incauto que lo activó. Debías saber bien qué runas activar y cuáles no, y en qué orden, y la única pista que tenía Dévora era la oda de los renacidos.

«Desde luego Zurah, más difícil no podías habérmelo puesto. Y mira que conozco cantares, pero justo ese lo habré escuchado dos o tres veces en toda mi vida», pensó mientras pintaba en un pergamino un dibujo de la puerta y de sus runas.

Charló con alguna que otra sacerdotisa del templo, les preguntó sobre el uso de la puerta en la antigüedad y si hoy en día se guardaba algún registro de ello, mas siempre obtenía la misma respuesta: su uso está prohibido bajo pena capital.

Ya era bien entrada la tarde, con una luz tenue bañando todo el pueblo. Las sombras de los edificios comenzaban a crecer a lo largo de los recodos de las calles y la ciudadanía comenzaba a recogerse en sus viviendas. Dévora estaba fuera del templo, bajo un árbol, donde llevaba varias horas rumiando sus pasos siguientes. Debía ser exhaustiva y precisa, minimizando los riesgos para alcanzar el éxito. Era una enseñanza básica en el credo de los ladrones, el de tomarse su tiempo para elucubrar un buen plan, intentando contemplar todos los imprevistos posibles. La improvisación no era buena compañera en su oficio, debía ser meticulosa, y era por ello que no le terminaba de gustar el método de escape: el portal de runas. No obstante, no le quedaba otra opción, no al menos si quería ayudar también a Zurah.

Sin más demora se levantó, se ciñó con fuerza la capa a su cuerpo y verificó que todos sus enseres de ladrona estaban donde tenían que estar. Comprobó que llevaba su juego de ganzúas, sus dagas ocultas, sus frascos de vapores y venenos varios y sus cordajes de escalada. Ya solo quedaba lo más difícil: ejecutar el plan.

«Vamos allá, Dévora. Vaiel, voy ya hacia ti, aguanta un poco más, y tú Nofret, sé fuerte y espérame, que en breve estaremos lejos de aquí —se dijo a sí misma en un intento de motivarse—. Comienza la función».

Sin más dilación, comenzó a andar hacia la casona donde Vaiel estaba preso. Se puso los guantes de cuero negro y se tapó el rostro con la capucha ancha de la capa, un gesto que hacía que entrara en una especie de trance por la que se volvía invisible, no de forma real, pero sí en la práctica. Sus andares se hacían silenciosos, dirigiéndolos entre recodos y sombras que camuflaban su presencia. No emitía ningún ruido audible, ni de respiración ni de pasos ni de objetos que chocaran entre ellos. Era una máquina de precisión.

Nada más llegó a la altura de la vivienda, afinó el oído cerca de una de las ventanas traseras. Se oían voces del interior, algo lejanas, probablemente en otra habitación. Miró hacia ambos lados de la calle y tras esperar el momento preciso de menos afluencia de gente, dio un salto y se encaramó a determinados agujeros de la pared que poblaban los muros de la vivienda. Eran pequeños testigos de desgaste y erosión, pero suficiente para que la ladrona se aferrara con firmeza. Ascendió un metro del suelo y luego se equipó en sus dedos con unas empuñaduras de hierro forjado acabadas en pinchos afilados. Servían tanto para atacar, desgarrándote la piel y los huesos con suma facilidad, como para ayudarte a trepar, golpeando sobre la piedra repetidas veces para hacer pequeños boquetes donde aferrarse y seguir ascendiendo. No tardó en llegar al tercer piso, a la altura de una ventana traslúcida elaborada de lo que parecía ser cristal de piedra. Eran cristales muy robustos y gruesos, aunque ya contaba con ese hecho. Afianzó sus piernas con fuerza ahí arriba y empezó a introducir unos alambres por las hendiduras laterales de la ventana, intentando forzar el mecanismo de apertura. Las piernas le temblaban por el esfuerzo y para su desgracia, justo debajo de su posición se ubicaron dos trifones. No eran guerreras, sino unas jóvenes aprendices que se divertían jugando a una variante del pedrolo, consistente en ir cogiendo unas piedras dispuestas en el suelo con una sola mano a medida que las lanzabas hasta la altura de la cabeza, complicando más el juego al tener que hacerlo con dos piedras a la vez, tres, cuatro, y así hasta que se te cayeran. Al tirar cada piedra hacia arriba levantaban la mirada, algo que desde luego no convenía en nada a los intereses de Dévora. Debía ser rápida.

Movió sus manos con celeridad y precisión, hasta que asentó uno de los alambres en el conducto de presión. Luego giró el otro y lo asentó en el pestillo de bloqueo. Tomó aire y presionó ambos al mismo tiempo, haciendo que el mecanismo crujiera y desencajara parte de la ventana, mas no toda. Miró hacia abajo, donde los trifones seguían jugando, y volvió a tirar de los alambres, aunque la ventana seguía sin ceder.

«Maldita ventana y malditas trifones. Pues nada, si quieres guerra, tendrás guerra, ventana. No vas a ser tú la que empañe mi nombre», se dijo a sí misma, mientras subía su pierna derecha hasta la altura de la ventana para pegar así su torso a la superficie de cristal. Estaba pegada a la venta, de perfil y con los dos alambres dispuestos para forzar el mecanismo, pero esta vez con fuerza y no con delicadeza. Eso sí, solo tendría un intento.

Torció los alambres y empujó con todo su cuerpo hacia el cristal, lo que hizo que el mecanismo de apertura se abriera hasta donde la ganzúa se lo permitía, para luego acabar partido a causa del empuje. La ventana se abrió de par en par y Dévora salió despedida hacia el interior, aunque haciendo gala de una agilidad extrema, dispuso su cabeza y luego su espalda para caer debidamente sin hacer ruido ni sufrir daños. La habitación estaba vacía. Había una mesa de comedor, seis sillas, una chimenea de piedra desgastada y unas estanterías con figuritas de barro. Dos puertas se abrían hacia ambos lados. Antes de seguir, se sacó de su equipo un espejo pequeño y lo colocó sutilmente al borde la ventana con el ángulo preciso para ver qué hacían abajo las dos jóvenes. Seguían jugando, aunque una de ellas miraba hacia arriba de forma esporádica, poco a poco se fue metiendo en el juego y olvidándose del ruido provocado al entrar.

A continuación, se dirigió a la puerta de la derecha, puso el oído brevemente y luego palpó la empuñadura para ir abriéndola con delicadeza. En el pasillo que se abría había luz y se oían voces de dos mujeres hablando. Nuevamente hizo uso de su espejo de mano para mirar hacia ambos lados y allí las vio, frente a una puerta. Por sus formas y las dos sillas que ahí habían parece que montaban guardia, algo muy típico para la entrada a una prisión, aunque no podía deambular hasta acertar. De hecho, parte de su plan era capturar a una de las trifones para avanzar más rápida. Aquí eran dos, pero no iba a ser eso un problema, aunque debía ser cauta, pues eran experimentadas luchadoras. Volvió a cerrar la puerta y sacó dos dagas para prepararse. Acto seguido, cogió una silla y la arrojó al suelo, haciendo un ruido moderado para atraerlas. Tuvo que ejecutar la misma acción hasta tres veces antes de que las guardias se alertaran y decidieran actuar. Nada más abrirse la puerta, Dévora clavó su daga al fondo de la garganta de la trifona, mientras que con la otra mano le cerraba la boca para minimizar sus posibles gritos. El arte del asesinato por emboscada destacaba por asestar unos golpes muy precisos, como éste que acababa de ejecutar. Al penetrar en la garganta, te inundaba la misma con sangre al instante, bloqueando las cuerdas vocales e impidiendo que pudieras exhalar oxígeno para alimentar ruido alguno. Si además le tapabas la boca a la víctima, te convertías en un asesino inaudible, en una sombra.

Nada más abatirla, Dévora se puso en guardia para atrapar a la segunda trifona, pero ésta no estaba ahí. Se quedó en su zona y solo vino ésta, algo que por otra parte favoreció los intereses de la ladrona. No tardó mucho en meter el cuerpo sin vida de su víctima para sentarlo en una silla, frente a la chimenea de la habitación. La dispuso de forma que camuflaba su muerte con la oscuridad del sitio. Cuando la otra trifona entró, llamando en voz alta a Agrania, el nombre de su compañera, tenía la espada en mano de forma amenazante. Dévora estaba enclavada a un lado de la habitación, fundiéndose con las cortinas de la ventana. La trifona miró a su compañera sentada y la volvió a llamar, cambiando su estado de alerta por el de preocupación. Supondría que le dio un mareo o algo semejante y es que, con la oscuridad del lugar, apenas podían verse las gotas de sangre del suelo o el orificio de entrada en su garganta, al menos a una distancia prudencial. Nada más bajó la espada, Dévora salió de su escondite de forma sibilina para ponerse justo en la retaguardia de su víctima. Ésta se acercaba a su compañera de armas con la mano extendida, dudando si seguía viva o no. Ya le parecía ver el reguero de sangre abriéndose paso por su cuello para formar un riachuelo a través de su pectoral y su vientre, cuando sintió el frío tacto del metal sobre su cuello. La daga de Dévora se asentó con firmeza en su yugular, dejándole un leve surco en la piel.

—El hombre… ¿dónde está el hombre capturado? —dijo Dévora, intentando conferir ronquera a su voz para despistar aún más a la rehén.

—¿Quién eres? ¿Sabes en el lío en el que te estás metiendo? No pienses ni por un segundo que…

La daga entró en la piel unos milímetros más, derramando gotas rojas por el cuello de la trifona y haciendo que doblara la cabeza al límite de lo que le permitía el esqueleto.

—¿Dónde está el hombre? —repitió Dévora.

—¿Cómo sé que no me vas a matar si te lo digo?

—Si no me lo dices, ten por seguro que te mataré.

—Está en el sótano, en la habitación comunal.

—Mentira —dijo Dévora, casi solapando sus palabras a las de su rehén. Esta era una técnica muy usada, consistente en marcarse un farol para ver cómo actuaba el interrogado—. Veo que aprecias poco tu patética vida…

—¡No, espera! Te lo diré, vale. Te lo diré. Está en una habitación contigua a donde estábamos nosotras en el pasillo.

—Son las prisiones ¿cierto?

—Sí, son los calabozos de la ciudad. Tú sabes que te estás metiendo en un lío monumental, ¿verdad? Has matado a una de las nuestras y…

—He matado a dos —dijo Dévora, callando a la trifona para siempre al degollarla con la daga. En su trabajo no podía dejar cabos sueltos y debía ser implacable en sus actos.

La dejó caer cerca de Agrania, su compañera de armas, y salió de nuevo al pasillo para dirigirse a la puerta que escoltaban. Estaba ligeramente abierta, por lo que solo tuvo que empujarla levemente para ver el interior. Había una gran mesa de madera recia desgastada por los bordes, un sillón tapizado con telas de motivos florales y varias alfombras decorando el suelo. Una reja de metal grueso daba acceso a los calabozos en sí, el lugar donde los reos sufrían la privación de su libertad. Se oían suspiros y quejas de dolor en la distancia procedentes de varios focos distintos.

«Ya llego, Vaiel, ya llego», se dijo a sí misma mientras intentaba abrir la reja. Estaba cerrada con llave, y aunque volvió y registró a las dos trifones matadas, no encontró llave alguna. Tuvo que sacar su ganzúa de alambres y probar a activar la cerradura a base de ensayo y error, luchando contra su nerviosismo e intentando conservar su temple.

La cerradura gruñó y las bisagras chirriaron cuando la reja se abrió, aunque no fue la única: la puerta de entrada también se abrió. Allí había una trifona de complexión especialmente robusta y ataviada con unos ropajes estivales, dejando ver parte de su cuerpo a simple vista. Miró incrédula a Dévora, agachada y recogiendo los enseres usados para forzar la reja. Dudaba si preguntar algo, gritar o simplemente guardar silencio ante la situación, aunque le faltaron pocos segundos para darse cuenta de la realidad. Corrió hacia Dévora con los puños preparados y con un grito intimidatorio que seguro habrían oído en las habitaciones aledañas, a lo que Dévora la esquivó con un giro hacia la izquierda, haciendo que su atacante diera contra la reja abierta y se golpeara contra una pared, partiéndose el labio al aplastarlo entre la piedra y los dientes. Sin embargo, eso no iba a detenerla en su ímpetu, por lo que se giró para atacar de nuevo a la ladrona, aunque esta vez la veía algo borrosa. La rodilla derecha emitió una advertencia y la hizo zozobrar y notó como las fuerzas la abandonaban. Dévora estaba ahora delante de ella, quieta y con sus ojos verdes mirándola a través de la capucha. Tenía ganas de ir hacia ella, pero su cuerpo no parecía responderle y sus sentidos poco a poco se volvían más opacos. Por último, sintió un dolor muy agudo en sus entrañas y cayó en plancha al suelo, mostrando una daga negra clavada en su espalda, la daga de Dévora. La ladrona estaba con los sentidos al máximo y su rapidez de movimientos era proverbial. Nada podía sorprenderla.

Recorrió las celdas con rapidez, pasando entre ellas como un fantasma invisible, hasta que llegó a la tercera de la derecha.

Allí vio a Vaiel. Estaba desnudo y atado por las muñecas y por los tobillos al suelo, en posición extendida. Su órgano genital le sangraba, al igual que su rostro. Dévora se le acercó con tanta habilidad que el arquero ni se percató de que ella estaba ahí presente, mirándolo. Tenía los ojos enrojecidos, con las venas marcadas y las cejas moradas. Surcos secos de lágrimas se dejaban ver a lo largo de sus carrillos, para extinguirse en unos labios partidos en varios sitios y con unas cicatrices aún vivas. Era un rostro inexpresivo, miraba hacia un punto imaginario sin transmitir sentimiento alguno. Era como un muerto en vida.

Dévora bajó el rostro y comenzó a abrirles los grilletes de las manos. Para su sorpresa, Vaiel ni siquiera giró la cabeza para ver quién era o por qué lo liberaban. Sus brazos estaban consumidos de energías.

—Vaiel, soy yo, Dévora.

El arquero giró la cabeza lentamente hasta mirarla a los ojos. Varias lágrimas brotaron de sus lacrimales mientras su respiración se aceleraba.

—No digas nada, tranquilo. Termino de soltarte y nos largamos de aquí.

Vaiel había sido sometido a todo tipo de abusos carnales por parte de las trifones. Lo usaron como su objeto sexual, dado que para ellas era un esclavo útil solo para tal fin. Dévora prefirió no preguntarle nada sobre el tema y se centró en ver si podía hacerle recuperar un poco de energías para poder andar. Le cedió su capa envolvente para vestirse y su hombro como apoyo, y comenzaron a moverse hacia la ventana por la que accedió a la vivienda. Vaiel tenía sus ojos clavados en la ladrona, no quería mirar otra cosa, era como si estuviera viendo a un ángel. Ella, cuando cruzaba su mirada con la de él, le arrojaba una sonrisa lastimera pero también amiga. Transmitía el sentimiento de confianza que tanto necesitaba él ahora.

Nada más llegar a la ventana, la ladrona oteó el horizonte y dejó caer una cuerda fina con varios nudos trenzados, atándola a la gran mesa comedor.

—Vale, solo son siete metros, Vaiel. Déjate caer por la cuerda y cuando llegues al suelo agáchate cerca de ese árbol. No queremos que nadie te mire y…

—Gracias Dévora —dijo un Vaiel sollozante y tembloroso—. No sé si voy a salir vivo de ésta, pero gracias por haberme ayudado y no abandonarme. Eres la mejor mujer que existe en toda Ampiria.

—No digas tonterías, tú hubieras hecho lo mismo y seguro que te vas a poner bien. Iremos al galeno de algún pueblo y te sanarás en unos días, ya verás. Ahora deja de llorar y ve descendiendo por la cuerda, venga.

—Gracias, Dévora.

Más que deslizarse por la cuerda, Vaiel se dejó caer, chocando pesadamente contra el suelo. Afortunadamente era ya bastante tarde y la luz diurna había aminorado aún más su intensidad. Dévora bajó rauda por la cuerda, como si hubiera nacido para trepar, y ayudó a Vaiel a levantarse.

—Debes aguantar, ¿vale? Vamos a ir por un camino tranquilo y poco frecuentado, secundario. Sé que te debe doler horrores por ahí abajo, pero aguanta el dolor, hazlo por mí y por la pequeña Nofret ¿vale?

—Haré todo lo que pueda, te lo prometo. ¿Vamos hacia ella ahora?

—No, primero voy a ponerte a salvo a ti. Mientras tú preparas nuestra ruta de escape, yo iré a por ella.

—No quiero ser un problema, puedo intentar huir yo de…

—Calla y escúchame bien, que no disponemos de mucho tiempo. Te voy a llevar a un templo enclavado entre árboles y vegetación, algo apartado de tantos trifones. Igual te topas con alguna monja de su orden, pero intentemos que suceda lo más tarde posible ¿vale? Te llevo allí no solo para que estés a salvo, sino para que abras nuestra ruta de escape. Allí hay un portal dimensional, como ya hablamos, que debes activar tú.

—¿Y cómo se supone que…?

—Yo te diré cómo, tranquilo —volvió a interrumpirle Dévora, tratando de que solo la escuchara a ella—. Estas son las notas que he ido recabando de las runas inscritas en su superficie. Esas runas deben ser dispuestas en un orden concreto para que cuando se pulse la clave, se abra el portal. Para saber cual es el orden, debes basarte en la oda de los renacidos. No sé exactamente cómo, pero en el cantar debe ir descrito determinado orden.

—Dévora… nunca he sido un intelectual, ni soy bueno con los acertijos y mucho menos en el estado en el que estoy. Prefiero esperarte a ti y lo hacemos juntos.

—El tiempo va en nuestra contra, Vaiel. Has de saber que Nofret está custodiada por Kovar, el hechicero que nos daba caza.

—Mierda… ¿y seguimos sin saber nada de Sirián?

—Nada, Vaiel. Sé lo suficiente de hechiceros y magos del estilo como para dar por sentado que siempre tienen un ataque preparado para sacarte las entrañas por la boca nada más intentes acercarte a ellos. Si no hubiera estado Nofret, créeme que hubiera intentado hacer algo, mas con ella en medio, estaba atada.

—Hiciste bien, no hay nada que lamentar —dijo Vaiel, cerrando sus dientes en dolor. Andaba con las piernas arqueadas, disimulando como podía con la capa envolvente.

—Sea como sea, prefiero no medirme a ese Kovar, no al menos aquí ni hoy. Cogeré a Nofret, vendremos al templo y espero que más o menos tengas ya establecida la combinación de runas.

Vaiel puso el rostro serio y asintió débilmente con la cabeza.

—Estudia bien los apuntes que te paso aquí —dijo Dévora en la entrada del templo.

La noche estaba ya bien asentada y todo era oscuridad. Vaiel se sentó con un suspiro de alivio en las afueras de la construcción, mientras miraba las runas con atención. Empezó a balbucear un canto que sonaba a una grandiosa batalla o algo semejante. Tenía los ojos totalmente abstraídos.

Dévora se apartó poco a poco de su lado con una sonrisa en sus labios. Vaiel estaba canturreando la epopeya de la oda de los renacidos, a modo de recuerdo, y ya solo faltaba traer a Nofret de las garras del hechicero ese, mas no sería tan fácil. Kovar era un hechicero temible, y seguro que tenía plena constancia de la visita que Dévora le iba a hacer. La ladrona podía ser una peligrosa adversaria, mas la necesitaba con vida para un hecho mucho más importante y que representaría la decadencia del imperio de Ampiria. Ella era la elegida por Kovar, dadas sus dotes únicas de subterfugio y su nexo de unión con la corona.

Nofret era un buen rehén, aunque para convencerla con mayor seguridad había alguien más aguardando la llegada de la ladrona, una mujer de mirada inocua y unas dotes mágicas consolidadas con mucha experiencia.

Su nombre era Nairis.

CAPÍTULO 13: DUELO DE JUSTAS

La última llamada tenía sus calles hirviendo en júbilo y festejos, con una muchedumbre poblando cada esquina, taberna y posada del lugar. Habían venido de todos los rincones de Ampiria para celebrar el primer Torneo de los unidos, un canto por la libertad y la victoria frente a los segadores pútridos que intentaron tomar la ciudad y que fueron repelidos con orgullo por la alianza de caballeros de las principales ciudades. Poco se hablaba de los héroes que lucharon en aquella batalla, nombres como Sirián, Drigán, Zurah o el difunto Maiden, aunque sí había un puesto de honor para un tal Vaiel, el ejemplo de cómo un granjero de pueblo podía convertirse en una leyenda dando muerte a un Origen. Muchos lo describían como un hombre de más de dos metros y cuerpo macerado para el combate, ataviado con unos ropajes terminados en pinchos que usaba para aplastar a sus rivales con él mismo. Se le atribuían las muertes de feroces dragones y de mitos tales a la Gorgona de los vientos y el gigante de los dos picos, forjando así la leyenda de su nombre.

El Conde Casis no escatimó en recursos, ordenando construir un campo de liza y uno de duelo de espadas con una capacidad de más de tres mil habitantes en sus gradas. Iba a ser un espectáculo sin igual, un hecho digno para todos los señores que venían a disfrutar y ver competir a sus mejores caballeros. El invitado más importante era el mismísimo emperador Roig II, que se mostró muy interesado en ir para aprovechar y unir la frágil alianza que existía entre todos los señores. Roig II reinaba desde Reina-Uz, un referente para todo mercader o joven heraldo aspirante a ser caballero, con unas calles empedradas en adoquines blancos, viviendas edificadas en un orden matemático y estatuas decorativas poblando cada plaza.

Si bien Roig II fue coronado en Ausper la Mayor, al cabo de unos años decidió abandonar ese lugar para asentarse en Reina-Uz, una ciudad mucho más joven y hermosa que cualquier otra. Era el orgullo de Ampiria, un lugar de peregrinación obligatoria para todo ciudadano que quisiera ver la grandeza del imperio.

Auburco de Partizán era un señor más de entre todos los invitados para los festejos, aunque él tenía una peculiaridad que le hacía destacar sobre el resto: él mismo competía en las justas, no dejando que ninguno de sus caballeros defendiera su bandera. Desde muy temprana edad, siempre estuvo arropado por fuertes caballeros que le fueron enseñando el arte y la disciplina del combate con espada, algo que el niño asimiló con fuerza. Soñaba con ser un héroe de leyenda, como el que se leía en los relatos de los monjes o el que se escuchaba en las odas de la Corte. Deseaba ser un luchador aguerrido y brillante, hecho que logró con insistencia y entrenamiento. Se convirtió en un señor de puño firme, recto en sus mandatos y siempre preparado para dar la vida por su tierra, luchando en primera línea si era necesario. Para él, el mejor entrenamiento era luchar en el campo de batalla, pues ahí aprendías de la improvisación del momento y superabas el miedo a la muerte al verla venir ante cada rival. Sin embargo, a lo largo de los años reinó la paz en Ampiria, y el único método de combate que se aproximaba más en riesgo al de un combate abierto eran las justas. Se convirtió en un justador sin igual. Era implacable y temerario, un duelista fiero del que no se recordaba derrota en la liza.

El día amanecía encapotado en La última llamada, aunque la gente poblaba las calles desde hacía horas, vendiendo comida y bebidas a las puertas del campo de liza, ofreciendo servicios de vigilancia y limpieza de las monturas y presentando toda suerte de productos manufacturados como recuerdo de este día: vasijas ornamentadas con los emblemas de varios de los señores, réplicas de espadas con el nombre del torneo grabado en su hoja, escudos heráldicos con los colores de las casas de justas más conocidas y multitud de coloridas túnicas representativas de cada casa heráldica. Así mimo, proliferaron lugares de apuesta donde la muchedumbre apostaba sus átlidos y romanceros en quién vencería en el siguiente combate de justa.

Hoy era el día en el que se inauguraba el torneo, y se extendería durante dos días de combates en la liza y dos más en el campo de espadas, aunque era la primera la que más notoriedad tenía.

—¿Cómo te sientes, Leonardo? —le preguntó su hermana, con cara de preocupación.

—Bien, pierde cuidado. Es solo que ésta armadura me hace daño en el tronco superior, van a tener que abrir un poco los tornillos o no voy a poder levantar mucho el arma de justa.

—Ve con cuidado ¿vale? Si ves que te golpean quédate en el suelo y pide rendición, y ante todo protégete siempre la cabeza, te lo ruego. El cementerio está lleno de hombres valientes, recuérdalo.

—No busco la muerte, si es eso lo que te preocupa, así que relájate, que parece que vas a ser tú la que vaya a salir ahí fuera a competir —replicó con una risa tranquilizadora Leonardo.

—Ya, pero me preocupo, Leonardo. Ahí están los mejores justadores de la región, experimentados caballeros que tienen una práctica que tú no. Ya sabes que Zurah pudo contactar con Dévora y ya deben de estar de camino hacia nosotros, debemos confiar en ellos.

—No puedo ponerme en manos de Dévora, mi querida hermana, nada me garantiza que pueda estar aquí a tiempo. Además, la forma más noble de salir de ésta es en la liza, sin lugar a dudas.

—Ya te dije que es un caso perdido —dijo Zurah con claros indicios de enfado en su rostro—. Al final va a conseguir que nos decapiten a todos, ya verás.

—Mi querida Zurah, ten fe en mis aptitudes, pues el Creador me guiará hacia la victoria.

—Yo sí que te voy a dar fe, pero a base de mamporros con el báculo, a ver si así te despiertas un poco. Tú lucha, pégate todas las tortas que quieras en la liza, que yo seguiré rezando porque Dévora y su compañía vengan por aquí.

—¡Eh vosotros! —gritó Garko, la mano derecha de Auburco de Partizán—Ya podéis moveros. Vosotras dos sin truquitos, seréis conducidas a una parte del palco. Irán con vosotras cuatro guardias con la orden estricta de daros muerte ante cualquier intento de huida o semejante. Tú, Leonardo, sígueme, que te toca combatir.

—Suerte, Leonardo. Confía en tu instinto —susurró Lilian.

—Gracias mi benevolente hermana. No defraudaré tu confianza —respondió Leonardo, mirando con una sonrisa marcada a Zurah. Ésta terció la vista hacia otro lado, aunque no pudo evitar dirigirse a él.

—Mucho ánimo e intenta que no te perforen la cabeza ¿vale? Eso es un privilegio que quiero hacerlo yo.

—Ja, ja, ja, tendrás tu oportunidad, mi querida Zurah, aunque igual soy yo el que logra entrar en esa mente tan azotada para conducirte por los senderos del Creador.

—Mucha fe tienes tú… demasiada diría yo. Anda, intenta salir vivo…

Leonardo se fue tras Garko, que lo acompañó hasta las habitaciones preparatorias antes de salir a la liza. Allí se armó con un yelmo y un escudo en su mano zurda, para luego seleccionar un arma de poste. Las más pesadas otorgaban mayor fuerza de impacto pero peor capacidad de maniobrabilidad, poniendo a prueba la constitución de su portador. Leonardo tenía buenos músculos como para sostener una de ellas, pero prefirió tomar una ligera, de muy fácil manejo y fácilmente astillable en el golpeo. A su alrededor veía a otros caballeros, de mirada perdida y miedo dibujado en sus rostros. Eran jóvenes heraldos que venían para ponerse a prueba ante justadores consagrados, por dinero, por honor, o simplemente por salir de la pobreza. Costaba dinero adiestrarse y apuntarse a este torneo por libre, y aun así debías enarbolar una bandera en tu tabardo como símbolo de que un señor te depositaba su confianza, que aceptaba hacer mediante un pago previo. Nada era gratis para los iniciados.

—¿Seguro que escogéis lanzas ligeras? —le preguntó el preparador que se ocupaba de ataviar y suministrar todo a los caballeros ahí abajo.

—Sí, no necesito más. Eso sí, preferiría escoger yo el caballo, si es posible.

—Se te suministrará el caballo que sea —dijo Garko, metiéndole prisa para salir ya—. ¿Qué te falta?

—Querría que me abrieran un poco los tornillos del torso superior de la coraza. Me imposibilitan alzar los brazos.

—Voy… —dijo el preparador con una llave de herrajes en mano.

—Oiga, una pregunta… ¿aquí están todos los caballeros participantes?

—No, desde luego que no, aquí solo estáis los que habéis pagado por participar, los parias, con perdón hacia su persona.

—¿El resto…?

—¿Los grandes caballeros? Están fuera, en sus tiendas de campaña, con su séquito… ¿Habéis participado alguna vez en un torneo?

—No, es el primero, por eso os pregunto.

—Ya veo… —respondió el ayudante, que miró hacia el cielo como si estuviera haciendo una súplica—. ¿Mejor así? ¿Podéis ya levantar los brazos?

—Perfecto, buen señor. Os agradezco la pleitesía.

—Nada. Mucha suerte ahí fuera. Y si admitís un consejo, tomad mejor las lanzas pesadas, tenéis cuerpo como para portarlas.

—Necesitaré mi mejor puntería y dichas lanzas serán una traba, aunque os estoy muy agradecido por el consejo, así como por los deseos de buena fortuna que me dais. Espero estar a la altura.

—Por cierto, necesitáis un tabardo. ¿Qué bandera os arropa?

—Pues… lo cierto es que ninguna.

—¿Cómo ninguna? ¿Señor Garko? ¿He de suponer que vuestro señor Auburco acoge a este justador?

—Desde luego que no, solo nos faltaría eso —respondió Garko algo nervioso por la tardanza—. Ponedle el que sea y andando.

—Si me permitís… desearía uno blanco con la insignia de un círculo rojo, representando el Todo, al Creador.

—Sea, no es lo más raro que me han pedido —respondió el ayudante, mientras sacaba un tabardo blanco y le pintaba un círculo rojo sobre la parte delantera y otro en la trasera.

—¿Listo ya? ¡Venga, vamos! A ver qué tal te portas ahí fuera —dijo Garko, empujándolo del hombro hacia delante.

—Sobre el caballo… —dijo Leonardo antes de ser interrumpido de nuevo por su acompañante.

—Olvídate del caballo, todos son iguales. Te daremos uno decente y da las gracias.

Zurah y Lilian estaban bajo el palco de honor, donde varios reyes, marqueses y condes se exponían con sus mejores ropajes. Estaban rodeados de viandas y toda suerte de doncellas para asistirlos en cualquier mandato que tuvieran. El público ubicado en las gradas del campo de liza estallaba en júbilo cada vez que dos caballeros se retaban en la arena, vociferando el nombre del vencedor en oleadas crecientes. Estar bajo el palco podía parecer algo muy honorable, aunque en verdad era una prisión más, con cuatro guardias en posición firme vigilando tras la puerta, que era de rejas. Disponían de una venta con rejas que daba hacía el campo de liza, el único medio que tenían para ver o que pasaba en el exterior. Lilian se concentró en rezar en voz baja una y otra vez por la salvaguardia de su hermano, mientras que Zurah la sujetaba de la mano en complicidad. Estaban en un grave aprieto y dependían de la ventura de otros para su salvación, algo que la bruja oscura odiaba tremendamente.

«Esta es la última vez que me presento en una ciudad con una paladín o un caballero del dragón. Ya estoy harta de tanto orgullo, credos y tonterías. Sirián… ¿dónde rayos andas?», pensó Zurah, mordiéndose el labio inferior con inseguridad.

Súbitamente sir Coyades de Crisgar salió a la arena sobre un caballo brioso, al galope. Detrás de él, sus heraldos le seguían como podían corriendo con varias lanzas y escudos en sus manos. La gente rugió en vítores y ánimos, coreando el nombre de su bandera: el condado de Mitilene. El duque Creiburjo se levantó de su asiento en el paco para alzar la mano en aprobación, lanzando luego una bendición sobre su caballero, que recibió bajando la cabeza en sumisión. Acto seguido, clavó la bandera de Mitilene en su tienda de caballería correspondiente y tomó una de las armas de poste para ir calmando sus nervios antes de la batalla.

De nuevo sonaron las trompetas, esta vez anunciando a un joven prometedor de nombre Leonardo de Carpatia. El paladín salió a la arena montando sobre un corcel marrón con manchas negras, portando el arma de poste en vertical. Su porte de caballero era innegable, trotando con galantería en una posición perfecta. Su espalda estaba en una perpendicular exacta al suelo, la mano que sujetaba las riendas y el escudo iban pegados en el centro del vientre, con su rostro reflejando la seguridad de quien era un ganador. Su armadura brillaba de forma innatural, como si hubiera tenido un lijado previo. El público lo vitoreó con fuerza también, aunque al mirar hacia el palco y constatar que nadie se levantaba, comenzaron a enmudecer. En el palco unos se miraban a otros con extrañeza, hasta que el anfitrión, el Conde Casis se levantó para dirigirse al caballero.

—Sir Leonardo de Carpatia, agradecemos su presencia aquí, en este Torneo de los unidos, aunque le requerimos la confianza de uno de los señores de estas tierras. Su escudo heráldico no obedece ningún régimen de los conocidos y me informan que tampoco habéis abonado la cuantía necesaria para batiros aquí hoy. ¿Tenéis algo que decir en vuestra defensa?

—Mierda… mucho ha durado ya este cuento de hadas —dijo Zurah, cerrando el puño en rabia.

—Pero… ¿No es Auburco el que le dio la mano? ¿Acaso no abonó él su cuantía? —respondió Lilian.

—¿De verdad vas a fiarte de ese desgraciado de Auburco? Ese no ve más allá de su propia persona y nos ha metido en un buen follón. Lilian, me temo que vamos a tener que salir de aquí a base de magia. No pienso convertirme en una esclava de nadie.

—Cálmate Zurah, debe haber otra forma. Evocar magia no siempre es la solución. Son muchos caballeros y guardias los que nos podemos encontrar en nuestra huida, y no somos invulnerables a sus ataques.

—Agradezco vuestras palabras, conde Casis y con gusto os responderé a vuestras dudas —dijo Leonardo, quitándose el yelmo totalmente—. He sido invitado por sir Auburco de Partizán, quien espera batirse a mí en duelo personal. Obviamente, no abrazo su bandera ni su orden, sino una mucha mayor: la del Creador. Si os debo algo por estar aquí, en esta arena, tomadlo de mis pertenencias. No busco la gloria ni la riqueza, sino cumplir en este torneo para salvaguardar a mi hermana y a una amiga.

El Conde Casis y los presentes en el palco se deleitaron en carcajadas por lo absurdo que resultaba la respuesta. Leonardo se presentaba como un caballero independiente que osaba batirse a uno de los mejores justadores conocidos, para además invitarse gratuitamente bajo el lema “no lo hago por hacerme rico”.

Resultaba algo tan cómico y fuera de lugar, que el Conde Casis no calmó su sed de risas en lo más mínimo.

—Así mismo, conde Casis, me gustaría recordaros mi presencia en la batalla ante los segadores pútridos que intentaron asolar esta ciudad y motivo de la celebración de este torneo. Vine comandando por las tropas del Alto de Vistok, dirigidas por el mismo lord Lalies.

—¿Así que también luchasteis en la batalla? —exclamó Casis aguantándose la risa.

—Pero ¿qué le pasa a ese desgraciado? ¿Tan rápido olvida a quienes le ayudaron? —dijo Zurah indignada.

—Tiene a mucha gente bajo su orden, sería raro que reconociera a Leonardo tras haberlo visto una o dos veces. Reconocería a Dévora y a Vaiel con total seguridad, pero a Leonardo… —respondió Lilian con voz de preocupación.

—Ahora no sé si es mejor que lo echen de la arena o que siga ahí, la verdad. ¿Crees que puede vencer, Lilian?

—Él puede vencer a todo, Zurah, incluso a la muerte. Solo necesita saber que combate por un acto legal. Su poder no tiene límites, solo el que tu fe pueda darte.

—Y luego nos dan caza a los magos porque somos peligrosos…

—Luché en esa batalla, así es. ¿Tengo vuestro beneplácito para iniciar el combate? —preguntó Leonardo algo intranquilo ya.

A punto estuvo Casis de responderle con contundencia, cuando pasó algo inesperado. El público comenzó a corear el nombre de Leonardo con más ímpetu que a cualquier otro. El paladín, al ver los gritos de ánimo, alzó el arma de poste con su brazo totalmente extendido como agradecimiento, a la vez que colocaba su caballo sobre las dos patas traseras, en posición heroica. Las gradas estallaron en aplausos.

—¿Qué está pasando aquí? —susurró Casis a uno de sus lugartenientes en el palco.

—Mi señor… el pueblo se siente identificado con ese caballero. Dicen que combate para salvar a sus hermanas, o algo así, y que no lo hace por el dinero. El pueblo lo considera su representante.

—¿Representante de qué, si puede saberse?

—De que también los pobres, o el pueblo llano, puede aspirar a batirse a los grandes caballeros, mi señor.

—Tonterías... muy creído se lo tiene este Leonardo si cree que el público me hará temblar.

Todos los señores del palco comenzaron a templar sus risas y a mostrar curiosidad por lo que estaba aconteciendo. Era rocambolesco que el pueblo se atreviera a condicionar una decisión señorial, más aún cuando se trataba de algo tan evidentemente ilegal. En los torneos uno debía representar una bandera conocida y algún señor debía hermanar su presencia. Si no se cumplían estos requisitos, quedaba excluido.

—¡Está bien, está bien! —gritó Casis, moviendo sus manos para pedir silencio a las gradas—. Agradezco su presencia, Leonardo de Carpatia, es notorio vuestro arroje y valentía al querer mediros ante los justadores más experimentados del reino, mas me temo que no va a ser posible en este torneo.

La gente comenzó a chillar contra la decisión, aunque poco podían hacer. La decisión del conde era inequívoca e irreversible. Leonardo miró entristecido el suelo, clavó su arma de poste en el suelo y miró hacia el cielo.

«Ayúdame, te lo ruego. Tú, que creaste el mundo y a las personas, tú, que creaste la razón y el valor, tú, que creaste la bondad y el altruismo... guíame hacia tu luz y dame esperanzas».

Súbitamente, todas las trompetas rugieron en frenesí, empezando las de las grandes inferiores para luego ir uniéndose las de las gradas superiores, e incluso las del palco. La melodía que sonaba era inequívoca y todos los presentes, incluidos los señores habidos en el palco, se arrodillaron. Allí abajo, en la arena, un hombre de talla alta y barriga agradecida se presentó cabalgando con numerosos caballeros a su alrededor blandiendo la bandera de la espada de lis, la del imperio. El emperador era un hombre menudo y del montón, bastante feo de rostro y regordete.

Cuando llegó abajo del palco, descabalgó torpemente del caballo y se dirigió al palco.

—Por lo que veo habéis decidido empezar sin mí.

—Mi señor Roig, los últimos informes que nos dieron hablaban de que sufríais del mal de la pierna y al final no vendríais. Nos dijeron que estabais con grandes dolores en cama...

—¿Os parece que esté en la cama, conde Casis? ¿Desde cuándo mis señores se fían de lo que digan los rumores? ¿No os dijo mi emisario que me personaría en este torneo?

—Sí, sí mi emperador. Al oír esos rumores, pensamos que…

—¡Pensasteis! ¡Ahí está el problema! —siguió diciendo el emperador, mientras subía por las escaleras, escoltado por su guardia personal—. A partir de ahora no penséis, os lo ruego. Simplemente obedeced.

—Sí, mi emperador. Lamento el error y los daños causados.

—Ya me ocuparé yo de que lo lamentéis con impuestos, no os preocupéis. Adelante, que siga el torneo, no he venido hasta aquí para tener que nombrar vuestra incompetencia.

—Sí, mi emperador. Ahora mismo sacamos a los siguientes combatientes y seguimos con lo planeado. Lamento mucho la falta de respeto por mi parte, mi señor, no volveré…

—¿Qué les pasa a esos dos? ¿Ya han luchado? Los veo en perfecto estado —interrumpió el emperador, refiriéndose a Leonardo y a Coyades.

—Mi señor, esos dos no pueden batirse, el de vuestra derecha no está abanderado por señor alguno —respondió Casis al instante.

—Cerrad la boca, os lo ruego, me resultáis ofensivo y molesto. Vuestro diálogo es irritante para mis sentidos —dictaminó Roig II sin mirar siquiera a su tertuliante—. Tú, Creiburjo de Mitilene, habladme, qué pasa aquí.

—Mi señor —respondió Creiburjo de Mitilene con una reverencia—. Se hace llamar Leonardo de Carpatia y dice que desea luchar por sacar de la pobreza a dos de sus hermanas y a unas amigas, o eso he creído entender. El problema, mi señor, es que enarbola un tabardo con los colores de lo que él denomina ser el Creador y además no hay señor alguno que lo abandere. Dijo que Auburco de Partizán lo invitó, pero no tenemos constancia, mi señor.

—¿Y le habéis preguntado a Auburco?

—No está aquí, mi señor. Como bien sabéis, suele justar.

—Ah sí, sí, es muy dado a eso el muy becerro. Eso sí, cuando solicitas su presencia para hablar, no sabe ni cómo dirigirse ante una doncella. De hecho, aún sigo oyendo que no ha aprendido a escribir.

Todos se rieron a su alrededor con una carcajada efímera que sonaba bastante falsa. El público volvió a corear el nombre de Leonardo, algo que irritó a Casis. Mandó a sus hombres que fueran hacia los instigadores y ordenara silencio.

—¿Qué...? ¿Qué gritan esos desgraciados? —preguntó Roig II.

—Corean a ese caballero, a Leonardo. Lo quieren ver combatir, mi señor —respondió Creiburjo.

—Entiendo... pues bien, decid que callen todos, que voy a hablar.

Las trompetas sonaron y al instante la voz ronca de Creiburjo ordenó silencio en toda la liza. El decir que el emperador iba a pronunciar unas palabras era motivo suficiente como para guardar silencio y escuchar, al menos si apreciabas tu vida.

—¡Ciudadanos de Ampiria! Me congratulo mucho de ver cómo nos juntamos todos de nuevo bajo el techo de la victoria. En un día como éste, recordamos como la libertad de nuestro pueblo pudo enfrentarse ante la esclavitud que nos traía un gregario de la muerte, con su ejército de segadores pútridos, esos árboles o lo que sea que son. Aunque ciertos estúpidos han adelantado este torneo antes de mi advenimiento, doy por inaugurado este primer Torneo de los unidos.

Absolutamente todos aplaudieron con euforia las palabras de Roig II. Pocos lo hacían por devoción y la mayoría por obligación, para no ser marcados como traidores por no venerar a su emperador. Sin embargo, Roig II no se sentó aún y siguió hablando.

—Además, he oído que este muchacho de nombre Leonardo de Carpatia viene a este torneo para batirse con la única arma del amor a los suyos. En su tabardo podéis ver la bandera más sagrada que existe, la del Creador, y vosotros, el pueblo de Ampiria, queréis verle justar. ¿Aún os hace falta un señor que os otorgue su beneplácito? ¿Requerís de quién os de permiso para luchar en su nombre? ¡Pues tenéis mi nombre, Leonardo! ¡Venced en mi nombre!

La gente comenzó a aplaudir y gritar el nombre de Roig hasta la saciedad. El emperador era visto como un hombre de modales mundanos y muy bonachón en sus sentimientos, y actos como éstos engrandecía aún más su figura. Por actos como este, la gente lo amaba. Sabía ganarse a su público.

—Ale, ya está hecho —dijo Roig II, sentándose en la silla principal del palco—. La gente está contenta, yo estoy contento y nada malo va a pasar. A ese Leonardo lo masacrarán ya mismo, pero lo importante es que el pueblo sienta que se le oye. ¿Lo entendéis?

—Sí, muy bien pensado, mi emperador —dijeron casi al unísono varios de los señores que lo arropaban.

Las trompetas volvieron a sonar, esta vez como preparatorio del inicio del combate. Daban unos segundos a los combatientes para ponerse el yelmo, ajustar las riendas y el escudo, y colocarse el arma de poste correctamente.

—Esto sí que no me lo esperaba... el emperador de Ampiria dando la cara por Leonardo. Cuando se lo cuente a Sirián no me va a creer —dijo Zurah con ironía y sarcasmo.

—Ha llegado justo cuando tenía que llegar y ha actuado justo como tenía que actuar. Hemos tenido suerte, la verdad —replicó Lilian, con una sonrisa de oreja a oreja.

Ahora le tocaba hablar a los peones que estaban en la liza, a Coyades y a Leonardo. Ambos cerraron la mirilla de sus yelmos respectivos, atenazaron con fuerza el arma de poste sobre su dorsal, y esperaron la señal oportuna para lanzarse el uno contra el otro. Y sonó la campana.

Los caballos se levantaron sobre sus patas traseras y salieron galopando como si les fuera la vida en ello. A través de la rejilla del yelmo, Leonardo veía moverse hacia arriba y hacia abajo a su rival, que se acercaba cada vez más desde el otro lado del palo de la liza. Sentía cómo el pálpito de su corazón le golpeaba las costillas con dolor y cómo sus brazos despertaban en pequeños temblores. Era una experiencia nueva para él, aunque sabía perfectamente que un mal esquive podía arrancarle la cabeza de cuajo. El sudor apareció en segundos, bañándole la frente y metiéndose en los ojos, provocándole un picor irritante. De repente, todo le pesaba, todo se llenaba de dudas. Apenas quedaban unos metros, cuando Coyades alzó levemente su arma de poste, apuntando el rostro de Leonardo. Quería acabar por la puerta grande, derribando a su rival de un golpe conciso y bien medido.

En los torneos de justas, cuando golpeabas a tu contrincante en el torso, brazos o piernas, levantaban una banderola de daño a tu favor. Si golpeabas en la cabeza, levantaban tres banderolas directamente. Si se tenía en cuenta que en este torneo el primero en levantar cinco banderolas se llevaba la victoria, ir a la cabeza era la mejor opción. Además, cuando un arma de poste a gran velocidad te golpeaba en el yelmo, lo normal era que te hiciera saltar por los aires, derribándote y dejándote totalmente mareado en el suelo. Las reglas del torneo dictaminaban que o bien gritabas rendición o debías batirte con espadas hasta la muerte.

Leonardo optó por la defensa y se centró en esquivar el posible golpe que iba a recibir. No sabía bien si su rival cambiaría la trayectoria en el momento de impactar, así que intentó concentrarse en la punta de la lanza enemiga. Su lanza de ataque iría sola, de eso no le cabía la menor duda.

A tan solo dos metros de distancia el ataque se desencadenó con fiereza y gritos. Coyades no cambió su trayectoria y empujó su cuerpo hacia delante para ganar unos centímetros en la pegada hacia la cabeza de Leonardo, que la movió hacia la izquierda justo cuando recibía el impacto. El arma de poste se fragmentó en varios cachitos menores y el yelmo recibió un arañazo profundo que hizo tambalearse al paladín. Su arma de poste no alcanzó a objetivo alguno, quedándose muerta en sus brazos. Tres banderolas de daño se levantaron del lado de Coyades, que tomó una nueva arma de poste y esperó a que su rival hiciera lo mismo.

Leonardo llegó al final de la liza respirando con dificultad, casi a punto de ahogarse. El yelmo no le dejaba ver ni respirar y además le provocaba picores horribles en los ojos. Era una temeridad deshacerse del mismo, pero así lo hizo. Se quitó la protección de la cabeza y cerró los ojos unos segundos para tomar una bocanada de aire. Ese instante le rejuveneció. Abrió de nuevo sus párpados y azotó las riendas para ir al encuentro de Coyades, que hizo lo propio con su caballo. Todo el público, así como el palco de los señores, se quedaron enmudecidos, con los ojos abiertos de par en par y la boca abierta en forma de o. Nadie quería perderse este encuentro, que podía resultar en una sangría o en una muestra de valor sin igual.

Los dos justadores llegaban de nuevo al punto de encuentro, en el centro de la liza, pero esta vez Leonardo veía todo con nitidez y sentía cómo su cuerpo presentía los ataques. Esta vez estaba preparado para golpear y lo haría no con premeditación, sino en su justo momento. Coyades llegó primero, rompiendo con su lanza a la altura del cuello del paladín, aunque esta vez no alcanzó su objetivo. Leonardo midió el golpe con tanta exactitud, que notó el roce del filo punzante pasarle cerca de la nuez. Lo esquivó con un movimiento rápido, para acto seguido colocar su arma de poste paralela al suelo y dirigirla hacia Coyades. Ésta golpeó en el vientre de su rival, levantándolo por los aires sin salvación al ser un impacto lateral muy próximo a su ejecutor, que además vio potenciado su impacto merced a la velocidad del caballo y al ángulo en el que sostenía su arma de poste. En vez de golpearle frontalmente tenía la lanza a unos treinta y cinco grados, haciendo que el área de impacto fuera mayor.

Coyades cayó al suelo y una banderola de daño se levantó al lado de Leonardo, quien detuvo su caballo en seco para desmontar de un ágil salto. Nada más caer desenfundó el mandoble de las alforjas y se dirigió raudo hacia su adversario, que seguía en el suelo, moviéndose de forma errática sin poder levantarse. Debía estar mareado luego del tremendo golpe recibido, así que Leonardo debía ser rápido en su actuación.

Nada más llegar a su altura, puso su pierna derecha sobre las costillas de Coyades, para impedir que se moviera más, y tensó el mandoble sobre la rejilla del yelmo. Con un golpe seco la desplazó hacia arriba, dejando descubierto su rostro ante la espada.

El público clamaba por matar al caballero derribado, aunque ese hecho no estaba contemplado por Leonardo, que solo buscaba que pidiera rendición. Coyades estaba con los dientes apretados y los ojos cubiertos de pánico. Sus pupilas aún estaban adaptándose a la situación actual, luego del derribo sufrido, con un mareo más que visible.

—Gritad rendición y viviréis para ver un nuevo amanecer. Habéis sido un rival justo y merecedor de ser laureado, pues habéis entregado todo vuestro valor en el combate. Rendíos, os lo ruego —dijo Leonardo, calmando su respiración pero sin aflojar la tensión de su espada.

Coyades asintió con síntomas de dolor y alzó su mano diestra en rendición. Por sus labios brotó un hilo de sangre de colores vívidos y de nuevo atenazó sus dientes en claro síntoma de dolor. Cuando el paladín se retiró hacia atrás, constató como su golpe con el arma de poste no solo le derribó, sino que las numerosas astillas lograron atravesar su armadura a la altura del vientre, clavándose con profundidad en el abdomen. Leonardo dio dos pasos hacia atrás y enfundó su espada de nuevo en el caballo, a lo que todo el mundo aplaudió con efusividad.

—¿Ese era vuestro campeón, duque Creiburjo? —preguntó el emperador, mientras se untaba un paté de hígado de oca sobre una rebanada de pan de centeno.

—Ehh… Sí, mi emperador. Sir Coyades de Crisgar era mi mejor baza en las justas. Ha tenido participaciones muy notables en varios torneos de…

—Sí, sí, estoy seguro de que es un campeón —interrumpió Roig II, como era habitual en él—, aunque por lo que veo esta vez su recorrido ha sido efímero. ¿De verdad estoy protegido por caballeros que caen vencidos por el primer pazguato que se bate ante ellos?

—Mi señor, ha sido suerte de principiante…

—En la derrota siempre argumentáis que ha sido la mala suerte, mas en la victoria que fue vuestra estrategia y valor. Comienza a ser petulante vuestro diálogo, sir Creiburjo, os tenía en mejor consideración, la verdad.

Creiburjo miró de soslayo al conde Casis y a otros de los sires que allí compartían palco, maldiciendo la situación en la que se encontraba. No era plato de buen gusto recibir esas afirmaciones tan humillantes delante de todo el mundo y en boca del emperador.

Los combates siguieron su curso, con valientes caballeros midiéndose en la arena con esmero y tesón. Hubo un incidente remarcable cuando se batían sir Trois de Foss y sir Aislán de Fresnos, rompiéndose la lanza del primero justo en la rejilla del desgraciado Aislán, penetrando varias de las astillas a través de la misma y clavándose en su rostro. La última noticia era que había perdido el ojo derecho y que aún tenía varias clavadas con bastante profundidad. Era parte del riesgo que se corría en tan temerarios juegos de guerra.

Leonardo se acercó a la ventana donde Zurah y Lilian se asomaban, con sendas sonrisas que poblaban sus rostros. La victoria del paladín las llenó de esperanzas.

—Ha sido un combate excepcional, Leonardo. ¡Un golpe magistral! —dijo Lilian, tendiéndole la mano para apretar la de él.

—El Creador ha sido benevolente conmigo, sí. Son buenos justadores los que hay aquí, hay que estar muy atento. Son rápidos y letales. No hay que descuidarse en ningún momento.

—Por eso mismo, querido hermano, deberías olvidarte de volver a quitarte el yelmo. Fíjate lo que le ha pasado a ese tal Aislán. ¡Y llevaba el yelmo puesto! Imagínate si no lo hubiera tenido… ahora estaría tendido en una fosa y no lo reconocería ni su madre. Haznos el favor de combatir con el yelmo puesto, te lo ruego.

—No me dejaba ver bien, Lilian. No estoy acostumbrado a este tipo de combates donde la fuerza de la montura y una puntería precisa dictamina la victoria o la derrota. Sabes que no fui instruido en este tipo de combates de exhibición. Necesito tener todos los ángulos de visión abiertos y lo más claros posibles.

—Hombre más cabezota no ha existido —refunfuñó Zurah—. Hasta yo estoy empezando a creer que puedes sacarnos de aquí, pero no quiero que sea a costa de tu vida, ¿entiendes? Ponte el yelmo y cierra la boca.

—Pero, perdería aptitudes de…

—¿Acaso no es tu deber obedecer a las damas en apuros? Pues aquí somos dos damas en apuros y te pedimos que por favor portes yelmo en los siguientes combates. ¿Nos vas a hacer caso o prefieres ir por tu cuenta?

—Está bien, está bien, lo haré. Intentaré buscar uno con una rejilla de barrotes más finos.

—Algo es algo —respondió Zurah, algo más satisfecha.

—Gracias, hermano —sentenció Lilian.

Transcurrió una hora antes de que de nuevo fuera el turno de Leonardo para combatir. El campo de liza estaba ya teñido de sangre por su parte central, donde varios caballeros se tuvieron que batir en duelo de espadas. Así mismo, numerosas astillas y restos de lanzas de justas se mezclaban con la arena blanda, dando fe de las numerosas batallas que iban sucediéndose.

Leonardo volvió a la zona de abastecimiento, donde pudo hacerse con un yelmo más a su gusto y con nuevas lanzas, también ligeras. Estaba montado sobre su caballo y con la mirada fija en la arena exterior que se veía a través de unas puertas enormes.

Quedaban pocos minutos para ser presentados para salir a la liza, cuando su rival se le acercó por un lateral hasta detener su caballo a la vera del suyo. Vestía con una armadura de corte extraño, como si hubieran soldado un escudo en el torso y otro en la espalda. Su yelmo, que portaba en la mano zurda, terminaba en un penacho de plumas rojas y azules.

—Mucho gusto en conoceros, Leonardo. Soy Breste, vuestro adversario.

—El gusto es mío, Breste. Un placer conoceros, aunque sea en esta situación tan aciaga.

—Es un honor poder batirme ante el protegido por el emperador en este torneo, por lo que no es algo de lo que tenga uno que lamentarse. Estoy seguro que será una lucha digna de protagonizar.

—Lamento deciros que difiero en esa idea. No estoy aquí para demostrar nada a nadie, ni para obtener honor derribando a valientes guardianes del imperio como podéis ser vos. Si hago todo esto es por mi hermana y por una amiga que están en apuros.

—Sí, oí vuestro discurso ante Roig. Supongo que ahí sí coincidimos… yo también tengo la necesidad de vencer en este torneo, o al menos venceros a vos y al siguiente contrincante. La vida de mi hija depende de ello.

—¿Cómo decís? ¿Qué le sucede a vuestra hija?

—Sufre de un mal poco conocido por estas tierras, el llamado mal del corazón flojo. Su corazón respira con poca fuerza y ya ha tenido varios vahídos y pérdidas del conocimiento. La única cura posible es llevarla a Alba Nocturna, más allá del mar de Albatros, donde habitan los elfos. He apostado todo lo que tengo para vencer en los dos siguientes combates, y poder así costearme el pasaje hasta allí y el pago que me pedirán los elfos por el servicio de curación.

—Lamento oír tan triste devenir. ¿Qué edad tiene vuestra hija?

—Griselda, se llama Griselda. Seis primaveras recién cumplidas.

Las trompetas sonaron en la liza y las puertas de madera recia se abrieron. La luz del exterior inundó el sótano donde los dos contrincantes esperaban pacientemente. A la orden de uno de los guardias, comenzaron a avanzar hacia el exterior a un trote ligero. Los aplausos y los vítores se incrementaron nada más pisar la arena de combate. Leonardo miró a Breste compungido, entristeciéndose aún más al ver dos lágrimas resbalando por sus mejillas. Luego se separaron cada uno a un lado de la liza y se empezaron a armar para el choque. Su ajustaron el yelmo en la cabeza, asieron las armas de poste y adecuaron el escudo sobre el vientre. Ya solo faltaba la señal de comienzo.

—¿Cuántos combates le faltan? —preguntó Lilian, sin quitar ojo de su hermano.

—Pues… depende del número de participantes —dijo Zurah, dándose la vuelta y mirando hacia la puerta de la celda, donde los cuatro guardias vigilaban—. ¿Sabéis vosotros cuántos son?

Un guardia la miró con rostro serio, achatando su nariz y sus labios, como si no hubiera entendido la pregunta. Otro de ellos esputó algo que estaba comiendo y la miró con cara de picardía.

—¿Qué me das si te lo digo, guapa?

—¿Por qué no entras y te lo enseño, guapo? —respondió la bruja, haciendo gala de una seducción bañada en doble sentido.

—Quieto, Eunis. Ya sabes lo que dijo Auburco, nada de tocarlas. Además, dicen que saben manejar magia o algo así —le advirtió otro de los guardias.

—Si fueran magas ya habrían salido de aquí —razonó Eunis, poniendo su mano sobre las llaves de la celda.

—Adelante, entra… te estoy esperando, hombretón —siguió diciendo Zurah. Lilian la miró algo asustada, preparándose para entrar en combate si fuera necesario.

—¡Quieto! —gritó el cuarto guardia, apartando de la puerta a todos de un manotazo—. Nadie va a entrar ahí ¿entendéis? Son de Auburco y no quiero que me decapiten por un par de rameras. Esas dos se quedan dentro y nosotros fuera, no se hable más. Y vosotras, guardad silencio y no nos molestéis ¿entendido? Son unos veintiocho los combatientes alistados en el Torneo, que os valga eso como única respuesta.

—¿No vais a entrar? Qué pena… Vosotros os lo perdéis —insistió Zurah con su voz melosa, aunque ya sin ningún efecto sobre los guardias.

—Zurah, Zurah… esto podía haber acabado mal —le recriminó Lilian, volviendo a auparse en el camastro para ver a través de la ventana.

—Si son veintiocho combatientes, serán unos cuatro o cinco combates.

—¡Allí van! ¡Ya han dado la señal de salida!

Varias trompetas sonaron al unísono y los dos caballos salieron a gran velocidad para encontrarse en el centro de la liza. Ambos jinetes iban con el arma de poste presta y las intenciones claras, derribar al que tenían delante. Cuando llegó el uno frente al otro, la lanza de Breste impactó sobre el torso de Leonardo, que puso hábilmente su escudo en la trayectoria para evitar males mayores. La lanza del paladín pasó de largo, ni siquiera llegó a rozar a su rival. Una banderola de daño se alzó en favor de Breste.

—Venga, Leonardo, ánimo, ánimo —susurró Lilian con sus manos apretando los barrotes con tanta fuerza que parecía que iba a partirlos.

Los justadores tomaron una nueva lanza y se lanzaron de nuevo al galope, devorando los escasos metros que los separaban. Esta vez Breste apuntaló su arma de poste sobre su hombro y ejerció toda la fuerza que pudo con su cuerpo para asestar un golpe definitivo en la cabeza de Leonardo. Éste ladeó su cabeza casi por inercia y levantó de nuevo su escudo lo justo como para evitar el letal golpe. Numerosas astillas saltaron por los aires al romper contra la defensa. Segunda banderola de daño en favor de Breste.

—¿Qué rayos le pasa? Ni siquiera está pegando —dijo Zurah con los nervios consumiéndola.

—Le ha hecho daño en el hombro. Mira como agarra el escudo ahora —añadió Lilian, con rostro de preocupación.

—¡Para no hacerle daño! Se ha comido un golpe brutal, no sé cómo no le ha arrancado el brazo de cuajo.

—Venga, Leonardo, venga. Sé que estás esperando el momento justo para golpearle con precisión. Venga…

Y un nuevo choque se sucedió. Leonardo, tal y como suponía Lilian, tenía el hombro seriamente dañado luego de la última defensa y llevaba el escudo más bajo de lo normal. Tenía todo el brazo adormecido y sería muy complicado que pudiera volver a usarlo a corto plazo. Breste avanzaba como un carnicero, deseando rematar una faena que se le presentaba muy favorable, cosa que hizo con un fatídico golpe enfocado al cuello. El paladín tiró su lanza al suelo y subió ambos brazos para protegerse del daño, resultando en un estallido de madera y metal que lo arrojó al suelo. Tres banderolas de daño más para Breste y fin del combate.

Sin embargo, lejos de recibir elogios y aplausos, el público comenzó a chillar en repulsa. Habían visto un combate mediocre.

Desde el palco, los señores de Ampiria se jactaban del ridículo que habían presenciado e incluso estaban conjurando un castigo para Leonardo, por haber luchado con tanta cobardía. Al final, el emperador se levantó de su trono y mandó callar a todos a su alrededor, incluidas las gradas. Miró en silencio a Leonardo, que se estaba levantando algo atontado aún por el derribo y le pidió que se acercara debajo de su posición.

—Leonardo de Carpatia… he presenciado justas ridículas y denigrantes en mi vida, mas la vuestra ha sido la peor actuación de todas. Os tendí mi mano en favor de vuestro valor en la liza, ¿y así me lo pagáis? ¿Soltando la lanza y tapándoos el rostro con las manos? ¿Os parece eso digno de un caballero? Es deshonroso ver el miedo con tanto descaro. Hablad si tenéis algo que decir, pues estoy dudando seriamente si sois digno de seguir con vida por esta ofensa hacia mi persona.

—Mi emperador, Roig II. En ningún momento he deseado ofenderos ni a vos ni a nadie, sino actuar con la buena fe que el Creador me ha inculcado. He intentado sufrir el mínimo daño ante el golpe que se me venía encima, simplemente eso.

—Tres choques habéis tenido y en ninguno habéis golpeado, ni siquiera habéis hecho el ademán de intentarlo. ¡En la última, de hecho, tirasteis el arma de poste al suelo! ¿A qué juego estáis jugando, si puede saberse?

—No es lo que pensáis, mi emperador. Os pido perdón por no plantar batalla ante mi honroso adversario, mas no podía plantar batalla por los principios que obedezco.

—¿Y qué principios son esos? ¿Por qué no los aplicasteis en la primera contienda?

—Porque este rival necesitaba la victoria más que yo, mi emperador. Requiere del dinero que le aportará esta victoria y las sucesivas para salvar a su hija en la ciudad de los elfos. Ese hecho debe prevalecer sobre el resto y os imploro que lo veáis también así.

—¿Qué...? —dijo Roig, dándose la vuelta y mirando a Casis con los ojos enfurecidos— ¿Qué tontería es esa? ¿Quién rayos...? Vos, Breste, acercaos aquí.

Breste se aproximó a la altura de Leonardo sin poder evitar temblar de pánico. El emperador no era persona de dar segundas oportunidades en sus juicios, como casi cualquier señor, y su tono avecinaba que estaba iracundo.

—¿Es cierto lo que dice este caballero de nombre Leonardo? —preguntó sin rodeos Roig II.

—No, mi señor, en absoluto. Yo lucho por mi bandera y por mi honor, así como por el vuestro. De hecho no tengo hijas, mi señor, ninguna reconocida.

—¡Mentís! —exclamó Leonardo— Vos me dijisteis en el sótano de la liza, antes de salir, que vuestra hija de seis años sufría de corazón flojo. Me dijisteis que necesitabais de las victorias para obtener el capital suficiente para llevarla a Alba Nocturna.

—No sé de qué me está hablando este hombre, mi emperador —respondió Breste con semblante serio y sin dignarse a mirar a Leonardo.

Roig II se quedó vacilante durante unos segundos, dudando si todo era una justificación burda por parte del paladín o si había algo de verdad en sus palabras. El emperador no era persona muy ducha en psicología, mas sí había aprendido a ver más allá de los ojos de la gente. En la Corte estaba rodeado de un variopinto abanico de víboras deseosas de ascender en escala a costa de otros, tendiendo trampas y mentiras en favor de su nombre. Muchos años en el trono te enseñaban a tratar con ese tipo de gente y en identificar, con bastante acierto, las mentiras de las posibles verdades.

—Está bien, está bien... Si es cierto lo que decís, Leonardo, os honra vuestro acto de querer salvar a una niña pequeña, aunque eso no es justificación como para anteponerla a mi persona. ¿Acaso vale más para vos la vida de una niña que la de vuestro emperador? Por otro lado, el engaño no debe ser la capa con la que se vista un caballero y bien saben todos cómo trato a los que se sirven de mentiras para ascender. ¿Tenéis algo que decir antes de que emita mi juicio?

—Nada mi señor —dijo al instante Breste—. Mi vida está en vuestras manos y nunca osaría tratar con la mentira para serviros con honra.

—Yo sí tengo algo que decir —dijo Leonardo—. Si buscáis sinceridad, yo os la daré, mi emperador. Sí valoro más la vida de una niña antes que la vuestra, pues ahí hay una vida aún por descubrir y no una ya vivida. No penséis que una simple niña pueda ser relegada al olvido, pues podrá llegar a donde nadie haya llegado, pudiendo incluso ser princesa de emperadores. Vos mismo tenéis hijas, mi emperador, y os invito a que os preguntéis si preferís salvar vuestra vida o la de vuestras hijas, si sucediera el caso. Por otro lado, de igual forma que os soy sincero en esto, os digo la verdad en lo otro. Este caballero desleal a la corona se sirvió de la mentira con lágrimas falsas para hacerme ver su necesidad. Lamento no haber sido lo suficientemente inteligente como para haberlo cazado.

—Sois una persona irritable, Leonardo —respondió Roig—. No voy a entrar en detalles de cómo debe comportarse un caballero, pero sí en que este torneo se celebre en el orden que debe ir. Volved los dos a la liza de nuevo. Vos, Breste, si realmente sois tan bueno como habéis demostrado combatiendo contra Leonardo, no os costará levantar tres banderolas de daño más. Por consideración a vuestra batalla anterior, os mantengo dos ya subidas. Y vos, Leonardo, si realmente tenéis la verdad como arma, demostradlo y haced que prevalezca.

—Sí, mi emperador —dijeron ambos combatientes, haciendo caso a las órdenes.

El público aplaudió la resolución con orgullo y fervor. Los señores, de igual forma, asintieron en conformidad con las directrices dadas.

«Vamos Breste, vamos, solo debes golpearle una vez más en la cabeza y listo. Puedes hacerlo, eres mejor que él», se repetía una y otra vez el caballero.

Leonardo, por su parte, permanecía como una estatua, quieto y con la mirada clavada en su rival. Con su mano acariciaba las crines del caballo, silbándole para calmarlo y para calmarse él mismo. Ahora no solo debía derribar a su rival para salvar a Zurah y Lilian, sino que debía asestar ese golpe para destronar a la mentira como arma de superación.

Las trompetas sonaron, marcando el instante de salida. Leonardo azotó a su montura con fuerza para obtener una velocidad punta lo más alta posible, a la vez que iba descendiendo su arma de poste a la altura del torso del rival. Breste, por su parte, se mostraba echado hacia delante, minimizando los puntos de impacto con el escudo en alza. Los impactos de las herraduras reverberaban por todo el campo de liza como un canto de guerra preparatorio para el enfrentamiento inminente que iba a suceder. Breste alzó su arma de poste y empujó con todo su cuerpo para acertar en la cabeza de Leonardo, mientras que éste se ladeó para esquivar el golpe e intentó golpear con su arma de poste al pecho de su rival, alcanzando su blanco y levantando una banderola de daño a su favor. Por desgracia, el golpe no fue con mucha potencia y no lo desequilibró.

Nuevo cruce. Las armas de poste se posicionaron amenazantes una contra la otra, esta vez con tácticas distintas. Breste la mantenía ligeramente levantada, aunque en el momento de pegar la bajó a la altura de la coraza para sumar un derribo. Leonardo estuvo rápido y pudo protegerse con el escudo a la vez que subía su lanza con firmeza y la partía en el yelmo de su rival. El golpe levantó mil astillas por los aires, un punto de partida que silenció a todo el recinto por la expectación que venía a continuación. Los dos caballeros estaban haciendo un esfuerzo titánico para no caerse del caballo, Breste por el latigazo recibido en la cabeza y Leonardo al ser empujado con fuerza hacia la grupa del caballo con el golpe frontal. Cuando ambos caballos llegaron al final de la liza, Leonardo tomó las riendas con firmeza y se volvió a asentar sobre la silla de montar, seguro de sí mismo. Al fondo estaba Breste, que llegó justo para apoyarse en una de las lanzas clavadas en el suelo. Se asentó de nuevo en la silla de montar y tomó una nueva lanza, haciendo relinchar al caballo. El público era un hervidero de gritos, estaba eufórico por el espectáculo ofrecido.

En el siguiente cruce ambos contrincantes salieron convencidos de que era el último. Ambos tenían cuatro banderolas de daño alzadas y les bastaba con un toque simple en cualquier parte del cuerpo para sumar victoria. Breste dejó claras sus intenciones, bajando el cuerpo hasta tocar con la barbilla las crines del caballo y poniendo el escudo por delante, dejando un hueco por donde blandir el arma de poste. Apenas tenía visión del objetivo, pero confiaba en impactar donde fuera, le bastaba con mantener el arma rígida en un ángulo de veinte grados.

Leonardo, sin embargo, no buscaba la victoria simple, sino la heroica. Para él, la mentira debía ser machacada con dureza. Tiró el escudo al suelo y sacó su pie izquierdo del estribo para colocarlo sobre la silla de montar. Tensó la lanza de justas hacia atrás, muy lejos de su objetivo y se agarró a las riendas con la única mano libre que le quedaba, intentando equilibrar su peso para no caerse. Estaba en una posición nunca vista.

—¿Qué está haciendo ese…? —dijo Roig II, levantándose de su asiento con la boca abierta de par en par en asombro.

Los ciudadanos de las gradas enmudecieron en asombro, sin saber bien si estaban presenciando un número circense o una técnica de justa sin igual.

Cuando ambos combatientes llegaron al centro de la liza, la lanza de Breste se hincó en el cuello del caballo de Leonardo, haciendo que sus patas delanteras cedieran y se precipitara al suelo. Leonardo salió despedido hacia delante y durante los segundos que estuvo en el aire, puso su arma de poste perpendicular al palo separador de la liza y lo encastró en su axila. Cuando la lanza se encontró con el yelmo de Breste, éste fue arrastrado hacia atrás de su montura, tirándolo al suelo pesadamente en un volteo. Del mismo modo, Leonardo besó la arena, cayendo con el hombro y dando varias vueltas antes de parar.

Hubo de nuevo silencio. No se oía ni el susurro de la respiración. Los dos caballeros permanecían en el suelo, prácticamente inmóviles, apenas agitando una mano o moviendo una pierna de lado a lado.

—¡Leonardo, no! —gritó Lilian—. Levántate, te lo ruego, dime que estás bien.

Y Leonardo se levantó. Hincó su rodilla derecha mientras se quitaba el yelmo con nerviosismo. Cuando el aire fresco impregnó su rostro, se sintió rejuvenecer de nuevo, todos los dolores se fueron desvaneciendo de su cuerpo.

«Gracias, Creador, por esta victoria. Eres mi guía y mi fuerza», se dijo a sí mismo, abstraído y con los ojos cerrados, sin oír los gritos y aplausos que la gente le ofrecía emocionados por lo que habían visto.

—¡Ha sido un movimiento extraordinario! —dijo Roig II a sus vasallos de la Corte en el palco— ¿Habéis visto cómo se ha colocado en la silla? ¡Iba con un pie encima de la silla y con otro en el estribo, haciendo equilibrio! ¡Ha sido sublime! ¡Bravo muchacho! ¡Bravo!

Breste no abrazó la muerte, aunque lo hubiera preferido. La deshonra se abatió sobre él, así como la duda de haber mentido para vencer sobre el paladín. Además, su golpe hirió al caballo, algo prohibido en los torneos de caballería que te descalificaba directamente del combate y del torneo. Algunos abucheos se oyeron entre el público, dirigidos hacia él, aunque era tanto el júbilo hacia Leonardo que apenas se oían.

Más combates se fueron sucediendo, algunos con igual entusiasmo por parte de sus justadores y otros basados más en la cautela y los resultados. Ya solo quedaban los mejores, los más experimentados.

Solo eran seis los clasificados que lucharían por el trofeo final. Muchos habían manchado la arena con su sangre y algunos de ellos perdiendo la vida incluso. Eran unos combates de extrema dureza y cansancio que te iban limando tanto las energías como la cordura a cada nuevo enfrentamiento. A Leonardo le quedaban como mucho dos o tres rivales más que vencer, aunque el siguiente resultó ser el mismísimo Auburco de Partizán.

«Finalmente nos vemos, Auburco», se dijo a sí mismo el paladín, intentando juntar todas las fuerzas que le quedaban en sus puños, como si pudiera vencer con tan solo un puñetazo.

Auburco saludó a todos los del palco, como era menester hacer, haciendo sobre todo hincapié en el emperador. Luego se dirigió hacia Leonardo para estrecharle la mano en amistad.

—Ha sido un placer veros luchar, Leonardo. Mucho de lo que dije tenía que habérmelo guardado, pues sois un hombre sin técnica ni disciplina en las justas, pero se os ve ágil y efectivo en el combate. Eso solo se obtiene en los campos de batalla y no en estos circos de ciudad.

—Os agradezco las palabras, Auburco. De igual forma, he de aplaudir vuestro paso por este torneo. Vuestro último combate frente a sir Kleste de Aisgo resultó tremendo. Tenéis un galope y una pegada implacable. Todo adversario vuestro, incluido yo, debe temer el enfrentarse ante vos.

—Todos estos años justando me han dado la práctica, no es ningún secreto. No obstante, permitidme un regalo —dijo Auburco, señalando con su mirada hacia un lado de la tribuna. Allí estaban Zurah y Lilian, alzando los brazos con las palmas abiertas y gritando en júbilo. Estaban libres de su cautiverio.

—¿Por qué las habéis liberado? —preguntó Leonardo, separando ya su mano de la de Auburco.

—Porque os tuve por un loco y he visto que no lo sois. Como os dije antes, sois un orgullo para la caballería, alguien que me gustaría tener cercano o incluso en mi Corte. Os ofendí con mi palabra ante vuestra hermana y vuestra compañera de viaje, y por ello os pido perdón. Espero que abracéis la idea de más vale tarde que nunca.

—No solo la abrazo, sino que la comparto en mi credo. Sois un hombre recto y que ha sufrido muchos desengaños, mas aún guardáis bondad en vuestro corazón.

—Soy una persona poco dada a ser mencionada por vuestro credo, hacedme caso. Yazco con varias doncellas distintas al mes, ordeno decapitaciones sin estar seguro de la culpabilidad y no siento remordimientos en matar a niños, si son nuestros enemigos. Pero aprecio cuando veo a alguien digno, como a vos. Ojalá todos los hombres fueran como vos.

—Todos pueden rehacer su sendero, Auburco. La misericordia del Creador no entiende de tiempo ni pareceres y si me lo permitís, puedo guiaros hacia…

—Dejadlo, Leonardo, yo soy un caso perdido. Pero os animo a que sigáis proclamando vuestra palabra. Si algún día requerís de ayuda, aquí me tenéis para ayudaros —interrumpió Auburco, mirando hacia el palco—. Parece que ya nos esperan. ¿Vais a luchar?

—Combatía para salvarlas a ellas y si están libres ya no sirve de mucho que siga. ¿He de fiarme de que no es un teatro esto que estoy viendo? Quiero decir, de verdad son libres ¿verdad?

—Podéis ir a preguntarle a ellas, aunque se ve claramente que es como os digo. Si de algo os sirve, tenéis mi palabra de caballero y mi palabra de rey de que nadie les ha puesto la mano encima.

—Os agradezco la sinceridad. Por un momento pensé que podía ser una estratagema para no luchar contra mí.

—Todo lo contrario, amigo mío. Sería un tremendo honor el poder batirme ante alguien como vos, aquí y ahora. Entenderé si no queréis hacerlo por creencias propias, aunque para mí supondría un gran combate que recordaré por siempre.

—Sea pues, amigo Auburco. Tendréis vuestro combate. Dad lo mejor de vos, porque yo pienso hacer lo mismo.

Ambos amigos, ahora rivales, se dieron la mano una vez más y se dirigieron cada uno hacia su parte de la liza. Se enfundaron el yelmo y levantaron las armas de poste en saludo, para luego mirar hacia el palco. Desde allí no se hizo esperar la respuesta y el emperador dio orden de dar comienzo la contienda. Las trompetas sonaron con fervor y los dos combatientes partieron de su zona de seguridad.

—Pero ¿qué está haciendo? —dijo Zurah, echándose las manos a la cabeza—. Nos han liberado y nos ha visto, maldita sea. Incluso nos ha saludado. ¿A qué viene este combate? ¿Por qué no se ha retirado?

—Leonardo, maldita sea, ¿qué estás haciendo? —dijo Lilian—. Esto no me gusta nada, Zurah. Ese Auburco es un maestro de la liza, ya lo viste en los combates anteriores.

—¿Y qué hacemos? ¿Nos ponemos ahí en medio y le gritamos? Créeme que con sumo gusto daba rienda suelta a mis conocimientos arcanos contra muchos de los aquí presentes, pero hay demasiada gente como para anunciarnos con tanta frescura.

—Ya lo sé, Zurah, deja la ironía de lado, por el Creador. Te preguntaba por si supieras de algún método para parar el combate.

—Ya nada se puede hacer, Lilian. Esto se va a decidir en unos minutos. Reza, que tan bien se te da, que yo me haré creyente de tu credo si vence este combate.

—Pues no harías mal, Zurah. El Creador ilumina a sus allegados con… —dijo Lilian, antes de quedarse con la boca abierta y en silencio.

—¿Con qué los ilumina? ¿Con una lámpara de óleo? Ja, ja, ja Ya imagino que es reconfortante, mas conmigo perderías el tiempo, soy un caso perdido. Es mejor que intentes convertir a estas ovejas que nos rodean.

Al no recibir respuesta, miró a su compañera, que seguía inmóvil y con los ojos entrecerrados para protegerse de la fuerte luz diurna que le daba de frente.

—¿Estás bien? ¿Pasa algo? —le preguntó la bruja oscura.

Justo entonces el público estalló en aplausos y jadeos de alegría. Abajo, en la liza, Auburco de Partizán había partido su lanza en la caja torácica de Leonardo de Carpatia, quien no pudo poner el escudo de forma certera para cubrirse. El golpe le abolló la coraza, provocándole un daño agudo en la zona derecha de su costal. Afortunadamente, pudo resistir el golpe y no caerse del caballo. Una banderola de daño ondeaba del lado de Auburco.

—Mira allí arriba, Zurah. ¿Eso es una persona? —dijo Lilian, señalando al palco.

—Uhmmm hay varios ahí. ¿A quién te refieres? ¿Los que están al lado del emperador?

—No, no, ahí no, más arriba. Justo arriba del palco, en el tejado. Me ha parecido… sí… ¿lo ves? ¿Ves ese promontorio de allí?

—Ahora que lo dices, sí… parece una persona. Espera que mire bien… maldita luz, la tenemos de contraluz.

Leonardo rugió en furia con su lanza en el segundo choque, partiéndola en el escudo de su rival, que muy hábilmente se ladeó para provocar el mínimo de daño. Su arma de poste, como guiada por una mano invisible, traspasó la defensa del escudo del paladín y le volvió a golpear en la zona costillar, esta vez dejando la punta clavada en su torso. La sangre borboteó en abundancia, bañando toda la pernera derecha de Leonardo. El público estaba desatado por el espectáculo, animando con entusiasmo a su favorito, el gran guerrero Auburco de Partizán.

—Sí, es una persona. Será un techador que está ahí haciendo algo, aunque resulta raro.

—¡No digas bobadas, Zurah! ¿Un techador ahí arriba justo ahora?

—Sí, la verdad es que tiene poco sentido. Espera, espera, se está levantando, se ve que estaba tumbado. Ahora sí se nota que es una persona…

—Sí, lo veo. Me es familiar ese atuendo ¿a ti no?

—¡Y tanto! ¿Dónde he visto yo esos atuendos…? ¡Leonardo, no!

—¡Leonardo! —gritó Lilian.

El tercer choque fue cruento y doloroso para el paladín. Las armas de poste se encontraron con dureza en el centro, con un

Leonardo que no tenía ya nada que perder. Tenía dos banderolas en contra y una herida abierta que lo estaba debilitando por segundos. Debía ir a por un golpe ganador, uno definitivo que tumbara a su adversario y apuntó a la cabeza del mismo con una finta. Para su desgracia, la veteranía de Auburco le sirvió para adivinar el ardid y evitarlo con un movimiento preciso, a la vez que volvía a golpear con su arma al pecho de Leonardo. Este golpe lo derribó al suelo sin compasión, dejándolo tumbado boca arriba con las manos extendidas.

Auburco detuvo su montura en seco y se le acercó lentamente, descabalgando cuando llegó a su vera. Se quitó el yelmo y le ofreció la mano como apoyo para levantarse. Leonardo se la aceptó entre dolores insoportables, dibujando entre ambos un hermoso cuadro de compañerismo. Se batieron como enemigos en la arena, mas su rivalidad no pasó más allá de ella cuando acabó el combate. La gente empezó a gritar y levantar los brazos, aunque lo hacían aplastándose unos contra otros en una especie de festival descontrolado. Algo iba mal. La gente parecía que se empujaban para salir de la zona, como si quisieran irse de allí. Zurah y Lilian se echaron hacia un lado y tuvieron que saltar a la arena, como otros tantos hicieron, para salir indemnes. Leonardo, apoyado en el hombro de Auburco, se quedó inmóvil mirando al frente, hacia el palco. Auburco simplemente no podía creer lo que estaba viendo, era una pesadilla que iba a desencadenar otras muchas pesadillas más.

El cuerpo sin vida del emperador Roig II se precipitaba al suelo, dejando tras de sí un reguero de sangre procedente de su cuello. Los condes, duques, marqueses y reyes que compartían palco con él se levantaron con celeridad para refugiarse en una zona más segura, sin saber bien de qué o de quién.

—Han matado al emperador —dijo Zurah boquiabierta—. Mejor será que vayamos largándonos de esta ciudad. Esto pronto se va a convertir en un hervidero de detenciones, un descontrol. Un pueblo sin emperador y una corona flotando en la cabeza de varios señores, que a la vez serán sospechosos de su muerte. Los ingredientes perfectos para sazonar un desastre.

—No entiendo nada… de verdad, no lo entiendo —dijo Lilian, mirando el suelo con desconsuelo.

—¿En tanto te afecta la muerte de Roig II? No sabía que le tuvieras tanto aprecio.

—No, no, ni mucho menos. No es eso lo que me apena.

—¿Entonces?

—Creo que sé quién ha sido el que ha dado muerte a Roig II. Estoy casi segura, Zurah.

—¿Ese que estaba en el tejado?

—Sí ese y he reconocido quién es.

CAPÍTULO 14: DESPERTANDO A LA LEYENDA

—¿Te encuentras bien, muchacho? ¿Me oyes? —preguntó el anciano, empapando de nuevo el trapo de agua fría y aplicándolo en la frente de Drigán.

—Yo... yo... ¿qué...? ¿Dónde...? —balbuceó el caballero del dragón con un susurro casi imperceptible. Tenía los ojos entornados y los labios agrietados de la fiebre, con numerosos rastros de sangre seca poblando todo su rostro.

—Cálmate, aún se te ve bastante dolorido. Te has librado de una buena ¿eh? Eres un hombre fuerte, saldrás de ésta. Tus heridas están sanando rápido.

—¿Quién eres? —preguntó Drigán, tratando de enfocar sus pupilas.

—Me llamo Bernardo de Prays, joven, y para tu suerte te encontré en aquel páramo. El cielo tronaba como si mil demonios hubieran despertado de su letargo y cuando me decidí a ver qué pasaba, vi la catástrofe que poblaba el terreno. Tres dragones muertos y dos hombres en el suelo moribundos, algo que no esperaba ver en lo que me queda de vida. ¡Menuda proeza matar a esos bichos!

—¡Kragor til Mass! Él... no...

—Cálmate, descansa un poco. Aún necesitas recuperar más fuerzas. Duerme un poco, que ya tendremos tiempo para charlar.

Drigán volvió a cerrar los ojos y entró en un sueño profundo. Se veía en Trentia, la ciudad de los dragones, declarando en el consejo de los ancianos sobre su próxima misión. Manteos, el experimentado caballero del dragón rojo y héroe de los de su disciplina, insistía en que Drigán debía conquistar la ciudad de los enanos, Garingia. Exponía que era un baluarte de abundantes riquezas y codiciados tesoros que engrandecerían aún más el nombre de Trentia, a lo que Drigán se oponía. No quería mezclarse en batallas sin sentido, más aún cuando los enanos destacaban por su inexpugnable fortaleza y sus temibles armas de asedio, auténticas obras de la ingeniería que eran capaces de lanzar virotes de más de cuatro metros de largo a velocidades inusitadas. Varios caballeros del dragón apoyaban la decisión de Drigán, mientras que otros le recriminaban que debía obedecer sin rechistar las órdenes del consejo.

El enfrentamiento amenazaba con disgregar el buen funcionamiento del organigrama que llevaba rigiendo Trentia durante los últimos trescientos años, formando dos grupos bien diferenciados. Muchos apostaban por Drigán como próximo comandante absoluto, mientras que otros buscaban cómo inculparle y desterrarle definitivamente. Se le acusaba de forjar alianzas con los humanos y de prestar servicios en contra de los intereses del consejo, a lo que Drigán respondía con firmeza que él no debía respeto a un consejo corrupto y con ideas desfasadas. Muchos de los caballeros que formaban parte de dicho consejo fueron escogidos por amistad de otros que ya estaban dentro, era un hecho bien sabido en boca de todos.

Súbitamente, Drigán se vio en un acantilado al borde de un mar de olas bravas y espumosas. Kragor til Mass estaba a su lado, con las alas replegadas y los ojos apagados, mirando hacia el horizonte.

—¿Tú crees que es necesario? El consejo va a estallar en ira como se entere —dijo Drigán.

—La ira ya puebla el alma del consejo, mi caballero. Sirián fue la institutriz que forjó nuestro pacto, no el consejo, que se desentendió en todo momento del mal que me afectaba —respondió el dragón dorado.

—Sí, lo sé. No obstante, sabes igual que yo que esto va a desencadenar muchas reacciones. Ya sabes que te apoyo en todo, Kragor til Mass, sin discutir ninguno de tus mandatos, aunque no puedo evitar preocuparme. La maga no daría señales de vida ni saldría de su escondrijo si no fuera por algo realmente peligroso.

—Sé qué te va a referir, mi caballero. Ha encontrado un objeto que cambiará el rumbo de Ampiria y es por ello que te insto a ir a verla. Tú debes formar parte de ese hito, has nacido para eso.

—Cuando te oigo hablar así, temo que te estés despidiendo.

—No debes temer perderme, mi caballero. Yo siempre estaré en tu corazón. Mi fuerza, mi poder y mi magia residen en tus entrañas desde el día en el que forjamos el vínculo de unión. Tú solo mira hacia el frente y no dudes en tus movimientos, no muestres debilidad ante la vida.

—No lo haré, Kragor til Mass. ¿Partimos entonces?

—Adelante, Drigán. Leamos con voz alta nuestro destino.

El canto de un pájaro trinaba con insistencia en los oídos del caballero del dragón, un canto que abrazaba un amanecer ya bien entrado. La luz solar impactaba su rostro cual despertador matutino, haciéndole abrir los ojos con la cobertura de su mano. Le llevó unos minutos adecuar su vista a la habitación donde estaba, un lugar edificado con gruesos troncos formando las paredes y ocupado con muebles de concepción rural, de piedra y madera. Se notaba la mano experimentada de un artesano en todo, así como el buen gusto en la decoración. Él estaba tumbado en una cama, con dos mantas tapándole hasta el cuello. A su derecha había una silla sobre la que reposaba su atuendo disciplinario, con la insignia del dragón dominando su pecho. Estaba limpio y remendado por varias partes. Drigán no pudo evitar entristecerse al recordar a su dragón caído y cerró de nuevos los ojos como si todo fuera un mal sueño del que necesitaba despertar.

Pero no despertó, este era su destino. Intentó levantarse y notó cómo le dolían todos los músculos, desde los hombros hasta las plantas de los pies. Eran calambres que le la recordaban las magulladuras, las cicatrices tapadas con vendas amarillentas que le cubrían las heridas y el estar tanto tiempo inactivo. No sabía con seguridad cuánto podía llevar ahí postrado, pero se le antojaba que mucho. Sobre la mesa principal de la habitación reposaba una palangana con agua, pan con carne conservada con sal, y varias velas apagadas. En las paredes colgaban varias estanterías con algún que otro libro y varias armas envejecidas.

Se levantó y se dio cuenta que estaba desnudo, aunque tampoco era persona pudorosa y no se preguntó qué o quién le había metido aquí. Recordó la voz y la imagen borrosa del viejo, de ese tal Bernardo, aunque era todo muy confuso. Se vistió lentamente, aguantando el dolor de los movimientos, y se sentó a comer. Su estómago le hacía doblarse del hambre que tenía.

Mientras tanto, se quedó observando un escudo que colgaba frente a una chimenea de piedra rojiza. Tenía un sello heráldico dibujado sobre su área, dos líneas paralelas atravesando la imagen de un grifón. Lo cierto es que Drigán no sabía mucho de heráldica y no supo identificar bien a qué gremio o reino podía pertenecer, pues habían tantos que era complicado sabérselos todos, especialmente cuando no se era de estas tierras.

Apenas quedaba algo de carne y un trozo pequeño de pan sobre la mesa, cuando se oyó el ladrido de un perro. El pájaro que le despertó comenzó a trinar con más intensidad en el dintel de la ventana, acompañando un silbido cercano. Drigán se levantó y tomó una de las espadas de la pared, aunque tan pronto la cogió, la soltó en la mesa. Su filo estaba romo y dudaba que aguantara una estocada sin partirse. Se encontraba débil y convaleciente aún, mas su corazón de guerrero le puso en alerta con energías extra. Fue hacia la silla, que tomó como arma improvisada, y justo entonces las puertas de la vivienda se abrieron. Oyó como alguien hablaba y dos nuevos ladridos le respondían. Varios pasos se acercaban hacia la puerta de la habitación y por primera vez que él recordara, sintió algo semejante al miedo. Se vio desprotegido al no tener ya a su dragón, débil por su estado actual y su cabeza no funcionaba con la agilidad que debería. Ahí estaba él, con una silla entre sus manos, frente a una mesa y con la boca llena de pan, intentando plantar cara a un posible enemigo. Era un cuadro ridículo incluso para él.

La puerta de la habitación se abrió, dando acceso a un hombre de talla alta y edad avanzada. Tenía una barba canosa bien recortada y unos ojos profundos de color verde oliva. Llevaba los pelos hábilmente peinados hacia atrás, reflejando la sensación de que estuvieran siempre mojados. Nada más ver a Drigán, arrugó aún más su anciano rostro con una sonrisa.

—Ya te has levantado. Fantástico, me alegra saberlo. ¿Qué tal te encuentras?

—Bien —respondió de forma escueta Drigán sin saber bien qué decir.

—Veo que te has comido todo. Eso es bueno, tenías hambre y eso siempre es buena señal.

—Sí… yo, lamento haberte quitado la comida. La vi ahí y sentí la necesidad… te lo compensaré, no lo dudes.

—Ja, ja, ja, tranquilo hombre, no te preocupes —dijo Bernardo mientras dejaba dos conejos cerca de una parrilla. El perro dio un ladrido profundo y se sentó frente a Drigán, mirándolo atentamente con los colmillos asomados.

—No le caigo muy bien a tu perro ¿no?

—¿A Tarky? Sí, no te preocupes, es inofensivo. Cuida de mí y yo de él, pero no te ve como una amenaza —respondió el viejo, dirigiéndose a continuación al perro—. ¡Tarky! ¡Túmbate, venga!

Tarky obedeció al instante a su dueño, tumbándose en el suelo y emitiendo gemidos de inocencia.

—¿Puedo saber quién eres y dónde estoy? No tengo muy claro qué ha pasado estos últimos días —preguntó Drigán, relajándose de nuevo.

—Soy Bernardo de Prays, amigo. Tuviste suerte de que te encontrara. No pensaba que fueras a recuperarte, la verdad, pero mira tú por donde que sigues vivo.

—¿Me curaste tú? ¿Por qué?

—¿Cómo que por qué? ¿Se supone que debía dejarte ahí tirado?

—Yo... no estoy acostumbrado a recibir este tipo de favores, la verdad. Te compensaré por el favor apenas pueda, prometido.

—Ja, ja, ja, olvida ya lo de compensarme, muchacho. Yo ya he vivido todo lo que tenía que vivir y aquí tengo todo lo que podría querer para mi retiro. Salgo todas las mañanas a cazar, por las tardes cuido de mi pequeño huerto y veo pasar las noches con la tranquilidad que me merezco. Ya tengo todas las recompensas que podría desear, créeme.

—¿Vives solo? Y por cierto, ¿dónde estamos? —siguió preguntando Drigán, tomando asiento de nuevo en la silla que hasta hace un momento sostenía como arma improvisada.

—Pues a un par de días de La última llamada, en el bosque. Vivo con Tarky, mi fiel ayudante y guardián. Y si te lo estás preguntando, no soy un ermitaño ni un bicho raro, es simplemente que decidí apartarme de la muchedumbre de la ciudad para reposar mis últimos años de vida.

—Se te ve bien. ¿Acaso sufres de algún mal?

—De tantos que no sabría enumerártelos ja, ja, ja, aunque todos se resumen a que soy un viejo, amigo mío —respondió Bernardo mientras abría el vientre de los conejos para limpiarlos y prepararlos para su cocinado—. Por cierto, ¿tenéis nombre? Repetíais uno durante vuestra recuperación, Kragur Mess o algo parecido. ¿Así os llamáis?

—No, mi nombre es Drigán. Kragor til Mass es… era un buen amigo, pero ya murió.

—Entiendo —dijo Bernardo, parando de cocinar y sentándose en la mesa, frente a Drigán—. A veces tenemos que despedirnos de amigos y familiares, y nos machacamos la mente preguntándonos cómo pudimos haberlo evitado o por qué tuvo que suceder. El truco, amigo Drigán, es aceptarlo como viene, a sabiendas que el destino nos cede ese revés para luego compensarnos con otro bien.

—No es tan fácil, Bernardo. No puedes sustituir la muerte de alguien como él adoptando a un perro.

—¿Lo dices por Tarky? Ja, ja, ja, no, no Tarky no sustituye a nadie en mi vida, es un amigo más que se unió en mi camino. No tienes que sustituir a quien murió, sino recordarlo como lo que fue. Y no debes cerrarte a que no podrás tener otros amigos o familiares nuevos, porque en ello está el secreto de la felicidad.

—¿Qué eres, una especie de galeno de la mente?

—Ja, ja, ja, nada más lejos de mi voluntad, Drigán. Soy solo un viejo que se alegra de todo lo vivido, incluso habiendo pasado por desgracias y pérdidas como la tuya. Si te sirve de consuelo, te diré que tu amigo Kragor está enterrado ahí fuera, a unos metros. No sé qué religión seguía, pero lo bendije según el rito del Creador.

—¿Qué enterraste a Kragor til Mass? Eso es imposible, es demasiado… espera… ¿te refieres al hombre que estaba conmigo?

—Sí, claro, tu amigo ¿no?

—Si tuviera que responderte a esa pregunta nos llevaría todo el día y dudo mucho que quisieras volver a dirigirme la palabra. Mejor cambiar de tema, aunque te diré que ese no era mi amigo.

—¿Acaso tienes prisa? Yo tengo mucho tiempo libre y no me molesta compartir esta cena contigo mientras me hablas sobre ti.

—Muy bien, Bernardo. Siéntate y escucha bien, porque la historia que te voy a contar acerca de lo que fui no la has oído nunca.

Durante varias horas estuvieron charlando e intercambiando partes de su vida. Bernardo perteneció a una orden de guerreros libres de que luchaban a cambio de dinero, unos mercenarios. Estaban protegidos por la bandera del imperio aunque eran usados sin contemplaciones como primera fuerza de choque en las contiendas, para dar luego paso a la caballería. La corona no dudaba en prometerles altas sumas de átlidos por sus servicios, conscientes de que muchos de ellos no la cobrarían al no volver con vida. Él tuvo la suerte de salir siempre indemne o con heridas menores, aunque el destino le jugó una mala pasada llevándose a su única hija, Matilda, y a su esposa, Gamia, mientras él estaba luchando en la revolución que sucedió en los barrios de Mitilene, hace cuarenta años. Fue un duro revés, aunque no el único, pues un año más tarde su gremio se disgregó al morir su líder. Los pocos mercenarios que quedaron no tuvieron la iniciativa de seguir con el legado, uniéndose muchos de ellos a la guardia de la corona y otros malvendiéndose en trabajos de tabernas. Bernardo vio como los grandes señores por los que siempre había luchado, manejaban a sus caballeros y gremios anexos como si fueran simples números, sin tener presente sus familias ni sentimientos. Él luchaba por ganar dinero y poder vivir, y no por deseos de conquista algo que, paradójicamente, le arrebató lo mejor de su vida.

Drigán, por su parte le puso al tanto de quién era: un caballero del dragón venido a Ampiria para un tema personal. No quiso entrar en más detalles hablándole de Sirián, Zurah, Vaiel y el resto del grupo al no considerarlo relevante. Le explicó de forma escueta en qué consistía su peculiar orden de caballería y quién era Kragor til Mass: su dragón, su amigo, su vida. Bernardo lo oía con los ojos abiertos de par en par, incrédulo de la fantástica historia que le relataba y de constatar que tenía en su vivienda a un personaje tan extraordinario.

Comieron conejo con patatas asadas, un plato que Bernardo sazonó con vino de la ciudad, a la que iba una vez a la semana para reponer víveres y vender algunas pieles de conejo y hortalizas sobrantes de su huerto. Tarky estaba adormecido cerca de la chimenea, al lado de Drigán, que había hecho las paces con él durante la cena y ahora lo acariciaba con delicadeza.

—Lo cierto es que tendría que ir a la ciudad, a ver si logro contactar con una amiga. Mañana partiré sin demora, aunque me va a costar encontrarla, pues no es persona que frecuente mucho las urbes.

—Calma Drigán, no tengas prisa. Como ya te he dicho, la ciudad está a varios días de camino y no tengo montura alguna para ayudarte. Aunque ya te puedes levantar y comer, aún te falta recuperarte del todo. Deberías descansar un poco más antes de plantearte salir por ahí.

—Envidio la vida que tienes, Bernardo. No tienes preocupaciones ni deberes que enfrentar, aquí, alejado de todo y de todos.

—Tú también tendrás la vida deseada, Drigán. No la busques con tanta prisa, pues luego echarás de menos el nerviosismo que ahora sientes por ver cumplidos tus deberes. Estoy seguro que aún te queda mucha vida que disfrutar, no cierres las puertas a ese camino.

—Ya no me queda vida. Kragor til Mass era mi amanecer y mi anochecer, era mi vida. Compartíamos un vínculo que más allá de lo espiritual.

—No puedes estar hablándome en serio, Drigán. Ni te imaginas cuánto te queda aún por ver, probar y lamentar en esta vida. Deja que el recuerdo fluya en el pasado, no lo arrastres al presente. No te digo que olvides a lo que él fue para ti, pero sí que lo mantengas en el recuerdo y no como motor de tu vida.

—Sabias palabras las tuyas, aunque complicadas de aplicar —respondió un Drigán con la mirada perdida en el fuego crepitante de la chimenea.

—¿Sabes qué vamos a hacer? Nos vamos a acostar y mañana por la mañana, antes de que amanezca, nos iremos a pescar a un lago que hay aquí cerca. Hay un barbo de más de ocho kilos que me desafía cada vez que intento cogerlo, se ríe de mí desde las profundidades de las aguas cuando me ve venir. Pero esta vez le pienso sorprender contigo. ¿De acuerdo?

—¿Crees que pescar un barbo me hará olvidar todo esto? Tengo cosas más importantes que hacer, Bernardo. Yo…

—Lo sé, hijo, lo sé —interrumpió Bernardo, poniéndole su arrugada mano encima del hombro—. Pero no quieras recorrer tu camino sin antes haber aprendido a andar. Debes relajar tu mente y centrar tus pensamientos. Ahora mismo necesitas que te ordenen ese galimatías que tienes ahí arriba, en tu coco. Tú vente mañana conmigo, hazme caso, y si ves que luego quieres marcharte, yo mismo te acompañaré a La última llamada.

Drigán asintió con poco convencimiento, recostándose en el sofá y cerrando los ojos. Entre el crepitar de la chimenea oía de nuevo las voces de su dragón llamándole y pidiéndole ir hacia él para afrontar un nuevo vuelo juntos. Los recuerdos de nuevo se apoderaban de su mente como un martillo implacable que trataba de forjar su derrota.

Bernardo llamó a Tarky y se metieron en la habitación, dejando tranquilo a su nuevo amigo, el legendario caballero del dragón.

Aún era de noche cuando Bernardo zarandeó a Drigán, que lo miró con claros rasgos de enfado. Tenía los ojos poblados de legañas y el cuerpo ligeramente tembloroso de la helada de la noche. En la chimenea reposaban cenizas ya frías y las ventanas estaban totalmente empañadas.

—Déjalo para otro día, Bernardo. Estoy todavía flojo, necesito recuperarme aún de mis dolencias.

—Tus dolencias son mentales, muchacho, créeme. Levántate, aunque te cueste un mundo hacerlo, y vamos como convinimos ayer. Verás cómo luego lo agradecerás.

Drigán se negó nuevamente, aunque la insistencia de Bernardo terminó en éxito, haciendo que el caballero del dragón interrumpiera su sueño. Estuvieron toda la mañana pescando en el lago, una extensión de más de seis kilómetros cuadrados de agua prisionera de un valle. En las temporadas de lluvias fuertes, el nivel del lago rebasaba la presa natural formada por la naturaleza y cubría el cauce de un riachuelo. Bernardo tenía una barcaza de madera algo destartalada pero que flotaba medianamente bien, sobre la que estuvieron remando y pescando con poco éxito. Volvieron con apenas tres barbos del tamaño de un antebrazo adulto, suficiente para un tentempié pero algo escaso para una buena cena. Durante la pesca, un movimiento en falso por parte de

Drigán, torpe en mantener el equilibrio en alta mar, hizo que se cayera por la borda, mojándose al completo. Las carcajadas de ambos se dejaron oír durante horas.

Al caer la tarde, se detuvieron en una arboleda conocida por el viejo. Cocinaron los pescados y añadieron algo de queso de oveja que traía en el petate. La bota de vino de dos litros acabó totalmente vacía, entre chistes y momento jocosos. No se levantaron hasta largas horas de la tarde, cuando la luz diurna comenzaba a ocultarse, momento que escogieron para volver al cobertizo. Aunque a Drigán le costara admitirlo, había pasado una tarde agradable y refrescante para su alma. Se sentía mucho más animado.

El día siguiente estuvieron cazando conejos, castores y ardillas salvajes, obteniendo un total de ocho piezas. Tarky olfateaba con precisión las madrigueras donde se ocultaban, haciéndolos salir y poniendo a prueba la puntería de los dos hombres. Bernardo tenía arcos que él mismo elaboró con madera de arce, flexible y de fácil manejo. No eran muy precisos en su elaboración y faltaron varios disparos por parte de Drigán para deducir el error de desvío que tenían. El resto lo hizo su dilatada experiencia en combate, compensado casi de forma instintiva el error natural del arma y acertando con esmero a su objetivo. Al igual que el día anterior, pararon para comer en un lugar profundo del bosque, aunque tuvieron que volver raudos a la vivienda sin terminar de acabar el almuerzo. A Drigán le entró una diarrea atroz, causada seguramente por algunas de las setas que recogieron por el camino y que se comieron ahí. Ninguno de los dos eran expertos conocedores de los hongos y más o menos se dejaron llevar por lo que recordaban haber oído de cuales eran comestibles y cuáles no. Evidentemente se equivocaron en alguna. Para mayor desgracia, el cielo se encapotó en cuestión de minutos y comenzó a caer un recital de agua continuo. Cuando llegaron a la vivienda, Drigán tuvo que meterse directamente en la cuba del baño, pues tenía heces líquidas cubriéndole las dos piernas.

La mañana siguiente la pasaron en casa, al abrigo de la implacable lluvia, mientras jugaban al juego de las torres y se reían de acontecimientos embarazosos de sus vidas. Bernardo relató, en ese sentido, cómo estaba un día de pesca en el lago y decidió bañarse. Cuando quiso salir, un oso estaba en la orilla, comiéndose y rompiendo sus ropajes, para luego quedarse ahí quieto, mirándole. Tuvo que permanecer en el agua más de tres horas hasta que al final el oso se largó. Sin embargo, lo peor estaba aún por llegar, pues tuvo que volver desnudo a la casa, con la mala suerte de encontrarse con una caravana de viajeros por el bosque. Casi nunca se encontraba a nadie por estos lugares apartados de toda civilización, pero esa vez, sí. El imaginar lo que sintieron esos viajeros al estar transitando por un bosque y encontrarse a un viejo corriendo desnudo entre la maleza fue motivo de risa descontrolada por parte de ambos. Drigán, por su parte, recordó aquella vez que estuvo en Ausper la Mayor, cuando aún era un adolescente sin vínculo ni conocimiento alguno de Kragor til Mass. Era la primera vez que pisaba una ciudad tan grande y mostraba una inocencia claramente palpable. Los amigos que fueron con él, que ya habían estado antes ahí, le llevaron al burdel "Lis magenta", un lugar de encuentros fortuitos con prostitutas baratas. El caso es que bebieron vino y fumaron tabal hasta entrar en ese estado de embriaguez cercano al mareo y luego le pagaron por pasar unas horas con una de esas mujeres, para estrenarse en las artes amatorias. El caso es que, una vez comenzados los besos y los tocamientos, descubrió que la mujer con la que estaba no era tal, sino un hombre. Aún no recuerda cómo huyó de ese antro, pero sí las carcajadas de su amigos al verle salir por la puerta, donde le esperaban encogidos de la risa.

Y así fueron sucediéndose dos días más, hasta que Drigán se levantó totalmente revitalizado. Era un día agradable, bañado por una luz tenue en el horizonte y varias golondrinas acometiendo vuelos bajos. Drigán notaba cómo su mente estaba centrada y con ideas sólidas, recordando a su fiel amigo Kragor til Mass, pero sin llorar su pérdida. Volvía a recuperar la característica seriedad que le describía, esa mirada recta e impasible que tanto acomplejaba a sus rivales. Bernardo estaba descansando aún. La noche anterior estuvieron charlando y jugando a las torres hasta largas horas, y su anciano cuerpo se resentía. Silbó a Tasky, que se levantó de su sitio cerca de la chimenea y se postró ante él meneando la cola en aprobación.

—Venga Tasky, vámonos de paseo. Vamos a ver si encontramos algo bueno que comer hoy y volvemos en un par de horas, a ver si Bernardo está ya en pie. ¿Te apuntas?

Tasky dio dos ladridos sonoros y siguió moviendo la cola.

—Pues venga, a ver si esta vez eres capaz de encontrar un jabalí o un oso —dijo Drigán, colocándose un zurrón en el hombro y un machete en su cintura—. ¿Qué? ¿Te crees que no soy capaz de matar un oso? ¡Hasta con una mano atada! Ja, ja, ja.

Ambos salieron y estuvieron recorriendo los bosques durante bastante tiempo, más del que tenía previsto. Llevaba en el zurrón unas bayas negras que recogió de una zona pedregosa, aunque no estaba seguro si eran comestibles o venenosas. Prefería que Bernardo las analizara, pues tenía más experiencia en ese campo. También se toparon con varias aves zancudas asentadas en el lago donde solían pescar, aunque las vio desde lo alto de una loma, bastante más lejos de allí. Se le antojó que era una visión muy hermosa tener todo el horizonte abierto al alcance de sus ojos. El cielo infinito, la enorme extensión del lago, el bosque limítrofe… todo entraba en su radio de visión.

—Así es mi vida, Tasky —dijo Drigán, respirando profundamente y notando como todo su cuerpo se endurecía—. Veo al mundo bajo este punto de vista, justo por debajo de mi vida, y tomo de él lo que requiero. ¿Te apuntas a una vida así?

Tasky gimió con pena y empezó a lamerle la mano derecha.

—Sí, te entiendo… es una vida cruel y dañina, pero es el destino que nos toca vivir. Tú también tienes un destino que cumplir ¿lo sabes?

Tasky ladró repetidas veces, mirándole a los ojos y levantando las orejas.

—Ja, ja, ja, tranquilo amigo, que no creo que el destino te esté guardando preocupaciones como el camafeo de Guerón o posibles refriegas contra segadores pútridos. Tú, como mucho, debes preocuparte de recibir tu ración todos los días y de que te acaricien ¿verdad?

Tasky seguía ladrando, esta vez moviéndose nerviosamente en círculo. Tenía el rabo en tensión.

—¿Qué te pasa, Tasky?

Al oír la pregunta, el perro se movió unos metros hacia delante y se quedó mirando hacia el horizonte. Drigán se le acercó y le acarició entre las orejas, intentando mirar hacia la dirección que indicaba con su cuerpo, aunque solo veía el bosque.

Súbitamente, detuvo sus caricias y se quedó mirando detenidamente al perro.

—Esa es la dirección de la casa ¿no?

Tasky ladró varias veces, saltando sobre sí mismo.

—¡Bernardo! —dijo Drigán, antes de salir corriendo veloz hacia allí.

A cada metro que recorría hacia la casa, presentía con más fuerza que algo iba mal. Tasky no dejaba de ladrar nervioso, azuzando proporcionalmente su nerviosismo. Sentía cómo su cuerpo reaccionaba como hacía tiempo que no lo hacía, endureciendo sus venas y tensando sus músculos.

Al cabo de quince minutos de carrera ya estaba próximo a la casa. Fuera de la misma había cuatro caballos con sillas de montar y bolsas de viaje atadas sobre sus lomos.

—¡Mierda! ¡Mierda! —gritó en voz alta.

Ya veía más nítidamente el manto que cubría a dos de los caballos, con el emblema inconfundible de Ausper la Mayor dibujado sobre su superficie. La sensación de que algo malo estaba pasando desbordó la intuición del caballero del dragón, que casi podía respirar el aroma de la muerte.

Nada más llegar a la puerta, desenvainó una de los mandobles que asomaba de unas de las alforjas y empujó la puerta con un golpe liviano, dejando que la inercia terminara de abrirla del todo. Sentados alrededor de la mesa había cuatro hombres ataviados con perneras metálicas y cotas de mallas. Estaban comiendo y bebiendo de la despensa de Bernardo con los carrillos inflados exageradamente. La figura de Drigán quebrando el horizonte que se dibujó en el dintel de la puerta los inmovilizó por un instante, mirándose entre ellos confundidos. No fue hasta que el caballero del dragón dio un paso al frente, cuando los cuatro se levantaron de las sillas, escupiendo la comida que tenían en la boca y desenfundando sus espadas largas. Tasky comenzó a ladrar tras las piernas de Drigán, enseñando sus colmillos con saña.

—¿Dónde está Bernardo? —preguntó el caballero del dragón en un tono de voz rudo y directo.

—¿Quién lo busca? —respondió con otra pregunta, uno de los caballeros de Ausper la Mayor.

—El que te va a abrir la cabeza de cuajo como no respondas, perro ingrato. Cuando yo hago preguntas, los animales como tú deben responderme, ¿entiendes?

El caballero no necesitó más para levantar su espada en alto y ejecutar dos estocadas limpias hacia Drigán. Referirse con tamaña desfachatez ante un caballero era un hecho que se pagaba con la muerte. Tamaña soberbia y humillación no podían ser obviadas.

El primer estoque iba dirigido en un corte vertical hacia el hombro derecho de Drigán, que atrasando su pierna derecha y ladeando su torso esquivó al milímetro. La hoja de la espada tropezó torpemente contra el suelo, para luego alzarse de nuevo hacia el lado y trazar un corte horizontal al vientre. Esta vez Drigán dispuso el mandoble que él tenía en vertical, impresionando a su rival al bloquear el golpe con una sola mano. Casi sin dar tiempo a respirar, desplazó su espada y la de su adversario hacia el lateral, dejando expuesto a su rival a la estocada frontal que lo atravesó de lado a lado. El caballero no tuvo oportunidad de dar un grito de rendición o de dolor, pues cayó al suelo como un palo seco. Drigán dio dos pasos hacia el frente, pisando al cadáver aún caliente que temblaba en el suelo.

—¿Dónde está Bernardo? —repitió, esta vez subiendo el tono de voz.

Los tres caballeros restantes se miraron con recelo, conscientes de que eran más numerosos, aunque se mostraban cautelosos al constatar la velocidad y potencia que había denotado su rival. Atravesar una cota de mallas no era algo que muchos hombres pudieran presumir de haber hecho, más aun si se hacía con una sola mano.

—Era un traidor, solo cumplimos órdenes —se atrevió a responder uno de los caballeros, claramente asustado.

—¿Ausper la Mayor envía a cuatro de sus caballeros para dar muerte a un viejo que vive aquí, alejado de todo? ¿De verdad me tomáis por imbécil?

—¡Es la verdad! Él… él se negó a dejarnos pasar. Solicitamos alimento y bebida, y se negó a recibirnos. Nosotros solo estábamos de paso.

—¡Es deber de todo ciudadano de Ampiria hospedar y alimentar a los caballeros que los protegen! —recitó otro de los caballeros.

—¿Venís aquí exigiendo comida y bebida? Solo espero que Bernardo aún esté vivo, porque sino ya podéis ir rezando a vuestro Creador.

Los tres caballeros se volvieron a mirar en silencio y con claros síntomas de temor, dando a entender que las dudas de Drigán acerca de Bernardo eran ciertas. La puerta de su habitación estaba abierta y los pies del viejo se asomaban por el suelo. El dintel de la puerta presentaba una mancha de sangre fresca con las huellas de una mano.

Drigán entró en cólera, cerrando sus dientes y gritando como si le estuvieran arrancando las entrañas con las manos. Todo tembló a su alrededor, cristales, muebles, estanterías e incluso el suelo. Sin decir nada más, se lanzó hacia los tres caballeros.

El primer caballero le vio venir y fintó hacia la derecha para cruzar su espada en un tajo paralelo al suelo a media altura. Sin embargo, se encontró con algo inesperado: el caballero del dragón interpuso su mano zurda para agarrar el filo de la espada. Era imposible de creer el ver a un hombre deteniendo un azote de espada con su mano sin que ésta resultara cercenada, o que al menos sangrara. Aún sin saberlo de forma consciente, Drigán había despertado de nuevo su piel draconiana, ese poder que tanto le distinguía del resto. El caballero de Ausper agarró su espada con las dos manos, intentando zafarse del candado que lo tenía preso, mas apenas pudo moverla unos centímetros. Otro de los caballeros aprovechó el momento para realizar una clavada en la espalda de Drigán, aunque éste, haciendo gala de su proverbial intuición, se apartó hacia atrás para dejar pasar el filo de la espada, hincándose con dureza en el cuerpo del caballero que tenía prisionero. La sangre emergió de su boca en el mismo instante que la espada entraba en su vientre, dejándole los ojos en blanco y los brazos caídos, sin vida. El caballero que lo asesinó soltó la espada y comenzó a gemir por el asesinato cometido: había matado a su compañero de armas, a su amigo, a un miembro de su orden. Drigán, lo agarró por el cuello con un movimiento rápido, levantándolo del suelo con su mano derecha.

—¡Basta! ¡Suéltalo! —gritó el caballero que aún quedaba libre, amenazando con su espada tras la mesa.

—Lo he matado yo… lo he matado yo… —lloraba apenado el caballero prisionero del brazo de Drigán.

—Habéis matado a Bernardo, hienas carroñeras. Habéis matado a un hombre decente que ningún daño hacía a nadie, aquí, apartado de todos. Sois escoria, inmundicia que merece estar con los gusanos de la tierra y es allí donde os pienso llevar.

—¡No lo hagas! ¡Te lo ruego, no! —gritó de nuevo su rival más lejano.

Drigán bajó al desgraciado que tenía agarrado hasta igualar sus ojos con los de él. El hombre había roto a llorar y desprendía olor a orina. Su nariz no cesaba de soltar mocos líquidos, mientras que sus labios temblaban en un recital sin fin. Drigán, lejos de la compasión, apretó sus dientes con rabia y cerró su mano con toda la fuerza que pudo, oyéndose un crujido casi al instante. Luego lo dejó caer al suelo cual peso muerto. Le había partido las vértebras del cuello haciendo gala de una fuerza sobrehumana.

—¡Maldito seas! ¡Maldito seas por siempre! ¡Nosotros tenemos derecho a recibir hospitalidad! ¡Somos caballeros de Ausper la Mayor! —gritó el caballero que quedaba con vida, sosteniendo la espada con continuos temblores en sus manos. Estaba huyendo de Drigán alrededor de la mesa, consciente de que era una batalla perdida el enfrentarse ante tamaño adversario.

—Tienes derecho a morir, bastardo, solo a eso.

—¡Fue sin querer! No quisimos matarlo, créeme. Él intentó pegarnos y nos defendimos…

—¡Cierra la boca, bastardo! Ante mi presencia, las hormigas como tú no tienen derecho a hablar —concluyó Drigán, cogiendo la mesa con ambas manos y arrojándola hacia la derecha, dejando libre el espacio entre ambos combatientes.

—¡Vete al infierno, demonio! —gritó desesperado su enemigo, alzando la espada y trazando un golpe vertical fácil de prever.

Drigán no solo esquivó el ataque, sino que golpeó a su adversario con el codo en la cabeza, tirándolo al suelo. Drigán le dio tiempo para que volviera a ponerse en guardia, sujetando con una mano la espada para mantener la distancia. De nuevo retrocedía ante la presencia imponente de Drigán, que avanzaba a paso firme, desarmado y con la piel tiznada en un brillo pálido. Al poco, el caballero tropezó con el cuerpo del viejo y cayó a su lado. Bernardo aún tenía los ojos abiertos de par en par, mostrando un rostro de impotencia y rabia por ser el viejo que era. Un charco de sangre resbalaba erráticamente de una brecha en su frente, testigo del golpe que lo mató.

—Levanta, inmundicia, ha llegado tu hora de abrazar al Creador que tanto admiras —dijo Drigán.

El caballero se levantó, tragó saliva e intentó concentrarse en golpear al caballero del dragón. Sabía que solo tenía una oportunidad y no podía desaprovecharla. O le mataba ahora o no viviría para contarlo. Agarró el mandoble con ambas manos, intentando que se mantuviera lo más recta posible y trazó un golpe en cruz. Drigán se mantuvo a distancia prudencial para no ser alcanzado por ninguno de los dos golpes, esquivando sin problemas los lentos movimientos. Acto seguido, contraatacó dirigiendo su palma hacia el enemigo y gritando en una lengua desconocida una especie de juramento, una conjuración. De su palma emergieron esporas grisáceas que recorrieron el aire de forma dirigida hasta asentarse alrededor del caballero de Ausper. Retrocedió hacia el fondo de la habitación, moviendo los brazos constantemente para intentar quitarse la extraña nube que lo rodeaba, aunque de forma infructuosa. Las esporas se asentaron en su piel, volviéndola pegajosa y dándole un tono grisáceo. Notaba como sus brazos se volvían pesados y sus piernas columnas inamovibles. El pestañear se volvió un esfuerzo.

—¡No...! ¡Por favor, no! ¿Qué me has hecho? —sollozó con un par de lágrimas asomando por sus ojos.

—Ahora no puedes casi moverte y dentro de pocos minutos estarás totalmente inmóvil. Tu piel se irá convirtiendo en piedra sólida, aunque eso es lo que menos debe preocuparte ahora, porque luego viene lo peor. Las esporas profundizarán más en tu interior, paralizando también tus entrañas hasta someterlas también a la petrificación. Esto, cucaracha maldita, es el llamado aliento de piedra, y te lo brindo aquí en memoria de Kragor til Mass.

—Te lo ruego, no me hagas esto... no, por favor, os daré lo que tengo, todo lo que tengo, haré lo que me pidáis pero no me hagáis esto...

—Tranquilo, verás llegar la muerte desde la distancia.

—Te... lo... ruego... poooor... poooor.

Esas fueron las últimas palabras del caballero antes de quedarse quieto en el sitio, paralizado casi en su totalidad. Aún movía algún dedo, aunque era cuestión de tiempo que lo que Drigán vaticinó se cumpliera.

—Serán las horas más largas de tu vida, hiena maldita. No es un proceso rápido, pero no mereces que mancille mis manos dándote muerte. Hueles a cobardía, caudillo de la vergüenza. Sufre con esta muerte —escupió Drigán a su enemigo vencido, mientras cogía entre sus brazos a Bernardo y se dirigía hacia la puerta de la vivienda.

Enterró a su amigo Bernardo en un foso cerca de la vivienda, sobre el que puso tierra y piedras. Sobre una de ellas empezó a esculpir un mensaje con un cincel y martillo, y luego se quedó unos minutos sentado en silencio.

«Perdí a mi dragón vinculado, perdí la fe en mis creencias y perdí todo indicio de vida ante la cruenta batalla que sufrí frente a Saine y sus dos dragones —se dijo a sí mismo—, mas en vos, Bernardo, he encontrado todo eso de nuevo. Mis creencias hablan de un destino que se debe cumplir, me guste o no, y así sucedió en perjuicio de Kragor til Mass. Mi destino ha querido que yo siga vivo y viviré con orgullo de ser quien soy, un caballero del dragón dorado. Mi vida sigue su rumbo, Bernardo, sigue a paso firme y con la misma fuerza con la que decidí abandonarla. Mi vínculo sigue existiendo, la simbiosis que tejimos mi dragón y yo perdurará hasta el fin de mis días. Noto cómo corre por mis venas su sangre espesa, su valor y su entrega. Gracias Bernardo... gracias por devolverme a la vida».

Habían sido pocos días al cobijo de Bernardo de Prays, pero resultaron ser suficientes como para curarle tanto las heridas físicas como las mentales. Le mostró que ante la crudeza de la muerte uno debía mantenerse firme y seguir mirando al frente, sin desfallecer. Le había enseñado a seguir siendo quien era, un caballero del dragón.

Ya nada lo ataba a ese lugar y por primera vez en su vida, Drigán sintió pena por un humano. Era una experiencia nueva para él, mas no le asustó, sino que le abrió una sonrisa.

Recogió todo lo que podía ser de utilidad de la vivienda, como comida y equipo básico, y se ocupó de sacar e incinerar a los tres caballeros, excepto el petrificado, que partió en varios cachos con un martillo. Luego cerró las puertas de la vivienda que había sido su hogar por este tiempo y tomó el sendero hacia La última llamada. Los caballos de los tres caballeros le iban a venir muy bien para ir rápido y ligero, sin lugar a dudas.

—Eres libre, Tasky. Conviene que no me sigas, porque nada bueno te espera a mi lado. Mejor vive de la naturaleza, busca alguna perra que te haga feliz y monta tu familia.

El perro lo miró con intriga, respondiéndole con varios ladridos y acercándose a su vera.

—No Tasky, no me sigas. Tengo un destino que cumplir, y tengo que hacerlo solo —le volvió a decir Drigán, esta vez levantando la voz y señalando con su índice hacia la dirección opuesta que tenía en mente tomar.

El perro dio varios pasos hacia ese sitio y se quedó mirándole atento, como esperando la orden de volver a su lado. Se le veía apenado, y cuando el caballero del dragón empezó a alejarse se empezaron a oír sus aullidos en la distancia.

Bernardo de Prays ahora era un recuerdo más en la mente de Drigán, un fantasma que recorrería sus venas para aconsejarle y adoctrinarle durante las pruebas de la vida.

Sobre la piedra de su tumba Drigán dejó el siguiente mensaje clarificador:

"Bernardo de Prays, el hombre más valiente de Ampiria".

CAPÍTULO 15: SEGUNDAS OPORTUNIDADES

Lo primero que hizo Vaiel fue leer dos veces seguidas el canto de la oda de los renacidos que había apuntado en los pergaminos que le dio Dévora. Lo corrigió varias veces e incluso así no estaba muy seguro de si algún verbo o conjunción eran los correctos, aunque con lo que tenía le bastaba. Esa parte del canto rezaba así:

> "Y el rey Eterno creó pueblo donde solo había arena,
> cerca de una Llaídra amenazante de cenizas,
> a la vera de la frontera de sus montes.
> La pobló de buscadores de oro y cazadores.
> y la bautizó como La última llamada,
> refugio de todo aquel que siguiera más adelante.
> Se construyeron casas de varios pisos de alto,
> en la tierra se cavaron pozos repletos de vida,
> y se alzaron estatuas conmemorativas por doquier.
> Las ciudades oyeron su nombre,
> un susurro que incluso llegó a las islas del Este.
> He aquí como una idea, la del rey Eterno,
> reinaría por la eternidad,
> luciendo el pasado del lugar en el olvido."

A continuación miró las runas que había dentro del templo y que afortunadamente Dévora tradujo con sumo cuidado en los pergaminos que le dio. Las runas tenían unas formas extrañas para los ojos corrientes de Vaiel. Eran símbolos con ángulos rectos y muy distintos entre sí, dibujos más que una escritura, como realmente eran.

Dévora le dejó especificados lo que cada símbolo representaba, empezando por la derecha y acabando por la izquierda. El primer símbolo era el número uno pero visto desde un espejo. El palo superior del uno miraba hacia el otro lado. Según Dévora, esto representaba al agua. La siguiente runa era una línea vertical con dos crestas en forma de sierra mirando hacia abajo, representando la tierra. La tercera runa se presentaba como un palo vertical y un diente decorando la parte de arriba a la derecha y otro abajo a la izquierda. La traducción de Dévora la reclamaba como la representación del fuego.

«Que el Creador me asista… esas runas brillan como si estuvieran deseando estallar en mil pedazos todo este templo. Quién podría imaginar hace unos meses que estaría yo aquí, tocando runas mágicas para abrir un portal dimensional. Cuando se lo cuente al Hormiga no se lo va a creer, ja, ja, ja», se decía en voz baja, haciendo que mente huyera del estrés del momento.

A continuación miró la enorme runa que dividía el lateral derecho de la puerta dimensional con la izquierda. Era de color amarillenta con puntitos negros por doquier. La runa dibujada, para sorpresa de Vaiel, era cambiante.

—¿Pero qué…? ¿Qué broma es esta? —se dijo en voz alta. Era otra forma inconsciente de crear una atmósfera amigable, haciéndose ver que hablaba con alguien.

No tardó en encontrar referencias que Dévora anotó acerca de la extraña runa, sugiriendo que era "central", "clave", y "entrada". Estaba escrito entre interrogantes y enmarcados en un cuadro, dando a entender que era algo relevante.

—Vale… es la clave para entrar, la clave central para poder entrar. De hecho me dijiste algo así como que las runas debían colocarse en un orden y luego pulsar la clave.

Sin embargo, el arquero seguía teniendo sus dudas. Maldijo que la ladrona no hubiera sido más precisa en sus instrucciones e intentó seguir mirando las runas del lado izquierdo. Dejaría la central para el final y es que, tenía otra preocupación que le merodeaba la cabeza, y es que no veía cómo podían moverse estas runas. Eran unas piedras enormes y conformadas para formar la puerta dimensional. Moverlas era algo ilusorio, algo que debía descifrar. Estaba claro que Dévora había sido parca en sus órdenes.

La primera runa de la izquierda le recordaba mucho la letra H, representada como si el palo horizontal se hubiera soltado de la derecha, confundiéndose con una N pero sin llegar tampoco a serlo. Según Dévora, representaba el aire.

—Espera, espera… esto va tomando forma. Son los elementos: tierra, agua, fuego…

—¡Y aire, sí! —interrumpió alguien a sus espaldas.

Vaiel estaba tan concentrado en el portal que por un momento olvidó que estaba en un templo habitado por monjes y sacerdotisas de la ciudad. Y allí había una, mirándolo con ojos inexpresivos y altaneros. Iba ataviada con una túnica que se veía robusta y cálida para la estación actual.

—Perdonad… yo… solo estaba visitando este lugar tan conocido, el portal de… el portal de la ciudad de los trifones. Eso… eso son runas ¿no? —dijo Vaiel, en un torpe intento para salir de la situación.

—No tenéis por qué darme explicaciones de lo que estáis viendo, aunque sí de quién sois. No soy persona que evalúe a los recién conocidos nada más verlos, mas vos no sois precisamente alguien que transmita mucho consuelo. ¿Dónde están vuestros ropajes? ¿Por qué vestís solo con una capa? ¿Se puede saber de dónde habéis venido para tener esta presencia tan dejada?

El arquero se había olvidado de sus últimos percances y del estado que tenía. Las cicatrices de su rostro aún sangraban un poco y debajo de la capa, que llevaba entreabierta por descuido, no llevaba nada de ropa. Miró a la sacerdotisa y pensó en abalanzarse hacia ella y neutralizarla, aunque se le antojó una misión imposible en su estado de debilidad.

—Yooo… bueno, es una historia muy larga. Creía que no había nadie aquí dentro, pero si molesto me salgo fuera.

—No sois molestia para este templo, que acoge al necesitado, sino para mí. ¿Es que no podéis ser más pudoroso con vuestros hábitos? ¿Es que acaso no tenéis decencia? ¿No os da vergüenza pasearos de esa guisa por…?

—¡Cerrad la boca de una vez! —gritó Vaiel, llevado por la ira al recordar los momentos pasados en su cautiverio—. ¿Vos me habláis de decencia y de vergüenza? ¿Vos que formáis parte de una sociedad de mujeres lascivas y crueles que toman prisioneros para convertirlos en sus muñecos de feria? ¡Me dais asco! ¡Todas vosotras!

A continuación, se hizo el silencio. La sacerdotisa bajó su mirada hacia el suelo, entendiendo de forma bastante precisa quién era el desconocido que tenía delante. Vaiel, por su parte, se mordió los labios y cerró los ojos con un suspiro profundo. Se envolvió lo mejor que pudo las partes pudientes con la capa y sin decir nada se dirigió hacia el exterior del templo.

—Esperad, no os vayáis —le dijo la trifona.

—¿Por qué? ¿Qué tenéis en mente? ¿Aún queréis hacerme más daño? —respondió Vaiel, deteniéndose en seco. No se dio la vuelta para hablar, sino que lo hizo ladeando ligeramente el cuello.

—No voy a haceros nada, no es mi intención abrazar esos hechos que tanto daño os han causado. Sabed que aquí se abraza una religión de armonía y paz, entrega y voluntad de superación.

—¿Paz? ¿De verdad me estáis diciendo que sois pacíficos? —respondió Vaiel, dándose la vuelta y levantando el tono de su voz—. No sé cuántas mujeres me han usado para a su antojo, encadenándome al suelo y haciéndome sangrar en mi entrepierna. El temor a tener que orinar es horrible por el tremendo dolor que siento, más aún al ver como mi orina sale de color roja vívida. Me han arañado por todo el torso, incluso con dagas, unos arañazos que cicatrizarán ahí durante años, para recordarme cada día que pase que aquí no fui nada ni nadie, solo un muñeco de trapo usado a voluntad de un pueblo de demonios. Sí, eso es lo que sois, demonios, y no merecéis que se os respete en nada.

—No deberías englobar a todas las trifones en el mismo saco. No todas actuamos de esa forma.

—Seguro que vos sois una persona de confianza, digna, pura y casta ¿verdad?

—No soy casta, pues he tenido tres maridos, y no soy pura, pues a los tres los maté yo. Si soy de confianza o no depende de los ojos que me estén mirando, pero os insisto en que al igual que en vuestro reino hay gente de costumbres poco agradables, seguro que también hay otras que no las siguen.

—¿Eso crees? ¿Tan segura estás? ¿Y si se me ocurre silenciarte de por vida, para que no des la alarma de que me has visto por aquí? ¿Te fiarías de mi palabra? —dijo Vaiel dando varios pasos hacia la sacerdotisa, que se mantuvo segura de sí misma en el lugar.

—Si quisieras de verdad callarme ya lo habrías intentado. No intentes venderme a alguien que no eres.

Vaiel aplacó su ira un poco y guardó un silencio prudencial, sin saber bien si seguir hablando o largarse de ahí. Súbitamente le entró un picor punzante por sus partes bajas y se giró para rascarse con toda la delicadez que pudo, llevándose sangre en el proceso.

—¿Habéis matado de verdad a tres maridos? ¿Sois una especie de viuda negra? —dijo el arquero, sentándose lentamente en uno de los bancos de madera que había a un lado.

—¿Veis a qué me refiero? También vos sacáis conclusiones que pueden ser erróneas. Al primero lo maté porque él mató a mi hija, Séniya, con apenas ocho años. Nació con una tara en sus extremidades, teniendo una más larga que otra, un desperfecto que se acentuó con el paso de los años. No pudo soportar ver tamaña anomalía, ni que la gente lo señalara cada vez que pasaban por las calles y un día decidió acabar con su joven existencia. Me cobré venganza, aunque aún hoy sigo teniendo el recuerdo de mi hija presente. La venganza solo calmó mi rabia, mas no mi pena.

—Lamento lo de vuestra hija, a mi entender hicisteis bien en matar a ese monstruo de marido. Toda persona capaz de matar a sus propios vástagos no merece seguir con vida.

—Así lo pensé yo y así lo pensaron en el concilio de sabios cuando me sometieron a juicio. Tuve suerte y salí libre sin ser castigada.

—¿Y los otros dos maridos restantes?, si no os importa que os pregunte.

—El siguiente era un buen hombre, de nombre Kyro, muy atento conmigo y dispuesto a quererme hasta la eternidad. Sin embargo, un buen día decidió abandonarme y se largó de la ciudad, al exterior, a vuestras ciudades. Durante dos años no supe nada de él, hasta que volvió arrepentido de todo lo que hizo. Me dijo que tuvo un momento de debilidad que le hizo huir de todo, pero que ya estaba bien. Me costó muchísimo perdonarle, aunque lo hice, al menos durante cuatro meses. Pasado ese tiempo apareció por aquí la guardia del Alto de Vistok, esos caballeros llamados jueces, buscándole.

—¿Entraron aquí los jueces? Se atreven con todo…

—Sí, sí que se atrevieron. Era una partida bastante grande, más de diez. Buscaban a Kyro por cometer varios delitos mayores, violaciones, robos, incluso asesinatos. La vergüenza que cayó sobre mí fue tan grande que durante un momento dejé de pensar. Recuerdo que aparecí en mi habitación con un cuchillo en la mano y con Kyro tirado en el suelo, totalmente cubierto de sangre.

—Vaya… supongo que también se lo merecía… ¿te sancionaron esta vez o también saliste indemne?

—Los jueces me dijeron que es lo que pensaban hacer ellos. La sentencia de muerte planeaba sobre su cabeza por todos los delitos ocasionados. Digamos que hice lo correcto según sus ojos. Aquí no me sancionaron, no, aunque quedé marcada.

—Y yo que creía que había tenido una vida azarosa…

—Aún queda mi último marido, con el que estuve casada solo una semana. Su nombre era Ermado, poquita cosa en todos los sentidos, aunque con muy buen sentido del humor. Además, era muy romántico.

—¿Una semana? ¿Y éste qué hizo?

—Me engañó con un palo de mentira y una cintura ajustada durante esa semana, aunque ya notaba yo algo raro. Sospechaba algo cuando exigía siempre una oscuridad perpetua y cuando me contagié de una enfermedad bastante mala, la calamita. No entendía qué pasaba hasta que lo pillé. Me sentó tan mal que de un empujón cayó al suelo y se golpeó la cabeza de forma letal.

—No entiendo… ¿un palo y un cinturón? No te sigo.

—Era una mujer. Se hizo pasar por hombre usando esos artilugios, que además no limpiaba correctamente, provocándome la dolorosa enfermedad. La verdad es que no quería matarle, pero las cosas salieron así.

—Puff… vaya, pues lo siento. ¿Por eso te hiciste sacerdotisa?

—No, fue una exigencia del consejo. O esto o el exilio.

—Bueno, supongo que elegiste lo más conveniente.

—Pues no, escogí lo que podía escoger. Ahí fuera, en las ciudades de Ampiria, no viviría más de una semana. Soy una trifona y me mercarían de inmediato. Nuestras costumbres son bien conocidas ahí fuera y lo que te han hecho a ti seguro que me lo habrían hecho a ti.

—¿Tan malos crees que somos?

—¿Qué harías tú con una de esas que abusaron de ti, si estuvieras en tu pueblo?

—Uhmm… vale, me retracto de la pregunta. No obstante, podrías… vaya… llevo mucho tiempo perdido, mierda. Perdona que te interrumpa así… ehh…

—Casilda, me llamo Casilda.

—Casilda, perdona que te interrumpa, pero tengo algo muy importante que hacer y ya he perdido mucho tiempo.

—Quieres activar el portal de piedras, ¿verdad?

—¿Sabes cómo hacerlo?

—No, ni idea, pero si quieres puedo ayudarte. Algunas sacerdotisas pueden estar rondando por aquí a estas horas y puedo ocuparme de distraerlas.

—Me harías un favor grandísimo. Por cierto, ni nombre es Vaiel, que no me he presentado formalmente.

—Encantada Vaiel. Y no te pienses que te hago un favor gratis, sino a cambio de otro.

—Ya… ¿Y qué favor es ese?

—Me llevarás contigo a dónde vayas y me asegurarás un lugar tranquilo donde recomenzar mi vida.

—Imposible, Casilda, imposible del todo. No voy a una ciudad de paseo, estoy metido en algo gordo ¿sabes?

—Perfecto, cualquier cosa mejor que este templo.

—No me entiendes…

—Eres tú el que no me entiendes. O me llevas contigo o doy la alarma.

Vaiel maldijo su suerte y escupió con asco al suelo al ver cómo estaban girando los acontecimientos. Se sentía traicionado por Casilda, que de parecer una buena compañía resultó ser una aprovechada más.

—Está bien, te llevaré a una ciudad conmigo e intentaré que mi amiga te ponga en contacto con algunas de sus amistades, pero no puedo prometerte nada.

—Me vale. Por cierto, ¿quién es tu amiga?

—Dévora de Vohm, una mujer increíble y una buena amiga. Cuidado con jugársela a ella, pues dará contigo estés donde estés y será implacable. Es mejor tener de enemigos a los jueces que a ella, créeme.

—¿Vendrá en breve?

—Sí y yo tengo que ponerme ya manos a la obra con el portal.

—Vale, yo estaré por aquí vigilando.

—¿No vas a coger tus cosas? Porque supongo que no volverás por aquí en mucho tiempo…

—No quiero nada de este pueblo maldito. Solo le debo el haberme visto nacer, pero el resto son malos recuerdos.

Vaiel intentó alejarse del problema de Casilda y de lo que Dévora le iba a decir cuando se enterara. Le echaría una bronca monumental, aunque igual se apiadaba de él, estando en el estado en el que estaba.

«Tú como siempre Vaiel, atrayendo los problemas. ¿Es que el Creador no piensa apiadarse de mí nunca? —pensó con una mezcla de tristeza y rabia contenida—. Intentemos al menos abrir este portal dimensional, a ver si así consigo algo provechoso. Se lo debo a Dévora y a Nofret».

Dévora usó sus entrenadas habilidades de subterfugio para llegar hasta la vivienda donde Kovar estaba. Las calles se habían vuelto peligrosas, con varias camadas de trifones recorriéndolas de puerta en puerta. Buscaban algo en concreto, o más bien a alguien, seguramente a Vaiel, y no tardarían en ir al templo. Debía ser rápida rescatando a Nofret para volver cuanto antes y huir de aquí.

Cuando llegó al edificio, pasó de largo la puerta y trepó por una de las paredes hasta llegar al techo. Allí descansó unos minutos por el esfuerzo y se dirigió hacia la puerta que daba acceso al ático. Sacó sus utensilios para forzar la cerradura y los enclavó en la misma, mas apenas apretó un poco la puerta se abrió. Se habían dejado la puerta abierta, afortunadamente para ella, aunque no le gustaba creer en las casualidades. Había aprendido a desconfiar de esos brotes de buena suerte tan casuales y no le faltaba razón, pues la estaban esperando.

Pasó por los pasillos a oscuras, guiándose con su privilegiado sentido de la orientación y su extrema claridad visual en ambientes tan opacos. Presentía que algo iba mal, mas no estaba segura de si eran sus nervios, que estaban aflorando, o su inquietud por haber dejado solo a Vaiel en tan lamentable estado. Al poco se detuvo frente la habitación de Nofret y deslizó su mano por el pomo, comprobando para su desgracia cómo la cerradura estaba abierta. Dos casualidades tan próximas no era algo normal y estaba claro que algo de lo que ella no era consciente estaba pasando, aunque pronto saldría de dudas. La puerta se abrió sola, dejando ver el interior de la habitación. Una vela de luz tenue iluminaba la ventana con el rostro de Nofret, que permanecía sentada en una silla con los ojos tristes y la boca temblorosa. Kovar estaba de pie, apoyado en la pared a la vera de la pequeña.

—Has tardado, pero has cumplido. Bienvenida, mi nueva discípula —le dijo con voz altanera.

—No soy discípula tuya, no te equivoques —respondió Dévora, mientras entraba a la habitación y se quitaba la capucha.

—Todo cambiará y me aceptarás, ya verás. ¿Conseguiste salvar a tu amigo?

—No, las trifones lo han matado antes de que pudiera hacer nada. Ha sido víctima de un castigo atroz.

—Me duele en el alma saber eso —respondió con ironía Kovar. Se puso a acariciar el pelo de Nofret sin apartar la mirada en Dévora, como retándola.

—Quita tus manos de la pequeña. No la metas en esto.

—Todo está metido en esto, Dévora, tú, yo, ella… y es el maestro oscuro quien decide cómo nos movemos en este tablero llamado Ampiria. Tú eres una ficha más, asúmelo.

—Estás jugando con la persona equivocada, Kovar.

—¿Tú crees? Yo pienso que es al revés, fíjate. Sea como sea, no estamos aquí para adularnos con tan hermosos halagos, sino para llevar a cabo una misión. La tuya es simple y concisa: activarás el portal dimensional hacia La última llamada y entrarás por él. Verás cómo la ciudad está de celebración, con un torneo en el que se han congregado los mejores caballeros de todo el reino, algo idóneo para pasar desapercibida, sin lugar a dudas.

—¿Desapercibida? ¿De quién tengo que ocultarme?

—De tu objetivo, mi pequeña ladrona, de tu objetivo. Has de saber que el mismísimo emperador, su majestad Roig II, está allí de celebración, lo que resulta muy propicio para nuestros intereses, porque tu misión, Dévora, es matarlo.

Dévora se quedó muda y por un momento le dio un pequeño mareo. Dudaba si era correcto lo que había escuchado o si se lo había inventado. Las fuerzas le fallaron por un momento y acto seguido le entraron ganas de reírse.

—¿Tu silencio es parte de la preparación que los de tu ralea lleváis a cabo? ¿Algo así como la concentración antes de actuar?

—Estás loco si crees que voy a matar al emperador, Kovar. Mismo aunque quisiera hacerlo, está muy protegido por su guardia personal.

—Vamos, Dévora, vamos. ¿Por qué crees que has sido tú la elegida? ¿Por tus habilidades únicas? ¿Por tu carisma? —respondió Kovar, alejándose unos metros de Nofret y escenificando el dialogo con sus manos—. No, Dévora, no… has sido elegida por tu cercanía con la Corona. Estoy seguro que sabrás encontrar un punto débil en la protección del emperador para cumplir tu misión.

—Te vuelvo a decir que no, Kovar. Eso es ir muy lejos. No soy ese tipo de asesina, tengo escrúpulos y creo en el imperio. Tus planes de quebrar la corona no pasarán por mis manos.

—Todo es negociable, Dévora —insistió el hechicero, acercándose de nuevo a Nofret y poniéndole la mano sobre la cabeza. Su palma se iluminó débilmente en un color verduzco—. Seamos prácticos, así no hay confusiones luego. O te encargas de dar muerte al emperador, o yo derrito aquí y ahora esta cabecita tan hermosa que estoy palpando.

Dévora se puso en guardia, preparada para ejecutar uno de sus rápidos arrojes. Podía ser más rápida que él evocando magia, incluso aunque la tuviera canalizada ya. Era cuestión de confianza, aunque el estar Nofret como rehén le provocaba muchas dudas. No obstante, tenía que hacerlo, tenía que intentarlo. La cosa no admitía otra resolución válida que no fuera esa. Nofret podía salvarse, ella podía salvarla.

—No lo hagas, Dévora, lograrás que la mate y tu daga no llegará nunca a golpearle —dijo una voz melódica y conocida por Dévora. Una mujer estaba de pie a un lado de la habitación, con un báculo iluminado en tonos anaranjados en su parte álgida. Era imperdonable para Dévora el no haberse percatado de su presencia. Se centró tanto en Nofret y en Kovar que bajó su atención al resto de la estancia, algo que se enseña a los novicios de su disciplina desde las primeras lecciones prácticas. Sin embargo, lo peor no era haber sido sorprendida por alguien más, sino el reconocer a esa persona como una aliada.

—¿Sirián? ¿Eres tú Sirián?

Sirián avanzó unos pasos, saliendo de la lóbrega esquina y presentando su silueta. Iba ataviada con una especie de sudario de cuero negro totalmente ajustado a sus curvas, un atuendo más de ladrona que de animista. Sus ojos estaban maquillados con tonalidades oscuras y evocadoras, algo libidinosa incluso. Atraía con todo su cuerpo.

—Mi nombre es Nairis, pequeña rata de bodega. Haz lo que se te ordena o no verás un nuevo amanecer ni tú ni ella —dijo la animista, señalando a Nofret.

Dévora se quedó perpleja viendo el nuevo rostro de quien era el altruismo por excelencia. El cambio era muy grande, más del que una persona pudiera acometer por sí mismo. Había cambiado su forma de vestir, sus poses, su tono de voz… su mirada pacificadora ahora se volvía desafiante y toda ella manaba ira. Entonces lo entendió todo. Esto no era cosa de ella, sino de alguien que la había cambiado, alguien poderoso como Kovar.

—Maldito seas Kovar, ¿qué le has hecho? —dijo la ladrona, dirigiéndose al hechicero—. Ella era una mujer benévola y dedicada a ayudar.

—Lo sé, Dévora, ¿por qué te crees que ha sido reclutada? Para que me ayude, ja, ja, ja.

—Sirián, por el Creador, ¿estás ahí dentro aún? —preguntó desesperada Dévora.

La animista la miró con desdén y frunció el ceño.

—Te repito que mi nombre es Nairis. ¿Es que además de idiota eres sorda?

—¡Maldita sea, Sirián! Debes acordarte de mí, del puente de los gigantes, ¿recuerdas? Luchamos juntas en ese bosque contra el Origen y los segadores pútridos… ¡Maiden! ¿Te acuerdas de Maiden? ¿Y Zurah? Te llevabas muy bien con ella, siempre estabais juntas hablando de…

—Cierra ya la boca y cumple con lo que se te ha ordenado —interrumpió abruptamente Sirián—. No conozco a los amigos que tú frecuentas ni falta que me hace. Yo no me junto con escoria.

—Qué te han hecho…

—Espero una respuesta, Dévora —concluyó un Kovar impaciente.

Dévora se sentía miserable y totalmente indefensa. Cedió ante todo el peso de su cuerpo y se sentó en el suelo, abatida por cómo habían avanzado los acontecimientos. Estaba arrinconada en una esquina sin salida y por primera vez en su vida, no vio escape posible. Se veía sola ante el peligro, con la vida de Nofret en sus manos, con Vaiel apaleado, herido y semidesnudo, y con Sirián ahora convertida en su enemiga... ya no podía más y plantó las manos sobre el rostro entre sollozos. Nofret, empezó a llorar también y sin pensárselo dos veces salió corriendo hacia ella. Por un momento Kovar dudó en impedírselo, pero prefirió cruzarse de brazos y emitir una risa de hiena.

—Vamos, vamos... ¿no me digas que te supera la situación? —preguntó el hechicero con sarcasmo.

Dévora no respondió, se limitó a mirarle con unos ojos cubiertos de lágrimas pero repletos de odio. Tenía a Nofret entre sus brazos, intentando calmarla en todo lo posible. Ya era parte de su vida y la quería como si fuera su propia hija.

—Yo no quiero hacerle daño a ella —insistió Kovar, con una entonación que dejaba claro justo lo contrario—. Mi único interés es que tú cumplas con mi mandato. Una vez lo hagas, la dejo en libertad.

—Está bien, Kovar, daré muerte a Roig II —dijo Dévora, levantándose del suelo con Nofret sobre sus brazos—, pero tú no te quedarás con Nofret. Ella vendrá conmigo a través del portal, a La última llamada.

—Y se supone que yo me tengo que fiar de ti, ¿no? Ja, ja, ja. Vamos, Dévora, seamos realistas...

—No he acabado —interrumpió con firmeza la ladrona—. Ella vendrá conmigo y Sirián también. ¿No es ella tu fiel sirviente? Pues fíate de ella y que venga a vigilarme para que cumpla mi obligación.

Kovar miró a Sirián y dudó por unos segundos, aunque acto seguido asintió.

—Crees que aún puedes salvarla, ¿verdad? Crees que llevándola contigo podrás curarla o algo así... bien, bien... a veces es mejor darse de golpes con la realidad a que te la cuenten. Sea pues, iréis los tres hacia allí.

—Un momento... —dijo Sirián—. La ladrona ha cogido el camafeo de Guerón, se lo ha quitado a la niña.

—Déjala, no te apures —dijo Kovar, para sorpresa de Dévora— Cree que así podrá protegerla mejor. ¿No te has preguntado, Dévora, por qué no he cogido yo el camafeo? Se lo podría haber quitado cuando hubiera querido y ¡oh, sí!, sabía que lo llevaba encima, notaría su presencia desde mucha distancia. Ese objeto está hecho para matar a todos, incluso a su portador.

—Prefiero morir yo a que sea ella —sentenció Dévora, guardándose el objeto maldito en un saco de su cinturón.

—Haz lo que quieras, pero salid ya —dictaminó Kovar.

—Nada más cumpla iré a veros, Kovar —dijo Sirián con una reverencia.

—Cuento con ello, sí. Estaré en las torres trillizas —respondió Kovar, algo molesto por tener que ir tan lejos sin saber aún la razón, pero las órdenes de su maestro fueron claras y concisas en ese respecto.

Vaiel retomó sus indagaciones con las runas que componían el portal, desentrañando su significado oculto. Le quedaban dos por concordar, las dos inferiores de la izquierda. La primera era parecida a un crucifijo pero con el palo horizontal ladeado hacia abajo. Según las anotaciones de Dévora, representaba la oscuridad. La última runa, era el símbolo de un rayo, traducido como luz.

«Vale Vaiel, tenemos agua, aire, fuego, tierra, oscuridad y luz… vale… y ahora el poema… el poema sí… el poema se relaciona con las runas… maldita seas Dévora, la próxima vez voy yo a rescatar a Nofret y tú te quedas haciendo esto», se decía a sí mismo el arquero, concentrándose todo lo que podía.

—¡Lo tengo! O eso creo… espera… no, no… —dijo ahora en voz alta.

—Shhh… harías bien en controlar tus prontos —susurró Casilda—. Aunque esta zona del templo no está muy frecuentada a estas horas de la noche, conviene no pasarse gritando.

—Sí, sí, perdona… es que creí que tenía una conexión entre el poema y las runas —se justificó Vaiel—, aunque va a ser más complicado de lo que parece. Aunque… espera, espera… el primer verso reza "*Y el rey Eterno creó pueblo donde solo había arena*". ¿Puede ser que eso represente la tierra? El segundo verso habla de cenizas, seguro que es el fuego, y el tercero de… ¿montes?... ¿tierra de nuevo? Ufff… empiezo a agobiarme.

Durante unos minutos más estuvo tentando su suerte e incluso rozando las runas a punto de tocarlas. Casilda le advirtió que esas runas evocaban magias de autodefensa si se tocaban sin un orden específico, algo que minó aún más su débil confianza. Sin embargo, la imagen de Dévora rescatándole era mucho más fuerte que cualquier otra, y tras tragar saliva y lanzar una oración al Creador, se atrevió a tocar una runa. Tocó la de la tierra, que se iluminó de forma incandescente durante escasos segundos para luego volver a apagarse.

—¿Y ahora? ¿Qué se supone que tengo que hacer? —preguntó al aire, como si hubiera alguien con los conocimientos oportunos para responderle. Ni siquiera Casilda le respondió.

Supuso que tenía que seguir la progresión y tentó su suerte, por segunda vez. El segundo verso del canto estaba tan seguro que hablaba sobre el fuego que no dudó en palpar la runa del fuego, que se iluminó de forma gemela a la anterior, para luego apagarse de nuevo. La clave, esa piedra central que canalizaba toda la puerta, empezó a cimbrear y a dibujar un pequeño garabato sobre su superficie, aunque aún era algo muy difuso.

«Vas bien, Vaiel, vas bien. Es lo que pensaba, cada verso está representado por una runa, resulta evidente, aunque en el siguiente verso la cosa se tuerce un poco… A ver, decía "a la vera de la frontera de sus montes". ¿Qué hay a la vera de un monte? Puede haber agua, un océano, un acantilado... o también el aire que todo lo rodea… Espera, espera, te estás liando Vaiel, lo sencillo a veces es lo correcto, no lo olvides. A la vera de la frontera de los montes es tierra, no hay nada que dudar. Tierra, venga… dale a tierra…», pensó con claros síntomas de estar alterado y nervioso. Sus movimientos eran espasmódicos y poco seguros para alguien de fuera. Al final se atrevió y tocó de nuevo a la runa representando la Tierra. Acertó nuevamente.

—¡Ahí está! Ja, ja, ja —gritó feliz, recibiendo una segunda reprimenda de Casilda en la distancia.

«Tercer verso ahora… no, perdón, cuarto, cuarto. Sí... a ver… "La pobló de buscadores de oro y cazadores"… y ¿ahora qué? —comenzó a deducir en silencio—. Poblar… acción de poblar… no, no lo veo. El oro brilla, puede ser luz, aunque los cazadores ¿dónde cazan? En la tierra, sino serían pescadorcs, lógicamente. Bueno no, también pueden cazar cosas del cielo, del aire. ¿Y fuego? El oro brilla como el fuego y los cazadores cocinan sus presas en el fuego… Menuda idiotez, por el Creador».

—¿Cómo lo llevas? —le susurró al oído Casilda, que se le había acercado sin que se diera cuenta. Pegó un salto hacia arriba y se echó la mano al corazón, notando cómo le palpitaba con fuerza.

—No vuelvas a pegarme un susto así, te lo ruego.

—Ja, ja, ja, lo siento, no era mi intención —sonrió Casilda. Era una mujer con facciones exóticas, de piel canela y curvas desafiantes, haciendo honor a la genética de las trifones. Era hermosa, sin lugar a dudas, aunque Vaiel no estaba en la labor de sentir atracción física por nada ni por nadie. Su dolor había remitido un poco, pero seguía estando fuera de servicio por mucho tiempo. Solo esperaba no haber adoptado algún trauma que le impidiese volver a estar con una mujer, o más bien poder estar con alguna vez, pues no tuvo pareja estable nunca.

—Vale, no hay problema. Sí, mira, estos versos representan las runas que deben pulsarse y ahora debemos…

—Ya, ya sé que estás sacando la combinación correcta de ese pergamino o lo que tengas escrito ahí, mas no me des explicaciones, no quiero saberlo. Yo, cuánto más alejada de la magia y sus cosas, mejor.

«Pues espera a que te presente a Zurah o a Sirián…», pensó Vaiel, sonriendo con picardía.

—¿He dicho algo gracioso? —preguntó Casilda, extrañada de su reacción.

—No, no, perdón —respondió Vaiel, saliendo de sus pensamientos—. Estaba… estaba pensando en otra cosa. Si no vas a ayudarme en esto te agradecería que al menos me dejaras hacerlo con tranquilidad. Necesito estar lo más centrado posible ¿vale?

—Sin problemas. Me acercaré por la puerta del pasillo, a ver si veo a alguien. Por cierto Vaiel, siento lo que te ha hecho mi pueblo. Pareces una buena persona.

Vaiel asintió con el rostro serio. Agradecía las palabras de la sacerdotisa, aunque el dolor y la humillación sufrida no podían borrarse con un simple "disculpa". Necesitaba tiempo para curar esa herida, mucho tiempo, incluso más del que una vida era capaz de suministrar.

Se volcó nuevamente en las runas y en el poema, recorriendo cada letra del verso con extrema lentitud, como si hubiera un mensaje oculto tras alguna de ellas. A continuación, se quedó ensimismado mirando las runas, pasando de una en una mientras las iba descartando. Sin embargo, le quedaban aún muchas candidatas posibles. Tardó más de cinco minutos en encontrar una respuesta válida al acertijo, pero estaba casi seguro de que lo tenía. No era el oro ni los cazadores los que dictaminaban la runa, sino la acción de poblar una ciudad inexistente. Era como nacer, surgir de la nada, iluminar un lugar oscuro… y eso era luz. Tocó la runa de luz, dudando más que antes en su elección, pero la runa le respondió positivamente.

«Lo supuse al principio y me lie, si es que… lo primero en pensar suele ser lo correcto, está claro. Ale siguiente verso… "y la bautizó como La última llamada". Que me ahorquen si esta no es agua. Se bautiza con agua ¿no?», pensó con nuevas dudas.

Miró a su alrededor, buscando a Casilda, de la que veía parte de una de sus piernas asomando por el dintel de una puerta.

—Casilda, ¿me oyes? ¿Casilda? —dijo el arquero, intentando modular su voz para hacer el mínimo ruido y ser escuchado.

—Sí, dime —respondió la sacerdotisa, asomándose por la puerta.

—Los bautizos requieren de agua ¿verdad?

—Los del Creador, sí, sin lugar a dudas. Debes sumergir la cabeza entera en agua bendecida.

—Vale perfecto…

—Pero en otras religiones no, ¿por qué? ¿Te es de utilidad para el tema de las runas?

—Sí, sí, aunque lo tengo claro. Gracias.

Casi a punto estuvo de palpar la runa de agua, cuando se quedó a tan solo unos centímetros, cavilando sobre la oda.

«El rey Eterno era pagano, no creía en el Creador ni en su vida eterna, sino en los hechos y en la magia. Dale a agua, Vaiel, es esa, la primera opción es la buena, ya lo sabes… espera, espera a ver —se dijo una y otra vez, acercando y alejando la mano de la runa representada por el agua—. A ver, es agua, es bendición y es agua. Si es pagano me da igual, porque ¿qué otra cosa va a ser la bendición?... Maldita sea, se parece a un nacimiento a un despertar, y eso es luz, como dije antes. Pero ¿va a ser dos veces presionar la runa de luz? Mucha casualidad… debe ser agua… o igual se quiso jugar con esa idea, de que se pensara que es muy raro que alguien presione dos veces la misma runa. Maldita seas Dévora, estoy viendo que me voy a acordar de ti a cada runa…».

No tardó mucho en decidirse y, tras cerrar los ojos y susurrarse algo, palpó de nuevo la runa de la luz. Ésta brilló y entró en consonancia con la piedra clave. Era la correcta.

Ya no sonreía cuando daba con la runa correcta, pues sabía que un nuevo verso le esperaba para desafiar su capacidad deductiva y su suerte. El sexto verso, de hecho, se lo tuvo que leer hasta cuatros veces y aun así sentía que estaba en blanco.

«A ver, a ver… "refugio de todo aquel que siguiera más adelante", seguir adelante puede ser… nada, no puede ser nada. Quizás el aire, que es lo único que tiene capacidad para avanzar, aunque el agua también puede, aunque de forma más limitada, solo en su elemento. Refugio… la clave está ahí, en refugio, estoy seguro. Un refugio en el agua no tiene sentido, te ahogas, aunque puede tener cabida. En el aire es imposible. En el fuego, poco que añadir, descartado. ¿En la tierra? Sí, otra opción válida. Luego ¿luz?... ¿un refugio de luz? No, un refugio no es de luz, a menos que se hable de un lugar santo, pero no parece ser el caso. Descartada. Y oscuridad no va a… oscuridad… los refugios son oscuros, o al menos suelen serlo. Tú te refugias para no ser visto y estar calentito y a salvo. Puede ser, aunque tierra me parece más sólida, la verdad. Sí, tierra», caviló Vaiel. Sin pensárselo más veces palpó la runa de la tierra, haciéndola brillar con latencia. Había elegido erróneamente, aunque ya era tarde para rectificar.

Toda la puerta emitió un zumbido y despertó unos rayos violáceos que se enfrentaban en su parte central, formando una especie de bola de energía. Toda la estancia se oscureció varios grados de luz, mientras que una calavera emergía de la magia en proceso.

—Que el Creador se apiade de mi alma… —dijo Vaiel, echándose hacia atrás unos pasos. Al instante, notó la mano de Casilda, que lo cubrió con su cuerpo, poniéndose frente a frente a la imagen necraria. Antes de poder decir o hacer nada, se hizo un silencio abrupto para luego estallar el hechizo en mil ecos de ultratumba. Se oían voces de seres demoníacos hablando en sus lenguas malditas, mientras que la enorme calavera púrpura se dirigía flotando a gran velocidad hacia Vaiel, o más bien Casilda, al interponerse en su trayectoria. Ese era el llamado hechizo cartispe, capaz de succionar las cualidades de una persona hasta unos límites insospechados. Volvía torpe a aquel que era ágil, los más fortachones veían cómo sus gloriosos músculos descendían sus dimensiones, y los más eruditos perdían la capacidad de pensar con brillantez. También era conocido como el hechizo de la basura, porque te dejaba listo para echarte a la misma.

Casilda cruzó sus brazos sobre su frente y cerró con fuerza sus dientes, momento en el que la calavera chocó contra ella, adentrándose por sus entrañas. Al poco volvieron los ruidos normales de la noche y la habitación recobró su brillo natural.

Vaiel se puso frente a Casilda, intentando mirar si estaba bien, pero no se movía. Estaba quieta, como paralizada por una fuerza sobrenatural. Súbitamente, se dejaron oír varios pasos por el pasillo contiguo, muy cerca de su posición. Zarandeó de nuevo a su amiga, pero viendo que no respondía, pegó un salto y se ocultó como pudo tras el propio portal de piedras. Justo en ese momento entraron en la sala tres trifones sacerdotisas y cinco ataviadas como guerreras.

—¿Hola? Hermana Casilda, ¿me oís?

—Sí, os oigo —respondió Casilda, para consuelo de Vaiel. Parece que se recuperó a tiempo.

—Estas celadoras del orden están buscando a un prisionero que ha huido, ¿habéis visto a alguien por aquí deambulando, ya sea hombre o mujer? Sois vos quien está de guardia esta noche ¿no?

—Así es, pero no, no he visto a nadie.

—¿Seguro, Casilda? —preguntó con voz ronca una de las trifones guerreras, dando un paso al frente—. No estarás ocultando nada ¿verdad? Que conozco tu historial.

—¿Tengo cara de estar preocupada por lo que penséis de mí? —respondió Casilda de forma altanera.

—Un momento, ¿por qué brillan esas piedras? —advirtió una de las sacerdotisas.

—¿No deberían brillar? —preguntó la guerrera.

—No, eso es un portal dimensional que lleva mucho tiempo inactivo. Su uso está estrictamente prohibido por nuestros estatutos, pues desconocemos cuales pueden ser las consecuencias de doblegar el espacio y el tiempo. Además, la magia se prohibió en toda Ampiria y así debe cumplirse.

—Pero ahora está brillando —añadió la guerrera, que se volvió de nuevo hacia Casilda—. ¿Y ahora? ¿Tienes algo que añadir?

—Que cada día que hablo contigo descubro algo nuevo que me resulta desagradable en ti —respondió Casilda de forma impertinente.

—Muy graciosa. Prendedla, veremos a ver qué tal te portas en el interrogatorio.

Vaiel dudó un instante si salir y dar la cara, mas el pánico a ser encadenado de nuevo para uso incondicional de sus carceleras le hizo permanecer oculto. Se sentía miserable por no tener el valor suficiente como para dar la cara, pero es que no tenía ni una simple daga para al menos ostentar alguna opción de victoria. Estaba totalmente desnudo, únicamente tapado con una capa de cuero. Sería un simple títere en manos de esas guerreras.

Justo cuando ataron a Casilda y se la llevaban, apareció en las puertas de la habitación Dévora. A su lado iba Nofret, siempre agarrada a su pierna.

—¡Dévora! ¡Lo conseguiste! —gritó Vaiel de forma inconsciente, saliendo de su escondrijo y dejándose ver por sus perseguidoras.

—¡Es él! ¡Apresadlo! —gritó la guerrera líder—. Y tú, Casilda, de esta no te va a salvar ni la divina providencia del Creador.

—¿Y a esa y la niña? —preguntó una de las guerreras súbditas.

—Apresadlas también. De aquí no se va nadie.

Dévora apartó a Nofret hacia un lado y desenfundó su espada larga, tanteándola de una mano a otra. Vaiel cogió la pata de una silla y empezó a andar hacia la posición de su amiga, aunque una de las enemigas se dirigía hacia su trayectoria.

—Soltad las armas y entregaros ahora mismo, u os aseguro que sufriréis el peor de los castigos posibles —gritó la líder, ordenando que sus guerreras desenvainaran unas lanzas partisanas de filo largo y grueso. Se las veía entrenadas en el combate, de eso no había la menor duda.

—¡Quieto todo el mundo! —gimió una voz desde la oscuridad, justo detrás de Dévora y Nofret.

—¿Y tú quién…? —llegó a pronunciar la líder de las guerreras antes de ser callada por la misma voz.

—Quien yo sea sale fuera de tu entendimiento de hormiga. Trátame como si fuera tu superior, tu obligación, tu mandato o tu Dios, simplemente. Vosotras, sacerdotisas, largaos de aquí ahora mismo si en algo apreciáis vuestras vidas.

Sirián se dejó ver con su nueva imagen, fusionándose entre las sombras con tanto esmero que parte de sus extremidades se confundían con el entorno. Las tres sacerdotisas obedecieron al instante lo que la animista les ordenó, pasando cerca de ella con los ojos clavados en el suelo.

—¿Tú, mi diosa? ¿Crees que por vestir así y montar este numerito me vas a asustar, desgraciada? Esto nos pasa por aceptar recibir gente de fuera —dijo la líder, haciendo cabriolas con dos espadas sobre sus manos.

—Sí, llevas razón. Esto os pasa por aceptar a gente de fuera —sentenció Sirián, dando por terminada la conversación.

El báculo de la animista emitió un haz de luz a modo de faro, recorriendo toda la estancia de un lado a otro. La animista comenzó a convocar un canto melódico que ensombreció toda la habitación con unos tonos celestes pálidos, mientras un coro fúnebre se dejaba oír desde la distancia. El techo rugió cual fiera hambrienta y del mismo surgieron varios relámpagos que azotaron hasta tres veces la débil carne de las guerreras trifones, haciéndolas estallar en cachitos. Casilda también recibió dichos rayos, poniendo fin a sus días de dolor y sufrimiento. Sirián tenía una sonrisa dibujada en su rostro de satisfacción plena.

Dévora, que se imaginaba lo que iba a suceder, tapó a tiempo los ojos de Nofret para que no viera la carnicería. Vaiel, que aún estaba en shock por lo sucedido, se tuvo que sentar al fallarle las fuerzas.

—Casilda… ella era…

—Era una trifona, al igual que tú un hombre —añadió la animista, mirándolo fijamente—. ¿Se puede saber de dónde sale un tipejo cómo tú?

—¿Qué te pasa? ¿Acaso no me has oído? ¡Era una buena persona! Me salvó de la magia que el portal me lanzó.

—Un idiota en un mundo de idiotas. Basta con verte, desnudo, desaliñado y oliendo a rata para darse una cuenta de quién eres: un vagabundo errante con ganas de fastidiar. Pues has topado con la persona equivocada —replicó la animista mientras alzaba su báculo en preparación.

—¡Alto, Sirián! No lo hagas —dijo Dévora, interponiéndose entre ambos—. Él es de mi grupo y si lo hieres o lo matas me perderás para la misión.

—Mi nombre es Nairis, espero no tener que volver a repetírtelo si quieres que esta niña pequeña siga sonriendo.

—Está bien, Nairis. Éste es Vaiel, lo necesito para llevar a cabo mi cometido. Te ruego que lo dejes vivir.

Nairis dudó por un momento, pero viendo controlada la situación bajó su báculo. Vaiel no se terminaba de creer lo visto y oído. ¿Sirián haciéndose llamar Nairis? ¿Y por qué tenía esa mirada tan amenazante y esos modales tan agresivos? ¿Qué fue de aquella mujer amable y siempre dispuesta a ayudar? Algo iba mal, no había duda, y aunque quiso preguntar Dévora lo calló con una mirada inequívoca.

—Urge que abramos el portal. ¿Has conseguido algo, Vaiel? —preguntó Dévora, acogiendo de nuevo a Nofret entre sus brazos.

—Ehh… sí… bueno he encontrado la relación entre los versos y las runas. Se deben ir palpando en un orden exacto y ya he activado seis. Bueno cinco… la sexta palpé la equivocada y el portal nos lanzó una magia.

—¿Tienes la oda que activa el portal?

—Sí, aquí tienes —respondió Vaiel, dándole el pergamino con la oda escrita—. Estoy en el verso que reza "refugio de todo aquel que siguiera más adelante". Pensé que era la runa de tierra, pero no era. Mi segunda opción es…

—Oscuridad es la respuesta —dijo Sirián antes de que Vaiel acabara la frase—. Los refugios son lugares donde permanecer ocultos, sino sería un hogar. Viendo las runas que hay, es esa seguro.

Vaiel la miró con algo de recelo, dudando si darle las gracias o recriminarle su comportamiento hacia él. No obstante, prefirió permanecer al margen y se apoyó en Dévora, que parecía más en sus cabales.

—Pues adelante, runa de oscuridad —dijo Dévora, tocándola con su mano. La runa emitió un leve brillo y activó de forma sistemática la clave central—. Debemos darnos prisa con el resto, las trifones no tardarán en encontrarnos. Lee la siguiente Vaiel.

—Dice así: "Se construyeron casas de varios pisos de alto". ¿Puede ser tierra? Se construye sobre la tierra ¿no?

—Este hombre es estúpido —valoró Sirián con estupor, como si la costara compartir habitación con él—. Para ti todo es tierra ¿no?

—Yo al menos respeto a mis amigos y no les amenazo con darles muerte —respondió el arquero indignado.

—¿Amigo? ¿Y en qué mundo tú y yo hemos sido amigos, mequetrefe? Yo no me juntaría con un ejemplar como tú, un pordiosero que transmite asco por todos los sentidos. Da asco verte, da asco olerte, da asco oírte y da asco estar cerca de ti.

—Te dejas el gusto... igual te apetece un beso para comprobar mi gusto —respondió con descaro Vaiel, harto de las injurias de las que era objeto.

Sirián abrió sus ojos con asombro, incrédula de la respuesta recibida, justo cuando Dévora volvió a interrumpir la discusión para apaciguar los ánimos.

—Os podéis matar luego, si tantas ganas tenéis, pero os ruego que ahora nos centrémonos en esto. Creo que en ese verso lo que más destaca es la valoración de alto. Y lo alto es aquello que llega muy arriba... al cielo. Yo diría aire. ¿Tú Siri... Nairis?

—Coincido contigo, aunque la acción de construir también puede ser la luz. Piénsalo y activa la que sea —respondió la animista, que lejos de olvidarse de Vaiel, lo volvió a mirar con odio concentrado—. Y tú, desecho, no vuelvas a dirigirte a mí en esos términos o ten por seguro que te borraré de esta vida como si fueras un mal recuerdo.

Vaiel se limitó a mirarla con los ojos entrecerrados y los puños cerrados. No entendía nada, pero sí sentía dolor, tanto físico como mental. Mucho estaban cambiando las cosas en tan poco tiempo y todo para peor, lamentablemente.

—Siguiente verso, Vaiel —solicitó Dévora, tras haber presionado con éxito la piedra del aire.

—Uno que dice así: "de la tierra se cavaron pozos repletos de vida", esta creo que es bastante clara ¿no? Lo pone bien claro, tierra.

—No lo veo tan claro —remarcó Dévora—. Todos los pozos se cavan en la tierra, no pueden hacerse en otro lugar. Podría ser tierra, sí, aunque lo que realmente destaca de ese verso son los pozos repletos de vida.

Nofret agarró la mano de Vaiel y le hizo una sonrisa. El arquero, que hasta ahora no se había fijado en ella, la cogió entre sus brazos y la levantó, dándole un abrazo cálido.

—Hola pequeña Nofret. ¿Me has echado de menos?

—Sí, tito Vaiel.

—Pues ya estoy aquí, y en breve nos iremos de este lugar.

—¿Y por qué estás desnudo, tito Vaiel? ¿Has perdido los pantalones?

—Empieza a ser un problema esto de la ropa —dijo Vaiel medio en broma, medio en serio—. Me la han robado unas personas malas, pero no te preocupes porque dentro de poco estaré vestido de nuevo.

—Yo diría agua —dijo Sirián de forma concluyente.

—Coincido contigo. El verso está dominado por el pozo, que es agua. Me preocupa, no obstante, lo de "pozo de vida". ¿Podría ser…?

—Es agua —volvió a decir Sirián—. Y si tanto miedo tienes a palpar la runa, apártate que yo lo haré.

Dévora se echó a un lado, viendo como Sirián avanzaba sin miedo hacia la runa de agua y la presionaba con fuerza. En efecto, era la correcta.

—¿Qué le pasa a Sirián, lo sabes? —susurró Vaiel a Nofret.

—Parece que el hechicero malo la tiene embrujada o algo así —respondió la pequeña, con voz sibilina—. Me quiso hacer daño.

—No debes preocuparte, ella no te haría daño. Sirián es una buena persona, es solo que está confundida en su mente, aquí arriba —le señaló Vaiel, golpeándole con el dedo en la cabeza.

—"Y se alzaron estatuas conmemorativas por doquier", otra más que parece que está regida por el aire —dijo Dévora, leyendo el pergamino y levantando su diestra hacia la runa dicha.

—Espera, ladrona de tres al cuarto, no vayas tan rápido —la detuvo Sirián mientras desviaba su mirada de las runas hacia Nofret, como si estuviera oyendo lo que se decían esos dos—. Podemos pensar que al mencionar el verbo alzar se está indicando que es aire, aunque eso es obvio ¿no? ¿Acaso las estatuas no se alzan hacia arriba?

—Entiendo tu argumento, sí, pero no veo otra relación posible. ¿Cuál propones como alternativa?

—No estoy segura. Esta es complicada… parece tan obvia que se huele que es una trampa.

—Tú dirás… ¿le doy?

—Le has perdido el miedo a las runas ¿eh? —dijo Sirián, medio sarcástica.

—Ten cuidado, Dévora —suscitó Vaiel, volviendo a opinar—. La magia que sale de ahí no es nada buena…

Dévora hizo caso omiso a la advertencia y palpó la runa de aire, haciendo que ésta se iluminara en varios haces de luz celeste. De repente, el suelo tronó y del centro del portal comenzó a formarse una bola de fuego que a cada segundo que pasaba iba creciendo en tamaño. Giraba sobre sí mismo a una velocidad creciente, generando un zumbido ensordecedor.

Nofret se tapó la cara y la puso sobre el pecho de Vaiel, que la arropó entre sus brazos con fuerza. Dévora se dispuso ligeramente agachada mientras iba retrocediendo pasito a pasito hacia una zona con cobertura, pero sin apartar la vista de la bola ardiente que se estaba engendrando. En cualquier momento iba a salir disparada y, en efecto, no se hizo esperar.

Todo el portal descargó un rayo eléctrico que recorrió todo su perímetro hasta sumergirse dentro de la bola, lanzándola hacia la ladrona a una velocidad inusitada. Sin embargo, y para sorpresa de todos, a mitad de camino la bola se detuvo en seco, girando sobre sí misma pero sin desplazarse. Sirián tenía su palma zurda enfrentada hacia la magia, mientras varios goterones de sudor resbalaban por su frente hasta ocultarse más allá del cuello.

—¿Pero qué…? —dijo Vaiel ensimismado.

—Sirián, ¿qué…? —llegó a decir Dévora, antes de que la animista le respondiera con contundencia.

—Es un conjuro de cometa ígneo en grado de uso muy alto, aunque no lo suficiente como para evitar mi desvío. Estoy arrastrando la bola hacia mí, de forma que te libres de esta, ladrona. Y por cierto… te dije que mi nombre es Nairis. No sé si lo haces para desafiarme o para ponerme nerviosa, pero créeme que vas a lograr que la próxima vez me haga la ciega si te viene un conjuro tal a este.

—Perdona, Siri… ¡Nairis! Es la costumbre… Aunque no lo creas, tú…

Súbitamente, y sin dejar que la ladrona se justificara, la bola de fuego rotó sobre su eje horizontal y cambió su trayectoria hacia Sirián. Ésta, colocó el báculo centrado frente a ella y evocó una barrera blanquecina que hizo de pantalla ante el tremendo golpe de la magia. El fuego la recorrió entera, dejándola como en una burbuja de aire rodeada de llamas.

Cuando todo se apaciguó, la animista estaba intacta, con su nueva imagen de seductora más altiva que nunca.

—Me tienes que enseñar a hacer eso —dijo Vaiel, aún absorto.

—Era tierra entonces. A veces lo obvio es lo correcto, por mucho que nos guste buscar una razón oculta en cada palabra —dijo de corrido Dévora, convenciéndose a sí misma de que esa era la respuesta acertada.

Sirián se limitó a asentir.

Dévora tomó aire y resopló con fuerza antes de volver a darle a una runa, esta vez la representada por la tierra. No dudó, aunque sí sintió cómo el miedo se había apoderado de su sangre, alimentándose de todo su cuerpo.

La runa de tierra emitió un pálpito de luz medido y se volvió a apagar. La clave respondió de igual forma.

—“Las ciudades oyeron su nombre” es el siguiente verso. Ciudades… ciudades…

—¿Aire? —dijo Vaiel, algo perplejo al ver que lo había dicho en voz alta.

—¿Por qué aire? —preguntó la ladrona.

—Por lo de oír… se oye por el aire ¿no? Es que ciudades no veo yo ninguna runa apropiada, y nombre… tanto de lo mismo.

—También se puede oír bajo el agua y en la oscuridad. No lo veo, Vaiel —respondió Dévora.

—Pues yo coincido con el desecho —intervino Sirián—. Puedes hablar bajo el agua y todo lo que tú quieras, pero para entender lo que te dicen debes estar viendo a esa persona y escucharla con claridad. Oscuridad y luz podrían también ser, pero la runa de aire es la más adecuada en el contexto, veo yo. Apartaos, que ésta es mía.

No hizo falta que insistiera. Dévora se puso al lado de Vaiel y Nofret, con el cuerpo preparado por si algo salía mal. Y Sirián palpó la runa del aire. La puerta entera vibró y la clave dibujó varias runas sobre su área. En la parte central de la puerta empezó a caer agua en goterones, formando una cortina traslúcida que oscilaba y ondeaba en todos los ejes cardinales.

—¿Eso que se ve ahí es... es el boque de La última llamada? —preguntó Dévora sorprendida de que pudiera ser real.

—Eso es. La puerta está ya prácticamente activada, solo falta dar cuatro vueltas más a la llave y acabar —dijo Sirián, pidiendo el siguiente verso de la oda.

—Sí, reza tal que así: “un susurro que incluso llegó a las islas del Este”.

—Que me quemen vivo si no es aire de nuevo —dijo Vaiel.

—Puede ser, puede ser, pero analicemos a ver. El susurro va por el aire, eso está claro, pero tenemos más cosas en la frase, como las Islas del Este. Dichas islas pueden ser tierra... tierra rodeada de...

—¡Agua! —exclamó Nofret con los ojos abiertos de par en par— Las islas están rodeadas de agua ¿no?

—Sí, pequeña Nofret, así es —le dijo Vaiel mientras le acariciaba el pelo.

—Pues no es ninguna tontería... —razonó Dévora, echándose la mano al mentón. Miró de soslayo a Sirián, que se limitó a señalar la puerta.

—Vale, pues le doy entonces. Voy a darle al agua ¿vale? ¿Todos conformes?

—Conforme por mi parte —dijo Vaiel, cerrando el puño y rezando a la divina fortuna.

—Dale, no tenemos toda la noche —propuso una Sirián bastante menos efusiva.

La mano de Dévora se asentó en la runa del agua, que crujió e hizo que la cortina acuática se volviera más transparente. Se podían apreciar los árboles, arbustos e incluso una especie de sendero.

Nadie se dirigió la palabra, la tensión era máxima y se requería de silencio y concentración para afrontar los últimos versos. Incluso Nofret estaba en silencio y con rostro serio.

Dévora recitó el siguiente verso en voz alta para dar constancia de lo que iban a intentar deducir: "He aquí como una idea, la del rey Eterno".

—Luz —dijo Sirián.

—Sí, luz, luz, sin lugar a dudas —subrayó Vaiel, asintiendo con la cabeza.

Dévora se mantuvo en silencio. La runa de luz parecía la más adecuada, aunque tenía sus dudas. No sabía si el adjetivo eterno podía tener connotaciones de oscuridad, pues la oscuridad era eterna mientras que la luz no, o así lo veía ella. El verso no se prestaba a muchas interpretaciones, aunque Dévora tenía la sospecha de la trampa merodeándole continuamente.

—¿Le doy yo? —dijo Sirián, dirigiéndose ya hacia la runa de la luz.

—No es eso, sino que no estoy del todo segura de…

Sirián no la dejó acabar, presionando la superficie irregular de la runa de luz, que respondió con un brillo latente sobre la clave. La animista se volvió y arqueó la ceja derecha mientras profería una sonrisa de picardía. Dévora no pudo evitar devolverle la sonrisa, como si estuviera viendo a su antigua compañera.

Súbitamente, por el pasillo se oyeron ruidos de pasos. Varias voces se fusionaban al ruido del metal chocando contra el metal.

—¡Las sacerdotisas! —exclamó Dévora— Han tardado menos de lo que esperaba.

—No os preocupéis por las trifones estas, yo me ocupo. Vosotros abrid el portal ya —replicó Sirián.

—Espera, las trifones son inocentes en todo esto, deberías controlar lo que tienes en mente hacerles.

—¿Inocentes? Hazme un favor, Sirián, Nairis, o como te hagas llamar ahora. Reviéntalas a todas, que sufran todo lo posible como respuesta a lo que me hicieron. Son animales, no se merecen perdón alguno —dijo Vaiel muy alterado, conteniéndose de decir cosas peores ante la presencia de Nofret.

Sirián sonrió con complicidad, mientras evocaba un manto grisáceo a su alrededor. Sus ojos se iluminaron en un color verde blanquecino, el mismo que emitía el báculo en su parte álgida. Sin decir nada más, la animista se dirigió hacia la puerta de la estancia, camino al pasillo.

—A ver, ¿cuál era el siguiente? "He aquí como…" no ese era el de antes. El siguiente, el siguiente, sí: "reinaría por la eternidad". Pufff… estamos apañados —expuso Dévora, totalmente perdida.

—La verdad es que es complicado verle una relación a eso. ¿No dijo antes Sirián que la oscuridad es perpetua, eterna? —dijo Vaiel, intentando aportar alguna idea.

—No, no lo dijo, pero sí lo pensé yo. ¿Qué pasa, que ahora lees el pensamiento de la gente?

—Ha sido pura casualidad, créeme, jaja. Lo habré pensado yo, ja, ja, ja. Más quisiera leerte yo el pensamiento… quiero decir a ti o a cualquiera. Bueno, me callo mejor…

—Sí, mejor.

Dudaron entre qué connotación podía tener el efímero verso, aunque siempre acababan en el mismo punto. Oscuridad parecía ser la candidata más sólida como equivalente a lo que se rezaba. Ahora, tocaba dar el paso y tocar la runa.

—Voy yo si quieres, Dévora. Tú ya has hecho…

—No, voy yo. Por cierto, Vaiel, ahora que estamos solos permíteme que te diga que Sirián no es la que es, como ya sabrás, pero estoy segura de que aún sigue ahí dentro.

—Yo la veo perdida. Aunque la verdad sea dicha: ahora viste con más clase que antes —dijo con tono irónico Vaiel, algo que no le sentó muy bien a Dévora, que intentaba mantener una conversación seria.

—Igualito que tú ¿no? No digas más tonterías y escúchame bien, o si no te quito la capa que llevas puesta. Cuando vayamos a La última llamada debes ir a buscar al grupo y llevártelos lejos de allí, muy muy lejos.

—¿No íbamos a la forja de los titanes?

—Exacto, allí debéis ir. En La última llamada pasará algo, pero no lo tengas en cuenta ¿vale?

—¿A qué te refieres?

—A que nunca haría nada que os perjudicara, ni a ti ni al grupo.

—Cosas más raras dices… debería ser yo el rarito luego de todo lo que he pasado, pero aquí sois vosotras las que venís con historias extrañas.

—Bueno, está todo dicho —decidió concluir Dévora, mirando ahora a Nofret—. Y tú, pequeña, no te separes nunca de Vaiel ¿entendido? Confía en quien él te diga que confíes.

—Claro que sí, tita Dévora —respondió Nofret, con inocencia —. ¿Me devuelves ahora el camafeo ese?

Vaiel se giró con los ojos entornados y el rostro totalmente compungido. No se podía creer lo que acababa de oír.

—¿Tienes tú de nuevo el camafeo?

—Es largo de contar, lo hice para protegerla, no es lo que piensas. Lo voy a llevar puesto hasta que entremos ahí dentro de ese portal. Una vez dentro te lo devolveré, pequeña.

En el pasillo aparecieron un total de ocho trifones armadas con armaduras ligeras y armas largas. Sus yelmos de tonalidades rojizas las identificaban como las de mayor rango en la jerarquía de la ciudad, experimentadas y aguerridas luchadoras capaces de batirse ante cualquier enemigo sin dudarlo.

Al fondo del pasillo vieron a la silueta de Sirián justo en el centro del pasillo. Tenía los pelos recogidos hacia atrás y los ojos maquillados para dominar todo su rostro. Su cuerpo era un desafío para cualquier mujer, con curvas delineadas en una perfección casi absoluta. Lucía recta, mirando de frente al grupo, con las piernas ligeramente abiertas y el báculo apoyado en el suelo, ligeramente ladeado hacia la derecha.

—Fin del camino, chicas —dijo con voz dulce, como si estuviera cantando una nana a un bebé.

—¿Quién eres tú? ¿Conoces nuestro idioma? —preguntó en parlino una de las guerreras.

—Este pasillo está cerrado en estos momentos. Volved más tarde —respondió Sirián, haciendo caso omiso a lo que le preguntaban.

Las trifones se miraron entre ellas y se entendieron a la perfección, trazando un plan de ataque dosificado. Se dividieron en grupos de dos para avanzar más holgadamente por el pasillo, avanzando con un grito de guerra coreado al unísono. Sirián giró el báculo sobre su eje y fijó la palma de su mano libre hacia el grupo, mientras dibujaba una sonrisa macabra sobre sus labios. Estaba preparada.

El ataque de las trifones comenzó desde la distancia, pues mientras el grupo frontal avanzaba con unos pequeños escudos en alto, los de atrás lanzaron una especie de espadones de veinte centímetros de largo y terriblemente afilados.

Sirián conocía todos los caminos que la magia era capaz de ofrecer, y aunque había invertido mucho tiempo y dedicación en su aprendizaje, siempre le faltaba subir un peldaño más. Su obstinación era tal, que una vez estuvo treinta y ocho días encerrada en la misma habitación leyendo manuscritos y libros sobre la canalización de sortilegios y su método de uso. Era toda una erudita en ese vial del conocimiento y, desde luego, no estaba dispuesta a morir sin sacar todo su arsenal a flote. Ya no estaba atada por el círculo blanco en el que tanto se implicaba, sino que ahora abrazaba la neutralidad de todas las casas de magia. Ahora era libre de matar o sanar, era la animista perfecta.

Los dos estiletes arrojados llegaron raudos hasta la altura de Sirián, que los vio detenerse justo a unos centímetros de su nariz. Al instante, salieron expelidos hacia la derecha como movidos por una fuerza innatural. Casi al mismo instante, un total de ocho tentáculos de varios colores emergieron de su espalda, para acabar desprendiéndose en el aire y constituir un círculo en posición vertical frente a ella.

Dos nuevos estiletes acortaron la distancia que separaban al grupo de la animista, deteniéndose en el mismo campo de fuerza imaginario que la protegía. Cayeron inertes al suelo, sin fuerza. Sin dar más tiempo, Sirián hizo brillar sus ojos esmeraldas con una potencia cegadora, provocando que el círculo magenta saliera expelido hacia el frente. Abarcaba todo el ancho del pasillo, para desgracia de las trifonas, que al ver eso se detuvieron en seco y se colocaron las unas contra las otras para formar una piña. No sabían qué era el sortilegio de la media luna, ni cómo actuaba, mas en breve lo sufrirían sobre sus carnes.

El sortilegio en forma de aro las atravesó, lanzando descargas eléctricas desde su perímetro hasta el centro. Cada descarga provocaba una quemadura tan cálida como el habido en una fundición, cientos y cientos de grados. Además, el impacto entraba tal cual lo haría el azote producido por un mazo de combate bien balanceado empuñado por un minotauro de más de dos metros. Fue una auténtica carnicería. Cada vez que los rayos se encontraban con la piel de las desdichadas trifones, les seccionaba una extremidad o les abría un agujero bien profundo en su torso. No corría la sangre por ningún lado, era impactos que hacían saltar chispas e iban cauterizando las heridas o amputaciones que provocaban. Cuando el aro terminó su camino sobre el grupo adelantado, en el suelo reposaban dos cabezas separadas de sus cuerpos, una de ellas con un boquete entre las oquedades de sus ojos, dos piernas amputadas a la altura de las rodillas y varios dedos sueltos. Los gritos de horror y dolor se sucedieron entre la sádica tortura, aunque lo peor estaba aún por llegar.

Sirián, quieta al lado de los últimos estiletes que le lanzaron, giró su muñeca y abrió la palma hacia ella, para luego balancear la mano hacia un lado y hacia otro. No les costó mucho a las trifones entender que con esa mano controlaba el aro maldito, haciéndolo ir hacia delante y hacia detrás hasta seis veces más antes de extinguirse. E incluso así, la animista aún seguía moviendo su mano, como queriendo dar más pasadas. Sin embargo, el sortilegio se extinguió y de su paso solo quedó el rastro de trozos de carne que reposaban en el suelo.

—¡Perfecto, era esa! —dijo Dévora, suspirando con alivio—. Sabía que era oscuridad, lo sabía.

—Brillante amiga mía —suscribió Vaiel, dándole ánimos—. El portal está casi abierto ya, fíjate cómo tiembla.

—Nos falta el último verso: "luciendo el pasado del lugar en el olvido".

—Esta sí que va a ser suerte. Tiene muchas coincidencias con las runas… Ese "luciendo" es claramente la runa de luz, luego "lucir el pasado" parece que es algo así como recordar, que vete a saber tú cómo se representa eso, y por último el olvido, que es oscuridad.

—Debemos verlo en conjunto, Vaiel. El verso está explicando que quiere destacar lo que sucedió en ese sitio haciendo que todo se olvidara, o sea, olvidar el pasado simplemente. Lo de lucir está para poner énfasis.

—Si tú lo dices… —dijo Vaiel algo perdido en el galimatías.

—Creo que es oscuridad —dijo Dévora.

—Pues permíteme, yo le... —replicó Vaiel, acercándose a la puerta dimensional.

—No, tú ya has hecho mucho. Además, llevo el camafeo de Guerón puesto y si algo viene a matarme, posiblemente me proteja.

—¿Tú crees que lo hará?

—Eso espero, porque debemos irnos de aquí cuanto antes, Vaiel. Debemos aprovechar ahora que estamos solos.

Sin más demora, la ladrona posó su palma derecha sobre la runa de la oscuridad, haciendo que todo el portal tronara en varios haces de luz multicolor. La cortina de agua se volvió límpida y transparente, viéndose claramente un bosque de vegetación conocida por el grupo. No pudieron evitar esgrimir una sonrisa de alegría y satisfacción.

—Muy bien hecho, ladrona —dijo Sirián, que ya volvía junto al grupo—. Eres un orgullo para la especie, incluso sin ser docta en el uso de la magia.

—¿Ya estás aquí...? ¿Qué...? ¿Qué...? ¿Dónde...? —tartamudeó Dévora, incrédula de verla tan pronto.

—Todas muertas. ¿O pensabas que las convencí de que se fueran mediante el uso de la palabra? —respondió sarcástica la animista—. Ahora dejemos las conversaciones para otro día y entremos, que hay un trabajo que cumplir y el portal no permanecerá mucho tiempo abierto.

Dévora asintió resignada. Cerró sus ojos y pasó a través del portal. Los siguientes fueron Vaiel y Nofret, dando paso por último a Sirián, que antes de entrar dio una última ojeada al templo.

«Y pensar que aquí se ocultaba un conflujo de portal dimensional... mucho tiempo lo habéis ocultado, trifones. Y quien con mucho recelo oculta algo, al final sufre un daño proporcional. Y sino que le pregunten a Ampiria...»

CAPÍTULO 16: ZOCKER "EL FANTASMA"

Las torres trillizas fueron un punto estratégico de vigilancia que el monarca Alberico de Ress edificó trescientos años atrás. La cordillera de los Primeros nacidos era un paso frecuente de las hordas demoníacas, que por entonces dominaban la parte occidental de Ampiria, y desde las torres se establecía el primer punto de choque para avisar a las ciudades cercanas e incluso para plantarles cara con las armas de asedio montadas en su parte más álgida. Eran tres torres de igual estructura, edificadas con gruesas rocas de granito y hierro forjado, confiriéndole una resistencia fuera de discusión. Vieron pasar numerosas contiendas y asaltos a lo largo de su vida útil, rechazando todas y cada una de ellas, y aún hoy se conservaban enteras, aunque con claros síntomas de abandono.

Kovar no era un hombre acomodado a los lujos de la vida, y con una manta y algunas raciones secas con las que alimentarse se daba por satisfecho. Se crio en los dólmenes de Aupur, y la vida de fuera se le antojaba extraña y demasiado opulenta, tal y como experimentó en sus recientes visitas a la ciudad de La última llamada o la de los trifones. Ver una congregación de gente tan grande alrededor de consejos, señores, guardias protectores y trabajadores le resultaba banal. El plan que compartía con su maestro era un horizonte mucho más suculento para sus afinidades, una Ampiria regida por ellos, siendo él el lugarteniente de la voluntad que tuviera el maestro. Se planeaba purgar toda la región de los humanos y plantar la semilla de un nuevo régimen, cediendo porciones de tierra a distintas razas confinadas al olvido, tales a los caballeros del dragón, los hidrantes y los señores del abismo, demonios procedentes del mismísimo infierno. Su imperio se basaría en un balanceo de poder, permitiendo vivir en unas tierras concretas a una raza concreta a cambio de disponer de sus bienes y de su potencia militar para expandirse más allá del continente. Esto último sería fácil, pues en la mayoría de los casos eran razas bélicas y deseosas de poner a prueba sus capacidades de conquista, aunque aun así debían ser cautos y tener siempre el cetro del poder bien atado, pues podían revelarse. Para tal fin, contaban precisamente con las otras facciones, pues si alguna se levantaba en motín, les echaría a las otras encima, para que se repartieran sus tierras y bienes. Era un régimen de amenaza continua: o hacías lo que se te ordenaba o eras aniquilado por aquellos que eran tus aliados.

Los hombres no eran una raza que el maestro acogiera entre sus predilectos para constituir esa nueva Ampiria, pues gozaban del libre albedrío, del sentimiento del altruismo y de la necesidad de encontrar la paz. El maestro necesitaba que sus allegados vivieran con el deseo de matar y conquistar en su nombre, y no a un grupo de pacifistas que se contentaran con lo que tenían. Era por ello que decidió su exterminio. Kovar era un pilar vital para sus planes, era su guía fuera de los dólmenes de Aupur, un lugar que se negaba a abandonar para no debilitar su esencia y sus capacidades. Allí él era un Dios, un ser único e imperecedero. Allí, él era inmortal.

«*Mi maestro, ya estoy en la torre central. Está todo abandonado, por lo que veo. ¿He de asentarme y esperar?*», preguntó el hechicero a su maestro, en comunicación mental.

«*Así es, mi aprendiz. Reposa y piensa en todas las experiencias que has vivido ahí fuera. La telaraña del destino se está trenzando según mi voluntad y no pasará mucho tiempo antes de que necesite de tus servicios nuevamente*».

«*El camafeo lo lleva la ladrona de nuevo, hice lo que me dijiste, ni lo toqué ni mostré deseos de hacerlo. No obstante, si me permitís una observación, no entiendo bien por qué se lo seguimos dejando. Podríamos tenerlo nosotros, bien guardado por si algún día deseamos ponerlo en marcha para nuestros intereses*».

«*Ya te dije que ese camafeo no debe ser tocado por ti. Te corromperá sin salvación alguna, te perderás en el olvido eterno. No temas que la ladrona lo lleve de nuevo encima. Ese camafeo no lo destruirán nunca y tampoco podrán usarlo en mi contra*».

«¿Y si llegan al castillo de los titanes? ¿Es por eso que estoy aquí, cerca de la cordillera de los Primeros nacidos, donde se supone que está dicha fortaleza?».

«Esa fragua que buscan no la encontrarán y el camafeo no podrá ser destruido. Debes ver ese objeto maldito como un infiltrado bajo nuestros intereses, que irá mermando las capacidades de esa gente, destruyéndolos a nuestra voluntad. Debemos controlar al camafeo de Guerón sin hacernos con él».

«Entendido, mi maestro. De todas formas, con la animista blanca bajo nuestra bandera y el caballero del dragón aniquilado, la cosa ya avanza a buen ritmo. Esperaré pues a que vengan por esta región, camino a la cordillera, para plantarles cara cuando me digas».

«No, Kovar. No van a venir. Si te he llevado a ese lugar es para alejarte de la cruenta batalla que está por desencadenarse. Los demonios ya han respondido a mi llamada y varios cientos de ellos han acontecido en los dólmenes donde me encuentro. Sugunte los dirige en persona».

«¿Sugunte ha acontecido? ¡Eso es magnífico! Ese diablo se basta él solo para aniquilar todo resquicio de vida».

«Así es, Kovar. Su objetivo es el área de La última llamada, Reina-Uz y Sinistra, hasta llegar a la capital: Ausper la Mayor. Por otro lado, el consejo de los caballeros del dragón está aceptando los puntos de nuestro acuerdo y solo nos queda por concretar pequeños detalles sin importancia. Atacarán la región del Paramal y todo el Sur».

«Supuse que habían aceptado al enviarnos a dos de sus mejores caballeros para dar muerte a Drigán. Me preocupa un poco la condición humana que ostentan, mi maestro. ¿Y si al final deciden rebelarse, como hizo Drigán?».

«Drigán fue una excepción causada por su afinidad con esos humanos, no debes preocuparte. Además, aunque alguno decidiera tomarse esa libertad de actuación, sería destruido por los suyos. Los caballeros del dragón son de régimen cerrado y lo que ordena su consejo debe ser respetado bajo pena capital. Si dominas su consejo, los dominas a todos».

«Veo que tenéis todo hábilmente atado, mi maestro. Espero haber sido de utilidad en vuestra voluntad».

«Has sido un baluarte muy útil, Kovar, hijo mío. Has sabido controlar tus instintos para el bien común que te ordené y has tejido unos cambios muy propicios para nuestros intereses. Roig II ha muerto, como ya sabrás, y la forma de hacerlo ha sido brillante».

«Celebro haberos impresionado, mi maestro».

«Descansa pues, Kovar, y ejercita tu mente con las experiencias vividas. La próxima vez que veas Ampiria será nuestro imperio».

Durante varios días, Kovar estuvo ejecutando las órdenes de su maestro, descansando varias horas al día y entrando en concentración con los caudales del tiempo y el espacio. Cada hora que pasaba en trance canalizaba mejor sus aptitudes mágicas, encontrando nuevos caminos para tejer las poderosas magias que conocía, evocándolas con mayor rapidez o potenciando su capacidad de daño. Era un estudio autodidacta que requería de mucho tiempo y tranquilidad, algo que Kovar tenía de sobra en un lugar tan apartado de la civilización como en el que estaba.

El sexto día, cuando la luz diurna ya se ocultaba tras las montañas de la cordillera de los Primeros nacidos, se oyó el crujido del óxido de la puerta de la torre. Kovar salió de su trance al instante y se levantó alterado ante la sorpresa.

«Igual es algún animal errante», pensó algo nervioso, aunque las puertas necesitaban abrirse tirando de unos goznes pesados en sentido vertical y horizontal, algo poco probable para una fiera. El viento tampoco podía empujar una puerta tan pesada, no si estaba cerrada. El hechicero se lamentó de no haber asegurado las puertas por dentro de la torre, bloqueando el acceso con unas barras planas de metal que se colocaban transversalmente. No tenía en mente que pudiera haber alguien por aquí.

Iba a comunicarse con su maestro, mas rechazó la idea al pensárselo bien. Si su maestro le hubiera enviado a alguien, se lo habría dicho. Además, quería demostrarle que era capaz de resolver situaciones inesperadas que le surgieran por el camino, como podía ser esta, y no estar consultándole continuamente cualquier preocupación o evento inesperado. Seguro que su maestro le respondería "pues ve a ver quién es y ocúpate, ¿o acaso tienes miedo?". Debía plantar cara a esta visita él solo.

Por si hubiera alguna duda de que no era un animal, se oyeron pasos ascender por las escaleras de piedra de la torre. El eco de esas salas abandonadas reverberaba a lo largo de todas las estancias hasta llegar arriba del todo, donde Kovar se alojaba. Eran pasos firmes y pesados, aunque no se identificaba ningún ruido metálico. Debía ser alguien corpulento o bien cargado de cosas, pero no armado. Miró por uno de los ventanales, a ver si veía algún caballo o carromato, mas no había nada fuera.

«Qué raro… ¿acaso ha llegado hasta aquí andando?», pensó extrañado, intentando encontrar una explicación lógica.

Unos minutos más tardes, los pasos se detuvieron justo detrás de la puerta. Kovar se puso en guardia, evocando un hechizo de luz verduzca alrededor de su puño diestro. Si alguien venía a amenazarle, estaría preparado para plantarle cara. El pomo giró repetidas veces y finalmente la puerta se abrió con un empujón seco, dejando ver a una figura en su dintel. Era una persona de casi dos metros de altura, con una complexión robusta y piel curtida en viajes. Tenía arena y sudor poblando todos sus poros, respetando la comisura de sus ojos marrones, que brillaban como si fueran antorchas encendidas. Sobre sus espaldas cargaba un petate abultado con cuerdas y demás enseres colgando a la vista.

—¡Ni un paso más! —gritó Kovar, a punto de dar rienda suelta a su hechizo.

El individuo se quedó quieto y ligeramente agazapado, con claros síntomas de estar sorprendido al encontrar a alguien ahí. Miró fijamente al hechicero y luego levantó su palma derecha a ritmo pausado.

—Tranquilo, no vengo a hacerte daño. Estoy de paso y no sabía que había alguien aquí dentro —respondió con voz calmada.

—No creo en las casualidades —replicó Kovar—. Esta zona está muy lejos de la civilización, demasiado para que dos personas coincidan.

—Que es un lugar apartado, es cierto, pero coincidir en la única torre que puede servir como refugio en un bosque tan grande como éste, es algo probable —respondió el viajero, sin quitarle ojo al aro verde que brillaba alrededor del hechicero—. ¿Qué se supone que es eso que tienes en tu puño? ¿Algún objeto mágico?

Kovar dudó por un momento si era buena idea confesar su naturaleza, aunque concluyó que no debía sentir temor sobre los humanos. Él era un ser superior, o eso es lo que su maestro le había inculcado.

—Es magia. Soy un hechicero. ¿Y tú quién eres?

—¿Magia? ¿Cómo magia? ¿Magia de la que se canaliza y todo eso? Pero… pero si la magia fue erradicada de Ampiria.

—No del todo, como puedes ver. Y ahora dime quién eres o no hablarás más en lo que te queda de vida.

—Tranquilo hombre, no te sulfures así. Mi nombre es Zocker, aunque me conocen como "el fantasma". Perdona si he resultado ofensivo o algo así, pero es que me resulta difícil de creer que aún existan magos.

—Hechicero, si no te importa. El mago no es una disciplina especializada en ningún vial y yo sí.

—¿Vial? ¿Cómo vial? Uff… debe ser que llevo muchos días de viaje y estoy algo lento en captar las cosas, te pido perdón —respondió Zocker, sentándose dentro de la habitación y dejando caer su pesada mochila de viaje al lado.

—¿Qué crees que estás haciendo? No puedes quedarte aquí. Coge tus cosas y lárgate de esta torre de inmediato si no quieres que te arranque la piel a tiras.

—¿Acaso no respetas la ley del viajero? No espero que me des nada, pero al menos déjame reposar unas horas antes de seguir mi camino ¿no? Estoy agotado y necesito comer algo, así como cobijarme un rato, y por la zona no hay muchos lugares para tal labor, como habrás constatado. Si no quieres hablar conmigo, te dejaré en paz, pero relaja esa ira, que no voy a hacerte daño.

Por un momento, Kovar estuvo tentado de lanzar el hechizo que tenía preparado y acabar con el extraño tipejo que tenía delante, aunque la curiosidad le pudo. No parecía alguien a quien temer, a simple vista.

—¿Se puede saber de dónde vienes tú? —preguntó el hechicero, disipando la magia que tenía en guardia.

—Puff… necesitaría varios días para contártelo todo —respondió de forma sarcástica Zocker, que estaba abriendo su mochila para buscar comida—. Soy un nómada, un aventurero de la vida, viajo de aquí para allá sin rumbo fijo, guiado solo por las estrellas y por el capricho.

—¿No tienes familia, hogar y cosas de esas que os gustan tener?

—Lo preguntas como si fuera algo ajeno a ti, ja, ja, ja —dijo el aventurero, sacando unas raciones de carne secas y extendiendo su mano para ofrecerle al hechicero, que las rechazó negando con la cabeza—. Tuve algo así llamado hogar y una mujer con quien compartí varios años de mi vida, mas la cosa no fue muy bien. Ella murió azotada por la enfermedad de los bubones negros. La consumió en apenas tres semanas, dejándola tan desfigurada que parecía más un animal que una mujer.

—¿El sentimiento de pérdida no te hizo buscar a otra mujer con quien habitar ese hogar?

Zocker miró algo perplejo a Kovar. No era una pregunta muy adecuada, sino demasiado directa y fuera de lugar. Sin embargo, iba entendiendo que algo raro pasaba con él, más aún si era quién decía ser, un hechicero. Era un individuo de una delgadez extrema, con una alopecia radical para su joven edad y con un tono de piel más blanco que la nieve.

—No, no me puse a ello, la verdad. Decidí abandonar el lugar y dedicarme a viajar. Supongo que esperaba encontrar también yo a la muerte, aunque me fue bastante esquiva. ¿Quieres algo de vino rojo? Es de lo mejor del lugar.

—No, no quiero. Y dime, ¿qué haces por aquí? Esta zona no es un lugar frecuentado por nadie, ni es ruta de paso de comerciantes ni de comunicación entre ciudades.

—Estaba buscando un lugar oculto en la historia, un castillo que perteneció a los temibles titanes, según cuentan los rumores.

Kovar tragó saliva, algo intranquilo.

—¿Y lo has encontrado?

Zocker lo miró con una mirada de seguridad y confianza, sin transmitir dudas. Sonrió levemente y le respondió moviendo la cabeza de izquierda a derecha.

—No, se ve que es parte de un rumor más, uno de tantos. Me he pateado estas cordilleras de cabo a rabo y no hay indicios de castillo alguno.

—No te creo —dijo tajante Kovar, entrecerrando sus ojos en desconfianza.

—Pues no me creas, es tu problema ja, ja, ja. Si lo hubiera, lo suyo sería contarlo ¿no crees? ¿De qué me serviría callármelo?

—No te creo porque hay varias cosas que no me cuadran. Primero, no veo montura alguna ahí fuera y me extraña que hayas recorrido todos esos montes a pie. Segundo, me extraña que vengas buscando un lugar como ese así como así, para satisfacer tu curiosidad. Y tercero, como te dije, no creo en las casualidades.

—No he recorrido estos parajes a pie, he montado en mulas, caballos e incluso grifones. Por otro lado, no te he dicho que estuviera buscándolo por satisfacer mi curiosidad, sino por mandato. Alguien me pagó para encontrar ese lugar. Y tercero, asunto tuyo creer o no en las casualidades, como te dije antes.

—¿Quién te pagó? —preguntó Kovar, poniéndose en alerta de inmediato. Había una relación muy estrecha con el grupo del camafeo de Guerón y el castillo de los titanes, sin lugar a dudas.

—Es confidencial, lo lamento —respondió con voz calmada Zocker.

—No hagas que te obligue a contármelo, mequetrefe —impuso el hechicero, torciendo su rostro en enfado y cerrando sus puños.

Zocker lo observó con una tranquilidad innatural, despejando incluso una pequeña mueca. Asintió levemente y le dio a entender que se sentara de nuevo.

—Haces bien en no confiar en las casualidades, pues me lo encomendó tu jefe, así que cálmate un poco y relaja tus ganas de batallar.

El hechicero se quedó más pálido aún. Sintió cómo sus fuerzas le abandonaban a cada segundo que pasaba.

—¿Mi… mi maestro? ¿Tú conoces a mi maestro?

—No personalmente, pero sí a un allegado suyo. Fue él quien me contrató.

Kovar aún seguía perplejo, intentando encajar estas nuevas noticias en un puzle que él consideraba ya acabado. No entendía por qué su maestro no le dijo nada de este tal Zocker.

«Es normal, Kovar. El maestro está tramando un complejo plan de conquista y son muchos los contactos que está tocando. Necesita a alguien para interceder en el consejo de los caballeros del dragón y alguien para tratar con los hidrantes, mientras él dialoga con los demonios del averno. Es normal que ponga en manos de otros de Ampiria determinados objetivos, como buscar ese castillo, por si existiera. Debe ser por eso que yo estoy aquí, para asegurarme que este viajero sigue vivo y verificar si ha encontrado algo», pensó Kovar, intentando convencerse de su supremacía como mano derecha del maestro.

—¿Estás bien? —dijo Zocker, extendiendo de nuevo la bota de vino rojo—. Deberías dar un trago y recuperar un poco el color, que por un momento parecía que ibas a desmayarte.

—Te lo agradezco —replicó Kovar, tomando la bota y dándole un trago prolongado—. Tenías que haberme dicho desde un principio que estabas al servicio del maestro. Ha habido momentos en los que casi arremeto contra ti.

—Bueno, ya sabes… el maestro no siempre quiere que se hable de él —respondió Zocker, eructando con fuerza tras la comida y bebida ingerida.

—Sí, eso es cierto. De todas formas, a mí puedes hablarme sin tapujos, soy su inmediato, su aprendiz personal.

—Lo sé, lo sé. Me dijo que estarías aquí y que contactara contigo, que tú me informarías de cómo iba todo. No te lo dije nada más llegar porque quería asegurarme, ya me entiendes. Por cierto, no me dijo tu nombre.

—¿No te dijo mi nombre? —preguntó el hechicero, a punto de llorar, dando otro trago al vino rojo—. Kovar, me llamo Kovar.

—Perfecto Kovar. Cuidado con ese vino, un poco alegra, pero mucho acaba por derribarte.

—Sí, sí, perdona… —respondió Kovar, devolviéndole la bota—. Pues te cuento un poco entonces, para que estés al día. Era cierto que el camafeo de Guerón fue encontrado y actualmente lo lleva una ladrona llamada Dévora. La última noticia que tengo es que estaba con un grupito en La última llamada. Tenemos a una animista bajo nuestro control, infiltrada en su grupo, y hemos eliminado a la amenaza más inmediata que tenían, que era el caballero del dragón dorado. Ah sí, y el emperador ha muerto.

Zocker empezó a toser con torpeza al atragantarse con su propia saliva en el conducto respiratorio. Tenía los ojos abiertos de par en par y no podía ocultar el temblor que apareció en los brazos.

—¿Estás bien? —se preocupó Kovar, acercándose hasta tocar el hombro de Zocker.

—Sí, sí, tranquilo… —dijo el aventurero, evitando mirar de frente al hechicero para disimular su preocupación.

—Vale, perfecto. ¿Sufres de algún mal?

—No, no, debe ser algo que he pillado en esos montes altos. Mucho frío y poco abrigo es lo que tiene —dijo con media sonrisa dibujada en su rostro.

—Bueno, pues reposa. Aquí estamos tranquilos, como bien sabes, mientras Ampiria cae víctima de los ataques programados.

—Ehm... los ataques... sí, claro, los ataques. ¿Ya se ha planteado cuándo empezarán?

—Los demonios del averno deben estar ya de camino hacia las ciudades de la frontera con Llaídra y los caballeros del dragón... vete a saber tú cuándo. Esos van un poco por libre, aunque irrumpirán también en la zona central.

—¿Los demonios? —preguntó con claro nerviosismo Zocker—. ¿Son muchos? Quiero decir... ¿será suficiente como para hacer daño?

—Sí, claro que sí. Además van guiados por Sugunte, garantía de éxito por muchos muros que levanten.

—¿Sugunte?

—Ah claro, que no conoces la historia mitológica de los infiernos. Sugunte es un diablo, prácticamente el más alto rango de los seres demoníacos que existen. Es un ser engendrado para destrozar y aniquilar todo indicio de vida a su alrededor. Mide más de veinte metros de altura y su aura alcanza varias decenas de metros, quemando en lava todo lo que palpa. Liberarlo es sentenciar a muerte a quien se tope en su camino.

—Ufff... estoy... estoy algo mareado, me vas a perdonar Kovar —dijo Zocker, palideciendo el rostro y echándose la mano al vientre—. Creo... creo que me han sentado mal las raciones.

—Menos mal que no te acepté ninguna —exclamó Kovar, adecuándose en su sitio de nuevo.

—Voy... bajo un momento abajo, Kovar —dijo Zocker, cogiendo su mochila y deslizándose a paso rápido hacia la puerta. Iba arqueado hacia delante, a punto de vomitar en cualquier momento.

Kovar rugió cuatro carcajadas contadas, mientras se frotaba los ojos por el efecto del vino rojo, que ya le estaba provocando mareos esporádicos y algo de somnolencia. Su estado iba por etapas: primero sentía lentitud de movimientos, luego una alteración de la visión y por último la ruptura de todo vínculo con la realidad. Ahora iba por el segundo estado, deseando no haber bebido tanto como para empeorar hasta ese punto.

Se sucedieron varios minutos en silencio, hasta que el hechicero cerró los ojos y cayó presa del sueño. Durmió plácidamente en comunión a la digestión que hacía del vino rojo y del cansancio que podía arrastrar de todos estos días de viaje. No supo cuánto había dormido hasta despertarse, varias horas después. Era noche cerrada ya, muy tarde. El cielo estaba totalmente oscurecido y el frío hacia sudar a las piedras que componían la torre con el rocío de la humedad.

Kovar miró hacia un lado y hacia otro sin ver a nadie, y tras pronunciar un simple encantamiento, irradió en luz su báculo, que iluminó casi toda la estancia. Estaba solo.

—¿Zocker? ¿Estás ahí? ¿Oye? —gritó, sin recibir respuesta alguna.

«A ver si es que le llamaban el fantasma porque es un fantasma… este se ha quedado abajo durmiendo en su vómito seguro. Lo que me faltaba ahora, ser niñera de un mequetrefe como este», pensó con seguridad, mientras descendía hasta abajo del todo. La puerta estaba abierta de par en par y fuera tampoco había nadie. Tampoco había rastros de algún vómito cerca.

«Pero ¿qué…? ¿Dónde se ha metido este desgraciado?», se repetía una y otra vez, mientras lo buscaba en las cercanías de la torre.

Pero no había nadie. Estaba solo.

«M*i maestro, siento molestaros, mas necesito hablar con vos*».

«*Dime, mi aprendiz. ¿Qué dudas te atormentan?*», le respondió mentalmente el maestro oscuro.

«*Me preguntaba si habéis confiado en algún humano para buscar el castillo de los titanes, ese lugar que buscaban los que querían destruir el camafeo de Guerón*».

«*¿Para qué buscar un lugar que ya sé dónde está?*».

Tras oír la respuesta, Kovar tuvo que inhalar aire varias veces con profundidad y sentarse, antes de volver a responder.

«*¿No…? ¿No conocéis a un tal Zocker, mi maestro?*».

«*¿Qué te ha pasado, Kovar? ¿Y quién es ese Zocker?*».

«*Un problema, según veo. Es un nómada, un viajero de la carretera, y sabe todos nuestros planes. Me engañó, dándome a entender que era vuestro emisario y por no querer molestaros, confié en él*».

«*Respira tranquilo, mi aprendiz, pues lo que se ha desencadenado ya no puede evitarse. El ataque hacia el imperio llamado Ampiria va a suceder y no hay fuerza humana capaz de repelerlo. Ese Zocker ha sido hábil con su lengua para confundiros, aunque es algo con lo que yo ya contaba. No habéis tenido mucho trato con los humanos, y ellos controlan las mentiras y los engaños con mucha soltura. Algunos de ellos, como esa tal Dévora, son auténticos expertos en la materia. Tú siempre desconfía de aquel que se presente como mi mensajero, pues tú eres el único de tu especie en quien deposité esa semilla*».

«*Os pido perdón, mi maestro, por no haberlo sabido ver. Os aseguro que no volverán a engañarme y si me permitís iré a la caza de esa lagartija. No me lleva mucha ventaja, apenas unas horas y podré alcanzarlo fácilmente desde el cielo*».

«*No te muevas de las torres trillizas, Kovar. Ese Zocker no es trascendente para nuestros planes. Olvida que lo has conocido y no te tortures al haber sido víctima de sus camelos. Recibirá su castigo tarde o temprano*».

«*A tus órdenes, mi maestro*».

No había mucho más que decir ni hacer, aunque Kovar empezaba a sentir un rasgo que caracterizaba mucho a los seres humanos: el deseo de venganza. No quería traicionar a su maestro, ni desobedecer su palabra, pero el hecho de recordar el rostro burlón de ese viajero mientras se jactaba en su propia cara con engaños y mentiras le consumía en odio. Tenía los puños cerrados con rabia y unas ganas tremendas de tenerlo frente a frente para hacerle sufrir por su atrevimiento. Se asomó a la ventana de la torre y solo consiguió ver un horizonte plagado de recuerdos hacia Zocker. Recordaba cada palabra que pronunció, la entonación, sus movimientos de manos… Tantas eran las ganas de venganza que al final optó por desobedecer. Concentró su cuerpo en un punto concreto del espacio que ocupaba y comenzó a levitar con soltura.

«Disfruta lo que te queda de vida, Zocker. Cuando te cace no va a quedar de ti ni para dar de comer a los lobos».

CAPÍTULO 17: ENEMIGO A LAS PUERTAS

El campo de liza de La última llamada se convirtió en una algarabía descontrolada. Los gritos se solapaban con los empujones y pisotones de todo el público al huir despavorido del lugar por la muerte de Roig II. Verlo caer desde el palco señorial fue una imagen que se quedaría grabada en la mente de todos los asistentes por el resto de sus vidas, sin lugar a dudas. Los caballeros se agitaban raudos hacia el cuerpo sin vida del regente, rodeándolo e intentando reanimarlo mientras lo llevaban hacia la tienda de los galenos. Mientras, la guardia de la ciudad comenzó a aglutinarse cerca de la zona del suceso, buscando indicios y posibles culpables de entre la gente del lugar. Muchos eran detenidos en contra de su voluntad por el mero hecho de llevar una capucha algo más ancha de lo normal o tener algún puñal en sus manos.

El resto de señores del palco se ocultaron en el gran salón comunal de la planta baja, a la espera de ser escoltados hacia el castillo. Estaban nerviosos al ver todo lo que se estaba formando y lo que aún faltaba por venir: exigencias por encontrar a los culpables del asesinato, prisa por nombrar a otro emperador, división de opiniones en cómo efectuar el cambio de régimen y muchas más contiendas de palacio.

—¡Lo han encontrado! ¡Han cogido al asesino del emperador! —gritaba una muchedumbre más allá de las puertas de reja que impedía el paso hacia los señores.

—¡Libertad para los oprimidos! ¡Libertad para el pueblo atosigado por impuestos! —se dejaba oír en otro lado de las gradas, agradeciendo la muerte del soberano antes de ser callado a puñetazos por un guardia de la ciudad.

Se sabía que Roig II tuvo un hijo bastardo, de nombre Cratos, hospedado en la castellanía de Mitilene, algo apartado de la capital. Nunca lo presentaba públicamente ni le gustaba referirse a él en ninguna conversación, aunque lo salvaguardaba en aras de tener un sucesor a su corona por si algo le sucediera. Las leyes de sucesión, sin embargo, eran contrarias a admitir a un bastardo para cualquier cargo nobiliario, incluido el de emperador. Roig II intentó cambiar esa ley varias veces, impugnando con un escrito de su puño y letra que obligó a firmar a todos sus señores, aunque ese pergamino solo servía mientras él seguía con vida. Tras su muerte, el papiro sería quemado y olvidado en la mente de todos los aspirantes a emperador.

Auburco se separó de Leonardo, saliendo del campo de liza y juntándose al resto de señores de Ampiria. Aún le costaba asimilar la imagen del emperador precipitándose al vacío desde el palco. No se lo terminaba por creer.

Leonardo miró hacia los alrededores y solo veía descontrol. La marabunta de gente se aglutinaba en varios focos como si eso les diera más seguridad, tanto para la huida como para posibles ataques del asesino. El paladín se sentía dolorido luego de su última batalla, con punzadas fuertes que le mantenían la pierna derecha dormida y varias raspaduras en el rostro y en los brazos.

Lilian y Zurah bajaron de la zona acotada para el público y corrieron veloces hacia Leonardo, que veían desorientado en el centro de la arena. Un caballero intentó disuadirles para que se fueran, frenándoles el avance, aunque apenas desvío su mirada hacia otro lado, aprovecharon para seguir adelante. El descontrol del momento no parecía tener fin.

—¡Lilian! ¡Zurah! ¡Estáis aquí! —gritó Leonardo, al verlas venir a su vera. Se le veía el rostro torcido de dolor, con goterones de sangre manando de sus labios.

—¡Por el Creador! ¿Estás bien, hermano? Creía que te mataba, creía que te iba a perder… —exhaló Lilian, poniéndole las manos sobre el rostro.

—No te preocupes, son heridas duras pero no críticas, puedo soportarlo. Debemos irnos de aquí de inmediato, la cosa se ha puesto muy fea.

—Y más que se van a poner —apuntó Zurah, mirando cómo una parte del público que se había descontrolado era acuchillada por varios caballeros—. Han asesinado al emperador y no van a parar hasta dar con el causante. Además, los señores aspirantes al trono empezarán ahora su guerra personal para hacerse con la corona, sucediéndose más matanzas detrás de las cortinas de esta función.

—La codicia humana, sí… —dijo Leonardo.

—No te creas que somos tan diferentes, Leonardo, si fuéramos condes, marqueses o reyes también tendríamos esa codicia pululando sobre nuestras cabezas —indicó Zurah, fijándose ahora en el mal estado de su compañero—. Deberías tratarte esas heridas, no tienen buena pinta.

—Ayudadme y salgamos de aquí, debemos ir a…

Súbitamente el gran cuerno de alabastro tronó con fuerza desde la almenara principal del castillo. Su rugido recorrió toda la ciudad como un viento huracanado, silenciando todos los gritos y deteniendo todo movimiento. El lugar se convirtió en un museo de estatuas, dejando a todo el mundo inmóvil, mirándose con ojos de temor. El cuerno sonó hasta tres veces consecutivas antes de silenciarse.

—¿Qué pasa ahora? —dijo Lilian.

—Vete tú a saber. Igual lo hacen sonar para referenciar la muerte del emperador —especificó Zurah.

—No, no es eso. Tres cantos prolongados consecutivos es una señal inequívoca: ciudad bajo asedio —remarcó Leonardo, intentando secarse la sangre de sus labios con la manga derecha.

—¿Asedio? ¿Cómo asedio? ¿De qué estás hablando? ¿De un combate? ¿Enemigos? —preguntaba sin cesar una agitada Zurah.

—Cálmate, Zurah, aún no sabemos quién viene ni cuántos son. Debemos organizarnos en un sitio más tranquilo y allí decidir a ver cómo podemos ayudar. Vayamos hacia los campamentos donde estaba sir Auburco asentado, es un lugar seguro y libre de tanta aglomeración de gente.

—¿Calmarme? Esta ciudad sufrió hace poco una batalla sangrienta de la que aún quedan rastros en las murallas y en muchas viviendas. El cementerio tiene tumbas aún sin lápidas puestas porque no han dado tiempo de hacerlas todas. ¿De verdad crees que se podrá hacer frente a otro combate como ese? ¡Y además con la muerte del emperador!

—Que te calmes, por el Creador. Piensa que hay muchos señores aquí, y con ellos su guardia personal, valientes y experimentados caballeros que defenderán el puesto. Lo que veo es que es mucha casualidad la muerte del emperador y este asedio, está claramente relacionados. El enemigo ha movido ficha y lo ha hecho con mucha estrategia.

—Tendría algo que decir al respecto, hermano —subrayó Lilian—. No sé quién es el enemigo ni cuántos efectivos tiene entre sus filas, pero si hay relación entre la muerte de Roig II y este ataque tenemos un problema. Sé quién asesinó al emperador, estaba en el tejado, encima del palco.

—¿Lo viste? ¿Quién…?

—Dévora —sentenció Lilian, sin dejar terminar a su hermano.

—¿Dévora? Estarás de broma, ella no haría algo así. Has debido confundirte.

—Yo tampoco lo creo, Lilian —dijo Zurah—. Aunque Dévora es capaz de planear una emboscada tal a ésta, me extrañaría que arremetiera contra el emperador. No es una guerra en la que ella tenga cabida.

—Os aseguro que era ella. La vi con nitidez. La estatura de su figura, su talla, esa capa tan singular hasta la altura de los tobillos, la capucha… todo en esa imagen era ella.

—Estabas a mucha distancia para apreciarla con tanta claridad, Lilian. ¿Sabes cuánta gente hay que se parezca a Dévora? —dijo Zurah, negando con la cabeza.

—¿Y tú sabes cuánta de esa gente es capaz de matar al emperador de Ampiria a plena luz del día sin que nadie se dé cuenta? —respondió Lilian, haciendo que sus dos compañeros se quedaran vacilantes—. Igual me equivoco, sí, mas no lo creo. Pensadlo detenidamente.

Ambos se miraron con ojos temerosos, asintiendo levemente al ir encajando las piezas que Lilian les presentó. No había duda que Dévora era capaz de una cosa como ésta, más aún si la sacerdotisa la había identificado en la distancia.

—Está bien, vayámonos de aquí. Si Dévora está por aquí ya la encontraremos. Lo que ahora nos ocupa es saber qué ejército viene hacia aquí —concluyó Leonardo, intentando establecer prioridades.

La zona donde acampaban algunos de los señores de Ampiria no era una zona muy codiciada por la gente tras los cantos de batalla inminente, pues estaba a las afueras de la ciudad, siendo el primer punto de enfrentamiento de los enemigos. Todos los caballeros y heraldos que allí había, estaban armándose y preparando sus caballos con disciplina y rostros serios. Más allá de sus gloriosos yelmos y ostentosas armaduras se dejaba ver el terror. Había mucho silencio y movimientos muy nerviosos, algo inusual para hombres que ya habían luchado anteriormente en batallas de conquista y defensa. Los señores de cada casa allí asentada aún no se habían presentado. Estaban divagando en el castillo del conde Casis acerca de los siguientes movimientos que deberían afrontar.

Lilian, Leonardo y Zurah se refugiaron en una de las tiendas con la bandera de Auburco ondeando sobre su parte álgida. Garko, su lugarteniente, les acogió en la misma, advirtiéndoles que lo mejor sería que huyeran de la ciudad ahora que podían. La amenaza estaba cerca y no eran segadores pútridos los que venían, sino un enemigo peor: demonios, seres infernales que solo se mencionaban en escritos antiguos y que nunca habían sido enfrentados por nadie de los aquí presentes. Desconocían sus pericias y habilidades mágicas en combate, y eso era un problema. El conocer a tu enemigo era fundamental en un combate, te permitía trazar estrategias y fundar una defensa óptima ante su asedio, pero sin saber nada se volvía todo muy complicado. ¿Debían temer que esos bichos volaran y, por lo tanto, pudieran colarse por los muros? ¿Atacaban a distancia con arcos o algo semejante? ¿Era cierto que tenían capacidad para evocar llamas?

Leonardo se tumbó en un camastro, mientras Lilian le ayudaba a quitarse la armadura para ver el alcance de su herida. Zurah consiguió algo de agua en una palangana y empapó un trapo para asistir en las rozaduras y demás heridas menores que recorrían todo el cuerpo del paladín.

—No irás a desnudarte entero ¿verdad? —preguntó sarcásticamente la bruja oscura.

—No, no te preocupes, en esas partes no he sufrido daño alguno —respondió con igual ironía Leonardo, evocando una sonrisa.

—Pufff... está herida pinta muy mal, hermano —dijo Lilian, señalando su pecho, a la altura del hígado—. No para de sangrar y tienes varias astillas clavadas.

—Ve quitándolas y luego ponme una venda con fuerza. No te preocupes por el resto, de peores he salido.

—¿Por qué no te sanas a ti mismo? —preguntó Zurah—. Sería más fácil para todos, ya sabes...

—Esto no es magia como tú la entiendes, Zurah. Yo evoco mis habilidades especiales merced a la fe que verso en el Creador y no es menester abusar. He de emplear mis habilidades de forma altruista hacia los necesitados, discriminando cuando es vital o cuando no. Y estas heridas no lo son, por lo que, no requiero de la intervención del Creador.

—No me extraña que los paladines os hayáis extinguido. Esa forma de pensar es contraria a la vida, lo mires por donde lo mires. Si puedes curarte, cúrate, y déjate de sandeces.

—Debes respetar mi credo, Zurah. Yo no te enjuicio por quién eres ni por la disciplina que abrazas. Me es indiferente que seas bruja, recolectora de fresas o una reina, pues para mí siempre serás una mujer a la que puedo asistir —replicó Leonardo, justo cuando Lilian empezaba a extraerle las astillas más grandes— ¡Ayy! ¡Eso duele!

—Te aguantas, no queda otra —respondió la sacerdotisa.

—Y tú tampoco puedes sanarlo ¿verdad? —preguntó la bruja oscura a Lilian, aunque ya imaginaba la respuesta.

—No, yo no soy sanadora, Zurah. Yo soy como tú, amiga, una conocedora de la magia en toda su amplitud, pero no aplicada en tan extenso rango. Domino las habilidades de control, sobre todo. En este caso concreto, puedo controlarle el dolor o darle más energías para soportarlo, por ejemplo.

—Pues no estaría de más... —gritó Leonardo con los ojos y los dientes cerrados con fuerza.

—Nada de eso, te lo mereces. Estaríamos a salvo de todo esto si hubieras cerrado la boca delante de Auburco. Pero noooo... tuviste que evocar a tu sinceridad y decirle que todo era mentira. Tuviste que justar contra él para demostrar tu valía, jugando con nuestras vidas como si fueran algo insignificante. Pues ahora sufre, es lo que toca.

—Sabes que no tenía opción, he de decir la verdad, no puedo concebir una vida de mentiras. Además, ya sabes que para mí vosotras sois lo más importante.

—Me alegra saberlo, hermano —respondió Lilian, tirando con fuerza de otra astilla y rasgándole la piel al extraerla.

—¡Ay! ¡Maldita sea! ¡Maldita lanza!

Zurah se apresuró a paliar el caudal de sangre que brotó de su vientre. Era una herida que Lilian describió perfectamente: pintaba muy mal.

—Chillas mucho para ser un paladín tan bravo ¿no? —dijo una voz conocida cerca de la puerta—. Se te oye a kilómetros de distancia.

—¡Bendito Creador! ¡Dévora! ¡Qué gusto verte! —exclamó Leonardo, intentando levantarse del camastro para saludarla, aunque cayó de nuevo al sentir una cruel punzada de dolor sobre su abdomen.

—Igualmente, Leonardo. Zurah, Lilian… celebro ver que estáis a salvo —dijo la ladrona, saludando también con su cabeza.

—Dévora… no sé si alegrarme de verte por aquí o lamentarlo —respondió Zurah, acercándose a ella y dándole un abrazo—. ¿Cómo nos has encontrado?

—Seguí a Leonardo desde el campo de liza. Por cierto, paladín, bien luchado. El último combate te viste superado en pericia pero no en valor.

—Te lo agradezco, Dévora —respondió Leonardo, reclinándose hacia delante y poniendo su semblante más serio, para preguntar lo que todos pensaban—. ¿Fuiste tú quien mató al emperador? A Lilian le pareció reconocerte, y verte aquí, ahora, me hace pensar que…

—Sí, fui yo —respondió tajante Dévora.

Acto seguido, se abrió la tienda tras la ladrona y accedieron al interior Sirián y Vaiel, además de una niña pequeña de ojos asustadizos. Sin embargo, había algo raro en ellos, algo que ya Dévora traía en un inicio pero que ellos acentuaban aún más. Vaiel tenía el rostro entristecido y los hombros cabizbajos, como si estuviera derrotado. Presentaba multitud de arañazos y magulladuras en sus pómulos y brazos, como si hubiera sido pisoteado por un tropel de bueyes. Sirián, por su parte, vestía con una indumentaria muy provocativa para su recatado pensamiento y miraba con una superioridad que asustaría hasta a un caballero del dragón. La niña pequeña evitaba todo contacto visual con los nuevos.

—¡Sirián! ¡Justo quién nos hacía falta! —exclamó Lilian, apartándose de Leonardo para hacerle sitio a la animista blanca—. Le han herido en la justa y es más grave de lo que parece. ¿Podrías...?

Sin embargo, Sirián no se aproximó, ni dijo palabra alguna en respuesta. Se limitó a mirar a todos y a cada uno de los allí presentes para luego hacer un gesto a Dévora para increparla a hablar.

—A ver cómo os digo esto... Tuvimos un encuentro contra un Origen en el pueblo de Hinojas, cerca de Tres Cruces. Varios segadores pútridos nos emboscaron y tuvimos que huir, rescatando entre tanto a la única superviviente del lugar, Nofret —dijo Dévora, sentándose en un taburete y señalando a la pequeña—. En la huida Sirián, nuestra querida animista blanca que tanto echamos de menos, se quedó atrás para hacerle frente y no supimos más de ella, no la volvimos a ver más.

—¿Cómo que...? —empezó a preguntar Lilian, antes de ser silenciada por Zurah.

—Pues bien... logramos llegar lejos, bastante lejos, hasta que tuvimos ciertas desavenencias en un poblado de Trasu al Gradar, donde además conocimos a dos personas esenciales en todo esto que nos ocupa. Conocimos a Kovar, el hechicero que viene de Llaídra como representante de lo que él llama el maestro oscuro. Así mismo, conocimos a su lugarteniente, una animista llamada Nairis, que aquí os presento. El ejército de demonios que viene hacia aquí está liderado por ellos.

Todos se quedaron con los ojos entrecerrados, digiriendo las palabras que Dévora les presentó. Zurah no le quitaba la mirada a Sirián, como si estuviera viendo más allá de su carne. Leonardo cambiaba de objetivo cada dos segundos, fijándose en la ladrona, luego en la animista y por último en Vaiel. No encontraba preguntas que hacer ante el desconcierto que lo abrumaba.

—Me he perdido... ¿Sirián desapareció del todo y luego os encontrasteis con esta mujer, de nombre Nairis? —preguntó Lilian, intentando resumir el problema.

—Así es —dijo de forma escueta Dévora.

—¿Y debemos entender que tú también estás a favor del Kovar ese, Dévora? Porque la muerte del emperador no veo que sea algo que tú hubieras hecho, no al menos la Dévora que yo conocía.

—No, Lilian, no estoy a favor de sus intereses pero me vi obligada. O lo hacía o esta pequeña niña, de nombre Nofret, habría fallecido, y luego Vaiel y yo.

—Hablas de la muerte como si fuera algo ajeno a ti, Dévora, cuando está más próxima de lo que crees —dijo Sirián, abriendo la puerta de la tienda para salir—. Sea como sea, ya has cumplido tu cometido y yo tengo cosas más importantes que hacer. Moriréis todos en esta ciudad, nada os puede salvar de lo que viene hacia aquí.

—Aguarda un momento, Sirián —dijo Zurah, con voz firme—. Estás empezando a hartarme con tanto…

—¡Ni nombre es Nairis! —dijo Sirián, iluminando su báculo y sus ojos en un halo verduzco—. No quiero tener que recordarlo ni una vez más.

—¿Pero qué…? Esto debe ser una broma… —respondió la bruja oscura, echándose hacia atrás.

Sirián se giró sin decir nada más y salió de la vivienda, dejando a todo el grupo atónito. No sabían bien qué hacer o cómo actuar y se limitaban a mirarse los unos a los otros con rostros compungidos. Finalmente, Leonardo tomó la iniciativa levantándose de la cama y apoyándose en el hombro de Vaiel, que rápidamente fue a asistirle.

—Está bien, está claro lo que aquí ha pasado. El maestro oscuro ese tiene a Sirián bajo su conjuro y es nuestro deber liberarla.

—No es tan fácil, Leonardo —dijo Dévora, sentándose en un silla con ambas palmas tapándose el rostro— Ha olvidado todo, ya es otra persona. No reconoce a nada ni a nadie, e incluso ha cambiado su forma de ser. No creo que pueda salvarse, está condenada, me temo. El maestro oscuro ha sabido hacer bien su trabajo.

—Tonterías —replicó el paladín—. Ese maestro oscuro será muy poderoso, pero nada tiene que hacer ante el poder del Creador. Y yo soy su herramienta aquí, no lo olvidéis. Voy hacia ella y os prometo que la traeré de vuelta, pero no como Nairis, sino como la Sirián que siempre fue.

—Voy contigo —dijo al instante Vaiel, poniéndose algo de ropa que encontró en la tienda.

—No, no, aquí os van a necesitar. Si la batalla es inminente, es vuestra responsabilidad plantar cara a esos demonios con todas vuestras aptitudes.

—Sí, claro... ¿usar magia, dices? —dijo Zurah de forma sarcástica—. Si me ven usar magia se tirarán sobre mí como si fuera yo uno de ellos, y lo sabes bien. No puedo usar magia delante de tanta gente, tantos caballeros y señores. ¿Acaso quieres que me empalen como a un pincho?

—Buscad la forma de ayudar y si no hay otra forma, usad la magia. El bien general debe compensar su uso.

Zurah negó nuevamente con la cabeza mostrando su total desacuerdo con la idea. Mientras, Lilian estaba cogiendo la espada y cota de su hermano para ayudarle a equiparse.

—Ve, hermano, y tráela de vuelta. Si alguien puede hacerlo ese eres tú —le dijo con seguridad.

—Estáis locos, locos de atar —interrumpió una Dévora derrotada y con lágrimas poblando sus ojos—. Aquí no podemos hacer nada ya, se habla de la presencia de demonios y de un diablo, un engendro que es inmortal ante nuestras armas. Esta ciudad va a ser arrasada y lo mejor que podemos hacer aquí y ahora es huir lejos.

—Eso nunca —replicó Vaiel—. No abandonaremos a este pueblo a su suerte. Dévora... no sé qué te está pasando, pero no te recordaba así, temerosa y con tintes de cobardía en tus decisiones. Esos adjetivos me describían más a mí que a ti. Este pueblo merece que lo defendamos con toda nuestra sangre, pues es parte de nuestra historia. Si todos pensaran como tú, estaríamos dando rienda suelta a que toda Ampiria cayera en manos de ese maestro oscuro, ¿acaso no lo ves? Hoy es La última llamada, mañana Reina-Uz y pasado todo el continente. ¿Huir? ¿A dónde vas a huir? ¿Al Sur? ¿Más allá de los mares? Sabes que al final llegarán también allí y lo harán con más fuerza aún a causa de sus conquistas. Debemos frenarles hoy, o al menos intentarlo.

—Muy bien dicho, Vaiel —dijo Leonardo, ya levantando y ataviado con su indumentaria de caballero—. Los demonios serán poderosos, pero nosotros tenemos algo que ellos no: humanidad. Servíos de ella para blandir las armas del amor a nuestra tierra y a la libertad de seguir vivos, y no habrá enemigo alguno que pueda abatiros.

—Todo eso es muy bonito, Leonardo, mas sabes muy bien que lo que pides es una locura. Aparte, no hay gobierno en Ampiria, el emperador ya no está vivo y eso genera mucho descontrol entre los distintos señores y entre sus filas —dijo Dévora.

—Mira quién lo dice, la asesina del mismo. Aún no entiendo por qué llegaste a eso, Dévora. La vida de una niña no justifica la muerte del emperador, ni la de la niña ni la tuya ni la de Vaiel. No entiendo cómo pudisteis aceptar un trato así, la verdad —exclamó con dureza Zurah.

—¡Eh, que yo no sabía nada! —interpuso Vaiel, levantando la voz.

—Tú nunca te enteras de nada —le respondió la bruja oscura.

—Quizás no me entere de las cosas, pero al menos intento buscar soluciones y no busco decir a todo que no.

—¿Qué me estás diciendo, mequetrefe? ¿Acaso estás insinuando que tú...?

—¡Se acabó! —interrumpió Leonardo, dando dos palmadas rudas—. Sed valientes y no rindáis vuestra posición. Yo voy a buscar a nuestra amiga. Os doy mi promesa de traerla con vida y con la sonrisa que siempre tuvo. Prometedme vosotros que haréis lo propio aquí, defendiendo la plaza.

—Prometido por mi parte —dijo Vaiel al instante.

—Haré lo que pueda, te lo prometo —respondió Dévora, abrazando a Nofret entre sus brazos.

—Tú no te preocupes, hermano, que sabremos apañarnos aquí —dijo Lilian, volviendo a la tienda—. Aquí fuera tienes un caballo que me han dejado. Ve y rescata a la animista.

—¿Zurah? —preguntó el paladín en la puerta de la tienda—. ¿Prometido?

—Sí, sí, prometido. Venga vete ya.

Leonardo sonrió con confianza y salió del refugio, cabalgando hacia el horizonte con el dolor aún residente en su cuerpo. Superar sus limitaciones era parte de su continuo entrenamiento, aunque esta vez el listón estaba realmente alto. No obstante, debía aguantar, debía ser más resistente aún.

—Está bien, ¿cómo nos organizamos? —dijo Lilian, rompiendo el hielo— ¿Vamos hacia las puertas o hacia las murallas?

—No, romper al frente es lo peor. Los demonios son seres extremadamente ágiles y muchos de ellos vuelan. Son grandes conocedores del fuego, pudiendo evocarlo en forma de bolas explosivas. Debemos intentar esperarle aquí dentro, en la ciudad. Debemos aceptar que van a conseguir entrar, así que mejor estar con cobertura. Busquemos una vivienda resistente donde plantarnos, en una plaza o algo así —dijo Dévora.

La idea fue aceptada por todos y se pusieron rápidamente en la labor de buscar el emplazamiento idóneo. Al entrar a la ciudad, fueron conscientes del desconcierto que había en sus calles. La gente, aún no recuperada del todo del último asedio sufrido, corría asustada gritando el fin de los días y el inminente apocalipsis que iban a presenciar. Se hablaba del fin de la raza de los hombres con tanto fervor que incluso los caballeros se rendían ante la amenaza, huyendo del lugar con lo que llevaban puesto. Las puertas de la ciudad estaban débilmente protegidas y lo que era peor, estaban abiertas de par en par. Una muchedumbre transitaba bajo su arco para buscar una ruta de escape, y los pocos caballeros y guaridas de la ciudad que allí había o no daban abasto o se unían al grupo. El amurallado apenas tenía arqueros preparados y el gran castillo tallado en la gran montaña ni siquiera había iniciado la preparación de las toberas de ataque.

—¿Qué está pasando aquí? Nos van a pasar por encima como si fuéramos cucarachas —exclamó Vaiel con nerviosismo.

—La muerte de Roig II ha traído esto. Los señores de Ampiria estarán divagando dentro del castillo quién debe ser el sucesor y no querrán diezmar sus tropas en este combate —respondió Lilian.

—¿Están locos? ¿No se dan cuenta de que así no van a conseguir nada?

—Les empuja más la codicia por ostentar el poder que la bondad de salvar al pueblo, incluso aunque sea algo efímero.

—Pues va siendo hora de dirigir esto un poco. Voy hacia el castillo, vosotros dirigíos hacia las puertas que ya os alcanzaré —dijo un Vaiel decidido.

—¿Y qué vas a hacer allí? ¿Convencerles de que dejen sus conversaciones para luego de la batalla? —preguntó con ironía Zurah.

—No, voy a dirigirlos yo. ¿Buscan al nuevo emperador de Ampiria? Pues lo tienen delante —sentenció Vaiel, saliendo con velocidad hacia el castillo.

El grupo se miró algo confuso.

—Toma Nofret, guarda contigo esta joya —le susurró Dévora a su pequeña acompañante, mientras le daba el camafeo de Guerón—. Debes intentar escaparte o esconderte, como hiciste en Hinojas. Debes sobrevivir.

—Yo no quiero irme, tita Dévora.

—Debes hacerlo. Huye de aquí o…

—No, Dévora, Nofret no va a irse a ningún sitio —interrumpió Lilian, acercándose a la pequeña y acariciándole el pelo con suavidad—. Ella es necesaria si va a llevar el camafeo. No podemos dejar que se pierda por ahí, tendríamos que…

El cuerno de alabastro sonó de nuevo, esta vez con un sonido más prolongado. El enemigo estaba cerca, ya podía verse en el horizonte a simple vista.

—¡Es solo una niña! ¿Quieres meterla en un combate?

—Si es necesario, sí. Muchos niños morirán hoy y ella es imprescindible para nuestros intereses. De nada servirá que ella se vaya si hoy salimos victoriosos.

—Pues entonces que se quede en el sitio más protegido, en el castillo —dijo Dévora, buscando a Vaiel con la mirada—. Vayamos con él hacia el castillo.

—Me parece perfecto.

—Maldita sea… esto es un descontrol. Los demonios van a entrar aquí destrozándolo todo —dijo Zurah, quedándose inmóvil.

—Por eso vamos al castillo. Vaiel dirigirá…

—¡Vaiel no va a hacer nada! ¿De verdad crees que le confiarán a él la corona del imperio? ¡Sed realistas, por el Creador! Al final, como siempre, tendremos que ser las magas las que nos arriesguemos y luego seguro que nos buscan para ajusticiarnos.

—No digas eso, Zurah. Pienso que es buena idea ir al castillo antes, por si acaso la cosa fuera bien allí. Si no, con gusto seré tu ayudante contra esos seres. Mi magia estará al servicio de la tuya.

—No basta, Lilian. Nos hace falta la ayuda de Sirián, su conocimiento de la magia protectora nos dará el aliento de supervivencia que necesitaremos ante esos seres.

—Leonardo la traerá de vuelta, confía en él. Si alguien puede hacerlo, ese es él.

—Sí, confío en él, pero conozco de sobra a Sirián como para saber que un paladín no es rival suficiente para detenerla. Voy hacia ellos, al menos yo podré anular la magia de ella mientras él intenta rescatarla de donde esté.

—No irás sola entonces. Yo iré contigo.

—Pues venga, vamos a poner a prueba a esa Nairis.

—Sea pues, vámonos.

—¡Y tú Dévora, mucho ánimo! —dijo a modo de despedida Zurah, levantando la voz para que la oyeran—. Vosotros sí que vais a necesitar buenas dosis de fortuna ante esos cazurros que dirigen Ampiria. Hacedles entrar en razón.

Dévora y Nofret ya estaban adelantadas, siguiendo a Vaiel, y no oyeron nada. Tenían el tiempo limitado para hacer entrar en razón a los señores de Ampiria para que unieran sus fuerzas ante la amenaza que estaba ya a las puertas. No iba a ser tarea sencilla, sin lugar a dudas.

Zurah y Lilian, por su parte, salieron corriendo tan rápidas como pudieron hacia el bosque exterior. Echaban de menos no poder recurrir al vuelo, mas había demasiada gente en la zona como para intentarlo. Saltarían encima de ellas por traidoras enemigas del imperio o cualquier otra cosa semejante.

«Drigán, ¿dónde andas? Nos vendría fenomenal la ayuda de Kragor til Mass, aquí y ahora», pensó como último recurso la bruja oscura.

CAPÍTULO 18: EL RENACER DE LA LUZ

Dos días habían pasado desde que tuvo lugar la defunción de Bernardo. Desde la caída de Kragor til Mass, el viejo supuso para Drigán algo más que su salvador, convirtiéndose en el primer amigo auténtico que tuvo en toda su vida. No derramó ninguna lágrima por él durante su entierro ni en su recuerdo, aunque sí sentía crecer un sentimiento de dolor dentro de él al saber que ya no estaba con vida. Era rabia concentrada deseosa de explotar e inundarlo todo a su alrededor, un odio que le aprisionaba la caja torácica y le contraía los músculos. Sus pupilas no se movían de la dirección del camino, no quería ver más allá de los objetivos que tenía en mente. Necesitaba simplificar todo a lo más sencillo.

Transitaba por el camino principal, a unas horas de la ciudad, cuando una polvareda se dejó ver en el horizonte. Varios carromatos se oyeron chirriar a la par que los cascos de los nerviosos caballos que los arrastraban, como si fuera una estrambótica carrera de velocidad. En uno de los carros, los corceles estaban dispuestos en el yugo con una inclinación más que evidente hacia la derecha, haciendo que en la endiablada carrera tropezara con el otro caballo. Los otros carromatos tampoco iban muy bien montados, con bártulos que chocaban de forma errática en el interior, ruedas peligrosamente astilladas e incluso riendas sueltas. Parecía más una huida que un comité de mercaderes.

Drigán se apartó a un lado del camino y descabalgó, sin dejar de apartar la mirada hacia el fondo del camino. Que pasara todo ese festival de caballos, carros y gente gritando a él no le importaba, no era parte de su mundo ahora mismo. El polvo se impregnó en su cuerpo, dejándolo cubierto de una manta blanquecina, pero tampoco le importaba. Solo tenía una cosa en mente y nada ni nadie iba a arrebatársela.

Uno de los carros, guiado por una pareja joven de semblantes asustadizos, se paró cerca de Drigán. El hombre tensó las riendas con un brazo, mientras ofrecía el otro al caballero del dragón.

—¡Rápido, subid!

Drigán ni se dignó a mirarles. La mujer que estaba sentada a la vera del cochero asentó una de sus piernas en el suelo y extendió también sus brazos.

—¡Venga, venid! Atad los caballos y venid, rápido. Por allí solo hay muerte.

La palabra muerte volvió a acontecer, de nuevo en boca en un desconocido, lo que hizo que el caballero del dragón saliera de su trance. Movió con firmeza su cuello y clavó sus ojos en la joven muchacha.

—¿De qué estás hablando? ¿Quién viene por ahí?

—Demonios, buen señor. Venga con nosotros, sálvese.

—¿Demonios? ¿Qué demonios? ¿Cómo que demonios?

—Primero fueron los orchis y ahora son una multitud de demonios. Llegarán al anochecer. Salvaos ahora que podéis —respondió el hombre, volviendo a recoger las riendas para arrear a los caballos—. ¿Os venís?

Drigán no respondió. Se limitó a mirar el camino que llevaba hacia La última llamada mientras se montaba en uno de los caballos que llevaba consigo. Los otros dos los dejó libres.

Sentía la extraña necesidad de llegar allí urgentemente y no por la batalla contra esos demonios, sino porque su intuición le decía que ahí estaba su destino. Su dragón ya no estaba con él, pero aún conservaba su instinto sobrenatural, además de su garra y fortaleza en combate.

Por el camino se encontró con varios ciudadanos más que huían en sentido opuesto, cabalgando, montados en carromatos o incluso corriendo. Habían salido huyendo con lo básico, algo de ropa, comida y algún animal de carga. Lo estrictamente necesario para estar lo más lejos posible del lugar.

«¿Qué está sucediendo en esta tierra maldita? No hacen más que salir enemigos dónde antes solo había calma. El equilibrio se está rompiendo de forma demasiado brusca. Estoy seguro de que tú sabías algo sobre esto, Kragor til Mass, y sabré adivinarlo también yo. Ahora éste es mi hogar y debo protegerlo», se decía a sí mismo Drigán, mientras devoraba los metros con avidez.

Tuvieron que pasar más de una hora cuando ya se vislumbraban los primeros edificios sobresaliendo de la muralla de la ciudad. El castillo forjado en la propia piedra de la montaña brillaba como un faro en un océano calmo. El cúmulo de gente huyendo aquí era más abundante, habiendo incluso caballeros y guardias entre ellos. Podía respirarse el miedo a kilómetros.

Ya estaba próximo a las puertas del Sur de la ciudad, cuando de entre la multitud vio a una mujer delgada y de pelo violáceo que pasó cabalgando casi rozándole. El caballero del dragón detuvo su montura en seco y giró noventa grados para observarla bien, pues estaba seguro de que era alguien que conocía bien. Y no se equivocó. Sirián estaba a unos metros, también quieta y mirándole. Vestía de una forma un tanto más adecuada y con mejor gusto, según el entender de Drigán. El cuero ceñido al cuerpo le sentaba muy bien y el maquillaje en los párpados y en los labios realzaba con fuerza su belleza.

Sirián, por su parte, miraba a Drigán con curiosidad. Por alguna extraña razón le era familiar ese sujeto, ese hombre de gran altura, pesados músculos y mirada impía. No era un hombre que transmitiera confianza ni camaradería, sino más bien lontananza y descaro.

—Hola animista, me alegra ver una cara amiga por estos lares. ¿El resto del grupo está a salvo? —dijo Drigán.

—¿Te conozco de algo? —respondió Sirián.

—Soy yo, Drigán. ¿Acaso ya habías olvidado mi rostro? No han pasado tantos días…

—Reconocería ese rostro en cualquier lado, estoy segura de ello, pero no te ubico. ¿Acaso fue un encuentro fortuito en alguna taberna, tras estar en estado de embriaguez?

—¿Embriaguez? ¿Te han dado un golpe en la cabeza o qué te pasa? Drigán, el caballero del dragón, tu amigo, ya sabes.

—¿Caballero del dragón? Espera, espera… ¿tú eres el caballero del dragón aliado de Dévora, la ladrona?

—¿Acaso conoces a otro? ¿Estás bien? Comienzas a preocuparme con esa amnesia hacia mi persona. Normalmente no encuentro problemas para que la gente me reconozca, la verdad —dijo Drigán, azuzando al caballo para avanzar hacia la animista.

—Pero… ¿Y los caballeros del dragón que el maestro envió para darte muerte? ¿Les venciste?

Drigán se detuvo en seco, poniéndose ya en alerta, y dispuso su mano cerca de la espada. Entrecerró sus ojos en un intento inconsciente de adivinar qué pasaba con su amiga, mientras echó un pie a tierra para descabalgar.

—No sabía que tuvieras constancia de Refek y Saine, aunque supongo que Zurah te lo habrá dicho. No obstante, me resulta extraño oírte decir "el maestro". Aparte, se te ve muy cambiada, muy distinta. No eres la Sirián que recuerdo…

—¿Sirián? Mi nombre es Nairis, métetelo en esa cocorota de orangután que tienes, tanto tú como tus amigos de feria. Te vuelvo a repetir que no te conozco de nada, no al menos de forma consciente por mi parte, mas empiezo a ubicarte en este galimatías. Se supone que debías estar muerto, el maestro envió a dos caballeros del dragón de élite para tal efecto.

—¿Otra vez diciendo "el maestro"? No sé qué te han hecho, pero más te vale que me digas quién es ese maestro para que le diga un par de cositas. Tengo una venganza personal contra él y pienso cobrármela con su sangre.

—Ja, ja, ja, no digas sandeces, gorila de circo. El maestro está muy por encima de niños imbéciles con pretensiones de ser hombres, como tú. Lo mejor que puedes hacer es dar gracias al Creador por seguir vivo y largarte de aquí con toda esta gente. Tengo mis dudas de si tendría que completar lo que esos dos incompetentes no llegaron a hacer, mas no lo veo oportuno, la verdad. Toda Ampiria tiene los días contados, incluido tú.

—Por la amistad que tuvimos te perdono esas palabras, animista, pero no pienses ni por un momento que tienes derecho de referirte a mí en esos términos. Cuida tu lengua y piensa bien lo que digas ante mi presencia sino quieres acabar varios metros bajo tierra arropada con tus propias tripas. Y si era una broma, que sepas que tampoco estoy con muy buen sentido del humor estos días.

—¿Te atreves a hablarme así, escoria? —replicó Sirián, descabalgando y haciendo brillar su báculo en una clara amenaza—. ¡Mi nombre es Nairis, representante del maestro oscuro! El pueblo de Ampiria debe doblegarse ante mi presencia y acatar mi palabra. Ahora aprenderás a comportarte, maldito ignorante.

Sobre Sirián acontecieron varios destellos verduzcos que recorrieron su cuerpo en un área cónica. El báculo lo dispuso frontalmente, señalando a un Drigán perplejo de lo que estaba presenciando. La gente alrededor se abrió a un lado, interrumpiendo la huida y mirando con ojos sorprendidos el uso de la magia. Los más pequeños se agarraban con fuerza a sus padres, temerosos de ver algo tan solo oído en cuentos de fantasía, mientras que los mayores se frotaban los ojos incrédulos aún de si era realmente magia o un efecto óptico.

—¿Qué crees que estás haciendo? —replicó Drigán, cerrando sus puños y situándolos cerca de su rostro—. Como te atrevas a hacer lo que estoy pensando que vas a hacer…

Y no hubo tiempo para más. Sirián evocó el sortilegio de las llamas reminiscentes, la evocación del fuego por excelencia. Más allá de la capa cónica que evocó entorno a ella, emergieron unas llamas colosales empujadas por una fuerza invisible hacia todos los lados. La animista se convirtió en un volcán de fuego ávido de quemarlo todo, sin distinguir entre hombres, mujeres, niños o animales. La ola de llamas se extendió a más de veinte metros de distancia en una explosión escueta, para luego dejar las llamas latentes sobre el suelo, consumiéndolo todo.

—¡Ya puedes saludar a tu Creador, pobre imbécil! —gritó Sirián, bajando las manos y concentrándose para levitar.

Sin embargo, la voz de Drigán la interrumpió.

—Yo no abrazo la ley del Creador, víbora malnacida. Mi credo lo dictamina el Dragón Astral, así que permíteme que te lleve de vuelta a ti con tu maestro.

Las llamas ardían con fiereza apagando los gritos de todos los desdichados que se quedaron ahí mirando la escena. Los cadáveres sin vida caían al suelo consumidos en cenizas y sangre oscura. Alrededor de la animista solo había desolación, excepto por una sombra que se deslizaba entre las llamas frente a ella. Drigán estaba erguido y andando pausadamente ajeno a toda llama.

—Felicidades, eres el primer hombre que conozco capaz de resistir este sortilegio. Soportas el calor y la acción de la llama, lo que te pone en un lugar privilegiado ante esta gente mundana.

—Sería un error por tu parte compararme con esta gente —dijo Drigán, mostrándose a través de las llamas. Su piel estaba cubierta por escamas doradas que alejaban las llamas a su alrededor—. Yo soy un caballero del dragón, no una marioneta de esas que arden ahí. Nairis, Sirián o lo que seas, has osado atacarme y eso solo tiene una sentencia: tu aniquilación.

—¡Adelante engreído! ¿A qué esperas? ¡Muéstrame quién eres!

Casi al instante, Drigán se lanzó hacia ella tan veloz como sus piernas le permitieron. Blandía la espada Linhauser en alto con varias runas dibujadas sobre su superficie, una declaración de intenciones clara y evidente que, sin embargo, no amedrentó a Sirián en absoluto. Ésta agitó su báculo hacia la derecha para empujar a su rival, mientras que con la mano libre evocó un sortilegio alimentado en el frío. El caballero del dragón sufrió un golpe de una fuerza sobrehumana que lo empujó varios metros hacia la diestra, aunque tan pronto tocó suelo, echó a correr de nuevo hacia su presa. Él era la élite de los caballeros draconianos y no iba a ser derrotado por un simple empujón. Sin darle tiempo a pensar en ninguna estrategia, el sortilegio arremetió contra él, rodeándole con miles de virutas gélidas que intentaban clavarse en su piel para convertirle en una estatua de hielo. En cuestión de segundos, todo su cuerpo se vio empañado de una capa firme de hielo traslúcido que lo dejó inmóvil.

Sirián emitió una leve sonrisa de satisfacción.

«¿Y éste es el legendario caballero que tantos quebraderos de cabeza estaba dando? Mi maestro estará satisfecho, la próxima vez hará bien en confiar en mí y no en…», pensó la animista antes de quedarse absorta y abrir los ojos de par en par hacia Drigán. El hielo estalló en cientos de trozos, dejando al caballero del dragón libre de su prisión gélida. Tenía los ojos inyectados en sangre de rabia y sus músculos parecían haber crecido en tamaño y fortaleza. A su alrededor, se desdibujó un aura rojiza que palpitaba latente y de forma amenazante.

—¿Esto es todo lo que sabes hacer, maga del demonio? —gritó Drigán—. Ahora vas a saber lo que es la furia del dragón, cucaracha. Vete despidiendo de la vida.

Y de nuevo se lanzó para afrontar los pocos metros que le apartaban de su objetivo. Ahora llevaba la espada arrastrándola por el suelo, dejando un surco en la tierra a medida que corría hacia ella. Su golpe iba a ser definitivo, no iba a dar una segunda oportunidad.

Sirián apenas tuvo tiempo para reaccionar, aunque su conocimiento de las artes mágicas y su presteza para convocarlas eran proverbiales, como quedó patente en su defensa. Alzó su báculo verticalmente sobre la cabeza y clamó al sortilegio triangular, justo cuando Drigán llegaba a su vera. La espada de Drigán trazó una trayectoria ascendente hacia el torso de Sirián mientras que liberaba su aura de furia en una explosión de fuerza y rabia. Sirián estaba sentenciada y él era su verdugo.

Sin embargo, la espada se quedó quieta a unos centímetros de su objetivo. Había golpeado una barrera invisible que la retuvo con firmeza, haciendo que los brazos del caballero del dragón temblaran con dolor. Estaba prisionero de un triángulo de fuerza que lo mantenía totalmente aislado del exterior, un sortilegio muy poderoso que proclamaba el final del combate. Afortunadamente para él, parte del aura que expelió no fue retenida por la magia e impactó sobre la maltrecha animista, levantándola del suelo y arrojándola más de ocho metros en la distancia. El impacto fue de una potencia sobrenatural.

Drigán comenzó a golpear y a empujar el campo de fuerza invisible que lo tenía retenido, mas sus intentos eran en vano. Era un cristal irrompible a todo tipo de armas, una prisión invulnerable a todo tipo de fuerza o magia.

Sirián estaba en el suelo, cubierta por sangre en la comisura de los labios, las cejas y los oídos. Estaba totalmente quieta entre el alfombrado de tierra y piedras del lugar. Su báculo descansaba a varios metros de distancia de ella, al igual que su zurrón de cuero. Fue rápida con su sortilegio, pero no lo suficiente como para evitar el fatal desenlace.

«Yo moriré aquí encerrado, maldita arpía, pero tú te vendrás conmigo al averno —pensó Drigán, cruzando las piernas y sentándose dentro del triángulo nefasto—. Recordaré a la Sirián que eras y no a ésta representación en la que te convertiste».

Alrededor de la escena no quedaba nadie, ningún superviviente aparte de Drigán. La escena era desoladora en toda su extensión. Todo estaba cubierto de cenizas y llamas que se resistían a extinguirse, además de los cuerpos calcinados de varias víctimas que fueron pasto del sortilegio ardiente de Sirián. La nueva bandada de viajeros procedentes de la ciudad esquivaba con varios cientos de metros de distancia la escena. Para sus mentes, ajenas al uso de la magia y advertidas de lo que estaba aconteciendo en los muros de la ciudad, ahí había uno de los feroces demonios. El temor era tan grande que optaron por crear un nuevo camino a través del bosque, obviando el sendero habitual.

De entre la multitud, un grupo pequeño se salió del rumbo fijo para ir hacia donde estaba el caballero del dragón.

«Un grupo de curiosos», pensó Drigán, sin darle más importancia de la que pudiera tener. Intentaba calmar sus ánimos para encontrar una salida al fatídico sortilegio del que era presa, pero nada surtía efecto. Evocó incluso a esporas ácidas que corroían el acero más duro, una habilidad que como caballero del dragón dorado dominaba con soltura, pero no tuvo éxito.

Súbitamente, el báculo comenzó a moverse en el suelo, primero zozobrando de un lado a otro y luego rodando con velocidad hasta asentarse en la mano de la Sirián.

«¡No puede estar viva! ¡No puede ser que siga viva!», se dijo a sí mismo el caballero del dragón, cerrando los puños y golpeando nuevamente las paredes invisibles de su cárcel.

La animista abrió los ojos y se sentó en el suelo, tocándose la frente empapada de sangre que tanto le dolía. Sentía un dolor intenso en su cabeza, todo le daba vueltas alrededor. Sus orejas daban paso a unos ríos de sangre que goteaban a ritmo constante sobre sus ropajes. Le dolía todos los huesos.

Súbitamente, alzó la vista y clavó las pupilas en Drigán. Emitió una leve sonrisa y comenzó a levantarse ayudándose del báculo. Evocó una restauración leve sobre sí misma, deteniendo la sangría de la que era víctima y paliando el dolor de cabeza, aunque aún seguía dolorida en varias partes de su cuerpo. No obstante, estaba viva e indemne al tremendo golpe del que había sido víctima. Drigán había sido rápido y letal en su ataque, mas no lo suficiente como para vencerla.

Dentro del sortilegio triangular ni el sonido era capaz de oírse. Drigán estaba acalorado y gritando, señalándola con el puño en alto y los ojos entornados en rabia, aunque todo se perdía en un mar de silencio. Sirián se dio por satisfecha viéndolo ahí encerrado y sin pensárselo dos veces le dio la espalda y comenzó a alejarse del lugar, aunque solo fueran unos metros, pues una voz ronca la detuvo.

—¿Dónde crees que vas, Sirián? Date la vuelta y libera a Drigán.

Leonardo estaba milagrosamente erguido y entero, algo extraño luego de haberlo visto hace unos minutos tirado en el interior de la tienda de caballería con varias astillas clavadas y heridas abiertas en el hombro y el vientre. No se le veía ni encorvado ni con el rostro de estar soportando dolor, sino con facciones de tranquilidad, como era habitual en él. En su habla transmitía calidez y paz, incluso aunque estuviera con claros síntomas de enfado.

Sirián movió la cabeza hacia atrás, para mirar quién era, cuando se encontró con que no solo estaba el paladín, sino también Lilian y Zurah, ambos con sus armas prestas para atacar, si fuera necesario.

—No se os ocurra cometer el mismo error que ha cometido ese hombre u os espera el mismo final —dijo Sirián, sin intimidarse en lo más mínimo.

—Muy poderosa te crees para pasar por encima de nosotros tres, Sirián. Infravalorarnos de esa forma te va a costar caro —exclamó Zurah, iluminando su báculo en haces negros.

—¿Acaso eres sorda, mequetrefe? Me llamo Nairis, pobre idiota, Nairis. ¿Acaso quieres que te grabe el nombre en tu cara?

—Tened cuidado de sus magias, pues es más poderosa de lo que creéis. Yo puedo evocar magia oscura pero ella es una experta en la defensa y en el combate de masas. Igual no puedo defenderos ante sus ataques —susurró Zurah, intentando que la animista no le oyera.

—Aquí nadie va a atacar a nadie, calmaos todos —dijo Lilian, dirigiéndose a continuación a Sirián—. ¡Y tú, Nairis! Libera a Drigán y yo misma te devolveré el favor.

—¿Favor? ¿Qué te hace pensar que yo quiero algo que tú tengas? —respondió Sirián entonando un timbre de voz sarcástico.

—Estás poseída, Sirián. Tú no eres esta persona que está aquí delante, y aunque han hecho un buen trabajo eliminando lo que fuiste, estoy segura de que podemos traerte de nuevo. Queda algo de tu yo original que aún vive ahí dentro, y yo sabré encontrarlo y hacerlo resurgir.

—¿Estás hablando en serio? ¿Puedes traerla? —preguntó Zurah sorprendida.

—Debo creer que puede hacerse —respondió la sacerdotisa.

—¿Devolverme a mi yo original? ¿Qué tonterías me estás contando, muchacha? Mejor iros ahora que podéis antes de que decida acabar con vuestras patéticas vidas. Y tú, bruja del círculo oscuro, no intentes medir tu conocimiento de la magia contra mí, porque te vas a encontrar con un camino sin salida.

—Sirián... ¿en qué te has convertido? —dijo una entristecida Zurah, aferrando el báculo con fuerza y evocando una vorágine de sombras a su alrededor. Análogamente, Sirián hizo brillar su cayado de marfil en un haz de luces policromáticas.

—Hermana, dime rápido cómo vas a hacerlo y en qué puedo ayudarte —dijo Leonardo, poniéndose en guardia—. La cosa se está poniendo fea.

—Necesito tenerla sujeta, que no pueda moverse, para enfocar mis ojos sobre su mente y poder traerla de vuelta.

—¿Tenerla quieta? —exclamó Zurah, mientras evocaba uno de sus embrujos más destructivos—. La única forma que yo conozco de dejarla quieta es dejándola sin vida, esa no se va a dejar coger así como así.

—Intenta atacarle sin dañarle, Zurah. Yo me ocuparé de sujetarla —apostilló el paladín.

—¿Atacarle sin hacerle daño? Estarás de broma ¿no? ¿Crees que soy una malabarista de circo que arroja bolas de goma o qué?

Si más tiempo para divagar, la animista inició el combate apuntando su báculo al grupo y desatando una tempestad de fuego y rayos. El sortilegio levantó la tierra del suelo en un cono frontal que arremetió contra todos de forma letal si no fuera por la rápida actuación de Lilian, que poniendo sus brazos en cruz evocó una pantalla protectora alrededor de todos. Los rayos transitaron por ambos lados, chisporroteando endiabladamente, y el fuego sumergió todo lo visible entre sus llamas. De entre las mismas, aconteció una esfera magenta bordeada de filamentos de huesos que comenzó a rotar sobre sí misma a miles de revoluciones, para luego salir expelida hacia Sirián con un silbido agudo. La animista, con varias heridas cubriendo su cuerpo a causa del ataque de

Drigán, pudo ser lo suficientemente rápida como para levantar sus defensas y detener el fiero ataque de Zurah, haciendo que el embrujo óseo se quedara dando vueltas a su alrededor. Se la veía cansada, agotada tanto física como anímicamente, pero aún así dejaba bien claro su extrema habilidad en el manejo de la magia. No solo detuvo el ataque que Zurah le hizo, sino que lo retuvo sobre sí misma, se hizo con el control de dicho embrujo.

—Oh, oh… —dijo Zurah.

Al instante, su propio embrujo salió raudo desde la posición de Sirián hacia Lilian, que sin intimidarse en lo más mínimo, respondió con un conjuro de flecha fantasmal que cortó el aire a su paso. Ambos ataques se encontraron en mitad del terreno, y aunque Lilian intentó desviar la temible magia, nada pudo hacer para que le llegara. La bola oscura apresó a la sacerdotisa, levantándola por los aires e inmovilizándola, mientras decenas de huesos astillados la golpeaban insistentemente, perforándole la piel en brotes de sangre por todo el cuerpo. Sus chillidos de dolor recorrieron todo el lugar como un eco de ultratumba.

La flecha de Lilian llegó a la altura de la animista, pero se frenó a pocos centímetros de su objetivo. Los ojos de Sirián estaban irradiados en una neblina blanca que evidenciaba su alerta en defensa. Acto seguido, le bastó con un movimiento firme del báculo para hacer que el proyectil saliera repelido hacia la izquierda y desapareciera.

—¡Atácale! ¡Inmovilízala, yo me ocupo de Lilian! —gritó Leonardo a Zurah, mientras le ponía una palma en el pecho y proyectaba con la otra una halo de luz hacia su hermana.

Los huesos dañinos que castigaban el maltrecho cuerpo de Lilian se fueron convirtiendo en polvo y muchas de las heridas supurantes de sangre se fueron cerrando ante la acción del paladín. No obstante, este sobreesfuerzo hizo que le fallara una de las rodillas y tuvo que ceder a hincarla en el suelo. Aún estaba malherido de sus contiendas en la liza y evocar este tipo de habilidades curativas agotaba mucho sus energías.

Zurah, haciendo caso de lo que Leonardo ordenó, extendió una pantalla de humo delante de ella para luego empujarla con fuerza usando un viento huracanado. Sirián se vio envuelta en esa oscuridad perpetua que la privaba de visión más allá de un metro, y que además, le provocaba daños por electrocución merced a unos rayos que surgían de entre el tumulto, impactándole con precisión. No tardó en envolverse en una cúpula traslúcida que absorbía todas las descargas, aunque una de ella logró zafar su defensa y la hizo tambalearse. Los huesos le dolían como si fueran a estallar dentro de su cuerpo, concretamente los codos y las rodillas, que se le quedaron anestesiadas. Ella era una temible luchadora con su magia, mas también era humana y sufría del cansancio y el dolor. Ellos eran muchos adversarios y de gran capacidad en combate, y tenían las de ganar en igualdad de condiciones. No obstante, también estaban heridos. Lilian estaba tirada en el suelo con heridas severas, aunque Leonardo le había sanado gran parte de ellas. El paladín, a su vez, presentaba daños graves en su torso, y el caballero del dragón estaba totalmente inutilizado. Solo faltaba ocuparse de la bruja y tenía la batalla ganada.

Cuando la nube oscura se disipó, lo primero que vio venir Sirián fue otro conjuro de flecha fantasmal que silbaba como un trueno a medida que describía su trayectoria. A su derecha, a pocos metros de ella, Leonardo se le acercaba a gran velocidad, mientras que Zurah había convocado a dos fuegos fatuos oscuros que palpitaban en destellos alrededor de su báculo.

Sin pensárselo dos veces, la animista evocó una pantalla de rechazo que agitó con su báculo para que repeliera a lo más cercano. Un haz de luz traslúcida emergió en su frontal y salió expelido hacia la flecha, inmovilizándola en el sitio. Se resistió unos segundos, pero finalmente cayó al suelo totalmente inerte. Sin embargo, cuando la pantalla llegó a Leonardo, éste apenas sintió su fuerza y la traspasó sin problemas envuelto en un aura amarillenta. Sirián clavó sus ojos en Lilian para darse cuenta del engaño que había tejido. Había convocado ese conjuro para hacerle creer que ese era su ataque, cuando en realidad había convocado previamente un encantamiento protector sobre Leonardo, haciéndole inmune a la defensa de la animista.

«¡Maldita sea! ¿Cómo no lo has visto venir?», pensó con enfado Sirián, sin tiempo a nada más. Leonardo la agarró por el cuello y le hincó su puño diestro en el vientre, dejándola sin respiración y arqueándola hacia el frente. El puñetazo había sido demoledor para un cuerpo tan frágil y poco musculado como el de la animista, que esputó sangre tras el golpe mientras se debatía con sus pulmones para poder tomar aire de nuevo.

—¡Es nuestra! —gritó Lilian en la distancia.

Zurah mantuvo los fuegos fatuos dando vueltas sobre Sirián, controlándolos con su mente. Si la animista hacía algún gesto amenazante los lanzaría sobre ella sin compasión, lo tenía claro.

—Necesito que vengas ya, Lilian. ¡Rápido! —gritó el paladín mientras se ponía a las espaldas de Sirián y le apresaba el cuello.

—Pagareis por esto… —llegó a decir Sirián entre susurros cubiertos de sangre. La falta de oxígeno no le permitía decir mucho más, aunque poco a poco iba recobrando sus energías.

Cuando Lilian llegó, ya tenía los ojos levemente iluminados y su mente abierta a la acción que iba a llevar a cabo. Plantó la palma derecha sobre la frente de Sirián y comenzó a recitar un canto entre susurros, abriendo la puerta hacia su salvación.

—¿Cómo vas, Lilian? ¿Puedo ayudarte en algo? —dijo Zurah, acercándose al grupo sin desconvocar a los fuegos fatuos que mantenía en alto.

Lilian negó con la cabeza. Estaba en mitad de un proceso que requería toda su concentración y no podía estar atendiendo a lo que pasaba fuera, un detalle así podía decantar la diferencia entre el éxito y el fracaso. Puso el dedo índice de la mano izquierda sobre sus labios, requiriendo silencio, y continuó con su cometido.

Sirián estaba como hipnotizada, con los labios temblorosos y los ojos abiertos de par en par sin apartar la vista de la sacerdotisa. Su cuerpo sufría convulsiones esporádicas que Leonardo mantenía a raya de forma sólida.

Justo en ese instante, un estruendo se dejó oír atrás, en la ciudad. Las catapultas y trabucos de asedio comenzaron a disparar enormes piedras más allá de los muros, mientras que gritos y voces de mando se entremezclaban entre el tumulto. La batalla había comenzado.

—¿Qué ha sido eso? —preguntó Zurah, mirando hacia la ciudad— ¿Han llegado ya los demonios?

—Han llegado —respondió Leonardo con claros síntomas de dolor. Tenía los dientes cerrados con fuerza para soportarlo, aunque era evidente su desgaste. Sus brazos estaban rígidos de forma perenne alrededor de Sirián, sin permitirle movimiento alguno.

—Oh, oh… Drigán está desfalleciendo, se está quedando sin oxígeno dentro de ese sortilegio. Maldita sea…

—¿Tú no sabes romperlo? ¿No sabes cómo liberarlo?

—No se puede romper un sortilegio de esa magnitud, Leonardo. El triangular es una magia que solo el taumaturgo que lo convocó es capaz de disiparlo, y en algunos casos, ni siquiera pueden. Es extremadamente sólido el campo de fuerza que crea. Ni las armas mágicas y ni los encantamientos libertadores son capaces de romper su resistencia.

—Aguanta Drigán, aguanta… y tú, Lilian, vamos… date prisa —terminó diciendo el paladín.

Frente a Lilian se abrió un sendero de losas rojizas con árboles y arbustos de color amarillo intenso, con luz propia. Todo el escenario brillaba con exagerada luminosidad bajo un cielo decorado por varios astros rojizos. Era un lugar utópico que solo existía en la mente de Sirián, su mundo imaginario del que era mandataria y reclusa. Finas hebras de luz se movían con nerviosismo flotando en el aire, entrelazándose entre ellas, formando nudos y deshaciendo otros. Eran los hilos del tiempo que se iban tejiendo y cambiando los posibles futuros según los sucesos que iban pasando. Todo estaba relacionado entre sí, y cualquier suceso nimio de fuera provocaba múltiples cambios en el tejido de cada persona. Para los magos había un dicho que resumía muy bien este hecho: "Si saludas a un nómada por el camino provocarás que pierdas tiempo, haciendo que no conozcas a otro nómada que pasará de largo más allá, o bien haciendo que conozcas a otro nómada que de lo contrario no hubiera llegado a tiempo para cruzarse contigo. Puedes pensar que conocerás en cualquier caso a dos nómadas, aunque el capricho de los eventos puede hacer que no exista alguno de ellos, o incluso ninguno. El tiempo lo rige todo, incluso tu destino". Un galimatías que a muchos iniciados les provocaba varias horas de pensamiento.

Afortunadamente para Lilian, los hilos que tenía que seguir eran los que definían su pasado, hebras sólidas y no cambiantes. El pasado estaba ya escrito y no mutaba su presencia por los cambios presentes, pasara lo que pasara. Retrocedió varios días atrás hasta dar con un manojo de hebras candidatas para ser su guía. Las examinó con detenimiento y vio entre ellas cómo los hilos de Dévora y Drigán se cruzaban, así como el de ella y el de su hermano.

«Vale, aquí estás, Sirián. Ya sabía yo que no estaba todo perdido, no pudieron borrar lo que fuiste, tal y como yo pensaba. Vamos a ver dónde te lo bloquearon», pensó hacia sí misma la sacerdotisa, mientras cambiaba su rumbo para avanzar hacia delante por ese camino carmesí, sin perder de vista los hilos marcados. No le costó mucho toparse con un nudo de dimensiones grotescas. Cientos de hilos se unían en un aglomerado sin sentido y sin origen aparente.

«*¿De verdad crees que puedes liberarla?*», oyó que le decía una voz que recorría todo el lugar.

«*¿Así que aún estás aquí? No te creas que te has salido con la tuya, hechicero de tres al cuarto, no te la llevarás contigo*», respondió Lilian segura de sí misma.

«*Tus conocimientos son parcos en la materia como para romper el nudo que hice, no seas necia. No veas más allá de lo que crees saber, cuando lo cierto es que no sabes nada, y por lo tanto no ves nada. ¿Hechicero dices? Yo no soy amigo de la hechicería solo, sacerdotisa, sino de todo lo que tú entiendes que es la magia. Yo soy magia en esencia*».

«*Seas lo que seas te encontraremos y sabremos enviarte al infierno del que procedes, tenlo por seguro*».

«*¿No entiendes que el destino es mío? Yo controlo las aras del tiempo*».

«*El tiempo no puede controlarse como tú quieres hacer ver. Sirián sigue aquí, solo que has enmascarado su presencia con un cúmulo de vivencias irreales. ¿Eso es tu dominio? ¿Crear una realidad alternativa y darla por cierta en la mente de alguien?*», respondió Lilian, intentando centrarse de nuevo en lo que tenía que hacer. Comenzó a deshilachar varios hilos del nudo a medida que iba identificándolos, pues algunos de ellos eran de Sirián y otros de Nairis, la creación del maestro oscuro.

«*Pronto todo lo podré hacer, pequeña incrédula. ¿De verdad piensas que podrás desatar todos y cada uno de los destinos ahí anudados? No tienes tanta resistencia ni tiempo suficiente para llevar a cabo esa proeza. Son más de quinientos hilos entremezclados con otros tantos cientos de lo que fue Sirián, y teniendo presente que cada uno puede llevar a pasados extremadamente remotos, tendrás que pasar aquí más de dos o tres semanas de concentración intensiva, algo que ningún humano puede. Ahora eres tú la que deja volar su imaginación en algo irreal ¿no crees?»*.

«*Encontraré el método para simplificar tu estropicio, créeme. No te la llevarás*».

Lamentablemente, el maestro oscuro llevaba razón, y eso Lilian lo sabía. Su cálculo no iba muy desencaminado y la estrategia a aplicar se le antojaba imposible. No podía estar siguiendo hilo a hilo, eso era una locura. Debía salvarla por partes, hacer lo posible hoy y seguir otro día.

«*¿Por partes? ¿Acaso piensas que yo estoy aquí solo como una voz? ¿No te he dicho que también soy tejedor de destinos? ja, ja, ja*».

«*Así que lees mis pensamientos... no debería extrañarme, ya que estoy aquí, en este mundo habitado por ti y que has decorado muy hábilmente*».

«*¿Ves ya tu impotencia, amiga sacerdotisa? Tú y todos aquellos que respiráis algo de humanidad estáis destinados a ser exterminados*».

«*Has cometido un error, amigo mío. Este mundo no es tuyo, es de Sirián. Ella lo creó y le define a ella. Tú solo lo has cambiado, pero sigue siendo ella la reina aquí, es su mente*».

«*Piensas que ella va a ayudarte... ¿no perdéis nunca la esperanza? ¿De verdad crees que ella puede oírte aquí, estando yo?*».

«*Me oirá cuando haga lo que voy a hacer. La voy a liberar y tú solo podrás mirar cómo se te escapa de las manos*».

«*¿Has encontrado un método infalible? Vaya, si resulta que estoy frente a un oráculo y yo sin saberlo, jajaja*».

«*No necesito ser un oráculo para ver la solución a este problema. Mira y aprende, sombra siniestra*».

Sin pensárselo dos veces, Lilian tomó el nudo entre sus manos y comenzó a partir todos y cada uno de los hilos que lo componían. El lugar comenzó a cambiar su forma y colorido a medida que los hilos iban cayendo, volviéndose todo más lúgubre y carente de luz. El cielo era una pantalla negra infinita, el camino de losas rojizas se convirtió en un pedregal falto de luz, y los árboles y arbustos del lugar desaparecieron convertidos en ceniza. Todo el mundo que definía a Sirián se estaba desmoronando hasta convertirse en la nada.

«*¿Esto es lo que los humanos definís como "antes muerta que vivir atada"?*», preguntó la voz siniestra de nuevo. Lilian, sin embargo, no respondió y siguió con su labor de cortar hilos hasta dejar el nudo suelto de toda fibra.

«*Estás provocando su muerte, sacerdotisa. Vas a hacer de ella un títere sin mente que errará por la vida sin conocimiento de quién fue y qué es. La vas a convertir en un cuerpo sin alma*».

Con pocas hebras ya sujetando la bola, de repente, un haz de luz iluminó una zona del camino. Allí, una representación de una Sirián mucho más joven se dejó ver. Era una niña con las manos unidas en su pecho y los ojos vidriosos. Levantaba la puntera de las botas con temor a qué hacer o a qué camino seguir.

«*¡Te encontré!* —dijo Lilian—. *Hola Sirián, ¿me oyes?*».

«*Sí, ¿quién eres?*», respondió la pequeña niña.

«*Soy una amiga, solo que aún no me conoces. Tú sabes lo que es la magia ¿verdad?*».

«*No... yo no me dedico a eso. No sé nada de eso*», respondió con lágrimas resbalando por sus mejillas.

«*Tranquila Sirián, no te preocupes por reconocerlo. No debes temer nada. Sé que te han dicho que debemos permanecer ocultas en el uso de la magia, pero yo soy amiga tuya y de tu enseñante. Soy también conocedora de magia y estoy aquí para ayudarte. Estás perdida ¿verdad?*».

«*Sí, no recuerdo qué es esto ni hacia dónde tenía que ir*».

«*Tú te llamas Nairis, hija de la noche. Escucha mi voz y comparte el destino de gloria que te ofrezco*», interrumpió el maestro oscuro, trenzando con una rapidez inusitada un nuevo nudo de represión.

«*¡No le escuches, Sirián! Lucha contra él, que no domine tu mente. Tú sabes que tu círculo es el blanco, piensa en tus recuerdos, avívalos en tu mente*», respondió Lilian, partiendo de nuevo ese nudo a riesgo de dejar a la animista inválida de por vida.

Sirián clavó su mirada en el suelo y comenzó a gemir de tristeza. Estaba confusa y asustada, demasiado para una niña tan pequeña.

«Romper nudos no te hace ser salvadora, sacerdotisa —dijo el maestro oscuro—. *Veremos a ver si eres más rápida que este humilde siervo de la verdad, ja, ja, ja»*.

Varios nudos comenzaron a formarse por doquier, constituyendo un mundo estrambótico que cambiaba de forma en segundos. Tan pronto el camino se formaba con grandes losas de piedras cuadradas como luego se transformaba en uno de barro. Los árboles frutales que aparecían se convertían en unos troncos colosales que se perdían más allá de la vista en el cielo. La locura estaba desatada.

«¡No, para! ¡Detente!», gimió Lilian, viéndose superada por la magnitud del embrollo que estaba formándose. Le era imposible seguir y romper todo esos nudos con la certidumbre de encontrar una salvación para su amiga. No había mente humana capaz de encontrar luz en esa oscuridad.

«Adelante, sacerdotisa, busca el destino que crees conocer. ¿Acaso te asusta este simple ejemplo de mi poder? ¿Creías que podías arrebatarme lo que es mío?».

«Ella no te pertenece, alimaña».

«Ahora sí. Cuando alguien firma conmigo, lo hace de por vida. Mi conocimiento no se basa en pequeñas hebras del destino, sino en ver todo el entramado y trabajar con él, algo que tú, simple mortal, nunca llegarás a entender».

«Te juro que acabaré con tu vida. Sabré encontrarte y te daré muerte».

«Espero con ansias ese encuentro ja, ja, ja».

Sin embargo, algo cambió en el escenario. De nuevo se iluminó el cielo con una luz radiante y acogedora, y la vegetación brotó del suelo en colores vívidos. Incluso aparecieron pájaros y pequeños roedores poblando los troncos de los árboles y los caminos de tierra. Para sorpresa de ambos, los nudos comenzaron a disolverse en esquirlas luminosas mientras que nuevos hilos se entrelazaban con firmeza para formar tejidos enteros.

«¿Cómo has hecho...?», dijo el maestro oscuro, antes de ser interrumpido por la pequeña niña, que seguía arrodillada en el suelo con ambas manos sobre su rostro.

«Has jugado con mi mente, me has obligado a hacer atrocidades que juré combatir y me has alimentado de rabia, dolor y maldad. Me has hecho crecer en apatía por todo lo vivo,

relegando mi vida pasada a un olvido. Pero no llegaste a eliminar mi esencia, bestia maldita. Siempre he estado ahí, oyendo y viendo todo lo que hacías con mi cuerpo. Tu prisión era fortísima para alguien tan débil como yo, aunque una vez tus cerrojos fueron vencidos ya pude ser dueña de mi alma. Ya estoy recuperada de mi combate contra tu Origen, y ahora eres tú el que debe temerme, pues conozco los entresijos de tu pensamiento y tu forma de actuar. El reloj de arena ha iniciado su derrame de granos... tienes las horas contadas».

«*¡Sirián! ¿Eres... eres tú? ¿Sabes quién soy?*».

«*Quedas libre de mi mente, Lilian. Abandona este lugar que yo en breve volveré con vosotros. Déjame antes ordenar un poco este galimatías*».

«*Pero... ¿cómo es posible que recuerdes todo? Supuestamente los recuerdos partidos no pueden recobrarse. Ni yo tenía muy claro cómo iba a encontrar la guía para encontrarte*».

«*El camino para la curación reside en una misma, Lilian. Tu hermano sana merced a la fe y tú alientas a la vida mediante la magia, aunque el verdadero secreto de la curación late en nuestro corazón. La esperanza y del deseo de seguir viviendo es la mejor medicina. Podrán eliminarte tus recuerdos, borrarte lo que fuiste y lo que eres, y podrán crearte una nueva vida en su lugar, pero si guardas un pequeño retazo de quien eras, sabrás sacarlo a flote y recuperarlo absolutamente todo. Solo hace falta un pequeño empujón, uno como el que tú me has dado*».

Súbitamente Lilian salió del trance. Zurah la estaba agitando hacia los lados hasta que consiguió despertarla del todo. Sirián permanecía en el suelo con los ojos cerrados y la frente cubierta de sudor. A su lado, Leonardo seguía agarrándola, aunque ahora con menos fuerza. Parecía más un abrazo que un intento de inmovilizarla. Sin embargo, lo más impactante era todo lo que se veía alrededor. El cielo estaba cubierto de llamas impregnando las nubes, un fuego que se precipitaba sobre la ciudad en forma de pequeños pedruscos ardientes de violenta explosión al tocar el suelo. La última llamada era pasto de las llamas por doquier y se veían varias figuras aladas moviéndose en grupos por todas partes. El gran castillo de piedra, orgullo de la legendaria ciudad, lucía una grieta de dimensiones enormes que lo dividía en dos partes decrépitas. Polvaredas de arena y piedra envolvían al asentamiento mientras moría lentamente en un derrumbe sin salvación. Súbitamente, un ruido ensordecedor tronó por todo el valle, dejando los tímpanos de todos con una sordera momentánea. Incluso el cielo se abrió ante el tremendo rugido de la bestia que lo había ocasionado, humillando con supremacía el que un dragón era capaz de emitir.

—¡Ya está aquí, Lilian! —dijo Zurah, totalmente entregada al pánico—. ¡Un diablo, hay un diablo! Debemos largarnos de aquí ya, rápido.

A Lilian le costó coger fuerzas para entender el apocalipsis que se estaba formando. La mítica ciudad, fortaleza de múltiples ataques, había sido tomada en cuestión de minutos y su desolación estaba en camino. Lo que en una contienda normal podía llevar días de asedio, esos demonios lo hicieron en apenas un rato. Era descorazonador ver y vivir todo eso.

—¿Cómo está? ¿Has podido hacer algo por ella? —dijo Leonardo, echándose el cuerpo de Sirián sobre su hombro izquierdo e iniciando la huida, lejos de la ciudad.

—Yo... sí... ¿nos vamos? ¿Dévora, Vaiel...? —llegó a pronunciar Lilian, aún sorprendida por el escenario.

—Nada ni nadie de lo que aún esté ahí dentro sigue con vida, Lilian —respondió Zurah señalando la ciudad—. Lo han arrasado todo y va con ellos un diablo. ¡Me oyes! ¿Te das cuenta de lo que es un diablo?

—Sí, Zurah, me doy cuenta —respondió algo más centrada la sacerdotisa—. Si ha despertado a un diablo, Ampiria puede comenzar a temblar, pues no hay poder alguno capaz de enfrentarse a ese ser.

Justo en ese instante, el sortilegio triangular que mantenía preso a Drigán se disolvió. La animista blanca había despertado.

CAPÍTULO 19: DEMONIOS DE LLAÍDRA

La situación era complicada para Vaiel, Dévora y Nofret, aunque no imposible. Debían llegar a la sala donde los señores de Ampiria estaban reunidos para ordenar el ataque hacia el inminente enemigo que se acercaba desde las planicies de Llaídra. El gran cuerno de alabastro vaticinaba la llegada del enemigo con estruendo, a lo que la población respondía con miedo y desorden. Las calles eran un hervidero de gente huyendo de la ciudad con lo puesto, cargando en sus mulas de carga, caballos y carros los enseres de primera necesidad. La guardia de la ciudad y muchos de los caballeros que estaban invitados al torneo de la liza intentaban organizarse lo mejor que podían, aunque se les hacía muy complicado. Había peleas, gritos, choques y empujones por doquier, un albedrío caótico que reflejaba el temor, aún patente, que la población arrastraba luego de la última contienda ante los segadores pútridos.

Vaiel se movía ágilmente entre la multitud, esquivando a la muchedumbre nerviosa hasta llegar a las puertas del castillo cavado en la montaña. Sus puertas permanecían abiertas, con varios caballeros armándose y tomando las riendas de gloriosos corceles, mientras un capitán de la guardia les instruía en qué hacer. Nadie se percató de su presencia como algo anómalo y pasó sin oposición al interior de las salas comunales. Tal era el desorden que había en los estamentos de la guardia.

Dévora, por su parte, se posicionó a un lado de la gran portezuela, y hábilmente marcó un camino para colarse sin ser vista. Sus habilidades de subterfugio las dejaba patentes incluso a plena luz del día. Se deslizaba con suma facilidad entre la gente, y cuanta más muchedumbre, mejor, más inadvertida pasaba. Sabía entremezclarse con ellos para pasar totalmente desapercibida, era un don ganado con años de experiencia en las calles.

Nada más entrar a las salas, vieron a Vaiel algo perdido, mirando indeciso hacia los lados sin saber qué camino tomar. Él era un hombre habituado a la simpleza de un pueblo y se perdía con facilidad ante la grandiosidad de un castillo de estas dimensiones, con tantas salas, arcos, columnas y recovecos. Además, el galimatías de gente entrando y saliendo provocaba mayor desconcierto ante unos ojos ajenos a este ambiente. Justo entonces llegaron a su altura Dévora y Nofret.

—¡Ven rápido, sígueme, es por aquí! —dijo la ladrona sin parar de correr. Conocía perfectamente este castillo, y aunque no fuera así, sabía moverse con facilidad en las tripas de este tipo de construcciones. Todas guardaban un patrón similar en la disposición de los salones principales, los asignados para el trono y las alcobas de los cortesanos.

Se movieron rápidos, jadeando y sudando casi al límite, hasta llegar a un pasillo que a Vaiel se le antojó infinito. Lo componía un incontable número de columnatas alineadas a derecha e izquierda, con cuadros gloriosos colgados en las paredes y muchas puertas grandes de madera abriendo nuevas habitaciones. El final del corredor no se veía, llegaba más allá de lo que unos ojos normales podían ver. Afortunadamente, al llegar a la mitad del pasillo, Dévora se detuvo en seco, algo que agradecieron sus amigos, y se quedó cavilando y mirando hacia las puertas próximas. Se acercó lentamente a unas puertas dobles entreabiertas de las que se oían unas voces gritar con insistencia y puso la mano con suavidad. Respiró con fuerza y se quedó ahí, inmóvil, durante unos segundos. Luego miró hacia atrás, a Vaiel, y le asintió con la mirada. El arquero cerró su boca para intentar respirar con la nariz y le respondió de igual forma, moviendo su cabeza afirmativamente. Ya habían llegado y ahora le tocaba a él.

Dentro de la sala tenía la palabra el Conde Casis, regente de La última llamada. Tenía el rostro enrojecido de la tensión del momento y no paraba de gesticular cada palabra que salía de su boca.

—Vamos a dejar las cosas claras. ¡Todos tenéis que ayudarnos a defender la plaza! ¡Todos! ¿Me habéis oído bien? No aceptaré que me dejéis aquí a mi suerte.

—Sois vos quien no lo entendéis, lord Casis. Ya defendimos esta plaza antaño y hace poco varios caballeros del imperio lo volvieron a hacer frente la llegada de los segadores pútridos. ¿Es que acaso sois vos el emperador para que todos nos volquemos en vuestra defensa? ¡Defended vuestra ciudad vos mismo y dejad de pedir ayuda! —respondió con ironía el marqués Muhades, regente de los pueblos que comprendía Tramiria y Krav, aunque solía residir en la capital.

—Pero ¿os estáis oyendo, maldita víbora? Es deber de todo señor de Ampiria socorrer a los necesitados, más aun cuando es otro señor el que lo requiere —replicó Casis, haciendo lo posible por aunar más fuerzas.

—Esta ciudad fue un error desde sus inicios, está muy próxima a Llaídra y ya se sabe que de ahí no viene nada bueno. Vois aceptasteis el encargo de protegerla, así que ahora no vengáis llorando y mendigando nuestra ayuda. No sé qué pensáis el resto, pero yo lo tengo claro: no pienso diezmar mi ejército en una contienda perdida como ésta. Dad la plaza por perdida y retrasaros a la capital, allí les haremos frente y reconquistaremos esto, si es necesario.

—Estoy de acuerdo —dijo el duque Creiburjo de Mitilene—. Debilitarnos aquí sería un acto insensato, y debemos ser listos y consecuentes con lo que está pasando. Son demonios los que vienen por ahí. Ya habéis oído lo que los exploradores han dicho y cómo los han descrito. Nos han pillado de fiesta y con la guardia baja y debemos aceptar nuestra derrota.

—¿Sin pelear aceptáis vuestra derrota, duque Creiburjo? —dijo Auburco de Partizán, levantándose de la silla y escupiendo en el suelo con rabia—. ¿Pero que ralea de gallinas ha criado el imperio? ¿Este es el ejemplo que dais a vuestras tropas cuando veis a un enemigo poderoso ante vuestras puertas?

—¡No son mis puertas! —replicó Creiburjo—. Os aseguro que si fuera Mitilene la asediada sabría cómo repelerlos.

—Más bien estarías aquí, en mi lugar, mendigando ayuda del resto —le rectificó Casis, volviendo a tomar asiento y echándose las manos al rostro al ver que no había consentimiento—. Sois un cobarde, Creiburjo, una maldita rata.

—Pensad lo que veáis, Conde Casis, más prefiero ser una rata viva a un león colgado como trofeo en una chimenea.

—¡Así no habla un duque! —exclamó Auburco, posando la mano sobre la empuñadura de su espada y haciendo temblar al resto de tertuliantes—. ¡Se firmó un acuerdo de ayuda mutua y estáis obligado a cumplirlo, aquí y ahora!

—A ver, vamos a calmarnos un poco todos. Vos, Auburco, sentaos, os lo ruego —interrumpió de nuevo el marqués de Muhades, intentando poner algo de paz—. Debemos ser conscientes de que estamos aquí con parte de nuestras tropas, no con todas. Hemos venido aquí para celebrar un torneo, una fiesta, y no para combatir contra un enemigo tan poderoso como se nos ha descrito. Apenas contamos con pocos efectivos de escolta y eso bien lo sabemos todos. Por otro lado, sir Auburco, no todos los señores de Ampiria somos grandes combatientes como vos, aguerridos luchadores que sangran con su tropa en el campo de batalla. Otros somos más dados a la política y hemos ascendido al trono mediante el uso de la dialéctica. A vos, es vuestra tropa la que os aplaude, pero a nosotros el pueblo, así que debemos intentar ser tolerantes y no amenazarnos.

—¿Amenazas? ¿Me estáis hablando en serio, Muhades? Yo no hago amenazas, creedme, si por mí fuera ya estaríais todos en la horca. Os salva vuestro título. Y si queréis tolerancia por mi parte, la tenéis de sobra. Entiendo que vos no sepáis luchar y no os pido que salgáis ahí fuera con una espada en mano para matar enemigos, pero sí que deis dicha orden a vuestra tropa.

—¡Debéis cumplir con el tratado de unión que se firmó! —añadió el Conde Casis.

—Tranquilos, os lo ruego, no nos pongamos a chillar sin razón —respondió Muhades de nuevo—. Me parece muy bien vuestros argumentos, sir Auburco, mas os insisto en que lo poco que tenemos no es rival para lo que viene. No es cobardía el huir para combatir más adelante con más efectivos, asegurando una victoria más segura. Eso es estrategia y a eso me refería cuando os definía como una hombre de campo y no de libros. Vos lucháis con corazón y orgullo, mientras que yo lo hago desde mi salón, intentando minimizar las bajas de los míos planeando el combate más favorable para nuestros intereses. Si dejamos aquí a las tropas no alcanzaremos victoria y perderemos nuestros efectivos.

—Eso es cobardía. Podéis maquillarlo como queráis, pero seguirá siendo cobardía, e incluso sedición. Y que yo sepa, eso está penado con la pena capital —respondió Auburco, ahora con un tono de voz más sosegado, pero igual de firme.

—¿Traición? ¿Me llamáis traidor por querer proteger a mi pueblo e incluso al vuestro de una muerte segura?

—¡Sois un traidor por no cumplir con el tratado de protección que firmamos todos los aquí presentes! —dijo Casis, dando un puñetazo en su silla.

—Os equivocáis de tratado, Casis —dijo Creiburjo, dudando si intervenir de nuevo o no ante la ira que Auburco denotaba—. El tratado que se firmó tenía validez mientras el emperador siguiera con vida. Ya no hay emperador regente y, por lo tanto, no es obligación de nadie defender la plaza de otro. Yo tengo que obedecer la bandera del imperio, pero al no haber emperador no hay bandera que defender. ¿Quién me asegura que luego de este combate seguirá existiendo el imperio? ¿Y si os tomáis cada uno la libertad de independizar vuestras tierras?

—No digáis tonterías, eso no pasará —dijo Auburco.

—¿De verdad? Preguntadle a Lord Lalies y a su cohorte de jueces, ellos que siempre han estado en la cuerda floja de las órdenes imperiales. Y como ellos, muchos más pueden pensar igual. Mirad bien a quién tenéis a vuestro lado, aquí y ahora, y decidme que no dudáis que eso pueda suceder.

Por un instante se hizo el silencio. Creiburjo había presentado un hecho que, de alguna forma, era cierto. La caída del imperio desestabilizaba todo el organigrama.

—¿No tenéis a Cratos en vuestra ciudad, Creiburjo? Él es el hijo de Roig II —dijo Casis.

—Hijo bastardo, os recuerdo. Además, ese pazguato no sabría lo que hacer ni cómo hacerlo. No tiene ni idea de política y mucho menos de cómo llevar un imperio —respondió Creiburjo—. Y aunque él ascendiera al trono, hasta que eso suceda y todos los aquí presentes firmemos el acuerdo, no hay imperio.

—No va a ser él quien llegue al trono —dijo de repente Vaiel, que justo acababa de acceder a la sala junto a sus acompañantes—. Él no es el único hijo que Roig II tuvo.

—¿Y tú quién eres? —preguntó Muhades alterado— ¿Y la guardia? ¡Guardia!

—No os molestéis en llamar a nadie, están muy ocupados yendo de un lado a otro del castillo como pollo sin cabeza. Tenéis a vuestra guardia perdida en un descontrol y a vuestra ciudad huyendo de la región despavorida, y en vez de infundirles valor y coraje, dejáis que se vayan —dijo ahora Dévora, tomando la palabra a la derecha de Vaiel.

—¿Qué haces tú aquí, si puede saberse? —dijo ahora Auburco, reconociendo a Dévora como una proscrita perseguida por el imperio—. ¡Salid de aquí de inmediato, no habéis sido invitados a esta reunión!

—Guardad silencio cuando ella hable, pues tendríais mucho que aprender de su sabiduría y experiencia —respondió Vaiel con firmeza—. Os llenáis la boca con las grandiosas epopeyas de la que sois el héroe, mas no sois capaz de reconocer a los auténticos héroes. Le debéis a esta mujer más de lo que vos creéis, así que guardadle respeto.

—¿Cómo os atrevéis, maldita sanguijuela, a hablarme con esa libertad? —dijo Auburco, desenfundando su espada y apuntando hacia Vaiel, que se mantuvo imperturbable ante la amenaza, con los ojos fijos en el consejo de señores.

—Me tomo estas libertades porque yo soy tu emperador, Auburco. Mi nombre es Vaiel de Munros y soy el hijo ilegítimo de Roig II. Si buscáis a un héroe en el combate, sabed que yo di muerte al Origen que atacó esta ciudad hace unos meses, y si buscáis el linaje de la sangre mi edad es mayor que la de Cratos, su otro hijo bastardo.

La espada de Auburco se precipitó al suelo. Todos los presentes enmudecieron de asombro, tanto los asombrados señores de Ampiria como Dévora, que no paraba de evaluar las posibles réplicas.

—¿Tenéis pruebas de lo que decís? —rompió el silencio Casis.

—¿A qué pruebas os referís? ¿A que di muerte al Origen? ¿A que soy el hijo de Roig II?

—Más bien a eso último, sí.

—No, no tengo escrito alguno firmado por el emperador donde lo afirme, mas tengo la seguridad de que así es por otra vía. Además, siento en mi interior que es así.

—¿Es esto una broma o qué? —dijo ahora Muhades, sirviéndose algo de vino para suavizar la sequedad de la garganta—. ¿Vienes aquí diciendo que eres el sucesor de Roig II y tenemos que creerte porque lo sientes en tu interior? Yo podría decir lo mismo, ¿no crees?

Creiburjo emitió una risa a la que se unió la de Auburco. Solo el Conde Casis permaneció serio, recordando la actuación que llevaron a cabo en su ciudad cuando fue asediada por los segadores pútridos. Temía que ahondaran más en el tema, pues estaba seguro que saldría el tema de la magia a flote, e igual le salpicaría.

—Podéis reíros todo lo que queráis, eso demuestra vuestra incompetencia a la hora de afrontar decisiones por vuestro pueblo. Ahí fuera va a morir mucha gente y vosotros os jactáis aquí como si eso fuera una broma.

—¡Tú sí que eres una broma! —exclamó un Auburco ya molesto por la presencia del grupo—. ¡Salid de aquí de inmediato si no queréis encontraros con una espada atravesando vuestros torsos!

—Espera, Auburco, espera... parte de lo dice es verdad —dijo Casis, aceptando que su situación era desesperada y tenía que hacer lo posible por aunar las fuerzas—. Este joven dio muerte al Origen que entró aquí dentro, el mismo que decapitó a decenas de los mejores caballeros de mi castillo, así como a los jueces del alto de Vistok que vinieron a ayudarnos.

—¿Y qué tiene que ver eso con que sea el hijo de Roig II? —preguntó Creiburjo.

—La coincidencia de que lo conociera. Roig II me habló de él, me contó acerca su primer hijo bastardo, un joven que desterró en el Manantial de Munros con el nombre de Vaiel.

Vaiel miró a Casis con los ojos abiertos de par en par, sorprendido ante la revelación que durante tanto tiempo se le había ocultado. No le salían las palabras.

Dévora, sin embargo, supo ver más allá de esas simples revelaciones y profundizó más allá de los ojos anodinos del Conde Casis. Mentía, lo veía claro, y lo hacía por no desvelar que tuvo relaciones con magas en el fragor de la batalla. Esto era la política, mentir para obtener un bien mayor, aunque algunos lo hacían para beneficio propio.

—¿Es cierto lo que dices, Casis? ¿Estás seguro de que este individuo es quién Roig II te dijo? —preguntó Muhades.

—Sigo sin ver prueba alguna, lo siento —interrumpió Auburco de Partizán, tomando la botella de vino que saciaba a Muhades y dándole un trago largo.

—Yo no sé qué pensar, la verdad… si es hijo de Roig II es el sucesor… y yo confío en vos, Casis, mas debéis entender que es poca información la que aportáis. ¿Quién no me asegura que lo decís por salvar la garganta en esta contienda? —expuso un Creiburjo vacilante.

—Yo no puedo dar pleitesía a un rumor o a algo que vos habéis escuchado, Casis. Lo lamento, pero es contrario a mis principios. O está por escrito o no puedo dar juramento —añadió Muhades.

—No lo entendéis ¿verdad? —volvió a tomar la palabra Vaiel—. No estoy aquí para debatir con vosotros, ni para haceros entrar en razón de que yo debo ser el sucesor de Roig II. Ni siquiera me interesan vuestras razones ni vuestros decrépitos principios. Estoy aquí para deciros que voy a salir ahí fuera, una vez más, para defender esta ciudad del enemigo que viene. Salvaré tantas vidas como pueda y daré muerte a tantos demonios como flechas queden en mi aljaba. Solo espero vuestras palabras de orden para que vuestros gloriosos caballeros y guerreros luchen también a mi lado, bajo mi voz o bajo la vuestra, me es indiferente, mas con buen orden. Si por mí fuera, deberían todos oír la sagacidad que esta mujer a mi diestra, Dévora de Vohm, es capaz de plantar en el campo de batalla. Mejor estratega que ella no encontraréis.

—Os agradezco el ofrecimiento, Vaiel —respondió Casis, sin borrar de su rostro la preocupación que arrastraba—. Por mi parte, tenéis todo mi apoyo para esta defensa.

—Yo no puedo daros este apoyo. Como he dicho, son pocos efectivos los que tengo aquí, demasiados pocos. Además, esos demonios son seres sangrientos e inhumanos… esto va a convertirse en una sangría. No veo necesidad de mandar a morir sin razón a mis hombres —dijo Muhades, mirando hacia otro lado.

—¿Sin razón? ¿Sin razón, decís, marqués? ¿Acaso no es razón suficiente defender a los ciudadanos que trabajan desde el amanecer hasta el anochecer para alimentar vuestra barriga? ¿Acaso no es razón suficiente el que vuestros caballeros sean llamados los protectores del reino? ¡Y vos os definís como un estratega! Preferís dividir nuestras fuerzas, muy inteligentemente, para que si perdemos en la defensa hoy, mañana os pillen a vosotros con la otra mitad de nuestro poder. ¡Debemos permanecer unidos! En la unión hay mucha fuerza, eso es algo elemental. Ahí fuera hay héroes desconocidos que están dispuestos a derramar su sangre por todos vosotros, héroes con nombre propio que nunca serán reconocidos en este consejo, nombre como Leonardo de Carpatia, Lilian de Carpatia, Sirián y Zurah —respondió Vaiel.

—En Reina-Uz y en Ausper la Mayor hay muchos efectivos, que juntos podrán repeler ese ataque.

—¿Eso creéis, marqués? ¿Y si, llegado el momento de que ataquen vuestras ciudades, Reina-Uz y Ausper la Mayor piensan igual que vos? ¿Y si deciden que mejor esperarles tranquilos tras sus muros y que vosotros os las apañéis como podáis?

Muhades permaneció vacilante, moviendo con nerviosismo sus pupilas de un lado a otro mientras intentaba encontrar una respuesta medianamente creíble al argumento de Vaiel.

—No os tengo por mi emperador, ni mucho menos, mas sí por un valiente soldado. Demostráis en vuestra palabra y arroje mucho más de lo que en esta reunión estoy encontrando. Si compartís amistad con sir Leonardo además de con sus protegidas, con el que tuve el valor de batirme ahí abajo en la liza, aquí tenéis también a un amigo para el combate. Por lo que veo, el valor de ese caballero blanco llega más allá de su corazón, lo impregna por doquier. Faltaría tenerlo por aquí para ver si contagia también a más de uno —sentenció Auburco de Partizán, levantándose y dirigiéndose hacia la puerta—. Voy juntado a mi gente, nos vemos en la entrada del castillo.

—Estáis locos, las cosas no se hacen así. Yo no puedo aceptar esto, lo lamento Casis —dijo Creiburjo con voz apenada.

—Pues largaos de aquí de inmediato —interpuso Vaiel indignado—. Y mientras estáis huyendo, pensad en vuestra inevitable derrota. Si los demonios vencen, seréis vos el siguiente en caer. Si vencemos nosotros, tened por seguro que castigaré este acto de traición hacia la tierra de Ampiria.

Creiburjo prefirió no decir nada más. Se levantó en silencio y abandonó la habitación. Muhades se levantó a la par y lo siguió hasta cruzarse con el aspirante a emperador.

—¿Ves posibilidades de victoria en esta batalla, muchacho? —le preguntó aún con dudas.

Vaiel lo miró sin mostrar ninguna duda de temor, aunque optó por levantar la mano diestra y dar la palabra a Dévora.

—Posiblemente no matemos a todos los enemigos y nuestros hombres caerán en decenas. Son un ejército mucho más poderoso del que tenemos, incluso estando nosotros en defensa de un castillo tan resistente como este. No obstante, confiamos en hacerles el suficiente daño como para hacerlos retroceder.

—¿Responde eso a vuestras dudas? —añadió Vaiel. A Dévora no paraba de sorprenderle la frescura y el cambio de comportamiento que el arquero denotaba siempre que se encontraba en estos momentos complicados. Se impregnaba de temple y de seguridad en sus palabras de una forma impresionante, contagiando incluso a sus allegados. Se comportaba como un líder.

—Mis hombres lucharán en la defensa de esta ciudad. Yo saldré de inmediato hacia la capital para ir planeando los siguientes ataques, si fueran necesarios. Sois un hombre valiente, y seáis o no mi emperador, merecéis un aplauso por vuestra determinación.

—Os agradezco la confianza, marqués Muhades. Salid ya, no esperéis más, y de paso informad a Lord Lalies en el Alto de Vistok de todo acontecido aquí. Él os ayudará en planearlo todo.

—Dudo mucho que Lalies se decida a actuar, no es persona de socorrer a…

—Decidle que venís en mi nombre —interrumpió Vaiel, como si fuera realmente el emperador de Ampiria—. No os negará la ayuda.

Muhades tragó saliva y bajó la cabeza en sumisión. Si lord Lalies respetaba a Vaiel hasta el punto de ser una garantía su nombre, no cabía la menor duda de que era alguien importante.

Súbitamente el cuerno de alabastro tronó con un estruendo chirriante, recorriendo todos los pasillos del castillo en un canto castigador para los oídos de todos los presentes. No hizo falta decir mucho más, todos entendían qué significaba eso: los demonios habían llegado.

—Tú te quedas aquí, pequeña. Quédate con este señor que él sabrá ponerte a salvo —dijo Dévora a Nofret, señalando a Casis.

—No, por favor, no me dejes aquí tita Dévora. Quiero ir con vosotros.

—No puede ser. Ahí fuera necesito no estar pensando en nadie para tener todos mis sentidos orientados hacia el enemigo. No puedo permitirme tener distracciones.

—¡Dévora, vamos! —gritó Vaiel en el dintel de la puerta junto a Muhades, que pasó corriendo a su lado.

—Quédate aquí ¿vale?

—No, por favor… no me dejes… si me dejas aquí, moriréis todos… por favor…

—No moriremos, tú tranquila. Quieta ahí ¿vale? ¡Volveremos!

Sin decir nada más, el dúo compuesto por Vaiel y Dévora salieron veloces por los pasillos hacia el exterior. Esta vez tomaron como camino de salida un balcón del enorme castillo, elevado más de diez metros sobre el nivel de las calles. Nada más salir fuera, sintieron un calor tórrido inundando sus pulmones. El aire estaba enrarecido y caldeado, como si un fuego enorme estuviera calentando bajo sus pies el castillo entero. Allí vieron con sus propios ojos la personificación del apocalipsis, el fin de la vida.

Multitud de demonios alados planeaban sobre los muros de la ciudad, lanzándose en picado hacia la ciudadanía para clavarles sus afiladas garras y alzarlos en vuelo, para luego soltarlos desde la altura a una muerte segura. Otros eran pasto de sus fauces, cubiertas de colmillos del tamaño de una mano adulta, que perforaban todo tipo armaduras hasta atravesar la carne como si fuera manteca. Los gritos de los desgraciados se dejaban oír desde la distancia como un orfeón.

Entre las calles de la ciudad se podían ver a grupos de demonios astados del tamaño de un hombre adulto y con varios pinchos emergiendo de su torso y cabeza. Estos demonios no estaban alados y su único ataque era correr continuamente contra sus víctimas para empalar una sobre otra en una muerte dolorosa. Muchas de las víctimas aún respiraban vida mientras eran arrastradas sobre uno de los pinchos clavado en su hombro, provocándole un dolor atroz que, o terminaba desangrándole o cercenándole el brazo, acabando en cualquier caso en una muerte segura. Estos grupos eran la caballería del terror, los guardianes que presentaban a su señor.

Más allá de los muros, con más de veinte metros de altura y cinco de ancho, se alzaba un ser inimaginable en la mente de cualquier ciudadano de Ampiria. Era un demonio grotesco y con una ira tan marcada en su rostro que con tan solo mirarle te provocaba daños. Dévora empezó a llorar sin saber bien el porqué, mientras que a Vaiel le temblaron los brazos y las piernas hasta el punto de sentarle en el suelo del balcón. Eso no era un enemigo que estuviera al alcance de persona alguna, ni siquiera del gran Drigán a lomos de su glorioso dragón, Kragor til Mass.

El diablo presentaba dos astas curvadas en su cabeza y una piel negruzca con brotes rojizos recorriéndole todo el cuerpo. Sus ojos eran lava incandescente que continuamente chorreaba sobre su propio cuerpo, formando dos ríos macabros que iban marcando su paso. Alrededor del monstruo se podía divisar, incluso a la distancia, un aura apagada que se agitaba de un lado a otro, como si tuviera vida propia. Todos los cuerpos sin vida de animales y ciudadanos del exterior del muro que eran engullidos por esa aura se convertían en unas cenizas amarillentas para terminar desapareciendo en el aire, como si nunca hubieran estado ahí. Cuando el diablo emitió un rugido, varias de las techumbres y muros de La última llamada explosionaron en una nube de polvo y trozos de piedra. Era un grito ensordecedor que además dirigía hacia un punto, desolando lo que allí hubiera, ya fueran personas, casas o simples piedras.

—Vamos, Vaiel, no desfallezcas ahora —dijo Dévora, intentando dar algo de ánimos mientras miraba hacia abajo y evaluaba la caída desde el balcón.

—¿Tú has visto eso, Dévora? ¿Qué…? ¿Cómo puede uno tocar a eso? ¿Cómo matar a algo tan... tan…?

—Montañas más grandes han caído en la historia de Ampiria, no lo olvides. ¿Acaso tengo que recordarte las palabras que tan valerosamente has dicho ahí dentro hace unos minutos? Defender al pueblo, honor, valor… todo eso, ya sabes.

—Aquí no hay honor alguno que valga, Dévora. Eso… eso es la destrucción. No hay nada más, luego de eso. ¿Qué se supone que vamos a hacerle? ¿Lanzarle una flecha? ¿Una de tus dagas envenenadas?

—Si es preciso le lanzaré todo mi arsenal, pero no dudes ni por un instante que ese ser es mortal. Encontraremos cómo darle muerte, confía en mí.

—En ti confío, Dévora, pero…

—Venga sígueme. Bajemos de aquí. Pon los pies y las manos donde yo y vamos para abajo, que nos esperan.

En efecto, abajo estaban varios caballeros con distintos emblemas bordados en sus capas. Algunos obedecían la bandera de Mitilene, otros la de Casis y otros la de Muhades, aunque todos presentaban el mismo miedo tras sus yelmos. Los caballos eran un reflejo del estado de ánimo de los jinetes, intranquilos y sin parar de relinchar, moviéndose de un lado a otro sin cesar. Justo entonces, salió Auburco de Partizán tras un recodo del patio, montando con brío a su corcel de justas. A su lado cabalgaban ocho caballeros de su orden manteniendo la posición a la perfección, sin desviarse ni un solo centímetro.

—¿Orden? —dijo Auburco tras su yelmo magenta.

Vaiel, sin embargo, no terminaba de armarse con las palabras necesarias para decir absolutamente nada. Le arrebataron todo el valor que tenía.

—¿Vaiel? ¿Cuál es la orden? ¿Qué habéis pensado? —volvió a preguntar Auburco de Partizán, levantando la rejilla de su yelmo y clavando la mirada en el aspirante a emperador.

—Debemos asistir a los grupos armados —dijo Dévora, tomando la palabra al ver que su compañero no reaccionaba—. Los demonios alados deben ser abatidos con flechas y todo tipo de proyectiles, así que la caballería de la ciudad se debe centrar en asistir a los arqueros. Defendedlos con vuestros escudos y mandobles, que se no os acerquen esos seres. La caballería de Muhades y la vuestra, Auburco, deberá dividirse en cuatro grupos fuertes para ir haciendo batidas por las calles de la ciudad. Varios demonios astados están haciendo estragos entre la población y debéis acabar con ellos con vuestras amas de poste. Cuidaos de que os embistan, pues sus cuerpos están cubiertos de pinchos putrefactos y venenosos.

—¿Y el diablo? —preguntó Auburco, dando las órdenes precisas a la caballería para que se dividiera en tres grupos.

—Ese es cosa mía. La única forma de abatirlo es usando las armas de asedio. Subiré a las plantas superiores del castillo para que centren el fuego sobre ese ser.

—Tomad mi caballo entonces, Dévora. Es el más rápido que encontraréis aquí y ahora. Entrad en el castillo y que apunten bien, derribad a ese ser y tendremos alguna opción de victoria.

Dévora asintió y miró a Vaiel, invitándole a ir con ella. Sin embargo, éste negó con la cabeza y tomó las riendas de un caballo para unirse a la guardia de la ciudad.

—Yo me voy hacia los muros, Dévora. Mi lugar está con los arqueros, allí seré más útil.

—Muy bien, Vaiel. Ten cuidado ¿vale? Una huida a tiempo es una posible victoria futura.

—Yo maté a un Origen ¿no? No te preocupes, saldré airoso una vez más de esta contienda —respondió el arquero, intentando suavizar el nerviosismo con algo de humor.

Dévora lo vio partir veloz entre la multitud junto a varios caballeros que le iban abriendo paso. Tuvo una extraña sensación de tristeza que le recorrió todo el cuerpo, un presentimiento de que algo iba mal. Estaban muy divididos, el enemigo era muy poderoso, las defensas estaban desorganizadas… todo estaba en contra, y en las batallas eso se pagaba caro.

Sin más dilación partió también ella, dirigiéndose hacia el interior del castillo. Iba montada sobre el caballo de Auburco, un noble corcel que respondía con seguridad a los quiebros de los pasillos y al suelo resbaladizo de las estancias de dentro. En su trote, se cruzó con varios cortesanos y algún que otro guardia que esquivó con presteza, para seguir su camino hacia la parte más alta del castillo. Tenía que llegar lo más rápido posible al área de control de las armas de asedio, mucho antes de que llegara el diablo, o de lo contrario estaría todo perdido.

Auburco de Partizán, mientras tanto, se dirigió con su escuadrón por las calles de la ciudad, intentando salvaguardar al mayor número de ciudadanos posibles de la amenaza demoníaca. No pasó mucho tiempo cuando vieron a sus primeros enemigos, dos demonios astados que embestían veloces los cuerpos ya inertes de una familia. La madre estaba cercenada en varios trozos, con uno de sus brazos colgando de los pinchos que sobresalían en uno de los demonios, mientras que los tres hijos eran trozos de carne tirados en el suelo que el otro demonio insistía en embestir una y otra vez para mutilarlos aún más. El padre de la familia, en su desesperación, estaba tirando piedras al demonio, que de un salto de varios metros le clavó sus dos enormes cuernos de la cabeza en el torso. Su cuerpo se quedó rígido del dolor y la sangre comenzó a brotarle de la boca en un reguero de muerte, aunque para su desgracia aún vivía. Sin embargo, el demonio astado que tenía su rostro frente a frente al del hombre, abrió sus mandíbulas rojizas y comenzó a propinarle mordiscos en la frente y en los mofletes. Le arrancó trozos de piel con carne pegada entre gritos de angustia, unos segundos que se hicieron eternos para el infeliz antes de alcanzar la muerte.

—¡Cargad! —gritó Auburco, haciendo que los seis caballeros que iban en su grupo cerraran filas y posicionaran sus armas de poste en paralelo al suelo.

Los demonios astados, lejos de amilanarse, gimieron con entusiasmo y se pusieron a cuatro patas para coger más velocidad, vaticinando un inevitable choque entre ambos bandos. Tenían los cuerpos totalmente cubiertos de afiladas púas y cuernos, capaces de entrar en las armaduras más resistentes. Los caballeros, sin embargo, no mostraron debilidad ni dudas en sus ánimos, y sostuvieron con decisión las riendas de sus caballos ante el inminente encuentro. No podían evitar el destrozo que ya habían hecho esos seres, pero sí podían vengarlo.

Unos pasos antes de producirse el choque, los demonios se irguieron y dieron un salto de tres metros en vertical que desconcertó a la unidad de caballería. Algunos pudieron actuar a tiempo y subieron sus armas de poste para intentar acertar en los enemigos, mas otros ni siquiera se percataron de dónde estaban tras el salto. El primer demonio astado descendió como una flecha sobre uno de los caballeros, tirándolo al suelo entre borbotones de sangre que acontecieron de varios puntos de su armadura. Del yelmo se dejó oír un grito de angustia que rápidamente se apagó al extinguirse su vida. El otro demonio tenía como objetivo a Auburco de Partizán, aunque éste fue más rápido e impactó con su arma de poste en el torso del engendro, tirándolo hacia atrás en un golpe certero y duro. Con la velocidad que llevaba en el caballo, la fuerza del impacto hubiera descuartizado a cualquier persona, mas los demonios eran mucho más resistentes, para desgracia del caballero. El demonio fue rechazado e impactó bruscamente contra el suelo, varios metros atrás, rompiéndose dos de sus cuernos frontales y saliendo una sangre negruzca de su torso, donde le impactó el arma de poste. Sin embargo, tan pronto tocó el suelo, apoyó sus fuertes piernas en el mismo y salió corriendo de nuevo hacia la caballería, como si sus heridas fueran un simple rasguño en la piel.

Todos los caballeros sacaron las espadas largas enfundadas en las alforjas de sus monturas y se dividieron en dos grupos diferenciados para hacer frente a ambos enemigos.

El grupo que lideraba Auburco fue embestido por el demonio herido, tirando al suelo a dos caballos con sus respectivos jinetes. Los caballos relinchaban en el suelo de dolor al sentir esos enormes cuernos atravesándole la carne, algo que supuso una trampa para el engendro. Estaba literalmente pegado a los caballos, y aunque tiraba de sí mismo para partir huesos y rasgar la carne lo suficiente como para ser libre de nuevo, los caballeros no le dieron tiempo. Auburco de Partizán y sir Bessian tensaron sus espadas para propinarle severos golpes a la altura del cuello, logrando perforarle una hendidura de lado a lado. El demonio gimió unos segundos antes de quedarse inmóvil del todo entre vómitos de sangre negra.

El otro demonio, sin embargo, haciendo gala de su extrema rapidez, derribó a otro de los jinetes de un soberbio salto. En el suelo, el caballero desenvainó una daga que logró hincar en lo más profundo de una de las piernas del engendro, aunque éste le respondió con sus fauces, mordiéndole repetidas veces en el torso. La coraza que protegía al caballero le fue útil durante las dos primeras dentelladas, pues luego quedó su pecho al descubierto, comenzando el recital de dolor. El demonio no cesó en su empeño hasta partirle las costillas y llegarle al corazón, aullando como si fuera un animal salvaje al mancharse todo el rostro con la sangre de su víctima. Los otros caballeros de ese grupo tiraron la larga arma de poste que ya no les era útil, al perder la velocidad de carga, y desenvainaron sus espadas largas. Se pusieron en círculo alrededor del demonio y fueron cerrando el cerco más y más hasta apenas dejarle sitio para moverse, aunque eso no impidió que éste se propulsara con extrema fuerza hacia dos de ellos. Sir Jain logró apartarse a tiempo de los perniciosos pinchos del cuerpo del demonio, cosa que no pudo hacer sir Saúl, que sufrió las punzadas de los cuernos entrándole por el vientre y el brazo derecho.

Hasta dos caballeros más abatió el engendro demoníaco antes de ser abatido por las espadas de los caballeros, que no pararon de golpearle y clavarle sus armas hasta que quedó irreconocible del todo. El cómputo total no había sido nada favorable: cinco valientes caballeros muertos contra dos demonios.

Sin tiempo para respirar, al fondo de la calle vieron a ocho demonios astados partiendo puertas, derribando a vacas y bueyes, y juntándose en un mismo objetivo: el grupo de caballeros liderado por Auburco de Partizán. Arriba de ellos, un grupo de seis demonios rojos expelía bolas ardientes que tronaban en fuego al impactar sobre las techumbres de las viviendas. No tardaron en fijarse en los hombres para marcarlos como próximo objetivo.

—Un placer haberos conocido, valientes caballeros —dijo Auburco de Partizán, volviendo a coger su gloriosa arma de poste que tantas victorias le había dado en la liza—. Sonreíd por haber tenido una vida llena de valor y gloria, mis caballeros.

—¡Hasta la muerte! —gritó al unísono la compañía, uniéndose a su líder camino hacia los demonios.

Justo entonces, comenzaron a caer trozos de piedra incandescente desde un cielo rojizo que rugía con relámpagos amarillos. Eran pedruscos cubiertos de unas llamas de colores vívidos y de tamaño irregular, algunos tan grandes como una cabeza humana. Era el comienzo del apocalipsis.

Vaiel llegó al muro Norte, a una de las torres cercanas de la puertezuela principal que había sido traspasada por los demonios. Había sido dañada a causa de las innumerables punzadas y perforaciones ocasionadas por los demonios astados, así como de alguna quemadura que se veía en la madera, causado por los demonios rojos. El torreón tenía varios ojos de buey como únicas aperturas hacia el exterior, dando una cobertura perfecta a los arqueros y ballesteros que se cobijaban dentro. Sin embargo, llegar hasta el torreón no iba a ser sencillo. Varios demonios rojos, más de doce, volaban alrededor del mismo, lanzando bolas de fuego contra la edificación mientras cambiaban nerviosos su posición. El grupo aceleró su marcha levantando sus escudos sobre las cabezas, pasando a través de un angosto callejón cubierto de sangre por todas sus paredes y trozos de cuerpos esparcidos por el suelo. Vaiel, lejos de acobardarse, fijó su mirada en esos seres demoníacos que asediaban la torre, y como en otros combates le sucedió, la imagen de los mismos se le acercó a sus ojos hasta el punto de ver hasta el tamaño de sus pupilas. Estaban a más de doscientos metros de distancia de la puerta de la torre cuando Vaiel se levantó sobre los estribos, controlando el caballo con soberbia habilidad, y tensó su arco con una flecha. Los caballeros lo miraron extrañados, desviando su mirada hacia los demonios rojos y luego de nuevo hacia el arquero, evaluando la locura que estaba intentando hacer.

—¡Oye tú! ¡Baja! —le dijo uno de los caballeros, intentando no levantar mucho la voz para no ser detectados.

—¿Estás loco o qué? Agáchate y reza porque no nos vean. Desde aquí no le das ni por suerte, muchacho —gritó otro.

Pero Vaiel siguió levantado y concentrado, haciendo caso omiso a todo lo que le decían. Esperó varios segundos, que en su mundo fueron eternos minutos, cuando de repente el demonio rojo se detuvo. No movía las alas ni ninguna de sus extremidades. Estaba quieto y suspendido en el aire como si de un títere se tratara. Notó que ya no sentía el trote de su caballo y bajó la mirada sin mover la posición de la cabeza para darse cuenta que el caballo estaba inmóvil. Todo a su alrededor estaba quieto, como si el tiempo se hubiera tenido, congelándolo todo. Volvió a mirar de nuevo al demonio rojo que tenía enfocado con su arco, y aguantando la respiración con firmeza, soltó la flecha. Justo en ese instante, el movimiento volvió a acontecer alrededor de Vaiel. La flecha salió escupida del arco envuelta en un brillo parpadeante en su punta. Trazó la trayectoria a una velocidad impensable, rugiendo a cada metro que devoraba en un zumbido de intensidad creciente. Los caballeros miraron con asombro el lanzamiento del proyectil y la extrema velocidad que adquirió, haciendo diana en la cabeza de uno de los demonios rojos. Éste dejó de mover sus alas al instante y se precipitó al suelo cual peso muerto. Fue un disparo excepcional, inimaginable para cualquier arquero.

Los caballeros se miraron entre ellos con rostro de sorpresa y confusión, sin estar seguros si había sido la suerte o la puntería la que había obrado el milagroso disparo. No obstante, y para disipar dudas, Vaiel volvió a cargar de nuevo su arco, esta vez con dos flechas, y lo tensó con fuerza hacia los demonios rojos. Parecía más una locura que una posibilidad real, mas cuando ambas flechas salieron despedidas al unísono e hicieron ambas diana en dos demonios distintos, la escolta se quedó boquiabierta y sin palabras.

—¡Atentos! Ya nos estamos acercando, debemos aguantar en la puerta mientras nos abren por dentro —gritó Vaiel, despertando del letargo de asombro en el que se encontraban sus acompañantes.

Los caballeros se juntaron en una piña compacta mientras uno de ellos golpeaba con insistencia la puerta. Vaiel estaba también cubierto, viendo como una ráfaga de virotes salía despedida desde la torre hacia los demonios circundantes. Tras la puerta se oía a alguien chillar algo, aunque no se entendía bien lo que decía a causa del trasiego de ruido que había fuera. Entre gritos intentaron hacerse oír para que les abrieran, cuando uno de los caballeros señaló hacia atrás con pánico.

—¡Viene! ¡Viene un demonio de esos! ¡Viene una bestia!

Todos miraron hacia el fondo del callejón y allí divisaron a un demonio astado trotando a toda velocidad hacia el grupo. Su velocidad era equiparable a la de un caballo al galope.

—Ese es mío, apartaos —dijo Vaiel, disponiendo una flecha sobre el arco. No tardó más de dos segundos, cuando soltó sus dedos e impregnó al proyectil de su habilidad innatural, haciéndola salir a una velocidad sin igual. Cuando la flecha impactó sobre el demonio, se dejó ver una pequeña explosión de luz similar a la de una traca, mas el enemigo no fue abatido. Su gruesa piel constituía una coraza natural casi tan fuerte como el acero.

—¿Qué rayos…? —se dijo a sí mismo el arquero, en voz alta.

—¡Lánzale otra, rápido! ¡Por el Creador! —gimieron tres de los caballeros que se preparaban con sus escudos para intentar aplacar el inminente embiste.

Vaiel montó de nuevo una flecha sobre el cordaje del arco, aunque esta vez se tomó más tiempo para concentrarse. Clavó su vista en el objetivo con tanta fijación que despertó esa habilidad tan desconocida en él de detener el tiempo a su alrededor. Todo se quedó estático, como si de un museo se tratara, con todos los maniquíes evocando movimientos. La imagen del demonio astado se acercó ante las pupilas de Vaiel de tal forma que veía el cúmulo de sangre que se le agolpaba en ellas a cada trote que daba. Era ira descontrolada lo que se acumulaba en ese cuerpo del averno, puro caos desatado.

Finalmente, Vaiel soltó la flecha, que salió rauda hacia la testa del demonio. Dejó tras de sí un trazo de luz en el aire que fue depositándose lentamente en el suelo, aunque todas las miradas estaban fijas en la flecha en sí, que entró con una fuerza sobrenatural en el cráneo del demonio para atravesarlo y seguir su rumbo hasta perderse en la lejanía. El cuerpo sin vida del ser demoníaco yació en el suelo con un agujero perfecto ubicado entre sus ojos. Una sangre negruzca cubierta de llamas comenzó a brotar de su cuerpo, para alegría del grupo. Justo entonces, las puertas de la torre se abrieron.

Hasta ocho pisos había ascendido ya Dévora montada sobre el brioso caballo de Auburco de Partizán, transitando por escaleras, pasillos alfombrados y rompiendo gruesas puertas con sus patas delanteras. Era un corcel domado y entrenado para obedecer a su jinete con tanto esmero que bastaba con pensar lo que se quería hacer para que el animal lo hiciera. Era casi como un sexto sentido.

Varios habitantes del castillo se quedaban paralizados de sorpresa al encontrarse a Dévora cabalgando por el interior de sus salas. Era una imagen inusual incluso para el estado de guerra en el que se encontraban. Se oían ruidos y gritos ensordecedores provenientes del exterior del castillo, las voces de los desgraciados habitantes que eran pasto de las llamas y las fauces de los demonios.

Una última puerta fue embestida por Dévora, abriéndose una sala enorme y alargada con varios ojos de buey orientados hacia el horizonte. Varias armas de asedio reposaban su largo tubo en dichos boquetes, disparando ráfagas de pólvora y metralla de hierro a todo enemigo que se acercaba, mayoritariamente demonios rojos alados. Los encargados de cargar y disparar no daban abasto, se les veía acelerados y sin control aparente, cargando metralla, disparando casi sin apuntar y chillando de un lado a otro.

—¡El capataz! ¿Dónde está el capataz? —gritó Dévora al principio de la sala a un grupo de cañoneros.

—No está, mi señora. No ha llegado aún —dijo uno.

—¿Cómo que no está? ¿A qué estáis disparando? ¿Quién os da el tiempo?

—A todo lo que vuela, mi señora —respondió el mismo cañonero.

—¿Quién sois vos, si puede saberse? —preguntó otro.

—Muchas preguntas para el poco tiempo que tenemos —respondió Dévora, bajándose del caballo y andando con paso firme hacia el centro de la sala—. ¡Oídme todos! Soy la encargada de llevar el tiempo aquí, en las troneras. Me es indiferente lo que penséis de mí, pero tenéis que obedecerme si queremos salir victoriosos de esta contienda. Olvidaos de los demonios rojos esos, ya se ocuparán los arqueros o quien pueda. Nuestro objetivo principal es…

De repente, todo el castillo crepitó de dolor. Un temblor de gran magnitud hizo perder el equilibrio de todos los presentes, además de abrir grictas por el suelo y las paredes de toda la estructura. Un silbido agudo se apoderó de todos los oídos, llenándolos de un dolor intenso que incluso hizo sangrar a más de uno. Algo de gran potencia había golpeado al castillo, algo capaz de destruirlo si no actuaban con rapidez.

—¡Enfocad las troneras al diablo! ¡Todas las armas de asedio que apunten a ese ser gigante que está tras los muros! —gritó Dévora, apenas pudo recobrar un poco el sentido.

Todos los cañoneros, acostumbrados a actuar por órdenes de otros, comenzaron a ejecutar las instrucciones sin poner impedimento alguno. El aviso anterior sufrido por el propio castillo era argumento suficiente como para no quedarse quieto a debatir nada.

—¡A mi orden disparad todos al unísono! —indicó Dévora, mirando a través de uno de los ventanales redondos hacia el diablo. Era una figura que amedrentaba incluso a tanta distancia. Sus inmensos ojos cubiertos de lava incandescente explotaban a cada rugido que daba y sus gruesas manos terminadas en pinchos rompían el muro y las primeras viviendas que se encontraba como si fuera manteca. Era el destructor de toda vida.

—¡Todos preparados! —se dejó oír repetidas veces desde el fondo de la habitación hasta llegar a Dévora.

—¡Fuego! —gritó con todas sus fuerzas la ladrona, cerrando sus puños en rabia.

Toda la sala se llenó de humo por la combustión de la pólvora con el fuego. Más de trescientas troneras volcaron su contenido hacia el diabólico ser en un ataque que prometía ser demoledor. Dévora fue veloz hacia uno de los ojos de buey y asomó más de medio cuerpo para ver la escena. El diablo sufrió el impacto de la mayoría de los disparos, mas ni cayó ni se le vio zozobrar. Su pecho, cubierto por esa coraza natural de color negra y roja, absorbió todo el impacto como si le hubieran tirado meras piedras.

—¡Cargad otra, rápido! —gritó Dévora, intentando convencerse de que podía abrir brecha en ese enemigo.

El diablo, sin embargo, fijó ahora su mirada hacia el castillo y comenzó a rugir de forma descontrolada hacia el cielo. Lo habían enfadado y ahora sufrirían las consecuencias.

—¡Rápido, más rápido! ¡Necesitamos tenerlos cargados ya!

El cielo, poniéndose de acuerdo con el engendro del averno, comenzó a crepitar con una lluvia de piedras cubiertas de llamas. Todo se volvió rojizo: el aire, el suelo, los techos de las casas, la gente…

«Ten piedad de nosotros», pensó Dévora cabizbaja.

—¡Preparados! —se empezó a oír desde las armas de asedio más lejanas.

—¿Orden? —dijeron los más cercanos.

Dévora titubeó un poco antes de dar la orden de abrir fuego nuevamente. El diablo entró en la ciudad rompiendo y aplastando todo lo que encontraba a su paso. Las flechas rebotaban en él y las espadas de algunos valientes que se le pudieron acercar lo suficiente, se quebraban cubiertas en llamas nada más impactarle. Era una fiera incontrolable.

El castillo mostró su orgullo de nuevo, abriendo fuego todas las hileras de cañones de forma casi simultánea. Varios demonios rojos que se cruzaron en la trayectoria de los disparos quedaron reducidos a trozos de carne cubiertos en llamas, mientras que el diablo sufría el resto de los impactos.

«Por favor, por favor…», empezó a rezar para sí misma Dévora, temblando entre lágrimas mientras intentaba mirar a través de la humareda de pólvora.

Sin embargo, el diablo seguía ahí, intacto y en todo su esplendor. Una enorme bola de fuego se estaba creando entre las astas de su cráneo, un proyectil que rezumaba en goterones de lava incandescente que salpicaban por doquier al rotar sobre sí misma.

—¡Al suelo todos! ¡Cubríos! —gritó Dévora, justo cuando el diablo desató su ataque.

La enorme bola de fuego fue directa hacia el castillo, golpeándolo con tal potencia que se incrustó en su parte central. La lava hirviente se adentró entre sus salas inferiores, mientras que unas grietas enormes empezaron a trazarse en la vertical de su fachada, partiendo literalmente el castillo en dos. Comenzó a formarse una polvareda de cascotes y paredes alrededor de toda el área. El orgullo de La última llamada, su imponente castillo cavado en la propia montaña, cantaba su réquiem.

Dévora intentó mantener el equilibrio como pudo, aunque se le hacía difícil. Las grietas se abrían de forma caprichosa por el suelo, devorando a cualquier desgraciado que se encontrara encima. Fue veloz hacia uno de los ojos de buey y se colgó por el exterior haciendo uso de unos ganchos básicos que aplicaba sobre sus guantes, un instrumental básico que siempre llevaba encima como parte de su equipo de ladrona. No miró hacia abajo y trató de moverse lo más rauda posible hacia arriba, para llegar a la balconada descubierta donde estaban las catapultas. Bajar no era una opción, así que debía intentar subir e intentar buscar allí una vía de escape.

El diablo clamó de nuevo su soberanía en el lugar con ráfagas de lava expelidas desde sus enormes fauces. Las calles se convirtieron en ríos incandescentes de muerte, un cementerio que completaba la destrucción total de la ciudad. Era el fin de La última llamada y de todos sus habitantes, ya no quedaban esperanzas en el corazón de los supervivientes.

Dévora llegó a la parte superior del castillo, a la enorme balconada que tantos casamientos y fiestas había visto pasar sobre sus solerías de mármol, mas que ahora era un triste espejismo de aquella gloria. El suelo se abría por todas partes en grandes grietas que todo lo devoraban. Apenas pudo moverse dos pasos cuando una sacudida la tiró al suelo, para ver con terror cómo una grieta estallaba bajo ella. Ya no había huida posible, había sido vencida y solo podía rendirse ante su derrota. Sin embargo, sucedió algo imposible ni en el mejor de sus sueños. Se vio levitando en un aura verduzca, como si una fuerza sobrenatural la sostuviera. Miró hacia todas partes y allí abajo la vio. Era una niña que se encontraba cara a cara frente al enorme diablo. Estaba envuelta por una cúpula de llamas verduzcas.

«Pero… ¿qué?... No puede ser. Tú no, por el Creador, no lo hagas pequeña», pensó la ladrona.

Había reconocido a la pequeña Nofret.

CAPÍTULO 20: DESTINO INCIERTO

—¿Soy yo la única que me siento mal por nuestra huida? En la ciudad podríamos haber servido de ayuda salvando a gente, sin olvidar que Dévora y Vaiel están ahí combatiendo y seguro que nos necesitarán también —dijo Lilian, mirando hacia atrás desde la loma en la que se encontraba. Tanto ella como el resto del grupo decidieron huir de la zona luego de la contienda frente a Sirián, una decisión que a la sacerdotisa le hacía sufrir en un mar de dudas.

—Vamos a ver, Lilian. ¿Tú has visto a ese engendro? O mejor dicho, ¿lo ves? Mira ese cielo carmesí con rocas cayendo, fíjate en cómo arde toda la ciudad y en cómo todo que lo que ahí tenía vida, ahora es muerte. La última llamada está perdida y poco podremos hacer ahí para salvar a nadie. Dévora sabrá encontrar una huida y salvará a Vaiel, no temas. Ella es para eso muy habilidosa —respondió Zurah.

—Tomamos la decisión de venir a rescatar a Sirián y debemos aceptar las consecuencias. Si nos hubiéramos quedado allí para luchar seguro que ahora estaríamos pensando en que deberíamos haber venido a por ella. Aceptad dónde estamos y que lo hacemos como algo positivo, pues nuestra motivación fue algo bueno —dijo Leonardo, algo más revitalizado y sanado de sus heridas merced a la magia sanadora que Sirián le enfocó.

—Ya, ya lo sé, hermano, mas no puedo evitar pensar en que podríamos haber hecho algo allí. Siempre se puede hacer algo, siempre hay opción de ayudar.

—Olvídalo sacerdotisa —interpuso Drigán con antipatía—. Si esa gente ha de morir, que mueran. Esa batalla no puede ganarla hombre alguno, la victoria es del diablo y de su ejército de demonios. Os empeñáis en no aceptar lo obvio.

—¿Acaso no tienes consideración por nuestros amigos, al menos? ¿Tan duro es tu corazón? —dijo Lilian, con los pómulos enrojecidos y los ojos temblorosos.

—¿Consideración? ¿De que vayan a morir? ¿Pero qué os pasa a todos con la muerte, que cuando os llega tanto os asusta? Morir es natural, debe llegarle a todos, tarde o temprano. Es como la vida, aceptadlo de una puñetera vez.

—Es imposible hablar contigo. Es como hablar con una piedra del camino.

—Tu problema, sacerdotisa estúpida, es que crees que eres capaz de cambiar el destino. No hables conmigo si no quieres, pero al menos aprende a oírme.

—Deberías tener un poco más de respeto, Drigán. Te recuerdo que gracias a ella estás aquí vivo y no encerrado en ese sortilegio de muerte segura —interrumpió Zurah.

—¿Acaso pedí que me salvara alguien?

—Eres un imbécil. No mereces ni que se te hable ni que se te oiga. Es más, no quiero ni volver a verte.

—Calmaos, tranquilo todo el mundo —dijo Leonardo, parando la marcha y extendiendo ambos brazos. Estaba claro que el grupo estaba rompiéndose y no era cuestión de dejar que el odio siguiera creciendo—. Todos estamos muy nerviosos por todo lo que está pasando y debemos ser fuertes para afrontarlo con determinación. Es normal estallar en tensión y decir cosas sin pensarlas, mas estoy seguro de que todos los aquí presentes abrazamos la vida y nos ayudaríamos sin necesidad de tener que pedirlo.

—Pero ¿tú has oído lo que ha dicho este desgraciado? —insistió Zurah, totalmente iracunda.

—Calma, Zurah, no te alteres. No vale la pena —dijo Lilian, algo más sosegada y respirando con más calma.

—Lamento mucho todo el daño que he causado, creedme que no era yo. Ese ser oscuro supo entrar en mi mente con tanta fuerza y perfección, que aprovechó el momento de debilidad que tenía para doblegar mi voluntad —interpuso Sirián, que hasta ahora había permanecido callada.

—Lo voy a decir una vez más y será la última —exclamó el paladín, volviendo a tomar la palabra—. Silencio todo el mundo y calmad vuestros deseos de rabia. No quiero oír ni una amenaza más ni un insulto. ¿Lo habéis entendido?

Zurah no replicó nada, aunque no borró su rostro de enfado mientras miraba fijamente a Drigán. Mientras, Lilian se acercó a Sirián para transmitirle ánimos, pues no terminaba por recuperar la confianza y autoestima que tanto la caracterizaban.

—¡Ahora que caigo! —exclamó Lilian—. Drigán, ¿tu dragón no podría plantar cara a ese ser? O al menos que lo aleje o lo mantenga entretenido mientras nosotros podemos intentar…

—Olvida esa idea —interrumpió el caballero del dragón sin apartar la mirada del frente—. Kragor til Mass ya no nos ayudará nunca más, ni a ti, ni a mí, ni a nadie. Él ya no está entre nosotros.

No hicieron falta más explicaciones para comprender lo que eso significaba. El gran Kragor til Mass había fenecido.

—Lo siento, Drigán. Mi más sincero pésame en esa pérdida, debes estar muy dolido y me gustaría que contaras conmigo para lo que sea —dijo Leonardo, acercándose a Drigán.

—No necesito de tu condolencia. Él tenía que morir, así estaba escrito en su diario del destino. Yo respeto a la muerte tanto como a la propia vida, algo que deberíais pensar también vosotros.

—Y lo pensamos, amigo Drigán, pero no de la misma forma que tú. Yo sé que la muerte es el comienzo de una nueva vida, mas ello no implica que la busque o la ame de igual forma que a la misma vida. Es ahora cuando estamos vivos y podemos dar tributo a quienes ya no están con nosotros. Más adelante, cuando también muramos, nos reencontraremos todos en el edén.

—Tú crees en un edén salvador, caballero blanco, pero yo no. Para mí la muerte es el fin de nuestra era y el comienzo de una nueva vida, en otro cuerpo y en otra alma.

—¿Tu ideología te lleva a creer en la reencarnación? ¿No tenéis un edén de reposo y paz?

—La paz necesita del caos para poder entenderse y definirse, caballero blanco. Estáis tan hipnotizados con vuestro Creador de paz que no sois conscientes de su falsedad como ente y como dogma. Pero no voy a ser yo quien os muestre la verdad, no tenéis las mentes abiertas para entenderlo.

—Quizás no entendamos tu ideología, amigo Drigán, mas sí coincidimos en abrazar a la vida aquí y ahora ¿no es cierto? Sigamos pues dándonos la mano para fortalecer nuestro grupo.

Piensa en cada uno de nosotros como tu nuevo vínculo, ahora que Kragor til Mass no está.

Drigán miró poco convencido a Leonardo, aunque le respondió asintiéndole tímidamente con la cabeza. En su fuero interno no le convencía en absoluto sustituir la alianza de su dragón con la de un grupo de inferiores a él. No obstante, necesitaba del grupo para saciar su sed de venganza hacia quien dirigió la muerte de su fiel compañero alado.

—A todo esto, ¿hacia dónde vamos? ¿A la capital? ¿Nos alejamos para luego volver a ver si hay supervivientes? —preguntó Zurah.

—Si queremos detener esta conquista desenfrenada que los demonios han iniciado, debemos ir a la fuente. Debemos internarnos en Llaídra, de donde proceden, y dar con la fuente que los controla —dijo Leonardo, proclamándose líder del grupo con la toma de decisiones.

—Apoyo esa idea —dijo de forma tajante Drigán, para sorpresa de todos.

—¿Y qué te mueve a ti para ayudarnos ahora con tanto altruismo? ¿No era Ampiria algo desechable para tus intereses? —intervino Zurah, aún molesta con el caballero del dragón.

—Cierra la boca, bruja, o no tendré contemplaciones en cosértela yo mismo.

—¿Pero es que vais a seguir así? —interrumpió Leonardo—. ¿No os dais cuenta que así estamos cediendo la victoria a nuestros enemigos? Debemos permanecer unidos para ganar en fortaleza. Olvidad ya vuestras diferencias y aceptaos tal y como sois.

Tanto Zurah como Drigán guardaron silencio, aunque sus ojos irradiaban mil voces al aire. Estaba claro que aún quedaba mucha rabia contenida.

—Estoy también conforme a ese plan —dijo Sirián, intentando volver al tema principal—. Más adelante, cuando estemos más seguros, puedo entrar en comunión con Calatros y buscar una respuesta al interrogante que nos hacemos de dónde ir. Él podrá orientarme.

—¿Calatros? ¿Quién es ese? —preguntó Lilian.

—Es un ente extremadamente longevo que habita en forma de árbol, en un jardín místico al que fui invitada como su protectora. Son muchos años ya los que llevo vertidos allí, junto a él, aprendiendo y siendo parte de su extraordinaria sabiduría.

—¿Un árbol viviente? Tuve un encuentro con uno muy simpático en la torre de Erún, donde vivían esos alquimistas locos, y la verdad es que no guardo muy buen recuerdo. Espero que el tuyo sea más comprensible y amable —proclamó Drigán.

—No te preocupes, no tendrás que tratar con él, ni tú ni nadie. Él solo se referirá a mí. Nos comunicaremos vía telepática, no tendremos ni que variar nuestro rumbo. Y que sepas que Calatros no tiene nada que ver con el guía de la torre de Erún, créeme.

—Para mí son todos iguales —respondió Drigán de forma tajante.

—Perfecto entonces, viajaremos unos días para alejarnos todo lo posible del peligro y luego buscaremos la respuesta en Calatros —expuso Leonardo a modo de resumen—. Ya estamos actuando como un grupo unido, ¿veis que todo va solucionándose?

—Muy optimista te veo, caballero blanco. Esa horda de demonios seguirá avanzando hacia más ciudades, arrasando todo lo que se ponga de frente, y el corazón de Llaídra no está precisamente cerca.

—Estoy seguro de que encontraremos una solución para eso, amigo Drigán. Ten fe.

Durante tres días viajaron al Suroeste, intentando siempre frecuentar caminos principales. Se encontraron con numerosos viajeros que habían huido con anterioridad de La última llamada, algunos más amables que otros a la hora de compartir víveres y conversación. Los sucesos sobre la destrucción de La última llamada despertaron numerosos rumores acerca de posibles planes de conquista liderados por los elfos del Este, más allá del Mar del Rey Muerto, y de alianzas oscuras entre los sucesores al trono de emperador de Ampiria. Nadie era consciente del peligro real al que se enfrentaba toda la región, seguían creyendo en que era un plan de conquista medido y controlado por los grandes señores, y no por una fuerza demoníaca devastadora.

El cielo se presentaba límpido, dibujado en un tono anaranjado y decorado con unos trazos rojizos que confluían en el horizonte. Se respiraba sosiego. Daba la sensación de que el tiempo se hubiera detenido y hubiera eliminado todo el mal que estaba sucediendo más al Norte. Leonardo, ya prácticamente sanado de sus males físicos, pudo dar caza a una liebre de buen peso gracias a una ballesta que adquirió de uno de los viandantes con el que se encontraron. Era uno de los guardias de la ciudad, que no quiso confesarlo por miedo a acusaciones de deserción, y se deshizo de sus pertenencias de combate a precio irrisorio. No todo lo que se decía de los caballeros era cierto, como que gozaban de una valentía desmesurada y que no le temían a la muerte. Muchos preferían ser traidores a su mandato antes que morir en una batalla perdida.

Lilian y Zurah se ocuparon de recolectar ramas secas con las que encender una hoguera bien alimentada, mientras que Drigán decidió alejarse por su cuenta para intentar cazar algo. Prefería hacer las cosas por sí solo, sin ayuda de nadie.

Sirián se tumbó plácidamente y se puso las manos sobre el vientre. Hinchó sus pulmones con el aire fresco del lugar varias veces mientras contemplaba el colorido atardecer, dejando su mente libre de toda preocupación. Al poco, cerró los ojos y buscó entre los caminos del espacio y el tiempo el lugar donde Calatros habitaba.

«*Oigo tu palabra, guardiana de mi ser*», le dijo el árbol de Calatros casi al instante.

«*Gran Calatros, me pongo en comunicación con vos para solicitaros la merced de vuestra fértil raíz de sabiduría. Muchos sucesos están minando la tierra donde habito, hombres mueren de forma atroz frente a un enemigo surgido del fuego y el fin de este tiempo planea sobre nuestras almas. Necesito conocer su origen, el principio de todo*».

«*Conoces cual es dicho principio, mi guardiana blanca. El deseo de poder mediante el uso de la fuerza. Y ese deseo no surge de una persona, sino de muchas. Son varios los implicados que desean saborear el pastel de la conquista, varios los que exponen sus armas para suscribir el fin de tu tierra*».

«*¿Y cómo llegar a ellos, mi fiel amigo? Necesito vuestra guía para detener la masacre que ha despertado, pues yo no encuentro camino de victoria, sino de pérdidas. Ya han muerto varios de mis aliados, Dévora, Maiden, Vaiel, el dragón de Drigán... e incluso yo estuve en las manos de ese enemigo, obedeciendo su mandato ciegamente*».

«El saber que buscas lo conoces, guardiana blanca. Todo acto tiene una consecuencia, mas también un origen. Las pérdidas de aquellos que mencionas es la consecuencia sufrida por el acto de aquellos que buscas, y su origen está precisamente en dichas pérdidas. ¿Muerte a un dragón vinculado con un caballero? Habla con el caballero de Trentia que lo vinculaba, pues él sabrá de un enemigo. ¿Muerte a Dévora y Vaiel? Piensa en qué punto chocaron con su ejecutor».

«Hablaré pues con el caballero del dragón, sabio guía. Sobre los otros dos compañeros hemos tenido varios encuentros posibles, mas todos ellos acabaron resueltos. No logro encontrar un nexo que me muestre la señal que busco».

«No penséis. Recordad. Recordad quiénes supieron de ellos, quienes les dieron caza y quiénes buscaron afanosamente detenerles. Allí encontraréis las respuestas que no oís».

«¿Gunj? El lugarteniente del Conde Casis fue el traidor que buscó reunirse con... ¡Esperad! ¿Kovar? Claro, fue el hechicero el que dirigió los hilos hacia el pueblo donde nos atacaron la última vez, antes de caer en manos de su mente. ¿Fue Kovar el que realizó tal hecho? ¿A tal punto llega su conocimiento de la magia?».

«Buscas respuestas con preguntas ajenas al hecho que te ocupa, guardiana blanca, y eso solo lleva a la confusión. Buscas una guía para llegar a los artífices de estos sucesos y la respuesta ya la has encontrado».

«Comprendo... Kovar me llevará hacia el instigador de todo esto. Sin embargo, me preocupa el que está por encima suya, gran guía de Calatros. No solo controló mi mente, sino que afincó mi vida a un olvido perenne».

«Hasta las hojas perennes se vuelven caducas cuando un agente externo actúa sobre ellas, guardiana blanca. De nuevo te alimentas de tu savia y de nuevo eres capaz de repoblar tu copa con las hojas que te dieron la vida».

«Lilian supo encontrarme en ese laberinto, así es, aunque no fue fácil. Tendré en cuenta vuestro sabio consejo, Calatros. Conservaré la esperanza como mi mejor arma y alimentaré con ella a mis allegados. Nos bastará con encontrar a Kovar para seguir la cadena de mando que lo arrastra. ¿Podéis indicarme cómo dar con él?».

«Seguís buscando algo que va a suceder, guardiana blanca. No busquéis encontraros con él, pues será él el que os encuentre a vos. El cómo y el cuándo es la incógnita irresoluble, mas sucederá».

«¿Y cómo asegurarme de que suceda pronto? No deseo romper la inteligente cadena que define la vida, mas el tiempo es un bien demasiado preciado como para verlo pasar sin hacer nada».

«La paciencia es necesaria para escribir la vida. Con ella se suceden los imperios y la historia».

«Os lo ruego, mentor de la sabiduría eterna, dadme un dónde o un cuándo. Abrid vuestra sabiduría divina hacia los hilos del tiempo futuro y dadme la probabilidad que tanto requiero».

«Veinte lunas más deberán pasar para que tu ecuación se solucione, guardiana blanca. Sin embargo, no es el diálogo lo que él buscará, sino marcar con fuego tu nombre y el de tus cercanos. Su deseo es escribir tu fin en el diario del tiempo».

«Cuento con ello, sabio mentor, y estaré preparada para enfrentarlo. Agradezco como siempre tu consejo a la hora de investigar en los recovecos de mi ignorancia. Tu luz es una salvaguardia que aprecio mucho».

«Y tu luz guía mi existencia, guardiana blanca. Celebro mucho que te salvaran del limbo en el que te confinaron».

Cuando Sirián abrió de nuevo los ojos, todos estaban a su alrededor mirándola fijamente, todos excepto Drigán, que aún no había vuelto de su cacería. La animista tardó unos segundos en reaccionar con una sonrisa forzada antes de dar respuesta a lo que todos deseaban oír.

—Ya tenemos encuentro, grupo. Dentro de veinte días nos encontraremos con Kovar, el hechicero que conocisteis en aquella taberna de La última llamada.

Zurah cerró el puño y los labios en triunfo, deseosa de encontrarse con ese enemigo para ajustar cuentas. Lilian, por su parte, prefirió mostrarse más cauta, ya que estaba claro que ese hechicero dominaba con soltura las artes mágicas, él y su maestro, habiendo sido capaz de corromper la mente de Sirián. No iba a ser un encuentro sencillo, ni mucho menos.

Justo entonces vieron aparecer a Drigán, arrastrando a un jabalí recién matado. Presentaba pequeñas heridas en su rostro, rozaduras menores tintadas con algo de sangre reseca.

—¿Cómo rayos has capturado eso? —dijo con sorpresa Leonardo— ¡Un jabalí! ¡Por el Creador! Y yo que creía que ya lo había visto todo.

Drigán se limitó a soltar la pieza cerca de la hoguera para luego tumbarse cerca de la misma. Escupió algo de saliva con sangre y bebió un buen trago de agua.

—¿Estás herido? ¿Necesitas que...? —preguntó Sirián, antes de ser interrumpida por el caballero del dragón.

—No, no hace falta. Con el descanso de esta noche estaré ya recuperado. Servíos del jabalí, nos sentará bien a todos.

—Perfecto, Drigán. Gracias por la aportación, esto nos dará fuerzas de sobra para el viaje que se nos echa encima —respondió Leonardo, sacando un puñal y empezando a limpiar la pieza.

—¿Viaje? ¿Tenemos ya decidido hacia dónde ir?

—Así es, Drigán —tomó la palabra Sirián—. Seguiremos rumbo Sur, hacia la ciudad de Krav. En veinte días nos encontraremos con Kovar, uno de los artífices de todo esto que está sucediendo. Nos serviremos de él para llegar hasta su maestro.

—¿Kovar? ¿No fue ese el energúmeno que nos envió a los dos caballeros del dragón?

—Ese mismo.

—Veinte días... se me va a hacer larga la espera, pero valdrá la pena.

—Me gustaría señalar que es importante no buscar su muerte, sino que nos de la localización de su maestro. Imagino que estará en algún lugar de Llaídra pero...

—No tengo por qué responder de mis actos ante ninguno de vosotros, animista, así que ahórrate el sermón. Ese desgraciado pagará caro las órdenes que dirigió contra mí, eso tenlo por seguro. Si queréis que os cuente algo más os vale daros prisa, porque cuando yo tome las riendas en la conversación, no lo veréis más con vida.

—Tú como siempre, mirando por ti. ¿Acaso no piensas en el futuro del resto de personas? ¿No has visto lo que ha sucedido en La última llamada? Yo también le tengo ganas a ese desgraciado, pero tenemos que tener claras las prioridades —dijo

Zurah con claros síntomas de enfado. El comportamiento del caballero del dragón le estaba pesando ya mucho.

—¿No vociferaste que no me ibas a dirigir más la palabra? Pues aplícate el juramento y déjame en paz, bruja. No estoy para tus tonterías.

Al instante, Leonardo se levantó y se interpuso entre ambos, irrumpiendo como solo él sabía hacer para proclamar de nuevo una tregua. Era evidente que había mucha tensión en el ambiente, pero debía intentar aplacarlo como fuera.

—Tranquilos los dos, no digamos cosas que luego nos pesen. Estamos a salvo, vivos, y eso solo significa que tenemos la oportunidad de hacer algo para paliar todo lo que está sucediendo. Debemos sentirnos afortunados por esta gracia y disfrutar de cada momento que nos brinda la vida con orgullo y altruismo. No busquemos venganzas personales ni nos dejemos llevar por la tensión del momento, os lo ruego. Tenemos aquí un jabalí de carne buenísima, merced a nuestro amigo Drigán, que seguro hará las delicias de nuestros paladares, y tenemos ya un plan para intentar detener a ese hechicero loco. Las cosas no podrían ir mejor, así que os ruego que intentéis limar asperezas y mirar lo afortunados que somos.

—Gran verdad has dicho. Disfrutemos del momento y sigamos unidos no solo físicamente, sino también con el ánimo —añadió Lilian.

Sirián permaneció callada, preocupada por Drigán. Lo conocía lo suficiente como para saber que debía estar pasándolo horriblemente mal tras la pérdida de Kragor til Mass. Él no concebía la vida sin su dragón protector, era como si le hubieran amputado sus cuatro extremidades y le dijeran ahora "ánimo, sigue feliz por vivir". No obstante, atisbó algo de recuperación al ver cómo actuó en favor de todos, dando caza a una pieza tan grande como era el jabalí. Solo esperaba que tuviera la cabeza centrada para hacer frente a todo lo que se les venía encima. Además, debía hablar con él acerca de lo que Calatros le refirió, pues había algo que el caballero del dragón no les había contado y podía ser relevante.

La noche pasó en silencio por parte de todos. Comieron la sabrosa carne a la brasa y se fueron durmiendo uno a uno, excepto Leonardo y Drigán, que decidieron turnarse en dos guardias de tres horas cada uno. Nunca se podía estar seguro de qué o quién podía visitarles estando dormidos, especialmente estando en mitad del camino.

El primer turno lo hizo Drigán por elección propia. En el cambio de turno, despertó a Leonardo y se fue bajo un árbol para intentar descansar lo que quedaba de noche, aunque no lograba coger el sueño tan fácilmente como él hubiera deseado. Pasaron varios minutos, hasta que decidió levantarse para comer algo.

—¿No puedes dormir? —le dijo Leonardo, camuflado entre unas piedras altas para pasar inadvertido en caso de ser asaltados.

—Muchas cosas en la cabeza rondándome —replicó Drigán, dando un mordisco a un trozo de carne de jabalí sobrante.

—Bueno, con el estómago lleno seguro que logras afianzar el sueño. Aunque sean un par de horas, conviene que duermas algo para tan largo viaje.

—Ya…

Ambos se quedaron en silencio, Leonardo vigilando los alrededores mientras se calentaba esporádicamente en la hoguera y Drigán comiendo como si hiciera días que no probaba bocado. Al término de su comilona, dio un sorbo grande de agua y se dirigió de nuevo a su lugar de descanso, aunque se detuvo a medio camino.

—¿Qué pasa con el camafeo de Guerón? —preguntó el caballero del dragón.

—¿A qué te refieres?

—¿No era algo tan nocivo y pernicioso? ¿No era nuestro objetivo buscar ese castillo de los titanes para intentar destruirlo? ¿Acaso ya no es algo urgente?

—Sí lo es, mas la prioridad ahora es otra. Ese canalla de Kovar debe pagar por sus intrigas oscuras, además de indicarnos dónde mora su señor. Una vez paremos a ese, y con él los posibles planes de conquista que se han despertado sobre Ampiria, retomaremos el plan inicial de destruir la joya maldita. Además, el camafeo de Guerón lo tenía Dévora ¿no? A saber dónde estará ahora, tanto ella como el objeto ese.

—Ella está viva, lo sé. Es una superviviente, siempre consigue salir viva de toda situación.

—Es muy hábil, sí, mas esta vez veo el panorama muy negro. Lo que atacó La última llamada no era algo normal, Drigán, era un diablo, un ser engendrado para destruir y aniquilar todo lo que tenga vida.

—Ella ha salido con vida, no tengas ni la más pequeña duda de eso. Lo que me preocupa es que siga teniendo ese camafeo y que, de alguna forma, esté relacionado con este Kovar.

—¿El camafeo con Kovar? Pues mira, no es algo tan descabellado, ahora que lo dices… de todas formas, ya saldremos de dudas cuando estemos frente a frente a él.

—Sí, eso es cierto. Por cierto, Leonardo, tengo una pregunta personal que hacerte, algo importante para mí.

El paladín cerró los ojos con cautela y se dirigió hasta ponerse a la altura de su tertuliante. Lo había llamado por su nombre, y eso era algo poco frecuente en Drigán.

—Puedes confiarme lo que desees, noble Drigán.

—Vi que eras capaz de revivir a Lilian tras la muerte y me preguntaba si eras capaz de hacerlo sobre alguien no humano.

—¿Sobre tu dragón?

—Así es.

—Me temo que no es tan sencillo, Drigán. Yo no soy capaz de devolver a la vida a la gente, eso solo lo hace el Creador a través de mis manos. El elegido debe tener sus ojos orientados hacia el Creador, seguir su dogma con severidad y dedicación, hecho que tu dragón no cumplía, según creo. Además, necesito el cuerpo inerte de la víctima para guiar su alma a través de la muerte.

—O sea, que no puedes —respondió de forma tajante Drigán.

—Lo lamento, Drigán, pero no, no puedo. Si estuviera en mi mano, te aseguro que te ayudaría en ello.

Drigán emitió una mueca forzada, asintió sin mucha convicción y se tumbó en su camastro improvisado. Al poco cerró los ojos y se sumió en el esquivo sueño.

«Lo siento, Drigán. Ojalá fuera capaz de salvar tu dolor, aunque ese salvavidas depende de ti, solo de ti. La muerte llama a nuestras puertas tarde o temprano y debemos admitirla con convicción. No podemos lamentar la muerte hasta el punto de matarnos a nosotros mismos. Ten fe, mi amigo».

Los días siguientes transcurrieron en sintonía a los anteriores. El saber que en breve se encontrarían con Kovar los revitalizaba de energías, pues necesitaban ajusticiar a alguien como causante de todo lo que estaban padeciendo. Las conversaciones en el grupo decrecieron y las pocas palabras que se cruzaban eran para solicitar agua, comida, o indicar algo importante acerca del trayecto. Era el silencio que se usaba como arma de concentración antes de la tormenta.

En el décimo atardecer, el grupo se asentó al lecho de un riachuelo de piedras redondeadas y agua cristalina. Varios peces de gran tamaño saltaban de forma nerviosa río arriba y una brisa apacible acariciaba los jóvenes brotes de hierba que crecían en la orilla. Leonardo, Lilian y Zurah no tardaron en meterse en el agua para tratar de pescar los suculentos peces, aparte de asearse de los días viajados, momento que aprovechó Sirián para sentarse a la par de Drigán.

—Hola Drigán, perdona que te moleste un minuto. Estoy segura de que desearás estar solo a tan pocos días de llegar a término de nuestro viaje, mas hay algo que necesito saber de ti.

El caballero del dragón la miró con cara de pocos amigos, aunque la amistad que tenía con ella rompía todo tipo de rechazos. Resultaba muy raro que no le diera la palabra.

—Dime, ¿qué sucede?

—Verás, Drigán… No estoy segura de qué es, mas sí sé que sabes algo relevante para nuestra campaña, algo relativo a Trentia, tu lugar de residencia.

—¿A qué te refieres exactamente?

—No lo sé ni yo, Drigán. ¿Quizás sabes a alguien que quisiera tener el camafeo de Guerón? ¿Alguien que quisiera ver Ampiria arrasada?

—¿Crees que el consejo de Trentia está metido en este ataque también?

—Bueno… los caballeros del dragón que vinieron eran de Trentia ¿no?

—Saine y Refek, sí, y de alto rango. Pero venían a por mí, no a por Ampiria. Tuve problemas con el consejo de mi ciudad, aunque ya contaba con este tipo de represalias.

—¿Represalias? ¿Por qué? ¿Qué pasó?

—Me instaron a dirigir un ataque contra Garingia, la capital enana, y hacernos así con todas sus minas y tesoros, mas yo me negué. Un caballero del dragón debe entrar en batalla cuando se requiera para mantener el equilibrio y no para incrementar su fama ni su riqueza. No vieron con muy buenos ojos mi decisión.

—Entiendo. Pero ¿por eso envían a dos sicarios para darte muerte? ¿Por desobedecer una orden?

—Verás, no solo fue eso. Ya me tenían marcado a causa de esa negación y otras anteriores. Veían amenazado su régimen autoritario, pues eran muchos en la ciudad los que vociferaban mi nombre como candidato para presidir el consejo. Además, cuando me comunicaste la existencia del camafeo de Guerón y decidí ir a ayudarte, fui tachado como traidor de Trentia. Era la justificación que necesitaban para quitarme de en medio y diluir la amenaza de que presidiera el hemiciclo, echándolos a todos a la calle por su mala gestión.

—Lamento haber sido culpable de todo esto. Nunca fue mi intención provocarte este mal.

—Fue mi decisión, no la tuya. No debes pedirme disculpas.

—Pues según me cuentas ya tengo algo mucho más claro. Me inclino a pensar que el consejo de Trentia ha pactado con el señor de Kovar posibles alianzas para la conquista de Ampiria.

Drigán abrió los ojos de par en par con las cejas cerradas en uve. Tenía todo el cuerpo en tensión.

—¿Caballeros del dragón aliados con demonios, Sirián? Mucha seguridad has de tener para sustentar una acusación como esa, porque si no fueras tú, te estaría tachando de loca.

—Ya estoy segura, Drigán. Saine y Refek fueron parte de la comitiva que enviaron desde Trentia para repartirse las tierras de Ampiria tras ser conquistadas. Los demonios son otra facción más, aunque empiezo a dudar si será la única, si vendrán más.

—Hazme un favor, Sirián, llévame ahora mismo hacia Trentia. Si es cierto lo que dices, rodarán varias cabezas de ese consejo infecto. Iría yo, pero no tengo medios sin Kragor til Mass.

—Tranquilo, Drigán. No solo te llevaré allí, sino que iremos todos contigo, si es preciso. Mas antes debemos acabar aquí, tenemos que detener este avance. Ya habrá tiempo para aplacar tu justa venganza.

—¿Cómo es posible que los caballeros del dragón hayamos sucumbido a la palabra de un humano? Nosotros no hacemos tratos con vosotros, eso bien lo sabes.

—El instigador que está trazando estos ataques no es una persona normal y corriente, Drigán. De hecho, dudo mucho que tenga humanidad. Hay rumores de que sea un nigromante o algo semejante, aunque yo me inclino a pensar en otras alternativas peores. Necesitamos que ese Kovar nos diga lo que necesitamos saber, es primordial su palabra.

—No te preocupes por eso, animista. Esa cucaracha hablará, te lo aseguro. Confesará todo lo que sabe o conocerá de primera mano lo que es sentir miedo.

Ya volvían Leonardo, Zurah y Lilian, con nueve salmones del tamaño de un antebrazo entre sus manos. La pesca había sido agradecida. Drigán se alzó y empezó a juntar más leña en la fogata, disimulando con suma habilidad la conversación recién mantenida. Sirián, por su parte, se unió al grupo para celebrar la buena pesca. Era mejor no preocuparlos de momento con más noticias malas, sobre todo si provenían de los caballeros del dragón, pues ya eran muy tensas las relaciones con él como para minar aún más su compañía.

Durante diez días más continuaron su viaje a través de los principales caminos de la región, bordeando la cordillera que daba inicio a Llaídra hacia el Sur. Había sido un viaje largo y sometido por el desconocimiento, pues no sabían qué podía estar pasando más allá de su posición. ¿Habrían avanzado los demonios hacia Sinistra y el Alto de Vistok? ¿Cómo estaría reaccionando Ausper la Mayor para hacer frente al ataque?

Era mediodía cuando el grupo estaba atravesando un campo tapizado de amapolas recién afloradas. El frío de la mañana se quedaba patente durante más horas, descendiendo las temperaturas medias. Zurah, Sirián y Lilian mantenían sus grados corporales merced a la magia, método que Leonardo y Drigán no podían aplicar, sustituyéndolo con un par de pieles sobre los hombros. Al poco, Sirián señaló hacia la distancia, donde se podía ver una construcción semejante a una granero abandonado.

—Al anochecer llegaremos a Krav. Esa es la periferia de la ciudad.

—¿Una ciudad? ¿De verdad? ¡Al fin! Ya tenía ganas de dormir en una cama decente, por el Creador —exclamó Zurah, arqueando la espalda para desentumecer sus músculos.

—Debemos forzar la marcha, grupo, e intentar llegar lo antes posibles. Calatros te dijo veinte días ¿cierto? ¿No es hoy cuando cumple? —propuso Leonardo.

—¡El día veinte! ¡Es cierto! Qué rápido han pasado, pensaba que aún faltaban un par de jornadas —dijo Lilian nerviosa.

—Estaba previsto en el destino que nos encontráramos con él aquí, en esta ciudad —dijo Drigán, haciendo apología de su religión basada en el equilibrio y el destino escrito.

—Pues venga, a darnos prisa. A ver si al menos nos da tiempo para comer algo, que desde hace unas horas tengo un malestar en el cuerpo que no sé bien de qué es —dijo de nuevo Zurah, mostrándose bastante más tranquila que el resto.

—¿Habéis visto eso? Es una persona ¿verdad? —señaló Sirián en la misma dirección en la que estaba la ciudad.

—Buena vista tienes, por el Creador —dijo Leonardo, cerrando sus ojos para afinar la vista lo máximo posible. En efecto, un jinete se dibujaba en la distancia.

—¿Será él? ¿Será Kovar? —preguntó Lilian.

—No voy a quedarme aquí quieto esperándolo —respondió Drigán, armándose y poniendo a tono sus músculos con saltos y azotes con las manos.

—Buen consejo. Preparos, grupo. Ese puede ser nuestro objetivo —resumió Leonardo, ataviándose con la cota de mallas y sujetando la espada santa que le firmó tantas victorias.

—Eh… por ahí veo a otro —proclamó Zurah, indicando con el báculo hacia la retaguardia.

—Y viene hacia nosotros también. Es que estamos en un páramo totalmente descubierto, somos una diana fácilmente visible, maldita sea —añadió Lilian, maldiciendo su suerte.

—Pues sí, en efecto es otro jinete, y viene recto hacia nosotros, este con total seguridad —dijo Sirián, dibujando una sonrisa de oreja a oreja.

—¿Y puede saberse a qué debemos tanta alegría? —preguntó Zurah, envidiosa de no tener esa visión tan aguda que mostraba su compañera.

—Porque sé quién es ese jinete. Esa capa, esa forma de montar, esa silueta… Parece ser que Dévora lo consiguió, logró zafarse de la muerte y ha sabido encontrarnos.

—¿Dévora? ¿Esa es Dévora? ¡Buena chica! Ja, ja, ja ¡Así se hace! Sabía que lo lograría —estalló en júbilo Lilian.

—Y no viene sola, viene alguien más en la grupa del caballo…

—¡Vaiel! —dijo Lilian y Leonardo al unísono.

—No, no es él —sentenció Sirián, mordiéndose los labios.

Durante unos segundos todos guardaron silencio, esperando que la animista blanca lograra dilucidar quién podía ser el misterioso acompañante. Sirián, por su parte, bajó la cabeza y clavó su mirada sobre Zurah, haciéndole partícipe de lo que sentía.

—Es Nofret, la niña que rescatamos en Hinojas. El camafeo de Guerón viene con ellos, ya estoy segura de eso.

—¿Y eso es malo? —preguntó Leonardo, un poco perdido con la situación.

—Es malo porque ese objeto solo trae destrucción, lo mismo que el puñetero Kovar ese y el desgraciado de su señor. ¿Acaso no veis que pueda haber relación entre ese objeto y ese enemigo? —exclamó Drigán.

Zurah, Lilian y Leonardo bajaron su mirada hacia un lado, pensando en la observación dada por el caballero del dragón. La duda tenía su fundamento.

—Sea como sea, Dévora y Nofret son de los nuestros. Nuestro enemigo está ahí de frente, así que centrémonos en nuestro enemigo y no busquemos más problemas. Ya sabremos qué hacer con ese objeto maldito —dijo Leonardo a modo de conclusión.

—No estés tan seguro, Leonardo —pronunció Drigán ya vestido con sus ropajes de combate y sosteniendo su gloriosa espada—. Ese que viene por ahí no es Kovar ni por asomo.

Todos se volvieron, dejando de mirar hacia Dévora, y mirando de nuevo hacia el primer jinete que vieron acontecer en el horizonte, ahora a mucha menos distancia. Era un hombre de complexión normal y que vestía ropajes de piel básicos. De su espalda asomaba una empuñadura.

—¿Quién rayos es ese? ¿Por qué justo aquí y ahora? —preguntó al aire Zurah.

—Porque así estaba escrito —concluyó Drigán.

CAPÍTULO 21: FLECHA ROTA

La torre por dentro era un hervidero de gritos y miedo. Los nueve arqueros que aún quedaban con vida en su interior se asomaban el tiempo justo y necesario para disparar un proyectil hacia alguno de los horrores que aleteaban alrededor, cubriéndose de nuevo con rapidez en el interior. Las escaleras estaban cubiertas de varios cadáveres con el rostro incinerado y sangre espesa que aún goteaba al término de cada peldaño. Muchos estaban muriendo en manos de la temible marabunta de enemigos, incluso los que estaban protegidos por los muros de torres como ésta.

Vaiel subió raudo las escaleras junto a sus compañeros y se ubicó en uno de los ventanucos de disparo para abrir fuego contra los demonios que los cercaban. No era difícil errar el tiro, la cantidad de enemigos que intentaban acceder al torreón era muy numerosa. Usaban sus garras afiladas para intentar apresar a algunos de los arqueros de dentro, arrancándoles la testa de cuajo y sacándola fuera a través de las estrechas ventanas. Además, exhalaban un ácido ardiente de sus fauces escamosas, un chorro de fuego que caía al interior de la torre y se propagaba merced al derrame. Era un producto similar al petróleo, muy inflamable y difícil de apagar con medios mundanos tales a tirarle agua o tierra.

Vaiel no tardó en acostumbrarse al calor y la peste que había dentro del ático del torreón, con varios focos de fuego aún activos así como varios cadáveres sin cabezas y sin brazos mostrando parte de sus vísceras al sufrir un desgarro de la columna vertebral. El lugar era un cementerio siniestro que no vaticinaba nada bueno para los integrantes con vida que aún lo habitaban. Vaiel disparó tres flechas certeras desde tres ventanucos distintos, haciendo tres dianas perfectas en los ojos de tres enemigos distintos. Su capacidad con el arco era legendaria ya, parecía como si cada día que pasaba junto al arco, se impregnase más y más de su uso. Era una habilidad fuera de lo normal, una capacidad que incluso a Zurah le levantó sospechas. Lo cierto es que ni él sabía cómo era capaz de realizar esos tiros tan precisos y potentes, pero no era algo que le quitara mucho el sueño; lo aceptaba y lo usaba para ir aumentando su leyenda, el campesino de pueblo que llegó a ser emperador de toda Ampiria. Mucho se hablaba ya de él y mucho más se hablaría, no le cabía la menor duda de ello.

—¡Oeste! ¡Oeste! —chilló uno de los arqueros, tirándose hacia un lado de la habitación y cobijándose tras unos cadáveres. Otro de los arqueros se cruzó por detrás de Vaiel y lo empujó hacia el suelo, hacia la dirección gritada, justo cuando dos llamaradas de agua infundida en llamas entraron por dos ventanucos salpicándolo todo. Uno de los combatientes vio cómo su pierna comenzaba a arder y por mucho que intentara apagarlo, de nada servía. Varios compañeros pusieron ropajes sobre el fuego, pero éste, lejos de extinguirse, seguía ardiendo con más viveza, consumiendo también los ropajes añadidos. La falta de aire no funcionaba ante la ola de fuego y el único medio era esperar que se consumiera todo el óleo demoníaco para que se apagara. Al final, uno de los arqueros clavó una daga en el corazón de su amigo, dándole la ansiada paz luego de tanto sufrimiento.

—¿Cuántas flechas os quedan? —gritó Vaiel, volviendo a su puesto e intentando estar más atento, luego del último incidente. Si no le hubieran empujado a tiempo él estaría ahora cubierto en llamas y con una daga clavada en su corazón, posiblemente.

—¿Crees que vas a usarlas todas? —le respondió alguno de los compañeros, aunque no distinguió quién.

—Hay suficientes en las cajas de allí, al fondo —dijo otro, señalando un cuarto con la puerta abierta. Más de cien hay seguro.

—Pues venga, resistamos a estos ataques. Vamos a derribar a esas moscas rojas y luego nos ocupamos de los adefesios esos que van caminando. A mi señal, disparamos todos por los ventanucos.

—¿Tú estás tonto o qué? —le respondió el que parecía el arquero más veterano del torreón—. Intenta mantenerte con vida, necio, que de esta solo nos puede salvar un milagro. ¿Crees que vas a matar a todos los demonios rojos? Son más de treinta los que están ahí fuera volando alrededor de esta torre, así que imagínate más allá.

—No es con cobardía como venceremos esta contienda, viejo —le contestó Vaiel—. Si no queréis luchar no os culpo, yo sentí ese mismo temor anteriormente, mas no pronunciéis ni proclaméis dicho miedo hacia el resto.

Acto seguido, y sin dar tiempo para una réplica, vieron a Vaiel desaparecer ante sus ojos, para luego verlo de nuevo aparecer seis ventanas más lejos. Oyeron gritos guturales de dolor procedentes de fuera, donde seis demonios rojos aleteaban hacia el suelo heridos de muerte. Era imposible aceptar que alguien pudiera moverse a esa velocidad, pero ahí fuera estaban los hechos.

—¿Cómo os hacéis llamar, arquero? —preguntó el viejo, tomando de nuevo el arco entre las manos y tensando una flecha en el cordaje.

—Me han llamado pordiosero, granjero, idiota, mequetrefe, emperador, arquero y, los más cercanos, Vaiel, aunque prefiero que me llaméis compañero.

—Muy bien compañero, no sé cómo has hecho eso, pero si lo vuelves a hacer de nuevo, igual hasta empiezo a creer en una posible victoria.

—Dalo por hecho, viejo —dijo Vaiel, apretando sus dientes y volviendo a asomarse al ventanuco que tenía más próximo. Al igual que antes, sintió un zumbido en sus oídos y vio como todo a su alrededor se quedaba estático. Un demonio rojo estaba justo en frente del ventanuco, doblando su codo para meter las enormes garras en el interior de la torre.

«Esta vez te vas a llevar algo que no es una cabeza, engendro demoníaco», se dijo a sí mismo, mientras disparaba a bocajarro su primera flecha.

Acto seguido se desplazó hacia la siguiente apertura, girando hacia atrás y disparando otra flecha que salió como una centella por una de las ventanas de la pared que tenía atrás. Tras la misma, se oyó un aullido espeluznante tal al que haría una fiera siendo apaleada hasta la muerte. Cargó una nueva flecha y justo se encontró de frente a la ventana de su lado, fuera de la cual dos demonios tenían sus colmillos impregnados en ácido con llamas. Estaban preparando su feroz ataque por lanzallamas, aunque esta vez no iban a alcanzar su objetivo. Una flecha se quedó encajada en el cráneo de uno de ellos, mientras que otra entraba por la nariz del otro demonio hasta atravesarlo limpiamente.

Una nueva ventana se abrió ante los ojos de Vaiel, sin ningún agresor cerca, aunque la vista de águila que se le despertaba acercó a tan solo un par de metros la imagen de un demonio astado devorando dos cuerpos destrozados que había embestido. Estaba a varias decenas de metros, abajo en la calle, pero eso no le asustaba. Para Vaiel, las distancias y el tiempo se unían en un corto segundo en el que él podía actuar con total libertad. Cargó una flecha en el arco, apuntó a los ojos de ese ser y disparó una auténtica centella que no solo lo alcanzó, sino que lo atravesó en un golpe brillante.

Acto seguido se agachó sobre la ventana y miró a sus compañeros, que le devolvían la mirada incrédulos. Nuevamente había desaparecido ante sus ojos y vuelto a aparecer varios metros más allá, con enemigos contrayéndose de dolor ahí fuera. Era un maestro dotado de una habilidad solo reservada para los dioses, un enviado del Creador, como muchos pensaban.

—¡Viva Vaiel! —gritaron varios, alzando el puño en victoria.

—¡Por Vaiel, nuestro emperador! —gritó otro, asomándose y disparando una flecha al cielo despejado, confiando en que la suerte quisiera que impactara sobre algún enemigo.

—Una par de batidas más y aseguraremos la zona. Luego bajaremos e iremos a ayudar a la zona Este, que según vi está muy perjudicada también. Apuntad bien antes de disparar ¿entendido?

—¡Sí, señor! —dijeron al unísono los compañeros de armas.

Sin embargo, el destino tenía preparado otro plan maestro, esta vez en manos del incansable enemigo que aún no había jugado todas sus piezas. Todos los ventanucos del torreón se tiñeron de un negro brillante a la vez que el fuego aconteció por todos lados. La luz se apagó por doquier, como si de repente se hubiera hecho de noche. Muchos chillaron de pánico, metiéndose en el cuarto de munición o bajando las escaleras a saltos. Otros, como Vaiel, se quedaron totalmente quietos y a resguardo de las llamas, intentando entender qué sucedía. Súbitamente, el torreón crujió de dolor, varias heridas se dibujaron en forma de grietas por su perímetro y en cuestión de segundos, toda la techumbre acabó hecha añicos, derrumbándose hacia el exterior. Algo había golpeado la parte alta de la torre con tal fuerza que la arrancó como si estuviera hecha de gelatina. El rostro del diablo se asomó por la parte despejada, un rostro que dejaba poco para la imaginación. Era la representación del odio en su estado más puro, con una piel arrugada y cubierta de escamas rojizas que se abría en unos ojos tomados por el fuego más vívido. Lágrimas de lava caían derramadas continuamente, acariciando su piel sin provocarle daño alguno y formando unas cataratas brillantes que se precipitaban hasta el suelo. Su boca era grotesca, tomada totalmente por el fuego, con colmillos e incisivos poblándola en toda su extensión, una jaula de muerte incluso para el aire. Verlo provocaba un pánico tan grande que te dejaba paralizado en el sitio dominado por temblores. Exhaló un rugido que golpeó con dureza los tímpanos de los arqueros que había en la torre, cuya única acción fue taparse con las manos las orejas y cerrar los dientes en angustia. Lágrimas de sangre empezaron a asomarse por todos los orificios auditivos, síntoma de la sordera perpetua que les estaba provocando. Algunos incluso cayeron al suelo en convulsiones al sufrir en su cerebro el letal castigo sonoro, una muerte cruel y dolorosa.

Acto seguido, el diablo sintetizó una enorme bola ardiente sobre las dos astas que poblaban su cráneo, dos cuernos de más de ocho metros terminados en punta. La bola de fuego creció de tamaño en cuestión de segundos, pero justo cuando parecía que todo estaba perdido, decenas de explosiones impactaron en su cuerpo. A lo lejos, las armas de asedio del castillo habían reaccionado, bombardeando sin piedad al coloso demoníaco. Sin embargo, lejos de herirle o abrir brecha en su acorazado cuerpo, lo único que lograron fue hacerle retroceder unos pasos. No obstante, también lograron desviar su atención en la torre, para fijarse ahora en el foco del ataque, el glorioso castillo excavado en la montaña.

Cuatro demonios rojos se posaron sobre los muros rotos del torreón, gimiendo y agitando sus alas con agresividad. Los luchadores seguían en el suelo, totalmente a merced de sus enemigos, hecho que aprovecharon sin piedad. Dos demonios se lanzaron hacia dos objetivos distintos, clavando sus enormes y afiladas garras en los vientres de éstos para acto seguido alzar el vuelo con su presa. En el aire se afanaban en asentar sus mandíbulas en los cuellos de los desafortunados, arrancándoles trozos de su cuerpo entre borbotones de sangre y gemidos de dolor. Otro de los demonios vomitó desde su posición en el muro su temible ácido ardiente, consumiendo entre llamas al arquero veterano. Su desesperación al sentir arder su carne fue tal, que acabó tirándose al vacío.

El cuarto demonio dio un salto al interior de la torre demacrada con sus garras prestas para clavarlas sobre otra de las víctimas, aunque una flecha le hizo desistir del ataque, haciéndole retroceder. Uno de los combatientes, en un acto de valor sin igual, reaccionó a tiempo para salvar a su camarada, aunque solo fuera por unos segundos más. El demonio rojo rugió de enfado, abriendo sus alas e inyectando sus ojos en fuego, y con un rugido salido del inframundo se lanzó en carrera hacia su atacante. Éste retrocedió asustado mientras tensaba otra flecha y la disparaba, aunque erró el disparo presa del miedo. Cuando se quiso dar cuenta, chocó contra la pared y se entregó al pánico con todo su ser. Se encogió entre gritos, tapándose el rostro con ambos brazos, rezando porque su muerte fuera lo más rápida posible, aunque ésta no llegó. La punta de una nueva flecha se asomó entre los dos ojos del engendro demoníaco, arrebatándole la vida casi al instante. Su cuerpo sin vida yació a apenas medio metro del arquero. Vaiel estaba levantado con su arco, armando una nueva flecha sobre la cuerda. Tenía los oídos también sangrando en un manantial rojo que le recorría todo el cuerpo, mas sus ojos presentaban una confianza innatural, dada la situación. Si el valor requiriera de una descripción gráfica, esta era su mejor representación, sin lugar a dudas.

Dos flechas más silbaron en el aire, golpeando con precisión a dos demonios rojos más y precipitándolos al vacío entre retortijones de dolor, aunque lo peor estaba por venir. Una horda de quince monstruos alados acababa de barrer toda vida habida en la torre colindante a la de Vaiel y ahora se dirigían hacia la de él. Eran rápidos volando y eran muchos, y en la aljaba de Vaiel apenas quedaban seis flechas. Los cañones del castillo volvieron a dominar el cielo, rompiendo en un glorioso estruendo de destrucción contra el diablo, aunque nuevamente golpearon en vano. El gigante de fuego era inmune a todo tipo de ataques, era el destructor que en todas las religiones se definía como el causante del fin de la vida. No había fuerza posible que le hiciera mella, era el fin de toda esperanza.

«Padre, en breve nos volveremos a ver. Espero que estés orgulloso de mí. Mi cuerpo acabará troceado y calcinado, mas mi alma permanecerá siempre fiel a lo que fui. Te quiero, Padre», se dijo a sí mismo Vaiel, mientras lanzaba simultáneamente dos flechas envueltas en un haz de luz brillante, que apenas dejaron tiempo de reacción a los dos objetivos que se fijó, dos demonios rojos que fueron neutralizados de forma implacable. Tensó dos flechas más, preparado para repeler a los agresores que ya mismo llegarían a la torre, aunque no pudo ni siquiera apuntar. Toda la torre crepitó y el suelo se inclinó en un ángulo de veinte grados, haciendo que todos los combatientes que aún quedaban ahí, incluido Vaiel, cayeran al suelo como clavados a golpe de martillo. Dos de ellos, posicionados cerca del muro que cedió, no lograron agarrarse a tiempo a ningún saliente y se precipitaron entre gritos al vacío. Uno de ellos no llegó a tocar el suelo, pues fue alcanzado por dos demonios rojos que lo agarraron del torso y de las piernas respectivamente, tirando de su magullado cuerpo hasta partirlo por la mitad en una lluvia de vísceras.

Vaiel abrió sus ojos cubiertos de lágrimas mientras intentaba resistir agarrado a un saliente del suelo. Al fondo, el castillo de La última llamada crujía moribundo a causa de un enorme boquete en su fachada. Varias grietas verticales empezaron a abrirse, partiendo en dos la enorme construcción, algo inimaginable. No era posible concebir una fuerza capaz de partir en dos una montaña entera, como estaba haciendo el diablo, era algo inaudito.

El suelo dejó de temblar y Vaiel no tardó en coger el arco de nuevo. Intentó levantarse y soportar la inclinación del suelo manteniendo el equilibrio y fijando sus pies sobre dos baldosas que sobresalían. Sin embargo, cuando alzó la vista se vio rodeado de ocho demonios rojos que volaban con las fauces abiertas y las garras preparadas para la ejecución. Ni siquiera se molestó en coger una flecha. Se entregó a su destino, bajando los brazos y secándose las lágrimas. Le vino a la mente aquel día en el que vio a Dévora en la taberna del Manantial de Munros, luego de tanto tiempo sin coincidir con ella. Fueron buenos tiempos, difíciles y de mucho trabajo, pero tranquilos. No había guerras, ni engendros tales a los segadores pútridos ni a estos demonios, era todo mucho más mundano. Recordaba a la ladrona sentada en aquella esquina, ataviada con sus típicos atuendos oscuros que tanto realzaban la belleza de su cuerpo. Sus ojos de mirada profunda e incitante lo miraban con seducción, una habilidad innata que hipnotizaba el cuerpo de su víctima hasta el punto de dejarle paralizado y con tartamudeos continuos. Recordaba con anhelo esa mirada tan hermosa, esa mezcla de picardía y bondad que resultaba en una atracción irremediable. Era la mujer más bella que había conocido, un amor imposible que él aceptó feliz con el regalo de un beso, aquel que le dio durante su trayecto hacia Hinojas. Quería tener patente esos recuerdos en sus ojos antes de abrazar a la muerte. Sus ojos seguían manando lágrimas, aunque esta vez estaban acompañados de una sonrisa de felicidad en su rostro.

Sin más tiempo para recordar, los demonios rojos saltaron en vuelo hacia Vaiel, preparados para descuartizar al emperador de Ampiria con el reinado más efímero de la historia. Sin embargo, no llegaron a tocarle. La lluvia de cenizas y polvo se detuvo como si algo la hubiera pegado en el aire, y los demonios rojos y el resto de personas de la ciudad se quedaron también quietos. Vaiel tampoco podía moverse, sentía una fuerza innatural que lo tenía preso en lo más profundo de su ser. Parecía como si una mano fantasmal le estuviera sujetando el alma, negándole transmitir a su cuerpo cualquier acción. Los demonios rojos lo miraban con ansia de alimentarse de su carne, mas también permanecían estáticos, levitando como sujetados por un hilo invisible. Todo estaba quieto.

«*Lo siento tito Vaiel, no sé cómo hacerlo, pero es que no quiero que tita Dévora muera. Me dice que tengo que elegir entre tú o ella y yo quiero a los dos, pero no sé cómo hacerlo. Por favor, ayúdame, tito Vaiel, dime qué tengo que hacer, no quiero que mueras*», oyó Vaiel en su mente. El tono de voz era inconfundible, era la pequeña Nofret.

«*¡Nofret! ¿Eres tú? ¿Cómo me estás hablando? ¿Estoy muerto acaso?*».

«*Estoy abajo, tito Vaiel. Me ha dicho que salga para salvarla a ella, pero no puedo salvarte a ti. Yo quiero también que tú estés conmigo, te quiero, necesito que no te vayas*».

«*¿Quién te ha dicho eso, Nofret? ¿Cómo has hecho esto? ¿Acaso conoces los caminos de la magia?*».

«*No lo sé, tito Vaiel. Me lo dice la joya que me disteis, me ha dicho que puedo acabar con todos ahora y que tita Dévora vivirá, pero tú noooo…*», respondió Nofret, con un tono claramente cubierto de sollozos.

«*Tranquila Nofret, no llores, esto no es culpa tuya. Si el camafeo puede acabar con todo esto, no lo dudes, úsalo. Salva a Dévora y sálvate tú, no te preocupes por mí*».

«*Pero yo no quiero que tú mueras, tito Vaiel. Yo te quiero mucho y no quiero que te vayas. Quiero que sigas conmigo, tito Vaiel*».

«*Yo también, mi pequeña princesa, yo también. Pero hay cosas que no podemos controlar y debemos ser valientes para afrontarlas. Yo estaré siempre contigo, en tu corazón, y siempre que me necesites te estaré acompañando. Hay mucha gente mala en este mundo, Nofret, y a veces hacen daño, mucho daño, pero no podemos demostrarles que han ganado ¿me entiendes? Debes ser fuerte y no rendirte. No llores por mí, porque yo nunca me iré de tu lado, te lo prometo*».

«*Pero no voy a verte más…*».

Los lloros de Nofret eran ya más que evidentes, un tono de voz que reflejaba la enorme pena que estaba soportando con tan poca edad. Debía escoger a quién salvar y a quién abandonar en la muerte de entre sus dos nuevos padres de acogida, una decisión difícil incluso para un adulto.

«*¿Sabes que mi padre murió hace poco tiempo?* —le dijo Vaiel, intentando cambiar de estrategia para aligerar el enorme peso de culpabilidad que la pequeña estaba arrastrando—. *Todos los días le echo mucho de menos, me gustaría abrazarlo y decirle cuánto le quiero. Yo nunca tuve la oportunidad de hablar con él antes de que se fuera, como estamos haciendo tú y yo ahora, aunque finalmente ahora puedo ya decírselo en persona*».

«*¿Vas a verle? ¿Estaréis al lado del Creador?*».

«*Estaremos al lado del Creador, así es. Es un lugar muy hermoso, un páramo verde de flores magentas y ganado abundante, con un río atravesándolo. Allí hay una casa preciosa de madera con la chimenea ya preparada para darnos abrigo mientras nos pasamos los días y las noches charlando*».

«*¿Y no tendréis que trabajar?*».

«Sí, ja, ja, ja, por las mañanas trabajaremos llevando a pastar al ganado y recogiendo las cosechas, para luego ver pasar las tardes y las noches con buenas viandas sobre la mesa. Le echo mucho de menos, Nofret, y me gustaría estar con él».

«¿Le echas de menos más que a mí?».

«Os echo de menos por igual, pero a ti te he visto hace poquito y a él hace mucho. Además, nos volveremos a ver, no te preocupes. En la casa construiremos una habitación para ti solita, para cuando el destino quiera que nos visites».

«¿Y harás otra para Dévora?».

«Haremos otra para Dévora, claro que sí».

«Te quiero mucho, tito Vaiel. Pero si quieres ver a tu papá te dejaré ir. Voy a ser una niña valiente».

«Así me gusta, pequeña Nofret. Nunca pierdas la sonrisa ¿vale? Sobreviviste al azote que os atacó en tu pueblo y sobrevivirás a esto. Vas a ser una niña muy valiente. ¿Me prometes que cuidarás de Dévora? Ella necesita que la quieras mucho también».

«Cuidaré de ella, tito Vaiel. Y te hablaré todos los días para que sepas todo lo que estoy haciendo. ¿Me oirás?».

Ahora era Vaiel el que se veía envuelto en lágrimas de tristeza y pesadumbre. Tenía que invertir mucho esfuerzo para no sucumbir al sollozo y el dolor. Sentía como su corazón le hacía temblar todo el cuerpo, era un sentimiento tan puro que envolvía cada órgano y cada parte del cuerpo.

«Te oiré, mi princesita. Adelante, Nofret, libera el poder que el camafeo te permita y destroza a ese horripilante ser. Haz que vuelva del infierno del que salió».

«Adiós, tito Vaiel. Te quiero mucho».

«Y yo a ti, mi princesa».

A continuación, un brillo cegador de tonalidades verduzcas se extendió desde la posición de Nofret hacia todas las direcciones. Tiznó de color esmeralda las calles, los edificios, las personas e incluso el aire, creando una atmósfera tomada por la magia. Súbitamente, la carne de todos los allí presentes que estaban al descubierto comenzó a desintegrarse hasta convertirse en polvo. El camafeo de Guerón brillaba en el pecho de Nofret con una intensidad pura y muy intensa, como si de una estrella caída del firmamento se tratara. El diablo, ese destructor de mundos surgido del mismísimo infierno, también fue pasto del devastador poder de la joya. Solo se salvaron los que estaban refugiados en el interior de las viviendas y Dévora, la elegida por Nofret para que el camafeo de Guerón no la engullera. La joya maldita vio su momento de acción despertando en Nofret la necesidad de ser usado a cambio de salvar a su madre adoptiva. Muchas almas alimentaron la voracidad perenne del camafeo, haciéndolo más poderoso aún. Nofret quiso anteponer también la salvaguardia de Vaiel, mas el camafeo sabía que podía regatearle esa vida a su favor, pues el sentimiento humano siempre sucumbe ante la idea de dejar morir a una persona querida antes que a dos.

La última llamada quedó alfombrada de polvo de muerte, un cementerio de cenizas que representaba la amarga victoria de los hombres sobre los demonios. Ampiria volvía a estar a salvo de una invasión, aunque esta vez, el pago había sido muy alto.

CAPÍTULO 22: MAESTRO SIN DISCÍPULO

Kovar estuvo persiguiendo a Zocker durante más de diez días, volando a baja altura por los bosques y los senderos que posiblemente estaba tomando como huida. Sin embargo, el aventurero solitario era más esquivo de lo que parecía y no dejaba rastros evidentes para ser seguido. Kovar avanzaba mucho más veloz que su presa, pero al no ver nada, retrocedía al día siguiente para recorrer otros caminos posibles. Sabía que los días iban en contra de sus intereses, pues el círculo de acción que debía otear se hacía mayor.

Sin embargo, lejos de hacerle abandonar en su intento de darle caza, el hechicero avivaba aún más su odio, durmiendo menos y aguantando más tiempo en vuelo durante el día. No obstante, ver a través de algunos bosques espesos se le hacía muy complicado. Eso sin tener en cuenta que al aventurero le bastaba con esconderse unos minutos mientras pasaba de largo su perseguidor, para luego seguir avanzando en su huida. Kovar debía cambiar de estrategia, y debía hacerlo ya.

Evaluó que lo más probable sería que Zocker intentara cobijarse en alguna ciudad, siendo las más cercanas Tramiria y Krav. Entre ambas estaban las ruinas del pueblo Lum, aunque le extrañaba que fuera allí. Escogió Tramiria como primer destino al que ir, intentando llegar lo antes posible para adelantarse a su presa. Debía dar con él como fuera, necesitaba aplacar ese deseo de venganza que le recorría toda la médula espinal, irritándolo hasta el punto de impedirle incluso dormir más de dos horas seguidas. Al estar toda su vida en los dólmenes de Aupur, recibiendo instrucción por parte de su maestro, nunca había experimentado sentimientos de engaño como el que ahora sufría, un hecho que le dominaba de forma tan agresiva que incluso le llevó a desobedecer las órdenes que le dio su mentor de no abandonar las torres Trillizas.

Tenía que dar con él, fuera como fuera, aunque ello le costara diez días más.

En el duodécimo atardecer, el maestro oscuro se comunicó con su discípulo como había hecho otras tantas veces. Su último comunicado fue que no persiguiera al aventurero y que permaneciera quieto en la torre hasta nuevo aviso.

«*Kovar, oye mi voz con atención y obedece mi mandato. El castigo de Ampiria ya ha comenzado, la hora de los demonios ha llegado con éxito a las puertas de la ciudad, que verán reducidas sus murallas a polvo sin vida. Las viviendas serán tumbas que recordarán por toda la eternidad hasta dónde llega nuestra gloria*».

«*Os oigo con atención, mi maestro, y celebro la noticia. Estoy seguro de que el ejército sabrá aniquilar toda esperanza de vida que allí se interponga. ¿He de avanzar hacia el Norte o hacia el Este, para afianzar alguna otra posición? Decidme vuestro deseo y yo lo cumpliré de inmediato*».

«*No, mi inquieto discípulo, tu deber es permanecer quieto en la torre en la que te encuentras. Es primordial que sigas mi palabra, pues no solo miro por nuestros planes, sino también por tu salvaguardia*».

«*Mi señor, no debéis temer por mi seguridad entre el rebaño de ovejas que pueblan estas tierras. Soy capaz de aniquilarlos antes de que sean capaces de desenvainar su espada o gritar ayuda. Confiadme participar en esta nueva era*».

«*Despréndete de esa soberbia tan humana, Kovar. Te he instruido para no dejarte llevar por sentimientos mundanos, sino por la razón. ¿Por qué respiras con tanto odio sin control? ¿Qué atormenta tu alma?*».

«*Mi maestro, es ese aventurero que hace días me visitó y me engañó. ¡Se burló de mí! Es una carga muy pesada de la que me cuesta desprenderme. Sé que no es alguien relevante, pero me gustaría adelantarme a su muerte para hacerlo yo mismo*».

«*Toda persona es relevante, Kovar. El odio y el amor chocan en una fina línea que a veces se confunde, y lo que tú creas que es lo mejor, no lo es. No pienses que un simple deshollinador es un despojo sin interés, porque puede convertirse en una auténtica pesadilla para cualquier plan. El destino es un camino infinito que comprende infinitos raíles, incluso aquellos que llevan a tu destrucción*».

«*¿Acaso creéis que voy a sentir amor por esa sabandija, mi maestro? Os aseguro que no atravesaré esa línea nunca*».

«*No te estoy preguntando, aprendiz, sino instruyendo en la verdad. No intentes tomar tú las decisiones de algo que no comprendes, pues los raíles pueden llevarte a un camino sin salida. Obedece mi mandato y no trates de pensar. No uses tu razón como arma para tomar decisiones, sino como escudo ante las agresiones de la gente*».

«*Así lo haré, mi maestro. Perdonad si os he ofendido*».

«*Es parte de tu humanidad, que lucha por salir a flote para dominarte, ahora con más fuerza que nunca al estar viviendo fuera de los dólmenes de Aupur. Te aseguro que llegará el día en el que limpiemos esa cualidad de tu alma, mas ese día aún no ha llegado y debes ser paciente bajo la tutela de mi palabra*».

«*Vuestra palabra será mi mandato*».

Miró con enfado y rabia el horizonte, y de un manotazo al aire, tomó la ruta de vuelta hacia las torres trillizas. Su maestro se lo había dejado bien claro, ya por segunda vez, y no era buena idea mentirle. Le debía obediencia ciega, incluso aunque no entendiera bien los motivos de sus decisiones. Él se sentía poderoso y pleno en su instrucción del uso de la magia, capaz de enfrentarse a cualquier humano que tuviera de frente. El dejarlo apartado le provocaba un malestar que lo consumía por dentro, aunque podía seguir viviendo con ello. Pero tener que dar por perdida la persecución del bandido que tanto se mofó de él, le superaba. Era una sensación que le carcomía las entrañas, le hacía sudar y cerrar los dientes casi constantemente.

Durante varias horas fue devorando kilómetros de vuelta hacia las torres Trillizas, aunque a cada hora que pasaba su malestar crecía. Ya le titiritaba toda la piel y le dolía la mandíbula de la continua fuerza con la que juntaba los dientes. Estaba totalmente consumido por el odio. Le costaba incluso respirar con facilidad. La imagen de Zocker riéndose a carcajadas en una taberna se le antojó en su imaginación, viéndolo brindar y comentar con sus amigos el cómo engañó y se jactó de un hechicero en un lugar indómito.

«Te vas a reír por última vez, rata de bodega. Voy a arrancarte los dientes uno a uno mientras te tragas tu propia orina, maldito despojo. Puedes ocultarte lo que quieras, que al final voy a encontrarte».

Cedió ante su sed de venganza, ese sentimiento que dominaba a muchos humanos, y volvió a tomar la dirección que le llevaría a Tramiria. Iba a desobedecer a su maestro, era consciente, pero si era rápido encontrándolo y ajusticiándolo no tenía por qué enterarse. Tenía que intentarlo o lo lamentaría el resto de su vida.

No fue hasta un par de días después a esa conversación mantenida con su mentor, cuando Kovar llegó a la periferia de la ciudad de Tramiria. Estaba enclavada en una zona de interior y cercana a la cordillera de altos montes que dividían Ampiria en dos, una tierra húmeda y de vegetación muy generosa. Las viviendas que alojaban a sus ciudadanos eran de base amplia y de una altura máxima de dos pisos, con grandes habitaciones y un salón predominando su planta baja. La mayoría de los habitantes eran canteros y mineros que extraían fosfato y carbón de las minas colindantes, unos preciados minerales que vendían en las ciudades del Norte. La esperanza de vida de la población era relativamente baja si se comparaba con el resto de Ampiria, llegando a apenas los cuarenta y cinco años de edad. Los niños eran aleccionados en el oficio de extracción a muy temprana edad, inundando sus pulmones con el nocivo polvo de las galerías subterráneas que se iban cavando, unas partículas que iban poblando el organismo hasta perforar los pulmones y contaminar el riego sanguíneo, provocando la muerte entre dolores muy agudos. Esta enfermedad era conocida como el mal de la sangre escupida, y aunque muchos prometían remedios a base de plantas y óleos exóticos, no había cura posible por medios naturales.

Kovar aterrizó nada más ver la primera de las viviendas y recorrió con rapidez los pocos metros que le separaban del interior del pueblo. Andaba intentando camuflarse entre los muros laterales de las viviendas y cobijándose bajo las sombras de las techumbres, pues no quería ser visto por Zocker y que éste huyera.

No le costó mucho identificar a una de las viviendas como la taberna del lugar. Era una casona de una sola planta con un cobertizo auxiliar repleto de paja y acondicionado con dos largos abrevaderos donde varios caballos saciaban su sed. En el exterior había cuatro hombres de estatura media y ropajes de pieles peludas, charlando entre una botella de ron. Se les adivinaba cierta edad y posiblemente estaban exentos de trabajar por su estado físico. A uno se le veía claramente cómo tenía la espalda doblada en una curvatura tan crítica que le provocó la aparición de una joroba. Los otros dos no cesaban de toser, presumiblemente saliva con sangre, entre cada carcajada que daban o cada sorbo de alcohol que ingerían. El último de ellos presentaba uno de sus brazos amputado a la altura del codo, razón más que suficiente como para ser apartado del servicio activo.

Kovar se les acercó, sin apartar la mirada del interior de la taberna por si veía a su objetivo. Los cuatro hombres lo miraron con extrañeza, vestido esos ropajes tan finos y de corte foráneo. Además, iba demasiado poco abrigado para el frío que hacía en el lugar, algo que a Kovar le importaba bien poco, pues se alimentaba de la magia para mantenerse a temperatura cálida.

—Hola a todos. Me gustaría saber si habéis visto a un viajero por aquí, un hombre de talla media y bien mantenido, de ojos marrones.

Los cuatro habitantes se miraron entre ellos y empezaron a reírse descontroladamente, como si hubieran escuchado un chiste. A punto estuvo Kovar de actuar, cuando uno de ellos se dignó a responderle, preparando un vaso de ron entre sus manos.

—¿Un viajero? ¿Uno de talla media y fornido? ¿Ojos marrones? Chico, no sé bien de dónde sales, pero aquí no hay muchos viajeros.

—¿Y eso es algo tan hilarante como para estallar en tamaña fiesta de risas?

Los cuatro volvieron a sucumbir a las carcajadas, esta vez señalándole como si fuera un payaso de circo.

—¿Pero tú te oyes, muchacho? ¿Hilarante? Ja, ja, ja. ¿De dónde rayos sales tú? ¿De la Corte de Ausper la Mayor? Ja, ja, ja.

—Salgo de Llaídra, de los dólmenes de Aupur. Fui aleccionado en las artes mágicas por el maestro de los maestros, aquel que todo lo tendrá en esta tierra.

Las risas cesaron al instante, dando lugar a rostros de estupefacción y duda. Kovar hablaba con mucha determinación como para parecer un loco, aunque su última afirmación resultaba bastante difícil de creer.

—¿Eres un mago? ¿De los que hacen aparecer y desaparecer conejos? —dijo uno de los hombres, que empezó a mezclar su risa con los esputos de sangre de su tos. El resto se unió a su chanza.

—Ya está bien de perder el tiempo —exclamó Kovar, cerrando su puño diestro y despertando un aura rojiza en su muñeca. El fuego aconteció en su mano como una lumbre pálida y delicada, algo que dejó atónito a su público. Súbitamente, el último que le respondió se echó las manos al vientre y comenzó a gritar de dolor, tirándose al suelo y pataleando con todas sus fuerzas. Sus compañeros se levantaron y se echaron hacia atrás, viendo con terror en sus ojos cómo la carne de su amigo se abría en llamas desde sus entrañas. No tardó en salir más gente de la taberna, un total de ocho hombres de distintas edades que se contagiaron del miedo nada más ver la escena.

—Lo repetiré una vez más y ahora espero más colaboración por parte de todos, u os juro que enterraré este pueblo en dolor y muerte. ¿Ha llegado a la ciudad un muchacho de media altura y ojos marrones, vestido con ropajes de piel de animales y muy dado al habla? Se hace llamar Zocker.

Todos se miraron entre ellos y negaron con la cabeza. El miedo se había apoderado de sus cuerpos y más de uno se orinó encima entre temblores.

—¿Nadie ha visto nada? —preguntó nuevamente Kovar, mirando con asco a todos—. Sois patéticos, merecéis lo que se os viene encima. Sois un pueblo que no merece vivir.

Dos de los hombres empezaron a llorar en el suelo, implorando perdón y ser salvados, mientras que el resto gemía con las palmas de las manos por delante, en un fútil intento de evitar ser quemado por el temible hechicero. Kovar, sin embargo, no se dignó a darles muerte y pasó de largo para entrar dentro de la taberna. Dentro, mucha gente estaba agolpada en los ventanales mugrientos que apenas dejaban pasar la luz de fuera, intentando ver lo que allí fuera pasaba. Una enorme chimenea mantenía el lugar a una temperatura estable y apacible, mientras que varias sillas y mesas daban sustento a los habitantes del lugar. El hechicero hizo un barrido rápido con la mirada, intentando identificar a Zocker, mas nadie encajaba. Se estaba poniendo más nervioso aún.

—¿Puedo ayudarte, joven? —le dijo un hombre de piel morena y mucho pelo en los antebrazos. Llegaba a los dos metros de altura y de joven se le presumía un físico recio, aunque ahora estaba dominado por una barriga flácida que le colgaba del vientre.

—Zocker, ¿has visto a Zocker? Un viajero que habrá llegado aquí hace unos días como mucho. Casi nadie viene a este pueblo de mierda, así que debéis saber con total seguridad si vino o no un individuo tal al que estoy describiendo.

—¡Oye! Cuidado con lo que dices de Tramiria. A ver si tengo que ponerte moreno a base de tortas, mequetrefe.

Kovar, que hasta ahora no había mi mirado al tabernero, le clavó sus ojos como si fuera una hiena hambrienta. Cuatro huesos fantasmales de tonalidades traslúcidas emergieron a ambos lados del hechicero, que al extender la palma derecha hacia su víctima, salieron girando hacia su torso. Los cuatro huesos fantasmales penetraron en su carne, haciendo que se oyeran chasquidos de tendones y huesos partidos. Al instante, el cuerpo sin vida del tabernero se precipitó al suelo como si fuera gelatina, torciendo sus extremidades en ángulos imposibles.

—¿Alguien ha visto al individuo que estoy describiendo? —gritó Kovar al resto de gente allí presente, como si la muerte del tabernero fuera algo intrascendente. Todos respondieron quedándose quietos, mirándose unos a otros con los ojos temblorosos y con las manos paralizadas del pánico. Lo que allí habían presenciado era magia y ese era un mago, algo que solo habían oído en epopeyas y cánticos de actores itinerantes.

Ante la negativa común, Kovar se giró y salió de la taberna. Varios niños estaban apostados en las ventanas de fuera, mirando con miedo al temible hechicero. Éste, lejos de prestarles atención, se sumió en sus pensamientos. Debía encontrar una forma de dar con Zocker pronto, de seguir su rastro y cazarle de una vez por todas.

«Eres rápido, maldita rata, te sabes mover con mucho esmero y estás consiguiendo esquivarme, pero no te vas a salvar. Daré contigo, eso tenlo por seguro —masculló hacia sí mismo—. Estoy seguro de que vas a necesitar ir a una ciudad, no te queda otra, necesitas comprar cosas, comida, bebida, descanso… y si no es aquí, será en Krav. Disfruta de tus últimos días con vida, víbora, porque voy a por ti».

Para sorpresa de la congregación de gente que se había formado ya en la plaza del pueblo, Kovar cerró sus ojos unos instantes y elevó su cuerpo varios metros, flotando en el aire. Cuando los volvió a abrir, un viento huracanado se despertó a su alrededor, impulsándole en el cielo a una velocidad inimaginable y desapareciendo de la vista de todos.

Todo el pueblo se quedó inmerso en un silencio sepulcral. Se hablaba del renacer de los magos y de cómo el fin de los hombres se acercaba. Los más ancianos empezaban a recitar las historias que azotaron a Ampiria cuando sucedieron aquellas guerras entre los conocedores de la magia y la caballería de Ausper la Mayor, una contienda que acabó del lado de los guerreros gracias a su elevado número. La aparición de Kovar y las noticias de la reciente batalla de los segadores pútridos en La última llamada despertaba de nuevo a esos fantasmas pasados.

Durante una semana larga, Kovar estuvo volando hacia la ciudad de Krav con todo el ímpetu que pudo. El creciente odio hacia Zocker, ya convertido en obsesión, le transmitía un caudal de energía sin límite. Apenas paraba para sintetizar agua para beber y alimentarse de algo de lo que llevaba en su zurrón de viaje, para luego retomar su sendero. Dormía como mucho seis horas por la noche, lo mínimo para estar activo de nuevo.

Finalmente, alcanzó su meta, la próspera ciudad de Krav. Sus edificios se iban asomando en la distancia a medida que iba devorando los kilómetros que lo separaban, viéndose en primer lugar la ominosa iglesia del "Cántico celestial" que tanta fama tenía por toda Ampiria. Se decía que entre sus salas se produjeron tres milagros santos evocados por el Creador, devolviendo la vista a un invidente y sanando las heridas del caballero sir Hambert, un héroe de la leyenda local que salvó la vida de muchos de los habitantes al conducirles por un terreno plagado de segadores pútridos durante la batalla de los Carceleros. El último milagro era el más asombroso, pues narraba el rejuvenecimiento de una mujer que volvió a ser niña. Era santa Anabel, una doncella entregada a la voluntad del Creador y santificada por el clero. Para Kovar, todo esto eran tonterías. Estaba claro que era magia blanca evocada por algún conocedor de la misma y que, a la vista de un pueblo ignorante, se convertía en milagro, como casi todo lo que no entendían. Si la cosecha del grano mejoraba este año era porque el

Creador les había bendecido, si tu hijo enfermo de fiebres se recuperaba era porque el Creador lo había sanado y si sucedía un acontecimiento favorable y especial, casi siempre se aplaudía a la figura del Creador como su artífice.

El hechicero aterrizó a las afueras de la ciudad, pues no quería encender las alarmas al verle volar. No lo hacía por temor a que intentaran hacerle daño o matarle, pues para él el pueblo no suponía una amenaza en lo más mínimo. Estaban todos sentenciados a morir en manos del ejército de demonios que su maestro había despertado contra Ampiria, solo era cuestión de tiempo. Decidió entrar a pie y de forma disimulada para no levantar sospechas ante Zocker, si es que estaba por aquí. No quería que se le escapara luego de todo el tiempo que llevaba invertido en él.

La ciudad por dentro estallaba pletórica en cánticos, con un desfile de habitantes disfrazados de dragones, otros animales mitológicos y reyes pasados: era la festividad del renacimiento, una celebración que festejaba la victoria de los hombres sobre las hordas de enemigos que tanto diezmaron su número hasta casi extinguir la civilización. Todas las calles se llenaban de vítores y aplausos, alentando a los actores improvisados que desfilaban a representar aquellas epopéyicas acciones con algunos tintes cómicos. La cerveza y el buen vino regaban todas las gargantas de los allí habidos, incluso la de los niños más jóvenes, que experimentaban por primera vez una bebida alcohólica con vómitos y mareos.

Kovar agradeció este bacanal, pues entre tanta gente y tantos disfraces, sería aún más invisible ante miradas indiscretas. Durante una hora larga, estuvo paseándose por las principales calles de Krav, asomándose discretamente a los lugares de congregación multitudinaria como tabernas, mercados y posadas. Preguntó por Zocker con insistencia, pero de momento nadie parecía haberle visto. Iba a ser complicado localizarle, si es que estaba aquí, aunque tenía el fuerte convencimiento de que iba a encontrarle. Sentía que estaba aquí, en algún rincón, ignorando totalmente que estaba siendo cazado.

En el mercado principal pasó de largo por varias de las casetas y edificios de madera que exponían para la venta sus productos manufacturados. Cuando llegó a la altura de "Pieles de

Kenethir", retrocedió dos pasos para fijarse bien en las pieles que tenía colgadas. Kovar tenía muchas cualidades reseñables y una de ellas era su fantástica memoria, capaz de recordar detalles mínimos con una certeza exacta. Una de las pieles que ahí se exponían era prácticamente la misma que vestía Zocker cuando lo conoció, estaba seguro de ello.

—¡Eh, tú! ¿Eres el dueño de este cuchitril? —le dijo a un hombre de tez morena y sonrisa fácil que se dejaba ver tras el mostrador. Se le veía joven, quizás demasiado para ostentar un negocio tan fértil como se veía que era este.

—Mi nombre es Kenethir, sí, y esta es mi curtiduría. ¿Os interesa alguna de mis mercancías?

—Pues sí, lo cierto es que sí. Esta piel de aquí, te la vendió un hombre que se hace llamar Zocker ¿cierto? Es un hombre de talla media, musculoso y ojos marrones.

—Todos mis productos están revisados antes de la venta, os lo aseguro, y procedan de donde procedan no verán mermada su calidad. Veréis como cumple perfectamente con vuestras expectativas.

—Eso no me interesa, solo quiero encontrar a ese hombre. ¿Sabes dónde está?

—Sí, lo conozco, me ha provisto de varias pieles desde hace ya varios años. Su nombre es Zackary-Oker, aunque todos le llaman Zocker, un buen hombre y muy profesional. Sin embargo, antes de deciros dónde está me gustaría saber para qué queréis verle. No quiero tener en frente mía a otro peletero contra quien competir en cuestión de proveedores…

—¿Tengo acaso pinta de ser peletero? —le espetó Kovar, torciendo el rostro en desagrado.

—No… la verdad es que no, pero…

—Necesito verle porque tengo que darle algo muy importante, no puedo decirte más. Tú dime dónde está y punto, no tiene por qué pasarte nada a ti ni a tus pieles de animales. Si decides no colaborar, no respondo por tu negocio, quedas advertido.

Kenethir miró hacia los lados para ver si veía a algún guardia de la ciudad, pero solo había ciudadanos. La presencia del hechicero imponía mucho, demasiado para alguien de tan pequeña estatura. Dudó si podía ser el emisario de algún noble o de alguna orden religiosa, algo con lo que no quería involucrarse en lo más mínimo.

—Sí… bueno… esta mañana me vendió la piel y vi como compraba varios víveres. Le pregunté si volvería y me dijo que de momento no, que iba hacia el Norte. Que iba a adquirir una montura, algo de víveres para un viaje largo y que saldría por la tarde, tras descansar un par de horas en algún lado.

—O sea, que sale ahora.

—Sí, eso dijo, que se iba por la tarde.

—Entonces estará partiendo o a escasa distancia de la ciudad. Perfecto…

Sin decir nada más, Kovar se giró y salió corriendo del mercado. Zocker estaba aquí, lo había cazado, y ya solo faltaba ajusticiarle. No paró de correr hasta llegar a las puertas del Norte de la ciudad, donde varios mercaderes de alfalfa y vasijas de barro transitaban con carros tirados por mulas. Clavó su mirada en el horizonte, donde se adivinaban más carromatos, mulas de carga y algún que otro grupo de caballos. Sin embargo, vio también a un jinete que iba solo y en dirección opuesta a la ciudad, como alejándose. Cabalgaba veloz, muy veloz, e incluso a contraluz no albergó duda alguna: lo había encontrado.

CAPÍTULO 23: VENGANZA

No podía creérselo. Los rastros que había seguido la habían conducido de forma exitosa hasta llegar a ellos. Fue preguntando a los numerosos grupos de ciudadanos de La última llamada que habían abandonado la ciudad antes de la batalla, y para su fortuna, algunas de las indicaciones fueron correctas. El grupo estaba ahí, cerca de entrar a la ciudad de Krav, los había encontrado.

No paró de galopar alocadamente hasta alcanzarlos. Necesitaba tenerlos cerca luego de todos los acontecimientos acaecidos, necesitaba tenerlos cerca y sentir el calor de su amistad. Vio a Leonardo con la mano zurda en alto, vestido con su coraza disciplinaria y con la gruesa mandoble colgada en su diestra. A su lado, Sirián sonreía con candidez con el báculo en mano, mientras que Lilian levantaba su puño en victoria al ver volver con vida a su amiga. Drigán estaba de espaldas, mirando hacia la ciudad, totalmente ajeno a su llegada.

Dévora detuvo el caballo a unos metros de Zurah, que se había adelantado para recibirla antes que nadie. La ladrona saltó del caballo y se fundió en un fuerte abrazo con la bruja oscura. Apretó tanto a su amiga que le provocó dificultades para seguir respirando.

—¡Bienvenida, Dévora! —gritó Lilian—. ¡Qué alegría verte a salvo!

—Sed bienvenidos, ya podéis sentiros en casa, aunque estemos en mitad de un camino —dijo Leonardo, ayudando a Nofret a bajar de la grupa del caballo.

Dévora derramó varias lágrimas desde sus ojos enrojecidos por la pena. Entró en un sollozo descontrolado y no quería soltarse de los brazos de Zurah por nada del mundo.

—Tranquila amiga, ya estás a salvo. Eres una heroína, has salvado a la pequeñaja y todo. Aquí no te pasará nada —le dijo Zurah, intentando calmarla en la medida de lo posible. Sin embargo, la ladrona siguió llorando aún con más fuerza. Estaba totalmente abatida por una tristeza que mantuvo mucho tiempo encerrada dentro y que, al encontrarse con los suyos, finalmente liberó.

—Ánimo Dévora, que no todo está perdido. Derrama toda tu pena, pero no te alimentes de ella, pues tenemos que tener esperanzas de que todo se solucionará —dijo Sirián, que tan pronto se acercó sintió un fuerte escalofrío por su cuerpo. Miró a Nofret con detenimiento sin apartarle la vista. Esa niña le transmitía oscuras sensaciones, un malestar extraño.

—El diablo fue vencido… —llegó a decir Dévora tartamudeando—. El ataque acabó y fue detenido, todos murieron.

—¡Vencisteis! —exclamó Leonardo—. Ja, ja, ja, ¡pero qué gran fortaleza habéis tenido! ¡Bravo!

—¿Victoria? ¿Hemos ganado a ese ser? —dijo incrédula Lilian, buscando con la mirada alguna explicación en boca de otro.

—Pero no todo fue victoria y éxito ¿verdad? —pronunció Sirián con voz apaciguada—. ¿Qué sucedió Dévora? ¿Cómo disteis muerte al diablo y por qué oigo susurros procedentes del alma de Nofret?

Drigán se dio la vuelta al oír el último comentario de la animista blanca. Quería también oír la respuesta.

—Hicimos todo lo que pudimos, pero todo era imposible contra esa legión. Las calles se convirtieron en ríos de sangre que empujaban la carne sin vida de los habitantes de la ciudad y los gloriosos muros se desmoronaban a cada soplido de esos seres. Era como si un niño estuviera jugando con una maqueta de barro.

—Pero lograste encontrar un camino de huida y salvaste a Nofret —añadió Lilian, intentando buscar el esquivo optimismo en la conversación.

—Yo no la salvé a ella. Ella me salvó a mí, nos salvó a todos —respondió Dévora, soltando ya a Zurah del interminable abrazo y extendiendo la mano para alcanzar la de la asustada Nofret.

—¿Ella? ¿Cómo que ella…? —dijo Leonardo algo confuso.

—¡Atentos, grupo! Se acerca el jinete —interrumpió Drigán, poniendo en alerta a todos.

—¿Quién es? ¿Alguien conocido? —preguntó Dévora.

—Creemos que es Kovar o un enviado suyo. Es el responsable de todo esto, o mejor dicho, la mano derecha de quien maneja esas hordas enemigas.

—Pues es raro que venga en línea recta hacia nosotros. Mucho valor tiene para enfrentarse a todos tan descaradamente.

—O muy seguro está de poder vencernos —añadió Leonardo—. Por ello, os ruego que me dejéis hablar a mí antes de efectuar acto alguno. Necesitamos saber dónde está su maestro antes de proclamar justicia sobre su alma, y creo que soy el más indicado para esa labor.

—¿Y puede saberse por qué? —espetó Drigán—. ¿Acaso los enemigos te ven y se rinden a tu simpatía o qué?

—No, Drigán, pero creo que soy el que mejor sabe manejar este tipo de situaciones.

—No te erijas líder de este grupo, caballero, porque tu palabra está envenenada por tu creencia. Yo no abrazo a tu Creador y no recorreré los mandatos de quien lo obedece.

—Pero ¿qué te pasa a ti ahora? —exclamó Zurah, metiéndose en la conversación—. Trata de ayudar a todos y no como tú, que solo buscas escupirnos con tu arrogancia. Si tuviera que elegir un líder no te quepa la menor duda que escojo a Leonardo. Tú no eres más que un estorbo, la verdad.

—No te referías a mí en estos términos cuando Kragor til Mass estaba a mi lado, pero veo que ahora te estás envalentonando… voy a tener que enseñarte que te equivocas en menospreciarme, bruja.

—¡Alto! ¡Por el Creador, ahora no! —dijo Leonardo, poniéndose entre los dos—. Solucionad esto más adelante, ahora no es el momento.

—Apártate, caballero, o te barro también a ti, te lo advierto —dijo Drigán, iluminando sus ojos con tonalidades doradas.

—Cálmate Zurah, no entres en su juego —intervino Lilian, tomándola del brazo para alejarla de la inminente pelea.

—Espera, espera… a ese lo conozco yo —dijo Dévora, avanzando varios metros y levantando la mano con la palma extendida—. Os puedo asegurar que no es un enemigo. Es un buen hombre, muy dado a meterse en problemas, pero que nunca haría nada en contra de un semejante.

Poco más tiempo hubo para planear o cambiar de pareceres, pues el misterioso jinete llegó a la altura de Dévora. Detuvo su caballo y devolvió el saludo de Dévora levantando también su palma. Movía con nerviosismo sus ojos marrones entre cada integrante del grupo, como intentando justificar qué pasaba ahí. No era un grupo muy común y la posición que tenían era claramente de discusión, o peor aún, de posible combate.

—Os saludo Zocker, mi nombre es Dévora de Vohm, al servicio de la corte de Creiburjo en los años pasados, y congregada en la orden del cuervo, recientemente disuelta.

—He oído de vuestro nombre antes y sé de vuestro gremio. ¿Cómo sabéis vos mi nombre?

—La joven Lativia, la hija del lechero.

Zocker torció el rostro al oír eso y se tapó los ojos con la mano en vergüenza.

—Se esposó con aquel buen hombre ¿no? Ese heraldo prometedor que quería hacerse caballero en la capital…

—Sí, mas no fue gracias a ti. Me costó mucho tapar aquel fatal suceso en que involucraste a la feliz pareja.

—¡Espera, espera! No fue solo culpa mía ¿vale? Ella provocó también la situación.

—No me dices nada que ya no sepa, Zocker. Si hubiera sido solo culpa tuya, dudo que estuvieras vivo aquí y ahora. Entiendo que dos no lo hacen si uno no quiere, pero en vuestro caso ambos quisisteis y no era cuestión de ajusticiar a uno por el error de ambos.

—¿Se puede saber de qué rayos estáis hablando? —interrumpió Drigán con la mirada terciada—. ¿Ahora recordamos batallitas pasadas con el enemigo?

—Cálmate, Drigán. Zocker no es enemigo nuestro, no al menos que yo sepa —respondió Dévora, buscando con su mirada una posible respuesta en boca del aventurero, quien asintió sin dudarlo.

—No que yo sepa tampoco —dijo Zocker.

—¿Conoces a un hechicero? A él o a su maestro oscuro —preguntó sin rodeos Drigán. Zocker cambió las facciones del rostro y aferró las riendas de su caballo con fuerza. Parece que la sombra de ese hechicero volvía luego de tantos días.

—No… no conozco a…

—Tus labios se han cerrado de forma bastante abrupta y tus manos se han puesto en tensión. Así mismo has desviado la mirada hacia distintos puntos del alrededor, como buscando acabar con esta conversación. Mentir no es una opción, Zocker, esta vez no. Es algo mucho más importante que un simple matrimonio lo que está ahora en el tablero de juego —dijo Dévora, cruzando los brazos sobre su pecho.

—Está bien, calma todo el mundo, que no es mi intención meterme en líos. A ver, sí, conocí a un hechicero no hace mucho, durante mis viajes por el Oeste, pero ni es mi amigo ni es alguien del que me guste hablar. Tengo el presentimiento de que está continuamente planeando sobre mi persona, molestándome en mis sueños y torturándome durante mis viajes. Lo peor que pude hacer fue conocerle, aunque afortunadamente logré escabullirme de él.

—¿Al Oeste? ¿Por Llaídra? —preguntó Leonardo.

—No, no, más al Sur, por las cordilleras de los Primeros Nacidos. Es un lugar próspero de animales cuyas pieles se venden muy bien, y que por lo tanto, suelo frecuentar durante varios meses al año antes de volver a la civilización. En mi última batida me refugié en una torre abandonada de hace ya mucho tiempo, pero para mí mala fortuna allí estaba ese tal Kovar alojado. Logré zafarme de él haciéndole creer que era de su orden, aunque tuve mucha suerte, y tras darle de beber vino en gran cantidad abandoné el lugar apenas pude.

—¿Qué te dijo? Quizás no lo sepas, pero desde Llaídra han despertado nuevos ejércitos que asedian Ampiria. La última llamada ha sido convertida en un cementerio sin vida y no pararán hasta hacer lo mismo con toda Ampiria. Puede ser fundamental para lo que está sucediendo que nos digas lo que viste y hablaste con él —dijo Dévora, volviendo a tomar las riendas de la conversación.

—¿La última llamada ya no existe? Debes estar bromeando, esa fortaleza no tiene enemigos capaces de vencerla.

—No he dicho que fuera vencida, sino destruida. La última llamada ahora son ruinas deshabitadas, Zocker.

—Bendita madre de todas las madres —gimió el aventurero, tocándose el pecho con angustia.

—Por eso te repito que es fundamental que nos ayudes. ¿Qué te dijo exactamente?

—Que era un hechicero y me habló de que una horda de demonios iba a atacar Ampiria, pero no le creí. Era notorio que ese individuo decía algo de verdad y de que estaba en unión a la magia, se le notaba en sus modos. Sin embargo, me parecía algo excesivo que hablara de un ejército tal a ese.

—Pues era cierto, Zocker. El ejército de demonios azotó La última llamada hace unas semanas. Muchas vidas han perecido en su defensa.

—Pues viene otro ejército, incluso más poderoso.

—¿Otro? ¿Cómo que otro? ¿Más demonios? —preguntó Leonardo, ya superado por la situación.

—No, no eran demonios. Dijo que eran algo muy raro, unos jinetes que montan sobre dragones y que provienen de un lugar inalcanzable sin dicha montura.

—¿Cómo has dicho? —dijo Drigán con voz quebrada.

—Pues eso, lo que me dijo ese hechicero.

Sirián dio varios pasos hacia el frente y posó su mano sobre el hombro de Drigán, haciéndole partícipe de su preocupación. Era algo que ambos se olían que podía suceder, pero no que fuera tan inminente.

—Mi nombre es Sirián, buen Zocker. Vuestra ayuda está siendo soberbia, hecho que os agradecemos en nombre de toda Ampiria, mas os tengo que pedir un favor más. Poneos aquí, a nuestro lado, y sacad vuestra arma, pues Kovar os ha encontrado. En pocos minutos llegará aquí.

—¿Qué? ¿Cómo que me ha encontrado? —dijo Zocker mirando hacia todas partes.

Sirián se limitó a señalar el horizonte, hacia la ciudad, donde poco a poco fue dibujándose un punto en el cielo que iba creciendo más y más a medida que pasaban los segundos.

—Mierda, ¿cómo me ha podido encontrar? Por favor, ayudadme, os lo ruego. Os aseguro que nada malo haría contra nadie, fue la mala suerte de estar en el lugar equivocado en el momento equivocado.

—Te ayudaremos, pero luego tú nos deberás un favor —dijo Dévora, adelantándose a Leonardo que iba a ofrecerse para protegerle por puro altruismo—. Dices que has estado por las cordilleras de los Primeros Nacidos, hecho que nos interesa mucho, sobre todo si conoces el paradero de un castillo que la leyenda lo define como el hogar de los titanes.

—¿El castillo de los titanes? Sí, sé cuál dices. Nunca he estado en su interior, es una construcción algo inhóspita, muy rara. Sus torreones son octogonales y sus muros de altura variada, como si se tratara más de una construcción de recreo que de defensa. Además, a su alrededor no se aprecia vida alguna. Los pájaros no anidan en su cercanía y los osos temen cazar por ahí. Es un lugar maldito y de difícil alcance incluso aunque se llegue a ver, pues está erigido sobre un acantilado rocoso de muchísima altura por todo su perímetro.

—Nos llevarás allí, Zocker.

—¿Para qué? ¿Me queréis decir qué está pasando aquí? ¿Ese maldito es un hechicero de verdad, de esos que conjuran y evocan magia? ¿Los demonios fueron realmente llamados? Es que esto me resulta un poco exagerado, casi un mal sueño, la verdad.

—Bienvenido al grupo, Zocker. Empieza a creer en los sueños —pronunció Zurah mientras despertaba al báculo en un humo negro que descendió con velocidad hasta cubrirla entera.

—Bienvenido Zocker. No debes temer aquello que ves y conoces, sino aquello que no puedes ver y que desconoces —añadió Sirián, haciendo levitar su pelo lacio como si estuviera bajo el agua, movido por una fuerza invisible. De ambas manos empezó a caerle unas gotas brillantes que desaparecían antes de llegar a tocar el suelo.

Zocker retrocedió totalmente asustado. El ver la magia desde tan cerca, luego de toda la educación que había recibido para evitarla, le provocaba urticaria por todo el cuerpo y un miedo atroz. Se decía mucho de la magia, demasiado como para obviarlo así como así, con una simple frase.

Dévora abrió su capa envolvente y bailó los brazos con sus dos espadas ligeras, para entrar en calor, mientras que Leonardo fijaba el término de su gruesa espada en el suelo para dejarla vertical sobre su vientre. Reposó ambas manos sobre la empuñadura y comenzó a susurrar un rezo santo.

—No te preocupes, Zocker. Sientes miedo y terror por lo que está sucediendo aquí y ahora, por todo lo que has oído y visto, mas te acostumbrarás a ello. Debes acompañarnos en este viaje y en esta confrontación, y si es la falta de valor lo que ahora te lo impide, deja que yo me ocupe de devolvértela —pronunció Lilian, dibujando un círculo en el aire con ambos brazos extendidos mientras hacía acontecer bajo los pies de todos los presentes un círculo traslúcido de color magenta. Dévora dio un grito de aúpa, algo parecido a Zurah y a Sirián. Leonardo y Drigán permanecieron impávidos, aunque no pudieron ocultar que se sentían más vigorizados.

Zocker sintió como una fuerza extraña recorría sus arterias, incrementando el bombeo de su corazón e irradiando de autoestima su mente. Veía a las tres mujeres evocando magia con una pasmosa tranquilidad, sin sentir miedo ni permitir que ello le causara dudas. Se veía deseoso de ver a Kovar, ese hechicero que tanto terreno había recorrido para darle muerte, ese vástago de los demonios que tanto odio tenía a la vida.

—¿Qué...? ¿Qué es esto? Siento... calor —llegó a decir Zocker, mientras se frotaba las manos con delicadeza y levantaba la mirada hacia el cielo, donde Kovar estaba.

—Es un encantamiento que te fortalecerá e incrementará tus reflejos, así como te ayudará a encontrar la paz que todo valiente necesita en una batalla. No debes temernos, Zocker, pues no buscamos matar por matar, sino alcanzar la paz.

—Con muerte, según veo, pero ya hablaremos de eso más tarde. Ahora hay un hechicero que atender.

—Yo me ocupo de Nofret —dijo Dévora—. Vosotros no dejéis que se acerque a ella.

—Tranquila, Dévora. No llegará a dar dos pasos sin encontrarse con mi espada sustituyendo su columna vertebral —expuso Drigán, más seguro de sí mismo que nunca.

Kovar no hizo esperar mucho más al grupo. Llegó a una velocidad desafiante hasta ponerse justo encima de ellos, donde se detuvo en seco. Reconoció el rostro de Zocker al instante.

Una vez tocó el suelo con los pies, recorrió con la mirada a todos los allí presentes y esbozó una sonrisa macabra, muy seguro de sí mismo. No parecía asustarle el número de enemigos que tenía en frente, ni siquiera al constatar que entre ellos había conocedores de la magia. Era intranquilizador.

—Así que aquí te escondías ¿eh? Te has reído en mi cara y has logrado engañarme, pero ahora toca pagar tu deuda, que es la muerte.

Zocker no articuló palabra alguna. Miraba a Kovar con un pánico atroz mientras sus rodillas le titiritaran con insistencia.

—Hola Kovar, ya tenía ganas de conocerte —respondió Leonardo sin quebrar su posición firme con la espada clavada en la misma vertical que su cuerpo—. Sabemos todo lo que has hecho y todo lo que piensas hacer, y es menester nuestro detener tus pasos.

—¿Qué sois? ¿Una especie de vengadores justicieros de Ampiria? No os paga nadie y aun así tentáis vuestra suerte... ¿acaso no es esa la definición de loco?

—Nadie me llama loco y sigue vivo para contarlo, sabandija —interpuso Drigán, escamando su piel en tonos dorados.

—¡Ah...! Pero si es el famoso caballero del dragón dorado. Parece ser que los incompetentes de Saine y Refek no hicieron su trabajo. Como siempre, si uno quiere un trabajo bien hecho, tiene que hacerlo uno mismo. No te preocupes, será un placer enviarte a los infiernos más oscuros que puedas imaginar. De hecho, estáis todos condenados a compartir esa suerte. No debisteis haberos juntado con este desgraciado, pues supongo que ya os habrá contado todo... ¡Pero qué ven mis ojos! ¡Dévora! Al final lograste rescatar a Sirián de su control, por lo que constato. Has sido hábil, muy hábil. Ya me advirtieron de que tenías esa habilidad tan molesta de obrar milagros imposibles.

—Zocker nos ha contado algo que ya sabíamos, Kovar —dijo Dévora, dando dos pasos al frente y alejándose de Nofret, que fue rápidamente cubierta por Lilian—. Las legiones que estáis enviando serán repelidas una y otra vez, y los planes de conquista en los que tanto confías están siendo anulados.

—¿Tan seguro estás de ello, Dévora? Al Norte puede que no piensen igual que tú.

—Tan segura estoy. Por lo que veo, no te han avisado que la horda demoníaca ha sido aniquilada en La última llamada. Eran muchos y temibles, pero no fueron suficientes como para abatir el corazón del imperio. Y no confíes mucho en los caballeros del dragón que os juraron lealtad, pues no vendrán.

—¿Qué tonterías estás diciendo, insignificante ladrona? ¿Sugunte vencido? ¿Me estás tomando el pelo o qué? No hay hombre ni mujer capaz de derrotar a ese ser, ni magia ni arma capaz de herirle en toda Ampiria, es imposible que… aguarda… aguarda un momento —respondió Kovar, fijando su mirada inquisidora en la pequeña Nofret.

—Ni se te ocurra, Kovar, ella no está a tu alcance —replicó Dévora.

—Ya sabía que ella llevaba el camafeo de Guerón… fue una interesante jugada por tu parte la de hacerle cargar con ese peso que la llevará a una muerte atroz. El camafeo ha encontrado en ella un alma tan inocente y carente de decisión que la controla con suma facilidad, aunque cobrará caro el precio de su uso.

—Ya lo hizo, pero como podrás ver no ha sido nuestro fin, pero sí el tuyo. De todas formas, el camafeo va a ser destruido en breve, es cuestión de días antes de que lleguemos a la forja de los titanes y acabemos con su poder.

La estrategia de Dévora fue clara desde el primer momento, sembrar la duda en su enemigo para luego darle a conocer los planes de victoria que tenían, invocando así a su orgullo para que les confesara el posible plan que tenía para frustrarlo. Y Kovar no la defraudó. Mordió el anzuelo sin pensar en lo que hacía.

—¿Destruir el camafeo de Guerón? ¿De verdad crees que en esa forja decrépita lograrás tal hazaña? Ja, ja, ja permite que te abra los ojos, estúpida ladrona, y de paso a todos vosotros, grupo de feria. El camafeo de Guerón no puede ser destruido de esa forma, se requiere de magia para poder neutralizarlo, una magia más poderosa de la que una persona pudiera ostentar. Ni yo tendría ese poder.

—Buen intento de camelarnos, Kovar, pero no te funcionará. Sabemos que allí está la solución a este enigma, estamos seguros de ello. En la torre de Erún nos informaron acerca de cómo hacerlo…

—¡Déjate de tonterías! Esos alquimistas no ven más allá de sus muros de piedra. Se basan en escritos hechos por ellos mismos y no abren sus puertas a nuevos conocimientos, creando un ecosistema propio que no puede aplicarse en el exterior. El camafeo de Guerón es vuestra maldición, aunque no tenéis por qué lamentarlo, ya que ha llegado el final de vuestras vidas.

—¿Tu maestro estaría conforme a esa decisión? —insistió Dévora, intentando sacar algo más de información.

—¿Mi maestro? ¿Cómo te atreves a mencionarlo? Es un insulto que tú pronuncies su nombre, asquerosa ramera.

—¡Eh! Ya está bien de tanto insultar. Va siendo hora de que saldemos cuentas, enano estúpido. Tú, tu maestro y todo aquel que apoye tu causa besará el fango del suelo, esa será mi venganza —rugió Drigán, alzando su mandoble en posición de combate.

No hubo más diálogo posible. Kovar ya traía mucha ira acumulada deseosa de salir y tras los últimos ataques verbales del grupo, alcanzó su límite. La tierra a su alrededor se levantó como tomada por un viento espontáneo, rodeándole en su totalidad como si de una cortina se tratara. Un cono de rayos emergió frontalmente de su posición, impactando sobre la totalidad del grupo con fiereza y dolor. Leonardo, Dévora, Zocker, Zurah y Lilian se vieron envueltos en varios latigazos de descargas eléctricas que acabaron con una explosión repentina. Salieron expelidos varios metros hacia atrás, cayendo torpemente al suelo entre chillidos de dolor. Drigán recibió también el impacto de los relámpagos, aunque su piel escamada repelió la mayor parte de su daño. Sintió cómo sus músculos se agarrotaban hasta el límite, pero no fue suficiente como para repeler su carrera hacia él. Sirián, por otro lado, fue rápida extendiendo un escudo de energía frente a ella y a Nofret para absorber el fatal ataque. Kovar había sido muy veloz y eficaz, había convocado un hechizo protector y uno de ataque sin dar tiempo ni a pestañear.

El caballero del dragón recorrió los pocos metros que le separaban de su objetivo y desató toda su furia en la espada que sostenía. Atravesó el poderoso escudo de tierra que el hechicero tenía levantado, pero al impactar sobre él, su hoja lo atravesó de lado a lado, como si fuera etéreo. Súbitamente, el escudo de tierra se concentró en un punto y salió expelido en un torrente de fuerza descomunal hacia Drigán, que apenas tuvo tiempo para taparse con ambos brazos el rostro antes de sentir como mil agujas le atravesaban la piel, cediendo su posición e hincando la rodilla en dolor.

A continuación, varios huesos de color verduzcos acontecieron a ambos lados del hechicero, una magia que le gustaba evocar por su eficacia al provocar una muerte segura. Sin embargo, Sirián estaba preparada para actuar, aunque tenía mucho trabajo a su alrededor. Leonardo acababa de levantarse, aunque era notorio que aun sentía dolor, mientras que Zurah y Lilian seguían en el suelo encogidas de dolor. Al resto del grupo no lo tenía en su radio de visión, pero se adivinaba que no estaría en mejores condiciones, por lo que, alzó su báculo y evocó el sortilegio de amparo, despertando una luz cálida que iluminó a todos a su alrededor.

Kovar dibujó una sonrisa sobre su rostro y negó con la cabeza la acción de la animista. El sortilegio de amparo desviaba toda la magia que se efectuara hacia el foco evocador, esto es, hacia ella.

«Mala decisión, Sirián. Pensaba que me ibas a presentar más batalla», masculló el hechicero, dando rienda suelta a su letal ataque. Los huesos fantasmales recorrieron la zona en círculos concéntricos, dejándose llevar por el manto de atracción que Sirián tenía en alto. Por si fuera poco, Kovar formó un triángulo con las palmas extendidas y evocó a una calavera envuelta en llamas que salió expelida también hacia Sirián. Evocaba magia con una presteza y facilidad que resultaba impensable.

Súbitamente Sirián explotó en un brillo blanco de una pureza sin igual. Era un lucero que latía cual estrella en el firmamento, envolviendo con su luz blanca todo su cuerpo. El hechizo de los huesos fantasmales fue engullido por esa luz, al igual que la calavera ardiente. Sirián era como un sumidero de magia que todo lo consumía en su cercanía, un muro de luz impenetrable por medios convencionales. Era conocido como el despertar blanco, una habilidad que aprendió durante varios años de aprendizaje junto al árbol de Calatros, y que la hacía literalmente invulnerable a todo tipo de ataques, tanto mágicos como físicos. Despertaba una luz tan pura y límpida que cualquier cosa que osara dañarla quedaba reducida a la nada. Era su mejor defensa, aunque la más costosa en energías, pudiendo evocarla una o dos veces como máximo antes de caer desmayada de agotamiento.

Kovar había oído hablar de esta habilidad, aunque nunca la había visto en uso. Sin embargo, sí sabía que no duraría mucho activa y que lo único que había logrado es vivir unos minutos más.

Leonardo dio un grito al cielo y se lanzó, mandoble en mano, hacia el hechicero. Sabía que era un suicidio tal acción, pero él contaba con el mejor escudo de todos: el Creador. Puso todo su empeño en la acción, levantando el mandoble con ambas manos mientras rezaba al Creador que le diera voluntad y fuerzas para alcanzar la carne de su enemigo. Kovar se centró al instante en él y trazó dos líneas magenta en el cielo, mas antes de poder lanzarlas vio venir una daga hacia su cabeza. La detuvo en el aire a apenas unos centímetros de su nariz. Dévora, ensangrentada y con la rodilla hincada en el suelo, disimulaba su dolor hasta tal punto que hacia dudar a sus enemigos de su entereza. Era una de sus muchas estrategias, desconcertar a sus adversarios haciéndoles creer que estaba preparada para un asalto más, aunque el dolor fuera atroz. Su daga fue detenida, sí, pero al menos logró interrumpir el hechizo que estaba evocando, dándole al paladín un par de metros de ventaja.

El hechicero, sin embargo, no se dejó intimidar y con la rapidez que le caracterizaba evocó dos bolas gélidas girando en torno a su torso que salieron fijas hacia el paladín. Leonardo las vio venir, mas no cesó en su empeño de llegar hasta el hechicero, no podía rendirse incluso aunque viera a esas dos bolas asesinas directas hacia su persona. Cerró los ojos y se consagró al Creador para que le protegiera, para luego volver a abrirlos y ver que las bolas ya no estaban.

Lilian, desde la distancia, logró desviar las temibles bolas heladas para que la reconocieran a ella como su objetivo, y no a su hermano. Las bolas cayeron en la trampa y se desviaron justo a tiempo para evitar golpear a Leonardo. Sirián tenía que decidir si intentar atacar a Kovar o defender a su compañera, y tenía poco tiempo para hacerlo. Al final, cedió ante su legalidad y levantó una pantalla de fuego frente a la sacerdotisa, haciendo que los temibles hechizos gélidos estallaran en nieve en polvo.

El paladín ya estaba a escasa distancia de su objetivo, más revitalizado a cada metro que daba en su aproximación. Kovar cedió terreno dando dos pasos hacia atrás, terciando su rostro con más seriedad. Incendió sus ojos en un verde esmeralda y levantó a su alrededor un total de cuatro imágenes fantasmales, guerreros esqueléticos ataviados con yelmo y cotas rotas. Gimieron con una voz esperpéntica y se movieron flotando hacia Leonardo.

«Eso mantendrá entretenido a ese paladín el tiempo suficiente como para ocuparme del resto del grupo», pensó Kovar, mirando cómo estaba el resto de sus adversarios.

Lilian estaba alzada junto a Nofret. Tenía el rostro y los brazos perforados en pequeños brotes de sangre, pero parecía que estaba entera. Zurah, por su parte, acababa de levantarse. Tenía el báculo irradiado en un humo negruzco, preparándose para atacar con todo su arsenal. Zocker, se había arrastrado hasta llegar a la vera de Sirián, que seguía envuelta en su resplandor blanco. Drigán no terminaba por abrazar el suelo, se resistía a ceder ante el dolor que debía estar experimentando por las perforaciones que había sufrido.

«Espera... ¿Dónde está la ladrona? ¿Dónde se ha metido esa cucaracha?», pensó con nerviosismo. Giró su cabeza por inercia para mirar detrás y allí la vio. Dévora estaba en su retaguardia con dos dagas fijas en él ya volando por el aire.

El hechicero movió ambos brazos en cruz para luego abrirlos totalmente, liberando una fuerza de repulsión a su alrededor, haciendo que las dagas se quedaran sin fuerza de avance y salieran repelidas a zonas arbitrarias. Drigán terminó por besar el suelo al impactarle la poderosa ola.

Leonardo avanzó hacia los fantasmas sin temor alguno, alzando su mano diestra al cielo y clamando un rezo santo. Sobre sus pies desapareció su sombra y aconteció un círculo de luz pálida que lo acompañaba durante su carrera.

—¡Que los muertos descansen con los muertos y no en la vida! ¡Expúlsalos del mundo de los vivos bajo el puño justiciero de mi nombre! ¡Volved a vuestro inframundo, almas malditas! ¡Yo os lo ordeno! —gritó el paladín, haciendo que los fantasmas entraran en una especie de locura, gimiendo y llevándose las manos al rostro mientras todo su cuerpo se desvanecía en una gelatina rojiza. Kovar lo desconocía, pero Leonardo había llegado a un trance tan cercano con el Creador que dejó de ser un caballero blanco, seguidor de su dogma y creencias, para convertirse en un paladín, dotado de cualidades únicas, tales a la expulsión de los muertos.

Súbitamente, el cielo rugió con varias lanzas negras que se lanzaron en picado hacia el hechicero. Zurah no iba a tener contemplaciones ante tan gran rival y no dudó en sacar todo su arsenal a flote. Simultáneamente, Lilian convocó un aire alrededor de Leonardo que lo dotó de unas fuerzas y una resistencia renovadas, una oda de vigor para que su ataque fuera decisivo. La ola de rechazo que el hechicero levantó rebasó la posición de Leonardo sin hacerle retroceder ni un solo centímetro. Ya lo tenía frente a él.

—¡Que el Creador tenga misericordia de ti! —gritó con todas sus fuerzas Leonardo, describiendo una cruz cerrada sobre el pecho de Kovar. Al mismo tiempo, las lanzas fantasmales que Zurah evocó atravesaron el cuerpo del desgraciado, perforándole en varios puntos y sentenciándolo a una muerte segura.

Sin embargo, Kovar aún guardaba un as bajo su manga. La sangre no hizo aparición en la escena y su cuerpo descuartizado se desvaneció cual fantasma etéreo.

—Simples mortales previsibles… ¿acaso creíais que llegaríais a mí con tanta facilidad? Sois lentos, atacantes paupérrimos que solo saben gritar muerte sin saber cómo hacerlo. Pero yo os enseñaré el secreto de la muerte, no os quepa la menor duda —exclamó Kovar, ubicado varios metros más alejado de la posición que ocupaba cuando fue ajusticiado.

—¿Pero cómo…? —dijo Leonardo atónito.

—Es imposible, mis embrujos deberían haberle alcanzado estuviera donde estuviera. No puede engañar al vial mágico de esa forma, va en contra del conocimiento arcano —dijo Zurah, convocando una vorágine oscura sobre su cabeza.

—Quiebra el espacio y el tiempo a su voluntad, y lo hace con una habilidad muy entrenada —dijo Sirián, observando con detenimiento a su adversario—. Tenemos que ser más rápidos que él atacando a varios de sus focos. No os centréis en él solo, sino en toda sus huidas posibles. Encerradlo bajo un círculo.

—Ja, ja, ja, ¿acaso crees que llegaréis de nuevo? Este es el fin de vuestras patéticas existencias. Rezad a vuestro Creador, porque yo ya os he sentenciado.

Kovar evocó una ola gigantesca tras él que empezó a arder en su cresta, mientras que el cielo se tintaba de tonos magentas. Sus ojos se volvieron opacos y brillantes como el ópalo más puro, y sus manos, alzadas en perpendicular al suelo y con las palmas hacia abajo, comenzaron a exudar un humo descendente.

—¡No os rindáis! ¡Adelante todos! ¡Esta vez no podrá evitar mi espada! —gritó el paladín, volteando su mandoble hacia atrás y corriendo de nuevo hacia su objetivo.

Dévora respiró con dificultad y se envolvió el vientre con la mano zurda para retener el dolor, cerrando los dientes con fuerza y corriendo hacia la retaguardia del hechicero. No sabía cómo Kovar había hecho lo que hizo, ni a qué se refería exactamente Sirián con eso de encerrarlo en un círculo, pero mientras le quedara alguna gota de energía iba a darlo todo. Ya tenía preparada una daga más, la última que le quedaba, para asestarle el golpe fatal. No podía fallar esta vez.

Zurah ejecutó su ataque mágico, una bola de humo que evocó en dirección a Kovar. Si le impactaba le arrancaría la carne a tiras como si se tratara de un carnicero desollando conejos. Sirián, por su parte, entrecerró sus ojos a medida que alzaba ambos brazos en una oda a la esperanza. Las piedras pequeñas del suelo temblaron ante su voz haciendo que, por un momento, el movimiento se aletargara. Era el conjuro de unión, un intrincado proceso mágico que ralentizaba la consecución de los hilos del tiempo en su telaraña, descendiendo la velocidad de los sucesos.

El cielo ahora tronó con relámpagos oscuros y la ola ardiente creció en tamaño hasta alcanzar el doble de su amplitud. Medía más de ocho metros, un ataque capaz de cubrir más de cuarenta metros de terreno con su alcance. Sin embargo, una luz blanca se abrió paso entre ese firmamento oscuro, dibujando un foco de santidad entre tanto odio. Al instante, otro foco agujereó ese tormento de oscuridad... y otro más... y otro... Sirián aún estaba en su manto de invulnerabilidad, con el báculo hincado en el suelo y agarrado con sus dos manos. El sortilegio que estaba convocando la tenía totalmente entregada, con la cabeza mirando hacia el suelo por el esfuerzo. Su pelo estaba alzado merced a las virutas mágicas que acontecían de ella y que subían hasta poblar el cielo, creando ese choque de mantos.

Cuando el embrujo de Zurah llegó hasta Kovar, éste se limitó a mostrar su palma para detenerlo a escasos metros de su posición. Acto seguido, cerró el puño y la fatal bola de humo se disipó en la nada, para desconcierto de Zurah. Leonardo devoraba los metros y Dévora hacia lo que podía para alcanzar una posición óptima para tener un buen arroje. Sirián seguía esforzándose con todas sus energías para dar salvaguardia ante lo que se avecinaba, mas no pudo evitar el desenlace final. La ola mágica del hechicero tronó en comunión a varios relámpagos negros del cielo que la golpeaban sin cesar. Finalmente, Kovar abrió ambos brazos y bajó la cabeza, haciendo que su magia saliera expelida en un cono frontal. Ya no había salvación para nadie, el poder de esa magia era atroz, impensable incluso para los más afines a la magia.

Dévora vio cómo la ola desgarraba el suelo, levantando arena, rompiendo piedras y evaporando la vegetación que se topaba en su recorrido. Se apreciaban pequeños parones en su velocidad, un efecto del manto que la sacerdotisa estaba evocando, aunque aun así iba muy veloz. Afortunadamente para ella, el avance que dibujaba la ola transitaba en cono y ella venía por uno de los lados. No se lo pensó dos veces y echó a correr con todas las fuerzas que le quedaban hacia uno de los lados, olvidándose de su dolor y de su mermada resistencia.

Leonardo casi había llegado a la vera del hechicero, cuando vio cómo la fatal magia lo envolvía para castigarle con punzadas en los órganos y descargas eléctricas letales. Fue engullido por la gigantesca ola oscura de crin ardiente.

—¡Nooo! ¡Mierda, no! —dijo Zurah, echando a correr hacia atrás en un intento vano de esquivar el alcance de la ola. A su lado iba Zocker, que milagrosamente sacó fuerzas de flaqueza para levantarse y huir.

Sirián, alzó su vista unos segundos y trenzó un triángulo con su mano diestra en el aire, cuando vio cómo la ola la ingería también a ella. A su lado, Lilian, derramó una lágrima antes de cerrar los ojos y esperar su fatal desenlace. Evocó un último canto de esperanzas y cerró los brazos en una cúpula verde de protección, rezando porque la muerte le llegara con el menor dolor posible, tanto a ella como a Nofret, que rompió en un llanto desconsolador agarrada a una de sus piernas.

—¡Miserable asesino! ¡Maldito bastardo! —gritó Dévora, que logró alcanzar un lugar seguro ante la arremetida mágica del hechicero.

Kovar se giró con una sonrisa completa dibujada en su rostro. Dévora estaba arrodillada en el suelo, con varias heridas en su rostro y en el vientre, donde de nuevo asentó su mano zurda.

—Dicen que las cucarachas son grandes supervivientes y tú eres la prueba viviente de tal verdad. Bravo, cucaracha, eres la última de los tuyos, has sobrevivido. Por poco tiempo, eso sí. ¿Vas a implorar ahora perdón?

—Nunca, rata maldita. No mereces ni la más mínima penitencia por lo que has hecho. Serás pasto de los gusanos, Kovar, alimentarás la tierra que con tanto ahínco ansias matar, serás su abono por el resto de tus días.

—Insultante incluso en sus últimos minutos de vida. ¿Esto es lo que llamáis esperanza?

—Yo al menos tengo esperanza, eso no me lo vas a arrebatar ni tú ni nadie. Tú ya no tienes ni siquiera eso.

—Hablas mucho para estar en tan fatal estado, ¿no crees? Empiezas a ser un loro demasiado irritante para mis oídos, así que despídete de esta vida, ladrona. Tu tiempo ha acabado.

Dévora lanzó la daga que mantenía oculta en un último intento de alcanzar al hechicero, pero éste la detuvo con tan solo mirarla, sin tener necesidad de alzar mano alguna.

—Resulta patético tu esfuerzo. Muere con algo de orgullo, sucia rata —recitó Kovar, evocando su magia favorita, los huesos de descomposición. Los cuatro huesos fantasmales acontecieron a su alrededor, esperando el momento de ser guiados hacia su objetivo. Dévora respondió con una sonrisa y una sonora carcajada, algo desconcertante. Kovar no sabía bien si pensar que era presa de la locura o que se llevaba algún secreto a la tumba que pudiera serle útil. Le temblaba la mano para dar rienda suelta a su conjuro letal, mas cedió un par de segundos antes de actuar, algo que lamentaría.

—¿De qué te ríes, loca estúpida? ¿Crees que…?

Súbitamente, la espada de Leonardo aconteció, abriéndose paso por el pecho del hechicero. El paladín apareció entre el rastro de humo negro dejado por la ola como un faro de luz brillante, atravesando con precisión la espalda de su objetivo. Kovar, herido de muerte, se dio la vuelta con los ojos abiertos de par en par, incrédulo de ver lo que estaba viendo.

Leonardo estaba intacto, apenas mantenía las heridas que trajo cuando se vieron y era como si la ola de destrucción que convocó no le hubiera hecho nada.

A continuación, Sirián se dejó ver entre el tumulto de destrucción. Su despertar blanco se prolongó el tiempo suficiente como para cubrirla del fatal ataque, algo que no cuadraba con las cuentas del hechicero. Debía haberse extinguido, no era posible.

—Lilian me dio más tiempo con su oda santa, Kovar. Calculaste bien los tiempos, mas no tuviste en cuenta que también nosotros sabemos controlar los hilos temporales. No tenemos tu soltura haciéndolo, pero me bastó para ganarle los segundos suficientes que necesitaba ante tu ataque. No, Kovar, hoy no me uniré a los muertos contigo, hoy te irás solo.

Acto seguido, la animista agitó la mano derecha en el aire y una luz verduzca emitió un pulso fuerte antes de desaparecer en el cielo. Había extinguido el sortilegio triangular que hizo sobre Zurah y Zocker, el mismo que trazó sobre Drigán cuando ella estaba poseída por el maestro oscuro. El campo de fuerza que generaba el sortilegio era impenetrable por magia alguna.

Kovar rindió su cuerpo y cayó arrodillado al suelo, mirando de nuevo a Leonardo con ojos llorosos. La espada del paladín aún atravesaba su torso de lado a lado y la sangre ya estaba depositándose en un charco del suelo.

—¿Y Lilian? ¿Y Nofret? —preguntó Dévora, intentando superar el dolor que la atenazaba para levantarse.

—Están a salvo, no te preocupes —dijo Sirián, mirando hacia atrás para darles paso.

Lilian y Nofret venían agarradas de la mano, con rostro serio y los carrillos mojados en lágrimas. Habían visto el rostro de la muerte a muy corta distancia, demasiado para una niña tan pequeña, aunque esa niña portaba un objeto místico de tal poder que no dejaría escapar la oportunidad de abandonar a su huésped más idóneo.

—El camafeo de Guerón nos salvó. No sé cómo sucedió, pero nos salvó. Noté el calor de esa ola letal, así como el azote de los relámpagos sobre mi carne, aunque el dolor no terminaba por acontecer. Era como sentir que te pega un niño de dos años o que te quemas con el fuego de una viruta de madera —dijo Lilian, aún desorientada por todo.

Kovar clavó su mirada ahora en el suelo y escupió un bolo de sangre coloidal. Debía haber hecho caso a lo que su maestro le dijo, él se lo advirtió, pero le pudieron sus ganas de venganza. No fue lo suficientemente rápido ni listo. No fue digno.

Leonardo santiguó con su mano diestra al hechicero y extrajo su espada del cuerpo moribundo con un tirón seco. Kovar expiró al instante. Para mayor seguridad, Dévora le clavó su espada entre las costillas. Le gustaba cerciorarse por sí misma ante enemigos tan desafiantes.

—El Creador ha bendecido esta victoria. A Él me entrego en cuerpo y alma.

—Te vi correr entre las brumas, Leonardo —dijo Dévora alegre—. Sabía que tenía que ganar tiempo distrayéndole para que le dieras el golpe final. Este bastardo subestimó mi habilidad para ver a través de la oscuridad, ja, ja, ja.

—Has luchado con honor y estrategia, Dévora. El Creador también ha mirado por ti, no te quepa la menor duda de ello.

—No ha sido el Creador el que te ha dado la vida, Leonardo, no ésta vez —dijo Sirián, caminando hacia Drigán. Todos se habían olvidado del caballero del dragón, nadie había preguntado por él ni nadie lo echaba de menos, mas realizó una acción que cambió el rumbo del combate. Sirián lo sabía, aunque se antojaba que ya era demasiado tarde para agradecérselo.

Al instante, todos se agolparon entorno al maltrecho Drigán, que yacía en el suelo cubierto por heridas por todo su cuerpo ennegrecido. Era como si decenas de dagas le hubieran picoteado por todas partes y luego lo hubieran quemado a fuego lento.

—Es conocido que los caballeros del dragón poseen un vínculo muy poderoso con sus dragones, una simbiosis que les lleva a practicar habilidades especiales únicas. Una de ellas consiste en la propagación del daño, asumiendo una de las partes el daño que la otra parte está sufriendo —dijo Sirián, mirando a continuación a un Leonardo afligido al ver a su compañero en tan espantoso estado—. Él asumió todo el daño que tú sufrías, paladín, además de sufrir el daño que la magia le estaba haciendo a él. Se sacrificó para que tú llegaras a Kovar.

—Maldita sea, Drigán, tenías que hacer algo tan heroico y altruista como esto para dejarme en mal lugar —dijo Zurah entre sollozos.

—Pero ¿no lo hacen sobre los dragones? —preguntó perpleja Lilian, abrazando a Nofret para que calmara su llanto continuo.

—Kragor til Mass murió y, de alguna forma, Drigán aprendió a emplear lo que con él aprendió fuera de su vínculo natural. Ahora éramos nosotros su vínculo —explicó Sirián, cerrando los ojos en pena.

—Eh, esperad... esperad... ¡Que el Creador me pellizque! ¡Aún respira! ¡Aún vive! —gritó Dévora, que por muy muerto que viera a alguien, siempre lo solía examinar para estar segura. Era algo que se aprendía en su oficio, donde habían grandes maestros capaces de disimular su muerte en situaciones críticas.

Todos se agacharon, sin saber bien qué hacer, aunque Sirián ya había tomado las riendas del asunto. Iluminó su báculo en con un cálido amparo amarillento que fue depositando lentamente sobre Drigán. Su cuerpo convulsionó repetidas veces mientras las quemaduras iban desapareciendo de su piel y los orificios iban cerrándose sin mostrar cicatriz alguna. Si alguien podía salvarle, esa era la animista blanca.

La expectación se prolongó durante varios minutos, hasta que Sirián cesó de blandir su magia sanadora y se retiró unos metros hacia atrás. El resto, totalmente absortos en el proceso, se quedaron inmóviles en su posición sin mediar palabra alguna. Drigán ahora presentaba mejor aspecto, aunque las manchas de sangre por todo su cuerpo recordaban a todos el espantoso sufrimiento que había tenido que soportar. Había perdido mucha sangre e incluso la magia más poderosa de curación podía errar.

Súbitamente, Drigán abrió los ojos.

CAPÍTULO 24: TIEMPO DE DOLOR

El camino hacia la cordillera de los Primeros Nacidos se antojaba lento y repleto de dificultades orográficas, con unas montañas de altas pendientes repletas de pedregales y carentes de caminos. Afortunadamente, Zocker sabía desenvolverse bien buscando senderos de animales y caminos más livianos para ir avanzando. Estaba habituado a pasar mucho tiempo en la montaña durante sus épocas de caza, durmiendo a la intemperie y alimentándose de lo que cazaba en plena naturaleza. Era un hombre curtido para este tipo de viajes, un superviviente capacitado para soportar las inclemencias del terreno más adverso con fortaleza, todo lo contrario a su capacidad en combate. No obstante, pocos ciudadanos de Ampiria aguantarían el temple ante un hechicero de la envergadura de Kovar, capaz de evocar unas magias de tan alto nivel.

El grupo decidió salir de la ciudad de Krav directamente hacia el Oeste, trazando una línea recta en el mapa para llegar al castillo de los titanes lo antes posible. Los conejos y las ardillas iban a ser su principal fuente de alimentos, además de determinadas bayas y setas que podían encontrarse en los valles de los gigantescos montes, mientras que el agua era sintetizada por Sirián, Zurah y Lilian según la demanda que tuvieran. Echaban en falta tener monturas que hicieran más llevadero el avance, mas no pudieron hacerse con ninguna en la ciudad. La economía que ostentaban era escasa y Dévora no logró encontrar a ningún contacto útil en toda la ciudad. Su nombre ya no la distinguía como un valor seguro en quien confiar y los pequeños gremios preferían rehusar su compañía, así como prestarle servicio alguno.

El clima cambió drásticamente para dar paso a la nieve más tenaz e hiriente. Las noches alcanzaban unos valores bajo cero que entumecían los músculos y azotaban a los huesos con su gélido tacto. Ni siquiera Zurah, Lilian o Sirián, conocedoras del encantamiento que les dotaba de calor, podían combatirlo en el sueño, pues al perder el conocimiento perdían también esa bonificación. Usaron varias pieles que pudieron adquirir en Krav, aunque se hacían insuficientes. Intentaban dormir todos juntos, dándose calor los unos a los otros cerca de una hoguera. Por la mañana, las taumaturgas se ocupaban de desentumecer las extremidades de todos, totalmente congeladas del frío.

En las paradas para comer y dormir, se preguntaban constantemente qué estaría sucediendo en las principales ciudades. Nadie sabía qué habría pasado con la corona del emperador y en quién habría recaído la sucesión, ni tampoco tenían constancia si Llaídra habría lanzado un nuevo ataque de demonios o segadores pútridos. No obstante, debían concentrarse en su objetivo principal, llegar a la forja de los titanes y destruir el camafeo de Guerón, incluso con las dudas que Kovar sembró acerca de que era imposible hacerlo. No tenían ninguna otra pista, excepto la que Dévora encontró en su día en manos de Thernok, el guardián de las letras de graduación uno. Las pistas hablaban de un sacrificio de sangre y de la necesidad de un conocedor de la magia para neutralizar el objeto maldito, siendo necesario llegar a la forja de los titanes para llevar a cabo el ritual. Todo se basaba en rumores y habladurías, mas era lo único que tenían.

Ya estaban a mitad de camino, acampados en uno de los primeros picos a escasa distancia de una de las Torres Trillizas. Todos dormían apelotonados entre pieles de animales, mientras Leonardo y Drigán estaban de guardia. Iban rotando la vigilancia entre los tres hombres y Dévora, dejando descansar lo máximo posible a las tres taumaturgas. Usaban su magia continuamente para mantenerse calientes, además de evocar fuego para las hogueras y agua para beber, un hecho que las agotaba mucho.

Durante las noches, los que estaban de guardia no solían hablar mucho entre ellos. Cada uno se sumergía en sus pensamientos, cavilando lo que pudo ser y lo que fue, y su situación en todo esto. Se preguntaban la razón por la que seguían en esta misión y por qué debían ser ellos los que el destino seleccionó. Más de uno se sembró de dudas, aunque intentaba motivarse pensando en los que murieron intentando proteger el imperio, tanto los amigos como los no conocidos.

—¿Un poco de muslo? —preguntó Leonardo a Drigán, ofreciéndole el cuarto trasero de uno de los conejos que habían cenado hoy. Era más una excusa para entablar conversación que una posible necesidad de comer por parte del caballero del dragón.

—No, gracias —respondió de forma escueta Drigán, mientras se calentaba como podía al lado de la hoguera.

—Pobre Nofret. Ninguna niña tan joven debería haber visto lo que ella ha visto, ni debería estar metida en un viaje tan peligroso como este.

—El destino la seleccionó para llevar a cabo este acto. No es nuestra decisión.

—Ya… por cierto, no he tenido la oportunidad de darte las gracias formalmente por el valeroso acto que llevaste a cabo ante Kovar. Te sacrificaste para salvarme y eso no lo hacen ni los caballeros más laureados de la capital. Decidiste morir antes de que muriera yo, un acto que cualquier creencia o religión abraza como bondadosa y altruista.

—Yo ya no tenía opciones y tenía que cumplir mi venganza, dando muerte a ese hechicero. Tú eras el único medio que tenía para lograrlo, por eso lo hice. No pienses que quise salvarte la vida, me da igual lo que te pase a ti o al resto de los aquí presentes —respondió con soberbia Drigán, sin ni quiera mirarle a los ojos. Se le veía azotado por una mezcla de enfado y amargura, un pesar que lo estaba marchitando día a día.

—No te creo. Si fuera así, ¿por qué sigues con el grupo? ¿Por qué estás aquí, en este viaje hacia el castillo de los titanes? Kovar ya está muerto y tu venganza cumplida, no veo por qué seguir aquí.

—Por una razón que tú explicas pero que no entiendes: venganza. Ese hechicero era un simple títere de alguien más poderoso, que también tengo que ajusticiar.

—Entiendo…

—No, no lo entiendes. Esa rata malnacida planeó y ordenó la muerte de Kragor til Mass, la fuerza que alimentaba mi vida. Pagará con su muerte dicha acción, tanto él como todos los que sigan su dogma. Es mi deber cumplir esa venganza.

—No deberías alimentarte de ese odio, Drigán. La rabia se apodera de nuestra mente con sibilina maestría, corrompiendo nuestra claridad para discernir el bien del mal y haciéndonos tropezar en malas estrategias. Es mejor mantener la cabeza fría y centrada en tu vida, el regalo que aún mantienes entre tus brazos. Llora a los caídos, pero no busques derramar más sangre sobre sus tumbas.

Drigán miró de arriba a abajo al paladín con asco, para luego apartar la vista de nuevo hacia el fuego.

—Tú métete en tus asuntos, que yo haré lo propio.

—Te preocupa que los tuyos también hayan torcido su brazo en favor de estos planes de conquista, ¿verdad? La noticia de que los caballeros del dragón apoyan la guerra contra el imperio te pone en un lugar muy comprometido, cosa que entiendo.

—¡Deja de decir estupideces! El consejo de Trentia está regido por un grupo de ciegos y sordos que ni miran ni quieren oír a su pueblo. Somos una raza que representa el orgullo de entre todas, la representación terrenal de cómo los dragones y los hombres comparten un vínculo de vida. Esos solo piensan en sus intereses, pero pagarán también ellos su osadía, créeme. Los dos caballeros del dragón que vinieron para darme muerte fueron enviados por ellos, algo que les costará la vida.

—¿Piensas ajusticiar también a todos los mandatarios de tu pueblo? ¿No estás apuntando quizás demasiado alto, Drigán?

—¿Y qué esperas que haga? ¿Mirar hacia otro lado, como haces tú o los tuyos? ¡Menuda forma de honrar a mi dragón si no vengara su muerte!

—A veces es mejor centrarse en seguir viviendo y no vivir para sentirse mejor.

Drigán reposó la frase del paladín durante el resto de su guardia, aunque mantenía sus ideales inamovibles. Era una persona de carácter complicado, alguien que no dejaba adivinar con facilidad qué pensaba y cómo se encontraba, aunque las palabras de Leonardo parece que le hicieron brotar esos sentimientos olvidados de condolencia hacia su dragón, aletargando los de odio y deseos de venganza.

Los días siguientes se sucedieron con rapidez, aunque el camino se hacía más y más duro. Alcanzar la cumbre del monte que hospedaba el legendario castillo transitaba por una escalada casi vertical en roca viva, con nieve resbaladiza recubriéndolo todo y un viento racheado desequilibrante. Las fuerzas estaban al límite en muchos de ellos, mas la voluntad por llegar era mayor que su debilidad.

Sirián y Lilian se centraron en apaciguar los descontrolados vientos que azotaban, mientras que Zurah se centró en alcanzar volando los puntos seguros donde atar los cordajes que permitirían escalar al resto del grupo. La capacidad de vuelo de las magas era un auténtico milagro que les ahorró horas de peligro y dificultades.

Zocker dirigía al grupo con seguridad, aunque tanto Dévora como Zurah se empezaban a preguntar si realmente sabía dónde estaba el castillo. Sí era cierto que dominaba los métodos de rastreo y escalada para encontrar el camino más óptimo, aunque eso no atestiguaba que supiera realmente la ubicación de la ciudadela.

Tuvieron que pasar seis días más en alta montaña, cuando al atardecer se dibujó en el horizonte la silueta de una edificación. A medida que acortaban distancias hacia la misma, se iba definiendo con más detalle cada parte de su estructura, dejando maravillado a todo el grupo. El castillo estaba enclavado en un lugar imposible, en la cumbre de un monte y rodeado por todo su perímetro de acantilados verticales de roca y nieve. El muro que lo rodeaba no presentaba puertas ni accesos visibles por ninguno de los puntos cardinales. Era como si se hubiera construido para no ser visitado nunca. Un torreón enorme nacía en su parte central, sirviendo de base a otro que surgía desde su parte central, como si del tallo de una planta se tratase. Toda la construcción estaba elaborada de una piedra blanca y enormes cristaleras multicolores, con gemas de color opaco completando los detalles de los arcos y techos. Era irreal que un edificio tal a ese se sostuviera en un lugar tan indómito y estrecho como era esa cumbre, mas la realidad hablaba por sí misma. Ni los vientos huracanados que se arremolinaban a su alrededor ni la nieve más espesa que cubría todo el ambiente lograron erosionar sus cimientos con el paso de los años.

—Así que al final era cierto… el castillo de los titanes existe —proclamó Leonardo con una sonrisa pronunciada.

—Algo se podía sospechar. Hace ya cuatro días que no hemos visto ni un animal por los alrededores, ni un miserable pájaro gorgoteando. Ni siquiera la vegetación parece que haya querido crecer al lado de este antro —replicó Zurah.

—Bueno, algo normal es eso ¿no? Estamos a mucha altitud y en unas condiciones de temperatura extremas, demasiado como para que una paloma venga de paseo por aquí ¿no crees? —expuso Dévora, haciendo un parón para comer unas setas que guardaba en su petate de viaje.

—No, Dévora, no es eso, créeme. Algo muy potente mana de ese lugar, magia a raudales. Siento cómo golpea todo mi ser.

—Doy fe de ello —añadió Sirián—. Ese castillo es un vórtice de magia por sí mismo. Sus piedras, su concepción, el aire que lo rodea... todo está cimentado con tintes mágicos.

—¿Algo que debamos temer? —preguntó Leonardo.

—De momento no sabría responderte a esa pregunta, pero sí conviene que vayamos atentos. Si ese castillo se forjó aquí, en un lugar tan oculto e inhóspito, es porque no quiere ser encontrado.

—Pues nosotros hemos llegado, o sea que tan oculto no estaba —replicó Drigán, una de las pocas veces que entraba en conversación con el resto del grupo.

—Sí, Drigán, pero hemos llegado porque Zocker nos ha traído. Y a su vez, él lleva varios años recorriendo estos lugares, dándose la casualidad de haber tropezado con el castillo en uno de sus viajes. De lo contrario, aún estaríamos perdidos en esta cordillera tan extensa.

—Y eso lleva a preguntarme una cosa —dijo Drigán, desviando su mirada hacia Zocker—. ¿Tú por qué sigues aquí y por qué nos has ayudado? No me convence el hecho de haberte salvado la vida, cualquier persona normal habría dado las gracias y se habría largado. Tu altruismo no me convence en lo más mínimo.

—No espero convencerte de nada, caballero del dragón, pero nunca os he mentido en mis acciones. Ese hechicero iba a calcinarme con su magia y vosotros, auténticos desconocidos que me encontrasteis por el camino, me salvasteis de ese cruel destino. Se podría pensar que lo hicisteis para aseguraros el llegar hasta aquí, aunque lo que llevo aprendido a vuestro lado es que es la bondad es la que os mueve.

—Demasiado altruismo para tanto peligro ¿no crees?

—Mi vida siempre ha sido un viaje solitario en el que cazo pieles, las vendo y compro equipo para cazar más. La monotonía y la carencia de encontrar un objetivo claro en mis acciones me han sumergido en una letanía constante. Ahora, tras conoceros a vosotros, he encontrado la forma de justificar un poco mi existencia, siendo parte de algo mayor. Quizás nunca se sepa de mis actos, ni se cuenten historias acerca de lo que vaya a pasar dentro de ese castillo, mas moriré feliz sabiendo que he hecho algo importante en esta vida. No es valor de lo que hablo, sino de orgullo personal.

—Cada uno de nosotros tiene sus motivaciones personales y todas son igual de respetables. No perdamos el rumbo y sigamos como lo que somos, un grupo unido —dijo Dévora como respuesta sin apartar la vista del glorioso castillo—. Aparte, me gustaría enviar un rezo, un último adiós o cómo queráis llamarlo a alguien que recientemente nos abandonó. Era un muchacho con muchas debilidades y carencias, pero que supo suplirlas con su bondad y valor, convirtiéndose en un amigo que siempre llevaremos en el corazón. Hemos llegado al castillo, Vaiel, lo hemos encontrado.

—Que el Creador te conceda el regalo del paraíso eterno, mi buen amigo —dijo Leonardo, llevándose la mano al pecho en símbolo de respeto.

—Fuiste un buen hombre, Vaiel, un héroe para muchos, un arquero de élite para otros y un emperador para todos, aunque para mí siempre serás aquel muchacho de pueblo que se convirtió en un hombre. Para mí siempre serás mi amigo —rezó Zurah, dejando manar varias lágrimas sobre su rostro.

El resto del grupo permaneció en silencio y con la mirada baja. Se hacía raro no ver a Vaiel en el grupo, con sus ingeniosas frases repletas de ingenuidad e inocencia. Tenía ese don único de parecer un mequetrefe enclenque en condiciones normales, para luego transformarse en un arquero de élite capaz de dar muerte a un Origen y combatir a un diablo.

Tras esos minutos de recuerdo y nostalgia, decidieron acampar esa noche en un refugio improvisado para afrontar la última parte de su viaje por la mañana. Prefirieron, de forma unánime, esperar a la luz diurna como acompañante de su llegada.

Esa noche pasó sibilina y especialmente fría. El aire traía copos de nieve que cortaban la piel de lo afilados que estaban, un viento que penetraba más allá de la carne hasta clavarse en los huesos. Decidieron dormir todos, quedándose solo Drigán como primera guardia, que sería sucedido por Leonardo bien pasada la noche, sobre las tres de la mañana.

Esa noche, Nofret se vio en un páramo sombrío de árboles con ramas podridas y suelo de tierra negruzca. Era de noche y el aire traía un aroma a putrefacción que te hacía sangrar por la nariz y llorar por los ojos al estar mucho tiempo expuesto a él. El cielo se presentaba totalmente opaco, como si no hubiera nada más allá de ese lugar.

—No habrá vida para quienes te rodean, el castillo es el cementerio de vuestras vidas. La muerte te arrebatará la vida de aquellos que te acompañan —oyó que le decía una voz procedente de todas partes.

—¿Quién eres? ¿Dónde estoy? —respondió la niña, encogiéndose con ambos brazos sobre el pecho.

—Soy quien salva tu vida y quien define tu existencia, Nofret. El destino que escribes es el que yo te leo, óyeme y desiste en tu camino, pues no habrá salida más allá de sus muros.

—Yo no quiero morir. Por favor, no me mates —suscitó Nofret entre sollozos.

—Tu muerte no acontecerá, mas sí la de aquellos que te ven vivir. Ese castillo tallará a todos su lápida funeraria.

—No, por favor, no quiero que muera más gente. Te lo ruego, no dejes que muera nadie más.

—Esquiva el camino, Nofret. Vuelve atrás. Ese castillo no es un destino para seguir viviendo, sino un hoyo donde morir.

Al instante, la niña se levantó de un sobresalto, respirando con dificultad y mirando asustada hacia todas partes. Solo encontró los ojos del paladín montado guardia.

—¿Todo bien? ¿Alguna pesadilla, pequeña?

—No podemos ir allí, Leonardo, tenemos que volver —dijo una Nofret temblorosa y asustada—. Si vamos moriréis todos.

—¿Qué? ¿Cómo que moriremos todos? No pienses eso nunca, Nofret, piensa mejor en la vida y en el triunfo. El optimismo es el que mueve montañas y no el temor o el pesimismo —respondió el paladín, acercándose a ella y abrazándola entre sus ropajes, para darle más calor.

—Pero él me ha dicho que moriréis todos y él no se equivoca nunca.

—¿Quién es él? ¿El camafeo ese que llevas?

—Sí… me habla y me dice cosas, y casi siempre se cumplen. Vaiel murió porque yo no dije nada. Podíamos habernos ido y él seguiría vivo.

—No es necesario el camafeo ese para saber que si no hubierais estado ahí, él seguiría vivo, Nofret. Eso es obvio. El camafeo ese se aprovecha de tus miedos, no puedes hacerle caso. Debes decidir por ti misma, mira en tu interior qué es lo correcto y qué no lo es.

—Pero tita Dévora se salvó porque él me lo dijo. Si no le hubiera hecho caso, ella tampoco estaría viva.

—Quizás se podrían haber salvado ambos, o quizás podrían haber muerto los dos, pero no fue así. La voluntad de ese camafeo no es la tuya, Nofret, y él actuará cuando vea que está en peligro. Debes ser más fuerte que él y decidir por ti misma.

—No sé cómo… —respondió Nofret, echándose a llorar desconsoladamente sobre el pecho del paladín. Éste la abrazó con fuerza y miró hacia el cielo en súplica, intentando librar a alguien tan inocente y pequeño de tanto peso.

—Dame el camafeo ese, Nofret. Va siendo hora de que me hable a mí, a ver qué tiene que decirme.

Nofret miró a Leonardo con dudas, aunque sentía tantas ganas de librarse de esa angustia que decidió obedecerle. Extrajo el camafeo de Guerón de su camisa interior y se lo extendió con ambas manos, deseosa de deshacerse de él, cuando la mano de Dévora la detuvo de un manotazo.

—Ni se te ocurra, Leonardo. Ese camafeo no puede cambiar de manos así como así.

—¡Dévora! Perdón por haberte despertado, no era nuestra intención. Nofret ha tenido otra vez pesadillas a causa de ese maldito camafeo y va siendo hora de aceptar que no es menester que cargue con ese objeto más tiempo. Mis mandatos me obligan a tomar cartas en este asunto.

—Tus mandatos puedes seguirlos cuando quieras, pero ni tú le vas a quitar ese camafeo a Nofret, ni tú vas a dárselo a nadie —replicó Dévora, mirando tanto a Leonardo como a Nofret—. Desprenderse de ese objeto te puede convertir en una montaña de cenizas, algo que ni Sirián ni nadie aquí sabe cómo evitar. He visto cómo le pasó a su anterior dueño y créeme que no es un buen recuerdo.

—Sin embargo, Dévora, tú lo llevaste durante un tiempo y pudiste desprenderte de él —señaló el paladín.

—Casi me cuesta la vida. Lo pasé muy mal, sentía como mis extrañas ardían y mi alma se desprendía del cuerpo. Aún desconozco por qué seguí viva, aunque cada día estoy más segura de que así lo deseó el camafeo para asegurarse caer en manos de Nofret. Si yo hubiera acabado calcinada, ella no lo habría querido coger.

—¿A qué te refieres? ¿No se lo diste tú?

—No, Leonardo, lo tomó ella mientras yo debatía con Vaiel si matarle o no para volver a coger el camafeo. Él me convenció para que me deshiciera de la joya maldita, pero recordé todo lo que me susurraba en sueños, como a Nofret ahora, y contemplé que no era una buena decisión dejarlo ahí tirado. Todo lo que el camafeo decía se cumplía, Leonardo, todo.

—¿Y preferiste…?

—No me juzgues, te lo ruego. Ya lo he hecho yo y aún no he encontrado paz.

—Estabas controlada por ese camafeo, no debes culparte.

—No, Leonardo, ese camafeo no te controla. No es un objeto mágico que te suscite avaricia ni deseos de tenerlo, todo lo contrario. Mira sino a Nofret, deseosa de deshacerse de él… solo el que desee tener un poder extremo entre sus manos lo querrá conservar, pero hasta incluso esa persona se dará cuenta del peligro que entraña su pertenencia. Es una maldición tenerlo, ¿comprendes? Te hace creer que te ayuda, pero lo cierto es que se ayuda solo a él mismo.

—Entonces… ¿si le doy esta joya a Leonardo moriré? —preguntó Nofret, con voz temblorosa.

—Así es pequeña —respondió Dévora, posando ambas manos sobre su rostro—. Lamento mucho el día en el que el destino quiso que cogieras este objeto, pero me juré que no morirías a causa de él, ni tú ni nadie más. Llevaremos este objeto ahí dentro y te libraremos de su cadena.

—Pero tita Dévora… si entramos ahí dentro moriréis todos.

Dévora miró con preocupación a Leonardo, que le respondió con un guiño de complicidad.

—¿Morir? Uhmmm… ¿y te dijo el camafeo si igual nos íbamos a morir de risa? Porque hay muchas formas de morirse,

¿sabes? Puedes también morirte de cansancio o incluso morirte de hambre. ¿A que estás muerta de cansancio luego de este viaje?

—Sí…

—Como puedes ver, es un camafeo muy mentiroso, pero tú vas a ser fuerte ¿verdad que sí? Tú oye lo que te digamos nosotros y te aseguro que nada malo te pasará.

—Entonces… ¿no os pasará nada si vamos allí?

—Nos acompaña Dévora, la ladrona más hábil de toda Ampiria —siguió respondiéndole Leonardo, despertando una sonrisa tanto en Nofret como en Dévora—. Si algo nos pasara con ella aquí, que el Creador se apiade de nosotros, porque no concibo lugar más seguro que estar cerca de ella.

—Eso es verdad, tita Dévora siempre me ha protegido muy bien.

—Claro que sí pequeña. Tú intenta dormir un poco y no hagas caso a lo que te diga ese camafeo, que nosotros nos ocuparemos de librarte de él. Ya solo falta un día, estoy seguro de que podrás aguantarlo un día más ¿verdad?

—¿Un día? ¡Sí, claro que sí!

—Trato hecho pues. Mañana entraremos ahí y le diremos a ese camafeo que te deje en paz de una vez por todas.

—Trato hecho, Leonardo.

Dévora sonrió con devoción el tacto que tuvo el paladín en su conversación con la niña, a quien se llevó de nuevo junto al grupo para acariciarla hasta llegar al sueño. Ni ella ni Leonardo estaban seguros de qué se iban a encontrar en ese antro, hogar de los titanes, mas decidieron hacer un pacto de silencio entre ellos para no levantar preocupaciones entre el resto del grupo. Sabían que el camafeo decía verdades, aunque también que solo las comentaba a medias, obviando las partes que no le garantizaban su salvaguardia. Si el camafeo no quería ir ahí, era porque sabía que su destrucción estaba próxima, o al menos así lo pensaron ambos. Y no se equivocaban, aunque no podían imaginar la forma en la que sucedería todo. Pensaban en el castillo como en un lugar del pasado que hoy día se mantenía álgido merced a las dotes mágicas con las que fue edificado, cuando lo cierto era que el castillo no se había desecho aún de sus habitantes.

Alguien aguardaba pacientemente la llegada del grupo de héroes. Los había visto más allá de los montes y los sueños, y conocía sus nombres y sus destinos. También era consciente de la existencia del camafeo de Guerón y de cómo lo traían para su destrucción. La visión de este ser rompía las barreras del tiempo y era capaz de recorrer el destino de una persona en tan solo unos segundos.

«Muerte, muerte y más muerte... solo dejáis muerte tras vuestros pasos para luego sentiros orgullosos de ser salvadores de un imperio. Si alimentáis a la muerte, ella os pedirá más, y cuando no podáis saciarla, os engullirá a vosotros. Tú ya has muerto, Drigán, y tú también Dévora. Vuestros corazones respiran por inercia y no por deseos de vivir. Sois culpables de sus muertes. Por vuestra culpa ellos ya no están aquí. ¡Culpables de muerte! ¿Y tú, bruja del círculo oscuro? Intentas evitar la responsabilidad de ser la viuda negra que arrastró a la muerte a todos. Maiden y Vaiel fueron traídos por ti para enfrentarse a tu propósito. ¡Llorarás por ellos! ¡Todos lloraréis por ellos! Incluso tú, valiente paladín santo, y tú sacerdotisa de luz. Y no te creas que olvido tu nombre, Sirián, animista de la sabiduría perpetua, también tú encontrarás el final. Creéis ser salvadores de un mundo agotado de vivir, cuando sois parte de su desolación. Yo os mostraré la verdad, héroes de Ampiria, yo os mostraré cómo es la muerte que tanto tiempo lleváis buscando», se dijo a sí mismo el extraño morador del castillo de los titanes, mientras el viento del exterior arreciaba con más fuerza aún.

CAPÍTULO 25: ORIGEN DE TITANES

El castillo de los titanes era un coloso que brillaba con luz propia en lo alto de aquel monte de la cordillera de los Primeros Nacidos. El color blanco de sus muros se fundía con la nieve que alfombraba todo el lugar, creando una atmósfera de pureza que embriagaba incluso en la distancia. No había luces ni síntomas de que hubiera vida en su interior, con postigos y puertas soldadas a los dinteles a causa de la erosión del tiempo, cristaleras totalmente opacas por la suciedad petrificada en su superficie y una carencia absoluta de algún tipo de vegetación, aunque fuera el tronco de un árbol marchito.

Llegar hasta la cima donde se encontraba emplazado no fue fácil, aunque todo el grupo puso de su parte para lograrlo. Ya estaban frente al muro principal, carente de toda puerta, recuperándose del esfuerzo llevado a cabo en la escalada. Ver la perfección de esa construcción y cómo había mantenido impoluta su estructura durante tantas eras, te dejaba inmerso en un sueño de contemplación. No había palabras para describir el cúmulo de sensaciones de asombro que recorrían a cada uno de los integrantes del grupo.

—Es impresionante, nunca imaginé que llegaría a ver algo tan asombroso como esto —exclamó Zocker, con la boca abierta de par en par y los ojos como dos platos.

—Su construcción no es humana, de eso no cabe duda, aunque lo que más me preocupa es esa sensación que lleva molestándome desde hace un día, desde que divisamos este castillo. ¿Vosotras también lo sentís? —dijo Lilian, cediendo la palabra a Sirián y a Zurah. Ambas asintieron afirmativamente con claras evidencias de preocupación.

—¿Qué sensación? ¿Qué os preocupa? —intervino Leonardo.

—Se respira en el aire, no sabría decirte bien el qué o el cómo, pero lo sientes. Luego de tanto tiempo en comunión con la magia sabes olfatear sus focos y te aseguro que este es un foco muy activo.

—¿Qué tipo de magia? ¿Buena o mala?

—Ja, ja, ja, no hay magia buena o magia mala, amigo Leonardo. La magia está englobada en círculos de maestría, mas no en legalidad de uso. Así, yo soy del círculo oscuro, como bien sabes, versada en magia negra. Ese es mi vial de conocimiento y de uso. Si yo lo empleo para realizar acciones buenas o malvadas es cosa mía, no de mi saber.

—Sí, perdón... he estado torpe en la pregunta. De hecho, eso mismo ya me lo explicó hace tiempo mi hermana. Mi pregunta iba más referida a si intuís posible peligro ahí dentro.

—Desde que decidimos emprender este viaje, el peligro nos ha estado acompañando —dijo Sirián con un tono algo poético—. Estad atentos a todo lo que veamos dentro y no os precipitéis en vuestras acciones. Sed cautos.

Dévora ya estaba asegurando varias escarpias sobre la superficie del muro, de unos ocho metros de altura, e inició la escalada para sortearlo. Fue la primera en llegar a su punto álgido, donde aseguró dos cordajes para dar subida al resto de compañeros. Mientras ascendían, ella se quedó allí arriba absorta en sus pensamientos, como hipnotizada por el extraño misterio que despertaba la edificación, aunque la realidad era que estaba evaluando la situación. Parte de su entrenamiento consistía en descubrir todo tipo de detalles y recovecos que componían un lugar, matizando posibles rutas de escape, entradas y lugares de emboscada. Había costado mucho tiempo y esfuerzo llegar hasta este destino, y debía intentar tener todo lo más atado posible, no dejando nada al azar.

Ya estaban todos en el páramo yermo del interior, andando hacia la construcción principal. Pisaban una nieve tan compacta y gélida que parecía piedra. El frío del ambiente era tal, que no se derretía ni al ser pisada.

—No me gusta, no me gusta nada... —masculló Drigán, con los ojos atentos a las torres.

—Calma todo el mundo, no va a pasarnos nada, tened fe —dijo Lilian, intentando conferir confianza entre tanto temor.

Dévora abría el grupo, caminando a paso lento y ligeramente agachada, como si estuviera preparada para pegar un salto en cualquier momento. Detrás de ella, en hilera, iban avanzando el resto, con Leonardo cerrando el grupo. Cubrían toda la zona en un constante vaivén de miradas.

—No os separéis mucho. Pisad donde yo pise y no hagáis ninguna tontería —dijo Dévora, sin dejar de mirar al frente.

—Oído —respondieron varios a sus espaldas.

Minutos más tarde, llegaron a la puerta principal que daba acceso al recinto interior de la castellanía. Sus puertas eran gigantescas, abarcando un ancho de diez metros y una altura de doce metros. Los pomos, tallados como la cabeza de un león, estaban a una altura de cuatro metros, inalcanzable para una persona normal. Dévora se quedó quieta unos segundos mirando la puerta, sin llegar a tocarla. Contrajo las pupilas al máximo, mirando detenidamente cada detalle que componía la superficie nevada del portón.

—¿Empujo? Si el paladín y yo empujamos conjuntamente no creo que se resista a ser abierta —dijo Drigán, dando dos pasos al frente.

—¡Quieto! ¡No te muevas! —exclamó la ladrona, extendiendo la palma hacia él—. Sirián, Zurah y Lilian ¿sois capaces de derretir esa capa de nieve sólida que cubre la superficie de la puerta? Darle calor o evocar fuego como vosotras sabéis hacer, no sé si me explico…

—Sí, podemos, aunque no entiendo bien el motivo —respondió la animista blanca.

—Tú hazlo. Confía en mí.

Lilian ya había empezado a evocar calor avanzado sobre la puerta, mostrándole sus puños cerrados mientras un reguero continuo de esporas chisporroteantes recubría la superficie. Sirián y Zurah se unieron a ella, constituyendo un azote de calor efectivo contra el duro hielo, que empezó a derretirse en un río de agua cristalina. A medida que se iba eliminando la blanca capa de nieve, se iban mostrando los relieves y las tallas que componían la puerta. Eran motivos florales en su mayoría, con algunas representaciones de armas en las esquinas y partes más alejadas del centro, donde

reinaba la imagen de un rostro tosco y mal definido. Era una cabeza cuadrada con cuatro ojos formando un abanico. No se distinguía ni boca ni nariz alguna.

—Se parece a un golem —indicó Drigán, buen conocedor de esas creaciones tras su paso por la torre de Erún.

—Es la imagen de un titán —aseveró Dévora.

Tanto el caballero del dragón como el paladín se agarraron a sus espadas y comenzaron a agitarlas suavemente en el aire, para hacer entrar en calor sus músculos. No hacía falta decirles mucho más para que se prepararan para el inminente combate.

—Tranquilos, descansad un poco anda, que se os ve nerviosos —dijo Dévora, con tono burlesco. A continuación, hizo un gesto a Sirián, Zurah y Lilian para que detuvieran su encantamiento de calor y se alejó unos pasos de la puerta para verla con más detenimiento.

Sin embargo, la animista blanca se le adelantó en la palabra.

—Esto es élfico. Estas tallas son de la segunda época de los elfos, cuando aún habitaban este continente.

—¿Élfico? ¿Cómo élfico? ¿Te refieres a esos humanos de piel oscura y extremidades grotescas, algo semejante a lo que es un enano pero mucho más horrible? —preguntó Zocker.

—Pues el de la imagen se parece a uno de ellos —remarcó Leonardo con una sonrisa.

—Por lo que veo, poco habéis viajado y muchas bobadas os han contado. Los elfos son una raza parecida a la nuestra, de igual talla y piel, aunque con unas facciones mucho más hermosas, al menos si abrazamos la misma idea de belleza. Sus cuerpos se muestran carentes de pelos, excepto el que poseen sobre la cabeza, que suele ser lacio y de tonalidades variadas —dijo Sirián, sentándose a continuación sobre una piedra del lugar para reposar unos segundos por el esfuerzo de la canalización del encantamiento—. Los elfos poblaban Ampiria mucho antes que nosotros, aunque en la segunda época acontecimos y empezaron las trifulcas, que al final acabaron en guerras.

—¿Trifulcas? ¿Qué trifulcas? —preguntó Lilian, sentándose al unísono que Zurah.

—La mayoría de las veces a causa de la pureza de sangre. Empezaron a sucederse uniones entre ambas razas, y los hombres y los elfos se juntaban para disfrute común. Este hecho alborotó la cúpula de sus dirigentes, que no podían permitir tamaña aberración, y decidieron llegar a las armas para prohibirlo. Primero salieron leyes capitales, según las cuales, si te cazaban apareándote con uno de otra raza, ambos eran sentenciados a muerte. La cosa se complicó cuando surgieron denuncias falsas por motivos varios, como cobrar a morosos u odios entre familias, aunque el estallido final lo marcó la relación que se descubrió entre la princesa Praina, hija del emperador Frizzek, con el príncipe heredero al trono élfico, Yanlad. Aplicar la pena capital sobre ellos no era plato de buen gusto para los regentes, aunque tanto el pueblo élfico como el de los hombres saltaron para pedir justicia, al igual que se hacía sobre ellos.

—Me parece justo. Una ley para todos debe aplicarse sin diferencias entre todos, sea cual sea el estatus que uno ocupe —dijo Drigán, apoyando los sucesos que acontecieron.

—¿Si fuera tu hija o tu hijo lo matarías también? —le preguntó Dévora, intentando mostrarle la duda que ocupó el corazón de aquellos reyes. Sin embargo, Drigán no tenía corazón, o al menos no lo mostraba con facilidad.

—Los mataría yo mismo sin dudarlo. Un hijo que no obedezca las leyes que su padre dictamine es una vergüenza de hijo. No es tolerable que se manche el nombre de la familia y el honor de uno mismo por las tonterías de un niñato, así de claro.

—¡Eres muy malo! —exclamó Nofret, apretando su rostro.

—Ja, ja, ja, no le hagas caso, Nofret. Drigán dice muchas cosas, pero luego actúa de forma muy distinta —intervino Leonardo, intentando paliar un poco la grotesca afirmación que el caballero del dragón hizo.

—No, no, no hay que avergonzarse de nada, Leonardo. Y tú, niña, escucha bien lo que tengo que decirte, porque no siempre nos tendrás a tu alrededor para protegerte. Las leyes deben cumplirse, te guste o no, o de lo contrario serás ajusticiada. Así debe ser y así debe hacerse. Ese es el problema de los hombres de Ampiria, que proclamáis leyes que luego no sois capaces de seguir o que luego os saltáis dependiendo de a quién perjudica. Por eso nunca avanzaréis como pueblo.

—Está bien, dejad de decir más tonterías, que empezáis a ser un dolor de cabeza —dijo Zurah, frotándose los brazos para espabilarse del frío, pues al usar el encantamiento de calor sobre la puerta dejó su cuerpo expuesto al gélido tacto del ambiente, aunque ya estaba de nuevo recobrando la temperatura ideal—. A ver Sirián, entonces luego de aquel percance... ¿los elfos fueron erradicados?

—No, más bien fueron exiliados. Más allá del Mar de Albatros, las alborotadas aguas del Mar del Rey Muerto baña las playas de la gloriosa ciudad de Alba Nocturna. Allí es donde se refugiaron los elfos, en toda la isla que cobija esa ciudad.

—¿Viven allí ahora?

—Así es.

—Fueron vencidos, según entiendo.

—Correcto, fueron vencidos. Y lo mismo nos va a pasar a nosotros si seguimos aquí quietos. ¿Dévora? ¿Abrimos?

—Sí, supongo que sí, aunque no contaba con que todo esto fuera élfico. No sé tanto como tú, pero sí recuerdo haber leído que la magia fue introducida en Ampiria por ellos ¿no es así?

—Es correcto, Dévora. De hecho, aquellas guerras entre ambas razas también es conocida entre el pueblo como la Primera Cruzada Verde de Trivoiteres, la batalla entre magos y no magos.

—Pues me preocupa que hayan versado su magia en este lar. Mira qué bien se mantiene, aquí arriba y sometido a tantas inclemencias temporales. Un frío extremo y un viento mordaz están continuamente azotando sus muros, pero éstos se mantienen rígidos y consistentes. Temo que hayan infundido magia sobre sus pasillos y sus puertas.

—Solo hay una forma de saberlo —dijo Drigán, ya harto de tanta espera. Plantó ambas manos sobre la superficie de la puerta y comenzó a empujarla con todas sus fuerzas, aunque ésta se resistía a moverse. Estaba cerrada a cal y canto, casi sellada por el tiempo.

—Guerreros... siempre optando por la fuerza —dijo Lilian con ironía—. Si me permites, igual puedo ayudarte.

Drigán detuvo su infructuoso empuje y cedió el turno a la sacerdotisa con un gesto de invitación. A Lilian le bastó con juntar ambas palmas sobre sus labios mientras recitaba en un idioma extraña un canto. De sus labios despertó un brillo latente, cuando de repente, las puertas crujieron con robustez y comenzaron a moverse.

Leonardo fue el primero en avanzar para acceder al interior, no sin antes darle una palmada a Drigán en la espalda y sonreírle socarronamente.

El pasillo que se abría tenía una longitud que se hacía eterna de recorrer, desapareciendo en la lejanía. Apenas había lumbre en el interior, aunque al poco de entrar, unas piedras amarillentas dispuestas en las paredes cada seis metros, se iluminaron. Los suelos estaban cubiertos de alfombras de lana espesa, aunque los gloriosos dibujos que pudieran tener ya no se veían a causa de la degradación del tiempo. Ahora eran trozos deshilachados que se convertían en polvo al ser pisados.

Dévora volvió a tomar la delantera, dejando atrás varias portezuelas que se abrían en ambos lados del pasillo. Ellos buscaban una forja y tenía bastante claro en qué zona del edificio podía estar.

Avanzaron durante varios minutos a paso firme, hasta que la ladrona se detuvo frente a una de las puertas. Era igual que las otras que habían dejado atrás antes, de igual material, forma y tamaño, pero Dévora vio algo que el resto no. Se acercó en silencio hasta su superficie, donde apoyó su oreja derecha y cerró los ojos. Luego se retiró con igual cuidado y miró al grupo con determinación.

—Aquí dentro hay algo que respira.

—¡No me creo que seas capaz de oír eso! ¡Nos estás tomando el pelo! —exclamó Zocker entre risas. Sin embargo, el resto del grupo supo hacer callar al aventurero con varias miradas serias. Estaba claro que no conocía a la ladrona.

—¿Amigo o enemigo? —preguntó Leonardo.

—Solo hay una forma de saberlo —respondió la ladrona, abriendo las puertas.

Dévora no se equivocó. Un ser luminoso de estatura semejante a la de un humano, flotaba en el aire a una docena de metros de la puerta. Emitía varios destellos erráticos que golpeaban las paredes, el techo y el suelo en un estallido de fuego. Todo el pasillo se oscureció ante la presencia del enemigo.

—Mierda… —suspiraron Zurah y Sirián.

—¿Qué es eso? —gritó Leonardo, cogiendo en sus manos el escudo que portaba sobre su espalda y poniéndose al frente.

—Un Origen —dijo Lilian, con los ojos abiertos de par en par y el cuerpo inmóvil.

—¿Eso fue lo que absorbió tu mente, Sirián? —preguntó Drigán, dando dos pasos al frente sin mostrar miedo alguno en su rostro.

—Sí, uno de esos fue. Los Orígenes se presentan de múltiples formas, aunque casi siempre tienen en común el brillo que emiten a causa de la enorme cantidad de energía que desprenden.

—¿Orden de ataque? —preguntó Leonardo—. Podemos vencerle, ¿verdad?

—Yo me quedo con Nofret atrás, y tú, Zocker, también. No podemos hacerle nada a ese ser. Lilian, Zurah y Sirián, sois las únicas que podéis dañarle, así que adelante. Drigán y Leonardo, cubridlas —dijo Dévora, trazando un plan de ataque que convenció a todos sin discusión.

—Está bien, ahora somos tres y si algo bueno me traje de la contienda contra su gemelo, fue que siempre tienen que estar en un plano temporal. El Origen está saltando al pasado, al presente y al futuro continuamente movido una velocidad inusitada. Es imposible cazarle o ser más rápido que él, mas ahora no trabajaremos en esa dinámica. Ahora estaremos esperándole —proclamó Sirián, colocando el báculo en horizontal frente a ella e iluminando sus ojos en un brillante blanco límpido.

—¿A qué te refieres? —preguntó Lilian, quizás la más asustada de las tres.

—A que ahora no vamos a cazarle, sino que él vendrá a nosotras. Abrid la mente hacia ese ser y rompamos la malla. Tú Lilian, te ocuparás de impedir su huida en los hilos ya trenzados, y tú Zurah, ocúpate de sesgar los hilos que le definen aquí y ahora.

—¿Y tú te ocuparás de los futuros? —preguntó la bruja oscura, rodeándose de una humareda negra y oscureciendo aún más el lugar. Sus ojos se volvieron totalmente opacos y sus labios tomaron el color del carbón,

—Es lo más complicado, sí, pero creo que puedo hacerlo. Sé cómo hilvana el tiempo, se lo vi hacer en mi contienda anterior. Sabré adelantarme a esos sucesos que vaya viendo y cortaré sus hilos a tiempo. ¿Preparadas?

—¡Preparadas! —dijeron al unísono las dos compañeras.

—¡Drigán, Leonardo! Cuando el origen esté sin salida lo arrinconaremos en su existencia actual, o sea, aquí. En ese momento debéis darle muerte sin demora, pues no sé durante cuánto tiempo podremos retenerle. ¿Entendido?

—Descuida, animista. Ese farolillo se va a llevar una buena torta —respondió Drigán.

—Y tened presente que al ser destruido liberará toda su energía en una explosión de mucha fuerza. Intentad huir de la zona o cubríos con lo que tengáis —añadió Sirián, justo cuando el Origen comenzó su iniciativa de combate.

Emitió cuatros rayos de luz divididos hacia el caballero del dragón, el paladín, la sacerdotisa y a la pequeña Nofret, respectivamente. Drigán y Leonardo comenzaron a chillar de dolor, arqueando sus cuerpos hacia atrás hasta el punto de hacer crujir las columnas vertebrales varias veces. Una corriente de energía estaba recorriendo sus cuerpos sin compasión, dejándolos paralizados entre retortijones de dolor.

Lilian desvío el ataque de energía, que en vez de impactarle se quedó envolviéndola como si estuviera encerrada en una cúpula esférica. Tenía las defensas levantadas y por esta vez, el Origen no alcanzó a su objetivo.

Nofret recibió el impacto del rayo, aunque solo durante tres escasos segundos. Al instante de ser golpeada, Dévora se interpuso en la trayectoria, recibiendo ella el castigo de luz. La pequeña se tiró al suelo, chillando por el daño recibido y por ver a su tita Dévora alzada en el aire entre gritos de dolor.

El Origen mantuvo los rayos activos y comenzó a acercarse al grupo, tejiendo un látigo de luz sobre su zurda que dejó reposar en el suelo, preparando el ataque. Sin embargo, Lilian ya había empezado a cortar hilos, al igual que Zurah.

«*¡Son innumerables nudos! ¡Es imposible! Es un amasijo enorme de hilos*», dijo la sacerdotisa mentalmente a sus compañeras.

«*Identifica los que nos une a él, los que nos nombran, esos son los que debes partir*», exclamó Zurah, rasgando la malla presente en varios puntos.

«*Pero ¿cómo los identifico? Es imposible, no... no hay un patrón común ni un nexo de salida...*».

«*Van a matar a tu hermano, Lilian. Por el Creador, date prisa y parte algo ahí*».

A punto estuvo de comenzar a partir hilos, aunque la duda y el desconocimiento la retuvo. El Origen remitió su ataque de rayos de luz, para armar su látigo en el aire y balancearlo a media altura. Los cuerpos de Drigán y Leonardo, humeantes por el feroz ataque recibido, estaban inmóviles a escasos metros de él.

—Ese arma… atraviesa armadura y todo tipo de ropajes… ese arma te corta por la mitad… —susurró Dévora como pudo, arrastrándose hacia atrás al verse libre ya del rayo.

Justo entonces el Origen soltó su látigo hacia las cabezas de los dos incautos que tenía en su frente, aunque no encontró su ansiada recompensa. Zocker actuó unos segundos antes que él, sacando su látigo de cuero y empalando la pierna de Drigán, para luego tirar de él y hacerlo tropezar sobre Leonardo, acabando ambos en el suelo. El látigo del Origen les pasó a escasos centímetros de distancia con un zumbido nada alentador.

«*Son ilusiones, Lilian. Está creando ilusiones para confundirte. Las mallas, los hilos, los nudos… son imágenes que pone ahí para confundir tu criterio entre tanta inmensidad. Céntrate en el nexo que te lleva hasta el presente*», dijo Sirián, intentando conservar la calma.

«*Pero ¿Qué nexo seguir? ¿Cómo sé que no es falso?*».

«*Sigue el único nexo que no puede emular: el tuyo*».

«*¿Y si nos equivocamos? Seguir mi nexo…*».

«*¡Si nos equivocamos no saldremos con vida de aquí, pero si no haces nada acabaremos igual! ¡Corta ya!*», intervino Zurah, intentando meter prisa.

Sin más demora, Lilian actuó. Siguió su nexo presente en sentido contrario hasta localizar la malla donde se juntaba al Origen, y empezó a cortar los hilos que lo mantenían juntos. Zurah, de forma síncrona, vio como varias redes se iban formando a su alrededor a una velocidad sin igual. El Origen estaba conformando un nuevo presente sobre el que fundamentar su nuevo pasado.

«*Ni lo sueñes, amigo. A esta bruja no la vas a superar con tanta facilidad. No sabes con quién te has metido*», dijo Zurah, empezando a tejer sobre esas redes una malla cerrada, sin pasado.

El Origen arremetió de nuevo con su látigo, aunque Leonardo ya estaba consciente y pudo evitar el impacto agachándose a tiempo. Un segundo latigazo lo arrinconó en uno de los lados del pasillo, contra la pared. Movido por su intuición, levantó su escudo y esperó la nueva arremetida, inconsciente de que de nada le serviría el sólido metal de su protección. No obstante, el látigo no llegó a impactarle, pues Drigán se interpuso en su trayectoria. El haber sido apaleado por esos rayos no le gustó nada y despertó sus conocidos deseos de venganza que lo hacían entrar en ira.

Cuando el látigo de luz bailó en el aire para luego golpear a Drigán, para sorpresa de todos, no lo partió en dos, como cabría esperar. El látigo se quedó empalado en la piel escamosa que el caballero del dragón había despertado, piel de dragón dorado evocada mediante el uso de sus habilidades. El Origen gimió con un zumbido irritante que hizo eco por toda la sala, poniendo a prueba los oídos de todos.

—Te fastidia, ¿verdad? ¿Creías que ibas a partirme en dos, bestia inmunda? ¡Yo soy un caballero del dragón y mi palabra es tu destino! ¡Arrodíllate ante mí, sucia bestia!

Al instante, la espada de Leonardo surgió de detrás y cortó de forma limpia el pernicioso látigo de energía, produciéndose un estallido de luz que los cegó ligeramente, además de producirles algunas quemaduras menores en el rostro.

El Origen desdibujó un rostro macabro entre su vorágine de luz, evocando a tres bolas palpitantes que se desprendieron de su esencia para flotar a su vera. Al instante, las bolas comenzaron a rotar a mucha velocidad y a ponerse amarillas como el hierro fundido.

«*¡Lo tengo, Zurah, lo tengo localizado!* —proclamó Sirián orgullosa de ver cómo su plan seguía el cauce correcto—. *Está intentando llegar a estas mallas provisionales que definen el posible futuro*».

«*¿Las estás cambiando?*», le respondió Zurah, que era quien se ocupaba de unir el nexo pasado y el futuro, estando en el presente.

«*Algo mejor: las estoy combinando. Cualquier estado temporal pasado, presente o futuro debe entenderse en un punto espacial, pero no en varios. Dos puntos o más ocupando el mismo acto temporal rompe la malla*».

«*¡Pues adelante! ¡Que desaparezca en su inexistencia!*».

«*¡Esperad! ¡No hagas eso, Sirián! ¡Aguarda!*», exclamó Lilian, aunque ya era tarde. La animista blanca fusionó una malla sobre otra, y ésta sobre otra, iniciando una reacción en cadena que fusionó millones de posibles futuros creados por el Origen en un mismo espacio. La paradoja estaba sembrada.

Las bolas de lava salieron expelidas hacia el grupo, una hacia Drigán y Leonardo, y las otras dos hacia el trío de taumaturgas que estaban concentradas en la malla del tiempo. El paladín hizo gala de sus extraordinarios reflejos y sostuvo con fuerza el escudo ante la plasta de lava, deteniendo su avance hacia ellos con firmeza. La lava comenzó a corroer la superficie del escudo, así como el suelo bajo sus pies, por lo que se deshizo de él y desenvainó su espada con ambas manos.

Las otras dos bolas impactaron en una pantalla invisible, derramando la lava incandescente sobre su superficie. Sirián, quien mantenía esta barrera activa, cedió una de sus rodillas al suelo y desequilibró la posición del báculo.

—La batalla comienza a complicarse —mascullό Leonardo con nerviosismo.

—¡Tenemos que cubrirlas! ¡No van a aguantar otro ataque así! —dijo Drigán, poniéndose frente a frente al Origen, e instando a que Leonardo hiciera lo propio.

—Un privilegio haber compartido contigo tamaña hazaña de valor —respondió el paladín, poniéndose a su vera.

—¡Largaos de ahí! ¡Retroceded! —gritó Zocker a lo lejos, que justo volvía de sacar de la escena a la herida Dévora y a la pequeña Nofret.

El Origen rugió como si fuera un oso enfurecido y sus dos extremidades superiores se alargaron hasta terminar en una punta. Eran dos espadas largas de energía preparadas para partirlo todo a su alrededor.

—¿Preparado paladín? —dijo Drigán, escupiendo al suelo y sujetando su pesada espada con una sola mano.

—Preparado, caballero del dragón —respondió Leonardo son una sonrisa marcada en el rostro. Tenía su arma alzada y preparada para tajar.

—Una pregunta quería hacerte… ¿cómo matasteis al que atacó La última llamada?

—Lo rodeamos entre diez caballeros, impidiéndole que cambiara de espacio.

—Diez, ¿eh? —respondió Drigán sonriendo.

Sin dar más tregua, el Origen agitó sus dos espadas en dos giros completos sobre sí mismo, sosteniendo una a la altura de las rodillas y la otra a la del cuello. Leonardo se mostró ágil saltando sobre el golpe rasante, aunque a punto estuvo de quedarse sin cabeza al rozarle la espada que iba a media altura. El Origen era muy rápido en sus movimientos, demasiado para alguien como ellos. Sin embargo, Drigán no buscaba velocidad, sino fortaleza. Al igual que hizo antes con el látigo, alzó su zurda y paró en seco el cortante filo que justo acababa de esquivar Leonardo. El engendro de luz estaba ya dando su segundo giro, cuando la otra espada buscaba de nuevo con ansia las rodillas de un Leonardo tirado en el suelo. Estaba vendido y lo único que pudo hacer fue levantar su espada para intentar evitar el golpe, aunque no le sirviera de nada.

«*¿Qué ha pasado? ¿Qué es esto?*», preguntó Zurah, con la voz claramente alterada.

«*¿A qué te refieres? ¿Qué pasa?*», suscitó Sirián.

«*No sé, veo mucho movimiento aquí, es como si se estuviera formulando una nueva malla desde cero*».

«*Os lo advertí, no debiste haber creado esa paradoja, Sirián, has despertado un caos*», intervino Lilian.

«*¿Qué está pasando ahí? ¿A qué te refieres, Lilian?*».

«*La reacción en cadena, Sirián. La paradoja resolverá su ecuación destruyendo al Origen, o mejor dicho relegándolo a la nada, mas va a retroceder al presente y al pasado para balancear la ecuación en la fórmula total que compone el todo. No solo va a destruir al Origen, sino también a los hilos que tocan a ese Origen*».

«*Pero nosotras estamos sueltas a él, Lilian, hemos seguido el rastro que nos ha ido dejando mediante…* », llegó a decir la animista antes de ser interrumpida de nuevo por la sacerdotisa.

«*…mediante mi nexo. De esta no salgo…*».

«*¿Cómo no nos hemos dado cuenta de esto?* —exclamó Zurah, llevada totalmente por los nervios—. *Pensemos, tiene que haber alguna forma de evitar que… ¡Santa matrona del Creador!*

¡La malla se ha vuelto loca! ¡Se está rompiendo toda la estructura!».

«*Lo estoy viendo, Zurah. No podemos seguir jugando si nos destruyen el tablero de juego. No... no hay solución a esto*».

«*Por favor, decidle a mi hermano que le quiero. Habéis sido unas personas que me alegro de haber conocido y espero que tengáis mucha suerte en el futuro*», dijo Lilian con voz temblorosa.

«*No, así no... Sirián, dime que sabes cómo evitar esto, dime que sí, te lo ruego*», dijo Zurah, rompiendo también a llorar.

«*No puedo tejer ni cambiar nada en una malla base destruida, Zurah, y lo sabes*».

«*¡No me digas lo que ya sé! Crea otra base o no sé, haz uno de esos milagros que sabes hacer*».

Sirián guardó silencio, mientras los hilos del tiempo que definían el presente iban desapareciendo. Otros nuevos acontecían sobre una telaraña en continua formación, empujando hacia el pasado los cambios correspondientes hasta dejar la ecuación del destino en perfecto equilibrio.

«*Demasiado hemos jugado con los hilos del tiempo, demasiadas veces. Gracias por todo, amigas, nos volveremos a ver algún día allí donde el Creador nos espera a todos*».

La espada de energía llegó a penetrar en la pierna de Leonardo, abriéndole una herida de escasos centímetros, aunque sin llegar a cercenársela. Misteriosamente, el Origen se quedó paralizado y mudo. Ya no se oía el zumbido continuo que hacía el aura de energía que lo bañaba.

—¡Por el Creador! —gritó Leonardo, ejecutando una clavada perfecta con la espada, poniéndola paralela al suelo y rompiendo con todas sus fuerzas al torso del engendro.

La espada de Drigán llegó a continuación, entrando por un costal hasta salir limpia por el otro, cortando en dos a su adversario. El grito de furia de Drigán atemorizó incluso a sus aliados. Parecía el grito ronco de un dragón cubierto de rabia.

Los siguientes segundos fueron extraños, como si el tiempo se hubiera detenido. Leonardo miró a Drigán con seriedad, para luego soltar las manos de la empuñadura. La espada permaneció clavada en el Origen, lo había herido mortalmente. Sin embargo, Drigán lo había atravesado de lado a lado, ¡de lado a lado! No tardó en volver a mirar al caballero del dragón, que tenía una sonrisa furtiva marcada en su rostro. Era la mueca pícara del vencedor.

A continuación, Sirián abrió los ojos de par en par. Respiró con fuerza y se secó las lágrimas que ya habían poblado sus mejillas, para terciar la vista hacia su izquierda, donde estaba Lilian. Zurah también salió de su trance con un leve sobresalto, dejando caer el báculo al suelo y echándose ambas manos al rostro entre sollozos.

Solo faltaba por despertar ella, faltaba Lilian. De repente, Zocker agarró el cuerpo de la sacerdotisa para sacarlo fuera de la sala, mientras que Dévora hacia lo mismo con Zurah, totalmente entregada al llanto. Iba a suceder de nuevo, Dévora lo sabía tras ver estallar a los dos Orígenes que atacaron La última llamada. Tanta energía encerrada encontraría una forma de salir, y lo haría barriendo todo a su alrededor.

En efecto, el Origen se desdibujó casi en su totalidad al verse engullido por una luz que cada vez se hacía más y más cegadora. Un zumbido de intensidad creciente acompañaba la escena, haciendo temblar el suelo y el techo hasta el punto de hacerse imposible mantener el equilibrio. La explosión de energía era inminente.

Leonardo gritó un rezo de desesperación al cielo, cuando súbitamente se vio encerrado en un triángulo de luz verduzca. Se levantó de un salto, viendo como todo fuera de ahí era engullido por un aura devastadora. Drigán salió despedido hacia el fondo tras el tremendo impacto, recorriendo varias decenas de metros hasta empotrarse contra la pared del fondo del pasillo. Sirián, la única que quedaba atrás, estaba clavada en el suelo cual sólido pilar. Los destellos blancos del despertar que la cubrían eran inconfundibles.

Cuando todo se calmó, el sortilegio triangular se desvaneció alrededor del paladín. Tras las puertas del fondo se asomó Dévora, con los pelos en punta y la piel ligeramente ennegrecida tras impactarle los flagelantes rayos del Origen. A su lado, Zocker miraba desconcertado toda la escena.

Zurah estaba al lado de Drigán, un cuerpo cubierto de sangre por toda su parte frontal, con la piel desgarrada en profundos cortes. Ni la robusta piel de dragón dorado fue capaz de inhibir el temible rugido de energía del Origen, aunque sí fue suficiente para no ser desintegrado en partículas.

Leonardo ya estaba corriendo hacia allí, aunque cuando llegó a la altura de Sirián, sintió el enorme pesar que la animista recogía sobre sus hombros. Tenía los ojos empañados y las manos abiertas en rendición, estaba abatida en cuerpo y alma.

—Ven, Sirián. Drigán va a necesitar de tus dotes sanadoras.

—Se ha ido, Leonardo. Por mi culpa… ella se ha ido.

—¿A qué te refieres?

—Lilian. No… no pude detener el proceso en cadena y persiguió su rastro hacia el pasado. Yo… pensé que el pasado era el lugar más seguro, pero no conté con que íbamos a partir la malla. Lo siento, Leonardo…

—¿De qué me estás hablando, Sirián? Si tienes algún problema con mi hermana, será mejor que se lo digas a ella —respondió el paladín, señalando hacia el fondo de la sala. Lilian estaba al lado de Zurah, con Nofret en brazos agarrada a su cuello. Miraba a Drigán con desesperación para luego girarse y llamar a su hermano con insistencia.

—No me lo puedo creer… —dijo Sirián, poblando su rostro con una sonrisa y echando a correr hacia allí.

Nada más llegar, la animista blanca dispuso el cuerpo de Drigán bajo un manto de cristales brillantes que iban descendiendo hasta tocar su piel con un toque curativo único. Las heridas comenzaron a cerrarse y la piel a regenerarse, volviendo a adivinarse la forma de Drigán.

—¿Cómo pudiste…? —preguntó Sirián a Lilian.

—Con su muerte —respondió la sacerdotisa, sin dejar que acabara la frase—. Al morir el Origen en manos de estos dos, la malla que se estaba formando por inercia de la paradoja, dejó de evolucionar. La malla estaba recomponiéndose en el presente cuando el Origen fue abatido, así que ya no tenía sentido que se formulara una nueva malla. Los futuros que sesgaste nunca se solaparon, pues nunca pudieron existir en manos de un Origen muerto.

Sirián respondió con un abrazo, sin perder de ojo el sortilegio esbozado sobre el maltrecho caballero del dragón. Estaba tranquila, pues Dévora había tomado las constantes vitales del guerrero y eran estables, algo que no dejaba de sorprender a todos. El choque al que había sido expuesto había sido descomunal, un brote de energía tan fuerte que a una persona normal la hubiera desmenuzado en cachitos pequeños sin dudarlo.

—¿Alcanzaron a Nofret? —preguntó Leonardo, cerrando el puño y mirando a Zocker—. La próxima vez ponte tú delante cuando veas venir un rayo hacia ella, ¿entendido? No dejes que una mujer se sacrifique estando tú delante. Eso es vergonzoso.

—¡Eh! Te recuerdo que os salvé la vida, tanto a ti como al grandioso y reverenciado Drigán. Vuestras legendarias cabezas estarían ahora rodando por el suelo.

—Ten cuidado con lo que dices sobre Drigán, Zocker. No te recomiendo tomarte esas confianzas con él —matizó Sirián.

—¿Qué pasa con Drigán? ¿Acaso ahora tengo que tener miedo a una aberración, mitad hombre mitad lagarto? Me da igual que sea un caballero del dragón o uno del escarabajo, para mí es un engreído estúpido que merece que le azoten así.

—Verás, Zocker… —dijo Dévora, con una sonrisa maquiavélica acompañando su diálogo—. Sirián te ha dicho eso porque Drigán es consciente de todo lo que se está diciendo. Está sin energías y muy herido, pero como puedes ver, ya se están cerrando. En breve se recuperará…

—Menos de diez minutos —añadió Sirián, esbozando también una pícara carcajada.

—¿Diez minutos? Pues diez minutos. En diez minutos estará de nuevo activo y ya sabes las malas pulgas que tiene cuando alguien habla así de él.

Zocker miraba de un lado a otro, de Drigán a Dévora, para luego fijarse en Sirián y volver de nuevo a Drigán. Pocas veces en su vida, alguien tan hábil en las palabras y el engaño podría presumir de haber sido engañado de esa forma. Era evidente que estaban riéndose a su costa, liberando así un poco del estrés del momento, aunque para él, todo iba muy en serio. Ya imaginaba a Drigán levantándose para clamar venganza de sangre por haberle insultado. Lo iba a descuartizar sin dejarle ni siquiera decir perdón.

—Estooo… espero no me malinterpretéis. Yo venero mucho a los lagartos, para mí son unos animales maravillosos, con unas capacidades de regeneración y subterfugio únicas en su especie. Son unos animales increíbles… Y ser engreído es algo común en todos, todos pecamos de ese pecado, que por otro lado es una virtud a abrazar, pues ¿acaso no es el egocentrismo la cuna del valor? Y no hay que hacer caso a lo de estúpido, no al menos de forma despectiva. Yo suelo llamar cariñosamente así a todos mis amigos, invocando nuestra amistad.

Todos los presentes, excepto Drigán, rompieron en carcajadas. Aunque solo fuera por unos escasos minutos, lograron disipar las preocupaciones que los mantenía nerviosos desde que llegaron al castillo. Era reconfortante sentirse libre de cargas y obligaciones, más aún si se tenía en cuenta que acababan de combatir a un Origen, un ser prácticamente inmortal.

Sin embargo, la forja de los titanes seguía siendo esquiva para sus visitantes, aunque pronto sabrían la razón de ello. Alguien que hablaba de muerte los estaba esperando, y no desde hacía unos minutos ni unas horas. Los estaba esperando desde hacía ya años.

CAPÍTULO 26: EL QUE TODO LO VE

Las heridas del grupo fueron hábilmente sanadas por el magistral conocimiento en magia blanca que Sirián poseía, aunque le supuso un agotamiento desmesurado. Estaba débil, carente de energías y necesitada de un sueño reparador. Leonardo alivió su carga ocupándose de sanar a Dévora y a Nofret, ligeramente heridas ante el Origen, aunque a la animista le pesaba mucho el esfuerzo realizado durante todo el combate. Lilian intentó revitalizarla con un canto renovador de su repertorio de magias, mas también ella arrastraba cierto cansancio. Zurah y Dévora, por su parte, conservaban bastante más energías que sus dos compañeras, por lo que se prestaron a socorrerlas como apoyo. Debían seguir avanzando, pues quedarse quieto en las entrañas del castillo podía suponer nuevos combates indeseados.

Leonardo y Drigán tomaron la delantera del grupo, avanzando según Dévora les iba indicando. Zocker, por otro lado, guardaba las espaldas de todos, mirando con frecuencia la retaguardia por si algo o alguien se acercara. Iban concentrados en su misión de encontrar la legendaria forja y nada ni nadie les iba a impedir alcanzar el objetivo, o así lo creían ellos.

Luego de varios pasillos y puertas atravesadas, llegaron a un corredor con una única puerta en su término. Su superficie presentaba múltiples grabados conmemorando una batalla épica entre un elfo montado sobre un grifón y un demonio de cuatro alas, con un paisaje que recordaba mucho el emplazamiento actual de Ausper la Mayor. La talla era rica en gemas preciosas y cristales multicolores, una obra de arte digna del mejor carpintero u orfebre de la región.

Todos se miraron en complicidad, ajustándose las armas y preparándose para lo peor. Algo les decía que allí dentro estaba la respuesta a todas sus desventuras, era un escalofrío que te hacía temblar en nerviosismo. Drigán, quizás el más decidido, posó ambas manos sobre la puerta y las empujó con fuerza, abriendo a la vista un salón de enormes dimensiones. Una colosal estatua reinaba en el centro, representando a un mago con un tomo en su mano derecha y un báculo en la zurda. Sus facciones le identificaban como un elfo, sin lugar a dudas, con una figura estilizada, orejas ligeramente acabadas en punta y unos ojos redondos y simétricos. Las paredes laterales de la estancia presentaban múltiples cuadros pintados en óleo con piedras amarillas alternándolos, las mismas que se fueron encontrando desde que entraron en el castillo. Al detectar la presencia del grupo, todas se iluminaron en una luz cálida, creando una atmósfera apacible alrededor. La bóveda del techo era un desafío para el arquitecto más experimentado por su altura y anchura, amén de los frescos que tenía impresos en su superficie.

—Qué maravilla. Desde luego, estos elfos sabían cómo edificar castellanías —expuso Zocker, con la boca abierta y los ojos hipnotizados.

—Esto no es un castillo. Hace rato que me he percatado de ello, pero ahora estoy segura. Esto es una torre de magia —replicó Sirián, apoyándose en su báculo para reponer fuerzas.

—¿Cómo la torre de Erún? —preguntó Drigán.

—Como la torre de Erún, eso es. Un lugar cerrado para uso exclusivo de los acólitos de su orden. Este señor de la estatua debió ser el regente del gremio, su guía.

—Entonces… ¿no es un castillo construido por los titanes?

—Los titanes solo existieron en la mente de los devotos, nunca en la tierra que ellos pisaban —respondió una voz profunda procedente de la parte más alejada del lugar. Todos se pusieron en guardia al instante, mostrando sus amenazantes armas hacia todas partes. Sirián se agarró con fuerza a Nofret mientras que el resto formó un círculo de protección alrededor de ellos.

Dévora, la más habituada a ver entre las sombras, identificó a una figura más allá de la estatua. No sabía bien quién o qué era, mas presentaba una línea claramente humana.

—¿Quién sois? ¿Por qué os ocultáis? —profirió Dévora, con voz firme.

—Los nombres y las personas no se ocultan, Dévora, solo se pierden en el camino del tiempo. Si buscáis en la oscuridad, solo encontraréis oscuridad.

—No quieras seguir jugando a este galimatías de palabras. Muéstrate de una vez o tendré que ir yo a buscarte, y no te gustará —exclamó Drigán.

Varios pasos se dejaron oír, hasta que la figura comenzó a hacerse visible en la lontananza. El elfo presentaba una edad joven e iba ataviado con unos ropajes ostentosos de color malva y carmesí que le llegaban hasta los talones. Las botas eran de cuero tintado de rojo con algunas gemas incrustadas en su parte frontal. Sus ojos eran totalmente negros, prescindiendo del blanco común que rodeaba el iris.

—Es cierto lo que decís, Drigán, no me gustará veros llamando en mi puerta.

—¿Quién es este payaso de feria? —masculló Drigán, mirando hacia los suyos.

—Tranquilo caballero del dragón, guarda el temple y calma los ánimos —le instó Leonardo.

A continuación, Sirián salió de su protección y tomó la palabra. Había identificado algo en el enigmático visitante que le estaba haciendo dudar.

—Os saludo, guardián del castillo. Mi nombre es Sirián, animista guardiana del círculo blanco. Venimos aquí, a vuestro hogar, buscando una solución ante un problema que recorre el vasto territorio de Ampiria.

—Habla la persona errónea y habla tergiversando la verdad —replicó el elfo—. No buscáis solución alguna, sino muerte, y no queréis salvar Ampiria, sino a la pequeña y hermosa princesa que os acompaña.

Todas las miradas se centraron en Nofret, para luego volver al extraño individuo. Sabía todo sobre ellos, como si los hubiera acompañado durante todo su viaje.

—Es cierto, os pido disculpas. Veo que sabéis del mal que aflige a Nofret y es aquí, en la forja de este castillo, donde podemos darle fin. ¿Tenemos su beneplácito?

—¿Lo necesitáis?

—Pero bueno… vamos a ver, ermitaño desgraciado. Estás frente a Drigán, caballero del dragón dorado bendecido por el gran

Astral. Déjate ya de evasivas y responde con claridad. ¿Quién rayos eres? —intervino Drigán, cada vez más nervioso por la situación.

—¿Nombre? ¿Por qué esa necesidad en buscar siempre un nombre? ¿Acaso importa saber el nombre de una persona para conocerla? ¿Es necesario buscar un nombre para definirse uno mismo? Los únicos nombres que debéis conocer son aquellos que contemplan vuestro destino, tales a la vida o la muerte.

—Respondedme pues a mí, noble elfo —dijo Leonardo, impidiendo que Drigán tomara de nuevo la palabra—. Supongo que ya sabéis que soy Leonardo y presumo que también estaréis al tanto de mi historia. No busco amistad ni enemistad con vos, sino ayuda para nuestro objetivo. Necesitamos extirparle a Nofret el camafeo de Guerón, y necesitamos hacerlo con plena seguridad de que no le dañará dicho proceso. ¿Sabéis hacerlo?

—¿Por qué me preguntáis algo que ya sabéis? La muerte del camafeo ya la habéis oído antes entre rumores y pergaminos de la historia antigua. ¿Acaso todo el viaje que lleváis hecho no significa nada?

—Por un momento pensé que vos seríais el regente de este gremio de magia, aunque ahora sé con total certidumbre que no es así —dijo Sirián de nuevo, bajando la mirada y alzando el tono de su voz—. Vos no discrimináis a los conocedores de la magia ni queréis saber el porqué de sus actos, al igual que desecháis todo lo relativo a las personas, como sus nombres y sus sentimientos. Vos sois un ente representada bajo esa máscara pasada, el elfo que fuisteis antaño. Sin embargo, aunque insistáis en negar esa vida pasada, tenéis que aceptar la presente. Vos sois un ente en el entramado de la vida y desearía conoceros con más profundidad, para así convencerme de mis actos.

El elfo guardó silencio durante unos segundos, para luego echar a andar hacia ellos. Drigán no tardó en alzar la espada y teñir de dorado su piel, mientras que Leonardo se puso en posición de combate con el mandoble en alto.

—Lo que fui, atrás quedó, en efecto. Nacido en un lugar irreconocible y adiestrado por quienes decían ser los maestros de los viales de magia, un pasado que se oculta entre sombras espesas. Ahora soy el conocedor de la muerte, la bandera del destino que vela entre las redes del tiempo. Si buscáis mi nombre no lo encontraréis, mas si deseas saciar tu convencimiento, me presentaré como el oráculo que abraza a las sombras.

Al instante, tanto Sirián como Zurah se arrodillaron en sumisión, dejando caer sus respectivos báculos al suelo. Lilian las miró algo desorientadas, aunque tras repetirse mentalmente las últimas palabras hechas por el elfo, se postró también en el suelo.

—Os pedimos perdón, maestro oráculo. Os lo ruego, perdonad nuestra ignorancia y mostraos clemente ante nuestras vidas.

—¿Puede saberse qué…? —esgrimió Drigán en voz alta, mirando con perplejidad los últimos sucesos.

—Yo no perdono, Sirián, pues no es mi labor en esta vida. Y vos, Drigán, haced las preguntas correctas y posiblemente lleguéis a encontrar las respuestas correctas. De lo contrario, seguiréis en esa maraña de oscuridad llamada ignorancia.

—¿Qué me has llamado, mequetrefe?

—¡Drigán! ¡Por el Creador! —intervino Sirián.

—Ya me está hartando este elfo de feria. ¿Acaso tengo que asustarme de un mago más? He luchado contra muchos de su ralea.

—Drigán, si alguna vez confiaste en mí, te ruego que lo vuelvas a hacer ahora. Un oráculo es el máximo régimen al que un mago puede llegar tras entrenar su conocimiento. Es un limbo en el que rompe las barreras del espacio y del tiempo, para convertirse en un visionario de la existencia.

—Estás hablando como él, Sirián. Dices cosas sin sentido, pero si tú dices que es de confianza, yo te creeré. Sabes de sobra que si tuviera que dar mi vida por alguien, sería por la tuya. No obstante, no esperes que me postre ante él. No es digno de ese mérito.

El oráculo asintió, no dejando claro si porque aceptaba la afirmación de Drigán o porque se la guardaba para luego atacarle con ella. Leonardo, Dévora, Zocker e incluso Nofret, hincaron su rodilla frente a él, sometiéndose también a su palabra.

—No espero sumisión por vuestra parte, así que levantaos. Mi presencia aquí es meramente testimonial, pues ni es hogar de mis ancestros ni es ermita de mis pensamientos. Me encuentro en este lugar y en este tiempo, porque vuestro destino se cruza con el mío en este punto.

—¿Y por qué coincidimos en este punto, oráculo? Ni hemos iniciado tu búsqueda, ni sabíamos de tu existencia en este tiempo. Se nos hace raro encontrarte —le respondió Sirián, intentando entender la razón del estrambótico encuentro.

—No quieras conocer los caminos que el destino sigue, pues son infinitos en ramificaciones y variedad. Estoy aquí porque he de estar.

—Supongo que entonces solo me resta deciros que nos dirigimos a la fragua de los titanes, que según sabemos, se debe encontrar en este castillo. Es el único medio para destruir el camafeo de Guerón.

—Decís dos verdades que no lo son, aunque el fundamento de ambas estén cimentadas en mi existencia. La fragua de titanes que buscáis está frente a vos, pues solo yo sabría dar muerte a ese objeto que tantas desventuras os causa en vuestro entramado temporal.

—¿Vos sois capaz de…? Claro… Vos tenéis la aptitud de crear nuevos viales con los que extraer toda magia habida en un objeto mágico. Sin embargo, si no recuerdo mal, al hacerlo absorbéis dicha magia ¿cierto?

—No quieras conocer el método que consagra mi ser, Sirián. Busca el medio para conocerme partiendo de tu propio saber, mas no del mío.

—Os pido perdón, eminencia del saber. Decís verdad.

—Aguardo pues vuestra decisión, aunque ya la habéis tomado en otro tiempo futuro. Espero el camafeo de Guerón.

Sirián juntó el grupo y convinieron aceptar el ofrecimiento del oráculo para destruir finalmente el objeto maldito. Si alguien podía hacer tal hazaña, ese era él, no había ninguna duda al respecto. Drigán no se mostraba muy conforme a ello, habían cosas que no le cuadraban del todo, como qué hacía un Origen a apenas un par de habitaciones más allá, en este mismo castillo. Sin embargo, nadie de los presentes se mostraba conforme a contradecir al oráculo, y la seguridad que Sirián evocaba en sus palabras era un peso mayor para confiar en él.

Dévora cogió de la mano a Nofret y avanzaron juntas hacia el místico elfo, que les aguardaba con el semblante serio y la mano extendida. En la cercanía transmitía una sensación de temor y poder. Daban ganas de darse la vuelta y salir corriendo de allí.

Dévora bajó los ojos al suelo, algo que pocas veces en su vida había tenido que hacer ante alguien, y con una sonrisa escueta animó a Nofret a que avanzara hacia él, dándole el camafeo. Ésta así lo hizo, dando pasos cortos y posando el camafeo sobre la mano límpida del oráculo.

—Aguardad antes de hacer nada —dijo Dévora, para sorpresa de todos—. Necesito tener la seguridad de que nada malo le pasará a ella al desprenderse del camafeo, pues conozco bien la forma que tiene de cobrarse su cambio de manos.

—Te llaman Dévora la inteligente, la hábil ladrona cuyas estrategias hacen sombra a los mejores generales, mas no sabéis sumar dos simples variables. ¿Cómo esperas que el camafeo actúe, si va a ser reducido a la nada? El camafeo solo verá oscuridad en su futuro, nada más.

—Os pido perdón por mi ignorancia. Supongo que son los nervios del momento. Llevamos mucho tiempo arrastrando ese maldito objeto y se me hace extraño estar viviendo su final.

El oráculo de la oscuridad encerró el camafeo en su puño derecho y se lo dispuso cerca de los labios. Haces de luz de distintas tonalidades verdes se escaparon de entre sus dedos, mientras que sus ojos oscuros empezaron a reflejar una sucesión infinita de imágenes sobre las pupilas. La mente del oráculo fue recorriendo cada acto y vivencia del camafeo, destruyendo la esencia de su existencia en un trenzado magistral de los hilos del tiempo. No estaba destruyendo el camafeo, sino anulando su existencia, o como él decía "matándolo", y eso implicaba que todo aquel que hubiera conocido al camafeo o que hubiera interactuado con él debía ser reconducido a un hilo temporal distinto que le llevase al mismo pasado que tuvo, presente que vive y futuro que tendrá. Debía trastocar todo el entramado de existencias para eliminar del mismo al camafeo de Guerón, pero luego debía consolidarse todo con los mismos resultados finales.

Sirián, Zurah y Lilian miraban maravilladas el impresionante milagro que estaba realizando el oráculo. Navegar en la existencia, abarcando todas las vidas y muertes, era algo que escapaba de la comprensión de sus limitadas mentes. No había suficiente entendimiento en este mundo para comprender tanta habilidad.

Apenas un minuto más tarde, las luces verdes cesaron y el oráculo abrió de nuevo su puño, mostrando unas cenizas que arrojó al suelo. El camafeo de Guerón estaba destruido.

—La oscuridad mece ahora el recuerdo de este objeto, mas aún no ha alcanzado a todos sus defensores. El camafeo de Guerón aún existe en vuestros recuerdos y ha de ser eliminado.

—¿Queréis decir que nadie sabe del camafeo? —preguntó Sirián, más maravillada aún del enorme logro.

—Nadie ha conocido, conoce, ni conocerá su existencia. Los pergaminos donde se escribió su nombre dieron paso a otros y los cantares que evocaban su mito ahora narran otros actos. La historia ha suprimido su existencia.

—Entiendo... ya nadie lo conoce. Habéis tocado un infinito número de hilos hacia el pasado para ratificar su inexistencia. Me parece increíble que todo se sostenga tal cual, como si nada hubiera sucedido.

—Mas ha sucedido, aunque vosotros tampoco lo sabréis.

—Quieres decir que ahora borrarás de nuestras mentes el camafeo de Guerón ¿no? —dijo Zurah, tomando la iniciativa.

—Es menester hacerlo, Zurah. Vuestros pasos en el pasado se detendrán cuando visteis y oísteis acerca del camafeo, desviando sus nudos hacia otros futuros similares al presente.

—Supongo que no hay más remedio. En el fondo es mejor así, mejor no recordar nada de este maldito objeto y lo mal que nos lo ha hecho pasar.

—Cuando desees, oráculo —respondió Sirián, intentando abarcar la opinión de todos.

—Un duda tengo, gran oráculo —dijo Dévora, abrazando a Nofret—. ¿Dejaremos de conocernos o de saber lo que sabemos, fuera del camafeo?

—Si aquello que conocéis se debe al camafeo, su inexistencia también eliminará los nudos comunes con otros hilos, así es. Que dos personas o más se conozcan no dependen de un objeto, Dévora, pues hay infinitas posibilidades para recrear ese hecho, mas conocer determinados hechos o lugares sí dependen exclusivamente de él. Así, no sabréis de mí, pues sin ese camafeo no podríais haberme conocido.

—Entiendo y conforme, sabio oráculo.

—Espera, espera… yo no estoy de acuerdo —dijo Drigán, dando dos pasos al frente—. Antes de que hagas nada quiero dejar una cosa clara. El consejo de Trentia es responsable de la muerte de mi dragón y es responsable de cometer sedición hacia su pueblo. Han querido mancillar mi reputación y humillar mi nombre, y eso solo tiene un camino para mí: venganza. Conocí ese complot en manos del camafeo, creo, así que espero que eso no se olvide en mi cabeza.

—Ya no existe dicho complot, caballero Drigán. Ahora habrá otro complot en el que el consejo de vuestra ciudad se unirá a unas huestes demoníacas para acabar con Ampiria, pero nada se sabrá del utópico camafeo.

—Mi pregunta es simple ¿olvidaré ese complot?

—No puedes olvidar ni recordar algo que no existió, caballero Drigán.

—Pues rechazo el ofrecimiento que estás aquí dando. Mi mente no se toca.

—¡Drigán! ¿Es que te has vuelto loco? Nos estás exponiendo a todos con tu soberbia. Te guste o no debemos someternos a esa limpieza, es obligatorio para mantener la integridad del tiempo. No espero que lo entiendas, pero sí que aceptes tu destino —le recriminó Zurah, levantando la voz más de lo que hubiera querido ante la presencia del oráculo de la oscuridad.

—¡No queráis jugar con mi destino a vuestro antojo! ¡Me niego! El concilio de Trentia debe ser limpiado con muerte, no hay otro camino.

—¿Deseáis marcar otro camino? —preguntó el oráculo, para sorpresa de todos. ¿Acaso le estaba dando una opción distinta a la del resto?

—No quiero nada de ti. Sé perfectamente lo que tengo que hacer, así que guárdate tus juegos de magia para quien les guste. Mi presencia aquí ha llegado a su fin y ahora tengo que vengar la muerte de mi dragón.

—Tu palabra teje la decisión de todos los aquí presentes, pues tu destino es el de todos. Si buscas la muerte entre los dragones, yo te mostraré el camino. Tu voluntad se escribió en un futuro que requiero y que abrazo con deseo.

—No he entendido nada de lo que has dicho, muchacho.

—Drigán… te está diciendo que acepta tus condiciones porque le viene bien que cumplas ese destino —le replicó Dévora.

—Me da igual que le venga bien, yo lo hago por mí.

—¿Os puedo preguntar otra duda, oráculo? —volvió a decir la ladrona—. Sobre el fin del camafeo se narraba algo en un escrito que tengo en mi haber. Narra las desventuras que crearía el camafeo, cómo afectaría el tenerlo y cómo sería su destrucción.

—¿Os preocupa no ver el cotejamiento con la realidad o no entender su mecánica?

—Quizás ambas cosas.

—Vuestro poema rezaba así: "Rompe las cadenas que atan a la magia, rueda a través de su fluir hilvanado, oscurece tu vida y conviértete en muerte, sacrifica tu alma para salvar las otras". ¿Qué parte no entiendes?

—Pues...

—El conocimiento de la magia no sirve para anular su esencia, se debe ir más allá de lo conocido, más allá de las fronteras marcadas por las limitaciones humanas. Sirián, Lilian, Zurah… ninguna ha sido capaz de ejecutar una limpieza en la malla del destino tal a la que yo puedo abarcar. Eso es romper las cadenas de la magia. Si luego hablamos del fluir hilvanado… supongo que sabréis ver su similitud, ¿verdad?

—Sí, es evidente que está plasmando el cómo lo habéis hecho, tejiendo en eso que llamáis red del destino. Así mismo, ahora veo la concordancia en el siguiente verso, pues vos sois el oráculo de la oscuridad y sois quien provocó la muerte del camafeo. Sin embargo, sabio oráculo, ¿por qué se habla de un sacrificio al final?

—Porque el sacrificio ha de cumplirse. Quizás no lo sepáis, pero él decidió ser parte de ese sacrificio. Cedió su alma para que vosotros estuvierais aquí, hablando conmigo y cumpliendo el destino. Pensad en él como el héroe que todos recuerdan y no como el niño a quien proteger.

—¿Vaiel? No puede ser… —dijo amargamente Dévora.

—Maldito muchacho de pueblo… aún recuerdo lo idiota que parecías cuando nos conocimos, tartamudeando ante cualquier situación y temblando de miedo por todo… tenías miedo a los magos y al final lograste hacer algo que ni yo ni nadie es capaz de hacer: matar a un Origen tú solo y ser nombrado emperador —añadió Zurah, cerrando los ojos con nostalgia.

Sirián no pudo evitar romper a llorar, buscando consuelo en el abrazo del paladín. Lilian se sentó al lado de la bruja oscura para ponerle su mano amiga en comunión. Zocker y Drigán eran los más ajenos a lo que se estaba diciendo, aunque guardaron silencio por respeto a su persona. Vaiel tuvo una vida de sufrimiento y pocas alegrías, para luego vivir un sueño de fantasía en el que él era un héroe. Lo que no sabía, es que estaba condenado a morir.

—Él me salvó a mí una vez, cuando mi pueblo fue arrasado. ¿Me ha vuelto a salvar ahora? —pronunció Nofret con inocencia en el timbre de su voz.

Todos guardaron silencio. Nadie se atrevió a responder con palabras a la triste aseveración de la pequeña acompañante. Lilian se limitó a cogerla entre sus brazos para infundirle algo de ánimos, aunque los hechos eran muy pesados para alguien tan joven.

—Marchad pues y sembrad de muerte las baldosas que piséis. Trentia será vuestro término, mas no vuestro apoyo. El camafeo de Guerón permanecerá en vuestras mentes, al igual que el resto de recuerdos adheridos al mismo, pues tengo vuestro destino a mi favor. El concilio de los dragones regará con su sangre la sala del trono, dando paso a un nuevo régimen de autoridad. Así está escrito que debe suceder y así sucederá.

Sin más que hacer ni decir, se retiraron de la sala para deshacer el camino andado hacia el exterior. Había sido una victoria, aunque algo amarga a causa de los nuevos sucesos. Pactar con un oráculo no era algo que se debiera hacer tan a la ligera, pues te comprometía de por vida a él.

Drigán se sentía pletórico al saber que ahora le tocaba su turno de ver cumplida su venganza. Ya se sentía libre de ataduras con nadie, se veía solo y sin preocupaciones que le interfirieran. Es más, ahora tenía incluso el beneplácito del oráculo de la oscuridad, toda una eminencia en magia.

Zurah, Sirián, Dévora, Zocker y Lilian se vieron arrastrados a ver cumplido el mandato del elfo, pues su voluntad era obligación para ellos. No era cuestión de contradecir a un oráculo, así que debían planear qué hacer y cómo hacerlo sin romper la cadena que arrastraban sobre sus cuellos.

El más afectado por todo esto era Leonardo, que se debatía entre la exigencia del oráculo y su códice de caballería. Él no era persona de matar por matar, sino que se debía a los cánones específicos de su orden blanca. Acompañaría a los suyos, aunque no levantaría su arma ante persona alguna que no mereciera dicho castigo. No podía ajusticiar a los hombres que Drigán amparase bajo la sombra de su venganza; debía ser el paladín que era, una persona justa y entregada al Creador.

—Nos espera un viaje largo para salir de esta maldita cordillera —dijo Zurah, rompiendo un poco el hielo de tanto silencio.

—Vosotras siempre podéis optar por salir volando, acortando el camino cosa bárbara. Ni te imaginas cómo tengo las suelas de mis botas —le respondió Dévora en tono sarcástico.

—Nada de eso, vinimos todos juntos y nos iremos juntos. Eso sí, a ver si esta vez cazáis algo más apetitoso, que estoy de liebres y frutas algo harta ya.

—A ver si es que la señorita desea un plato de blanda carne de ciervo, acompañada con tacos de patatas, tomates y espárragos en un horneado lento… —añadió Zocker, encendiéndose una pipa con unas hierbas muy olorosas.

—Ja, ja, ja, ¿y de beber? ¿Os hace una cerveza fría? —siguió Zurah con la chanza.

—¿Más frío aún? Como se nota que no os afecta este maldito clima de aquí arriba —rebatió Dévora, ajustándose aún más las pieles que llevaba sobre su cuerpo—. Yo me conformaría ya con cualquier cosa que no fuera agua. Nunca he bebido tanta agua en toda mi vida.

—Pues aún nos falta un viaje de vuelta bien largo… o sea, mucha más agua —añadió entre risas Sirián—. Igual tenemos suerte y encontramos un viñedo salvaje con mosto natural macerado sobre troncos huecos, quien sabe. Nunca perdáis la fe, como dice nuestro amigo Leonardo.

—Nos os riais de Leonardo. Ha demostrado ser un caballero digno de ser llamado amigo —expuso Drigán con voz seria.

—No, Drigán, no lo dicen en serio —le replicó el mismo paladín entre risas—. Lo dicen porque yo siempre estoy…

—Me da igual, no está bien reírse de alguien como tú.

—Drigán… no te estarás enamorando de Leonardo, ¿verdad? —dijo Lilian, protegiéndose tras las espaldas de Zocker—. Te va a costar mucho sacarle de la cabeza su amor exclusivo hacia el Creador.

—¿Cómo te atreves? ¡Ven aquí, sacerdotisa mal hablada! —replicó el caballero del dragón, intentando darle caza entre el grupo en una persecución de risas.

Encubiertos por el buen humor y la camaradería, fueron abriendo los primeros metros de distancia. Necesitaban un momento de relajamiento tal a ese en el que compartir algo más que dolor, pesar y sangre. El tiempo que llevaban juntos creó, de forma inequívoca, un sólido vínculo de respeto y sentimiento. Incluso Drigán, de carácter más agreste, dibujó una sonrisa en su rostro.

Desde la torre más alta del castillo, el oráculo de la oscuridad observaba con detenimiento cómo se alejaba el grupo. Incluso alguien como él tenía dudas acerca de las decisiones, pues su extraordinaria clarividencia no era tan extrema como se decía. El futuro no era un entramado que pudiera uno tejer con tanta facilidad y esmero, pues las posibilidades eran realmente infinitas.

«Pronto descubriréis que el camafeo de Guerón era una sombra de vuestras preocupaciones. Pronto aprenderéis a ver y a escuchar, pues yo os enseñaré cómo hacerlo. Vuestras mentes serán mis acólitos, como antaño lo fuiste tú, Sirián, y mi palabra será lo único que mueva vuestra voluntad. Kovar ha muerto porque optó por no seguir el camino que yo le tracé con sumo cuidado y Nairis sucumbió ante ti porque Lilian optó por practicar un sentimiento que no conocía, el del sacrificio en vida. Pero volveréis… todos volveréis a visitarme. Creéis haber neutralizado cada plan que dibujé para la caída de Ampiria, aunque lo cierto es que he salido siempre victorioso. Más segadores pútridos se crearán y más demonios acontecerán a mi llamada, desde los dólmenes de Aupur, y mientras vosotros seguiréis cumpliendo mi mandato, aunque no lo sepáis. Ah Sirián… si supieras que el camafeo de Guerón lo dispuse yo en vuestras manos, te plantearías tu propia existencia ¿verdad? Pero no fuiste capaz de verlo, animista de luz, no acaudalaste el conocimiento suficiente como para ver que ese objeto era mi espía entre vosotros. Cada vez que os hablaba, era yo, mi querida animista blanca. Y las decisiones tomadas eran las mías. ¿Acaso pensabas que dejaría que un diablo arrasara toda Ampiria? Me bastaba con que hiciera lo que hizo en La última llamada. El resto de ciudades caerán en manos de quienes serán mis súbditos y no mis sombras devastadoras. El camafeo me sirvió bien para diezmar vuestras fuerzas, torciendo las decisiones que tomasteis y perdiendo a varios de los vuestros. Tú misma, Sirián, ahora serías mía sino fuera por la intervención de esa sacerdotisa… pero dejemos atrás el pasado, pues ahora se abre un futuro esperanzador. Nofret, mi hermosa súbdita, ya ha ablandado vuestros corazones, una debilidad que os pesará enormemente. Algún día dejaréis de creer en milagros imposibles, como encontrar a una superviviente en un pueblo arrasado por un Origen o que los oráculos existan. Sin embargo, me temo que cuando llegue ese día ya será muy tarde para vosotros».

ACERCA DEL AUTOR

Iván Incerti Morales nació el 8 de enero de 1977, y desde siempre sintió curiosidad por aquello llamado tecnología, donde encontró su oficio actual, con el análisis y la codificación de programas: la programación. La lectura siempre le enamoró, haciéndole ver mundos imaginarios descritos con letras, y no con imágenes, y permitiéndole ser parte de la fantasía que se describía en sus hojas.

Desde muy temprana edad, se inició en los juegos de rol, dando rienda suelta a su imaginación en mundos de fantasía. Nunca abandonó ese hobbie, y en él se versó para crear esta saga de Crónicas de Ampiria.

Actualmente trabaja como administrador de sistemas y programador, y dedica su tiempo de ocio en crear un mundo jugable llamado Tierras de Esperanzas, así como en escribir y vivir con su familia.

"Una vez tuve un sueño precioso y divino, hasta que me desperté y me di cuenta que eras tú, Inmaculada"

www.ingramcontent.com/pod-product-compliance
Lightning Source LLC
LaVergne TN
LVHW020648110826
845149LV00012B/1950

* 9 7 8 8 4 6 1 7 5 9 2 6 2 *